Le paradis des chevaux

Du même auteur
chez le même éditeur

L'Exploitation
Portraits d'après nature
Un appartement à New York
Moo
Chagrins

en collection de poche

Portraits d'après nature (n° 148)
L'Exploitation (n° 199)
Un appartement à New York (n° 218)
Moo (n° 277)
Chagrins (n° 308)

Jane Smiley

Le paradis des chevaux

Roman traduit de l'anglais (États-Unis)
par Virginie Buhl

Rivages

L'aimable lecteur de cette « comédie épique façon poème en prose » doit ici se souvenir que tous les personnages et événements mentionnés, y compris ceux dont les noms semblent familiers, sont le produit de l'imagination de l'auteur et que les traits de caractère qui y sont représentés n'ont aucun rapport avec la vie réelle.

Titre original : *Horse Heaven*
Alfred A. Knopf, New York, 2000

106, boulevard Saint-Germain – 75006 Paris

ISBN : 2-7436-0829-3
ISSN : 0299-0520

Ce roman est dédié avec amour et reconnaissance à la mémoire de TERSON (né en Allemagne), issu de Luciano et de Templeogue, issue de Prodomo, cinquante-deux départs, sept victoires, huit fois deuxième et trois fois troisième en France et aux États-Unis.

Et à Jack Canning, également.

Merci, en particulier au Dr Gregory L. Ferraro, vétérinaire exerçant à Davis, Californie, et à Jim Squires de Lexington, Kentucky, pour leur patience et leur gentillesse infinies et pour leur aide ; à Dave Hofmans, Eddie Gregson, au Dr Mike Fling, au Dr Gary Deter, à Roy et Andre Forzani, Benjamin Bycel, Bea et Derek DiGrazia, John Grassi, Nana Faridany, Rick Moss, Ray Berta, Tara Baker, Stefano Cacace, Bob Armstead et bien d'autres pour le temps qu'ils m'ont consacré, pour leur science et surtout pour leur humour.

« Dans nul autre domaine d'érudition la coutume ne veut que la vérité historique soit déformée de façon aussi universelle et continuelle que sur le chapitre des chevaux. »

John H. WALLACE, *Le Cheval en Amérique*

« Je dus admettre non sans désespoir que j'allais être obligé d'acheter un cheval. »

SOMERVILLE and ROSS, *Expériences d'un Irlandais de la Marine royale*

« Aucun exploit ne m'a encore jamais été rapporté qui ne fût le fait d'un pur-sang. »

Dick CHRISTIAN, jockey de steeple-chase anglais, années 1820

Personnages

New York et la Floride (hippodromes : Aqueduct, Belmont, Saratoga, Calder, Gulfstream)

Alexander P. Maybrick : propriétaire, industriel
Rosalind Maybrick : mondaine, collectionneuse
Eileen : jack russell terrier de Rosalind
Dick Winterson : entraîneur des chevaux d'Al et de Rosalind
Luciano : masseur des chevaux entraînés par Dick
Tiffany Morse : caissière chez Wal-Mart
Ho Ho Ice Chill : petit ami de Tiffany, chanteur de rap
Dagoberto Gomez : entraîneur du cheval de Tiffany
Herman Newman : géant de l'industrie du jouet, propriétaire de chevaux de course

Maryland (Pimlico, Laurel, Delaware Park et les hippodromes du New Jersey et de Philadelphie)

Krista Magnelli : éleveur, propriétaire d'un petit haras
Pete et Maia Magnelli : mari et petite fille de Krista
Sam : vétérinaire des chevaux de Krista
Skippy Hollister : propriétaire, homme de loi et éminence grise de Washington
Mary Lynn Hollister : épouse de Skippy, dragon des bonnes œuvres
Deirdre Donohue : entraîneur des Hollister
George Donohue : cousin de Deirdre, entraîneur adjoint
Ellen : vieille amie de Deirdre, propriétaire d'une écurie de hunters d'obstacles et d'une école d'équitation

Chicago et La Nouvelle-Orléans (Hawthorne, Arlington Park, Sportsman's Park, Louisiana Downs)

William Vance · entraîneur

Californie (hippodromes : Santa Anita, Hollywood Park, Del Mar, Golden Gate Fields, Bay Meadows)

Kyle Tompkins : propriétaire – entre autres choses – d'un immense haras de pur-sang
Jason Clark Kingston : magnat de l'informatique
Andrea Melanie Kingston : épouse de Jason
Azalea Warren : vierge, propriétaire de chevaux de course, vieille fortune californienne
Joy Gorham : responsable des juments au ranch Tompkins
Elizabeth Zada : amie de Joy, écrivain, médium des animaux
Platon Theodorakis : amant d'Elizabeth, futurologue
Farley Jones : entraîneur de Kyle Tompkins
Oliver : entraîneur adjoint de Farley
Buddy Crawford : entraîneur de Jason Clark Kingston
Leon : entraîneur adjoint de Buddy
Deedee : cavalière d'exercice pour Buddy
Curtis Doheny : vétérinaire de Buddy
Roberto Acevedo : apprenti jockey
Martha la Merveille : cavalière d'exercice et légende vivante
Lin Jay dit « le Pisse-Froid » Hwang : propriétaire sans envergure, ancien garde rouge
« Petit Galet » : mère du « Pisse-Froid »
Leo : habitué des hippodromes, théoricien du monde hippique
Jesse : fils de Leo, neuf ans

Texas

R. T. Favor : entraîneur et personnage louche
Angel Smith : propriétaire d'une petite pension pour chevaux
Horacio Delagarza : ami d'Angel

France

Audrey Schmidt : jeune passionnée de chevaux
Florence Schmidt : mère d'Audrey

Partout

Sir Michael Ordway : intermédiaire du monde hippique, pair du royaume

Les chevaux

Mister T. : hongre gris né en Allemagne, vainqueur de courses en France
P'tit Bob : hongre brun, élevé en Californie
Residual : pouliche alezane, élevée dans le Kentucky

Limitless : poulain bai, élevé dans le Maryland
Froney's Sis : pouliche grise ou rouanne, élevée en Californie
Epic Steam : poulain bai sombre ou noir, élevé dans le Kentucky

Livre I

1997

Toutes leurs particularités sont consignées sur leurs certificats d'origine, chacun a son numéro et son dossier. On y a inscrit leur naissance viable, on a prélevé et analysé leur sang pour vérifier que leur lignée est bien celle que leur attribuent leurs propriétaires, on a noté leur naissance sous le nom de leur père dans bon nombre de documents et publié la nouvelle dans le *Thouroughbred Times*. Déjà, ils sont couronnés de succès, car ils ont été conçus, menés à terme, mis au monde, allaités, sevrés, puis habitués au licol, ferrés, convoyés et initiés aux usages élémentaires, non sans quelques mésaventures mais rien de fatal.

Tous ont des liens de parenté. Dans leurs veines à tous coule le sang du Darley Arabian et d'Eclipse. On aurait peine à trouver un pur-sang anglais dont ce ne serait pas le cas. Dans leurs veines à tous, aussi, coule le sang de Stockwell et de Nearco. Trois d'entre eux sont liés par le sang à Rock Sand. Deux descendent de l'illustre reproductrice Pocahontas. Deux ont une ascendance plus américaine qu'anglaise qui remonte à Lexington. Les plus chanceux ont St. Simon dans leur lignée. Hyperion apparaît ici et là, trait de lumière qui rehausse tout pedigree. Les quatre illustres chevaux pères – War Admiral, Princequillo, Mahmoud et Blue Larkspur – apparaissent, eux aussi, bien qu'aucun de ceux qui côtoient ces poulains ne soit assez vieux pour les avoir vus courir.

En tant que pur-sang, Residual, Epic Steam, Froney's Sis et le poulain bai sans nom pour l'instant, ont en commun certaines caractéristiques. Ils sont actifs et très curieux. Ils préfèrent le mouvement à l'immobilité. Passer au galop tout en douceur leur est aussi naturel que respirer. Quand ils courent, ils regardent droit devant eux, à environ quatre foulées, et leur queue flotte dans l'alignement du corps. Ils sont nés pour aller de l'avant, chanfrein parallèle à l'encolure parallèle au dos parallèle à la queue, comme le border collie est né pour serrer les moutons et comme le chat est né pour jouer avec la souris. Ils font tous preuve d'une intelligence et d'une curiosité manifestes. Ils suivront tout ce qui se promène dans le pré, naseaux au sol, menant l'enquête. Ils sont exubérants. Ils sont sensibles. Ils ont leurs idées sur tout. Pour ce qui est de la vivacité en général, ils pèchent par excès plutôt que par défaut. De manière générale, leurs liens de parenté sont plus étroits que ceux des guépards.

Et pourtant, auraient-ils tous la même couleur de robe que l'on pourrait facilement les identifier. D'Epic Steam, tout le monde dit : « Celui-là alors, il ne se prend pas pour n'importe qui ! Ouais ! Un vrai fils de pute, et même un vrai fils de fils de pute. C'est un sacré costaud, ce poulain. » Le maréchal-ferrant n'aime pas lui nettoyer les sabots, et d'ailleurs personne d'autre n'aime avoir souvent affaire à lui. Il oppose une résistance farouche au licol, au pansage, à la vermifugation et aux injections. On le garde toujours pour la fin, même si c'est le moment où tout le monde est fatigué et irritable. S'occuper de lui vous met de si mauvaise humeur que cela nuit aux autres chevaux s'il passe en premier, voilà la raison que l'on invoque. Impossible de s'y prendre avec affection, gentillesse et douceur, impossible aussi de s'y prendre avec fermeté, autorité et agressivité.

Il représente beaucoup d'argent : sa mère a coûté cinq cent soixante-sept mille dollars à sa propriétaire (mais elle a amorti cette dépense par la vente de trois de ses sept poulains à l'âge d'un an, dont deux à cinq cent mille dollars chacun). Les frais de haras de Land of Magic se sont élevés à soixante mille dollars. Quant à Epic Steam, il a rapporté quatre cent cinquante mille dollars à la vente des yearlings de Keeneland, en juillet dernier. Epic Steam se sent très vite offensé. Il est très exigeant quant au code de conduite qu'il faut adopter à son égard, et tous les hommes qu'il a rencontrés jusqu'ici l'ont offensé. Les autres chevaux sont nettement moins grossiers – ils ont su apprendre, donc ils ne l'offensent pas et il n'est pas méchant avec eux, simplement autoritaire. Seuls les hommes sont aveugles et entêtés. Epic Steam aimerait voir quelqu'un, juste une fois, qui saurait prêter attention et se conformer à son code de conduite. Aujourd'hui âgé de presque deux ans, ce cheval de plus d'un mètre soixante-cinq au garrot, dont les côtes arrondies se déploient en éventail autour des poumons et du cœur hypertrophié, se voit souvent qualifier de « monstre ». Son arrière-main constitue un comté à elle seule ; sa queue se déploie tel un étendard noir qui touche presque le sol.

Residual ne se prend pas pour n'importe qui, elle aussi. Elle est celle qui n'en finit pas d'arpenter le pré, s'arrête, lève la tête, regarde et repart. Celle qui a l'air méditatif. À ceux qui s'occupent d'elle, elle a fait comprendre qu'il faut patienter un instant. Quand le maréchal-ferrant lui demande de lever le pied, elle marque une pause, puis il est évident qu'elle a pris sa décision et elle lève le pied. On dit que c'est une pouliche de bonne composition et c'est vrai. Quand elle court avec les autres pouliches, elle ne se précipite pas en tête, mais commence plutôt par rester derrière, attend une *plement* – possède quantité d'eau et d'herbages pour que ses prés restent toujours verdoyants.

À partir de maintenant, tout ce qui les concerne n'est que spéculation, mystère et potentialités. Le 1er janvier, ils auront tous simultanément un an ; alors ce qu'ils sont, ce qu'ils deviendront, quelle sera, ou ne sera pas, leur glorieuse destinée et leur postérité, tout cela commencera à prendre forme. Quelques années de plus et tout aura été révélé – comment ils couraient à l'âge de deux ans, et à l'âge de trois ans, s'ils ont développé les atouts cachés de leur patrimoine génétique ou ses déficiences cachées, s'ils méritent ou non de se reproduire, ce qu'ils ont fait de ceux qui les ont dressés, soignés, montés et possédés, et ce que les entraîneurs, le personnel d'écurie, les jockeys et les propriétaires auront fait d'eux. Ils sont sur le point de faire leurs débuts dans une vie tout aussi publique que celle des hommes, une vie tout aussi active, tout aussi lucrative peut-être, une vie sur laquelle ils auront sans doute bien des choses à dire, même s'ils n'accorderont jamais d'interview, pas même confidentielles.

Jack décide, comme toujours, qu'il y a tout le temps.

NOVEMBRE

1. Jack russell terrier

Au matin du deuxième dimanche de novembre, le lendemain de la Coupe des éleveurs (il n'y était pas allé cette année, le voyage jusqu'à la côte Ouest ressemblait à une véritable expédition depuis Westchester County, et il n'avait pas de cheval partant, il n'avait jamais de partant pour la Coupe des éleveurs, est-ce que c'était sa faute, hein ? N'avait-il pas dépensé des millions pour élever, dresser et faire courir des chevaux ? N'était-il pas temps qu'il ait un cheval partant à la Coupe des éleveurs ou quitte la partie une bonne fois pour toutes, l'un ou l'autre ?), Alexander P. Maybrick quitta le lit conjugal à six heures du matin, enfila sa robe de chambre et ses pantoufles, puis sortit de la chambre qu'il partageait avec sa femme Rosalind. En allant à la cuisine, il longea la bibliothèque, contiguë à son bureau, la salle d'haltérophilie, la salle de bains des invités, le salon et la salle à manger. Dans chaque pièce, sa femme avait disposé un tapis persan d'une qualité exceptionnelle – sa femme savait reconnaître la qualité en toutes choses – et chaque matin, dans chaque pièce, chaque tapis persan se trouvait agrémenté des minuscules crottes noires et compactes déposées par Eileen, le jack russell terrier. Quant à Eileen, elle était pelotonnée dans le lit avec la femme d'Alexander, apparemment endormie puisqu'elle n'avait même pas dressé la tête lorsque Mr. Maybrick s'était levé, mais il savait qu'elle faisait semblant. Aucun jack russell ne continue à dormir en présence de quelque mouvement que ce soit, sauf par ruse.

Mr. Maybrick avait déjà abordé ce problème sous bien des angles avec Rosalind. On ne pouvait pourtant pas dire qu'il ignorait tout des occupations des jack russell terriers quand Rosalind avait amené l'animal à la maison. Les occupations d'un terrier consistent à faire du bruit, à tuer de petits animaux avant de traîner leur carcasse dans la maison, à attaquer les chiens beaucoup plus gros que lui, à refuser toute domestication visant à en faire un animal d'intérieur et à mener une vie primitive sous toutes ses formes. Rosalind avait promis de bien commencer l'éducation du chiot, avec chenil et dresseur de chiens, une routine très stricte, un livre sur les jack russell terriers et toutes les autres recettes qui marchent avec les golden retrievers, les danois, les mastiffs et tous les autres chiens. Mais Eileen n'était pas un chien, c'était une bête sauvage, et le dresseur avait réussi à obtenir une seule chose d'elle, qu'elle cesse d'aboyer. Et que Dieu en soit loué, car si le dresseur n'avait pas obtenu qu'elle cesse d'aboyer, Mr. Maybrick aurait dû l'étrangler. Rosalind, qui portait ses sous-vêtements chez le teinturier, faisait nettoyer les vitres tous les quinze jours et maintenait le four dans un état de propreté tel qu'on aurait pu y stériliser des instruments chirurgicaux, s'efforçait de soutenir que les crottes étaient petites et inoffensives, et que les tapis y résistaient, mais, en fait, elle trouvait ce chien tout simplement adorable ; quand Eileen avait appris à sauter du sol sur les comptoirs de la cuisine, cela n'avait rien changé, ni même quand elle s'était mise à promener sur les comptoirs ses pattes d'une saleté originelle, *tic tic tic*, juste sous le nez de Mr. Maybrick, ni quand Eileen avait commencé à dormir sous les couvertures et à fourrer ses poils rêches dans les narines de Mr. Maybrick en pleine nuit. « Mais as-tu la moindre idée des endroits où ce chien est allé traîner ? » demandait Mr. Maybrick à Rosalind, à quoi elle répondait : « Je ne veux même pas y penser. »

Mr. Maybrick était un homme riche et puissant, et, en fin de compte, c'était ce qui l'avait retenu. Il savait que dans de plus hautes sphères il avait remporté bien des victoires et qu'à bien des égards, pour lui, qui criait sans cesse, malmenait et houspillait tout le monde, Eileen était entrée dans son existence comme un rectificatif. Elle pesait un vingtième de son propre poids. Il pouvait la broyer entre ses poings. Il pouvait également se débarrasser d'elle en faisant une scène à sa femme ou en envoyant l'animal à la SPA de son propre chef, mais il n'osait pas. Il y avait un abîme de mégalomanie au bord duquel Eileen montait la garde, et, le matin, quand il entrait dans la cuisine pour prendre son café, il s'efforçait de ne pas l'oublier.

La première chose que fit Mr. Maybrick après s'être versé une tasse de café fut d'appeler son entraîneur. Quand ce dernier décrocha, avec son habituel « Ouais, présent ! », Mr. Maybrick lâcha : « Dick ! » et Dick répondit : « Oh ! Al. » Il disait toujours cela de la même manière, comme s'il s'était attendu à une bonne nouvelle et qu'au lieu de cela Mr. Maybrick lui avait été envoyé. Ce dernier fit comme s'il n'avait pas entendu et but son café à petites gorgées en attendant que Dick se soit fait violence pour lui répondre : « Qu'est-ce que je peux faire pour vous, Al ?

– Ouais. Vous pouvez faire courir cette pouliche, Laurita, dans la course publique de jeudi.

– Ah bon, vous avez le calendrier des courses à conditions ?

– Oh, bien sûr ! Je veux savoir quelles courses ont lieu. Vous faites tant de mystères, vous autres entraîneurs...

– Très bien, ça marche. Écoutez Al...

– Dick, Frank Henderson pense que c'est la course idéale pour elle. La classe légèrement au-dessus, mais sans trop de compéti...

– Je vais voir.

– Je veux le faire. Henderson a dit...

– Mr. Henderson...

– Frank Henderson s'y connaît en chevaux et en courses, non ? Sa pouliche a gagné le Kentucky Oaks l'an dernier, non ? Et son autre cheval aurait figuré au sprint final hier, s'il n'avait pas lâché. Écoutez-moi, Dick. Je ne devrais pas avoir à vous supplier. » Ces paroles constituaient une sorte de menace et, au moment où il les prononçait, sans en avoir vraiment eu l'intention, Mr. Maybrick prit conscience de leur vérité. Il était le propriétaire. Dick Winterson était l'entraîneur. Leur relation était simple. Henderson lui répétait toujours de ne pas se laisser intimider par les entraîneurs.

« On verra.

– Vous dites toujours ça. Écoutez, je ne veux pas encore me retrouver à regarder la Coupe des éleveurs à la télé l'an prochain. Henderson pense qu'elle a de la classe, cette pouliche.

– Elle en a, mais je veux y aller doucement avec elle. Il faut d'abord voir comment elle... »

Mr. Maybrick raccrocha. Il ne reposa pas brutalement le combiné sur le poste – il ne le faisait plus – il se contenta de raccrocher. Si Dick avait connu Mr. Maybrick depuis aussi longtemps que ce dernier se connaissait lui-même, il aurait su à quel point c'était bien, que Mr. Maybrick se contente de raccrocher. Voilà un argument qu'il pourrait faire valoir avec sa femme. Il lui dirait que s'il n'était pas obligé de passer devant toutes ces crottes le matin, il pourrait commencer la journée d'une humeur plus calme, et sa capacité à accepter les frustrations durerait plus longtemps. C'était d'une logique scientifique. Avant qu'ils aient un chien, il arrivait pratiquement au quatrième appel sans offenser quiconque. À présent, il tenait parfois jusqu'au deuxième. Il but une autre gorgée de café et appela son courtier, puis son associé, puis son directeur général, puis son autre associé, puis sa secrétaire, puis il rappela son courtier et enfin il téléphona à son parrain d'Alcooliques anonymes (qui était encore au lit). Ce type s'appelait Harold W. et il était proctologue en même temps qu'alcoolique. Mr. Maybrick l'avait choisi parce que c'était un homme d'une patience infinie qui savait absolument tout sur les prostates.

« J'ai besoin d'un verre, dit Mr. Maybrick. Il y a des crottes dans toute la maison. Je parie que vous ne comprenez rien à ce que je raconte.

– Bonjour, Al. Bon, qu'est-ce qu'il se passe *vraiment* ? Tu n'as pas touché un verre depuis deux ans.

– Mais je suis toujours sur le point de craquer. C'est une lutte de tous les instants pour moi.

– Fais ta prière de sérénité.

– Mon Dieu…

– Mon Dieu… »

Et ils dirent la prière de sérénité ensemble.

« Écoutez, reprit Al. J'ai cette douleur dans l'aine…

– Pas d'extra. C'est la règle. Mon associé sera heureux de…

– C'est comme de l'eau qui goutte d'un tuyau. Je n'arrive pas…

– Tu as besoin de pratiquer la quatrième étape.

– C'était quoi déjà ?

– Faire un inventaire courageux de tous ses défauts.

– Ah ! Oui.

– Essayer d'obtenir quelque chose pour rien est un de tes défauts.

– Je n'achète jamais rien au détail.

– Alors tu as besoin de pratiquer la troisième étape, Al.

– Et celle-là, c'est laquelle ?

– Remettre ta vie entre les mains de la puissance supérieure. »

Mr. Maybrick se racla la gorge, comme toujours quand quelqu'un récitait ces formules sur la puissance supérieure.

Harold continua : « Revenons encore sur la journée d'hier. Qu'en est-il de la rage ? Tu as encore enragé toute la journée ?

– Mais bien sûr. Dans ma situation…

– On doit déborder de gratitude. Ta situation est une source de gratitude. Merci, mon Dieu pour chaque frustration, chaque mauvaise affaire, chaque perte d'argent, chaque contretemps, chaque obstacle et chaque résistance. »

Harold le taquinait souvent de cette manière. Cela faisait du bien à Mr. Maybrick, parce qu'il se disait qu'Harold W. l'aimait bien après tout, et cela lui rappelait aussi les moments où son paternel était de bon poil, dans le temps, quand il le mettait en boîte.

« Et chaque empêcheur de faire comme je veux, chaque putain d'emmerdeur, chaque imbécile qui se met en travers de ma route, chaque type qui conduit trop lentement, chaque…

– OK.

– Bon, il faut que j'aille travailler.

– Mais je… Il y a du vin dans le bar.

– Jette-le. Il faut que j'aille travailler. Les sales cons commencent à remplir la salle d'attente. »

Mr. Maybrick éclata de rire. Harold W. rit aussi. Harold W. n'était pas un saint, pas le moins du monde. Il était aux Alcooliques anonymes depuis trente-deux ans, au rythme d'une réunion par jour ou presque. Mr. Maybrick ne savait pas si cela devait lui inspirer respect ou mépris mais une chose était sûre : Harold W. était une force avec laquelle il fallait compter, aussi il le remercia poliment et sans rage avant de raccrocher.

À ce moment, Eileen entra dans la cuisine au petit trot. Il parut évident à Mr. Maybrick que l'animal l'ignorait de façon délibérée. Ses pattes cliquetèrent jusqu'à son bol dont elle vérifia le contenu, avant de boire dans le récipient d'eau, puis elle contourna l'îlot central et, l'air dégagé, sauta sur le comptoir de granit et trottina jusqu'à l'évier. « Eileen, descends ! » s'écria Mr. Maybrick. Ce fut comme s'il n'avait rien dit. Eileen leva sa petite tête brune, scruta le broyeur d'ordures et remarqua que le couvercle n'était pas en place. Le moignon qui lui servait de queue frétilla un peu et elle sembla s'accroupir. Elle tendit la patte vers le couvercle, mais ses membres étaient trop courts ; elle ne pouvait pas l'atteindre. Elle étudia la situation pendant quelques instants puis passa derrière les robinets, attrapa une pomme de pin qui était cachée là et sauta sur le sol. Alors seulement elle regarda Mr. Maybrick. Elle laissa tomber la pomme de pin à ses pieds en pantoufles et recula de trois pas, braquant sur lui son regard noir et perçant. « Je n'ai pas envie de jouer à ça, Eileen », dit-il. La stratégie de l'animal consistait à reculer puis avancer de quelques pas et à pivoter sur elle-même en désignant la pomme de pin du museau. Mais elle n'émettait jamais aucun son.

« Tu n'es pas un retriever, Eileen, tu es un terrier. Va dehors tuer un animal. »

En effet, Eileen était un terrier, et en terrier très déterminé, elle décida que Mr. Maybrick finirait par lancer la pomme de pin. Elle continua de danser, en ramassant la pomme de pin toutes les cinq secondes pour ensuite la reposer. Elle devenait de plus en plus mignonne. C'était son arme. Mr. Maybrick estimait qu'elle était un animal manipulateur. Il la quitta du regard et but une gorgée de café (son troisième). Alors, elle poussa un jappement et quand il posa les yeux sur elle, elle se dressa sur ses postérieurs. Elle avait des cuisses de lutteur – elle semblait en apesanteur. Mr. Maybrick s'était souvent dit qu'un cheval aussi athlétique que ce bon à rien de chien irait courir le derby du Kentucky et la Coupe des éleveurs, qu'il lui ferait gagner dix millions de dollars aux courses et cinq millions par an au centre de reproduction, pendant, disons, une vingtaine d'années. Cela faisait cent dix millions ; c'était arrivé à d'autres. Il élevait et faisait courir des chevaux depuis onze ans, et cela ne lui était jamais arrivé. Ce genre de choses vous donnait quelques rancœurs et à juste titre, malgré les propos que tenait Harold W. sur la gratitude. Quand il se sentit glisser sur cette mauvaise pente, compter les millions qu'il avait dépensés à faire courir des chevaux et songer à ce qu'il méritait, il ferma les yeux. Il entendit le chien lâcher la pomme de pin à intervalles réguliers sur le dallage, tchoc-tchoc-tchoc, basse sur laquelle ses petites griffes cliquetaient une mélodie. Ne méritait-il donc pas un cheval extraordinaire ? Ne le méritait-il pas ? Alors, les yeux encore fermés, il sentit le chien et la pomme de pin atterrir brusquement sur ses genoux, petit paquet compact et léger, mais vibrant d'énergie. Sous le choc, il manqua faire tomber sa tasse de café, qui se renversa sur le comptoir. « Merde ! » cria-t-il. Eileen sauta sur le sol et s'éloigna au petit trot. « Hé, viens ici, Eileen, appela-t-il, Eileen ! » Fendant l'air, Eileen fila dans le salon, et il se rendit compte qu'il avait oublié de la faire sortir. Mr. Maybrick posa les bras sur le comptoir et y enfouit sa tête.

2. Cheval de bataille

Bien qu'il ne fût pas dans les habitudes de Farley Jones d'être dehors avec la première équipe de chevaux, aux environs de cinq heures du matin, aujourd'hui cela ne le dérangeait pas car il ne dormait pas bien ces derniers temps et il valait mieux être debout à s'affairer que rester couché à se demander comment les choses se passaient pour tous ceux qui étaient levés. Oliver, son assistant, était en congé pour cause de grippe. Ils travaillaient sous éclairage artificiel et les chevaux, le meilleur groupe de l'écurie de Farley, s'étaient tous mis au travail – et au galop encore ! Et puis il était seul dans les tribunes de Santa Anita, agréablement calmes à présent que le tohu-bohu de la Coupe des éleveurs était passé. Le temps était beau aussi, en dépit de tout ce que l'on racontait sur l'arrivée imminente d'El Niño.

Ce fut seulement après les exercices, quand les chevaux furent sortis au trot, au bout de vingt bonnes minutes d'une solitude bénie, qu'on le rejoignit, et ce fut Buddy Crawford, un autre entraîneur, suivi de son assistant. Ils arrivèrent de front comme une tempête de sable et introduisirent une vague de turbulence dans les tribunes. Farley sentit son corps se préparer à foncer vers la sortie et son esprit résister à cette impulsion. D'une part, il n'avait pas fini de passer ses chevaux en revue, d'autre part, il avait quelque chose à dire à Buddy Crawford et il était tout sauf impatient de le faire. Il s'était juré qu'il n'irait au-devant d'aucune occasion de lui parler seul ou en présence d'autres entraîneurs, aussi, une fois ces conditions remplies, il se trouvait acculé. Il posa la main sur la rambarde pour se donner de l'aplomb face à Buddy. Alors, le cheval dont il voulait discuter avec ce dernier passa au trot, en contrebas, il grinçait des dents contre le mors et tirait sur les rênes, les oreilles couchées, le dos et la croupe agités de soubresauts. Cent mètres plus loin, il se cabra, mais son cavalier d'exercice s'y attendait et d'un coup de genoux il le fit retomber en avant. Buddy se pencha pardessus la rambarde et cria : « Rien que l'exercice cinq ! », puis il se tourna vers son assistant et lui tendit un bout de papier en disant : « Apporte ça à la loge du chronométreur. » Le gamin s'éloigna. La sensation de turbulence qu'éprouvait Farley s'accentua au lieu de diminuer.

« Salut, Buddy, fit-il.

– Salut, Farley. Comment ça va, vieux ?

– Ça va.

– Je déteste travailler de nuit ; mon paternel bossait dans l'équipe de nuit, tu savais pas ? Il détestait travailler de nuit, lui aussi, et dormir le jour. Mais qu'est-ce que ça peut me foutre, de toute façon je ne ferme pas l'œil de la nuit.

– Moi non plus je ne dors pas très bien en ce moment.

– Moi c'est depuis toujours, ces putains d'insomnies. À vrai dire, je ne sais pas si j'arrive pas à dormir parce que j'arrête pas de me faire de la bile ou si je m'en fais parce que j'arrive pas à dormir. Je supporte pas de rester couché dans une putain de chambre, avec les fenêtres fermées, la moquette et tout. Les voitures qui passent dans la rue me font penser à des chevaux au galop, alors il faut que je me lève pour aller voir ce qu'ils foutent. Bordel.

- Tu sais, je connais un type qui est allé dans un centre de soins pour les troubles du sommeil et…

– C'est pas des troubles du sommeil, merde, c'est des troubles d'entraîneur. Des troubles d'entraîneur qu'a trop de chevaux dans son écurie ! » Il rit, mais sans joie. Puis il se pencha par la fenêtre et hurla aux cavaliers qui trottaient tous ensemble : « Faut vous affranchir de la barrière, vous deux ! Gaspar, laisse pas ta pouliche doubler l'autre. » Puis il s'adressa à Farley : « Enfoiré de Gaspar. Il monte à cheval comme une gonzesse. S'il laisse cette pouliche prendre de l'assurance et doubler l'autre, il va se retrouver avec une fugueuse sur les bras. Ça lui apprendra, bordel. »

À présent, Buddy, qui était petit et noueux, faisait les cent pas et Farley jetait des coups d'œil furtifs en direction du champ de courses, en espérant malgré lui que quelqu'un viendrait les rejoindre. Il vit les derniers chevaux de son équipe quitter le champ de courses par l'allée qui y menait, en contrebas. Farley vit le cheval en question s'approcher d'eux. C'était un grand cheval bai, il se distinguait par une ligne étroite qui allait entre ses yeux et descendait de quelques centimètres, puis partait vers le naseau droit.

« Comment ça marche, avec ce poulain ? » demanda-t-il.

Buddy jeta un coup d'œil au cheval.

« Il s'entraîne plutôt bien. Changeant. Rapide. Sa mère était une jument de la ligné Rahy. Une rapide, elle aussi.

– Wedding Ring.

– C'est ça.

– C'était une jument régulière comme pas une.

– Ouais, régulière dans le genre violent, d'après Henry. Il l'a eue dans son écurie avant qu'elle retourne à New York. Celui-là, il a des hauts et des bas. Mais il faut qu'il apprenne sa leçon, après il n'aura qu'à foncer comme une brute. C'est tout ce qui compte. Trois semaines qu'il n'a pas couru dans une course. Les vacances sont finies. »

Un jour, l'ex-femme de Farley avait laissé entendre à sa sœur que cette dernière ne prêtait pas assez attention à sa fille d'un an et Farley avait assisté à la scène. Sa belle-sœur était en train de regarder par la fenêtre et, en entendant ce reproche formulé non sans modération, elle avait tourné la tête pour regarder Marlise, dont l'enfant de deux ans (celui de Farley) babillait à ses pieds. En fait, la tête de sa sœur avait pivoté sous l'effet de la surprise comme un boulet de démolition et après avoir hurlé pendant dix minutes, ce qui eut pour effet de faire pleurer les deux enfants et causa aux deux maris un choc qui réduisit leur espérance de vie de deux ans, les sœurs ne s'adressèrent plus la parole jusqu'à ce que leurs enfants soient âgés de six et cinq ans. Tout en vivant dans la même ville et en se voyant à pratiquement tous les dîners de famille. Ce souvenir retenait Farley chaque fois qu'il était tenté de donner des conseils aux autres entraîneurs au sujet de leurs chevaux. Mais ce jour-là, il dit : « Buddy, tu devrais faire faire une radio des grassets de ce cheval. J'avais une pouliche dont l'arrière-train bougeait de la même façon et elle…

– Il bouge de façon absolument normale. Il a eu un abcès. C'est pour ça qu'il a fait une pause. Mais la lithiase s'est évacuée il y a deux semaines.

– Peut-être, mais…

– Regarde cet exercice. »

Le cheval passa devant eux à toute allure. On voyait son cavalier serrer les dents tant le cheval tirait sur les rênes.

« Ce cheval adore courir et je ne vais pas me mettre en travers de sa route. Je vais même lui donner une occasion de faire ce qu'il adore.

– Buddy… » Mais en fin de compte, il ne put se résoudre à dire le fond de sa pensée, qui était que le cheval allait lâcher.

« Tu sais quoi ?

– Quoi ?

– Ces chevaux sont ici pour courir et gagner. Leurs propriétaires me paient soixante-dix dollars par jour et tout ce qu'ils veulent, c'est des courses et des victoires, bordel ! Et si le cheval s'effondre juste après avoir franchi la ligne d'arrivée, eh bien, il a fait le boulot pour lequel il était sur terre.

– Je ne crois pas...

– Quoi ? Un pur-sang n'est pas un produit de la nature. Sa maman et son papa ne sont pas tombés amoureux, ils ne se sont pas mariés et n'ont pas décidé d'avoir un bébé. Aucun de ces chevaux ne serait là s'il n'avait pas été créé pour courir et gagner. L'éleveur est leur Dieu, le champ de courses est leur destinée, et courir, c'est leur boulot ; voir les choses sous un autre angle, c'est tout mélanger, si tu veux mon avis. Et ça, c'est la dernière chose que j'ai envie de faire parce que, même si je suis dans la merde, alors j'y serais vraiment jusqu'au cou parce que je serais complètement paumé.

– Buddy...

– Farley, ça fait bien vingt-cinq ans qu'on entraîne des chevaux sur ce champ de courses tous les deux, non ?

– Ouais.

– Bon, eh bien voilà ce que j'ai remarqué chez toi. Tu es intelligent. Tout le monde dit ça de toi, il est intelligent, Farley. Parfois un peu trop, mais toujours intelligent. Moi, je suis pas un intello, passe-moi l'expression. Et c'est pas en étant intelligent que je vais avoir des chevaux gagnants, c'est en m'en tenant à ce que je sais. C'est mon intelligence à moi, parfaitement. Je suis assez malin pour savoir m'en sortir sans être intelligent.

– Tout le monde peut apprendre...

– Tu crois ? Tu avais ce poulain, Cheval de Bataille, tu te rappelles ? Tu l'as entraîné par ici pendant un an et demi. Il était con comme un balai, hein ? Une vraie légende, ce cheval. Il a trébuché sur la barre du starting-gate à sa première course et après, à chaque départ, la barre l'effarouchait. Il était incapable d'apprendre à surmonter ça. Beaucoup de chevaux y arrivent, mais pas lui.

– Fais juste faire une radio...

– Je veux même pas en entendre parler. Il est prêt à courir. Tant qu'il me dit qu'il veut courir, je le fais courir. » Buddy se pencha par l'ouverture et cria : « Gaspar, t'étais parfait cette fois-ci, je vais t'en faire monter un autre, de cinglé. Je crois que ça t'apprend beaucoup ! » Puis il se détourna et sortit solennellement de la tribune des entraîneurs. Durant l'accalmie qui suivit, Farley se rendit compte que sa deuxième équipe se pressait discrètement devant lui, en contrebas, en attendant ses instructions. Il soupira.

Le mercredi suivant, chez Farley, tout était rentré dans l'ordre côté sommeil, et chez Oliver, tout était rentré dans l'ordre côté grippe, aussi Farley ne retourna-t-il pas dans les tribunes avant que l'aube pointe sur Pasadena. Deux ou trois entraîneurs formaient un groupe et Farley se joignit à leurs plaisanteries. Henry, qui avait plus de soixante-dix ans mais moins de quatre-vingts racontait : « Tu sais, il y avait ces deux chirurgiens vétérinaires dont on taira le nom, mais vous savez de qui je parle, ils jouaient au golf là-haut à Pebble Beach avant que les Japonais rachètent le terrain. Ils en étaient au troisième trou, là-bas, dans la partie boisée, et le gars du coin demande au type du Kentucky : "Tu vois l'arbre, là-bas, celui qui a un trou à environ un mètre du sol ?

« – Ouais, fait l'autre.

« – Je vais te montrer quel chirurgien je suis. Il y a un hibou dans cet arbre, et moi, je vais prendre les instruments chirurgicaux que j'ai dans mon sac de golf, et je vais l'opérer des amygdales sans le réveiller.

« – Pas possible", fait l'autre.

« Alors le gars descend vers l'arbre, farfouille dans le trou et revient dix minutes plus tard. Il a deux minuscules trucs roses dans la main, et ça ressemble à des amygdales, ça c'est sûr.

« Alors ils envoient chacun la balle un coup plus loin et le chirurgien du Kentucky dit : "Passe-moi les instruments, je suis si bon chirurgien que je vais aller là-bas et lui ôter les couilles sans le réveiller." Alors il se dirige vers l'arbre, se penche dans le trou et revient dix minutes plus tard. Il a deux minuscules trucs rouges dans la main. "Il dormait comme un bébé", qu'il dit. Alors le Californien déclare : "OK, t'as gagné", et ils finissent leur partie.

« Bon, à l'approche du crépuscule, le hibou se réveille, il va faire un petit tour dans les airs, puis il va rendre visite à un autre hibou dans son arbre ; il se pose et ils restent là, à parler, alors le hibou dit : "Tu sais, il se passe de drôles de trucs, là-bas, près du troisième trou. Si tu veux un bon conseil, va pas traîner dans le coin. Ce soir, quand je me suis réveillé, impossible de pousser un seul putain de hululement ni de faire hululer une seule putain de chouette." »

Ils éclatèrent tous de rire et, au bout d'un moment, retournèrent vers les écuries, tous sauf Farley et Henry. Ce dernier leva les yeux sur Farley. « Alors, Buddy Crawford raconte que son cheval a lâché à cause de toi.

– Je n'ai pas entendu dire que ce poulain avait lâché, samedi, et tout ce que j'ai fait c'est…

– Même ça, t'aurais pas dû le faire.

– Même quoi ?

– Pas même une suggestion, aucun commentaire, rien.

– Ce cheval se déplaçait comme une pouliche que j'ai eue. J'étais certain que…

– T'aurais mieux fait de garder ça pour toi. Buddy Crawford raconte que tu lui as porté la poisse.

– Henry, c'est ridicule…

– Peut-être que tu le penses, Farley, et peut-être que je le pense. *Peut-être*. Je dis pas que je le pense. Mais on est sur un champ de courses, Farley. La poisse, les malédictions, la chance, les superstitions, le mauvais œil, ils *vivent* là-dedans.

– Il y a des causes quand un cheval lâche, les fractures liées au surmenage, les crampons sur le sabot, une mauvaise mise en condition.

– Oui. Mais tu es mêlé à cet incident-là.

– J'avais raison, c'est tout.

– Avoir raison au sujet du cheval d'un autre, c'est une erreur encore plus grave », dit Henry en secouant la tête. Puis il ajouta : « Je sais que t'as un truc, p'tit gars. T'as jamais eu d'aussi bonne année que cette année. Mais ça va et ça vient.

– Je sais. Ce n'est pas…

– Écoute-moi, je vais te dire un truc. J'ai travaillé dans toute la Californie, ici, dans le Nord et aussi dans les foires. Tu sais que j'ai vu Phar Lap ? Là-bas, à Agua Caliente. C'est à ça que je veux en venir. Ce que j'ai vu infliger aux chevaux m'a fait croire au péché de l'homme, au péché originel et à toutes les autres formes de péché. Et quand je mourrai, ce qui ne devrait pas trop tarder, je m'attends à être puni pour les péchés que j'ai vu commettre sans les empêcher. Mais ce que je vais te dire, c'est l'enseignement d'une vie passée sur les champs de courses. Faut savoir garder des choses pour soi. »

Farley savait qu'il avait raison. Henry secoua la tête, tourna les talons et s'éloigna.

3. Si les chevaux avaient des ailes...

Si Tiffany Morse avait oublié son porte-monnaie sur le banc devant les séchoirs de la laverie Spankee Yankee de Lowell, Massachusetts, c'était parce qu'elle avait dû se précipiter dehors par cette journée froide et humide de novembre pour rattraper sa nièce Iona et, dans la panique, elle avait oublié son porte-monnaie. Elle avait dû obliger Iona à la regarder dans les yeux pour lui faire comprendre que jamais-jamais-jamais plus elle ne devait sortir sans Tiffany, mais bien sûr Iona était trop petite pour comprendre : elle n'avait que trois ans. Et agile avec ça. En tout cas quand Tiffany était revenue vers le sèche-linge numéro 4 (« John Adams » – tous les séchoirs portaient le nom d'un homme politique connu du Massachusetts, tous jusqu'au dernier, le numéro 16, « Michael Dukakis »), son porte-monnaie était ouvert et son argent avait disparu. La laverie était vide, elle aussi. Et le pire, c'était qu'elle n'avait pas encore mis de pièces dans le sèche-linge et que ses vêtements mouillés y étaient entassés, derrière le hublot ouvert. En fait, les choses auraient été plus simples si le voleur avait pris les vêtements avec l'argent car à présent elle était obligée de trimbaler tout ce linge mouillé jusqu'à son appartement en s'efforçant de guider et de contrôler les déplacements de Iona – mais le voleur s'était contenté de l'argent. On ne pouvait pas dire que Tiffany passait une bonne journée. Non, vraiment pas !

Mais Tiffany n'en demandait pas tant, du moins plus maintenant. Elle était toujours prête à se satisfaire d'une bonne matinée ou simplement d'une heure. Et Iona et elle venaient tout juste de passer une heure agréable ce soir-là, avant d'aller à la laverie. Les choses s'étaient passées ainsi : Tiffany était allée prendre Iona chez sa mère en rentrant du travail car elle avait accepté de s'occuper de la petite fille jusqu'au lendemain les soirs où sa mère allait à la chorale et sortait avec d'autres membres de l'ensemble. Sa mère avait fait du ragoût de porc et, quand Tiffany arriva fatiguée et affamée, comme elle était de bonne humeur, elle l'avait invitée à s'asseoir et lui en avait servi une grosse assiette. Iona avait été sage, aussi n'avait-on entendu aucune récrimination au sujet de son père, Roland, le frère de Tiffany, qui vivait sa vie de bon à rien quelque part dans l'Ohio, ou peut-être au Texas. Il y avait plein de pommes de terre, de carottes et de bons morceaux de viande dans le ragoût.

C'était une trêve dans les relations belliqueuses entre Tiffany et sa mère. Ensuite, quand Tiffany était arrivée chez elle, elle avait vu que le cactus de Noël sur le rebord de la fenêtre commençait à fleurir. À eux deux, le ragoût et les fleurs lui avaient donné la force d'aller au Spankee Yankee mais à présent, avec le recul, elle se rendait compte que c'étaient de mauvais présages ou du moins des signes trompeurs car, sans cette heure agréable, elle serait restée chez elle à regarder la télévision au lieu de perdre son argent et d'être obligée de suspendre ses vêtements mouillés dans tout l'appartement. Quand elle se fut acquittée de cette corvée, une fois Iona couchée (ce qui n'était jamais chose facile), elle était épuisée et encore plus déprimée qu'au moment où elle avait découvert le vol de l'argent.

Ce n'était pas tant l'argent, c'était surtout ce que le vol signifiait : on ne peut pas se permettre d'être heureux, parce que le bonheur vous fait faire des choses qui vous plongent dans un désarroi encore plus grand qu'avant. Tout le monde le sait, il en va ainsi de l'amour, du sexe et des hommes – plus on est heureux quand on tombe amoureux, plus on est effondré quand cela ne marche pas – mais le plus déprimant de tout, c'était qu'il en allait ainsi des choses les plus simples comme le ragoût et les fleurs. Et à elle seule cette idée est si déprimante que votre vie paraît insupportable d'autant que, depuis le début, vous ne cessez de répéter à votre maman que primo, tout va bien, et deuzio, tout va s'arranger. Tiffany s'était toujours dit, ainsi qu'à sa mère, qu'elle ne finirait pas comme cette dernière – inlassablement à utiliser des formules comme « N'y compte pas », et « Il y a loin de la coupe aux lèvres » (la vie de tous les jours inflige un démenti flagrant à cette affirmation) et « Si les chevaux avaient des ailes… », une expression de sa mère qui n'avait aucun sens.

Une autre chose que disait toujours sa mère : « Être beau, c'est pas être bien. » D'ordinaire, elle faisait référence aux types que Tiffany avait amenés chez sa mère à l'occasion et à Roland, le père de Iona et le frère de Tiffany. Mais souvent Tiffany devinait que sa mère faisait référence à elle car, tout le monde le disait et Tiffany elle-même en était consciente, elle était à tomber par terre, une belle pépée, un canon et ainsi de suite. Elle était si habituée à être une jeune femme noire belle à tomber par terre, quoi qu'elle mette et quel que soit son maquillage, que cela lui était devenu égal. Où est-ce que cela l'avait menée, à vingt et un ans ? Elle n'en avait pas tiré grand-chose. Iona était belle à tomber par terre, elle aussi, comme le sont les tout-petits, encore plus beaux car on a peine à croire que des êtres si minuscules puissent être si parfaits, mais Tiffany ne lui faisait jamais de compliments. Une beauté à tomber par terre comme le verglas, la neige et les fleurs, faisait partie des choses qui arrivaient tous les jours. Et il fallait être soi-même belle à tomber par terre pour comprendre à quel point c'était une chose triviale. Tiffany se demandait souvent contre quoi elle échangerait son apparence si elle le pouvait. La seule chose qu'elle demanderait serait un emploi plus intéressant que celui de caissière chez Wal-Mart, mais l'ennui, c'était qu'elle n'arrivait pas à imaginer lequel. C'était son problème, pensait-elle. Elle n'ignorait rien de ce que les autres voulaient qu'elle fasse et qu'elle ne voulait pas faire, mais lorsqu'elle essayait de puiser dans les profondeurs de son être la chose qu'*elle* avait envie de faire, le seau remontait vide. De temps à autre elle cherchait vaguement. Certaines émissions de télévision présentaient les métiers des autres. Dans des bureaux, des postes de police ou des bars. Beaucoup travaillaient dans le spectacle. Mais aucun ne faisait vraiment mieux que rester assis à raconter des blagues, or c'était à cela que Tiffany passait ses journées chez Wal-Mart, si bien qu'ils lui semblaient tous aussi désœuvrés qu'elle-même. Ou bien elle achetait un magazine, mais tous les magazines féminins vous donnaient l'impression que tout le monde travaillait à plein temps soit à son apparence, occupation que Tiffany pouvait se permettre de dédaigner, soit à essayer plusieurs recettes différentes par jour, occupation qui semblait presque aussi ennuyeuse. Il y avait une chaîne de télévision, Discovery Channel, que Tiffany regardait parfois, mais les émissions ne s'intéressaient pas à ce que faisaient les gens, seulement aux résultats de leurs activités. Tiffany n'avait jamais eu l'occasion de voir comment ils avaient quitté Lowell, Massachusetts, par exemple, pour les plaines de Serengeti. Ces gens-là lui faisaient signe mais ils se trouvaient de l'autre côté d'un abîme et elle ne voyait pas comment on pourrait un jour le franchir. Surtout à présent qu'elle n'avait plus un sou en poche, pas même de quoi payer le trajet en bus pour aller au travail le lendemain. Elle se détourna du poste de télévision et alla jeter un coup d'œil sur Iona dans le salon. Cette petite Iona avait déjà trois ans et des idées bien à elle sur les trucs qu'elle voulait faire et qui ne correspondaient pas à vos idées sur les trucs qu'elle était censée faire. Le genre de chose qui vous fait penser que le temps passe vite. Et pourtant Tiffany était là, et sa mère aussi, à faire les mêmes choses année après année, à avoir les mêmes disputes et à faire du sur place. Le genre de chose qui vous fait penser tout le contraire : le temps passe trop lentement. Elle remonta la couverture sur Iona et ramassa ses chaussures qu'elle posa sur le coin de la table pour les trouver facilement le lendemain matin.

Une fois couchée, lumières éteintes, elle se dit que tout ce qu'il lui restait était la prière qu'elle avait déjà faite. Elle s'allongea sur le dos et regarda le plafond. « S'il vous plaît, faites que quelque chose arrive », chuchota-t-elle. Elle soupira. Cette prière-là marchait à tous les coups. Malheureusement, l'événement n'était pas toujours à la hauteur de ses espoirs. Par exemple, elle avait demandé un emploi et s'était retrouvée embauchée chez Wal-Mart. Elle avait demandé un petit ami et s'était attiré l'impérissable fascination de Lindsay Wicks, la plus fade, la plus insipide de toutes ses collègues. Elle avait demandé une voiture bien à elle et sa mère avait décidé d'acheter une nouvelle Mazda, laissant sa Taurus de sept ans à Tiffany, qui avait dû lui témoigner sa gratitude. Elle poursuivit sa prière : « Cette fois-ci, je le veux vraiment. »

4. Un animal utile

Quelque temps avant Thanksgiving, Joy Gorham, responsable des juments au ranch Tompkins, Centre de sélection des races, pur-sang de qualité, filiale du Consortium hippique Tompkins – *Le meilleur, tout simplement* –, trouva un message de la secrétaire de Mr. Tompkins dans son casier. Le billet disait : « Sois mignonne, occupe-toi de ça » et une lettre y était attachée. Elle était lisiblement tapée à l'ordinateur mais en caractères cursifs de petite fille et sur un papier à lettres orné d'images de chevaux. On y lisait :

> Cher Monsieur Tompkins,
>
> Ma maman utilise votre crème à l'amande pour le cou. Elle l'aime beaucoup. Merci. Dans un pré près de mon école, il y a un cheval. Je lui donne des carottes tous les jours et j'ai acheté une étrille en plastique, une brosse douce, un bouchon de chiendent et un cure-pied avec mon argent de poche. Je le panse aussi, tous les jours. C'est un

cheval très gentil. Je l'appelle Toto. Mais mon papa m'a montré comment écrire à la Société protectrice des pur-sang pour savoir d'où vient le cheval parce que j'ai vu son tatouage sur sa lèvre inférieure. J'ai découvert que son vrai nom est Terza Rima et qu'il est venu en Amérique en 1985 pour courir dans des courses pour vous. Il a été élevé en Allemagne et il a couru en France. C'est un vainqueur. Il vous a appartenu pendant cinq ans et vous l'avez fait courir à Hollywood Park, Del Mar, Gulfstream et Saratoga. Il a gagné sept courses sur cinquante-deux départs et il a fini placé vingt-deux fois, ensuite vous l'avez vendu et maintenant il est ici.

Le problème, c'est que mon papa est militaire et maintenant nous allons quitter cette base pour Washington, D.C. Je ne pourrai plus m'occuper de Toto et à mon avis il va mourir, parce qu'il est très maigre, on lui voit les os des hanches et les côtes et son encolure est très mince. Et puis tous les autres chevaux le mordent, alors comme sa robe est grise et sa peau toute noire, les morsures se voient. Sa queue est très courte. Je crois que les autres chevaux du pré sont très méchants avec lui. Son propriétaire a trop de chevaux. C'est un méchant, l'été dernier il a oublié de remplir les réservoirs pendant trois jours alors qu'il faisait très chaud. Ma maman et moi, on a rempli les réservoirs nous-mêmes avec un arrosoir de l'école. Le propriétaire croit que les chevaux mangent l'herbe du pré mais il n'y a plus d'herbe. Ils sont tous très malheureux.

À mon avis, comme Terza Rima vous a fait gagner trois cent mille dollars, vous devriez l'emmener dans votre écurie et l'y garder. Mon papa dit que c'est ce que ferait un homme bien, mais il pense que, dans le milieu des chevaux, il n'y a pas beaucoup de gens bien. Vous êtes en Californie. Nous habitons au Texas. Ce n'est pas très loin. Je partirai d'ici le 1er décembre. J'espère avoir de vos nouvelles.

Sincères salutations,

Audrey Schmidt, 11 ans
512-969-5225

Joy retourna la lettre et, sur l'envers, elle découvrit un dessin au crayon de couleur qui représentait un cheval blanc avec une petite fille, le ciel bleu, le soleil jaune et l'herbe verte. Puis elle se dirigea vers le classeur et chercha Terza Rima. Hongre gris né de Luciano, issu de Templeogue et de Prodomo, cheval de turf, importé à l'âge de cinq ans par le Consortium hippique Tompkins. Tout ce que disait Audrey était vrai. Le Consortium Tompkins l'avait fait courir régulièrement pendant toute la saison de ses neuf ans avant de s'en séparer pour sept mille dollars lors d'une vente de dispersion. L'un dans l'autre, Terza Rima avait été un investissement profitable pour un cheval qui ne pouvait pas se reproduire, même si bien sûr la reproduction était l'objectif à court, moyen et long terme de tous les secteurs du ranch Tompkins.

Une semaine plus tard, deux hommes vêtus de blouses blanches Tompkins arrivés au volant d'un van des Transports de chevaux Tompkins (« *Transports aériens parfaits*, 48 États, navettes hebdomadaires entre le Kentucky et la Californie ») remirent un chèque de mille dollars à Bucky Lord, soit deux dollars au kilo, et embarquèrent un animal en bien piteux état – ils s'accordèrent à dire que jamais ils n'en avaient vu de pareil dans leur van où se trouvaient déjà trois yearlings du Kentucky. En sortant de la ville, le chauffeur appela la Société protectrice des animaux ainsi que la police d'État et dénonça Bucky Lord pour mauvais traitements infligés à des animaux. À chaque arrêt, quand ils allaient voir les chevaux, l'animal gris et émacié avait mangé tout son foin. Quand ils firent halte ce soir-là et lui donnèrent, ainsi qu'aux yearlings, une grosse ration de son, il l'engloutit sous leurs yeux puis hennit doucement pour en redemander. Un peu avant l'aube, ils arrivèrent au ranch, conduisirent les yearlings dans des paddocks et mirent le vieux cheval gris dans un box d'isolement en attendant que le vétérinaire l'ait examiné. C'était un grand box de quelque seize mètres carrés tapissé de cinquante centimètres de foin, avec des ouvertures de chaque côté. Quand le chauffeur y fit entrer le vieux hongre il crut voir les yeux du cheval s'écarquiller sous l'effet de la surprise. Le chauffeur secoua la tête et s'attarda pour gratter le cheval à l'endroit, juste au-dessus du garrot, que les chevaux ne peuvent atteindre. D'étonnement, le cheval tourna la tête et le regarda droit dans les yeux.

Joy ne pensait pas devoir assumer la responsabilité de ce cheval. On ne pouvait pas vraiment dire qu'elle n'avait pas assez de travail par ailleurs. Il fallait s'occuper chaque jour des poulains à peine sevrés, avant d'aller chercher les juments que l'on mettait sous les lampes pour provoquer les chaleurs en avance, puis de les reconduire à leur box. La saison des saillies n'allait pas tarder à recommencer. Chaque jour, elle se rendait au haras pour sept heures et y restait au moins jusqu'à sept heures du soir. La journée tirait à sa fin lorsqu'elle trouva le temps d'aller voir le vieux hongre gris.

Eh bien, cela changeait des photos du cheval vainqueur qui se trouvaient encore dans son dossier ! Accoutumée à voir des chevaux bien soignés, Joy trouva son état effrayant ; il lui fit quasiment l'effet d'une illusion d'optique. Il avait la tête, l'encolure, la queue, les jambes et le corps d'un cheval – mais raides et squelettiques, surtout l'encolure qui ne semblait pas avoir été puissante au départ. Joy entra dans le box et contourna l'animal, l'examinant de côté, de devant, de l'autre côté puis de derrière. Il la regarda d'un air calme, ses yeux sombres formaient presque des triangles dans son visage tout blanc, taché de noir sur les bords, là où sa peau noire apparaissait sous sa robe blanche.

Ses pieds étaient dans un état lamentable, la corne craquelée et inégale, à cause de fers mal posés ou pas posés du tout – des deux maux on ne savait lequel était le pire. Son squelette était apparent, il semblait tout droit sorti de l'illustration d'un manuel. Du garrot à la queue, sa colonne vertébrale était osseuse et proéminente. Mais c'était l'arrière-main du cheval qui offrait le plus triste spectacle. Les muscles atrophiés descendaient de la colonne vertébrale, faisant apparaître des creux ; la croupe, ronde et luisante image de la puissance chez un cheval en bonne santé, formait chez celui-ci un promontoire accidenté. Par ailleurs, on distinguait des sortes d'îlots dans la robe blanche, formes noires et irrégulières des pinçons et des morsures infligés par les autres chevaux. C'était bien la peau de l'animal qui était noire sous les poils blancs, mais les taches noires semblaient déborder sous l'effet d'une illusion d'optique qui fit fermer les yeux et secouer la tête à Joy. Le cheval mesurait un mètre soixante-dix au garrot, au bas mot, mais il devait peser environ cinq cents kilos alors que son poids normal aurait dû avoisiner sept cents kilos.

Elle baissa les yeux. Le seul atout qu'il lui restait était ses aplombs. Ils étaient longs, bien dessinés, musclés et propres. Ils constituaient un modèle du genre, l'alignement de l'avant-bras et du canon de chaque aplomb était parfait, le genou plat et tourné vers l'avant, l'articulation du boulet reposait dans le hamac formé par les ligaments suspenseurs sans jamais les étirer, les tendons étaient rigoureusement droits, fermes et – elle les tâta – frais. Les postérieurs constituaient également un modèle. Les jarrets se trouvaient exactement dans l'alignement du fessier, les paturons étaient parfaitement droits grâce à l'angle légèrement creusé du jarret. Vus de derrière, fessiers, jarrets et boulets formaient deux lignes au milieu desquelles descendait la queue qui se balançait d'un côté et de l'autre. C'était l'illustration parfaite de la façon dont un cheval doit se tenir d'aplomb sur le sol, système bien stable de ressorts et de balanciers. Sans l'ombre d'un doute, le cheval était sain en dépit de ses dix-sept années, de ses cinquante-deux départs et de Dieu sait quoi d'autre. Joy commença à s'intéresser à lui. Il franchit l'espace qui le séparait d'elle et au bout d'un instant il la poussa du bout du chanfrein. Elle comprit qu'il s'intéressait un peu à elle, lui aussi.

« Terza Rima, dit-elle. Toto. Ma foi, tu as l'air un peu trop déglingué pour l'un et un peu trop grand pour l'autre. Je pense que je vais t'appeler Mister T., tout simplement. »

Il posa son nez moustachu dans la main de Joy.

Le problème à Thanksgiving, maintenant derrière elle, Dieu merci, alors pourquoi fallait-il qu'elle y pense encore ? se disait Joy, ce soir-là, en dînant au restaurant du ranch Tompkins – *Viande de bœuf parfaitement succulente* –, n'était pas tant que personne ne l'avait invitée et qu'elle avait été forcée de dîner seule dans son studio mais plutôt qu'ayant été invitée à deux endroits différents elle avait choisi de manger seule et que sa mère allait y voir un symptôme. Pour les symptômes, il y avait l'embarras du choix : pas d'amis, pour commencer, l'incapacité à apprécier les gens qu'elle connaissait – et de deux. Avec les symptômes, on était battu d'avance. Si votre mère était bien décidée à considérer tous vos choix de vie comme une série de symptômes – dépression, isolement, obsession des chevaux, surmenage, aucune vie amoureuse –, alors il devenait très difficile de la convaincre que tout cela aboutissait en fait à un sentiment de calme et de sérénité et résultait du choix : ne pas revivre les erreurs du passé. Mais, en vérité, elle n'avait guère apprécié son dîner solitaire de Thanksgiving et, pensait-elle, un nouvel ami constituerait peut-être un changement intéressant si l'ami était une femme du genre calme, paisible et peu curieux de son âge, assez semblable à elle-même. Tu vois, diraitelle à sa mère, je n'ai aucun problème d'estime de soi : mon amie idéale serait quelqu'un comme moi.

Elle promena ses regards autour d'elle dans le restaurant. Aucune des quelque dix femmes qui s'y trouvaient n'était seule : toutes étaient accompagnées d'hommes, la plupart d'enfants. Le problème de Joy était résumé dans ce microcosme. Elle termina son repas et rentra chez elle. L'endroit où elle vivait, se dit-elle, était grand comme une coquille de noix mais elle avait renoncé depuis des années à trouver quelque chose de plus spacieux et de plus pratique. Cela n'était pas dû à son salaire ou à la rareté des appartements.

C'était dû au sentiment de satisfaction que l'on éprouve à se nicher comme une noix dans sa coquille. Et elle s'en satisfaisait : il fut un temps où elle aussi aurait été assise en compagnie d'un homme, son ancien petit ami Dean, à l'écouter discourir encore et encore sur quelque projet d'élevage 100 % artificiel pour lequel il essayait de trouver des subventions, à sourire et à opiner – alors, tout compte fait, une coquille de noix était préférable.

Mister T., cela allait de soi, dut être isolé pendant au moins une semaine : il pouvait avoir attrapé n'importe quoi dans l'établissement hippique de Bucky Lord, mais ensuite Joy ne sut pas vraiment quoi faire de lui. Dans le haras, du côté des poulinières, les herbages étaient tous occupés par les juments et les poulains sevrés. Les poulinières avaient tendance à se montrer très strictes quant aux comportements exigés d'un mâle et c'était plus que Mister T. ne pouvait encore endurer. Du côté des étalons, il se trouvait que tous les paddocks étaient pleins – un an plus tôt Mister T. aurait pu y trouver une place, mais Mr. Tompkins avait amené un cheval de quatre ans et un autre de cinq ans sur les champs de courses pour essayer d'en tirer quelque chose cette année. Le centre de dressage se trouvait juste en face du ranch et Joy ne voulait pas mettre le vieux hongre dans un pré avec les jeunes chevaux. En fait, le vétérinaire avait déclaré qu'il ne fallait le laisser avec aucun autre cheval, mais plutôt le tenir à l'écart de la société équine et par la suite on pourrait peut-être le mettre en contact avec un unique compagnon, un autre vieux hongre si possible. Aussi le laissa-t-on dans l'écurie d'isolement, qui ne comprenait pas de paddocks, et chaque jour Joy l'en fit sortir une demi-heure pour l'emmener brouter. Dès la première fois le cheval sut la reconnaître et hennit doucement pour l'appeler. C'était flatteur. Elle commença à lui apporter des carottes, elle qui ne croyait pas aux vertus des friandises données à la main. Mais l'animal était tout sauf entreprenant. Il ne venait prendre la carotte dans sa main que quand elle la lui tendait et ensuite il agissait avec douceur. Il ne la bousculait pas et n'allait pas fouiller dans ses poches, il ne faisait même pas jouer ses lèvres sur sa main. Si elle ne lui tendait rien, il ne demandait pas.

Une autre lettre d'Audrey arriva. Elle disait :

> Chère miss Joy Gorham,
>
> S'il vous plaît, écrivez-moi à l'adresse suivante pour me donner des nouvelles de Toto. Nous sommes allés voir mes grands-parents en Californie et j'ai obligé mon papa à m'emmener trois fois à

Hollywood Park où j'ai parié sur tous les chevaux gris. Nous avons eu une journée de gains et deux jours de malchance. J'ai touché le jackpot deux fois où les chances étaient faibles : 15 contre 1 (Bimini Baby) et 18 contre 1 (Gimme Ago), avec des mises à cinq dollars, je suis repartie avec cent soixante-dix dollars. C'est le prix d'un forfait de six leçons à mon centre équestre. Ma maman a dit que nous ne pourrions pas retourner au champ de courses avant le printemps et qu'elle me paierait mes leçons d'équitation si j'accepte d'arrêter de parier mais mon papa dit que parier c'est gérer de l'argent, du vrai, et que tout le monde devrait apprendre ça. Je m'en fiche des paris. Tout ce qui m'intéresse c'est les chevaux.

Toto me manque. Je sais que c'était un bon cheval de course. S'il vous plaît, donnez-lui un bisou de ma part et dites-lui mon nom, pour qu'il sache de qui vient le bisou. Finalement il paraît que nous allons en France après Noël.

Très sincèrement,

Audrey Schmidt,
14578, Eglantine Street
Pokerville, Maryland

Joy ne put s'empêcher de se représenter Audrey comme elle-même, vingt-cinq ou trente ans plus tôt : petit garçon manqué, blonde, maigre et nerveuse, perchée sur l'arrière-main de son poney qui broute, à essayer d'attraper une pomme suspendue à une branche. Quand le poney s'éloignerait trop brusquement (ils le faisaient toujours), Joy glisserait à terre et se relèverait d'un bond, blessée ou indemne, qu'importe ? Quoi que fasse le poney, cela lui allait parce que c'était son poney à elle et, si vous étiez un certain genre de petite fille, un poney rien qu'à vous était le plus beau trésor du monde ; qu'importe si votre mère répétait inlassablement année après année : « C'est avec cet horrible poney que tout a commencé. Enfin, il n'était même pas beau ou gentil ! J'ai dit à ton père… », pour vous, ce poney n'en demeurait pas moins la meilleure chose au monde.

Elle photocopia la plus belle photo de Mister T. vainqueur – celle du handicap Warren Beatty à Arlington Park, Chicago, remporté avec quatre longueurs d'avance –, elle l'envoya à Audrey avec un échantillon de la crème Tompkins à l'amande nourrissante et délicatement hydratante (*tous les produits de la ligne de Soins nourrissants Peau parfaite de Tompkins existent en petit format, des échantillons très pratiques !*) et un échantillon de Steak première qualité Tompkins (*Expédié surgelé pour votre plus grand plaisir !*).

DÉCEMBRE

5. Rosalind

Autrefois, quand Rosalind Maybrick était encore Rosie Wilson d'Appleton, Wisconsin, en voyage scolaire à New York, elle avait assisté à une scène qui avait changé sa vie. Voici ce qui était arrivé : le professeur responsable du voyage avait autorisé Rosie et son amie Mary à rester un peu plus longtemps à l'hôtel car elles n'avaient pas encore enlevé leurs bigoudis et le professeur avait beau être un homme, il était assez intelligent pour savoir que les filles de seize ans étaient littéralement incapables de quitter leur chambre sans être bien coiffées. Aussi leur avait-il dit quel bus prendre jusqu'au Metropolitan Museum of Art où elles retrouveraient le reste de la classe devant la collection étrusque. Rosie et Mary n'avaient profité de ce privilège qu'à dix pour cent : elles quittèrent leur chambre avec trois minutes de retard et prirent le deuxième bus qui passa au lieu du premier, ce qui leur permit de goûter la sensation d'attendre à un arrêt de bus à Manhattan, New York, entourées de gens petits, bruns et bavards et non pas grands, blonds et silencieux. L'incident fatidique se produisit dans le bus. Elles restèrent debout, bien sûr, comme on le leur avait appris, par respect pour les gens du monde entier : elles venaient du Midwest où la déférence était une seconde nature et le produit de toute éducation. Dans le bus se trouvait une femme très bien habillée avec un garçon de deux ou trois ans dans une voiture d'enfant. Elle portait un manteau de fourrure sombre taillé près du corps et des gants de cuir. Le petit garçon était vêtu d'un manteau de laine et d'un bonnet. La voiture d'enfant prenait beaucoup de place. La femme et l'enfant restèrent calmement assis tandis que le bus traversait la ville, puis la femme tira sur le cordon et se leva. C'est alors que les choses commencèrent à prendre un tour funeste. La poussette s'accrocha et commença à se replier. L'enfant se mit à pleurer. Le chauffeur ouvrit la porte et cria hargneusement : « Alors, elle sort ou elle sort pas, la dame ? J'ai de la circulation, moi. »

La femme fut sublime. Avant toute chose, elle ajusta son manteau et ses gants. Puis elle remit la poussette d'aplomb. Prit l'enfant dans ses bras. Remonta la bandoulière de son sac sur son épaule. Souleva la voiture d'enfant. Et enfin, avec une lenteur tout à fait délibérée, en retardant la circulation dans tout Manhattan, elle entreprit de descendre, elle-même et tout ce qu'elle portait, les marches du bus, sans oublier de marquer un temps d'arrêt avant de poser le pied sur le trottoir. Tandis que le bus d'éloignait, Rosie regarda derrière et vit la femme, très sereine, en train d'attacher l'enfant qui ne pleurait plus dans sa poussette et de lui tendre une banane qu'elle avait prise dans son sac avant de commencer sa promenade le long du trottoir. C'était un spectacle captivant. Rosie dit à Mary : « Tu as vu ça ?

– Quoi ? répondit Mary.

– Cette femme.

– Bon sang, quelle impolie ! » fit Mary.

Et cette remarque donna à Rosalind la certitude que Mary passerait toute sa vie dans le Midwest, ce qu'elle fit.

Rosalind constata qu'avec suffisamment de maîtrise de soi on pouvait s'orienter, s'organiser et prendre son temps. C'était plus que de la prudence. C'est quand on est bousculé qu'il faut être prudent. Avec de la maîtrise de soi, on n'est jamais bousculé.

Et c'est ainsi que Rosalind avait cultivé sa maîtrise de soi comme étudiante à Smith College, comme stagiaire au magazine *Mademoiselle*, comme rédactrice en chef du *Condé Nast Traveler* et enfin à Westchester County où elle était l'épouse d'Alexander P. Maybrick et la belle-mère de trois enfants qui ne l'aimaient pas vraiment mais admiraient sa capacité à tenir tête à leur père. C'était cette maîtrise de soi que Rosalind mettait en œuvre chaque fois qu'elle décidait d'emmener Eileen avec elle en classe affaires, que l'on y autorise ou non la présence des chiens. À cet instant précis par exemple, Rosalind savait que, derrière le guichet, le personnel de la porte d'embarquement devinait la présence d'Eileen dans son bagage à main. Le sac était agité de tremblements, aussi le poussa-t-elle contre le guichet, l'y maintenant du genou tandis qu'elle demandait : « Est-ce que je peux monter dans l'avion maintenant ?

– Nous ne sommes pas tout à fait prêts à embarquer, madame. »

Eileen émit un petit bruit guttural, une sorte de gargouillis. Rosalind le couvrit en se raclant la gorge, puis se dirigea vers un siège près de la porte où elle s'assit et disposa l'ourlet de son manteau de fourrure par-dessus le bagage à main. Elle ne tirait jamais entièrement la fermeture éclair sur Eileen – cela ne lui aurait pas laissé assez d'air –, aussi devait-elle prendre garde à ce que la petite tête ne se glisse pas dans l'ouverture, curieuse, et à ce que ses petits yeux ronds comme des billes n'aperçoivent rien qui l'intéresse.

Al l'avait précédée la veille au soir avec le jet de la société mais Rosalind se moquait de Fort Lauderdale et avait simplement prévu d'assister à la course et de rentrer le soir même. C'était la septième de la journée, aussi aurait-elle, bien sûr, tout le temps. Elle avait toujours tout le temps.

Eileen se retourna et se laissa tomber au fond du sac mais à cet instant précis la porte s'ouvrit et Rosalind se leva d'un mouvement souple pour se diriger vers la passerelle télescopique et prit bientôt place, siège 2A près de la fenêtre. Elle fit glisser le sac contenant Eileen sous le siège devant elle et posa une des couvertures de la compagnie aérienne sur l'ouverture, ne laissant Eileen la regarder que l'espace de quelques instants. Puis elle lui tendit un cookie et lui dit d'être sage et de se tenir tranquille, pendant qu'elle, Rosalind, faisait un petit somme. Le plus merveilleux, chez Eileen, se dit Rosalind, était sa maîtrise parfaite de la langue anglaise : elle comprenait ce qu'on lui disait (même si bien sûr elle n'obéissait pas toujours). Entre New York et Fort Lauderdale, elles firent toutes deux un petit somme très agréable et se réveillèrent détendues. Rosalind attendit le dernier moment, alors qu'elles quittaient l'avion, pour révéler au personnel navigant la présence d'Eileen tout au long du voyage.

Mais Rosalind s'était réveillée d'une drôle d'humeur. Il lui fallut vingt minutes dans la limousine pour définir ce changement, tant les changements lui étaient peu familiers. Mais elle finit par mettre le doigt dessus. Elle avait très envie de quelque chose sans cependant savoir ce que c'était. Pour une acheteuse aussi accomplie que Rosalind, une envie n'avait certainement rien d'inédit. Être l'épouse d'Al signifiait qu'il y avait des maisons à meubler, des fêtes à préparer, une garde-robe à entretenir. Dans leur mariage, la division du travail était spécifique : il passait ses journées à gagner de l'argent et elle passait les siennes à le dépenser mais ils savaient l'un comme l'autre qu'elle travaillait aussi dur que lui et que dépenser de l'argent n'était ni plus ni moins un privilège pour elle que le gagner ne l'était pour lui. La déclaration la plus sexy qu'il lui avait jamais faite était : « Rosalind, j'ai aucun goût. » Le désir était chez Rosalind à la fois un talent et un savoir-faire, elle en connaissait tous les chemins par cœur. Aussi s'attendait-elle que l'objet de son désir émerge petit à petit de ses profondeurs intérieures pour se révéler à elle. Quelque objet de Floride, se dit-elle, une petite chose aussi insignifiante qu'un nouveau maillot de bain, peut-être ? Un catamaran ? Une croisière ? Du crabe farci ? Voilà comment la sensation se manifesta, au début, une simple envie – en deçà du désir, plutôt une sorte d'appétit. À Eileen, assise à côté d'elle sur le siège de la limousine, elle donna d'autres cookies.

Le chauffeur la conduisit à l'entrée réservée aux propriétaires, à Calder, où Al l'attendait comme prévu. Il lui ouvrit la portière et l'aida à sortir. Eileen bondit hors de la voiture de sa propre initiative et s'élança contre les genoux d'Al. Elle n'aboya pas, bien sûr, mais les jappements étaient contenus. Voilà pourquoi elle faisait des bonds et des virevoltes. Voilà pourquoi elle sauta sur le capot de la limousine. Al l'attrapa. « Bonjour, Eileen. Bonjour, chérie. Bon voyage ? » demanda-t-il.

Eileen lui lécha le menton et Rosalind lui déposa un petit baiser de l'autre côté du visage.

« Parfait », répondit-elle. Et ils franchirent l'entrée des propriétaires pour se diriger vers le champ de courses.

Rosalind ne se demandait jamais si elle aimait vraiment Al comme certaines de ses amies se demandaient si elles aimaient vraiment leur mari (quelques-unes avaient cessé de se poser la question depuis longtemps, bien sûr, car elles savaient qu'elles ne l'aimaient pas). Al n'était pas séduisant. Il était sans éducation, sans charme et sa réussite comme fabricant et importateur de pièces en métaux lourds en provenance de régions lointaines et pauvres, assimilées à des nations, lui avait permis de laisser tomber bon nombre d'habitudes intimes qui rendent la compagnie d'un homme supportable pour ses proches. Ainsi, la plupart de ses fonctions corporelles étaient bruyantes tout comme le fonctionnement de son esprit, d'ailleurs. À entendre ses enfants, il avait été dans leur jeune âge un drogué de travail, alcoolique et distant, qui s'isolait et se montrait peu bavard. À la suite d'une psychothérapie et d'une cure chez les Alcooliques anonymes, il disait à présent tout ce qui lui passait par la tête et sollicitait presque toujours l'attention de quelqu'un. Rosalind n'ignorait pas que certains se demandaient comment elle arrivait à le supporter mais elle le supportait très bien parce qu'il était tout à fait lui-même. Il n'y avait aucun mystère en lui. S'il vous criait qu'il voulait faire l'amour, bon Dieu, alors c'était qu'il le voulait, tout simplement, et il criait parce qu'il en avait envie. D'ailleurs il acceptait qu'on lui dise non. Rosalind n'avait pas tardé à s'en apercevoir. Les deux ou trois premières fois où il s'était mis à crier qu'il avait besoin de son amour et de son attention, elle avait été effrayée et elle avait cédé, mais la quatrième fois, au bout d'environ un an de mariage, quand il avait commencé, elle s'était contentée de répondre calmement : « Non, Al. Je n'en ai pas envie. » Alors il l'avait regardée, surpris, puis il avait dit : « Ah bon, d'accord. » Un « non » bien ferme, exprimé avec honnêteté et maîtrise de soi calmait Al et le rassurait. Et un « oui » bien pesé, comme dans « Oui, je veux bien faire l'amour avec toi, Al », le rendait heureux et joueur. Il suffisait d'être explicite et de laisser tomber tout le reste. Il n'y avait pas que les apparences. Ce genre de déclarations ne laissait pas de surprendre ses amies parce que Rosalind avait investi beaucoup pour rendre sa propre apparence agréable sans jamais rien investir dans celle d'Al. En fait, le contraste faisait d'eux un couple intéressant.

Ils trouvèrent leur loge dans les tribunes. Rosalind déposa son sac et promena ses regards sur l'hippodrome. Des chevaux couraient. « De quelle course s'agit-il ? demanda-t-elle.

– Cinquième.

– Des pronostics ?

– Aucun. J'ai misé cinquante dollars sur le cheval numéro huit mais on ne peut pas dire que ce soit par conviction. C'est la demi-sœur de cette pouliche qu'on avait l'année dernière, la Jade Hunter. »

Les chevaux arrivèrent en peloton au tournant et il se produisit ce qui arrive toujours : ceux qui étaient en tête se retrouvèrent derrière les autres tandis qu'un cheval qui ne s'était pas vraiment distingué les devança et gagna. Rosalind n'aimait pas particulièrement les courses, elles se ressemblaient toutes à ses yeux. Ce n'était ni les chevaux ni les jockeys ni les entraîneurs qui décidaient, mais la ligne d'arrivée. Elle se demanda si elle avait envie de parier et ramassa le *Programme des courses du jour*. Puis le reposa. Comme toujours les efforts qu'on y faisait pour personnaliser les chevaux, avec les statistiques d'un côté et les commentaires de l'autre, achevèrent une fois de plus de tarir toute envie de s'y intéresser. Ce dont elle avait vraiment envie, c'était de se concentrer sur cette petite faim qu'elle ressentait et de suivre son éclosion. Cela lui procurait une étrange sensation d'anticipation. Elle prit Eileen sur ses genoux, la mit sur le dos et lui frotta le ventre. Ses courtes pattes s'agitèrent et sa tête bascula en arrière. Rien de plus ferme que le corps de cet animal – tout en muscles solides du museau à la queue.

Après la sixième course, qui pour Rosalind fut en tout point identique à la cinquième, ils se levèrent et se dirigèrent vers l'enclos à seller les chevaux. L'entraîneur, Dick Winterson, était déjà là avec deux garçons d'écurie et la pouliche. Al les rejoignit dans l'enclos mais Rosalind, qui portait Eileen, décida de rester derrière la corde du côté des parieurs. Rosalind remarqua que Dick eut une sorte de recul au moment de saluer Al, et qu'il s'efforça ensuite de se rattraper en posant la main sur l'épaule de ce dernier et en faisant montre d'enthousiasme quant aux chances de la pouliche dans cette course. De fait, leur cheval avait l'air très en forme. Elle faisait jouer ses dents contre le mors tant et si bien que le garçon d'écurie devait rester devant elle et tenir les deux rênes. Pendant qu'il la retenait, le lad lui parlait avec gentillesse. Plus loin dans la rangée de compartiments, sous les yeux de son entraîneur un autre lad tirait sans ménagement sur la bouche de sa pouliche qui relevait brusquement la tête. Rosalind désapprouvait cela au plus haut point. L'encolure arc-boutée, Laurita s'avançait maintenant vers le lad qui ne recula pas d'un pas et se contenta de lever la main pour lui gratter le front. Dick plaça l'étoffe portant son numéro, le quatre, sur son dos et son assistant posa la selle par-dessus. La pouliche se tint tranquille tandis qu'ils la sanglaient et tiraient sur ses aplombs pour les dégager, ceux de gauche puis ceux de droite. Après avoir ajusté le tout, le garçon d'écurie le conduisit dans le cercle avec les autres pouliches et ensuite le juge du paddock – était-ce bien ainsi qu'on les appelait ? – déclara : « Messieurs, veuillez emmener vos chevaux ! »

Les jockeys sortirent de leur vestiaire comme une nuée d'oiseaux tropicaux et les chevaux se dirigèrent en bon ordre vers le rond de présentation. Al et Dick marchaient ensemble derrière le cheval et Rosalind eut un instant l'impression de les regarder comme une inconnue dans la foule des parieurs. Ils semblaient confiants et enviables – détendus, ils bavardaient, précédés par un animal immense, splendide et rayonnant de vie. Ils ressemblaient à ces gens à qui l'on pourrait demander si leur existence est à ce point comblée qu'ils n'ont pas conscience de ce cadeau-là. Leur attitude détendue en présence de ce qui excite l'envie de tous les autres les mettait à part et les rendait séduisants. Les jockeys tenaient à la fois de l'homme et du cheval. Ils bavardaient comme les hommes, mais leurs corps vibraient d'une grâce et d'un élan contenus comme ceux des chevaux. Ils se montraient respectueux envers les entraîneurs et les propriétaires mais pas plus que ne l'exigeait l'étiquette imposée par l'argent. Les chevaux s'arrêtèrent dans le rond et les entraîneurs mirent les jockeys en selle.

De retour dans leur loge, Dick resta assis avec Rosalind et Eileen tandis que les chevaux s'engageaient sur la piste et commençaient leur lente progression tout autour jusqu'au starting-gate. C'était une course de deux mille mètres. Rosalind tourna la tête vers Dick Winterson qui entraînait leurs chevaux depuis environ trois ans maintenant. Elle le connaissait très bien. Elle le voyait à peu près une fois par mois. Ils avaient échangé des propos cordiaux à maintes reprises et elle lui avait à peine prêté attention. À présent, il examinait très attentivement la rangée de chevaux qui marchaient à côté des poneys et fut transfiguré sous les yeux de Rosalind. Il ne lui prêtait pas la moindre attention, absorbé qu'il était par quelque mystérieuse pensée d'entraîneur, Dieu seul savait quoi. Ses yeux étaient bruns, nota-t-elle, il ne portait pas de lunettes et il avait un beau nez un peu aquilin. Ce qu'elle n'avait pas vraiment remarqué jusqu'alors, c'étaient ses adorables lèvres, bien dessinées mais pleines, et sûrement douces. Rosalind détourna les yeux puis elle le regarda de nouveau. À cet instant, elle sut qu'au fond quelque chose le rendait triste, alors elle sentit la petite faim du matin rompre les digues de son corps à tel point qu'elle dut s'asseoir, reprendre Eileen sur ses genoux et la cajoler. Et elle éternua. Par trois fois. « Vous avez attrapé froid ? demanda Dick Winterson.

– Pas que je sache. »

Pour Rosalind, ce furent les premières paroles qu'ils échangèrent. Rétrospectivement, il lui sembla qu'à ce moment elle avait jeté son charme. Elle n'y vit rien de délibéré. Il semblait plutôt que son désir, qu'elle percevait alors à peine comme tel, avait jailli d'elle-même pour recréer le monde. Le premier événement de cette nouvelle ère fut le suivant : les pouliches arrivèrent au starting-gate et se mirent en place, une à une, Laurita se pliait à l'exercice de façon routinière comme tous les chevaux de Dick, bien entraînés et bien préparés. Alors il y eut un temps d'arrêt, très bref dans son uniformité chevaline, durant lequel les huit pouliches se tinrent toutes en ligne. Puis la cloche retentit et le starting-gate s'ouvrit. Rosalind eut alors le sentiment d'avoir créé la course de sa vie. Sur les huit, six prirent un bon départ et Laurita aurait pu en faire autant si le cheval numéro trois n'avait trébuché à l'ouverture de la barrière et n'était pas retombé à moitié sur son chemin. La pouliche fit une chose incroyable : en un bond gracieux elle s'élança, elle et son cavalier, par-dessus la tête et l'encolure du cheval qui tombait, et suivit les autres. Dans les tribunes tout le monde en eut le souffle coupé. Dick eut lui aussi un mouvement de surprise puis, avec un petit rire soulagé, il dit à Al : « Elles savent sauter, ces petites pouliches du Nord ! Vous n'en aviez aucune idée quand vous avez envoyé votre jument se faire couvrir ! Ha ! » Puis ils se turent, tout le monde se tut, tandis que la pouliche parcourait le champ de courses comme si les autres étaient immobiles. Elle les dépassa l'une après l'autre et ses foulées semblaient s'allonger à chaque seconde. Pourtant cette pouliche ne s'était jamais montrée héroïque. On aurait dit que sauter par-dessus l'autre cheval l'avait révélée à elle-même et à présent la gloire lui donnait des ailes. À mi-chemin dans la première ligne droite elle avait une encolure d'avance. L'autre pouliche, grise et élancée, était favorite, elle avait déjà gagné un demi-million de dollars contre cent quatre mille pour Laurita. Et l'autre pouliche était une battante. Ses foulées n'avaient rien à envier à celles de Laurita. Bien qu'elle eût créé cette course, Rosalind ne la comprenait pas très bien. Il lui semblait que la pouliche grise, plus grande, plus élancée, plus expérimentée, plus mûre et plus chère, à l'ascendance plus illustre, allait certainement reprendre ce qui lui revenait de droit et remporter la course. Au tournant elles étaient côte à côte pour entamer la dernière ligne droite. Laurita était sur l'extérieur et l'autre pouliche tenait la corde. Elles semblaient ne pas pouvoir se détacher l'une de l'autre. Le reste du champ de courses avait disparu et les tribunes rugissaient, tous les parieurs, quels que soient les chevaux sur lesquels ils avaient misé, hurlaient de joie. À ce moment les jockeys firent usage de leur cravache. Mais elles ne luttaient pas à armes égales. Laurita passa la vitesse supérieure sans même sembler s'en rendre compte. Elle distança la grande pouliche, tout simplement, ouvrit une brèche de lumière entre elles et franchit seule la ligne d'arrivée.

Le jockey avait cessé d'utiliser sa cravache, avait perdu sa cravache. À présent il était debout sur ses étriers, transfiguré, bouche ouverte, la main qui avait lâché la cravache, brandie. Plus tard, quand ils publièrent sa photo dans le *Thoroughbred Times*, c'en était presque insoutenable tant l'étonnement de onze mille spectateurs était concentré sur son visage. « De ma vie je n'ai jamais rien vu de pareil », déclara Dick.

Ensuite ils se levèrent tous et allèrent dans l'enceinte des vainqueurs – cheval, jockey, entraîneur, lad, propriétaire et femme du propriétaire. Quelques semaines plus tard ils reçurent la photo de cet instant de victoire. Rosalind la scotcha dans son cabinet de toilette. Elle la regardait souvent, méditant sur leurs visages inexpressifs à tous. Enfin, tous sauf le cheval. La pouliche avait l'air vive et joyeuse, aussi intéressée que si elle venait de se réveiller d'un long sommeil et d'un rêve.

Le petit groupe quitta les tribunes tout de suite après. Même le jockey qui avait une monte dans la huitième course partit, non parce qu'il ne voulait pas monter le cheval mais parce qu'il oublia tout ce qu'il devait faire pendant environ quatre heures.

Ils suivirent la pouliche, passant sous les tribunes, dans l'enceinte des bookmakers pour revenir dans l'écurie de compétition. Leur trajet était jalonné de visages souriants et ponctués de cris tels que : « Beau boulot ! Sensas ! Sacrée pouliche ! » Al ne fit aucun commentaire, ébahi pour la première fois depuis que Rosalind le connaissait. Dick ne disait rien non plus. Et bien sûr Rosalind se taisait elle aussi. C'était quelqu'un de réservé. Mais ses pouvoirs s'exerçaient librement. Chaque fois qu'elle regardait Dick, il lui rendait son regard et ni lui ni elle ne détournaient les yeux. Elle crut qu'il savait qu'elle avait créé cette course pour lui, pour atténuer sa tristesse et maintenant il était moins triste. Al ne surprit jamais leurs échanges de regards. Ce fut aussi grâce à elle. Blesser Al était bien la dernière chose qu'elle eût voulu faire.

Une fois la pouliche ramenée dans sa stalle, bichonnée de toutes les manières possibles et laissée seule face à sa propre gloire, Al proposa à Dick : « Dîner ? Champagne ? C'est moi qui invite. Rassemble tout le monde, je vais chercher la limousine. Toi tu choisis le restaurant, Rosalind, et tu nous réserves une salle privée. » Al était vraiment heureux – cela se voyait. Dans la limousine et de retour à l'hôtel, il babillait et bâtissait des châteaux en Espagne, comme toujours quand il était heureux. « Rozzy ! Cette pouliche est faite pour la Coupe des éleveurs, ça crève les yeux ! Tu sais ce que ça représente pour moi, la Coupe des éleveurs. Je suis un éleveur ! Pour tous les éleveurs, c'est *la* course de leurs rêves, la Coupe des éleveurs. Une série de six courses, ça fait quoi : soixante chevaux, les soixante meilleurs pur-sang anglais, de toutes sortes, poulains, pouliches, sprinters, chevaux de turf. C'est une course unique en son genre. J'ai toujours dit qu'il n'y avait rien de pareil au monde, pas vrai ? Mais si, tu le sais bien ! Cette pouliche... » Le sourire aux lèvres, elle acquiesçait, écoutait et disait : « C'est possible, Al. C'est possible. » Possible. Un mot intéressant. L'univers des possibles avait quelque chose d'insolite pour Rosalind.

Il ne fut pas difficile de réserver une salle privée pour vingt personnes dans le meilleur restaurant de Boca Raton puis d'acheminer toute l'équipe – lads, moniteurs, assistants, la femme qui prenait les paris, Eileen, tout le monde – quels que soient leur mode d'expression et la tenue dont ils étaient vêtus. Partout ils reçurent un accueil souriant. Ils burent du Perrier-Jouët, mangèrent du risotto au pesto accompagné de coquilles Saint-Jacques, et aussi de l'osso-buco et de la piccata de veau, puis les limousines ramenèrent les convives éméchés et le téléphone mobile d'Al sonna ; c'était son associé qui disait qu'Al devait reprendre le dernier avion pour New York : il y avait une embrouille en Croatie où ils avaient une usine et donc Al était parti lui aussi et ils se retrouvèrent là, Rosalind et Dick, assis seuls, avec Eileen, en tête à tête, séparés par une table jonchée des restes d'un dîner vraiment très réussi. Eileen était assise sur la chaise à côté de Rosalind, juste en face de Dick. Elle avait les oreilles penchées en avant et fixait sur lui un regard plein d'expectative, il sembla soudain à Rosalind qu'elle et lui, les êtres humains, pouvaient enfin se laisser aller à ce qu'ils avaient envie de faire depuis des heures : se dévorer des yeux sans discontinuer et sans parler ni se demander si on pouvait les surprendre. Déjà le visage de Dick lui était aussi familier que le sien. Et ce visage familier reflétait une expression étrange, une expression maussade où ne perçait aucune mauvaise humeur mais un sentiment intense : sa vie intérieure affleurait, vulnérable, dans la lumière rose des chandelles qui éclairaient la pièce. Rosalind faisait beaucoup plus attention à l'expression de son propre visage. Elle s'efforçait de le rendre quasi inexpressif, presque comme un masque, si bien que Dick devrait s'approcher un peu d'elle et se dévoiler s'il voulait susciter la moindre réaction. Beaucoup auraient dit qu'elle faisait cela tout le temps mais ce n'était pas le cas. En dix-huit années de mariage avec Al, elle avait estimé indigne d'elle de s'abaisser ne serait-ce qu'à flirter avec un autre homme. Et elle n'avait pas non plus l'intention de flirter avec Dick. S'il venait à elle, il faudrait qu'il fasse tout le chemin sans aucun encouragement de sa part. L'appétit qui avait explosé en elle cet après-midi-là n'était ni un jeu ni un divertissement. C'était quelque chose de mystérieux et d'éprouvant, dans lequel on ne devait attirer aucun homme, se dit-elle, à coup de sourires ou mouvements de tête, publicités mensongères. Elle songea à Néfertiti, s'efforça de lui ressembler et attendit. De son côté Eileen suivait le cours de ses propres idées. Elle posa la patte sur la table et but délicatement dans un verre d'eau minérale.

« Ah, fit Dick. Rosalind. Merci pour le dîner. Tout le monde a trouvé ça vraiment épatant.

– Ah bon ? Tant mieux. » Eileen se rassit sur son siège.

« Je le pense vraiment. Pour la plupart, c'est un monde qu'ils ne...

– C'était l'idée d'Al. Il est généreux, à sa façon. Il ne le manifeste pas toujours de manière évidente, je le reconnais. » À ce moment-là, elle s'autorisa à sourire.

Les prochaines paroles qu'il prononcerait indiqueraient, se dit-elle, quel choix il avait fait et elle n'osa pas influencer ce choix dans un sens ou dans l'autre. Elle pressentait qu'il allait dire quelque chose comme : « Bon » ou « Il va falloir que j'y aille » ou « Je peux vous déposer quelque part ? » Toutes ces remarques lui traversèrent peut-être l'esprit sans s'y fixer. Toujours est-il qu'il dit : « Vos cheveux sont magnifiques. »

Elle acquiesça d'un signe de tête.

« Vos yeux aussi sont magnifiques. »

Elle acquiesça de nouveau.

« Vos lèvres aussi sont magnifiques.

– Tout est d'origine, répondit-elle. Même les cheveux. Personne n'a les cheveux gris dans ma famille.

– Mais les vôtres sont... » Il secoua la tête. « Je ne sais pas, ensoleillés. Couleur sable. La couleur d'un cheval palomino ! Ha ! » Il esquissa un sourire. Rosalind inspira profondément, puis Dick demanda : « Où logez-vous ? » Eileen se mit à haleter.

« Je pense qu'Al a retenu une chambre au Meridian. Nous avons acheté un appartement en copropriété, il n'y a pas longtemps, mais je n'ai pas encore fini de le meubler. »

Alors il dit : « Allons-y. »
Et elle répondit : « Allons-y. »

Ce qu'elle devinait, tandis qu'il lui dénouait les cheveux sur les épaules puis déboutonnait sa veste et son chemisier, c'était le nombre d'années qu'il avait passées en compagnie des chevaux. Ses gestes étaient souples et méthodiques, et dès l'instant où il posa les mains sur son corps, elles ne le quittèrent plus. Mais elles n'étaient pas avides et affamées ; elles étaient douces et rassurantes, chaudes, sèches et expertes, comme s'il pouvait découvrir des choses d'elle rien qu'en la touchant, de la même manière qu'avec les chevaux, de la même manière, peut-être, qu'avec Laurita demain, quand il ferait glisser ses mains le long de ses aplombs pour y déceler la chaleur. En fait, sa façon de la toucher contredisait l'expression de son visage, troublée et avide. Sa façon de la toucher était presque indolente. Quand sa main fut sur son cou, Rosalind le sentit tâter un petit nœud, le masser et le défaire comme sa masseuse, avant de redescendre vers l'épaule et de recommencer. Il semblait qu'aucune intensité du désir ne pût s'immiscer dans son habitude de dispenser des soins. Ils étaient nus depuis dix minutes quand elle prit la parole pour la première fois. Elle dit : « Je parie que les chevaux vous adorent. » Eileen, qui était roulée en boule sur le lit, sauta par terre et alla se cacher sous le couvre-lit.

« Ma foi, ils en ont l'air.

– Votre façon de toucher est agréable.

– Je m'en tire bien avec les chiens, aussi. Même si Eileen ne m'a pas encore fait d'avances.

– Et avec qui ne vous en tirez-vous pas… ?

– Les propriétaires, peut-être.

– Al vous aime bien. »

Il la regarda droit dans les yeux.

« Oh ! Ils m'aiment bien, c'est sûr. C'est moi qui ne les aime pas. »

Rosalind rejeta la tête en arrière et éclata de rire.

« Et avec ma femme, je ne m'en tire pas très bien.

– C'est pour ça que vous avez l'air triste ?

– Sans doute. J'ai l'air triste, alors ?

– Je trouve, oui. »

Il soupira : « J'avais peur que ça finisse par se voir.

– Vous aviez l'air heureux après la course. Enfin, pas heureux, mais enthousiaste. Presque heureux.

– Je n'étais pas loin d'être heureux. Ça faisait un bout de temps que ça ne m'était plus arrivé. C'est un obus, cette pouliche. » Ce fut à cet instant que Rosalind tomba amoureuse, parce que Dick avait un sourire bien particulier quand il pensait à cette pouliche, une variété de joie mystérieuse et bien à part flotta sur son visage et transperça le cœur de Rosalind pour une raison qu'elle était loin de comprendre. Elle cherchait le mystère, non ? Eh bien voilà, elle avait trouvé.

Peut-être qu'il ne s'entendait pas avec sa femme mais manifestement il s'en était plutôt bien tiré à un moment donné, avec elle ou avec une autre, car il avait sur la façon dont il devait s'y prendre avec Rosalind des connaissances instinctives et expertes. D'abord, il prit son visage entre ses mains et d'un geste doux et attentif il fit glisser ses pouces sur ses sourcils, la surface de ses joues et le long des maxillaires, les arrêta sur ses lèvres, puis, après un instant, enfonça le bout de ses doigts dans sa bouche. Elle le sentait toucher sa langue et l'intérieur de ses lèvres. Ensuite il passa ses doigts humides sur ses joues et sur son menton, encore et encore, jusqu'à ce qu'elle pousse un gémissement rauque. Alors il lui caressa la gorge d'une main légère qui lui rappelait combien longue et vulnérable était sa gorge. Ensuite ce fut le tour de l'autre main. Puis il la regarda et l'embrassa avec douceur d'abord, et ensuite un baiser plus appuyé, puis avec la langue, puis en lui mordillant les lèvres, il embrassait, mordillait, embrassait, puis l'embrassait dans le cou, puis la mordillait et l'embrassait. Sauf qu'il la mordillait à peine tant il était doux et attentif, à croire qu'il se trouvait sous sa peau et savait exactement ce qui serait excitant et ce qui lui ferait mal. Il lui mordilla les épaules, la gauche puis la droite. Pendant ce temps, ses mains avaient trouvé les seins de Rosalind. Les mains d'Al se retrouvaient toujours sur ses seins par hasard comme s'il n'en avait encore jamais touché, mais celles de Dick avaient une connaissance intime des seins, et en particulier de ceux de Rosalind, semblait-il. Assez vite mais pas trop, ses lèvres trouvèrent elles aussi le chemin de sa poitrine. Elle ferma les yeux parce qu'elle ne voulait rien voir que son visage, à présent. Ce visage était la seule chose familière dans la pièce et, si elle ne pouvait pas le regarder, ce qui se produisait dans son corps devenait trop terrifiant. Son corps se cambrait et tremblait déjà mais pas sous l'effet d'un orgasme. En simple réponse à la légèreté de ses caresses comme la limaille de fer attirée par un aimant.

Ses mains glissaient maintenant vers le bas, vers sa taille. Elle ne savait pas que c'était une zone particulièrement érogène mais quand il lui enserra la taille et lui caressa le ventre du pouce et de la main, elle sentit la partie inférieure de son corps devenir brûlante et des étincelles jaillirent de ses orteils. Il semblait qu'il y avait un point à cet endroit, près du nombril, qui était sensible, et Dick le savait, il savait précisément où le trouver et comment le faire réagir. Elle ouvrit les yeux et elle vit qu'il avait fermé les siens et aussi qu'elle prenait part à ce qui se passait sans s'en rendre compte. Elle lui pinçait les mamelons à intervalles réguliers et il semblait l'apprécier. Il laissa ses mains descendre de la taille aux fesses de Rosalind, et voilà qu'il n'était plus vraiment doux avec elle. Il lui pressait les fesses très fort, encore et encore, il les pinçait aussi mais cela ne faisait pas mal. Sa façon de la toucher semblait toujours posséder cette même qualité : ses mains étaient incapables de faire mal. C'était séduisant mais surtout c'était fascinant. Tandis que ces caresses se prolongeaient, il la regardait. Il avait l'air heureux et tendre. Ce regard la fit gémir, parce qu'elle avait le sentiment de ne pas mériter cette tendresse venant de lui. Soudain, et avec une extrême délicatesse, il effleura son sexe et la fit crier, et au moment où elle poussa ce cri il la pénétra, avec douceur et fermeté, rejeta la tête en arrière et ferma les yeux, lui aussi, semblant se glisser en elle avec autant de facilité que dans un gant.

Il la pénétra au plus profond, bien sûr. Il savait très bien faire ça, comme un cheval de course sait trouver la ligne d'arrivée : où qu'il la pénètre, c'était au plus profond, elle le sentait. Il oscilla doucement d'avant en arrière une ou deux fois et ce n'était pas très agréable, mais juste au moment où elle allait dire quelque chose, elle éprouva une merveilleuse sensation et se sentit envahie d'humidité tandis que le pénis devenait douceur satinée en elle.

Ensuite ils explorèrent toujours plus profondément cette sensation qui la traversait de part en part, cette impression que son corps fondait à mesure qu'il la pénétrait plus avant et, à l'instant où elle atteignit l'orgasme, il posa ses paumes chaudes sur son visage, l'entraînant avec lui tout au fond d'elle et elle disparut.

Vers deux heures, Rosalind se leva, enfila une robe de chambre, s'avança vers la fenêtre et s'assit, promenant son regard sur la plage et l'océan sombre. Il y avait des étoiles partout, en dépit des lumières de la ville. Elle se pencha sur sa chaise et plongea les yeux dans le gouffre, puis regarda de nouveau au loin et rassembla son épaisse chevelure dans ses mains, une chevelure qui était son amie de toujours. Elle la tordit en une queue-de-cheval, l'enroula autour de sa main, puis attrapa un crayon dans un pot sur le bureau et l'épingla en un chignon. À cet instant précis, elle ne pensait à rien. On aurait pu lui demander de le jurer, et elle aurait déclaré solennellement, sous serment, qu'elle ne pensait à rien. Qu'elle était parfaitement paisible et vide de toute pensée, bien baisée, aurait dit Al comme il l'avait fait quelques fois, pour parler de lui-même aussi bien que d'elle. Elle se passa la main entre les cuisses et respira le bout de ses doigts, y chercha le parfum de leur étreinte puis s'essuya sur sa robe de chambre.

Qu'est-ce qui avait déclenché cette réaction ? Après coup, elle y pensa longtemps, de manière obsessionnelle, même. Qu'est-ce qui l'avait fait quitter cet état de satisfaction et de vide ? Peut-être était-ce de savoir que les soins qu'il lui avait prodigués étaient impersonnels, ils n'avaient rien à voir avec elle, ce n'était qu'une qualité de son être qu'il apportait à toute chose, qu'elle y avait répondu mais n'était absolument pas en droit de la revendiquer. Et elle n'avait rien voulu revendiquer, n'est-ce pas ? Il ne s'agissait pas de revendiquer mais de découvrir. Une chose ou une autre, pensée ou entrevue, qu'importe ! Quand elle tourna la tête pour le regarder sur le lit, le sentiment de vide et de satisfaction se fondit instantanément et irrémédiablement en un poignant désir. Tous ses pouvoirs refluèrent sur-le-champ, tandis que les larmes commençaient à lui couler le long des joues. Eileen sortit de dessous le lit et bâilla, s'étira, d'abord en arrière puis en avant, en prenant le temps d'en savourer le plaisir. Puis elle aperçut Rosalind près de la fenêtre et rampa jusqu'à elle, propulsée par ses petites pattes arrière. La tête dressée, les yeux brillants, elle offrait un spectacle divertissant, mais elle était loin d'atténuer la tristesse de Rosalind.

6. Tous irlandais

S'il existait un genre de femme bien intégrée parmi les professionnels du monde hippique, à Pimlico ou ailleurs, Deirdre Donohue ignorait lequel mais elle était sûre d'une chose : elle n'en faisait pas partie. En cinq longues années comme entraîneur chez Thoroughbred Chevaux de course, elle avait appris qu'elle était 1. trop soupe au lait, 2. trop dogmatique, 3. pas jolie, 4. sans charme, 5. mal habillée, 6. pas assez entourée d'hommes pour que l'on puisse tenir son hétérosexualité pour acquise, 7. trop à gauche dans ses opinions politiques, 8. trop taciturne – ce qui correspondait à son côté soupe au lait et dogmatique car elle n'élevait la voix que quand elle était vraiment énervée – et 9. dépourvue de sens de l'humour. Quand les entraîneurs se racontaient des blagues cochonnes entre hommes pendant les exercices du matin, ils se taisaient toujours à son arrivée. Étant de manière générale des hommes de la vieille école, ils trouvaient naturel de se taire chaque fois qu'une femme les trouvait en train de se raconter ce genre de blagues mais s'il y avait un endroit où ils ne supportaient pas qu'on les en empêche, c'était bien dans les quartiers privés d'un hippodrome. Voilà ce qu'ils reprochaient à Deirdre sans faire la part des choses entre sa féminité et son absence de sens de l'humour.

Deirdre ne pouvait pas dire que sa reconversion d'entraîneur de chevaux d'obstacles en entraîneur de chevaux de course était un succès, mais en fin de compte il était plus facile de regarder un jockey monter un bon cheval de course – elle n'avait jamais été jockey – que de regarder un cavalier sur le dos d'un bon sauteur qu'elle aurait pu monter elle-même si elle ne s'était pas cassé la colonne vertébrale en tombant de cheval sur un oxer haut d'un mètre quatre-vingts, à Devon. C'était arrivé huit ans plus tôt, elle avait alors trente-deux ans. À présent, elle en avait quarante, ni mari, ni enfants, ni amis parmi ses collègues, dix kilos en trop qui lui donnaient l'impression de ne pas lui appartenir et un comportement qu'elle-même n'appréciait pas. Elle avait deux choses à son actif : un magnifique accent irlandais et une écurie de chevaux qui gagnaient régulièrement. Ses anciens amis du milieu des courses d'obstacles restaient ses meilleurs amis en partie parce qu'elle cherchait toujours le cheval avec un bon potentiel de sauteur qui ferait la paire avec un cavalier de sa connaissance. Plus d'un cheval de course qu'elle avait ainsi reconverti apparaissait dans *The Chronicle of the Horse*, l'encolure courbée et les genoux adroitement repliés au-dessus d'obstacles impressionnants, mais elle n'allait jamais les voir courir et les gens qu'elle connaissait dans le milieu des courses faisaient comme si le monde des sauteurs n'existait pas ou alors seulement en deçà d'un certain niveau fiscal. Et de fait c'était le cas. Sur les champs de courses, même dans le Maryland où l'argent ne coulait certainement pas à flots, on se croyait à Hollywood ou dans le Dallas des géants du pétrole et on mettait les courses d'obstacles au rang des activités mineures comme écrire de la poésie ou tenir un petit restaurant familial : une assez bonne manière de vivoter mais rien d'important.

Ressasser ce genre de pensées sur les champs de courses rendait Deirdre perpétuellement silencieuse et renfrognée.

Il n'y avait qu'avec sa comptable, Helen, et son entraîneur adjoint, George Donohue, un authentique petit-cousin originaire des environs de Curragh* même, que Deirdre révélait son autre personnalité, celle que connaissaient les chevaux : attentive, prévenante, douce, prévenante, généreuse, prévenante et surtout prévenante. Helen, qui tenait les comptes de Deirdre depuis qu'elle avait repris sa première écurie de sauteurs à l'âge de vingt-quatre ans, avait été la première à signaler à Deirdre l'existence de cette autre facette de sa personnalité et l'avait souvent encouragée à tomber le masque en public, mais Deirdre continuait à cacher son jeu. « Les gars du coin ne reconnaîtraient pas cette facette s'ils la voyaient », disait-elle à Helen et celle-ci devait bien admettre que c'était vrai.

C'était George qui monopolisait tout le charme irlandais, la beauté irlandaise et le penchant tout irlandais pour la p'tite goutte d'alcool, mais à l'âge de vingt-quatre ans il n'avait encore progressé que de quinze degrés dans sa trajectoire d'alcoolique et il avait de nombreuses années d'activité devant lui avant que son corps ne soit rapatrié les pieds devant en terre d'Irlande. Une autre chose lui revenait de droit, à l'insu des femmes des propriétaires : c'était lui, George, l'homosexuel. Voilà la raison pour laquelle il avait commencé par s'expatrier aux États-Unis.

Ils formaient tous trois un bon petit trio aux liens assez étroits et grâce à cela Deirdre était de meilleure humeur qu'elle ne l'avait été

* Haut lieu du monde hippique irlandais qui donne son nom à une course. *(N. d. T.)*

depuis des années. La vie en compagnie des chevaux lui avait appris à accepter, à prévoir et même à apprécier la qualité éphémère de toutes les bonnes choses. George, Helen et elle en étaient une. Pour l'heure, elle était assise aux côtés d'un couple de propriétaires. Deirdre s'était toujours gardée de l'erreur commise par d'autres entraîneurs et qui consistait à parler à l'homme en ignorant la femme. Pour commencer, elle n'aurait jamais fait cela et ensuite la plupart des propriétaires venaient à deux, alors peu importait à qui revenait l'apport d'argent initial et qui s'était intéressé aux chevaux le premier. Dans la plupart des cas, mais certes pas tous, ils finissaient par se laisser embarquer dans l'aventure à parts égales. À cet instant précis elle écoutait les Hollister en faisant des grimaces. Elle savait qu'Helen, qui regardait sans arrêt derrière la vitre, essayait de lui faire signe d'arrêter ces grimaces mais c'était plus fort qu'elle. Ce que disaient les Hollister la prenait sans cesse à rebrousse-poil.

« C'est un bon entraîneur, disait Daniel Hollister. Je me suis renseigné.

– Tu t'es renseigné ? s'exclama Mary Lynn Hollister. Mais pourquoi diable t'es-tu renseigné ?

– Ça s'appelle des recherches.

– Ça s'appelle des commérages, Skippy. »

Deirdre parvenait presque toujours à étouffer un gloussement quand Mary Lynn appelait Daniel Hollister, juriste de la commission anti-monopole, éminence grise qui évoluait dans les plus hautes sphères de Washington, « Skippy ».

« Il a dit que ce cheval aurait pu gagner. Enfin, on dit toujours ça, mais il est venu vers moi et il a dit : “Il a gagné, ce cheval, non ?” comme si on le racontait partout. » Il glissa une pointe d'agressivité dans sa voix. « Comme si tout le monde s'attendait à ce que ce cheval gagne.

– Pas moi, dit Deirdre.

– Bon d'accord », répondit Skippy Hollister.

Quod erat demonstrandum. Deirdre avait reçu une excellente éducation catholique qui lui avait laissé toute une collection d'expressions latines comprises de nul autre que George. « C'est fatal, la vitesse, dit Deirdre.

– Qu'est-ce que ça veut dire, ça ? demanda Skippy.

– Ça veut dire qu'il n'était pas prêt, ce cheval, répondit Mary Lynn. Ça veut dire qu'il aurait pu complètement se déglinguer dans une course pareille, il aurait pu se prendre un sale coup, voire pire. Pourquoi est-ce que tu n'écoutes jamais ce qu'on te dit, Skippy ?

– J'ai écouté un bon entraîneur qui pensait que le cheval était prêt.

– Skippy, quand tu es au stade de la découverte, est-ce que tu prends conseil dans l'équipe adverse à propos de ce qui mérite ton attention ou pas ?

– Je ne considère pas Harry Jacobson comme un adversaire. C'est un outsider tout à fait désintéressé. De plus, il a bonne réputation.

– Par rapport à Deirdre il fait partie de l'équipe adverse, non ? » Elle lança un regard à cette dernière.

« Il me semble, en effet », fit Deirdre qui commençait comme toujours sur un ton raisonnable, « qu'il essaie de me voler ce putain de cheval ! », et finissait sur un ton agressif.

« Oh, je vous en prie ! dit Skippy Hollister. Quand je lui ai demandé s'il pensait pouvoir mieux s'en tirer avec ce cheval, il a dit que non, que Deirdre est l'un des meilleurs entraîneurs du coin et que quel que soit le problème du cheval Deirdre finira par le trouver.

– Sainte Marie, Mère de Dieu ! fit Deirdre.

– Skippy, je m'étonne que tu sois mon seigneur et maître. Je me demande comment j'ai pu accepter que tu le deviennes. » Puis Mary Lynn dit à Deirdre : « Dites, mon chou, j'apprécierais que vous ne profériez pas de vulgarités en ma présence. Merci. » Elle eut un sourire souverain.

« Max Weber emploie ce type. Il n'a pas arrêté de gagner encore et encore.

– Skippy, dit Mary Lynn. Est-ce qu'il leur a été profitable ?

– Eh bien, je suppose que oui. Comment aurait-il pu en aller autrement ?

– Eh bien, figure-toi que non. Jolene Weber m'a dit qu'ils ont dépensé des millions pour acheter des yearlings et des deux ans, en poulinières et pour les entraîner. Ils ont aussi gagné des millions, mais pas autant qu'ils en ont dépensé ! » Quand Skippy regarda sa femme, Deirdre eut distinctement l'impression que cette dernière allait lui donner une ou deux calottes sur le sommet du crâne. On pouvait la qualifier de dragon dans son genre, mais Deirdre trouvait son attitude assez satisfaisante. Mis à part les chevaux, Mary Lynn Hollister se consacrait sans compter au bénévolat. Elle incarnait la figure classique de la redoutable âme charitable et, avec un peu de

7. P'tit Roberto

Roberto Acevedo avait seize ans mais à l'hippodrome il disait à tout le monde qu'il en avait dix-huit car il voulait qu'on lui donne des montures avant d'avoir vraiment dix-huit ans et d'être trop lourd pour être jockey. Tel était le destin de tous les Acevedo : ils avaient des perspectives fantastiques pendant un temps puis, l'un après l'autre, ils atteignaient pour de bon l'âge de la puberté – barbe naissante, taille supérieure à un mètre soixante, poids irréversiblement supérieur à cinquante-cinq kilos. La seule fille de la famille, Inez, s'était développée encore plus vite et avait dû abandonner la monte peu après son dix-septième anniversaire. Mais ils étaient tous fous de la monte. Et l'ironie tragique, disait Farley Jones, était que chaque Acevedo, fille ou garçon issu de la jument mère, avait d'immenses paluches. Sept enfants, quatorze grandes paluches. Roberto était le fils cadet, dernier-né d'une lignée classique. Ses aînés, ceux qui étaient en âge d'avoir des enfants eux-mêmes, Maurilio et Juan, avaient tous deux épousé une institutrice et s'ils gagnaient encore leur vie comme cavaliers d'exercice à l'hippodrome, ils avaient orienté leurs propres enfants vers des domaines tels que l'algèbre ou la grande cuisine.

Dans toute la Californie du Sud, on s'accordait à penser qu'en autorisant Roberto Acevedo à prétendre qu'il avait dix-huit ans alors qu'il n'en avait que seize, on était gagnant sur tous les tableaux et on disait adieu à une longue et honorable tradition. En comptant Huberto Acevedo, le grand-père, les grandes paluches des Acevedo remontaient à 1960, l'année où Kelso fut élu Cheval de l'année pour la première fois – une grande tradition hippique.

Donc Roberto se leva au son de la cloche qui signalait la fin du troisième cours (physique élémentaire : on faisait des expériences acoustiques à l'aide de tubes) et quitta le lycée pour se rendre à l'hippodrome, conscient que cette journée était unique dans sa vie car c'était le jour de sa première course. C'était la sixième de la journée, départ à trois heures vingt, mille six cents mètres, épreuve à réclamer pour chevaux mâles de quatre ans et plus n'ayant remporté aucune victoire en soixante jours, prix de vingt-cinq mille dollars. Il montait un hongre de cinq ans nommé P'tit Bob, il avait tiré la position numéro un et bien que Roberto eût monté entre trois et cinq chevaux par jour pendant ces trois dernières années, il était un peu nerveux.

Quand il entra dans le vestiaire des jockeys, tout le monde l'observa sans cependant lui adresser la parole, ce qui n'arrangea rien à l'affaire. En effet, comme son frère Julio le lui avait dit, c'était le signe infaillible qu'on lui préparait un mauvais tour avant ou après la course. Les jockeys étaient de sacrés farceurs en général, et une autre caractéristique propre aux Acevedo était leur côté soupe au lait quand on leur faisait des farces. Pour les autres jockeys, c'était comme agiter un drapeau rouge sous le nez d'un taureau. Le seul moyen de provoquer une réaction chez un (ou une) Acevedo était de lui faire une farce. Tout affront pendant la course, heurt, bousculade, engueulade ou moquerie, glissait sur les plumes d'un Acevedo sans même effleurer sa conscience, de même que les propriétés acoustiques des tubes n'avaient absolument aucune incidence sur la perception que Roberto avait de lui-même et de l'univers. Mais une farce... Eh bien, qu'est-ce qu'ils tramaient ?

La première course se passa tandis que Roberto cultivait ses réflexions sur le vestiaire des jockeys et son plaisir de s'y trouver. Il fallait rester dans le vestiaire des *jocks* jusqu'à ce que votre course ait lieu. On y entrait avant la première course pour ne le quitter qu'après avoir fini de courir. Si on ne montait que dans la neuvième course, eh bien, on restait assis là pendant environ cinq heures. Le vestiaire était très bien équipé : jacuzzi, sauna, table de massage, buffet de salades, une vraie télé et des moniteurs pour regarder les courses de Santa Anita et celles du Nord, des numéros gratuits du *Programme des courses du jour,* le *Times* de Los Angeles, le *Wall Street Journal* pour ceux qui téléphonaient à leur courtier en attendant leur course, le magazine de l'association des jockeys, des journaux et revues en espagnol et tout un assortiment de livres que les jocks avaient amenés et laissés là – une ou deux bibles pour commencer, en anglais et en espagnol, et des romans. Personne n'y touchait jamais ne serait-ce que pour les jeter, aussi constituaient-ils un étrange assortiment : Louis L'Amour, Danielle Steele, Frederick Forsyth, Guy Davenport et un certain T. Chose Boyle. Il s'y trouvait également un exemplaire du *Conte d'hiver* de Shakespeare provenant de la bibliothèque de Pomona College. Il y avait des gens de toutes sortes sur l'hippodrome, ça c'était sûr.

Ce que Roberto avait remarqué, c'est que le passage du temps était différent selon l'endroit de l'hippodrome où l'on se trouvait. Si on était dans les tribunes, par exemple, le temps s'écoulait très lentement. Les chevaux entraient sur la piste puis ils mettaient une éternité à faire le tour jusqu'au départ, surtout s'il s'agissait d'une petite course de turf car ils devaient alors gravir la colline, puis ils mettaient un siècle à entrer dans le starting-gate et, même après, la course paraissait encore trop longue. Voilà sans doute pourquoi les parieurs avaient tendance à trouver tous les chevaux lents. Ce n'étaient pas les chevaux qui étaient lents, c'était le temps lui-même. On pouvait accélérer son passage en faisant des allers-retours entre l'enclos à seller et le champ de courses. Alors, le temps s'écoulait, calme et régulier, les chevaux, si on les connaissait un peu, allaient un peu plus vite et l'après-midi à lui seul lui donnait le sentiment d'avoir accompli une bonne journée de travail, même si les gains étaient plutôt maigres. Le matin, dans les quartiers professionnels de l'hippodrome, le temps commençait par passer vite. Vous aviez l'impression d'être assis à un endroit précis – tout au bout de la rangée de box, et bing bing bing, voilà que le palefrenier vous amenait un cheval après l'autre, alezan, bai, gris, brun, on vous hissait sur la monture et c'était parti, les moments passés sur la piste à galoper ou à travailler étaient beaucoup plus courts que l'instant où le palefrenier et la monture approchaient. Tard dans la matinée si on restait jusqu'à onze heures ou onze heures et demie, ce que Roberto faisait parfois pour regarder les chevaux dans leurs box, le temps s'arrêtait, la poussière restait en suspens dans l'air calme et on n'entendait que le raclement régulier produit par un palefrenier ratissant les abords des box.

La révélation était que dans le vestiaire des jockeys le temps s'accélérait de manière uniforme. On entrait, on pensait à une ou deux choses, on prenait une tomate au buffet de salades, on trouvait son casier, on commençait à mettre sa tenue car on avait encore tout le temps, mais ensuite voilà qu'il n'y avait plus vraiment le temps finalement, car on annonçait la cinquième course et il fallait se dépêcher de mettre sa bombe. À tel instant précis, on franchit la porte, puis on marche derrière sa monture, l'entraîneur et le propriétaire quittent l'enclos à seller les chevaux pour pénétrer dans le rond de présentation où on s'arrête, mais pas pour longtemps car déjà le juge du paddock dit : « Cavaliers, en selle ! » et on a tout juste le temps de voir à quoi ressemble sa monture – une vague impression de brun – voilà qu'on est sur son dos, et ah ! on peut enfin respirer un peu, alors qu'on retient son souffle depuis une heure. Il est là, juste devant et on sait bien, maintenant – une impression de déjà vu, le souvenir d'un rêve – à quoi ressemble le cheval : longue encolure brune et luisante devant soi, deux oreilles à nulles autres pareilles et la sensation que sa bouche, toute sa personnalité en fait, sont là, entre vos mains. C'est à cet instant que le temps s'écoule normalement l'espace d'une vingtaine de minutes. On va rejoindre sous les tribunes la fille qui tient par la bride un poney palomino placide, puis on sort et on se dirige vers la piste tandis que les tribunes foncent vers vous et que la foule grouillante semble sur le point de se déverser sur vous. Le seul élément fiable est le cheval qu'on a entre les jambes, P'tit Bob, de nombreux départs à son actif et beaucoup d'arrivées, quelques victoires, pas d'accidents, avance au pas, puis au petit trot, puis il trotte calmement, disant aussi clairement que s'il faisait entendre le message à vos oreilles : « Pas de problème, petit. J'ai fait ça des centaines de fois. »

P'tit Bob ne broncha pas quand on le fit entrer dans le starting-gate, grand moment d'anxiété pour quiconque s'y connaissait un peu sur l'hippodrome, des propriétaires et entraîneurs dans les tribunes aux jockeys, en passant par les lads responsables des poneys, jusqu'aux starters adjoints et au starter lui-même. Mais P'tit Bob soupira, entra, s'immobilisa, déplaça son poids vers l'arrière et bondit dès que la cloche retentit. Dès lors, Roberto sentit que P'tit Bob maîtrisait le passage du temps, lui et personne d'autre. P'tit Bob détestait la corde comme tous les autres, aussi hésita-t-il un instant, laissant d'autres chevaux s'élancer en tête. À présent, il courait avec régularité mais assez lentement, marquant la cadence de ses foulées uniformes. Roberto n'avait qu'à tenir la bouche de l'animal pour lui rappeler sa présence. Au premier tournant, P'tit Bob opta pour un itinéraire intermédiaire, derrière environ cinq chevaux et à deux couloirs de la corde. Au milieu du tournant, il prit de l'avance pour se délasser et fonça un peu, allongeant ses foulées pour cueillir le cinquième concurrent, mais toujours sans effort. Tandis qu'il doublait le cinquième, il coucha les oreilles, faisant peut-être quelque commentaire que seul le cinquième cheval pouvait comprendre. Dans la première ligne droite, P'tit Bob se comporta comme un métronome, laissant ainsi à Roberto tout le loisir d'observer la mêlée autour de lui. Les deux chevaux qui se trouvaient juste devant lui se heurtèrent, si bien que le genou du jockey qui était à l'extérieur vint embrasser l'épaule de celui qui se trouvait à l'intérieur, mais le cheval de ce dernier le sentit et se déporta vers la corde. P'tit Bob prit à nouveau de l'avance et le dépassa. Le vacarme était incroyable – martèlement des sabots, respiration des chevaux semblable au mugissement d'un grand vent, jockeys qui parlaient et s'interpellaient – et, pendant ce temps, la bouche de P'tit Bob ne cessait de guider les mains de Roberto avec calme et régularité. Ils se trouvaient à présent au second tournant. Roberto se surprit à se demander si P'tit Bob choisirait d'aller sur le côté ou s'il se glisserait dans l'espace entre le cheval numéro trois et le numéro deux, mais à l'instant où il s'apercevait que c'était peut-être à lui d'en décider, P'tit Bob choisit la seconde option et s'engouffra dans la brèche comme un fil dans le chas d'une aiguille. Le cheval bai qui était à l'extérieur tourna la tête pour mordre et son jockey le tira brutalement. L'alezan qui se trouvait à l'intérieur sembla reculer. Et P'tit Bob comptait toujours avec la même régularité, un deux trois. Il n'y avait plus qu'un cheval devant lui maintenant mais on voyait le jour entre eux. Roberto songea à prendre sa cravache mais P'tit Bob lui fit savoir sans aucune équivoque qu'il ne le tolérerait pas. Il surpassait ses congénères de plusieurs coudées et lui donner des coups de cravache eût été insultant. Aussi Roberto se contenta-t-il de tenir la merveilleuse bouche de l'animal entre ses grandes paluches et de s'étirer pour ensuite se ramasser sur lui-même au rythme du cheval. Dans la dernière ligne droite, leur propre vacarme fut amplifié par celui de la foule. À présent, P'tit Bob commençait à se rapprocher du cheval de tête, un alezan à la longue queue soyeuse et luisante dans le soleil de ce début d'après-midi. Roberto sentait son cheval évaluer la distance et augmenter sa vitesse, mais il ne savait pas très bien s'il devait se fier au jugement de l'animal. Le jockey de l'alezan poussait véritablement sa monture – il usait de sa cravache, il hurlait – et le cheval roux répondait à ses sollicitations. Mais pour Roberto, cette course était la première ; ne sachant pas comment s'y prendre, il se fiait à ses instincts – se contenter de faire ce qui procure les sensations les plus délicieuses – en l'occurrence, cela revenait à laisser P'tit Bob s'occuper de tout. Le chanfrein brun de l'animal se trouvait maintenant à la hauteur du genou de l'autre jockey, puis à l'épaule de l'autre cheval, à son cou, sa tête. L'arrivée fonçait sur eux et, à cet instant précis, P'tit Bob tendit les naseaux et les plaça devant ceux de l'alezan. Trois foulées après l'arrivée, P'tit Bob s'arrêtait déjà. Il avança calmement au petit trot et revint en arrière sans qu'on le lui ait demandé pour rejoindre son lad qui lui dit : « Hé, vieux ! On se ménage, hein ? » Derrière eux, le panneau d'affichage clignotait : « Photo-finish ! », on pouvait donc prendre tout son temps. Mais pour Roberto le résultat ne faisait pas l'ombre d'un doute, pas plus que pour le lad. En riant, celui-ci dit à Roberto : « Il adore faire frôler la crise cardiaque aux parieurs, celui-là, pour sûr ! C'est un sacré personnage !

– Qu'est-ce que c'était bien ! C'est toujours lui qui prend les décisions ? demanda Roberto.

– Toujours. Il court à sa manière ou pas du tout.

– Ce qui m'étonne, c'est qu'il ne gagne pas toutes les courses. Il sait le faire, pourtant. »

Le lad haussa les épaules et puis il donna à Roberto la meilleure leçon de toute sa vie de jockey. « Certains jockeys savent écouter et d'autres pas », déclara-t-il.

Déjà, Farley Jones, l'entraîneur, était près d'eux et disait : « Bonne course, mon garçon. Envoie-moi ton agent. Je peux te donner une autre monte demain ; le jockey habituel a la grippe.

– J'ai pas d'agent.

– Eh bien, trouves-en un. Ton frère Julio. Il peut être ton agent pour l'instant. Quelle impression t'a-t-il faite, ce cheval ?

– L'impression que c'était lui le patron. J'aimerai bien le monter encore. »

Farley éclata de rire : « Je ne vois pas de raisons de dire non. »

Assez rapidement, le numéro de P'tit Bob apparut sur le panneau juste à côté du « 1 » et ils pénétrèrent dans l'enceinte du vainqueur. Les propriétaires n'avaient pas l'air d'être là mais c'était sans d'importance ; tous les autres faisaient fête à P'tit Bob et il le savait. Roberto descendit de sa monture et emmena sa sellerie au pesage.

Alors, comme ils sortaient de l'enceinte des vainqueurs et faisaient le tour pour passer sous les tribunes, un type arriva et accrocha une étiquette rouge à la bride de P'tit Bob, ce qui indiquait qu'il avait été réclamé par un autre entraîneur. « Hum ! » fit Farley Jones. C'est tout ce qu'il dit, mais Roberto devinait qu'il en était affecté. L'entraîneur adjoint parlait avec colère : « Je suis sûr que c'était Buddy. Ça ne peut être que lui. Ce sale Buddy Crawford. Il a réclamé tous les chevaux qu'on a amenés ici. Il s'en fout, vous savez qu'il a fait perdre son boulot à Ernie Jenkins en lui enlevant tous ses chevaux, et Boris…

– Oui, c'est lui », dit Farley.

Roberto vit le visage du lad s'allonger. Cela cachait quelque chose, pensa-t-il. La plupart des épreuves étaient des courses à réclamer et, sur un champ de courses, les chevaux se faisaient réclamer tous les jours : en entrant dans le starting-gate, ils appartenaient à un propriétaire et en quittant la piste ils étaient la propriété de celui qui avait déposé la somme requise au bureau du secrétaire des courses. C'était de la pure routine, tout le monde jouait le jeu : on défiait un autre entraîneur de prendre un cheval qui est à bout ou on espérait s'en tirer avec une victoire sans perdre l'animal. On pouvait inscrire un cheval à une douzaine de courses à réclamer sans que personne n'en revendique jamais la propriété ou l'engager une seule fois et lui dire adieu. Comment savoir ? Tout le monde y était habitué mais, sans savoir pourquoi, malgré la victoire, tous quatre ralentirent le pas et baissèrent la tête en longeant les tribunes.

« Il n'allait pas rester indéfiniment un cheval de courses à conditions. Il aura bientôt six ans », dit Farley. Roberto savait que les course à conditions correspondaient à la classe moyenne, royaume de stabilité industrieuse d'où émergeaient les grands chevaux de course en route vers la gloire et la fortune, tandis que ceux qui les avaient réclamés s'évanouissaient dans l'oubli. « Il faut les inscrire à des courses qu'ils peuvent gagner, continua Farley, ou les mettre à la retraite. Mais ça me fait mal de le voir partir. Il peut se retrouver n'importe où. Vous savez, il y a des chevaux qui commencent en France et se retrouvent dans le Dakota du Nord ou à Hong-Kong. Ça m'a toujours fait drôle, à vrai dire. » L'entraîneur semblait calme, mais Roberto lui trouva l'air déprimé. Roberto soupira à l'unisson même si, pour lui, le défi consistait plutôt à obtenir de Buddy Crawford l'autorisation de monter le cheval.

« Vaut mieux finir dans le Dakota du Nord qu'à Hong-Kong, commenta l'entraîneur adjoint.

– Pourquoi ? demanda Roberto, car l'idée qu'il se faisait du Dakota du Nord n'était pas très éloignée de son idée de la Lune.

– Parce qu'on ne réimporte pas des chevaux qui ont été exposés à certaines maladies à Hong-Kong, alors quand ils ont fini de courir on les abat, répondit l'entraîneur adjoint qui avait encore l'air en colère.

– Je ne pense pas que P'tit Bob se retrouvera à Hong-Kong, dit Farley Jones.

– Buddy Crawford, c'est déjà assez horrible », dit l'adjoint, et Roberto eut l'impression que Farley Jones partageait cet avis.

Ce ne fut qu'en arrivant au vestiaire des jockeys que Roberto se rendit compte à quel point il était sale. Et il remarqua autre chose aussi. La façon dont le temps s'écoulait dans une course ne ressemblait à rien au monde. C'est pour cette raison que les jocks continuaient de courir année après année, accident après accident. Ils couraient après cette sensation, ce rythme scandé dans le corps par les foulées du cheval et le chaos qu'il créait simultanément devant les yeux, un chaos prêt à vous dévorer. Il n'y avait sûrement rien de pareil au monde.

Ils l'attendaient à la porte, Roberto crut en voir six qui lui sautèrent dessus, lui versèrent de l'eau glacée dans le cou, puis lui donnèrent de grandes claques dans le dos avant de lui glisser à nouveau des glaçons dans le cou, tout le monde riait et criait, Roberto aussi, parce qu'il venait de gagner sa première course à sa première monte, et c'était extraordinaire. Ensuite, pensa-t-il, la célébration s'acheva, elle aussi. Il alla jusqu'au seau et prit l'éponge pour se nettoyer le visage. Il avait encore l'impression de sentir la bouche du cheval entre ses mains, douce chaleur, aussi ne fut-il pas étonné en plongeant les mains et l'éponge dans le seau de les voir ressortir orange. Il se rendit compte que ce n'était pas simplement dû à son état d'esprit seulement au moment où les types derrière lui recommencèrent à rire. Alors, il revint brusquement sur terre et comprit que quelqu'un avait versé de la Betadine dans l'eau et qu'en plus il s'en était aspergé tout le visage sans s'en rendre compte. Mais il n'eut pas un comportement habituel d'Acevedo en ceci que, sous l'influence de P'tit Bob, il esquissa un p'tit sourire.

8. Le manuel tibétain de l'entraîneur

Une des raisons pour lesquelles Oliver Haskins, entraîneur adjoint, aimait travailler chez Farley Jones, entraîneur, était la cuisine. Les jockeys d'entraînement de Farley, filles et garçons, s'essayaient toujours à un plat ou à un autre. Aujourd'hui par exemple, Jorge avait apporté une casserole de soupe au poulet. Sa recette pour obtenir un bouillon à la saveur juste assez épicée consistait à faire bouillir le poulet à feu doux avec un ou deux piments rouges que l'on retire ensuite de la casserole. Et son truc pour adoucir la soupe était d'y mettre de l'orge au lieu du riz. La soupe était délicieuse et tous les cavaliers, les lads et les pique-assiette de toutes sortes ne lâchèrent la casserole qu'après l'avoir vidée.

Oliver avait entamé son deuxième contrat de six mois chez Farley Jones ; si cet emploi constituait une place enviable, c'était aussi parce que Farley ne se contentait pas de prendre un jour de congé par semaine, il en donnait aussi un à Oliver, aux jockeys, aux moniteurs et à tous les autres. Cela avait été une révélation pour Oliver dont l'ancien patron, Buddy Crawford, ne prenait ni n'accordait jamais de jours de congé. En fait, Farley n'approchait jamais un seul cheval pendant son jour de repos. Quand il prenait des vacances, il fréquentait des endroits où il n'y avait pas de chevaux, comme les festivals de musique, les musées et les théâtres. Sur l'un des pare-chocs de son camion, Farley avait mis un autocollant d'Amnesty International. Oliver avait dû lui demander ce qu'était Amnesty International et Farley avait su le lui expliquer, si bien qu'Oliver savait de manière certaine que l'entraîneur n'avait pas acheté l'autocollant avec le camion. L'autre chose étrange chez Farley était que lorsqu'il parcourait l'écurie il ressemblait à un professeur de physique en visite : grand et mince, il portait des lunettes, une barbe blanche bien taillée, les cheveux courts et grisonnants. Il mettait des débardeurs kaki et des chemises à col boutonné et son téléphone mobile était accroché à sa ceinture comme une règle à calcul. Évidemment, il ne parlait pas comme un professeur de physique : il parlait rafraîchissement des muscles, arrosage et inflammation, il parlait exercices et allures, centièmes et cinquièmes, demi-milles à parcourir au galop, courses à conditions, handicaps, chevaux et pouliches illustres, il citait le manuel de dressage, il parlait turf, boue et brises, premier et second tour, couloirs, lignes droites, chevaux qui ont le sens du mouvement et chevaux qui ne l'ont pas – il parlait ce langage aussi bien que n'importe quel entraîneur mais il le parlait comme s'il l'avait appris à l'âge adulte plutôt que durant son enfance.

Et puis il y avait le « Manuel tibétain de l'entraîneur », une feuille de papier plastifiée accrochée à la porte du bureau de Farley. On pouvait y lire :

1. *Tu ne seras pas curieux et tu n'épieras pas ; ne quitte pas le cercle de tes propres pensées.*
2. *Tu ne critiqueras pas et tu ne feras jamais de reproches.*
3. *Tu ne prendras jamais rien à cœur.*

4. *Tu n'aspireras pas à déceler des signes d'amélioration.*
5. *De peur d'être jugé négligent, tu ne succomberas pas à la paresse.*
6. *Surveille-toi toujours toi-même.*

Bien que personne ne mentionnât jamais ces instructions et qu'Oliver ne se souvînt les avoir lues que trois ou quatre fois, eh bien, on les regardait chaque fois qu'on entrait dans le bureau et ainsi, petit à petit, il s'était mis à les prendre plus ou moins au pied de la lettre. Par exemple, il lui incombait de vérifier que les stalles et les allées restent propres et ratissées, aussi se surveillait-il toujours lui-même. Ou, quand un des lads se saoulait et ne venait pas travailler, il se trouvait qu'Oliver ne lui en faisait jamais reproche. Après tout, les lads ne gagnaient pas grand-chose, parlaient mal l'anglais et vivaient dans un état de choc culturel permanent. Au bout d'environ six mois de contact avec le « Manuel tibétain de l'entraîneur », Oliver n'avait plus le courage de leur reprocher de s'être laissé aller.

Tantôt une instruction lui trottait dans la tête et tantôt une autre. Si un cheval trébuchait pendant une course et ne pouvait plus courir pendant plusieurs mois, il s'agirait de ne pas aspirer à déceler des signes d'amélioration. Si un cheval s'emportait, mordait ou ruait, il faudrait ne jamais rien prendre trop à cœur. Si une course approchait et qu'un jockey choisissait une autre monte, alors il s'agirait de ne pas se montrer curieux et de ne pas épier : bientôt, l'agent d'un autre jockey lui ferait signe et le cheval trouverait son cavalier. C'était apaisant. Et Oliver savait que l'effet apaisant opérait aussi sur les autres. Il voyait souvent des propriétaires ou des inconnus qui, en attendant que Farley ait fini de téléphoner, regardaient ou lisaient le « Manuel tibétain de l'entraîneur » et il entendait souvent les moniteurs tenir des propos indiquant qu'ils étaient conscients d'y être attentifs ou peu réceptifs mais y réagissaient d'une façon ou d'une autre ; or les sujets abordés dans l'écurie, les recettes de cuisine mises à part, ne se distinguaient pas de ceux qu'on abordait dans toutes les autres écuries : untel gagnait, untel perdait, untel montait tel cheval, untel faisait quelque chose de complètement fou, d'illégal ou de drôle.

Une autre chose en faveur de Farley était son sens de l'humour. Il parlait toujours de son ex-femme et mère de ses quatre enfants déjà adultes comme de "la poulinière". Et puis il avait toujours le sourire. Un grand sourire joyeux qui faisait sourire Oliver en retour.

L'ennui avec Farley était qu'il ne gagnait fichtre rien ces temps-ci. Oliver s'efforçait d'adopter un état d'esprit qui s'interdisait toute aspiration à déceler tout signe d'amélioration mais la chance n'était pas vraiment de son côté. Ses parents étaient des baptistes du Sud, de fervents chanteurs de cantiques. Ils étaient opposés au jeu mais de manière générale en faveur des animaux, aussi n'avaient-ils pas été trop affectés lorsque leur fils avait choisi d'entraîner des chevaux – des réprouvés et autres renégats étaient apparus à chaque génération dans leur pedigree familial et, à l'échelle de sa génération, Oliver illustrait ce schéma sur le mode mineur puisqu'il devait se coucher à huit heures et demie tous les soirs, ne buvait ni ne fumait et ne touchait à aucune drogue. Étant le rejeton d'une famille de fervents chanteurs de cantiques, Oliver avait cependant un hymne pour chaque occasion et, ces derniers temps, il se surprenait à en chanter un qu'il n'aimait pas. Les paroles disaient :

Quand la mort nous a pris
ceux que l'on a chéris
Laissant notre foyer
sinistre et dépeuplé
Alors on désespère :
comme d'autres prospèrent
Vautrés dans le péché
année après année !

Le refrain se voulait rassurant :

Plus loin sur la route,
nous apprendrons tout
Plus loin sur la route,
nous comprendrons tout
Réjouis-toi, mon frère,
vis dans le soleil
Nous comprendrons tous
bientôt, oui, bientôt.

Peut-être, se disait Oliver.

« Vautré dans le péché » convenait bien à Buddy Crawford, mieux que « cinglé », « boucher », « taré », « salaud » et « ordure », termes auxquels recouraient le plus souvent les autres entraîneurs, les lads qui parlaient anglais, les jockeys et leurs agents. La longue liste des choses qu'Oliver avait détesté faire pour Crawford en quatre mois de travail chez ce dernier commençait par les retenues sur les salaires déjà maigres des lads qui n'avaient pas ratissé les allées avant six heures du matin et continuait avec les renvois de moniteurs, les instructions aux vétérinaires – appliquer des pointes de feu aux chevilles d'une malheureuse bête, ne pas renoncer aux crampons sur les sabots même après la diffusion sur tous les champs de courses de l'étude prouvant qu'ils augmentaient les risques d'accidents – sans parler des injonctions de contraindre à galoper des chevaux fourbus et à courir des chevaux âgés de deux ans à peine. Parfois Oliver essayait de faire la part des choses entre ce qu'il avait lui-même enduré entre les mains de Buddy (qui l'insultait à tue-tête si Oliver ne lui avait pas faxé son rapport sur l'état de l'écurie avant cinq heures trente du matin, qui l'insultait encore s'il n'avait pas réussi à renvoyer un jockey avant que ce dernier démissionne, qui l'insultait chaque fois qu'un propriétaire se plaignait d'une chose ou d'une autre) et ce que les autres avaient enduré, mais tout se confondait dans la nature pécheresse de Buddy. Car Buddy avait une véritable philosophie du péché. C'était le principe de l'élimination des plus faibles. Il disait toujours : « C'est pas en maternant les chevaux et en chouchoutant les jockeys qu'on peut se payer des cigares. C'est en se débarrassant de tous ceux qui n'ont pas une mentalité de gagnants, hommes ou chevaux, jockeys ou propriétaires. »

Et pourtant Oliver avait travaillé pour Buddy quatre mois entiers et ce n'était pas sa conscience qui lui avait dicté sa décision de partir. La décision avait été motivée par la fatigue due à son emploi du temps, une fatigue telle qu'il en était arrivé à dormir la main sur le réveil pour être sûr de se lever à deux heures et de se trouver sur la piste à trois heures quinze. Ensuite il avait commencé à rêver qu'il ne s'était pas levé à temps et à se réveiller toutes les heures pour consulter son réveil. Il avait gagné un bon petit pécule, peut-être plus qu'aucun entraîneur adjoint sur l'hippodrome, car ses gains dépendaient en partie des victoires des chevaux de Buddy. Malgré tout, au dernier stade de l'épuisement, il avait faxé sa démission à Buddy qui l'avait rappelé sur-le-champ pour lui hurler qu'il avait eu l'intention de le renvoyer le jour même et comment pouvait-il avoir le toupet de démissionner avant d'être renvoyé ? Oliver avait démissionné, persuadé qu'aucune somme d'argent ne valait cela et il n'avait pas changé d'avis.

Mais chacun des chevaux entraînés par Buddy gagnait, et de bonnes courses en plus, si bien que peu de temps avant, il avait eu sa photo dans le *Programme des courses du jour* à trois reprises, accompagnée de petits commentaires sur sa philosophie d'entraîneur, sa pugnacité et sur l'audace de ses idées. « En somme, disait-il, dans mon écurie, tout le monde doit faire de belles performances et ils le savent. Arriver deuxième, c'est perdre. Les fans qui parient le savent et moi aussi je le sais. »

Oliver ne comprenait pas comment mais les chevaux semblaient le savoir, eux aussi.

Une course à réclamer était une sorte de pari. Tous les chevaux engagés n'étaient pas réclamés, même – ou peut-être justement – quand on voulait que cela se produise. On inscrivait son cheval dans la course et on tentait sa chance mais chaque cheval engagé par Farley était invariablement réclamé par Buddy puis, semblait-il à Oliver, exploité jusqu'à ce que mort s'ensuive. Comme sa petite amie le lui avait fait remarquer, si Oliver devait un jour abandonner l'activité d'entraîneur, et elle en serait très heureuse, les pratiques des courses à réclamer lui en auraient beaucoup appris sur les stratégies agressives d'OPA. Engager son cheval dans une course de ce genre, c'était comme mettre sa petite entreprise familiale sur le marché et se la faire racheter sans avoir eu le temps de dire ouf. Parfois, bien sûr, la petite entreprise familiale ne marchait pas et la voir partir était un plaisir. Mais parfois l'acquisition hostile était douloureuse. Tous les entraîneurs et beaucoup de propriétaires jouaient à ce petit jeu et Oliver savait qu'il le ferait un jour, mais ces derniers temps le petit jeu n'avait rien d'amusant.

Le propriétaire d'une belle petite pouliche que Buddy avait réclamée la veille était assis dans le bureau de Farley avec ce dernier pour lui demander, Oliver s'en doutait, quand ils pourraient la racheter. Par la vitre Oliver voyait Farley secouer vaguement la tête, pas vigoureusement, ce n'était pas « non », mais avec tristesse, un simple « je ne pense pas que ce soit une bonne idée ». Le propriétaire avait élevé ce cheval et lui était attaché. Le propriétaire avait manifesté des réticences à l'engager dans une course à réclamer. Le propriétaire remettait en question le jugement de Farley. C'était une chose qu'Oliver ne supportait pas car il savait que ce genre d'incident pouvait très bien prendre des proportions énormes sur l'hippodrome, surtout au Turf Club où les propriétaires restaient assis à se lamenter ensemble sur leur sort et à se raconter que vu les sommes d'argent qu'ils dépensaient, ils devraient être plus nombreux, et même une majorité, à gagner comme ils le méritaient. Une des différences entre la classe des propriétaires et, par exemple, celle des lads était que ces derniers savaient parfois ce qu'ils voulaient et l'obtenaient alors que les propriétaires savaient toujours ce qu'ils méritaient. En général les entraîneurs adjoints, selon l'expérience d'Oliver, étaient également incertains de l'un et de l'autre.

Farley, on le devinait grâce au « Manuel tibétain de l'entraîneur », ne savait pas ce que mériter voulait dire, aussi lui et le propriétaire ne parlaient-ils pas la même langue. Oliver s'efforçait de ne pas avoir l'air d'épier mais il n'en perdait pas une miette tandis que le propriétaire se levait et se tournait vers la porte. C'était un type de belle apparence, mais il n'avait pas l'air très heureux. En ouvrant la porte il dit : « Je dois vous avouer que je perds confiance en vous, Farley… » Mais il vit Oliver et se tut. « Bon, je vous appellerai, se contenta-t-il d'ajouter.

– Comme vous voulez, John », répondit Farley d'un ton accommodant. Mais quand le propriétaire se fut détourné, Oliver vit le visage de Farley s'allonger l'espace d'un instant.

« Tu vas la racheter, cette pouliche ?

– Je ne pense pas. Disons qu'au plus tôt je peux la réclamer dans un mois à compter d'aujourd'hui. Elle aura sans doute couru deux ou trois fois dans l'intervalle et travaillé dur entre les courses. Impossible de deviner dans quel état elle sera. Personne à ma connaissance n'a jamais récupéré un cheval de chez Buddy et réussi à le refaire courir dans la même catégorie qu'au moment où il l'avait réclamé. Fractures dues au surmenage, tendinites, problèmes digestifs. Mieux vaut renoncer à cette pouliche.

– Qu'est-ce que tu vas faire ? »

Farley le regarda. Tous deux savaient qu'Oliver faisait allusion au problème qui se posait de façon plus générale. Farley soutint son regard puis il se caressa la moustache et la barbe d'un geste machinal comme toujours quand il réfléchissait, le pouce et l'index longeant la mâchoire. « Tous les entraîneurs ont des hauts et des bas, Oliver, dit-il. Et les chevaux doivent gagner leur avoine.

– Mais si le propriétaire panique et s'en va ?

– Je ne sais pas. Tu vois, les propriétaires se prennent toujours pour des prédateurs. Mais ils m'ont toujours semblé un peu froussards. Je ne sais pas.

– Mais… »

Farley se balança sur sa chaise et ses yeux se mirent à pétiller. Il se fit paternel. « Oliver, ne pas savoir n'est pas un problème pour l'instant. On va bien finir par savoir.

– Plus loin sur le chemin, dit Oliver.

– Plus loin sur le chemin, reprit Farley. Tu as goûté un peu de cette soupe ? C'était une excellente soupe. J'ai adoré. »

Oliver acquiesça et Farley s'éloigna de son pas de professeur d'université, un peu raide, un peu distant et maladroit. Tous ceux qui avaient déjà travaillé pour Farley disaient la même chose : c'était un type génial mais aussi profond qu'un puits et deux fois plus insondable.

9. Le bourbier

La semaine entre Noël et le nouvel an fut le moment pour Sensas de partir au centre d'entraînement près de Fair Hill. Les quatre autres yearlings que Krista Magnelli avait élevés dans son haras étaient déjà partis en septembre et octobre, mais l'entraîneur des Maybrick, Dick Winterson, avait pensé que Sensas, né en mai, avait besoin de temps pour mûrir, ce qui convenait très bien à Krista. Les quelques mois où le poulain avait été rien qu'à elle lui avaient donné l'impression rassurante qu'elle pouvait réaliser l'impossible rêve d'avoir vingt-six ans, un bébé et un haras tout à la fois. Maia avait presque cinq mois à présent ; elle était née sept semaines après la fin de la dernière saison des montes, soit le 4 août selon le calendrier courant. Maia était un bébé facile à tel point que Krista, considérant qu'il était normal de la voir dormir à poings fermés, bien manger et jouer gaiement, avait décidé de se passer plus tôt que prévu des services de la nourrice embauchée par sa propre mère. C'était un rêve : s'occuper du bébé, le mettre dans son berceau, allumer le moniteur, sortir travailler avec le poulain, écouter le bébé se réveiller et babiller toute seule, rentrer s'en occuper. Toutes ses amies de l'université étaient sans emploi ou presque (si tant est qu'un troisième cycle universitaire pût être assimilé à un emploi) et Krista était là, à diriger le haras que son père lui avait légué ; elle menait un étalon à la monte, sélectionnait les juments et les aidait à mettre bas, sevrait, élevait les poulains et pouliches puis les envoyait apprendre à devenir des chevaux de course ; elle tenait les comptes, envoyait les factures, déclarait ses revenus aux impôts. C'était sa quatrième année. Bien sûr, elle et Pete n'avaient pas prévu d'avoir un bébé durant cette quatrième année – attendre la quatorzième aurait été plus réaliste mais ils avaient commis des erreurs qui, comme toujours, s'étaient muées en destin, et la plupart du temps Krista était assez confiante.

Elle s'était employée à parfaire l'éducation du poulain, ce qui l'avait conduite à se prendre un peu pour un entraîneur. Elle lui avait appris à embarquer dans toutes les remorques du haras puis à en sortir, à se positionner pour la tonte et pour le maréchal-ferrant, à se laisser envelopper d'une couverture, à prendre le mors en bouche et même à effectuer un parcours dans le haras. Il se prêtait à tout, ne se montrait jamais ni fougueux ni indiscipliné. Ensuite, après le travail, vous le reconduisiez à son pré et il vous montrait l'ample galop dont il avait le secret : mouvements bien huilés, longues foulées de géant. Et voilà qu'il était temps pour lui de partir. Krista était fière de lui, de la bonne impression qu'il allait faire au centre d'entraînement. Sam, le vétérinaire, devait passer faire son bilan de santé avant que le van vienne le chercher : tout était simple et bien organisé.

Sauf qu'au moment d'aller le nourrir à sept heures du matin, elle vit que Sensas était dehors, couvert de boue humide des sabots jusqu'aux yeux, et que la luxuriante queue qu'elle avait peignée la veille était pleine de bardanes et de brindilles. On ne pouvait pas dire que Krista n'y avait pas pensé. La pluie s'était mise à tomber durant la nuit sans tonnerre ni éclairs et, à moitié réveillée par le bruit, Krista n'avait pas imaginé un seul instant que le poulain pût être dehors : elle l'avait elle-même rentré pour la nuit.

Quand elle eut fini de le nourrir, elle fit rentrer l'animal et l'inspecta. On pouvait très bien le laver au jet d'eau même si le temps était froid. Avec beaucoup d'eau chaude, de serviettes de coton, d'aide et de temps on pouvait toujours nettoyer un cheval, même au cœur de l'hiver. Mais Krista ne disposait d'aucune de ces choses. Et c'est alors qu'elle entendit un bruit dans le moniteur, celui de Maia qui s'éveillait et se mettait à pleurer. Dans les minutes qui suivirent elle n'entendit pas, comme elle s'y attendait, la porte s'ouvrir et son mari Pete entrer dans la chambre du bébé pour le prendre dans ses bras. Au bout d'une autre longue minute elle flanqua le cheval dans un box dont elle avait installé la litière la veille pour une jument qui n'était pas encore arrivée et pénétra dans la maison d'un pas impatient.

Et Pete fit le jeu de Krista. Entre la cuisine, la salle de bains et la chambre du bébé, il lui fournit trois bonnes raisons d'agiter le drapeau rouge conjugal : il y avait une assiette sale avec un reste de bagel dans lequel quatre cigarettes avaient été écrasées ; ses vêtements étaient entassés juste devant les toilettes à l'endroit même où il les avait quittés : chaussettes dans les bottes, surmontées du jean, du caleçon et de la chemise en accordéon, casquette de base-ball accrochée à la poignée de la porte et siège des cabinets relevé ; quant à la personne même de Peter, elle se trouvait nue au lit avec une barbe d'un jour et dormait d'un sommeil que ne perturbait pas le désespoir de sa fille abandonnée, qui sanglotait et reprenait à présent son souffle dans les bras de Krista.

Krista se complut dans l'idée que c'en était trop et déclara : « Tout ça me fait horreur, je suis à bout. Je n'en peux plus. La coupe est pleine. Ça ne mène nulle part.

– Quoi ? » Pete ouvrit les yeux.

« Oh mon Dieu ! » s'exclama Krista qui tourna les talons, le bébé sur la hanche.

Bon, à vrai dire, comme l'avait souvent répété la mère de Krista, une épouse a droit à un certain nombre de colères et, en fait, une bonne colère de temps à autre est vivifiante dans un mariage. Il ne faut pas non plus dédaigner la possibilité de détruire un objet de valeur car on en possède toujours trop de toute façon. « Dans une union saine et durable, avait-elle dit un jour, les cadeaux de mariage partent l'un après l'autre si bien qu'au bout de cinquante ans de mariage il n'y a plus une assiette, plus une soupière ni une seule bergère Hummel (Dieu t'en préserve !) pour encombrer la génération suivante. »

Krista s'assit sur le divan, souleva son pull et son chandail puis défit l'agrafe de son soutien-gorge d'allaitement. Elle garda un calme tout maternel pendant qu'elle donnait le sein droit puis le sein gauche au bébé et éprouva une joie purement altruiste à voir Maia s'installer et puiser en elle une nourriture bien méritée. Le temps passait, bien sûr. Quelqu'un aurait pu lui proposer de nourrir l'enfant affamé au biberon, mais il ne l'avait pas fait, et cela ne dérangeait absolument pas la maman, qui n'oubliait jamais ses responsabilités, *elle*. Quand Maia fut rassasiée et satisfaite, Krista se rhabilla sans cesser de parler à sa fille d'une voix douce puis elle retourna dans la chambre. Là, elle constata que Pete s'était rendormi. Elle condescendit à s'abstenir de tout commentaire – elle qui n'avait pas vraiment pu s'abstenir de contempler ce spectacle – et s'assit doucement sur le lit : « Chéri, tu crois que tu pourrais la changer ? Tu as sorti Sensas hier soir et il n'est pas présentable, le van sera là dans une heure, je crois.

– 'Jour, bébé », dit Pete à Maia comme si de rien n'était.

Krista sortit de la maison d'un pas décidé qui résonnait avec toute l'éloquence possible et longea l'écurie de l'étalon ; là, celui que son père lui avait légué trois ans plus tôt avec le haras, celui-là même qui l'avait mise dans ce pétrin, se trouvait par le plus grand des hasards déambuler en toute innocence entre sa stalle et son paddock. Sa robe baie était sale, elle aussi, et, par ailleurs, il avait laissé choir son appendice génital. Il n'avait pas monté de jument depuis cinq mois et il recommençait à nouveau à penser au travail pour lequel il était sur terre. Son pénis descendait, blanc comme la cuisse d'une pucelle, presque jusqu'à terre. « Oh, mon Dieu ! » s'exclama encore Krista, l'étalon dressa les oreilles et la regarda. Malheureusement il ne pensa pas à rentrer son membre et ce spectacle acheva d'agacer Krista au plus au point. « Toi ! fit-elle. Mais regarde-toi un peu ! » Le cheval baissa la tête, fit demi-tour et regagna son box. « Je ne peux pas garder un étalon à demeure ! J'ai besoin d'aide ! lui cria-t-elle encore. Et si je suis obligée de te vendre ? Tu es le meilleur cheval que mon père ait jamais élevé ! T'avises pas d'aller ailleurs ! Non, je ne suis pas hystérique ! » Sur ces entrefaites la pluie se remit à tomber et Krista s'assit sur une meule de foin, en larmes.

Il était neuf heures passées. Elle se recroquevilla sur la botte de foin et enfouit son visage dans ses mains ; mais qui donc allait la consoler et l'aider maintenant ? Et si ses colères poussaient Pete à la quitter en emportant avec lui la part de revenus extérieure au haras ? Alors Maia et elle, ainsi que Son Auguste Personne (c'était le surnom qu'elle donnait à Lake of the Wood) devraient aller s'installer quelque part dans un camp de caravaning, c'était toujours assez bon pour eux, mais ce serait une telle honte. Elle devrait vendre le haras. Elle voyait d'ici l'article publié dans *The Blood-Horse* en raison de la célébrité passée de son père et parce que Son Auguste Personne avait gagné le Gotham et le Woodward, puis le St. Leger et le Cambridgeshire en Angleterre, ce qui n'en faisait pas la vedette absolue, aussi devait-il encore faire ses preuves, d'autant qu'il n'avait pas une goutte de sang de Mr. Prospector ou de Northern Dancer dans les veines. Ce serait un récit tragique accompagné d'une photo d'elle, le cheval à la longe d'un côté et Maia sur la hanche, le titre dirait quelque chose comme : « La jeune maman éleveur sacrifie tout pour un étalon qui doit faire ses preuves. » Et puis il y aurait toutes les histoires du haras et de son illustre éleveur de grand-père dont elle s'efforçait de suivre les traces, mais il était toujours difficile pour une femme de se faire une place dans le monde des chevaux…

Tant et si bien qu'elle n'entendit pas arriver le camion de Sam et que oui, il la trouva recroquevillée sur sa meule de foin, le visage dans les mains et toute trempée. « Il faut que je vende le haras ! s'exclama-t-elle.

– D'abord tu vas t'asseoir et puis tu iras dans la sellerie, tu es trempée jusqu'au os. Et tu grelottes.

– C'est vrai ?

– Regarde-toi. »

C'était bien vrai.

Il faisait froid dans la sellerie, et Sam alluma le chauffage au kérosène, puis il trouva une serviette de coton et l'en enveloppa. Ensuite, à sa façon bien à lui, il prit une serviette propre dans la pile et lui essuya le visage et les cheveux. Mais elle devait regarder la vérité en face. « Il faut que je vende le haras. Pete va me quitter et je n'accepterai jamais rien de lui à part la pension alimentaire ; ce haras est tout ce que je possède à part Son Auguste Personne, mais je ne peux pas vendre le cheval. Je lui ai dit que je le ferais peut-être ce matin, mais c'est impossible.

– Pete t'a-t-il dit qu'il allait te quitter ?

– Pas encore, mais je suis une telle harpie, il aurait tort de rester.

– Quand est-ce qu'il va te quitter ? »

Krista réfléchit un instant. « Quand je serai rentrée dans la maison et que je me serai mise à crier parce qu'il ne s'est pas levé quand le bébé s'est réveillé et parce qu'il a laissé Sensas dehors hier soir alors que j'ai passé toute la journée d'hier à le préparer pour aller dans ce centre de Fair Hill où tous les chevaux descendent de Seattle Slew et de Nureyev !

– Bon, alors on a encore le temps de s'occuper du poulain aujourd'hui avant que le van arrive.

– Oh mon Dieu ! Il est si sale ! Tu ne voudras même pas le toucher !

– Eh bien, il est dix heures. Allons voir ça. »

Krista soupira, se découvrit puis décrocha un vieux ciré sur un clou et l'enfila. Elle suivit Sam dans l'écurie. À présent elle était vraiment déprimée. « Il est par là. J'ai une jument qui aurait dû arriver, je suppose que son retard est une bonne chose. »

Sensas jetait des regards curieux par-dessus la porte de la stalle et, tandis qu'ils approchaient, il se mit à donner de légers coups de genoux dans le bois et à secouer la tête. Krista ramassa le licol et la longe qu'elle avait jetés par terre. « J'ai un ami en Californie, dit Sam, il a témoigné en tant qu'expert dans un procès cette semaine.

– C'est pas vrai.

– Ils ont fait venir le plaignant à la barre et l'avocat de la défense lui dit : "Est-il vrai ou non qu'après l'accident vous avez dit à l'agent de police que vous vous sentiez très bien ?"

« Et le type répond : "Eh bien, je faisais avancer mon cheval au bord de la route..." Et l'avocat demande : "Répondez par oui ou par non. Avez-vous dit à l'agent que vous vous sentiez bien ?" Et le type reprend : "Eh bien, je faisais..." Alors l'avocat se tourne vers le juge et dit : "Veuillez demander au témoin de répondre à la question", mais le juge répond : "En fait, je voudrais entendre ce que le témoin a à dire." »

Krista attendait, la main posée sur le loquet de la porte.

« Alors le témoin regarde le juge et dit : "Eh bien, je faisais avancer ce cheval au bord de la route sans rien demander à personne quand cet énorme semi-remorque dévale la côte, vient nous percuter de plein fouet et nous envoie par-dessus la rambarde. Bon, j'étais allongé par terre quand le véhicule s'est arrêté et j'ai entendu le gars traverser les broussailles et dévaler jusqu'en bas, alors il me fait : 'Ce cheval a l'air mal en point' et il le pique sur-le-champ. Alors quand le type s'approche de moi et qu'il me demande 'Comment vous sentez-vous ?', ben moi je lui réponds"...

– Elle est bonne ! » fit Krista en riant, le visage tiré par les larmes. « C'est la pire jusqu'ici.

– Comment ça, la pire ? dit Sam. C'est une histoire vraie. » Mais il souriait.

Krista ouvrit la porte du box et passa le licol autour de la tête de Sensas puis le fit sortir. « Eh bien ! il n'a pas l'air en si mauvais état, Krista », dit Sam. Et de fait, c'était vrai. Il était sec et assez propre bien que sa robe fût toute parsemée de copeaux de bois. « Il a dû se sécher en se roulant dans la stalle pendant que vous étiez occupée ailleurs. » Ils jetèrent un coup d'œil dans le box et en effet l'épaisse litière que Krista avait installée pour la jument était entassée dans les coins, un peu sale mais pas trop pour la jument. « Il s'est montré plutôt malin », dit Krista.

Et ils travaillèrent en bonne entente. Sam prit quelques minutes pour examiner le cheval, puis il lui brossa la robe pendant que Krista lui retirait les bardanes de la queue ; ensuite le vétérinaire lui pansa les jambes tandis qu'elle lui passait une éponge humide sur la tête et lui enlevait aussi quelques bardanes de la crinière. Quand le van arriva, l'apparence du cheval n'était pas impeccable mais il avait tout l'air d'un vigoureux cheval d'hiver : en pleine forme, le pelage fourni et bien brossé, il était soigneusement enveloppé de coton et de bandages. Il allait seulement franchir une vingtaine de kilomètres et grimper deux échelons dans la hiérarchie sociale. Il monta dans le van comme un vieux pro et ce fut seulement à la dernière minute que Krista grimpa sur la rampe pour le serrer dans ses bras. Puis elle se tourna vers le conducteur du van. « Il y a une chose que vous ne devez pas oublier, lui dit-elle.

– Laquelle, m'dame ?

– Ce yearling est aussi proche parent de Secretariat que n'importe quel autre yearling au monde.

– Bien vrai ?

– Bien vrai. »

Peut-être. En tout cas, cela sonnait juste et cela reflétait la foi inébranlable de Krista en l'avenir de Sensas, dont elle ne suivrait désormais la carrière que de loin. Elle déposa un baiser sur la joue du poulain puis se détourna brusquement et descendit de la rampe. Cinq minutes plus tard, avec force grincements et crissements, le van était sur la route.

Comme elle avait déjà bien assez pleuré, elle se détourna en soupirant de la queue de Sensas qui disparaissait pour trouver Sam derrière elle, le sourire aux lèvres. La chose la plus simple à faire après une telle crise semblait être de dire : « Merci pour ton aide. Tu dois avoir du travail, non ?

– Deux ou trois injections par-ci, quelques abcès par-là. Rien d'urgent. Tu as envie de parler ? »

Krista savait que le bip de Sam pouvait sonner d'une minute à l'autre – colique, étouffement, déchirure, fracture du crâne, luxation de l'articulation du grasset, fausse couche, cornée percée – et que le temps était compté. « Oui. Oh, oui ! dit-elle, j'en ai envie. » Cela faisait maintenant trois ans qu'elle laissait la présence imposante et pragmatique de Sam la calmer. Rien que de le voir arriver justifiait presque toutes les factures du vétérinaire.

Ils retournèrent dans la sellerie où il faisait un peu trop chaud à présent, elle embaumait le cuir bien savonné et souvent utilisé. Krista s'assit sur un coffre. Sam prit place sur la chaise devant le bureau. Juste là sur le bureau s'entassaient les factures qu'elle aurait déjà dû envoyer depuis dix jours. Krista soupira, détourna son regard et le posa sur le visage de Sam pour ne plus y penser mais tout lui rappelait ce retard. « Nous n'allons plus tenir très longtemps ici, Sam, dit-elle. Si tant est que nous traversions cette saison de poulinage... Et je ne vois même pas comment nous y arriverions. » Mais ensuite elle soupira : « D'accord. Bon, je crois qu'on y arrivera. Mais je sais que tout le monde par ici nous regarde et se dit : Quel laisser-aller dans ce haras ! Que ces chevaux sont sales ! Elle néglige sûrement ce bébé... Je n'ose pratiquement plus sortir. Mon grand-père gardait ce haras dans un état impeccable. On aurait dit qu'il connaissait la solution à tous les problèmes avant même de se lever le matin et qu'il savait quels problèmes allaient se poser. Et il se levait à quatre heures du matin. J'ai essayé de le faire mais Pete refuse de se coucher à huit heures du soir, alors je ne me lève pas avant six heures et ensuite je culpabilise parce que je n'ai pas tout fait avant le milieu de la matinée... »

Sam ouvrit la bouche pour dire quelque chose.

« Je sais qu'il faudrait embaucher quelqu'un mais nous ne pouvons pas nous le permettre. Enfin on pourrait faire venir une collégienne qui nettoierait les box jusqu'à l'épuisement et nous serait reconnaissante de l'exploiter comme ça, mais je ne peux pas m'y résoudre. »

Sam toussa. Quel âge avait-il, se demanda Krista, la cinquantaine ? Un peu bedonnant mais large d'épaules et paisible, comme le sont souvent ceux qui ont passé leur vie à endiguer la marée des catastrophes équines.

« Et vous savez ce que disait ma mère ? Elle disait : "Ne fais pas ça, Krista, n'y va pas. Vends ce maudit haras et ce maudit cheval et fais quelque chose de plus marrant que l'élevage de chevaux, travaille comme analyste de données pour le Pentagone, par exemple, tu passeras cinquante ans dans un petit réduit qui sent le renfermé et tu gagneras dix mille dollars par an." Quand je lui ai annoncé que j'étais enceinte, elle était sûre que j'allais lui dire que je vendais le haras. »

Sam eut un sourire. Elle se dit qu'elle aurait peut-être dû épouser un homme beaucoup plus âgé qu'elle. Comme sa meilleure amie de faculté.

« En fait, un type, un Texan m'a fait une offre peu après la parution dans *The Blood-Horse* de l'article qui disait que je reprenais l'affaire ; il me proposait, eh bien, pas mal d'argent, mais je n'ai pas accepté et je n'ai pas osé en parler à ma mère mais…

– Si tu n'as pas accepté, tu n'as pas accepté. » Sa voix était très apaisante, profonde et empreinte de certitude.

« Tout ça avait l'air si facile pour mon grand-père.

– Ton grand-père n'avait jamais l'air de s'inquiéter, c'est une chose à dire en sa faveur. Je trouvais cela très rassurant de travailler pour lui quand je débutais à peine dans le métier. Inspire profondément. »

Elle prit une profonde inspiration en se disant qu'il était bien agréable de suivre les ordres, de temps à autre.

« Tu sais, un jour ton grand-père m'avait appelé pour l'aider à mener un reproducteur à sa première jument. Je ne me rappelle pas sa lignée. Bref, il n'y avait que nous deux et je commençais tout juste, mais ton grand-père était très enthousiaste à propos de tout ça. Tu sais, dans les grands haras, il y a six ou sept assistants pour chaque monte. Mais ton grand-père disait toujours que dans le pire des cas on pourrait mettre les deux chevaux en présence et les laisser se débrouiller tout seuls, alors pourquoi s'inquiéter de n'être que deux ? Et il n'arrêtait pas de siffloter, sans jamais s'énerver, sans jamais donner l'impression que quelque chose clochait chez les chevaux. Pour ça, il s'y connaissait. Si quoi que ce soit va de travers tout se passe toujours beaucoup mieux tant que les chevaux n'en savent rien.

– Oh oui ! » dit Krista. Elle soupira. Puis elle ajouta : « Enfin, il avait l'air en forme quand il est parti, non ?

– Il avait l'air très bien. Comment va Maia ? »

Le bip de Sam se mit à sonner.

« Très bien », dit Krista. Elle soupira.

« Tu n'as besoin de rien d'autre ?

– Non. »

Ils quittèrent la sellerie et Krista parcourut du regard l'aile de l'écurie, onze box propres et vides de chaque côté attendaient les juments qui commenceraient à arriver dans quelques jours. « C'était le dernier ? demanda Sam.

– Je n'ai plus que Son Auguste Personne pour quelque temps. Peut-être qu'un jour nous aurons nos propres juments.

– J'en suis sûr, ma chérie, dit-il. Chaque chose en son temps. »

Elle l'accompagna jusqu'à son camion. Son Auguste Personne se tenait à l'entrée de sa stalle sous la pluie, les oreilles dressées dans leur direction et Krista aperçut Pete derrière la fenêtre de la cuisine, il portait Maia dans ses bras. « Qu'est-ce que je vais faire maintenant ? dit-elle. Il n'y a plus rien à faire.

– Fais une sieste », dit-il.

Livre II

1998

JANVIER

10. La malédiction des gagnants

La plupart du temps, Deirdre ne savait pas très bien ce qu'elle aimait le moins dans le métier d'entraîneur tant il y avait de candidats à l'élection, mais chaque fois qu'elle se trouvait à une vente elle était à nouveau convaincue que c'étaient les ventes. Y voir des chevaux de deux ans à l'entraînement la tracassait pour des raisons évidentes : qui n'aurait pas fait la grimace en voyant ces jeunes poulains filer sur la piste et marteler le sol si dur de leurs jambes encore tendres ? Et les ventes de yearlings la tracassaient pour d'autres raisons non moins évidentes : tous ces petits encore plus jeunes, luisants et dodus, dont les tendres articulations supportaient un poids trop lourd, suralimentés, grandis trop vite. On n'avait même pas besoin de regarder les radios de leurs genoux pour savoir qu'ils souffraient déjà d'arthrose. Mais aller aux ventes pour guider ses propriétaires dans un simulacre de choix rationnel faisait inéluctablement partie de son travail surtout si elle espérait faire prospérer son affaire en 1998. En fait, ce qu'elle aimait le moins dans les ventes d'éleveurs ou du moins dans celle-ci, la première de l'année, c'était qu'il faisait sacrément froid. En septembre, au moins, le temps était doux et propice aux visites de toutes les écuries où l'on demandait à voir les chevaux. En novembre, au moins, dans l'immense amphithéâtre doré où les chevaux défilaient sur une estrade où l'on enchérissait, le froid du dehors vous laissait quelque répit. En juillet, au moins, il y avait du thé glacé à volonté.

Elle était venue à Keeneland en compagnie de George, de Skippy et de Mary Lynn pour assister à la vente mixte de janvier, reproducteurs et chevaux à l'entraînement. Skippy et Mary Lynn avaient environ cinq cent mille dollars à dépenser et l'intention d'acquérir entre cinq et dix juments pleines, fécondées par certains étalons bien précis. Comme Skippy se concentrait exclusivement sur le derby du Kentucky, les pères des poulinières recommandées par Deirdre devaient tous être de lignées classiques – Secretariat, Caro, Hoist the Flag, Vaguely Noble, Stage Door Johnny, Northfields, Key to the Mint – alors que les pouliches pouvaient être fécondées par de jeunes étalons qui n'avaient pas fait leurs preuves, dont les frais de monte étaient moins élevés que Deirdre l'aurait cru et qu'ils le seraient un jour. Sur le chemin de la vente, Skippy avait pourtant eu l'air de saisir parfaitement le concept clé : acheter à bas prix et vendre très cher, mais dès qu'il avait mis les pieds à Keeneland il avait paru perdre toute faculté conceptuelle. Il revenait sans cesse vers Deirdre pour lui montrer son exemplaire du catalogue des juments pleines fécondées par A.P. Indy, Storm Cat, Seattle Slew, Nureyev, juments auxquelles Skippy prédisait un destin extraordinaire. Deirdre se surprit à égrener son chapelet de grossièretés sans pourtant y trouver aucun soulagement. Elle arpenta consciencieusement les écuries dans le froid et examina les juments, mais tout ce qu'elle voyait dans leurs yeux, c'était en général un désir d'être ailleurs, quelque part dans un beau pré avec d'autres juments qu'elles pourraient régenter ou par lesquelles elles seraient régentées.

Deirdre ne savait pas très bien pourquoi il avait adopté cette attitude. D'ordinaire, à trois, Mary Lynn, George et elle parvenaient à le manipuler, à l'enjôler ou à le retenir. À présent, Deirdre lui montrait une petite jument brune aux formes bien dessinées, issue de Hoist the Flag et de la mère du grand reproducteur canadien Vice Regent. Elle était impeccable et en bonne santé, mais elle avait dix-huit ans. Elle avait été fécondée par Manila. Deirdre lui trouvait toutes les qualités, dont le fait que Manila était une sacré bonne affaire tant par sa constance que par sa notoriété très limitée. Skippy et elle discutaient de la jument (Mary Lynn essayait de se réchauffer quelque part), elle était sur le point de retenir l'attention de Skippy quand un type imposant dont elle avait vu la photo dans *The Blood-Horse* entra d'un pas nonchalant pour voir la jument. Skippy, qui était tourné vers Deirdre, se raidit de manière suspecte. « C'est *ça* que vous regardez ? » demanda l'homme.

Tel un Judas, Skippy répondit : « Elle plaît à Deirdre.

– Peuh ! » fit l'homme, Snell qu'il s'appelait, Max Snell, et il n'en fallut pas plus. Une minute plus tard, Skippy le suivait comme si l'autre le tenait en laisse et rejoignit le cercle qui s'était formé autour d'une autre jument, âgée de six ans, issue de Seattle Slew et fécondée par Seeking the Gold, qui avait remporté un prix d'un million et demi. Comme si elle était elle-même en laisse, Deirdre suivit Skippy. Sans l'ombre d'un doute il s'agissait d'une belle jument, une bête en or. Elle avait fière allure : pleine d'assurance, le regard intelligent et l'attitude engageante. Mais Skippy n'avait pas du tout les moyens de se l'offrir. Et l'ennui était qu'après avoir vu cette jument et quelques autres comme elle, Skippy ne serait pas content de ce qu'il pouvait s'offrir et quoi qu'ils arrivent à acheter il penserait qu'il n'avait pas tiré le maximum de son argent.

« Bon, fit Snell, ça c'est une jument ! Regardez-moi cette épaule ! Regardez-moi ces paturons ! Admirez la motrice ! La voilà, votre jument mère, Hollister. Elle a été montée par un étalon extraordinaire. C'est ça qu'il faut voir. Seeking the Gold est un étalon extraordinaire. »

Deirdre intervint : « C'est pas d'une putain de jument mère que vous avez besoin, monsieur. Votre projet, c'est simplement d'élever quelques chevaux de course, c'est tout. Vous vous rappelez ?

– C'est votre entraîneur ? demanda le type. Humpf ! » fit-il comme si une attitude absolument respectueuse faisait la principale qualité d'un entraîneur, loin devant le bon sens en matière de chevaux, l'intelligence ou même le fait d'être un homme. « Vous savez, reprit-il, un jour j'ai essayé d'acheter une jument et mon entraîneur m'en a dissuadé. La jument n'avait pas les références de celle-ci, en plus. J'ai suivi son conseil parce qu'il disait qu'elle était surévaluée alors que, franchement, rien n'est trop cher pour un type comme moi, si vous voyez ce que je veux dire. (Il leur jeta un coup d'œil à chacun et en effet ils voyaient très bien ce qu'il voulait dire.) Enfin bref, vous savez comment elle s'appelait, cette jument ? »

Et comment le sauraient-ils, pensa Deirdre, comment pourraient-ils connaître le nom de cette putain de jument ?

« Gana Facil. Elle était pleine, elle allait donner naissance à Cahill Road. Mon entraîneur la trouvait trop chère et je n'ai pas eu l'intelligence de suivre mon propre instinct. J'avais *vu* quelque chose en elle. Dans ses yeux. Et je vois la même chose dans les yeux de cette jument, clair comme le jour.

– C'est sûr, elle a de beaux yeux, m'sieur. Des yeux magnifiques », fit Deirdre. Puis elle ajouta : « Vous êtes candidat à l'achat, monsieur ?

– Eh bien... » Snell s'esclaffa bruyamment. Skippy se raidit à nouveau. Puis Snell repéra une autre personne de sa connaissance, la héla et s'éloigna, laissant Deirdre et Skippy avec leur mécontentement réciproque. Au bout d'un moment, Skippy déclara : « J'en ai assez de regarder des chevaux. Ils commencent à tous se ressembler à mes yeux. J'ai envie de retourner à l'hôtel faire un somme. Où est George ? »

George faisait le chauffeur.

Le problème, même dans une petite vente comme celle-ci, était que les catégories étaient clairement définies. Skippy, en homme accoutumé à être très riche et très important, ne savait plus très bien qui il était ici. Il n'avait pas le dixième de ce que Snell possédait ni le centième de l'expérience des gens qui évoluaient depuis toujours dans le monde des courses. Pas plus qu'il n'était le mieux habillé dans la foule, avantage certain pour un propriétaire en mauvaise posture sociale. Et il était homme de loi. Ce qui signifiait qu'il devait gagner sa vie. Contrairement à beaucoup de gens ici. Mais bon, il avait George et George était si charmant, si irlandais, si beau garçon, il irradiait une telle vitalité qu'on se retournait sur leur passage en se disant, comme si Skippy avait laissé tomber Mary Lynn pour quelque star : mais qui donc accompagne ce type, là ? Alors Skippy s'installait à l'arrière de la voiture tandis que George s'asseyait au volant et les gens étaient impressionnés. Bon Dieu, ce que George aimait l'ascendant qu'exerçaient les Irlandais sur les Américains ! Il suffisait d'ouvrir la bouche pour proférer n'importe quelle platitude d'Irlandais et ils étaient tous à vos pieds. Deirdre trouvait que George devenait un peu trop sûr de lui. Mais le voici qui arrivait. Le visage de Skippy s'éclaira considérablement, Deirdre confia l'homme de loi à son cousin et eut enfin le loisir de mener à bien ses projets dans l'intérêt de Skippy. Par la grâce de Dieu, il y avait beaucoup de chevaux à regarder et elle adorait regarder les chevaux.

Au dîner, Deirdre remarqua que Skippy gardait un calme inhabituel, comme s'il avait été mis en garde à vue pour son bien. À côté d'elle George disait : « Alors, Mary Lynn chérie, vous ne vous sentez pas bien ?

– Oh mon Dieu ! » fit Mary Lynn avant de quitter la table pour se diriger vers les toilettes d'un pas chancelant. Deirdre ne pensa à la suivre que lorsque George lui donna un coup de pied sous la table : « Aïe ! Qu'est-ce qu'il y a ? » commença-t-elle par demander avant de comprendre ce qu'elle était censée faire.

L'autre soir encore, George lui avait dit : « Comment se fait-il que le Seigneur t'ait donné si peu d'instinct, cousine ? Ça me dépasse. Je suis sûr qu'une analyse des ondes magnétiques émises par ton cerveau pourrait faire l'objet d'un article très intéressant. »

Donc elle suivit Mary Lynn, voilà. Elle trouva cette dernière en train de vomir dans les toilettes et posa la main sur son front brûlant, voilà. Puis, quand ce fut fini, elle l'aida à sortir des toilettes et demanda : « En quoi puis-je vous être utile ? » Voilà.

« Ramenez-moi à l'hôtel. Non, demandez à George de me reconduire. Et ne laissez pas Skippy acheter ces juments.

– Lesquelles ?

– Celle qui a été montée par Seattle Slew a le genou droit tourné en dehors et celle qui est issue de Storm Cat est une jument Storm Cat.

– Oh ! ne vous inquiétez pas, Mary Lynn. Ces juments sont trop chères pour nous. »

Mary Lynn lui lança un regard.

« On a notre petit plan, pas vrai ?

– Ma chère, répondit Mary Lynn, je vais vous dire ce qu'il y a de plus agaçant chez Skippy. Vous voyez, nous ne venons ni l'un ni l'autre d'une grande famille. Nous nous sommes rencontrés à l'université et nous étions toujours sans le sou mais cela n'avait aucune importance. Tout désargentés que nous étions, Skippy arrivait toujours à rapporter des tonnes de bonnes affaires à la maison. Au début, cela venait de petites ventes d'arrière-cours, et toutes ces choses coûtaient vingt-cinq ou cinquante cents. Par la suite, ça a été Kmart, puis Target, puis Macy's. Il a déjà fait des affaires à Tiffany's et Barney's, chez Giorgio sur Beverly Hills. Vous avez déjà entendu parler de Maxfield Bleu ? C'est un magasin de Melrose Place à Los Angeles où ils surestiment la valeur de leurs vêtements de mille pour cent et vous prennent de haut par-dessus le marché. Skippy est capable de sortir de Maxfield Bleu persuadé qu'il a fait une affaire.

– Vous êtes en train de me dire que Skippy croit faire une affaire chaque fois qu'il achète quelque chose ?

– Quel que soit le prix qu'il a mis. Oh, mon Dieu ! »

Elles retournèrent dans les toilettes.

Quand George fut revenu de l'hôtel au pavillon des ventes, Deirdre essaya de concocter une stratégie avec lui. La première chose à faire était de s'asseoir aussi loin que possible de Snell. La deuxième, de placer Skippy entre eux deux. La troisième, d'attacher ses mains à son siège à l'aide de menottes. La quatrième, de lui scotcher la bouche. Et la cinquième, de lui mettre la tête dans un sac. Cette stratégie élaborée, ils étaient hilares, ce qui mit Deirdre de meilleure humeur sans pour autant lui donner la moindre confiance en sa capacité à influencer Skippy.

Pour sa part, Deirdre avait choisi dix bonnes juments et elle estimait qu'avec un peu de chance elle pourrait en acheter cinq. Seules deux d'entre elles seraient mises en vente le soir même. Quand Skippy vint s'asseoir entre eux deux (ils parvinrent ainsi à mettre en pratique les deux premiers éléments de leur stratégie), il avait manifestement recouvré sa liberté. Il commença par dire : « Eh bien, je pense que Mary Lynn est KO pour la nuit. Je viens de l'appeler de mon mobile et elle ne se sent vraiment pas bien. » Il parlait d'un ton triomphant, se pencha sur le bord de son siège et se donna une grande claque sur chaque genou. « Alors, quand commencent-ils ? »

Ils commencèrent.

« Ah ! » fit Skippy.

Une adorable jument baie à l'allure la plus matriarcale que Deirdre eût jamais vue pénétra dans le rond de présentation. Deirdre jeta un coup d'œil au catalogue. Il s'agissait de Red Shift, une célèbre jument, fille d'une célèbre jument, Red Beans, et sœur de trois autres célèbres juments, Red Scare, Red Square et Infrared. Ces juments rouges étaient si célèbres que tous les éleveurs de leurs descendants leur choisissaient des noms dérivés des leurs. Red Shift avait engendré Night Shift, Shiftless, Move-it-or-lose-it et Day Shift, une pouliche âgée de deux ans l'année précédente qui était arrivée deuxième à Saratoga dans la Course des jeunes espoirs où elle avait couru contre des poulains.

Deirdre et George échangèrent un regard à l'instant même où, contre toute attente, la main de Skippy se leva. Deirdre la saisit et la baissa, mais pas assez vite pour empêcher le commissaire-priseur d'enregistrer son enchère. Heureusement la surenchère fut immédiate. Deirdre et Skippy eurent une petite lutte et Skippy déclara d'une voix tendue : « Deux cent mille dollars, c'est une affaire pour cette jument ! J'en sais assez là-dessus !

– Elle est a trois cent mille maintenant, dit George.

– C'est quand même une affaire. Lâchez-moi !

– Baissez-moi cette main, bordel ! » dit Deirdre, trop fort. Des gens alentours se tournèrent vers elle.

« C'est une jument extraordinaire ! C'est la meilleure ici ! »

À ce moment-là Deirdre fit une chose qui devait l'étonner elle-même. Elle fit pivoter sa jambe droite et se retrouva à califourchon sur les genoux de Skippy si bien qu'elle lui faisait face et qu'il ne voyait plus le rond de présentation. Profitant du silence médusé et momentané du propriétaire, elle approcha son visage tout contre le sien et dit : « Skippy chéri, vous ne méritez pas de posséder cette jument extraordinaire ! Je ne mérite pas d'entraîner sa progéniture ! Fichez-lui la paix ! »

Elle descendit de ses genoux.

« Mais qu'est-ce que vous faites, bon Dieu ? Qu'est-ce que ça veut dire ?

– J'ai des principes ! dit Deirdre.

– Quels principes ? La jument revient au plus offrant quel qu'il soit !

– Je refuse d'en discuter ! »

Sur ces entrefaites l'enchère avait pris fin et la jument était vendue pour neuf cent soixante mille dollars.

George proposa un verre d'eau à Skippy qui accepta. La sueur perlait le long de sa frange. « Je ne m'étais pas rendu compte de votre force. Vous êtes si menue.

– Mon trésor, répondit Deirdre, quand on a fait sauter des chevaux holsteiner de cinq cent quatre-vingts kilos par-dessus des triples obstacles d'un mètre cinquante et d'un mètre quatre-vingts avant de revenir sur un obstacle étroit d'un mètre cinquante et de galoper à fond de train vers une rivière de trois mètres soixante, un homme de loi, c'est rien à côté.

– Bon, ne recommencez plus.

– Alors faites les offres sur lesquelles on s'était mis d'accord !

– S'il vous plaît, suggéra George.

– S'il vous plaît, répéta Deirdre.

– Entendu », répondit Skippy en lui lançant un regard noir.

Peu de temps après, la jument nommée Storm Cat, fécondée par Theatrical (Irlande), se mit à piaffer et à tirer sur les rênes dans le rond de présentation. Elle grinçait des dents, agitait la queue et lançait des coups de sabot. « La voilà, votre Storm Cat, dit George.

– Ça fait des championnes », protesta Skippy. Il mentionna Snell qui, selon lui, possédait quatre Storm Cat, deux à l'entraînement et deux à la ferme d'élevage. Mais il ne fit aucune offre. La jument Storm Cat partit pour cinq cent soixante-quatre mille dollars.

À présent, la jument de Seattle Slew pénétrait dans le rond, Belle Star de son nom. D'après le catalogue elle devait mettre bas en février et cela se voyait. Deirdre l'avait déjà vue courir. Son calme actuel offrait un contraste intéressant avec ses performances sur les pistes : Deirdre avait vu la jument courir le Kentucky Oaks quelques années plus tôt ; aussi puissante et agressive que pouvait l'être une pouliche, elle courait sur l'extérieur de la piste et menait la vie dure à son jockey pour foncer. À l'époque, Deirdre s'était dit que la jument était peut-être sous stéroïdes, mais aujourd'hui elle était bien grosse, preuve que sa vigueur était plus ou moins naturelle. Voilà une jument à acheter, non ? Deirdre jeta un coup d'œil du côté de Skippy. Il était assis sur ses mains comme un bon garçon. Les enchères commencèrent mais elles montaient lentement. À la troisième, on n'en était qu'à soixante-dix-huit mille. Un impondérable de plus : pourquoi certaines ventes étaient-elles frénétiques et d'autres pas ? Deirdre consulta son catalogue. Elle y avait inscrit ce dont elle disposait : trois cent cinquante mille dollars. Le silence se fit. « Faites une offre, dit-elle.

– Quoi ?

– Donnez-en quatre-vingt-dix. »

Il s'exécuta.

Quelqu'un surenchérit à cent dix.

« Montez à cent vingt-cinq. »

Il monta à cent vingt-cinq.

Quelqu'un surenchérit à cent cinquante et un autre à cent soixante-quinze.

Deirdre se rassit, sauvée. Elle poussa un soupir de soulagement. Alors la jument tourna la tête et, par-dessus trois rangées d'acheteurs, posa son regard droit sur Deirdre. Comment se faisait-il, se demanda cette dernière, que tous les chevaux aient de grands yeux marron, tous situés au même endroit sur leur tête mais que chacun ait pourtant un regard différent ? Comment se faisait-il que certains regardent en eux-mêmes tandis que d'autres regardent au loin et d'autres encore vous regardent droit dans les yeux ? « Faites une offre, dit-elle.

– Ils en sont à deux cent vingt-cinq.

– Montez.

– Deux cent cinquante ! cria Skippy.

– Seigneur ! » fit George.

Quelqu'un monta à trois cents.

« C'est le coup de foudre, plaida Deirdre.

– C'est avec votre argent qu'on fait les offres ? demanda Skippy.

– Non, avec le vôtre, dit Deirdre. Montez à trois cent vingt-cinq. »

L'instant d'après la jument était à quatre cents.

« Snell surenchérit contre vous, dit George.

– C'est vrai ? demanda Skippy.

– Ce n'est que de l'argent, dit Deirdre. Vous en avez plein. »

L'enchère monta à cinq cents, la limite pour Skippy, qui, raisonnable, baissa la main et s'assit dessus.

Le prix monta à six cents.

La jument leva la tête et fit pivoter ses oreilles, aux aguets. Elle était aux abois. Aux yeux de Deirdre, qui avait vu des milliers de chevaux en son temps, cette jument était unique, splendide. « Donnez-en sept cents, je partage les frais avec vous ! lâcha-t-elle.

– Quoi ! s'exclama George. Ma biche, t'as pas cet argent-là !

– Je le trouverai. Faites une offre ! »

Skippy leva la main et dit : « Sept cents. » Ce qui mit fin à la surenchère. Un instant plus tard, ils étaient propriétaires de la jument.

« Tu n'as jamais entendu parler de la malédiction des gagnants, cousine ? demanda George.

– Qu'est-ce que c'est ? » demanda Skippy. De son propre fait, Deirdre était trop assommée pour parler.

« C'est un des principes économiques des enchères. Celui qui gagne est maudit car il a payé au prix fort le plaisir de l'emporter.

– Seigneur Dieu ! » fit Deirdre qui se rendait compte qu'elle allait devoir faire une chose qu'elle s'était juré de ne jamais faire. « Je vais devoir hypothéquer ma maison pour un cheval ! » Elle enfouit sa tête entre ses mains. La maison de Deirdre était sa fierté : elle l'avait achetée après avoir vendu son meilleur sauteur pour cent mille dollars et en tendant son chèque elle avait fait le vœu de ne plus jamais être propriétaire d'un cheval. C'était dix ans plus tôt et la maison n'avait cessé de manifester sa différence. Contrairement à un cheval, elle avait régulièrement pris de la valeur, à un taux de 12 % par an. Pourtant, en fermant les yeux, Deirdre revoyait le visage de la jument, clair comme le jour, et l'idée qu'elle était désormais sienne lui procura un véritable élan de joie. Voici qu'arrivait le commissaire équipé du parapheur, et Skippy leva la main pour signer l'acte de vente.

11. Le baron

Dick Winterson était un entraîneur prospère et un homme occupé. Il avait une équipe de chevaux de course millionnaires (enfin, certains valaient un demi ou un quart de million, car le réservoir de chevaux millionnaires, bien que profond pour ainsi dire, avait aussi un périmètre naturellement réduit, Baffert et Lukas en ayant raflé la plus grande partie de la bordure). Mais Dick ne les craignait pas. La plupart du temps. Quelques années plus tôt, ils ne lui inspiraient jamais aucune crainte. Ni eux, ni Allan Jerkins ni John Kimmel. On pouvait nommer n'importe quel entraîneur, Dick Winterson n'en avait pas peur. En règle générale, Dick aimait bien les autres entraîneurs. Ils avaient quelque chose en commun et Dick était, ou avait été, un type plutôt ouvert. À présent, à moins qu'ils ne le sentent comme des chiens, Wayne, Bob, Allan et John ne se doutaient probablement pas encore que Dick avait peur d'eux. Il échangeait toujours des plaisanteries avec eux et avec d'autres quand il les voyait. Il allait toujours les rejoindre durant l'exercice matinal pour discuter chevaux. Il buvait toujours son café et mangeait ses toasts avec eux à la cafétéria. Mais une fois les séances d'entraînement terminées, tandis que les autres entraîneurs retournaient à leur bureau, appelaient les propriétaires et s'occupaient de leur paperasse, Dick se rendait chez son psychothérapeute. Comme Dick était entraîneur de chevaux de course, il se représentait sa peur et sa thérapie comme un match, un coude à coude, Sunday Silence contre Easy Goer, Affirmed contre Alydar, tous les grands couples de chevaux de course. Ou, Dieu l'en préserve, Foolish Pleasure contre Ruffian. Le problème était qu'arrivé au second tournant, il ne savait toujours pas quel cheval était sa peur et lequel était sa thérapie. Parfois il essayait de mystifier son analyste en lui racontant que le travail d'entraîneur de pur-sang n'était plus le même depuis que des professionnels du demi-sang y avaient accès – ils formaient un groupe de durs à cuire beaucoup plus rudes – mais son analyste ne tenait pas compte de ces réalités et disait que la victoire et la défaite étaient la source de son malaise, pas sa solution, et que des représentations plus paisibles, plus organiques seraient plus utiles. Éclosions. Bourgeonnements. Maturation. Labour, pulvérisation d'engrais, tendre modelage de la terre autour de la tige d'une plante, etc. Il y avait gros à parier que Wayne Lukas n'imaginait jamais sa vie en termes de jardinage, pensait Dick. Il acquiesçait quand son psychothérapeute lui conseillait ce genre de choses mais il était incapable, du moins dans les faits, de les mettre en pratique. Cependant, sa peur et sa thérapie s'étaient engagées dans la dernière ligne droite, et Dick avait le sentiment très net que dans quelques instants, pour ainsi dire, la course serait finie. Et maintenant il avait une aventure avec la femme d'un de ses propriétaires. Cela ne signifiait pas qu'il avait *plus peur*, expliqua-t-il à son analyste, mais seulement qu'il avait peur *plus souvent.* Ce dernier lui répondit que cette distinction n'avait aucun sens mais en fait Dick la trouvait plutôt réconfortante. En fin de compte cela voulait dire qu'il n'était pas complètement pris de panique.

Son établissement, il le savait, les cavalières d'exercice, les lads, ses deux entraîneurs adjoints, son chef de bureau et le responsable de la nourriture, tous continuaient à travailler sur leur lancée. Voilà des années qu'il avait déclenché la machine et ils savaient tous ce qu'ils avaient à faire. Ils gardaient la tête froide, prenaient soin des chevaux et allaient de l'avant. Il gagnait encore des courses : à l'automne, son taux de victoires était de 18 %, il n'avait jamais été aussi élevé. Mais aucune de ces victoires, pas même les victoires où les enjeux étaient importants et qui lui avaient valu d'avoir sa photo dans le *New York Times* et le *Programme des courses du jour,* ne prouvaient quoi que ce soit si n'est que la vie est capricieuse. Il pouvait faire courir un cheval contre un favori donné à cinq contre un et voir ce cheval gagner la course comme une comète avec dix bonnes longueurs d'avance sans être convaincu. Mais convaincu de quoi ? Dick l'ignorait. Son frère, professeur de français dans un lycée à Queens, pensait qu'il souffrait d'une crise existentielle. Dick ne savait pas très bien ce que c'était mais il lui semblait qu'il n'était pas bon de souffrir d'une crise existentielle à Gulfstream où tout était charmant et qu'il était encore pire de ramener cette maladie à Belmont Park. Belmont Park était un endroit immense : un hippodrome de proportions telles qu'il commençait par vous donner la frousse. Belmont Park ressemblait à un univers en expansion perpétuelle, un trou noir qui s'ouvrait sous vos pieds : Dick secoua la tête pour chasser ces images.

Il lui fallait décider s'il allait ramener Luciano avec lui à New York.

Luciano était le masseur de ses chevaux, l'unique baume qui soulageait son âme troublée. Chaque jour après sa thérapie (les années passant, il avait gagné assez d'argent pour pouvoir se payer une séance quotidienne), il revenait à l'hippodrome et regardait Luciano masser les chevaux. Luciano n'était qu'à moitié italien : en fait il était grand et ressemblait à un Irlandais avec ses cheveux aux reflets roux et ses yeux bleus. Bien qu'il dépassât à peine un mètre quatre-vingts, il avait assez de doigté pour convaincre une balle de basket d'aller au panier. Quand les chevaux entendaient sa voix dans l'allée, ils se pressaient contre le portillon de leur box pour l'atteindre. Ils l'aimaient bien plus que leurs lads et même si Luciano s'occupait des chevaux et jamais des hommes, Dick était convaincu que celui-ci saurait le soigner mieux que son analyste, en une séance de massage intégral et rien qu'en pressurant la peau pour en chasser la peur. Mais il n'en faisait jamais la demande ; il se contentait de regarder Luciano masser les chevaux en bavardant avec lui.

Bien qu'ils n'en aient jamais parlé, Dick savait que Luciano devinait ses ennuis. Par conséquent, Luciano lui prodiguait toutes sortes de conseils bienveillants de nature tantôt italienne et tantôt irlandaise. Ce jour-là, quand Dick vit Luciano passer devant la porte de son bureau (où il faisait semblant d'examiner le registre de dressage de manière rationnelle, alors que depuis environ quinze jours il tirait les courses à pile ou face sans pour autant changer son taux de victoires), il se leva et alla regarder par la porte vitrée. Luciano se baissait pour passer sous le portillon du box d'un cheval de quatre ans nommé Rah Rah qui avait gagné environ un demi-million pour l'instant. Dick jeta une dernière fois sa pièce, en reçut la nouvelle que la pouliche Laurita devait courir dans le handicap Shirley Temple pour pouliches de quatre ans et plus, ce qui représentait cent mille dollars de mieux, puis il se dirigea vers l'allée qui menait aux box. Il apercevait la tête de Rah Rah entourée de son licol et le canon du cheval posé sur la rampe de la stalle, il entendait Luciano marmonner. Il s'approcha d'un pas nonchalant et dit : « Salut.

– Hé, salut, Dick ! répondit Luciano. Comment va ?

– Ça va. Un cheval gagnant et un placé aujourd'hui, sur deux courses. Les propriétaires étaient tout excités.

– Génial ! » fit Luciano.

Les mains dans les poches, Dick observait Luciano qui malaxait l'encolure du cheval en décrivant de petits cercles et marquait des pauses de temps à autre pour s'occuper de petits nœuds ; tantôt il massait, tantôt il lissait une partie du muscle avec les pouces. Rah Rah restait debout, calmement. Dick s'approcha de lui et entra en contact avec son chanfrein, il savait ce que le cheval allait faire, ce qu'il fit : Rah Rah leva le chanfrein et se mit à masser Dick, à l'endroit précis où le cou rejoignait les épaules. La lèvre supérieure et mobile de l'animal poussait et appuyait sur la peau de Dick, sous le col de sa chemise ; elle descendait le long de son épaule ou remontait vers son cou et parfois elle suivait la ligne de sa mâchoire. Dick le laissait faire même s'il savait qu'il risquait de se faire pincer : durant leurs séances de toilette mutuelle les chevaux se pinçaient souvent, leur crinière et leur robe leur permettaient d'apprécier cela. Dépourvu de protection, Dick appréciait moins les pinçons mais il y voyait une manifestation d'affection équine, aucun cheval ne l'avait jamais fait saigner.

« Bon, écoutez-moi, maintenant. dit Luciano.

– Je vous écoute, fit Dick.

– Et votre femme dans tout ça ? »

Dick réprima un tressaillement. « Le problème est là, dit-il.

– Où travaille-t-elle, déjà ?

– Elle est professeur de technique vocale dans une université à New York.

– Une sorte de professeur de chant ?

– Oui, c'est ça. Elle a horreur des hippodromes. Et de la Floride.

– Elle chante bien ? Les propriétaires aimeraient peut-être bavarder avec une bonne chanteuse, vous savez.

– Elle chante bien mais elle interprète des airs sans véritable mélodie. Charles Ives, vous voyez. Anton Webern. Alban Berg. Parfois elle chante du Schubert.

– Celui-là je le connais, répondit Luciano.

– J'ai découvert que si on écoute les lieder de Schubert pendant environ cinquante minutes d'affilée, ils deviennent beaux.

– Mais elle n'aime pas les champs de courses.

– Elle ne les a jamais aimés. Elle souffre d'une légère agoraphobie. Un champ de courses n'est pas un endroit pour une agoraphobe.

– Qu'est-ce que c'est que ça ?

– C'est un mot qui signifie "peur de la place publique". Peur des endroits très fréquentés.

– Oh. Alors cela ne lui plairait pas d'être assise là-haut dans les loges des tribunes à bavarder avec les propriétaires de concerts et tout ça ? De ballets ? D'opéras ? Les propriétaires aiment donner l'impression qu'ils ont de la classe.

– Certains propriétaires ont vraiment de la classe, Luciano.

– Comme cette dame, la propriétaire de la pouliche qui a sauté par-dessus l'autre cheval ? »

Dick se décala d'un pas vers la droite et Rah Rah s'attaqua au côté gauche de son cou. Cependant, Luciano était arrivé au garrot du cheval. « Laurita.

– Oui. Mrs. Maybrick.

– Oui. Elle a vraiment de la classe. »

Ils restèrent silencieux pendant un moment. Luciano était arrivé au dos de Rah Rah et il appuyait vraiment très fort. Rah Rah en oublia Dick et baissa le chanfrein presque jusqu'à terre tout en tournant la tête de côté et en avançant la lèvre supérieure. Il émit un ou deux grognements : « huh, huh. »

« Il aime ça ! s'esclaffa Luciano.

– Ils aiment tous ça, fit Dick.

– Mais peut-être que Mrs. Maybrick voudrait rencontrer votre femme ? »

Dick regarda fixement Luciano en se demandant s'il lisait dans ses pensées puis opta pour la réponse suivante : « Mais Louisa n'aime pas les champs de courses.

– Comment l'avez-vous rencontrée, alors ?

– On faisait partie d'un groupe. Plus ou moins. On traînait avec les musiciens, parfois on jouait avec eux. Je jouais de la guitare et elle chantait. »

Luciano lissa doucement l'arrière-main de Rah Rah puis il fit de petits massages circulaires sur les longs muscles qui s'y trouvaient.

Rah Rah se laissa aller contre les mains qui appuyaient. « Vous étiez musicien ? demanda Luciano.

– Une sorte de musicien. J'essayais de faire croire à mon père que je n'allais pas devenir entraîneur mais je n'ai pas tenu très longtemps.

– Oui, fit Luciano. Je vois ça. Entraîneur de chevaux, c'est un travail à plein temps pour ce que j'en vois. Vous êtes là-dehors avant l'aube, vous y restez toute la journée, vous allez aux courses et vous vous couchez après les chevaux. Si votre femme ne vient jamais à l'hippodrome quand la voyez-vous ?

– Mon analyste et moi nous avons parlé de ce problème.

– Ça, c'est sans doute une bonne idée », dit Luciano. Il secoua les mains et contourna le cheval avant de s'attaquer au côté droit de l'encolure. Il travaillait depuis environ vingt minutes. Il prenait cinquante dollars par séance. Chaque cheval suivant un programme « entraînement et courses » avait droit à une séance par semaine. Dick avait lui-même amorti le coût de ces séances en diminuant effectivement ses émoluments d'entraîneur de cinquante dollars par cheval et par semaine. D'un autre côté, ses gains aux courses avaient augmenté et compensé les sommes ainsi perdues, mais pas toujours. La différence, la prime, pour ainsi dire, c'était le temps qu'il n'était pas obligé de passer à expliquer aux propriétaires combien les chevaux aimaient ces massages, que ce n'était pas un rituel de superstition, que son écurie s'en trouvait bien mieux et que lui-même s'en trouvait bien mieux en voyant ses chevaux plus heureux, en voyant qu'on les rendait plus heureux jour après jour. La vie de l'hippodrome n'était pas facile pour un cheval : ni herbe ni attelage ni compagnons à titiller du chanfrein. Heureusement les pur-sang étaient de véritables chevaux de labeur. Aucun cheval de trait n'a jamais été aussi concentré sur le travail qu'il doit accomplir qu'un pur-sang ordinaire qui le fait par plaisir, mais Dick n'en avait pas moins un pincement de cœur quand il voyait la vie qu'ils menaient. Mais que représentait un pincement de cœur pour lui ces temps-ci ? Chaque pincement de cœur était un instant et chaque instant était pincement de cœur.

« Vous avez l'air un peu déprimé, reprit Luciano.

– Ah bon ?

– Le changement est toujours source d'angoisse.

– Ah bon ?

– C'est simple, vous ne savez pas où vous en serez dans six mois.

– Dans six mois, je serai à Saratoga. » Seigneur ! pensa Dick. J'espère que je serai dans le bon état d'esprit.

« C'est ce que vous croyez aujourd'hui mais, attention, dans six mois vous serez peut-être mort. » Il haussa les épaules dans un geste typiquement italien.

« Merci, Luciano.

– Qui dit que c'est une mauvaise chose ?

– Ce n'est pas faux. »

Le masseur se rapprochait progressivement du garrot, le cheval tendit la tête et la posa sur l'épaule de Dick. Luciano poursuivit dans cette veine philosophique. « Vous voyez, à chaque instant, vous savez plus ou moins où vous êtes et qui vous êtes. C'est la vie. Même si vous commettez l'erreur que j'essaie toujours d'éviter et que vous analysez votre vie, vous êtes plus ou moins le même d'un moment à l'autre. C'est rassurant. Mais quand on met tous ces moments bout à bout on se retrouve bientôt dans la peau de quelqu'un qu'on ne s'attendait pas du tout à être, voire qu'on n'aurait jamais réussi à comprendre si on avait su qu'un jour on deviendrait cette personne. Vous me suivez ?

– En fait, je pense que c'est l'histoire de mon mariage. Et la sienne aussi.

– Celle de qui ? demanda Luciano.

– Celle de ma femme.

– Ah ouais, fit Luciano. On est tous pareils. Ça me console. Mais les chevaux sont tous différents, eux. Prenez mon père, par exemple.

– Votre père ?

– Mon père était baron.

– Vraiment ?

– Et comment, dit Luciano. Il en connaissait un rayon là-dessus.

– Qu'est-ce qu'il faut connaître ?

– Eh bien, pour un baron italien il faut s'y connaître en vins, en femmes de toutes sortes, sans oublier les intérêts fonciers, l'endettement et les parents qu'on a un peu partout. Il savait tout là-dessus. Mais il y a eu la guerre. La guerre, comme mon père disait toujours, n'était pas faite par des barons pour des barons, aussi la guerre ne convenait pas aux barons et *vice versa*. »

Dick s'esclaffa.

« Enfin, conclut Luciano sérieux comme un pape, ce sont des choses qui arrivent. Mon père se trouvait ici en Floride quand la guerre a éclaté, donc il y est resté. Rien de ce qu'il connaissait n'était vraiment applicable ici, je veux dire, tout ce qu'il savait était faux car c'était une culture italienne, mais il n'en était pas conscient et il agissait comme à son habitude ; à la fin de la guerre il possédait un restaurant ici où l'on servait de bons vins, il avait une femme, une maîtresse, quelques jolies petites propriétés et des dettes. Après la guerre il est retourné en Italie, il croyait que la vie reprendrait son cours là où il l'avait interrompue mais l'Italie avait beaucoup changé, bien sûr. Et le problème, c'est que mon père avait beaucoup changé lui aussi. Désormais, il en connaissait un rayon sur la vie de baron en Floride, mais plus grand-chose sur la vie de baron en Italie. Voilà ce que j'en pense. Je pense que tous les deux, l'Italie et mon père, étaient en tout point égaux dans leur différence par rapport au passé et s'il s'était vraiment décidé à retourner y vivre, l'Italie et lui auraient de nouveau convergé, mais il l'ignorait. Il a simplement eu l'impression de détester l'Italie d'aujourd'hui, mais il détestait aussi la Floride et il n'était pas très content de sa femme et de sa maîtresse. Et voilà son erreur. Il croyait que le problème était en elles, or il n'y avait aucun problème. »

Dick commençait à perdre le fil.

« Il n'y a aucun problème, continua Luciano. Quand j'ai l'impression qu'il y en a un, je viens ici poser mes mains sur les chevaux, ensuite je vais manger une petite assiette de gnocchis au gorgonzola et il n'y a plus de problème. Si j'ai encore le sentiment qu'il y en a un, eh bien, alors je bois un petit verre de vin. »

Il massait à nouveau le dos de Rah Rah et le cheval recommença le même manège que tout à l'heure : il baissa la tête, ferma les yeux et grogna, mais cette fois, ses genoux se mirent à s'entrechoquer. « Il a eu mal au dos ces derniers temps ? demanda Luciano.

– Il frétille un peu quand on l'enfourche. Mais votre père a dû rester en Italie, puisque vous avez grandi à Rome.

– Oui, mais il passait son temps à se plaindre et à regretter la Floride, alors quand je suis venu en Amérique, je devais aller en Californie mais je me suis retrouvé ici ! » dit-il en riant.

C'était bien vrai. Luciano, peut-être en vertu de ses origines italiennes, était beaucoup plus sagace et beaucoup plus réconfortant que le psychothérapeute. « Dites, Luciano, ça vous dirait de rentrer à New York avec moi ? demanda Dick. Et d'y passer l'été ?

– Hé, j'en sais trop rien ! C'est que ça m'est familier ici. Je peux pas vous dire. La vie est chère là-bas. Vous voyez, je vis ici depuis que je suis adulte. Parfois, je n'arrive pas à y croire.

– C'est une bonne raison de partir alors.

– On verra.

– Vous aurez du travail tous les jours, autant que vous voudrez.

– Ouais », répondit Luciano, laissant la question en suspens. Alors l'assistant de Dick, Andy, apparut aux côtés de ce dernier. « Vous avez éteint votre portable ? demanda-t-il. Vous avez six messages d'Al Maybrick au sujet de Laurita. »

Dick soupira, sortit son téléphone portable et l'alluma. La sonnerie retentit sur-le-champ. « Hé, salut ! » fit Dick d'un ton jovial. C'était ainsi qu'il saluait celui qu'il avait cocufié, de façon beaucoup plus enthousiaste maintenant qu'à l'époque où les raisons pour lesquelles Al l'irritait étaient simples et pures.

« Al Maybrick à l'appareil, Dick. J'essaie de vous joindre depuis un moment. Je suis un peu…

– Salut, Al. Oui, je vais inscrire Laurita au handicap. Vous viendrez y assister ?

– Je ne sais pas. C'est un sacré changement de catégorie pour elle…

– Je pensais que c'était votre ambition.

– Oui mais quand j'en ai parlé dans mon groupe de réflexion, ils ont dit que cette ambition était due à ma folie des grandeurs et que je devrais être plus attentif à vos conseils parce que c'est vous l'expert, vous n'êtes pas influencé par des idées fantasques et tout ça. »

Dick fut découragé à l'avance à l'idée qu'ils devraient trouver ensemble un plan d'action rationnel. D'un autre côté, le sort en avait été jeté à pile ou face. « Bon, d'accord, Al, fit Dick. J'ai pensé à tout ça et je crois qu'elle est prête. Alors allons-y.

– Nous y serons, répondit Al.

– Vous et… ? » Bien jouée, cette ignorance feinte.

« Rozzy et moi. Elle n'est pas très fan de courses. Je me suis tué à tout lui expliquer mais chaque fois elle a cet air, vous imaginez. »

Pouvait-il l'imaginer ? « Quel air ?

– Oh, j'en sais rien. Peu importe. J'y serai en tout cas.

– Super ! » fit Dick. C'en était moche, tant de lâcheté.

12. Rien qu'un au revoir... et un p'tit bonjour

Roberto Acevedo n'allait plus en cours de physique. Son père et, à contrecœur, sa mère l'avaient laissé remettre sa dernière année et demie de lycée à plus tard pour qu'il continue à courir tant qu'il était chaud, et il l'était. Avec une surcharge autorisée de trois kilos, il montait à quarante-huit kilos et demi, soit à peu près autant que certaines femmes jockeys, avec la robustesse en plus, si bien qu'on pouvait le faire monter n'importe quel cheval, semblait-il. Et puis il y avait ses mains, ses grandes paluches. Tous sur l'hippodrome savaient qu'il avait les mains des Acevedo comme Mozart avait eu l'oreille des Mozart : avec tout ce que possédaient les Acevedo et un petit quelque chose en plus. Mais Roberto était superstitieux. Il soupçonnait les mains des Acevedo de n'exister qu'avec P'tit Bob et il persuada Buddy Crawford de le laisser monter P'tit Bob dans toutes les épreuves où ce dernier courait. Il lui fallait se mettre au diapason du cheval, tout était là. Toutes les deux ou trois semaines, il sentait qu'il n'était plus tout à fait dans le coup et il prenait une leçon avec le maître, leçon dont il ressortait tout à fait détendu et confiant, avant d'aller mettre en œuvre ce qu'il venait d'apprendre avec des chevaux plus jeunes et moins expérimentés. La méthode de P'tit Bob était simple et il n'y introduisait jamais de variations. Elle consistait à prendre les rênes d'une main ferme mais souple, à se montrer attentif et à garder le rythme. Tantôt il indiquait à Roberto comment trouver une ouverture, comment dévier sur l'extérieur du peloton et tantôt il lui apprenait à être malin car il lui montrait que même s'ils voyaient tous deux l'ouverture, P'tit Bob ne serait pas à même d'en ressortir si jamais il s'y engouffrait. C'était une bonne leçon pour un jockey inexpérimenté – s'habituer à prendre la mesure du cheval qu'il montait – et P'tit Bob connaissait très bien la mesure de ses forces. Sur quatre départs ils gagnèrent une fois, arrivèrent deuxièmes une fois (vaincus d'un nez), quatrièmes une fois (d'un nez) et dixièmes sur douze. Dans cette course, P'tit Bob avait indiqué dès le début qu'il n'aimait pas la taille du champ de courses. Le cheval avait trente-deux départs à son actif. Il était âgé de six ans.

Roberto se tenait près du cheval avec Buddy quand le type s'approcha et accrocha l'étiquette rouge au chanfrein de P'tit Bob. Buddy se montra philosophe ou, en d'autres termes, indifférent.

Bien que Roberto fût intimidé par Buddy (qui ne l'était pas ?), il se risqua à dire : « J'espère que le nouveau propriétaire me laissera le monter. C'était très instructif.

– Moi, je parie qu'il va aller au Golden Gate ou à Bay Meadows.

– Ah !

– Un bon cheval à réclamer ici fera un bon cheval de courses à conditions là-bas. » Il s'éloigna. Il n'avait jamais eu grand-chose à dire à Roberto.

Roberto savait qu'il ne devait pas se sentir triste. Mais il fut heureux de se trouver au milieu du parking deux jours plus tard, quand le cheval partit.

Lorsqu'on fit sortir le cheval de sa stalle, les jambes pansées et prêt à partir, Roberto eut l'impression de revoir une ancienne petite amie dans la rue. Ce n'était après tout que P'tit Bob, hongre bai sans traits distinctifs particuliers : ni étoile en tête, ni ladre au bout du nez, ni balzane. Il était grand et maigre avec une tête plutôt grosse, de longues oreilles et l'œil vif. On fit monter sur la rampe les autres chevaux qui allaient vers le nord ; plusieurs d'entre eux attiraient le regard. P'tit Bob se contentait d'être lui-même et personne ne lui prêtait guère attention sauf Roberto, qui remarquait son air confiant et sa parfaite maîtrise de soi. Ce qui lui mit la larme à l'œil était de si bien connaître ce cheval, aussi bien que ses frères et sa sœur, et de devoir rester là à le voir sortir de sa vie pour toujours, lui qui le connaissait sans vraiment pouvoir en parler, de manière physique. On rabattit la rampe, le chauffeur monta dans sa cabine et le semimoteur commença à rugir. Roberto se trouvait à côté du garçon d'écurie qui bouchonnait le cheval pour Buddy, sorti pour le regarder partir sans que Roberto s'en aperçût. Ils parlaient espagnol. « Tu sais ce qui va me manquer chez ce cheval ? dit le garçon d'écurie.

– Non.

– C'est un sacré personnage, tu sais.

– Ouais.

– Tous les jours, il chie dans son seau d'eau. Tous les jours je nettoie, je crie et je l'engueule. Tous les jours, quand j'entre dans sa stalle, il est là qui regarde son seau d'eau comme pour dire "Comment toute cette merde est-elle entrée là-dedans ?". Je crois qu'il me fait une blague ! (Le garçon d'écurie s'esclaffa.) De tous mes chevaux c'est le seul qui ait le sens de l'humour ! »

Roberto rit. Tout au bout du chemin, il apercevait le grand van Cargill franchir le poste de sécurité et s'engager sur la route, puis tourner à gauche et s'éloigner lourdement.

Les fenêtres étaient ouvertes et P'tit Bob, qui avait été parmi les derniers à embarquer, pouvait regarder dehors. En fait il n'avait jamais quitté l'hippodrome – sauf pour aller courir à Santa Anita ou à Hollywood Park – depuis presque trois ans, la moitié de sa vie. Le van descendit lourdement Century Avenue, dépassa Jack in the Box et McDonald's, des boutiques de prêteurs sur gages et des sans-abri, un homme chaussé de bottes de cow-boy roses qui leva les yeux sur le véhicule en pensant à des chevaux qu'il avait connus dans l'Utah durant son enfance, avant la guerre. Si P'tit Bob et ses compagnons avaient été des chevaux de course de grande valeur en route vers l'est, le van aurait pris la direction de l'aéroport Ontario, mais il prit la 405 en direction du nord et P'tit Bob et ses amis ne purent jeter qu'un petit coup d'œil à la vue que l'on avait depuis l'autoroute : montagnes, voitures, bâtiments au bord de la route. Le conducteur du van songeait parfois qu'il était bien étrange de transporter un chargement de chevaux, et, en bon pratiquant, il espérait que Dieu fasse qu'il n'ait jamais d'accident, car aucun accident n'est aussi spectaculaire que ceux où est impliqué un chargement de chevaux. À cette idée il se força à penser à autre chose.

Le voyage se déroula sans heurts ni bruits soudains et effrayants. Parfois le moteur s'arrêtait et l'un des hommes ouvrait la porte pour vérifier que les chevaux allaient bien. Il était plus agréable de rouler que de rester à l'arrêt. Même s'ils devaient s'arc-bouter contre le mouvement, c'était apaisant. La plupart du temps, l'intérieur du van était calme et P'tit Bob lui-même se trouvait dans un état de grâce assez semblable à celui qui était le sien en Californie. Il savait exactement qui il était et où il se trouvait, pas de souvenirs ou d'appréhensions pour venir le troubler. Ainsi que Roberto l'avait remarqué, c'était un cheval intelligent sur le chemin de la sagesse. Tout ce qu'il avait à faire était se tenir debout, calmement, en répartissant son poids de façon égale sur la plus stable des structures – quatre jambes.

Quand les chevaux descendirent du van à Golden Gate Fields peu après le coucher du soleil, Fred Linklater, leur nouvel entraîneur, et José Quiver, leur nouveau lad, trouvèrent qu'ils avaient l'air en assez bonne forme. Comme tous les chevaux en provenance de la Californie du Sud, ils semblaient habitués aux meilleurs soins et au plus grand confort. Dans l'ensemble les chevaux se distinguaient par leur robe soyeuse et luisante, leurs taches de blanc étincelantes, leur crinière raccourcie et désépaissie, leur queue mobile et bien démêlée. Il s'agissait de chevaux à réclamer qui avaient côtoyé des chevaux de course et, comme les pires maisons situées dans les meilleurs voisinages, ils avaient profité de cette proximité. En fait, Fred s'imaginait toujours les chevaux venus de Californie en train de descendre du van et de longer les rangées de stalles, l'air atterré. Tout était froid et humide ici. On percevait la présence des chevaux au bruit et à l'odeur. Les écuries étaient vieilles. Les stalles n'étaient pas très grandes et la litière moins épaisse. Les quartiers des chevaux comme ceux des lads étaient surpeuplés. Les chevaux savaient comme les entraîneurs et les garçons d'écurie que des mères, des bébés et des enfants, des hommes et même des personnes âgées vivaient dans les stalles vides. Mais bien sûr personne n'en parlait. Les gens étaient plus pauvres par ici. Il n'y aurait ni Missing Link (à trente-cinq dollars le sac) ni sucre roux dans les rations ni petits paquets de vitamines. Fini les massages et la chiropraxie ; il y aurait plus de Butene et moins de Tagamet. Et moins d'injections d'analgésiques dans les articulations du jarret et de l'ergot. Tous les chevaux devraient donner le meilleur d'eux-mêmes aussi longtemps que possible. Et surtout, aucun ne retournerait jamais à Santa Anita, à Hollywood Park ni à Del Mar. Ce temps était à jamais révolu, du moins pour ces chevaux-là.

P'tit Bob débarqua avec son équanimité coutumière et regarda autour de lui d'un air alerte, comme à son habitude. D'emblée José se prit d'affection pour lui. José et Fred remarquèrent tous deux qu'il avait une petite faiblesse à l'antérieur droit, ce qui semblait toujours être le cas des chevaux à réclamer. José le conduisit à sa stalle, l'y fit entrer, se retourner et lui enleva son licol. Il n'avait pas vraiment le temps de rester avec le cheval – il fallait encore en faire débarquer d'autres – mais il resta un moment à lui flatter l'encolure et à lui parler en espagnol, *querido caballo, muy bueno, sí señor*. Tu vas être bien ici, non ? Gagner des courses pour José, non ? Puis José se baissa et lui souffla doucement dans les naseaux (P'tit Bob avait toujours gagné d'un nez, chose qu'ils constateraient ainsi que ses autres bizarreries, par eux-mêmes et non sans perplexité). P'tit Bob agita les oreilles. Puis il alla renifler son foin (quelque peu différent à l'odeur de celui auquel il était habitué, mais il finirait par le manger) ; ensuite il alla jauger son seau d'eau. Il ne but pas. Au matin, José se souviendrait du moment où P'tit Bob s'était tenu devant son seau d'eau à le regarder, mais lui ne savait pas encore pourquoi. Au matin, il saurait.

13. Sauvé

Depuis que les chevaux de Farley se trouvaient dans l'écurie 50 côté sud et que ceux de Buddy Crawford occupaient toute l'aile nord et l'aile sud de l'écurie 70, Oliver ne croisait plus très souvent Buddy ailleurs qu'à l'hippodrome. Buddy était trop nerveux pour manger, apparemment. Personne ne l'avait jamais vu manger quoi que ce soit. Il buvait du café et du soda Dr Pepper, qu'il stockait par caisses entières avec les surplus dans la salle des réserves. Aussi, en quittant une stalle où il s'était occupé d'une pouliche de trois ans originaire de France, Oliver fut-il très surpris et, il fallait bien l'admettre, troublé de voir, ou plutôt d'avoir la sensation que Buddy fondait sur lui dans l'allée comme un vent humide annonçant un orage. Chose étrange, il n'était pas accompagné. En temps normal il se déplaçait comme un membre de la famille royale : il n'avait rien sur lui, ni argent, ni téléphone portable, ni même, peut-être, un mouchoir. Un entraîneur adjoint à sa droite et un autre à sa gauche étaient censés répondre aux requêtes comme « Où est ce foutu téléphone mobile ? » et « Comment on fait marcher ce truc ? Faites-moi le numéro ».

En tout cas c'était bien lui, le monstre en personne, non accompagné. Oliver recula d'un pas dans la stalle mais au même moment il vit que c'était inutile. Les yeux de Buddy étaient fixés sur la porte fermée du bureau de Farley où les lettres plastifiées du « Manuel tibétain de l'entraîneur » luisaient sous un rayon du soleil de midi. Les stores de Farley étaient ouverts. Oliver l'apercevait à l'intérieur, penché sur son porte-documents dans lequel il rangeait des dossiers.

À présent Oliver regardait le dos voûté de Buddy qui filait comme une flèche dans l'allée. Au bout d'un instant il vit Farley lever les yeux et regarder par la fenêtre. Une expression de surprise flotta sur son visage, immédiatement remplacée par l'expression plus neutre de celui qui n'est pas curieux et qui n'épie pas. Il ferma son porte-documents. Buddy ouvrit la porte d'un geste brusque puis la referma derrière lui. Ne pas être curieux et ne pas épier, tu parles ! D'ordinaire Oliver aimait s'attarder quelques minutes à midi, déambuler le long des allées de l'écurie, jeter un coup d'œil aux chevaux propres, secs, pansés et installés dans leur litière fraîche comme des broches dans leur écrin de velours – onyx, nacre, ambre, grenat... mais pas aujourd'hui. Plutôt que de s'attarder devant le bureau à essayer de supputer ce qui se passait, il fonça à la cafétéria. On y parlerait sans doute de ce qui se passait.

Quatre tables étaient plus ou moins pleines. Oliver prit son café et s'assit à chacune pendant quelques minutes. À la première, il apprit que Harry Isenman avait fichu à la porte la ravissante cavalière d'exercice avec qui il vivait depuis six semaines parce qu'il n'avait pas gagné une seule course depuis qu'elle avait emménagé chez lui. Cela n'avait certainement rien à voir avec Buddy, se dit Oliver, car celui-ci regardait les femmes encore moins souvent qu'il mangeait. À la deuxième, l'un des anciens entraîneurs racontait l'histoire de la naissance de Native Dancer : la première partie sur le père de Native Dancer, Polynesian, qui souffrait apparemment d'une léthargie en phase terminale jusqu'au jour où il s'était retrouvé dans un essaim d'abeilles et avait reçu de multiples piqûres à la tête, à la suite de quoi il avait commencé une carrière de cheval de course. La seconde partie de l'histoire concernait la grande jument Geisha qui ne voulait pas embarquer dans la remorque, aussi, plutôt que de la forcer on l'avait simplement menée à Polynesian et onze mois plus tard cela avait produit le cheval du siècle – enfin peut-être, c'était une question de goût. S'ensuivit l'éternel débat sur la chance, d'une part, et sur qui était le cheval du siècle et pourquoi, d'autre part. À la troisième table, il y avait une toute petite piste : Buddy et un autre entraîneur qui travaillait pour le même propriétaire s'étaient rendus à la ferme de Santa Ynez le week-end précédent pour voir les yearlings. À la quatrième table, il y avait une meilleure piste. Quelqu'un s'était trouvé au Bureau des courses très tôt le matin même quand il n'y avait encore que Buddy et avait vu ce dernier rayer tous ses chevaux des épreuves du week-end. Quand il travaillait avec Buddy, Oliver n'avait été chargé de rayer un cheval qu'une seule fois. D'ordinaire, Buddy déclarait : « Bah ! Le jockey s'en chargera lui-même s'il n'aime pas la façon dont le cheval court. » Mais on n'en discuta pas plus que cela, personne n'étant vraiment intéressé. La preuve que Buddy n'avait pas beaucoup d'amis sur l'hippodrome. Tout le monde à la cafétéria s'intéressait beaucoup plus à la vie amoureuse d'Harry Isenman qu'à tout ce qui pouvait arriver à Buddy Crawford.

Quand il revint au bureau de Farley, ce dernier était assis, dans son fauteuil, à contempler le plafond en tapotant sur le bord du bureau avec son crayon. Oliver le ramena à la réalité. Il se leva et ramassa son porte-documents en jetant un coup d'œil à sa montre. « J'ai encore le temps de faire une petite sieste si je pars tout de suite, dit-il.

– Qu'est-ce qui s'est passé avec Buddy ? Il t'a encore accusé de lui avoir porté la poisse ?

– Eh non !

– Il n'avait personne avec lui.

– Eh non !

– Alors ?

- Accompagne-moi jusqu'à ma voiture. »

Ils traversèrent la quiétude calme et ensoleillée de l'arrière-cour à midi, quand l'exercice matinal est terminé et que les courses n'ont pas encore commencé. Les chevaux qui ne dormaient pas au fond de leur litière fraîche sommeillaient en mâchonnant leur foin.

Farley attendit d'être dehors, loin des bâtiments, pour dire : « Eh bien, il a dit que je ne lui avais pas porté la poisse, en fin de compte et que le cheval s'était effondré parce que, euh, parce que Jésus en avait voulu ainsi. »

En raison de son éducation, Oliver n'était pas étranger à ce genre de raisonnement. « Pour lui ouvrir les yeux ? dit-il.

– Apparemment. Le cheval n'est pas mort. Cela semble faire partie de son raisonnement. Jésus a voulu la blessure mais pas la mort, c'est un signe de la miséricorde divine, le cheval se remet très bien et Buddy en est reconnaissant.

– Reconnaissant ? De toute façon deux autres de ses chevaux se sont effondrés depuis.

– Oui, mais personne ne l'avait mis en garde à leur sujet. Moi je l'avais fait pour le premier en automne et c'est un autre signe de la miséricorde de Jésus, donc les deux autres accidents sont une sorte de rappel insistant. Je lui ai demandé des comptes mais il n'y a pas pris garde. C'est ce qu'il a dit. Il venait me remercier de lui avoir demandé des comptes et me demander pardon de sa négligence. Il a aussi dit qu'il arrêterait de réclamer tous mes chevaux.

– Qu'est-ce que tu as dit ?

– J'ai dit que chaque entraîneur avait des chevaux sur la conscience ici, moi y compris. »

Oliver se demanda si c'était vrai.

Farley répondit sans même que la question lui fût posée. « Il y a environ sept ans j'avais un hongre aveugle de l'œil droit. Je l'ai peut-être fait courir six fois mais je le rayais toujours de la course s'il tirait une position à l'intérieur de la piste, parce que ça le rendait nerveux quand des chevaux le dépassaient par la droite, et puis il savait tenir la distance et il rapportait de l'argent. Le propriétaire l'adorait. Enfin bref, un jour, il a tiré le numéro deux. J'étais tout prêt à le rayer mais il tenait une telle forme que je ne l'ai pas fait. Je n'en ai pas vraiment pris la décision, j'ai juste laissé passer le moment. Dans chaque course où je l'avais engagé il avait fini parmi les premiers alors j'ai dit au jockey d'essayer de prendre une bonne avance et, s'il n'y arrivait pas, de laisser le cheval ralentir et finir le parcours. Deux possibilités. Eh bien, ce qui est arrivé, c'est qu'au moment où le starting-gate s'est ouvert, le cheval numéro trois a été bousculé par le numéro quatre et il est retombé en plein sur mon cheval, qu'il a projeté sur la rambarde. Il s'est cassé le cou. Je savais que s'il avait pu les voir, il aurait été assez rapide pour esquiver la collision et que, si je l'avais rayé de la course, il ne se serait jamais trouvé là au départ. Le jockey s'est fracturé l'épaule et n'a pas pu courir pendant deux mois. Alors comme ils n'avaient plus de rentrées d'argent, sa femme n'a pas emmené un de leurs enfants chez le médecin et la petite a attrapé une pneumonie. (Il regarda Oliver.) Bon, elle s'en est sortie et j'en suis sacrément reconnaissant.

– Tu ne peux pas…

– Me sentir coupable ? Je ne m'estime pas coupable de l'accident. Les accidents arrivent tout le temps. Mais dans ce cas je me suis autorisé à laisser faire pour voir ce qui allait se produire. C'était une drôle de sensation, semblable à celle que procure n'importe quelle tentation. Je regrette d'avoir joué avec cette sensation.

– Tu ne peux pas assumer la responsabilité de chaque infime sensation.

– Il le faut pourtant. On ne peut pas mais il le faut malgré tout. On n'en est pas capable mais on est obligé de le faire. »

À cette idée Oliver se sentit soudain épuisé. Il poussa un soupir. Farley le regarda et lui fit son merveilleux sourire avant d'ajouter : « Ne t'inquiète pas. Tu le fais déjà.

– Vraiment ?

– Oui ». Ils firent encore quelques pas. « Enfin bref, Buddy a dit que pendant qu'il était à la ferme d'élevage, ce week-end, Jésus lui a fait voir un par un tous les estropiés qu'il a faits, les deux ans, les trois ans, les quatre ans et plus, tous avançaient en boitant dans leur paddock, qui sur un genou enflé, qui sur un jarret enflé et que sais-je encore. Il a dit qu'ils étaient pour ainsi dire nimbés de lumière. Ce type pour lequel il travaille, tu vois, possède des hectares et des hectares de terre là-haut. Il les laisse revenir à la ferme et traîner dans des paddocks une fois leur carrière sur les hippodromes terminée, alors j'imagine qu'il y en avait tout un assortiment.

– Bon et alors ? fit Oliver dont la rage jaillit comme une fusée. Tant mieux pour lui s'il est sauvé. Et les chevaux dans tout ça ? Voilà ce que je n'ai jamais compris dans l'Église des miens. Ils semblaient toujours prêts à tendre la main au pécheur repenti mais les effets de son péché demeuraient, au vu au su de tous, l'œil au beurre noir de l'un, le bras cassé de tel autre, les enfants au ventre vide et j'en passe. J'en suis venu à croire que tout le monde trouvait le pécheur plus intéressant que les conséquences de son péché ; et ce qui se passait, c'est que tout le monde se rassemblait autour de lui ou d'elle, et au diable tout le reste. Une âme sauvée, c'était la partie facile du travail. Réparer les dégâts, ça c'est déjà moins facile ! »

Farley ne répondit pas. Ils traversèrent le parking et arrivèrent près de la voiture. Farley la déverrouilla, ouvrit la portière et jeta son porte-documents sur le siège. « Voici ce que j'en pense, finit-il par dire. Je pense que ce n'est pas notre boulot de lui pardonner. Il ne nous a pas vraiment fait de mal ou du moins ce n'est pas à nous qu'il en a fait le plus. Mais je crois que je vais me contenter d'attendre la suite des événements. C'est toujours mieux d'attendre la suite des événements. »

Voilà le plus étrange chez Farley, se dit Oliver, cette façon qu'il avait de prendre du recul, apparemment, et de se tenir prêt et vigilant pour la suite des événements. C'était logique. Cela ne contredisait pas sa volonté de venir en aide ou d'assumer des responsabilités mais cela impliquait une certaine froideur, non ? Côtoyant l'affection qu'il avait pour vous, il y avait cette autre chose, cette curiosité quant à ce qui allait vous arriver.

Farley fit claquer la portière et Oliver s'éloigna de la voiture. Il avait encore une ou deux choses à faire avant de rentrer chez lui à son tour. Farley lui fit un signe de la main et se dirigea vers le portail.

Quand Oliver retourna au parking une heure plus tard, il y trouva l'inévitable Buddy Crawford. Le coffre de sa Lexus était ouvert et il était penché dessus, à scruter l'intérieur. Cette fois encore il était seul. Oliver fila tête baissée à sa voiture, mais ce fut peine perdue. Il venait de sortir la clé et l'enfonçait dans la serrure quand il entendit le bruit de pas fatidique et sentit la main fatale se poser sur son épaule. « Salut, fiston ! » fit Buddy.

Buddy était bien plus petit qu'Oliver. Quand ce dernier baissa les yeux sur lui, Buddy retira sa main. « Salut, Buddy, répondit Oliver. Comment ça va ?

– Eh bien, fiston, c'est une merveilleuse question que tu me poses et je suis heureux d'y répondre, parce que je ne me suis jamais senti aussi bien de toute ma vie. »

Pour éluder la confession, Oliver sourit et dit : « Farley vient juste de m'en parler.

– Alors, c'est une sacrée bonne nouvelle, non ?

– Oui, je suppose, Buddy.

– Tu veux que je te raconte comment ça s'est passé ?

– En fait, je suis un peu en retard et...

– On est jamais en retard pour le Seigneur, fiston.

– Je suppose. » Pour finir Oliver n'eut pas assez de force de caractère pour résister à Buddy. Tandis que ce dernier lui relatait par le menu sa conversion, qui était liée à la femme de sa cousine, à une partie de basket-ball au lycée et à un autre entraîneur venu d'Angleterre qui élevait non seulement des chevaux mais aussi des moutons pour des sectes musulmanes pratiquant encore des sacrifices rituels, Oliver se trouva incapable d'être attentif et de suivre le fil de l'histoire. Au lieu de cela, il resta là à regarder le visage de Buddy et à se rappeler ce que c'était de travailler pour lui. Des incidents dont il s'était souvenu de façon très vague lui revinrent en mémoire avec netteté et précision. Il devait travailler chez Buddy depuis environ une semaine quand celui-ci l'avait traité de connard pour la première fois. D'une voix normale, à la place de : « Hé ! Oliver, regarde le genou de ce putain de poulain », il avait dit : « Hé ! connard, regarde le genou de ce putain de poulain. » Oliver avait pensé qu'il s'était trompé de nom, qu'il avait voulu dire Skinner, Lincoln ou autre chose, mais il avait croisé le regard du garçon d'écurie, qui avait confirmé d'un signe de tête. Hé ! connard. Deux ou trois semaines après cet incident, Buddy instaura sa politique des trois heures du matin : Oliver devait se trouver à l'écurie à trois heures et non plus à quatre heures du matin comme il l'avait fait jusqu'alors, pour faxer à Buddy son rapport sur la forme des chevaux à quatre heures. Vérifier les jambes d'une centaine de chevaux en une heure était impossible si bien qu'évidemment Buddy ne recevait jamais le fax avant quatre heures et demie, ce qui conduisit à d'éternels reproches. « Je *t'attends*. Putain, mais tu crois que j'ai envie de rester assis à *t'attendre* ? » Mais il n'avait pas réagi à l'époque. L'insulte tombait comme une grosse averse ou une cascade. Il y avait des gens pour professer leur amitié envers Buddy : c'était un homme de terrain honnête, vivant, parfois drôle et toujours, toujours, toujours on le voyait tel qu'il était réellement. Beaucoup de gens considéraient cela comme une vertu. Qui était censée faire apparaître chez autrui la vertu complémentaire : savoir encaisser. Pendant qu'il travaillait chez Buddy, Oliver avait accepté cela comme une partie de son apprentissage sur l'hippodrome : savoir encaisser était une qualité universelle qui lui rendrait de nombreux services. Quand il avait démissionné, il avait éprouvé une certaine honte de ne pas avoir su encaisser.

À présent il ressentait la colère qu'il n'avait pas éprouvée à l'époque ni depuis lors. C'était cette conversation qui la suscitait, le visage radieux de Buddy et sa joie manifeste. Car c'était bien de la joie. Buddy gagnait toujours et souvent gros. Il avait engagé des chevaux dans toutes les grandes courses d'Amérique et en avait remporté bon nombre. Ce qu'on lisait alors sur son visage était d'une autre nature, triomphe, revanche… À cet instant, alors qu'il terminait son récit, son expression était totalement désintéressée. Un sourire flottait sur son visage comme un voile, révélant son moi intérieur avec autant de vérité que, Oliver le comprit tout à coup, toutes les insultes qu'il avait proférées par le passé. C'était bien vrai, Buddy, on le voyait tel qu'il était réellement et maintenant on percevait autre chose encore, une chose tout à fait nouvelle, qui n'était pas là autrefois. C'était ce que la mère et les tantes d'Oliver auraient qualifié de miracle divin et Oliver, qui avait l'habitude de reconnaître ce genre de choses, l'identifia sur-le-champ.

Ce qui ne voulait pas dire qu'il l'acceptait. Quelle était déjà cette parabole, celle qui démontrait la grâce parfaite de Dieu ? Le type allait chercher des travailleurs pour son vignoble et il payait ceux qui travaillaient une heure autant que ceux qui travaillaient tout le jour. Ceux qui travaillaient tout le jour en conçurent du ressentiment mais le maître se montra indifférent. Il ne se contenta pas de s'en tenir à la lettre de leur contrat, il alla jusqu'à faire passer les derniers venus en premier et corrigea ceux qui s'étaient plaints. Combien de fois Oliver avait-il entendu cette parabole dans sa vie ? Peut-être une centaine. Combien de fois avait-il acquiescé et compris la leçon ? Peut-être une centaine. Mais en contemplant le visage rayonnant de Buddy, il se mit à songer à la justice, à l'expiation et à la centaine de chevaux qui se trouvaient deux écuries plus loin, qui pouvaient à peine marcher mais devaient pourtant courir tous les cinq jours, semaine après semaine, mois après mois.

Il vit que Buddy attendait une parole de lui.

Il dit : « Faut que j'y aille, Buddy. Félicitations. Sincères félicitations. »

Puis il monta dans sa voiture et démarra.

FÉVRIER

14. Passion

Depuis qu'elle s'était impliquée dans une liaison sans espoir, Rosalind Maybrick s'apercevait que ces aventures étaient très instructives. Elle en savait plus sur elle-même, sur Al, Dick, Louisa, la vie, l'amour et les chevaux qu'elle n'en avait jamais su auparavant – et probablement trop pour sa santé mentale. Bien sûr elle aurait dû se contenter de s'y connaître en objets d'art. Toute sa vie, elle aurait entendu les enfants d'Al se moquer de son caractère vide et superficiel puis elle serait descendue dans la tombe et aurait disparu sans laisser de trace, pas même à ses propres yeux, mais cette possibilité était maintenant perdue à jamais. Elle avait l'impression de laisser des traces partout, traits de lumière quand ses mains se déplaçaient dans l'espace, images rémanentes quand elle tournait la tête, traces de pas phosphorescentes où qu'elle aille, son aura flottait dans les airs lorsqu'elle quittait un endroit pour un autre. Les dernières fois où elle et Dick avaient fait l'amour brillaient d'une lumière terrible qui se pressait contre ses paupières même quand elle les fermait de toutes ses forces. Quand il lui demandait pourquoi elle avait les larmes aux yeux, elle était incapable de dire la vérité : que cette lumière l'aveuglait. Elle devait se contenter de répondre qu'elle avait les yeux irrités ces temps-ci. Lui, bien sûr, il croyait qu'elle pleurait ; c'est ce qu'il disait : pourquoi pleurait-elle ? Qu'est-ce qui n'allait pas ?

Oh, elle était voyante à présent, sibylle, prophétesse et sorcière ! Toutes les femmes douées de double vue depuis Médée n'avaient-elles pas été désespérément amoureuses d'un homme incapable de voir la lumière tout autour d'elles ? Un homme préoccupé par autre chose – comme la mer, comme la montagne, comme le poteau d'arrivée. Le désespoir était toujours le prix à payer pour le don de voyance, on n'avait pas le choix. Aucune personne sensée n'aurait choisi de voir tout cela. La plupart du temps, le soir elle voyait Al. Il était là, il quittait la table après le dîner et regardait du côté du bar vide en tâtant ses poches à la recherche des cigarettes qu'il ne fumait plus depuis dix ans. Il était là, qui se grattait les fesses. Il était là, à repousser ses cheveux en arrière. Il était là, qui remontait son pantalon. Il était là, qui la regardait. Il avait été séduisant autrefois, bien des années avant qu'elle le rencontre, mais les années de réussite l'avaient marqué. Il avait oublié de chercher le regard d'autrui et quand il voyait quelqu'un le regarder, tout en lui disait : « Allez vous faire foutre ! » Bien sûr il ne traitait pas Rosalind de cette manière. Il se montrait toujours gentil avec elle. Mais on ne peut pas signifier « Allez vous faire foutre ! » à tout le monde ou presque sans avoir un comportement à la « Allez vous faire foutre ! ». S'il n'avait été que cela, intrinsèquement, Rosalind l'aurait quitté depuis longtemps. Mais ce personnage en cachait un autre, et un troisième. Celui qui regrettait ce qu'il était, qui savait qu'il offensait et s'aliénait tout le monde et s'efforçait pourtant de ne plus faire ce qui les offensait sans qu'il le comprît mais qui, par là même, se les aliénait encore. C'était avec cet homme-là que Rosalind s'était engagée à vivre, celui qu'elle avait fait vœu de ne jamais quitter. C'était cet homme-là qu'elle surprenait en train de la regarder de temps à autre avec dans les yeux un attachement et un émerveillement si profonds qu'elle les devinait plus forts que le mariage, que l'amour et les sentiments d'un homme ou d'un père. Elle voyait ce regard sous un jour nouveau depuis qu'elle était clairvoyante, et elle en était pétrifiée. Derrière cet homme-là s'en cachait encore un autre, un pauvre homme mortel, âgé de soixante-quatre ans et qui avait vraiment besoin d'un miracle, dont les contradictions intérieures s'étaient cristallisées à tel point qu'en fin de compte elles l'avaient mené dans une impasse. L'agressivité avait sorti Al de Schenectady, New York, et d'une vie de maçon semblable à celle de son père. Faire fi de l'autorité l'avait rendu inventif et novateur en affaires. Sa volonté farouche lui avait apporté non seulement une fortune mais aussi des enfants tolérants, des propriétés, des chevaux gagnants et un cadre de vie agréable où qu'il aille. Son énergie immense avait permis et même exigé un dur labeur et il avait apprécié l'effort que cela impliquait tout comme le droit de s'en vanter. Autrefois les qualités d'Al apparaissaient furtivement sur l'écran radar de Rosalind, vagues idées de lui qui l'effleuraient. Mais, à présent, elle envisageait sa personnalité comme un tout, ce qui la désespérait pour lui comme pour elle-même. Elle ne pouvait pas le quitter, il ne pouvait pas changer. Et l'amour dans tout ça ? Rosalind n'en savait rien car depuis que l'amour lui avait sauté au visage, huit semaines plus tôt, elle en savait encore moins qu'avant, moins qu'à l'époque où elle avait l'habitude de rester assise avec des amies à discuter des liaisons des autres.

Rosalind se voyait elle-même aussi clairement qu'elle voyait Al. L'amour l'avait mise en pièces. Il y avait les bribes de psychanalyse, tout ce qui concernait son père, sa mère et ses sœurs. Sa mère attentive et parfaite, son père taciturne, leurs disputes (fréquentes ? rares ?). Il y avait l'élément sociologique, tout ce qui avait trait à son ascension de l'Appleton des classes moyennes au Manhattan de la haute. Elle n'ignorait pas qu'elle faisait partie des nouveaux venus, même son entourage ne s'attendait pas qu'elle se comporte avec une correction parfaite et considérait en fait la correction comme un avatar d'Appleton, aussi la correction derrière laquelle elle se réfugiait était justement ce qui ne lui laissait aucun répit, mais y renoncer aurait été payer son répit beaucoup trop cher, un peu comme accepter d'être éviscérée, songeait-elle. Il y avait la part de sa personnalité. Têtue elle était, têtue elle avait été, têtue était l'étiquette qu'on lui avait attribuée. Ce genre de qualité a la réputation d'être innée. Il y avait l'élément féminin. Elle savait que Dick ne l'aimait pas autant qu'elle l'aimait, si toutefois il l'aimait. Dans cette position indigne, toute femme n'avait plus que sa dignité pour la protéger. Et puis il y avait son côté stupide et arrogant qui avait prévalu dès lors qu'elle s'était dit, ce jour-là dans l'avion, qu'un petit quelque chose lui manquait, quand elle avait tendu la main pour le prendre et quand cela s'était révélé ingérable ; ainsi, comme elle avait fait son lit maintenant il fallait qu'elle s'y couche. Et puis il y avait le côté vulnérable, pour la première fois de sa vie. De fait, elle se montrait beaucoup plus gentille ces temps-ci qu'elle l'avait jamais été. Les gens lui souriaient vraiment. Elle aussi était plus chaleureuse. On la touchait plus souvent, on lui témoignait plus de marques de tendresse, on lui faisait plus de compliments, et pas uniquement au sujet de ses vêtements. On la remerciait et elle remerciait les autres avec une plus grande sincérité. Plusieurs amis lui

Rosalind était très différent. La plupart du temps il ne savait pas très bien quand commençait l'acte sexuel, où il les menait et si l'un des deux éprouvait du désir. Le désir montait subrepticement et les prenait par surprise, ou plutôt le prenait par surprise. Rien ne semblait jamais prendre Rosalind par surprise. Au début il s'était demandé quand cette lenteur laisserait place à l'ardeur, mais cela ne s'était jamais produit. Faire l'amour à Rosalind ressemblait à un long moment contemplatif tant elle était calme. Il ne s'attendait pas que leur liaison dure aussi longtemps car sa conscience le mettait à rude épreuve, mais il s'était trouvé incapable de renoncer à cette contemplation même s'il se disait que Rosalind finirait par se lasser de lui tôt ou tard car il ne lui consacrait guère de temps ni d'attention et la seule chose qu'il avait l'air capable de faire était de se plaindre de son travail.

Ces derniers temps, il se demandait souvent s'il parvenait jamais à toucher Rosalind. Son calme naturel semblait amplifié et Dick y voyait un signe d'ennui. Peut-être, se disait-il parfois, serait-ce un soulagement même si ce dont il se sentirait soulagé, comme le secret et le mensonge, faisait désormais partie intégrante de sa routine quotidienne. Il y aurait certainement le soulagement de ne plus trahir Louisa mais d'une part il s'y était habitué et d'autre part la trahison ne cesserait d'exister, même après avoir pris fin, avant une date inconnue et une forme de confession ou de pénitence qu'il redoutait. Rosalind et lui ne s'étaient jamais disputés, ne s'étaient même jamais trouvés en conflit. Dick ne savait pas ce que cela signifiait car c'était la première fois que cela lui arrivait. Cet état de fait trouvait-il son origine dans le calme intérieur de Rosalind ? Était-ce le signe d'un amour véritable ou celui d'une véritable indifférence ? Ou le résultat du caractère peu fréquent de leurs rencontres ? Ou encore parce qu'il cherchait à lui faire plaisir et réciproquement ? La vie entre Louisa et les chevaux lui avait appris que le conflit vous révélait qui était l'autre. Sans conflit il avait l'impression de rester à la surface. Un jour d'automne où il était assis en compagnie d'un autre propriétaire et de sa femme, Al et Rosalind avaient été mentionnés dans la conversation. « Chaque fois que je les vois, ces deux-là, je me dis que la vie est plus compliquée qu'il n'y paraît, avait fait remarquer le mari.

– Pas si compliquée que ça, avait rétorqué son épouse avec dédain. Je n'ai jamais rencontré quelqu'un qui ait si peu de conversation que cette femme. Elle n'est que bonnes manières. »

Dick se rendit compte qu'au souvenir de cette remarque il était piqué au vif pour Rosalind alors qu'il n'y avait guère prêté attention à l'époque, mais en même temps il se demanda si ce qu'il voyait en elle n'était pas le fruit de sa propre imagination.

Elle ouvrit les yeux. Il se redressa sur le coude, souleva les cheveux de Rosalind de la main droite pour lui dégager le visage et lui demanda : « Comment te sens-tu ?

– Très bien, merci. » Alors seulement elle se tourna vers lui pour le regarder. Elle l'observa pendant un moment et il vit qu'elle était magnifique mais quelque chose dans son visage ne vous invitait pas à réagir à sa seule beauté. Je ne suis pas à la hauteur, se dit-il. Peut-être était-ce la raison pour laquelle Rosalind était mariée à Al. Al était un voyou si insensible qu'il serait incapable de voir Rosalind pour ce qu'elle était.

Al. Bien sûr, Dick avait aussi des sentiments envers Al, et ils ne lui faisaient pas honneur. Autrefois il ne considérait Al que comme un propriétaire : un Monsieur Je-sais-tout arrogant comme la plupart des propriétaires ; il fallait l'empêcher de se procurer le programme des courses à conditions, mais il était plutôt humain au fond. Maintenant, il le considérait comme un pauvre bougre dénué de sensibilité qui ne faisait jamais ce qu'il fallait. Son attitude choquait Dick. Sa façon de parler choquait Dick. Jusqu'à sa façon de toujours payer ses factures en temps et en heure choquait Dick. Et Dick se faisait un point d'honneur d'être choqué au nom de Rosalind. En cela Dick se sentait très proche d'Eileen qui aboyait dès qu'elle voyait Al. Dick n'ignorait pas que c'étaient ses propres griefs contre Al qui se manifestaient ainsi mais, monté sur ses ergots, il n'en chargeait pas moins Al. « Quand est-ce que tu dois partir ? demanda-t-il.

– J'ai un peu de temps. Est-ce que tu fais courir des chevaux demain ?

– Deux. Un dans la deuxième et un dans la sixième course.

– Il faut que je prenne l'avion pour rentrer à New York demain. J'ai un dîner samedi soir.

– Alors je ne te verrai pas pendant un certain temps.

– Et la prochaine fois qu'un de tes chevaux courra ?

– Il y a une bonne course pour Laurita samedi en huit.

– Bon, on verra. »

C'était le genre de conversation simple que Dick trouvait si agréable avec Rosalind. Leurs voix étaient détendues et résignées.

La certitude de l'avenir était un soulagement. Des chevaux allaient peut-être mourir dans l'intervalle mais cet espace resterait là, ils pourraient y revenir, Rosalind irradierait l'assurance et cette pièce, comme toutes celles de la copropriété qu'elle avait achetée avec Al, demeurerait fraîche et nue, dans le style épuré d'un intérieur japonais.

Dick avait les yeux fermés. Il sentit la main de Rosalind se poser sur son épaule et la caresser puis remonter jusqu'à son cou et à ses cheveux avant de redescendre jusqu'aux trapèzes puis aux biceps pour ensuite remonter au cou et à sa joue, le long de son menton et sur sa gorge qu'elle caressait du plat de la main. Il s'endormit.

Après avoir bercé Dick de caresses, Rosalind posa la main sur son propre visage pendant un instant, puis elle se leva. Elle se dirigea vers la salle de bains, se coiffa, alla dans la penderie et choisit une robe de lin d'une couleur jaune comme les blés, des chaussures couleur sable et un collier de corail. Elle repoussa aussi longtemps que possible le moment de quitter la salle de bains car elle avait peur de l'instant où elle regarderait le visage de Dick pour la dernière fois. Quasiment deux semaines sans le voir était un trou noir qui pouvait très bien la vider de sa substance. Mais elle se disait cela à chaque fois et pourtant le temps avait fini par passer. Elle changea de chaussures et choisit une couleur plus foncée puis traversa la chambre et alla s'asseoir sur le lit. Il ouvrit les yeux. Ils étaient noisette, presque verts. Du pouce, elle effleura ses lèvres puis, quand il la regarda, posa son pouce sur ses propres lèvres. Comme elle n'osait rien dire de plus elle se contenta d'un « Merci, chéri ». Il acquiesça d'un air ensommeillé et répondit : « Je croyais que tu avais un peu de temps.

– Il faut que je m'arrête à divers endroits avant le dîner.

– Ah. (Elle perçut une note de déception dans sa voix.) Rosalind... »

Mais il s'interrompit. Elle détestait qu'il s'interrompe. Elle savait qu'il avait une chose importante à lui dire. Elle partait un peu pour éviter cela, et parce qu'elle était sûre que leur histoire n'allait pas durer. Elle posa la main sur les lèvres de Dick pour le faire taire et il se tut. Elle soutint son regard une minute ou deux. Cela suffit pour fixer son visage dans sa mémoire. Puis elle hocha légèrement la tête pour s'encourager à partir et se leva. La dernière chose qu'il entendit Rosalind dire fut : « Allez, viens, Eileen ! Viens, chérie ! » Puis la porte se referma sur elle. Dick se passa la langue sur les lèvres et prononça les mots qu'il n'avait pas osé dire en sa présence : « Je t'aime. »

Dans le couloir, en attendant l'ascenseur avec Eileen assise à ses pieds, Rosalind se rappela une chose qu'elle avait voulu lui dire, elle avait trouvé un nom pour le cheval de deux ans. Ce nom qualifiait aussi son amour pour lui, Dick, bien qu'elle fût trop réservée pour le lui avouer. C'était Limitless*. À ce moment-là, elle ferma les yeux et se demanda si elle ne finirait pas par commettre un acte dramatique et répugnant.

15. Epic Steam

Quand son téléphone mobile sonna et que Dagoberto Gomez répondit, debout dans la tribune des entraîneurs à Gulfstream, d'où il admirait la vue sur les palmiers qui ondoyaient au centre de la piste, ce fut Gordon Lane, le propriétaire d'Epic Steam, qu'il entendit. Un homme plein d'égards : il appelait toujours à sept heures et demie du matin, heure légale sur la côte Est, quelle que fût l'heure locale là où il se trouvait. Dagoberto ne l'avait rencontré qu'une seule fois, environ deux ans et demi plus tôt, à l'occasion de la vente de septembre à Keeneland. La personne à qui Dagoberto avait habituellement affaire pour les achats annuels de yearlings était son agent d'Angleterre, sir Michael Ordway. En tant qu'exilé de la Cuba castriste et résident de Queens, Dagoberto s'estimait dispensé de tirer au clair les positions sociales respectives de Mr. Gordon Lane et de sir Michael Ordway, flagorneur hors pair. Un jour, sa femme lui avait montré une photo, dans *Vanity Fair,* de Mrs. Gordon Lane, une sorte de princesse, mais Dagoberto ne l'avait jamais vue ni elle ni ses deux filles, également princesses. Toutefois, en contemplant les sirs et les princesses, Dagoberto ressentait parfois l'ombre d'un infime soupçon de sympathie pour cette merde du XXe siècle qu'était Fidel Castro et il se demandait si le choix de la carrière d'entraîneur n'était pas un rien corrompu, en fin de compte. « Bonjour, monsieur Lane, dit-il. Comment allez-vous ce matin ? »

* Sans limites, infini. *(N. d. T.)*

Grésillante et venue de Chine, la voix de velours de Gordon Lane aux intonations ronronnantes du Middle East et d'Irlande répondit : « Dagoberto, mon petit, on me dit qu'Epic Steam a obtenu son attestation de dressage au starting-gate ?

– Oui, monsieur, c'est vrai. C'est un coriace et un malin, ce cheval, à mon avis.

– Brave bête ! Alors quels sont vos projets, mon petit ? » Bien que Mr. Gordon Lane appelât toujours Dagoberto « petit », ce dernier était son aîné d'une dizaine d'années. Mais bon, l'imposant Gordon Lane, même en l'espace d'une unique rencontre, respirait une sombre corruption ancestrale qui provenait nécessairement d'une existence faite de mystère.

Le regard de Dagobero se porta de l'autre côté de la piste où Epic Steam travaillait sur huit cents mètres en compagnie d'un poulain A. P. Indy, avant d'ajouter : « Il devrait être prêt à courir dès qu'il aura effectivement deux ans, monsieur. C'est-à-dire dans environ deux semaines. C'est un monstre.

– Combien l'avons-nous payé, Dagoberto ?

– Quatre cent vingt-cinq mille, monsieur.

– Il les vaut ?

– Il a de l'allant, monsieur, mais il est dur à manier. Un peu traître.

– Et la course, il aime ça ?

– Le cavalier d'exercice a du mal à l'évaluer, monsieur. Nous ne savons pas encore très bien s'il aime courir. J'ai mis le plus costaud de mes garçons dessus. » Une chose était sûre : au tournant, Dagoberto voyait Epic Steam distancer le poulain A. P. Indy alors que le garçon avait reçu l'instruction très stricte de rester à sa hauteur. Puis Epic Steam se déporta brusquement vers la gauche devant l'autre poulain qui dut s'arrêter et lança la tête en l'air. Dagoberto fronça les sourcils. Il n'était pas agréable de voir un cheval susciter de la sorte l'angoisse chez un autre. À ce moment-là, le garçon à qui on avait demandé de faire galoper tranquillement les deux chevaux s'était dressé sur ses étriers dans un mouvement d'impatience tandis qu'Epic Steam plongeait la tête pour essayer de désarçonner son cavalier. D'autres chevaux sur la piste s'égaillèrent pour lui faire place. Tout cela ne prit qu'un instant. Et il ne fallut pas plus d'un instant à Dagoberto pour dire à Mr. Gordon Lane : « Monsieur ?

– Oui, petit.

– À cet instant précis, mon, euh, mon instinct me dit de vendre le cheval.

– La vente Barretts pour les deux ans à l'entraînement ?

– Oui, monsieur.

– C'est vous le patron, Dagoberto. Appelez sir Michael, voulez-vous ?

– Oui, monsieur. »

Ils raccrochèrent.

Dagoberto avait peine à croire qu'il venait tout juste de se débarrasser de son cheval de course le plus prometteur et de son deux ans le plus mûr. Dix minutes plus tôt il était en train de regarder le cheval, de prévoir quelle serait sa première course et d'envisager non sans légèreté la saison de ses deux ans qui semblait s'étendre sur une table devant lui avec six ou sept victoires. Le cheval avait plus de classe et de talent qu'aucun autre et il était sain comme pas un.

Epic Steam prit le tournant et arriva juste devant lui ; Dagoberto cria du haut de la tribune des entraîneurs : « Qu'est-ce qui s'est passé, Jonas ?

– Il a failli m'arracher les bras. »

Quand il travaillait en Floride, Jonas était en débardeur à cause de la chaleur, et il avait les épaules les plus développées de tout l'hippodrome. Les muscles se déployaient en éventail du cou vers le dos et ses épaules et ses biceps saillaient comme des pamplemousses dans un sac. Mais les muscles de l'encolure et des épaules du cheval étaient plus lisses et plus forts. Et c'était le genre de cheval qui semblait ne jamais ressentir la douleur.

Dagoberto rangea son mobile dans sa poche. Le poulain A. P. Indy et son cavalier arrivèrent au trot en contrebas. « J'ai tout vu. Ça va, votre poulain ?

– Il a pas aimé ça, patron. J'vous l'dis, c'est pas une mauviette, ce cheval, mais le noir y l'rend nerveux. Quand on était près de la barrière, v'là t'y pas que ce cheval-là veut s'éloigner de celui-ci, et il l'avait à l'œil tout le temps.

– On ne les entraînera plus ensemble. »

Epic Steam était un véritable cauchemar pour les lads. Quand on le baignait il essayait de mordre les jets d'eau qui lui coulaient sur le poitrail. Il piaffait, donnait des coups de sabot et trépignait. Il fallait faire passer la chaîne de la longe entre sa lèvre et ses gencives, la tenir d'une main ferme, et il fallait toujours avoir le coude prêt à lui décocher un coup à la tête s'il essayait de vous mordre. Seule Rosalba était assez forte, assez patiente et assez grande pour s'occuper de lui. Quant à lui, Epic Steam respectait Rosalba autant que nécessaire car, de temps à autre, alors qu'il se consacrait à ses propres activités avec une ardeur toute particulière, elle lui agrippait l'oreille et la lui tordait violemment jusqu'à ce qu'il baisse la tête. Elle s'y prenait avec ruse. Elle ne le faisait pas très souvent et toujours quand il ne s'y attendait pas. Sa main se tendait, aussi rapide qu'un serpent, et empoignait l'oreille. C'est la raison pour laquelle il ne redoutait pas les tapes sur la tête mais personne, Dagoberto moins que tout autre, ne savait qu'on le traitait de cette façon. Quant à Rosalba, elle estimait que le cheval méritait encore plus de châtiments de ce genre. Quand un cheval arrivait sur l'hippodrome, il était déjà plus grand et plus rapide que vous mais il ne le savait pas encore. Il vous restait environ un mois pour vous imposer et confirmer le cheval dans son opinion de votre puissance et de sa faiblesse. Cet Epic Steam en constituait un très bon exemple. Il ne causait aucun ennui à Rosalba. Elle lui inspirait une saine peur même s'il ne l'aimait pas. Mais, de toute façon, tout le monde se souciait beaucoup trop de l'affection des chevaux, selon Rosalba. Ce n'était pas le fait d'être aimé ou non qui faisait tourner le monde. C'était de faire comprendre qui commandait. Avec Epic Steam, c'était elle qui commandait. C'était aussi simple que cela.

Epic Steam ne vivait pas dans un monde d'amour. Comme personne ne l'avait jamais aimé, il ne savait pas ce qu'était l'affection. On le caressait rarement, peut-être même jamais. Son garçon d'écurie, qui aurait dû le caresser, lui parler et lui donner des carottes en temps normal, en avait peur. Il maintenait le box du cheval dans un état de propreté impeccable, pansait l'animal avec soin pour la nuit et suivait toutes les instructions à la lettre. La plupart du temps, s'il devait tourner le dos au cheval pendant plus d'un instant, il demandait à Rosalba de le tenir. Mais en fin de compte il se sentait coupable du traitement qu'il réservait à Epic Steam, aussi, tout le jour, il fuyait encore plus la présence du cheval, il évitait de le regarder, de lui parler. Apparemment, cela ne dérangeait absolument pas le cheval. Il ne s'offrait jamais à vous comme les autres chevaux, il se comportait en fier étalon par-dessus le marché et ce désagrément était en passe de devenir un véritable problème. Il hennissait après les juments toute la journée et piaffait dans sa stalle si une pouliche en chaleur venait à passer. La plupart des poulains s'habituent à la mixité si les quartiers sont suffisamment éloignés et si l'entraîneur prend certaines précautions, mais Epic Steam ne s'y faisait pas. Quand Dagoberto annonça à tout le monde que le poulain partirait pour la Californie d'ici quelques semaines cela fit grand bruit mais un soulagement anticipé fut ensuite perceptible.

Pour sa part, Rosalba pensait qu'il fallait châtrer l'animal une bonne fois pour toutes.

Pour sa part, le lad pensait qu'il fallait châtrer l'animal une bonne fois pour toutes.

Pour sa part, Jonas pensait que le cheval avait déjà tellement de force dans l'encolure et les épaules que si on ne le châtrait pas, il deviendrait impossible à monter.

Dagoberto se dit qu'il aurait pu suggérer au propriétaire cosmopolite et inaccessible de ce cheval de le faire castrer mais, à présent, il allait être vendu. Un cheval de cette race et d'un tel talent rapporterait des dizaines de milliers de dollars – cent mille dollars de moins si on le vendait comme hongre et non comme un poulain entier.

Enfin bon, pensait tout le monde, il n'y en a plus pour longtemps à devoir supporter ce cheval. C'était un sacré soulagement.

On ne pouvait pas dire qu'Epic Steam, debout dans sa stalle, soigneusement pansé pour la nuit, d'une propreté impeccable et d'un beauté renversante, était animé de toutes ces mauvaises intentions. Certes, il faisait des tas d'histoires depuis le moment où le garçon d'écurie venait s'occuper de lui tôt le matin jusqu'à l'heure où tout le monde était content d'être dispensé de sa compagnie pour le reste de la journée et de la nuit. Mais le cheval n'avait pas vraiment voulu être une plaie. C'était à sa connaissance sa seule façon de s'exprimer. En fait il n'avait jamais été aussi heureux de sa courte vie que depuis qu'il était à l'hippodrome. Sans savoir ce qu'était un champ de courses, il avait deviné en y posant le pied que c'était l'endroit rêvé pour lui. Il adorait courir. Il exprimait cela en ruant, en se cabrant, en bondissant et en virant à droite ou à gauche dès que son cavalier essayait de le réprimander. Il croyait que s'il se débarrassait de son cavalier, il pourrait peut-être courir à sa façon et dans un but qui lui était propre. Il lui semblait évident que le but de la course était, comme toujours dans la vie, d'entrer en contact avec les pouliches. Ces dernières exprimaient de façon claire et bien audible qu'elles l'attendaient et les autres poulains sur l'hippodrome se mettaient beaucoup trop en travers de son chemin. C'était son travail d'étalon de se débarrasser de ces autres poulains même si beaucoup d'entre eux étaient plus âgés que lui, plus expérimentés et lui montraient qu'ils se chargeaient de la reproduction. Les matinées passées sur les pistes étaient pour Epic Steam une succession de défis lancés par les autres poulains. Presque tous ses aînés ainsi que les pouliches savaient beaucoup de choses qu'Epic Steam ignorait : ils avaient participé à des courses, s'y connaissaient en technique et en stratégie de course, ils avaient connu des victoires, ils savaient se laisser soigner et aimer, et ils savaient aimer. Ils évoluaient dans un environnement social fait d'hommes et de chevaux. Epic Steam dans ce contexte était un primitif et une brute. Il n'était pas vraiment fou, comme son père l'avait été, mais les rumeurs établissant un lien génétique entre eux allaient bon train. Epic Steam devenait déjà célèbre sur l'hippodrome avant même d'avoir participé à aucune course. Tandis qu'il mâchonnait son foin dans son box, se préparait-il à causer des ennuis à tout le monde ? Tous le pensaient.

Epic Steam était condamné à devenir une légende vivante, condamné à faire l'objet de discussions et d'exagérations, condamné à incarner sa propre épopée, semblait-il.

16. Rentrée des classes

Le centre d'entraînement du quartier général californien du ranch Tompkins (Centre hippique international Tompkins – complexe de Central Valley : *les meilleurs pur-sang*) était situé huit kilomètres plus loin au bord de l'autoroute, après le centre de vacances et le restaurant, en face des vergers d'abricotiers et d'amandiers. Son architecture n'évoquait ni l'Angleterre, ni l'Irlande, ni la France, ni même le Kentucky ; en clair, les bâtiments n'étaient ni élégants ni recouverts de mousse et ils ne faisaient pas anciens. L'apparence antique aurait pu s'acheter – les Tompkins pouvaient tout importer et financer jusqu'au genre d'humidité suintante et brumeuse nécessaire à la formation de moisissure et d'une patine permanente – mais l'architecte qu'ils avaient embauché dans les années 30 revenait de Hollywood où il avait travaillé sur un complexe comprenant une épicerie, un décor de tournage et un grand magasin ; aussi conçut-il l'ensemble en fonction de l'axe Bagdad-La Mecque-Culver City : les installations de l'écurie étaient agrémentées de faïence, de fontaines et de fleurs ; des dômes et des pendentifs décoraient toute la longueur du toit de l'écurie ; un minaret surmontait la grange à foin. Le haut des fenêtres de la remise des équipements lourds formait une ogive mauresque et les fenêtres elles-mêmes ornées de mosaïques représentant des petits garçons coiffés de turbans. Les chevaux qui s'entraînaient étaient bichonnés et sellés dans un cloître avant d'être conduits à la piste d'entraînement à laquelle on accédait en franchissant une arche arborant une frise délavée : des Bédouins y chevauchaient leurs pur-sang arabes sur le sable C'est là que Froney's Sis fut transportée en compagnie de quatre autres chevaux de deux ans sur les quarante-deux que comptait le ranch ; elle revenait à l'entraînement après avoir été renvoyée au paddock pendant deux mois, c'était le 1er février.

On la mit dans un box. Froney's Sis avait résidé dans un box la dernière fois, mais de manière générale elle était habituée à un large pré ensoleillé et irrigué, agrémenté de petits abris au toit d'aluminium qui donnaient de l'ombre. Elle était aussi habituée à la présence physique permanente d'autres pouliches qui la cognaient, la poussaient du chanfrein, lui nettoyaient le cou et le garrot, la mordaient, lui donnaient des coups de pied et en général lui faisaient savoir ce qu'elle était censée faire à toute heure du jour et de la nuit. Dans ses nouveaux quartiers, elle apercevait une pouliche de chaque côté, plusieurs poulains et pouliches en face, mais c'était tout juste si elle pouvait essayer de les toucher en passant la lèvre supérieure entre les barreaux qui la séparaient de ses voisines. Leurs relations faites jusqu'alors de contacts perpétuels étaient soudain devenues abstraites. Aussi Froney's Sis tournait-elle en rond dans sa stalle. Son lad le remarqua dès le premier soir, ainsi que les deuxième et troisième soirs, bien après que tous les autres poulains et pouliches s'étaient habitués au lieu. D'avant en arrière, d'avant en arrière, d'un coin à l'autre de la stalle, à gauche et à droite. Les autres jeunes dévoraient leur ration de foin avec un enthousiasme méditatif alors que Froney's Sis laissait une bonne partie de son foin et l'essentiel de ses céréales. Au quatrième jour, selon les estimations de Jack Perkins, elle avait perdu vingt kilos. « Elle ne se détend pas », déclara-t-il.

Et ses leçons quotidiennes ne se passaient pas mieux. Les chevaux sortaient en groupe. Le premier jour, pour tout exercice il les emmena faire un tour du complexe de style mauresque et leur montra les hortensias, les bougainvillées et les roses, les fontaines et les allées de gravier. On leur fit contourner la remise destinée à l'entrepôt du matériel lourd et on les laissa même s'ébrouer devant les machines et véhicules John Deere qui s'y trouvaient. On les mena jusqu'à la piste d'entraînement. Tandis qu'ils s'ébrouaient, se cabraient et reculaient, les lads les suivaient en leur adressant des paroles apaisantes. Les chevaux plus âgés que l'on appelait « poneys » et dont la présence devait être rassurante observaient la scène avec indifférence. Le premier jour, chaque cours durait environ une heure. Le premier cours de Froney's Sis dura deux heures et mit à l'épreuve la patience de tout le monde, y compris celle du poney, un vieux cheval qui avait tout d'abord couché les oreilles à son approche. En fin de compte, elle parvint cependant à avancer en tremblant de la fontaine au jardin – à la remise – à la piste d'entraînement – et retour à la fontaine en passant par le jardin. Au terme du parcours, elle était tellement couverte de sueur qu'il fallut la baigner et par bonheur elle était trop fatiguée pour s'en soucier.

Le lendemain, tandis que les autres jeunes chevaux progressaient, ce qui leur permit de faire un agréable tour de la piste d'entraînement, Froney's Sis dut recommencer la leçon de la veille en compagnie d'un autre poney plus bienveillant. Au soir de ce deuxième jour, l'entraîneur l'avait mentalement rangée dans la catégorie des chevaux lents à l'apprentissage. Les orphelins se comportaient parfois ainsi. Il pouvait compter sur les doigts d'une main les orphelins qu'il avait entraînés et dont il avait réussi à faire des chevaux de course. De manière inexplicable, ces chevaux-là semblaient avoir moins de jugeote que les autres.

Enfin, bien que lente, la progression de la pouliche fut régulière pendant les quelque sept jours suivants. La pouliche n'était pas dans de mauvaises dispositions. Elle avait l'air d'aimer son lad. Elle tolérait le bain et levait les pattes comme il fallait. Elle ne couchait jamais les oreilles ni ne se mettait en colère. Elle était simplement nerveuse ou désorientée, ou les deux à la fois. Les expériences nouvelles semblaient, d'une façon ou d'une autre, avoir raison d'elle. Le huitième jour, le lad la fit sortir et la plaça à côté du poney avant de poser une selle de course légère sur son dos. Puis il se dirigea vers le côté gauche de l'animal, ajusta la sangle sous son poitrail et cala la lanière au premier trou. La pouliche ne broncha pas. Le lad regarda son assistant qui lui rendit son regard, puis resserra encore la lanière d'un cran. La pouliche ne bronchait toujours pas. Le lad sourit. Tout se jouait au troisième cran. Dans le pire des cas, la selle pouvait encore glisser autour du ventre de la pouliche et pendre entre ses jambes. Au troisième cran, la sangle serait trop serrée pour que cela se produise. Il tira doucement sur la lanière et passa une boucle dans le troisième trou. La pouliche ne bronchait pas et le lad crut que ça y était. Il ajusta l'autre boucle. À procédure normale réaction normale. Tous étaient pleins d'espoir.

La pouliche tomba à la renverse comme assommée.

Le poney sauta de deux pas en arrière.

L'assistant du lad courut chercher l'entraîneur.

Tous les quatre, lad, entraîneur, assistant du lad et poney firent un cercle autour de la pouliche pour la regarder. L'assistant du lad la croyait morte. Le lad se disait que c'était une sacrée emmerdeuse. L'entraîneur se disait qu'elle était trop compliquée pour un homme qui ne mettait plus tout son cœur à la tâche depuis que le golf était devenu sa seconde vocation et un rendez-vous quotidien au premier tee du terrain de golf de la station balnéaire. Quant au poney, de mémoire de cheval il n'avait jamais vu faire autant d'histoires que cette pouliche en faisait à propos de tout et n'importe quoi.

L'assistant du lad demanda : « Vous voulez que je lui balance de l'eau ou quelque chose ?

– On peut attendre qu'elle ait fini sa comédie. »

Le poney émit un grognement éloquent.

La pouliche revint à elle en ruant.

Le lad la maintint d'une poigne ferme et la suivit dans ses déplacements, en arrière, de côté, vers l'avant, encore de côté et encore en arrière. Elle ruait comme si elle était née pour cela, tordait l'encolure d'un côté et de l'autre, lançait des coups de pied en avant et en arrière, se cabrait et faisait le gros dos. Les trois autres yearlings et leur lad s'étaient écartés à la première ruade et à présent ils observaient la scène depuis l'entrée des écuries tout comme l'entraîneur. Le lad la manœuvrait assez bien, se disait l'entraîneur. Ce lad était un jeune Mexicain âgé de vingt-cinq ans. Il était parfaitement impassible, à croire que les ruades n'avaient même pas lieu. C'était exactement le genre d'attitude qu'un entraîneur aime voir chez un cavalier. Les chevaux, en particulier les jeunes chevaux, perçoivent merveilleusement bien les signaux émotionnels. Selon l'entraîneur, un bon cavalier doit avoir des pieds de plomb, des mains de velours et le tempérament d'un sac de sable. Il n'aimait même pas voir un lad murmurer des paroles apaisantes à un cheval énervé. Si on murmure des paroles apaisantes à un cheval énervé, le cheval en déduit que son énervement est justifié.

Enfin la pouliche retomba sur ses quatre jambes tremblantes et ne bougea plus. Sa posture était encore bizarre, elle se recroquevillait comme si elle pouvait creuser l'espace entre la selle et sa peau mais ne remuait plus, peut-être était-elle trop fatiguée pour le faire. Le lad fit un pas dans sa direction et se tint près de sa tête. Au bout d'un moment il se mit à la caresser autour des yeux. Elle était couverte de sueur. Le lad regarda l'entraîneur qui acquiesça et lui indiqua d'un geste qu'il devait la faire avancer, ce qu'il fit. Elle fit un pas ou deux, s'arrêta, fit le gros dos puis fit de nouveau un pas et un autre et encore un autre. Au bout d'environ dix pas, elle se détendit, frissonna puis se mit à avancer de manière plus satisfaisante. Quand elle eut continué ainsi pendant près d'une minute, l'entraîneur leva la main, le lad arrêta la pouliche et tous trois, avec le poney juste à côté, la dessanglèrent rapidement et ôtèrent l'odieux morceau de cuir. Le lad emmena la pouliche et lui donna un bain.

Le soir même, bien après le coucher du soleil, Joy conduisait Elizabeth Zada au ranch. Elizabeth Zada était la femme la plus énorme que Joy eût jamais vue : un mètre quatre-vingt-deux au moins et quatre-vingts kilos à coup sûr. Joy trouvait rassurant d'évoluer dans l'orbite d'Elizabeth en raison de son côté Paul Bunyan*. De gros objets, se disait Joy, comme des stations spatiales en perdition, pouvaient toujours tomber du ciel : Elizabeth les ferait dévier de leur trajectoire sans étancher le flot de sa conversation. Et le flot de sa conversation était prodigieux. Elizabeth avait soixante ans. À ce moment précis, elle était en train de discourir sur sa sexualité.

« Tu vois, quand on a un orgasme, c'est un jaillissement d'énergie. Dissipée, partie en fumée. On ne peut pas se permettre de la gaspiller. Voilà des années que j'ai compris cela, avant même de commencer à étudier la question ; passé un certain âge, après vingt-quatre ans en fait, on commence à dissiper cette énergie et on en a moins. Il faut garder cette énergie en soi, l'accumuler. »

* Bûcheron géant des forêts du nord du Canada et des États-Unis qui, selon la légende, était accompagné d'un bœuf bleu appelé Babe. *(N. d. T.)*

Au volant de son camion, Joy s'agita sur son siège en pensant à une cocotte-minute dont le petit sifflet s'agite bruyamment.

« Et ça sort par la tête.

– Comment ?

– Eh bien, ça sort par la tête. Par le sommet du crâne. Tu vois, il y a un centre énergétique là-haut d'où l'énergie spirituelle jaillit vers la Divinité. Personnellement, je me représente toujours la fontanelle d'un bébé. Il faut retrouver cette fontanelle. Elle se referme durant la première année, quand le bébé s'éloigne de la Divinité, mais plus tard, par la méditation, on la rouvre. Enfin ça, c'est ma théorie personnelle. On ne dit rien là-dessus dans tout ce que j'ai lu. Mais tout le reste, c'est attesté. »

Joy, scientifique de formation, savait qu'il ne fallait surtout pas lui demander de citer ses sources.

« En tout cas cette énergie se trouve là, dans la moitié inférieure de l'être. On la contient, on la fait remonter par la colonne vertébrale – il y a un passage par là, tu vois, un petit canal – puis elle s'épanouit dans le cerveau, pour ainsi dire, et alors "pouf !" elle sort. Une sensation délicieuse, je dois dire. » Elle s'éclaircit la voix. « Mon Dieu ! ça fait si longtemps que je n'ai pas approché un cheval. Au moins cinq ans. Merci en tout cas. »

Si Elizabeth Zada et Joy se trouvaient sur la route du ranch après la tombée de la nuit, c'était parce que Joy était allée se faire remplacer un plombage chez son dentiste, lequel avait fait entrer cette femme volubile dans la pièce en disant : « Voici Elizabeth qui cherche à lire les pensées des chevaux. Sans blague. J'ai vu que vous travailliez au ranch. » Et avant que Joy ait le temps de comprendre ce qui lui arrivait, Elizabeth avait vaincu ses réserves et l'avait invitée à dîner, elle s'était mise à parler sans discontinuer et voilà où cela les avait menées.

« Moi, j'ai l'impression de n'avoir jamais approché que des chevaux, dit Joy. Quand je pense aux gens, c'est comme s'ils étaient à la télé, quelque chose comme ça ; même Mr. Tompkins, surtout Mr. Tompkins ; mais quand je pense aux chevaux, c'est comme s'ils se trouvaient tous dans la même pièce que moi. La qualité des chevaux, c'est qu'ils sont toujours là, avec vous. » Joy prit le dernier tournant avant l'entrée de derrière. Il était près de huit heures. « Encore environ un kilomètre et demi, annonça-t-elle.

– Les hommes ne sont pas responsables de nos orgasmes. C'est le piège dans lequel on tombe, surtout quand on est mariée. J'en sais quelque chose. Pendant des années, je me suis plainte à Nathan Zada, je lui disais que sa technique ne marchait plus. “Un peu plus haut, un peu plus bas, sois plus tendre, sois plus dominateur, sois quelqu'un d'autre, bon Dieu ! Qu'est-ce qui m'a donné un type comme toi, à moi, la princesse Elizabeth, un type comme toi, Nathan Zada, pauvre petit vendeur de fourrures ?” Tu vois le genre. Pauvre Nathan, qu'il repose en paix !

– Votre mari est mort ?

– Oh, Seigneur non ! Il m'a quittée pour une fleuriste. Ils vivent en Arizona maintenant.

– Ah.

– Je voulais dire qu'il repose en paix quand il sera mort brûlé vif dans un accident de voiture sur l'autoroute. » Elizabeth partit d'un grand rire tandis qu'elles franchissaient la grille de la ferme et prenaient le tournant qui menait aux quartiers des étalons, où Mister T. résidait. Un des étalons avait été vendu, aussi Mister T. pouvait-il se rincer l'œil tous les jours, à regarder passer les juments en route vers le hangar des saillies et les étalons faire des cabrioles, caracoler et se pavaner. Bien qu'étant hongre, Mister T. faisait quelques petites cabrioles et se pavanait lui aussi. Joy n'était pas certaine que ce fût l'endroit rêvé pour lui, mais le paddock dans lequel il vivait était agrémenté d'une bonne herbe irriguée à grands frais tout au long de l'année et son état de santé s'était amélioré en quelques semaines. Il lui manquait encore quelque quarante-cinq kilos mais c'était déjà un autre cheval comparé à celui du Texas. Tous ceux qui le voyaient le prenaient pour un des étalons – la proximité les induisait en erreur – mais, pour Joy, il était le modèle absolu du hongre, le plus utile de tous les chevaux. La différence se voyait à l'encolure. La testostérone épaissit toujours celle d'un étalon, la rend plus râblée et renflée sur le bord supérieur. Celle de Mister T. était délicate, si bien qu'il avait une encolure de chèvre quand il était maigre. Mais quand elle le mettait en présence d'autres chevaux ou quand, de sa propre initiative, il faisait le tour de son paddock, les oreilles dressées et l'encolure arrondie, celle-ci avait une ligne parfaite qui allait s'amenuisant depuis les épaules et se glissait délicatement sous la gorge. C'était un cheval léger et athlétique, un organisme uniquement tendu vers l'activité comme seul un cheval sans pulsions reproductrices peut l'être.

Dès que Joy eut garé le camion elle l'aperçut, tache blanche dans l'obscurité. Il releva la tête du pâturage et s'approcha de la barrière, les oreilles dressées. Les autres paddocks étaient vides, car on rentrait les étalons pour la nuit. Dès que Joy sortit du camion, il l'accueillit et elle entendit la barrière grincer tandis qu'il se pressait contre elle de tout son poids. Il l'attirait vers lui, c'était l'impression qu'il lui donnait à chaque fois, que ce fût l'amitié qu'il lui inspirait, la beauté de l'animal ou quelque chose de plus primaire. Elle l'adorait, ce bon vieux cheval. Elle chantait ses louanges jusqu'à ce que ses collègues lui fassent les gros yeux, mais regardez-le ! pensait-elle. Par exemple, elle avait examiné son pedigree et découvert qu'il était proche parent de St. Simon, le plus grand cheval du XIXe siècle dont on disait dans le livre qu'elle avait parcouru : « Comme il n'avait aucun défaut, il n'en a transmis aucun. » Elle avait alors regardé le portrait de St. Simon : c'était Mister T. tout craché (sauf que la tête était noire et pas blanche) qui lui rendait son regard. Joy était aussi fière de cette tête classique que s'il s'était agi de la sienne. Et elle n'était pas moins fière des tendons de l'animal. On avait essayé de donner un compagnon de pâturage à Mister T., un poney mis au chômage après avoir travaillé sur l'hippodrome, mais le deuxième jour, le poney l'avait mordu sous le jarret. Quand la vétérinaire avait passé le tendon de Mister T. aux ultrasons, elle avait dit : « Vous dites qu'il a pris combien de départs, ce cheval-là ?

– Cinquante-deux.

– Incroyable, avait dit la vétérinaire. Qu'est-ce qu'il fait maintenant ?

– Quelques excursions jusqu'ici. »

La vétérinaire avait secoué la tête. « En temps normal, je ne vois plus de tendons pareils chez des chevaux de course de plus de trois ans. » Elle aurait aussi bien pu dire : « Votre enfant est un génie et nous savons que son ADN vient directement de vous. »

« Voilà, dit Joy à Elizabeth qui n'avait cessé de parler pendant que Joy contemplait Mister T. sans l'entendre, c'est le cheval dont je vous parlais. Vous pourriez commencer par lui.

– Comment s'appelle-t-il ?

– Mister T.

– Hum ! » fit Elizabeth.

C'est dans ce but que Joy avait emmené Elizabeth à l'écurie, à cette heure tardive de surcroît, dans le noir et après le départ de tous les autres. Elizabeth avait expliqué à Joy pendant le dîner que sa capacité à communiquer avec les chevaux était liée à sa sexualité ressuscitée ; toutes deux étaient apparues sur le tard, après la ménopause ; mais après l'expression « médium des animaux », Joy avait perdu le fil de l'argument de même qu'elle perdait toujours le fil des discussions sur la sexualité. Or Elizabeth ne laissait personne lui dire non, voilà pourquoi elles se trouvaient là.

« Bon, fit Elizabeth, je suis plus habituée à communiquer avec les prédateurs, leurs schémas mentaux et sensoriels sont plus ou moins semblables aux nôtres. Mais ils sont si peu nombreux. Je me suis dit que j'allais essayer les chevaux parce que l'échantillon représentatif de la population est plus important. »

Mister T. se tenait entre elles, l'œil vif. Il commença par regarder Joy puis Elizabeth. En fait, pensa Joy, si j'y croyais, je me dirais qu'il a l'air prêt à parler. Elle lui flatta l'encolure mais il se déroba. « Hum ! fit Elizabeth, nous allons entrer dans le paddock. C'est possible ? »

Joy ouvrit la barrière et suivit Elizabeth dans l'enclos. Mister T. vint se placer entre elles. Au bout d'un moment il appuya son chanfrein contre la poitrine d'Elizabeth. Joy se dit que c'était intéressant : d'ordinaire, il n'était pas cheval à rechercher les contacts physiques et aimait avoir son espace à lui. Puis il appuya son chanfrein contre la poitrine de Joy. « Il ruisselle, dit Elizabeth.

– Comment ça ?

– C'est un déversement d'images. Je ne sais pas très bien ce qu'elles veulent dire car je ne sais rien de ce cheval. »

Elle s'accroupit, la main posée sur la barrière pour ne pas perdre l'équilibre. Mister T. baissa la tête vers elle. « Est-ce qu'il veut quelque chose ? demanda Joy.

– Il veut un gros objet rouge. Comme une brique, une grosse brique.

– Ça doit être une pierre à lécher. Il en a une.

– Peut-être qu'il en veut une autre.

– Est-ce qu'il a froid ? Il veut une couverture ? Les autres chevaux sont rentrés pour la nuit.

– Non, il aime ça. Le froid est vivifiant.

– Comment exprime-t-il cela ?

– Il m'envoie une image de roulades et de bonds dans la boue, les quatre fers en l'air.

– C'est vrai qu'il adore se rouler dans la boue.

– Je ne crois pas qu'il ait froid.

– Qui aime-t-il ? Est-ce qu'il aime les autres chevaux ?

– Il t'aime bien. »

Joy rougit. C'était incroyable de voir à quel point tout cela l'excitait, surtout parce qu'elle avait déjà deviné qu'il l'aimait bien à son comportement affectueux.

« Y a-t-il un autre cheval gris qu'il peut voir ?

– Il y a un étalon gris deux paddocks plus loin. Il n'a que quatre ans. Il est revenu de l'hippodrome en décembre.

– Est-il blessé ?

– Il s'est fait une entorse au tendon. On va le faire se reproduire un peu et puis on va essayer de le renvoyer à l'hippodrome à l'automne.

– Juste là-devant ?

– Oui.

– Mister T. dit que c'est un animal très bien, à son avis. Il a un grand cœur.

– C'est-à-dire qu'il est aimant ou qu'il a littéralement un gros cœur ?

– Je n'en sais rien, je vois quelque chose de gros et de chaud dans la poitrine de l'animal.

– Ce cheval est un magnifique produit de sélection. Il compte Mahmoud, Blue Larkspur et War Admiral parmi ses ascendants directs.

– Je ne sais pas ce que ça veut dire.

– Cela signifie sans doute qu'il a un cœur hypertrophié pour un cheval.

– Mister T. l'aime bien. Les autres il s'en fiche. Il y a un cheval qu'il n'aime pas, un cheval très foncé avec une bande très blanche sur le visage qui descend de l'œil jusqu'à la moitié du nez.

– C'est Halo Highlights. Il a arraché un doigt à son lad il y a deux ans. Mais il n'est pas si méchant.

– D'après Mister T., il aimerait l'être.

– Comment dit-il cela ?

– Je vois juste un cheval sombre qui agite la tête et fait quelque chose avec ses oreilles. Mister T. dit qu'il est sournois et il ne veut pas que tu l'approches de trop près.

– C'est ce que je fais.

– Mister T. sait que s'il t'arrivait quelque chose il devrait aller quelque part.

– Où ça ?

– Je vois une grande arène plane et surchauffée ou quelque chose dans le genre, plein de chevaux sont parqués ensemble et sans ombre. Un homme avec un fouet n'arrête pas de franchir la barrière.

– Bucky Lord.

– Qui ?

– L'ancien propriétaire de Mister T. Il les laissait mourir de faim.

– Il les battait aussi, à ce que dit Mister T. »

L'intention de Joy avait été de se montrer sceptique mais elle croyait tout mot pour mot, pourtant elle était déjà allée voir des diseuses de bonne aventure et elle savait que ces dernières vous donnaient tout de suite ce que vous attendiez de façon à vaincre vos défenses. « Est-ce qu'il a mal quelque part ? demanda-t-elle.

– Non, répondit Elizabeth après un silence.

– Est-ce qu'il a envie de quelque chose ?

– Il a envie d'ouvrir la barrière du paddock, de sortir et de faire le tour de la ferme pour tout regarder.

– C'est vrai que je l'ai vu s'acharner sur le loquet de sa barrière. »

Joy avait l'impression que c'en était trop, que les pensées du cheval la submergeaient, l'étourdissaient même. Elizabeth parlait d'un ton méditatif. Elle dit : « Bon, n'oublions pas que je n'ai jamais travaillé avec des chevaux, alors je ne sais pas à quel point j'y suis réceptive, mais Mister T. a l'air très cérébral. Il regarde autour de lui et observe. Il est anxieux la plupart du temps car il appréhende ce qui pourrait lui arriver. Il m'a transmis l'image d'une jument qui se dirigeait vers le hangar à saillies. Il a dit qu'elle avait la tête vide comme si elle était en état de choc. Ça lui a fait peur.

– Une jument s'est cabrée et s'est effondrée la semaine dernière, et ensuite l'étalon l'a mordue. C'était un sacré remue-ménage.

– Il pourrait s'agir de la même bête. »

Joy en était certaine.

« Quelle heure est-il ? demanda Elizabeth. Je n'en peux plus.

– Environ neuf heures. »

Comme elles rentraient en camion, Joy ne put s'empêcher d'avoir le sentiment qu'un voile s'était levé entre elle et les chevaux, un voile plutôt léger, cela étant. Un frisson la parcourut, et pourtant cela semblait si simple et évident. Pourquoi pas ? Pourquoi pas en effet ?

Un étalon très important arrivait du Kentucky. Il avait quatorze ans. Il avait gagné le prix de Preakness, la Gold Cup du Jockey Club et le handicap de Santa Anita. Il avait engendré plusieurs gagnants au fil des ans et s'il n'en produisait pas plus, les excuses ne lui manquaient pas. Dans la semaine qui suivit la nouvelle de sa venue en Californie, son carnet fut rempli : quatre-vingts juments à cinq mille dollars le coup. Mr. Tompkins (qui adorait envoyer à Joy des e-mails d'un bout à l'autre du bureau et rester assis là, ses pieds chaussés de bottes de cow-boy poussiéreuses sur le bureau, à la regarder lire ce véritable miracle de la technologie moderne) lui dit par e-mail que Jack, du centre d'entraînement, attendait l'arrivée de Mister T. Le cheval pourrait faire office de poney le matin et elle pourrait le monter l'après-midi. Elle se retourna sur son siège pour acquiescer et il répondit : « Non ! Non ! Envoyez-moi un e-mail ! » Aussi lui envoya-t-elle un courrier électronique pour lui dire qu'elle ferait transporter le cheval l'après-midi même. « Formidable ! Merci ! » lui répondit-il par la même voie.

C'est ainsi que Mister T. devint le poney attitré de Froney's Sis et l'entraînement de la pouliche commença à progresser plus rapidement dès que la participation de Mister T. fut devenue routine. Tout ce que l'homme de bonne ou de mauvaise foi pouvait infliger au cheval n'était que déjà vu pour Mister T. Lui mettre une selle, le tenir par la bride, le faire travailler à la longe, lui imposer de porter une perche surmontée d'un sac, puis le poids d'un bras posé en travers de son dos, puis le poids d'un bras et d'une épaule, de celui d'une poitrine, de celui d'un cavalier. La pouliche tremblait. Ses pattes se raidissaient. Elle passait par des états de panique et en ressortait pour retrouver Mister T. calmement debout près d'elle, un postérieur relevé pour se détendre.

Ils apprirent à Mister T. à faire le poney, à avancer à ses côtés, tandis que son cavalier le menait par la bride et ils découvrirent qu'il avait une conception stricte du travail de poney. Il n'aimait pas que la tête de la pouliche dépasse son épaule mais il n'aimait pas non plus qu'elle prenne du retard. Quand elle se comportait mal, il couchait les oreilles et retroussait les lèvres à son intention tout en continuant d'avancer. Elle décidait d'avancer. Et puis il était grand là où elle était petite. Jack avait l'impression qu'elle trouvait la proximité majestueuse du hongre rassurante. Pour Jack tout cela reproduisait la relation typique homme-femme : le hongre avait des centres d'intérêt et des sujets d'inquiétude d'une certaine ampleur tandis que la pouliche n'avait d'yeux que pour le hongre ; la façon dont il s'accommodait de sa présence était assez impersonnelle, une manifestation de son propre caractère, mais la pouliche prenait chacune des attentions de son poney très personnellement et, pour tout dire, elle s'épanouissait. Elle manquait encore de maturité comparée aux autres mais, vers le 1er mars, elle commença à se comporter comme un cheval de course.

Joy venait tous les jours après avoir terminé son travail, trimbalant sa selle de dressage. À ce moment de la journée, tous les chevaux avaient été rentrés et Jack la laissait travailler dans le pré central de la piste d'exercice. De temps à autre il la regardait. Il avait déjà assisté à des séances de dressage. Un jour, il s'attarda jusqu'à ce que Joy ramène le vieux cheval dans la cour du haras. Le son lent et régulier du tchoc-tchoc sur le gravier était un bruit que Jack aimait particulièrement, le rythme qui avait accompagné toute sa vie d'adulte et il s'imaginait pouvoir reconnaître un bon cheval à l'oreille aussi bien qu'au premier coup d'œil : quatre battements assurés, distincts et réguliers par lesquels le cheval donnait à entendre sa décontraction et son assurance. Mister T. traversa le gravier en un « tchoc-tchoc-tchoc-tchoc », Joy l'arrêta, lui enleva sa selle et Jack dit : « Vous devriez lui faire faire un tour de piste au galop environ une fois par semaine tant qu'il est ici.

– Seigneur, Jack, il a dix-huit ans, ce cheval ! Il se remet tout juste d'une période de privations.

– Ça lui fera du bien. Ce travail de dressage, ça raidit.

– Le dressage les assouplit. Ça les oblige à allonger la ligne du dessus et à se soumettre.

– Combien de départs il a pris, déjà ?

– Cinquante-deux.

– Faites-le donc galoper. Lentement pour commencer. Il aimera ça ; ça activera la circulation des fluides dans le corps et ça le nettoiera. »

Joy sourit à part soi. Cette idée ressemblait beaucoup au genre de conseil qu'aurait prodigué sa grand-mère. Mais elle répondit : « De toute façon je ne peux pas. J'ai vendu ma selle d'obstacles. Galoper sur une selle de dressage n'est pas très confortable.

– Prenez une selle d'exercice. »

Leurs regards balayèrent la cour, se posant sur les espaces vides qui joignaient les étriers sur les porte-selle. Joy secoua la tête. « Si vous pensez qu'il a besoin de galoper d'accord, mais que quelqu'un d'autre s'en charge.

– Vous n'avez jamais fait galoper un cheval ? »

Joy secoua la tête. Jack croisa son regard et sur son visage elle lut, même s'il ne le pensait pas vraiment, un jugement : « Quelle sorte de cavalière êtes-vous donc ? »

« Montrez-moi alors.

– C'est ce que je vais faire. Ce vieux canasson est un bon cheval pour apprendre. Il est grand et solide, il a de l'expérience et il ne veut pas que vous tombiez. Vous allez bien vous amuser. »

Joy jeta un œil à Mister T. debout près d'elle ; il rongeait son mors comme s'il n'avait rien entendu de toute cette conversation.

Le lendemain après-midi, Jack hissa lui-même Joy sur la petite bande de cuir que l'on avait sanglée autour du dos de Mister T. Elle mit le pied, ou plutôt le gros orteil, à l'étrier. Ses genoux étaient relevés jusqu'à sa gorge nouée. Le lad conduisit Mister T. au pas et Joy eut l'impression d'osciller d'un côté et de l'autre sur une barrière métallique en mouvement. Ce fut peut-être la première fois en vingt ans qu'elle s'agrippa à la crinière d'un cheval. Une onde de peur surgit de sa poitrine et lui remonta jusqu'à la nuque mais, à cet instant, des jockeys vus en photo lui revinrent en mémoire. En se courbant comme ils le faisaient, elle se sentit plus en sécurité. Le lad lui fit traverser la pelouse et ils arrivèrent sur la piste d'entraînement. Jack se tenait déjà derrière la barrière, souriant de toutes ses dents. « Restez blottie juste là, sur son centre de gravité, dit-il, et laissez-le maintenir l'équilibre. Si vous êtes juste au milieu et que vous vous faites toute petite, plus il ira vite et plus vous vous sentirez en sécurité. C'est l'effet gyroscope. »

Mister T. était manifestement intrigué par la tournure nouvelle des événements. Il agitait les oreilles d'avant en arrière et avançait à grandes foulées allègres. Joy vit que plusieurs garçons d'écurie et cavaliers d'exercice s'étaient rassemblés le long de la barrière. Elle espérait que c'était simplement pour voir galoper le vieux cheval et non pour voir la vieille fille mordre la poussière. De sa propre initiative Mister T. se mit au grand trot, à chaque foulée il lançait Joy en position haute. Elle plaça ses doigts autour des larges rênes en plastique et le tint plus fermement. Le cheval cala son menton, non pas en signe de protestation mais pour tenir Joy plus fermement lui aussi. Cela lui donna l'impression que sa tête était reliée à la mâchoire de l'animal par un câble qu'ils maintenaient en place ensemble et qui vibrait d'informations. Elle fit le tour de la piste au trot puis revint vers Jack. « Bon, dit-il, il n'est pas très en forme, ce cheval, mais votre poids ne peut pas dépasser quarante kilos. Une petite pointe au galop par-ci par-là, pas trop vite jusqu'à mi-parcours et ensuite mettez-le tranquillement au grand galop. Quand vous reviendrez vers moi, joignez les mains en tenant les rênes, levez-les au-dessus de son encolure et laissez-le faire ce qu'il voudra. Il changera sans doute d'allure et prendra vraiment l'initiative. Quand il le fera, veillez à ne pas perdre les rênes et ne cherchez pas à le contrer. Il va un peu se servir de vous pour garder son équilibre. C'est nécessaire pour compenser votre poids sur son dos. Quand il commencera à se fatiguer et vous donnera l'impression de vous repasser la main, ramenez-le au pas. »

C'est ça, pensa Joy, on verra. Elle relâcha un peu sa prise et il se mit au galop. Son projet, contrairement à celui de Jack, était simplement de galoper tranquillement, de faire le tour de la piste à cette allure et de remettre cette histoire de grand galop à une autre fois. Mais le galop fut vraiment doux : il ne la faisait pas vaciller ; il semblait plutôt se balancer sous elle, qui flottait comme une puce sur l'encolure du cheval. Au premier tournant, elle ne lui donna certainement pas l'impulsion mais il passa quand même la vitesse supérieure tout en douceur et, au bout de deux ou trois foulées, Joy eut l'impression de sentir les quatre battements rapides du galop sous elle. « Hé ! » fit-elle. Le cheval semblait s'étirer et se rapprocher du sol, mais comment ? Les yeux de Joy se remplissaient de larmes et ses oreilles semblaient envahies par un son neutre. « Ouah ! » s'exclama-t-elle. Mais il ne fit rien de si extraordinaire. Si vieux et peu en forme qu'il fût, il avançait sans difficulté et rien ne pouvait le retenir. Elle revint vers Jack à une allure nettement plus rapide que celle à laquelle elle s'était éloignée de lui. En le dépassant, elle remarqua son sourire qui faisait comme une tache et elle rassembla les rênes. Immédiatement Mister T. se raidit contre ses mains, ses bras et ses épaules, si bien qu'elle dut presser les poings contre l'encolure du cheval. Si elle ne s'était pas bien entendue avec lui, il lui aurait filé entre les jambes. Mais elle s'entendait bien avec ce cheval. En accélérant, il sembla lui communiquer sa puissance, une énergie qui remontait de ses orteils et de ses mains vers le milieu de son corps, semblait s'y concentrer et lui donnait la force et l'équilibre qui lui permettaient de rester immobile. Il courait aussi vite que tous les chevaux emballés qu'elle avait pu voir mais elle n'avait pas du tout l'impression qu'il ne se contrôlait plus : en fait, c'était tout le contraire. À chaque foulée il savait exactement où poser le sabot. Joy n'avait plus l'usage des sens de l'ouïe et de la vue à présent : ses yeux étaient tout embués et elle n'entendait plus que sa propre voix, qui produisait un son qui n'était ni parole ni gémissement. Ils parcoururent une certaine distance. Joy n'aurait pas pu dire laquelle. Le cheval semblait jaillir à chaque foulée, si bien qu'elle renonça à l'idée même de le contrôler ou de le retenir, puis le jaillissement reflua et elle eut la sensation physique qu'il s'était bien dépensé et qu'il était prêt à revenir au trot. Lorsque ce fut fait, elle se rendit compte qu'elle tremblait de tout son corps comme si elle avait soulevé une charge énorme et s'était épuisée. Quand ils revinrent au pas elle était sur le point de tomber de fatigue.

« Alors, ça vous a plu ? lança Jack de loin.

– Je ne sais pas, répondit-elle. J'ai besoin de faire un somme. »

Le rire de Jack retentit.

Mister T. n'avait pas besoin d'un somme. Nul cheval qui assouvit son ancienne vocation de poulain tout en jambes porté par l'énergie et le mouvement n'a besoin d'un somme ; en tout cas pas avant le lendemain, lorsque les courbatures se font sentir, qu'on arrive tout juste à faire le tour de son petit royaume des Mille et Une Nuits en boitillant et que même l'herbe irriguée aussi précieuse que l'émeraude et le rubis ne vous semble pas aussi bonne qu'une petite sieste à l'ombre.

MARS

17. Chevaux de deux ans à l'entraînement

Si Buddy Crawford avait trouvé la vie quotidienne à l'hippodrome pleine de tensions et d'angoisses, ce qu'il pensait en effet autrefois, alors que dire de sa nouvelle vie ?

Parlons-en, des tensions ! Faire courir des chevaux de deux ans l'avait toujours mis sous pression. Si on adhérait à sa théorie de l'élimination des plus faibles, les deux ans constituaient la base de la pyramide. Ils étaient tout un tas à arriver, puis tout un tas à repartir et il vous restait les trois ans ayant survécu à l'âge de deux ans. Mais le genre de pression à laquelle il était soumis, celle que Jésus lui-même créait, était entièrement nouvelle. Le problème avec Jésus, c'est qu'il dictait les règles et vous laissait trouver comment s'y conformer. Ou, comme le père de Buddy lui disait autrefois, « j'me contente de dire, j'explique pas ». Jésus ne vous autorisait pas à faire courir un cheval de deux ans dont les plaques de croissance ne s'étaient pas soudées. Jésus ne vous autorisait pas à faire courir un cheval en mauvaise condition physique. Jésus ne tolérait ni crampon sur le sabot ni baisse de régime. Et Jésus vous interdisait jusqu'à l'idée d'envoyer du courant dans l'encolure d'un cheval à l'aide d'un appareil électrique pour lui rappeler qu'il n'avait pas encore atteint le poteau d'arrivée. Jésus désirait, Buddy le découvrit rapidement, une course équitable : ni gadgets ni dopage, aucune intervention subreptice des jockeys. Aucune tentative d'échapper aux règles. Le problème avec Jésus, tous ceux qui étaient allés au catéchisme le savaient, était que, contrairement aux responsables de l'hippodrome, on ne pouvait pas le duper. Jésus voyait tout à chaque instant de chaque course comme s'il avait un million de caméras vidéo à la place des yeux pour filmer de tous les angles à la fois.

Ajoutez à cela les courses de maiden* et voyez le résultat. Elijah, le cheval de Buddy, prenait son premier départ et il n'était pas le seul à le faire dans cette course. Sur sept chevaux, trois n'avaient jamais couru et un n'avait couru qu'une seule fois. Les jockeys étaient terrorisés. Même le jockey de Buddy, malgré toute son expérience (les quatre membres fracturés deux fois, une fracture crânienne, le nez cassé, une perforation de la rate, des côtes fêlées) pâlit lorsque Buddy lui confia une chose qu'il n'aurait jamais dite à un jockey dans le temps : le cheval déviait vers la droite et il était un peu maladroit. « Mais on va lui donner sa chance, déclara Buddy. Tout le monde mérite une chance. » Le jockey le regarda : « Pourquoi ? » lisait-on clairement dans son regard.

Ils entrèrent dans le starting-gate. Dieu soit loué. Tant qu'ils y étaient, on ne les voyait pas très bien. Dieu soit loué. Puis la cloche sonna, le starting-gate s'ouvrit et le chaos commença. Trois chevaux sautèrent le pas, deux autres prirent une foulée de retard, un autre était une foulée derrière et le dernier bougre isolé laissa les autres prendre cent mètres d'avance avant que son jockey parvienne à le ramener dans la course à coups de cravache. Puis il s'arrêta pile. Buddy reporta son regard sur la piste à l'aide de ses jumelles. Elijah se trouvait devant un autre poulain qui avait l'air effrayé du cheval qui prend de la terre dans la figure pour la première fois. Juste au moment où Buddy le repérait, Elijah démarra, prenant d'abord à droite puis à gauche. Si le cheval suivant n'avait été qu'à vingt longueurs, Elijah lui aurait coupé la route, mais le suivant avait jeté l'éponge et allait tout juste au petit galop. Seul le premier cheval ne déviait pas d'un poil. Derrière lui, Elijah était maintenant coincé dans un embouteillage qui évoquait quatre gamins effrayés s'accrochant les uns aux autres pour se consoler. Ils franchirent la ligne d'arrivée au photo-finish et, un à un, s'éparpillèrent puis passèrent maladroitement au trot. Pas de blessé. Dieu soit loué. Elijah figurait au tableau et rapportait un peu d'argent. Dieu soit loué. Et Buddy Crawford voyait qu'il était lui-même sorti du starting-gate, parti pour une nouvelle existence dans sa vie d'entraîneur. Ses mains tremblaient. Il n'avait pas gagné, Dieu soit loué, car il devait s'habituer à être un perdant. Jésus lui-même avait dit que si dur que cela

* Cheval qui n'a jamais remporté de victoires. *(N. d. T.)*

fût pour un chameau de passer par le chas d'une aiguille, il était encore plus dur pour un entraîneur qui avait un taux de victoires de 25 % d'aller au paradis.

Mais ensuite, environ deux semaines avant la vente Barretts des deux ans à l'entraînement, Buddy reçut un appel d'une vieille connaissance, sir Michael Ordway. L'accent aristocratique de sir Michael lui avait toujours tapé sur les nerfs, mais à présent il était dans un tel état de confusion qu'il trouvait ces sonorités familières rassurantes et il eut peine à croire qu'il était si content de l'entendre. Sir Michael était également ravi de parler à Buddy et ce dernier eut l'impression qu'on aurait peut-être pu aller jusqu'à dire qu'ils étaient amis. Peut-être qu'ils l'avaient toujours été et que Buddy ne l'avait pas remarqué, tout simplement ? En tout cas sir Michael parla tout de suite affaires. « Buddy, mon vieux, dit-il, vous vous souvenez de cette jument, Pure Money ? Elle a produit Pure Profit et cette pouliche qui est allée en Argentine, Pacifier. »

Buddy se rappelait très bien les trois juments, qui aurait pu les oublier ? Mais sir Michael faisait des manières quand il parlait, comme tous les Angliches.

« Vous savez qu'elle a engendré il y a deux ans un poulain issu de Land of Magic. Vous vous souvenez de lui ? » Land of Magic avait battu le grand cheval de Buddy, Magnesium, à trois reprises cette année. Cela avait constitué un épisode d'une de ces célèbres rivalités. Et foutu Buddy en rogne. « Il porte le numéro dix à la vente Barretts, précisa sir Michael.

– Combien a-t-il été acheté quand c'était un yearling ?

– Quatre cent vingt-cinq mille.

– Et à l'entraînement, il est comment ?

– Superbe.

– Qui l'entraîne ?

– Dagoberto Gomez.

– Je suis sûr de l'avoir vu à Keeneland. Beau poulain.

– C'est un rapide. Un cheval à la californienne.

– Vous croyez ?

– Je m'en occupe à présent et j'ai un acheteur potentiel en tête. »

L'intérêt de Buddy redoubla. Voilà plusieurs années que sir Michael ne l'avait plus fait participer à aucune de ses embrouilles. « Cet acheteur possède-t-il des chevaux en ce moment ?

– Une compagnie de logiciels, une compagnie de téléphones mobiles, plusieurs hôtels au Canada, une équipe de base-ball de deuxième division et sa femme possède plusieurs sociétés dans le vêtement avec des usines en Chine, mais des chevaux, non.

– Son âge ? demanda Buddy.

– Quarante-huit.

– Vous êtes l'agent du vendeur ?

– En effet.

– Qui est l'agent de l'acheteur ?

– Dermot Callaghan. » Un des plus vieux potes de sir Michael.

« Où vit-il, ce type ?

– La Jolla. San José. Lake Tahoe. Je crois qu'il a une maison sur Kauai. Vous voyez le genre. » Oui, Buddy voyait très bien. Les pommes d'or à portée de main. Le pommier n'attendait qu'une vigoureuse secousse.

« La femme ?

– Elle a les animaux en horreur tant qu'ils n'ont pas été écorchés, tannés et transformés en vêtements, en tissus d'ameublement et en couvre-lits. C'est sa troisième femme. Un peu jeunette, évidemment. Mais ils envisagent d'entrer dans le monde des courses par la grande porte. Ma femme les a rencontrés à une soirée. Ils ont admis vouloir tout faire en grand. Ils y mettent leur point d'honneur. Ma femme leur a dit que je connaissais plusieurs entraîneurs fiables de la côte Ouest. » L'épouse de Michael, lady Ordway, fréquentait beaucoup les soirées mondaines. Bien qu'elle fût une lady, elle ne voyait jamais d'inconvénient à parler à quiconque possédait des tas de revenus discrétionnaires.

« Eh bien, j'en suis, dit Buddy.

– Parfait », fit sir Michael.

Buddy reposa le combiné et regarda le mur droit devant lui, se souvenant de sa conscience morale pour la première fois depuis qu'il avait entendu la voix de sir Michael. Mais il ne vit apparaître aucun signe sur le mur, pas plus que de remords dans sa conscience. Jésus ne pipait pas mot sur ce coup-là.

Une chose est sûre : le lendemain matin, tandis que Buddy Crawford lisait les fax envoyés de Golden Gate sur l'exercice matinal de ses chevaux, le téléphone sonna et une grosse voix se présenta comme celle de Jason Clark Kingston. En Californie, on ne pouvait pas ouvrir un journal sans y voir le nom de Jason Clark Kingston et sa photo. C'était un type massif au visage empâté. Les jérémiades au sujet de la réglementation du marché constituaient son fonds de commerce et son argument publicitaire. « Monsieur Kingston ! fit Buddy. C'est un honneur de vous parler.

– On me dit que vous êtes un bon entraîneur.

– J'ai en effet beaucoup de chevaux à l'entraînement et beaucoup d'expérience dans ce domaine.

– Êtes-vous un bon entraîneur ?

– Mon taux de vic…

– Êtes-vous un bon entraîneur ? »

Une fois de plus Buddy consulta le mur devant lui et son propre cœur. Tout y était aussi calme qu'un beau jour d'été.

« J'aime gagner, monsieur Kingston, et je ne fais jamais rien qui me déplaise.

– Vous avez déjà gagné le derby du Kentucky ?

– Non, mais j'ai remporté le prix de Preakness et j'ai gagné deux courses de la Coupe des éleveurs : le sprint et le mile. Vous savez, la Coupe des éleveurs est la plus grande rencontre du monde hippique. Elle n'est pas aussi spécialisée que, disons, la Triple Couronne. Et la Coupe des éleveurs classique rapportera au moins quatre millions cette année. J'ai gagné toutes les grandes courses californiennes, à plusieurs reprises pour certaines.

– Tous ces types disent que vous êtes extra.

– De quels types parlez-vous, monsieur ?

– Voyons. J'ai écrit les noms. Sir Michael. Callaghan, l'Irlandais. Ce type dans le Kentucky, Beaufort Hall. Barry Kennedy. Le gars de New York, Moishe Kellerman. Et puis l'autre, Martin Norman.

– C'est du solide, ça, monsieur. » Du solide, la liste des meilleurs potes de sir Michael. En comptant Buddy, cela faisait sept, un sondage téléphonique à leur sujet leur aurait valu tout au plus 1 % de satisfaits. Mais cela avait marché ainsi par le passé. « Êtes-vous amateur de chevaux, monsieur ?

– Je pourrais le devenir.

– Vous avez une petite expérience des chevaux, je suppose.

– Non, pas du tout. C'est pourquoi j'ai besoin de conseils fiables. Vous voyez, je vais vous le dire tout net. J'y connais fichtre rien aux chevaux mais je veux entrer dans le monde des courses par la grande porte.

– Et pourquoi cela, monsieur ? C'est un monde sur le déclin, si vous voulez mon avis. Vous feriez peut-être mieux d'investir dans un autre sport. » Buddy savait que Jésus savait qu'il disait la pure vérité.

« Merci de votre franchise, Crawford. Je vais être franc à mon tour. J'ai fait un rêve, un rêve récurrent. À trois reprises. Un cheval arrivait sur ma pelouse au galop et me hélait d'un hennissement ; alors j'allais à lui, il s'approchait de moi et mettait sa tête tout contre la mienne. Je me suis réveillé plus heureux que je ne l'ai jamais été. Je vais vous dire une chose.

– Quoi, monsieur ?

– Eh bien, j'ai gagné mon argent en concevant des logiciels pour téléphones mobiles et cette idée m'est venue exactement de la même manière. Un rêve récurrent, trois fois. Je suis né à Skokie, dans l'Illinois, et maintenant je vaux sept cents millions de dollars alors je fais attention à mes rêves.

– Merci de m'avoir raconté cette histoire, monsieur. En avez-vous parlé à sir Michael ?

– Cette histoire l'a beaucoup intéressé et il m'a confié avoir connu une expérience similaire.

– Certainement », commenta Buddy. Le désir de sir Michael d'établir une relation intime avec sept cents millions de dollars était certainement profond. « Pourquoi ne viendriez-vous pas à l'hippodrome, je vous ferai visiter les lieux. Nous regarderons quelques chevaux et nous déjeunerons ensemble. » Jésus ne voyait certainement aucun inconvénient à ce qu'un homme se montre amical et serviable.

En fait, Jason Clark Kingston et sa femme Andrea Melanie Kingston vinrent à l'hippodrome quatre jours de suite. Kingston lui-même était un type gauche aux proportions imposantes et aux pieds énormes ; il devait chausser du 49 ou du 50 alors qu'il atteignait tout au plus un mètre quatre-vingt-dix. Sa femme était jeune en effet. Buddy les prit quelque peu en pitié jusqu'à ce qu'ils ouvrent la bouche. Ils étaient mariés depuis trois ans. La première année, ils avaient acheté plusieurs maisons et les avaient fait aménager. L'une d'entre elles était une construction démontable de mille cinq cents mètres carrés qui avait été transformée en demeure coloniale espagnole de quelque sept mille mètres carrés. La deuxième année de leur mariage, ils avaient collectionné assez d'objets d'art pour remplir toutes les maisons. Les objets européens se trouvaient dans une demeure, les primitifs américains dans une autre, les objets orientaux dans la troisième tandis que la quatrième contenait un assortiment éclectique du XXe siècle. « Pour moi, ça ressemble à du bric-à-brac, dit Andrea Melanie, rien que des objets hérissés de pointes pour la plupart, enfin de toute façon on ne va pas très souvent dans cette maison. Elle sert quand on nous demande d'accueillir des associations caritatives ; elles l'utilisent pour y organiser des cocktails et des dîners et recueillir plein de dons. »

Buddy fit remarquer – non sans délicatesse, lui sembla-t-il : « Il doit y avoir une déduction fiscale là-dessus.

– Oh, bien sûr ! dit Jason. Et chaque fois que les républicains organisent un gala dans nos parages, ils font des dîners à cinq mille dollars le couvert, vous savez. Une bonne affaire sur tous les plans.

– Je n'en doute pas, fit Buddy.

– L'année dernière nous sommes tombés sur tout un tas de choses. Jason a acheté des voitures de collection et moi des meubles italiens. De vraies pièces de musée. Nous avons acheté une île dans les Caraïbes. Jason a essayé de s'offrir les Indiens de Cleveland. Vous les connaissez ?

– Oui, répondit Buddy.

– Il voulait les transférer à La Jolla. Tout le monde a cru que c'était une blague. Je vais vous dire une chose, juste parce que vous êtes si gentil : à partir d'un certain niveau de richesse, on n'arrive plus à s'en débarrasser assez vite, ce n'est pas si facile. Jamais je n'aurais imaginé dire une chose pareille mais c'est vrai. Parfois ça me réveille la nuit.

– Comment ça ? demanda Buddy.

– On peut dissiper cet argent comme ça nous chante, intervint Jason avec impatience, ou laisser l'État le dissiper à notre place. Si on ne choisit pas la première solution on est obligé d'opter pour la seconde. Ça me tape sur les nerfs, je peux vous le dire.

– Je suis républicain moi aussi. »

Au bout de quatre journées en compagnie des Kingston, Buddy prit un jour de congé. Il téléphona à sir Michael. Ce dernier demanda : « Alors, vous les avez rencontrés ?

– Ouais.

– Vous avez écouté leurs rêves et leurs aspirations ?

– Je l'ai fait.

– Pensez-vous que leurs besoins puissent être satisfaits ?

– Absolument.

– Le cheval sera amené à la vente trois jours à l'avance. Ma commission sur ce cheval vous coûtera cent vingt-cinq mille dollars.

– Parfait.

– Vous pourrez me payer après la vente. » La combine était simple. Les quatre comploteurs rembourseraient à sir Michael le demi-million qu'il avait dû payer pour acheter le cheval et ils se partageraient la différence si Kingston l'achetait plus cher. Si par exemple la différence était de deux millions, les gains de Buddy s'élèveraient à trois cent soixante-quinze mille dollars en déduisant les « frais » de cent vingt-cinq mille dollars.

« Ça m'a l'air bien.

– Il y aura deux acheteurs moins offrants. L'un d'eux est Farouk.

– Pigé. Dites donc, fit Buddy sur le ton de la confidence, vous n'avez jamais l'impression que certaines personnes méritent vraiment et complètement d'être pigeonnées ? »

Sir Michael s'éclaircit la voix. « Vous savez, mon garçon, dit-il, il y a une chose que j'ai souvent pensée de mes compatriotes par rapport aux vôtres. C'est peut-être parce que nous sommes allés à l'école ensemble et qu'on se connaît depuis la nuit des temps, mais il y a une chose qu'un Anglais n'oublie jamais.

– Et c'est quoi, Michael ?

– Que tous les gens qu'il connaît méritent d'être pigeonnés pour une raison ou pour une autre. »

Ce fut la dernière fois qu'il entendit parler de sir Michael. Ce dernier ne se montrerait évidemment pas à la vente. Le petit stratagème mis en place et le rôle qu'il y jouerait étant bien établi, Buddy s'attendit à avoir des nouvelles de Jésus ou de sa conscience. Un signe aurait été le bienvenu : un buisson ardent, des eaux qui s'écarteraient, un cheval qui se mettrait à parler une langue étrangère. Ou au moins un sentiment de culpabilité, car Buddy savait que le terme technique pour décrire leur petit stratagème était « escroquerie ». Mais il n'y eut que le silence. Là où sa conscience l'avait aiguillonné, harcelé, éperonné pendant des semaines, où elle avait mené grand tapage à propos de toutes sortes de choses depuis que Jésus l'avait saisi par la peau du cou – quand était-ce encore ? Six semaines, six vies ? Il n'y avait rien de tel qu'une révolution personnelle pour ralentir le passage du temps – tout était calme et clair désormais. Peut-être Jésus ne se souciait-il pas de l'argent ? Peut-être ne se souciait-il pas de Jason et d'Andrea Melanie. Peut-être Jésus était-il comme la SEC*, qui, Buddy le savait, avait refusé de réglementer l'industrie

* SEC : Securities and Exchange Commission, chargée du contrôle des opérations financières. *(N. d. T.)*

du pur-sang en arguant que les gros investisseurs de cette industrie disposaient de plus d'argent que le gouvernement pour s'offrir des conseils juridiques. En tout cas Jésus était bien planqué, aussi quand le cheval arriva Buddy se rendit à Pomona pour l'examiner de façon purement désintéressée.

L'agence de ventes dans laquelle sir Michael avait encore un autre copain était l'une des plus tape-à-l'œil ; aussi avaient-ils un large emplacement bien situé, vers l'avant, et équipé d'un combiné télévision-magnétoscope avec un écran de quatre-vingts centimètres, à disposition pour regarder les cassettes des deux ans à l'entraînement. Chaque cheval avait une marque peinte en lettres vert et or indiquant sa date de naissance et sa lignée. Buddy alla jeter un œil à quelques chevaux. Les deux ans à l'entraînement bénéficiaient toujours d'une préparation impeccable et ils avaient l'air prêts à courir l'après-midi même, si seulement ils avaient pu se faire emmener par magie jusqu'à l'hippodrome. Les exercices, qui se déroulaient sur deux cents mètres, avaient lieu le matin et les performances étaient affichées. Le cheval en question, qui s'appelait Epic Steam, avait déjà parcouru la distance à la vitesse de l'éclair : 10,3 secondes. On en parlerait. Buddy s'approcha de Marv, le directeur de l'agence, et lui dit : « Salut. Quelles nouvelles ?

– Salut, Buddy !

– T'as quelque chose de bien ?

– J'ai tout ce qu'il y a de mieux, Buddy, tu le sais. Bon sang, l'an dernier on avait Darling Corey ! Tu as vu ce qu'elle a fait.

– On a tous vu ça.

– Belle pouliche. C'est ce que je me suis dit à l'époque. »

Du coin de l'œil, Buddy vit les filles ouvrir la porte de la stalle du cheval numéro dix. L'animal mit un moment à sortir, un long moment, mais ensuite quand il émergea, il n'en finit pas d'apparaître. Buddy n'était pas le seul spectateur. Tous ceux qui passaient par là se retournèrent sur le cheval. Il était immense, luisant, presque entièrement noir et, il faut bien le dire, mystérieux. Il faisait penser à une Cadillac dans laquelle circule un chef de la mafia. On l'amena dans la cour et il se redressa. Tous ceux qui se trouvaient là reculèrent d'un pas, qu'ils fussent ou non sur son chemin.

« T'as déjà vu Land of Magic ? demanda Marv.

– Ça, pour l'avoir vu, je l'ai que trop vu, tu t'en souviens.

– Tu te rappelles sa façon de regarder, loin par-dessus ton épaule, sans te voir ? Comme s'il cherchait le regard de la personne assise au dernier rang des tribunes. Regarde ce poulain. Il a le même regard.

– Land of Magic était un fils de pute et il l'est toujours, d'après ce que j'ai entendu dire.

– Oh, ce poulain-là n'est pas difficile à faire travailler. Il faut juste ouvrir l'œil, comme toujours avec les deux ans. Il est un rien sensible de l'oreille gauche, mais c'est tout. »

Le cheval hennit brusquement et courba l'encolure. Buddy remarqua qu'un autre cheval avait été sorti de sa stalle dans l'allée. « Un genre d'étalon fougueux », ajouta Marv.

Buddy savait très bien décoder toutes ces remarques. Ce cheval était le putain de fils d'un étalon cinglé et la seule chose raisonnable à faire pour pouvoir le dresser était de le castrer.

Il valait mieux ne pas se montrer trop intéressé. « Qu'est-ce que t'as d'autre ?

– Nice Deputy Minister. La mère est issue de Mount Livermore. Et Nice Twining est issu d'une jument Nureyev. Première moisson. Prometteuse, si tu veux mon avis. Quelques chevaux Salt Lake. Mais ils ne sont pas chauds cette année. »

Et ainsi de suite. Buddy passa l'après-midi à regarder les cassettes, à regarder les deux ans. En acheter une demi-douzaine pour le compte de ses divers propriétaires ne serait vraiment pas difficile.

Le numéro dix serait mis en vente le premier soir et Buddy s'assura que le chauffeur de la Lexus 470 des Kingston viendrait le prendre bien à l'avance. Quand ils firent halte au Ritz-Carlton de Pasadena pour chercher les Kingston, Andrea Melanie était surexcitée au sujet de la voiture. « Elle ne vous plaît pas ? demanda-t-elle. On l'a reçue aujourd'hui. Nous n'avions aucune voiture de sport tout-terrain, incroyable, non ? Il nous arrive d'oublier des choses et on est tellement surpris quand on s'en rend compte. Je me suis dit qu'on devait avoir une Suburban ou quelque chose comme ça dans une des maisons, mais quand j'ai appelé, il n'y en avait pas ! Ça m'a fait rire. Bref, nous avons remarqué qu'il y avait plein de voitures de sport tout-terrain à l'hippodrome, alors j'ai dit à Jason, bon si on se lance là-dedans, il faut que ça se voie, et on a acheté cette voiture qui servait de modèle d'exposition. On ne le fait quasiment jamais, mais il se trouve que celle-ci était tout équipée, alors pourquoi pas ? On pourra toujours la ramener plus tard pour y faire ajouter des options, si nécessaire. »

– Dans les chemins de fer, dit Callaghan.

– Et il s'appelait Huntington ?

– Comme la bibliothèque », dit Callaghan.

Buddy s'éloigna d'un pas nonchalant, juste un moment.

Le cheval fut amené au moment où les deux premiers étaient adjugés. Ses deux lads lui firent faire le tour du paddock mais le tinrent légèrement à l'écart. Buddy laissa Callaghan le montrer aux Kingston. Ils furent impressionnés, à juste titre, car le cheval était impressionnant, et à juste titre. Il n'était pas besoin d'être entraîneur pour remarquer qu'il était plus grand, plus noir et plus imbu de lui-même qu'aucun autre cheval dans le paddock. Buddy et Callaghan laissèrent le couple dévorer le cheval de leurs yeux ébahis avant de les emmener jusqu'à l'amphithéâtre. Tandis qu'ils s'asseyaient, Buddy vit Farouk prendre place dans une autre section. « On dirait un théâtre circulaire avec cette petite scène là en bas. J'ai étudié les arts dramatiques à l'université, vous savez », dit Melanie.

Peu de temps après, les panneaux de vente firent clignoter le numéro du poulain. Le cheval entra sans difficulté et fit quatre ou cinq pas ; puis il s'arrêta net, leva la tête et la queue et dévisagea l'assemblée des acheteurs. L'éclairage de la pièce tombait sur sa noirceur en cercles brillants qui lui glissaient sur les épaules, le dos et l'arrière-main. Ses naseaux frémirent et il lança un hennissement de défi. « Mon Dieu ! » fit Andrea Melanie.

Au signal du commissaire-priseur, Farouk engagea les enchères à trois cent mille. Andrea Melanie était assise toute droite sur sa chaise et tendait le cou. L'autre enchérisseur, que Buddy ne reconnut pas, intervint à trois cent cinquante et Callaghan leva la main pour en donner quatre cent mille. Une autre personne intervint, puis encore une autre. Elles abandonnèrent à un million. Farouk et l'autre enchérisseur ainsi que Callaghan montèrent à deux millions. Buddy glissa un coup d'œil furtif à Jason, assis à côté de Callaghan. Il avait l'air calme et intéressé mais ni intimidé ni nerveux. Chaque fois qu'un autre acheteur enchérissait, Andrea Melanie à côté de Buddy disait : « Oh, mon Dieu ! » À trois millions, Farouk regarda de leur côté. C'était le moment le plus délicat. Farouk pensait avoir fait monter les enchères aussi haut qu'il le pouvait. Sir Michael avait probablement donné une estimation de ce qu'il escomptait tirer des Kingston et c'était à peu près cela. C'était maintenant à Buddy et à Callaghan de tirer Farouk d'affaire, de tous les tirer d'affaire. Si on traitait avec un couple, Buddy le savait, c'était le moment d'essayer de comprendre leur mariage. Si Buddy et Callaghan s'étaient répartis l'homme et la femme, ce n'était pas un hasard. Mais Buddy n'était pas sûr qu'ils s'étaient correctement distribué les rôles. Callaghan savait s'y prendre avec les femmes, ce qui, à n'en pas douter, n'était pas le cas de Buddy. Il entendit Callaghan dire à Jason : « Eh bien, qu'en dites-vous ? »

Jason ne souffla mot.

Buddy le regarda. Il avait l'air de se raviser. À ce stade, Buddy se demandait toujours s'il n'y avait pas moyen d'élaborer un stratagème plus sûr, mais il était évident que non. Il fallait jouer quitte ou double, n'est-ce pas ? Et tout homme qui aimait les chevaux préférait le risque à la certitude.

Andrea Melanie regardait Jason. Elle avait l'air de se demander si elle devait le pousser à acheter.

Et à la réflexion, Jason Kingston avait tout l'air d'être le genre de type qui ne se laisse pas tellement influencer.

Jason Kingston regarda sa femme puis Buddy. Comme à ce stade Buddy n'avait pas mauvaise conscience, il espéra que cela se voyait mais peut-être, pensa-t-il, une vie de malhonnêteté se lisait-elle sur son visage. Jason Kingston était-il assez malin pour l'y déceler ?

Le commissaire-priseur dit : « J'ai trois millions. Dermot ? »

Buddy n'osa pas regarder Farouk.

Il vit Dermot glisser un coup d'œil au commissaire-priseur pour lui demander un instant de sursis.

Jason Kingston détourna son regard du visage de Buddy et ne fit aucun signe. Buddy chuchota à Andrea Melanie : « Je crois que ce cheval peut gagner le derby du Kentucky. » Et en plus, c'était vrai. Aussi vrai que le soleil est dans le ciel. Alors pourquoi cela lui donnait-il l'impression d'être un mensonge ?

Elle se tourna immédiatement vers Jason et dit : « S'il te plaît, chéri ? »

Jason poussa Callaghan discrètement et acquiesça.

Callaghan leva le doigt.

Le commissaire-priseur dit : « Trois millions cent mille ? »

Callaghan et Jason acquiescèrent en même temps.

Alors Buddy regarda Farouk. Ce dernier secoua la tête en affichant un air déçu.

Le commissaire-priseur déclara : « Vendu à Dermot Callaghan pour trois millions cent mille dollars. »

Andrea Melanie laissa échapper un cri : « Oh, mon Dieu, j'en veux d'autres ! »

Et ils en achetèrent d'autres. À la fin des ventes les Kingston avaient dépensé dix millions de dollars en chevaux de deux ans et Buddy devait trouver des box dans son écurie pour six autres chevaux. Il devait aussi trouver de la place sur son compte en banque pour les trois cent soixante-quinze mille dollars, plus ou moins une ou deux commissions que sir Michael s'était fait verser. Il devrait ménager une place dans son avenir pour compenser cette aubaine (comment ? Jésus le savait certainement déjà, une sorte de mise à l'épreuve qui était peut-être la finalité à long terme de toute cette aventure, en fait). Il devrait aussi trouver un moment dans ses journées déjà chargées pour flagorner Andrea Melanie, chose qui, il s'en rendait compte à présent qu'il avait récolté les bénéfices de son investissement, pouvait se transformer en véritable pénitence. C'était un filou, ce Jésus, surtout quand il gardait le silence et attendait que vous vous décidiez vous-même.

Au bout de seulement trois jours qu'Epic Steam avait passés dans l'écurie de Buddy à hennir et à piaffer dans sa stalle, à dévisager les pouliches et à faire du grabuge par tous les moyens possibles, Buddy fut prêt à le faire castrer. Mais on ne pouvait pas aller voir un propriétaire pour lui dire qu'un poulain de deux ans à trois millions de dollars qui n'avait pas encore couru et possédait la lignée d'un roi devait se faire enlever son précieux trésor, ses bijoux de famille, c'était le cas de le dire, juste pour le bien-être de quelques lads et cavaliers d'exercice qui gagnaient trois cents dollars par semaine. Et on ne pouvait pas aller voir Jésus pour lui dire que, simplement parce qu'on n'avait pas su passer le dernier test, on n'allait pas non plus passer le suivant. En tout cas pas tout de suite.

18. Le derby du Kentucky (1)

Rendre visite à la famille d'Ho Ho Ice Chill dans le Connecticut était ce que Tiffany Morse préférait dans sa relation avec lui. Le père d'Ho Ho était un beau sexagénaire, ancien défenseur arrière dans l'équipe des New York Giants ; il s'appelait Lawrence Morton et déjeunait aux clubs Kiwani, jouait au golf avec d'autres agents immobiliers de sa ville, faisait de petites interventions sur le thème de la motivation positive et gardait toujours le sourire. Mais le visage souriant de Lawrence n'était de loin pas aussi rayonnant que le grand sourire de sa seconde épouse Marie, une véritable Française de France. Ils avaient une fille de dix ans prénommée Alienor qui avait déjà élaboré et mis en place son style propre. Alienor idolâtrait Paloma Picasso et portait invariablement la même tenue jour après jour : un jean noir et un T-shirt d'un blanc étincelant, avec de petites baskets françaises et un collier de minuscules perles de jais. Elle dit à Tiffany qu'elle ne voyait pas pourquoi il lui faudrait un jour modifier cette tenue. Marie dit à Tiffany dans un haussement d'épaules que c'était une attitude typiquement française. Savoir ce qu'était une attitude française procurait à Tiffany un incroyable frisson d'excitation. Si Marie souriait toujours, c'était parce qu'elle adorait Lawrence, et comment ne pas l'adorer ? Tout le monde adorait Lawrence. Son sens de la paix était comme une étendue d'eau claire. « Bon, dit un jour Marie en prenant du thé et des cookies dans la cuisine ensoleillée des Morton, il m'a fallu un an pour que Lawrence tombe amoureux de moi et j'étais alors extrêmement belle. Mais je savais que si Lawrence me regardait vraiment et se mettait en tête de prendre soin de moi, alors ce serait pour toujours. Ah ! Ah ! » Elle sourit et ferma les yeux rien qu'en pensant à Lawrence.

Ho Ho Ice Chill était le seul chanteur de rap de la descendance de Lawrence. Sa sœur Ivy était conseillère juridique en fiscalité, sa sœur Helen travaillait dans l'immobilier avec son père et son frère Norman était cadre marketing chez Microsoft, à Seattle. De temps en temps, quand Ho Ho avait besoin d'un petit conseil, il se connectait à Internet et demandait à l'équipe marketing de Norman de lui élaborer une campagne publicitaire ou quelque chose comme ça. En conséquence de quoi Microsoft avait des vues sur la maison de disques de Ho Ho comme cible possible d'un rachat. Mais, expliquait ce dernier, Microsoft avait des vues sur tout. La mère des enfants de Lawrence militait dans des associations de quartier à Oakland, en Californie.

Parfois, Tiffany repensait à la façon dont elle avait filé de chez Wal-Mart où elle travaillait comme caissière pour suivre le type du service d'ordre de Ho Ho Ice Chill, qui s'était arrêté là pour acheter un pansement gastrique. Elle s'imaginait alors qu'elle savait déjà à l'époque que c'était pour venir ici. C'était impossible bien sûr. La vérité, c'était qu'elle s'ennuyait assez pour essayer n'importe quoi, alors elle avait mis de côté son habituelle réticence à profiter de son apparence physique et tenté sa chance.

Tiffany aimait chacun des mots prononcés dans la maison des Morton : France, tapenade, Paloma Picasso, Microsoft, je t'en prie, merci, mon cœur, ma douce, *chéri**, Earl Grey, orchidée, ail, cours à la clôture, investissement, nu (comme chez les peintres), terrasse, tondre le gazon, *maman, s'il vous plaît, ce soir, assiette, coq au vin, daube, glace**. Quant à Ho Ho, il s'intéressait exclusivement à tous les mots que Tiffany connaissait mais détestait utiliser : ceux qui faisaient référence aux drogues, au sexe, à la violence, à un univers de brutalité dans lequel il fallait être un dur pour se faire un nom. Ho Ho, il faut le dire, aimait bien Tiffany mais idolâtrait Roland, le frère de Tiffany, sans l'avoir jamais rencontré. Oui, Roland avait fait de la prison. Oui, Roland avait un ami qui avait été assassiné. Non, Roland n'avait jamais tué personne. Oui, Roland était un orateur-né qui hypnotisait son auditoire. Oui, Roland était un sale type, une âme perdue, ou les deux. Oui, Tiffany espérait bien que, frère ou pas, elle ne reverrait jamais Roland.

Ho Ho était chanteur de rap depuis environ deux ans. Tiffany avait déjà entendu parler de lui. Il n'était pas aussi en vue que certains mais plus que d'autres. Comme le reste de la famille, c'était un foudre de marketing. Il avait un véritable instinct pour anticiper les désirs des gens. Il possédait aussi la stature et la taille de son père, ce qui lui donnait l'air plus menaçant qu'il ne l'était en réalité. Il avait un groupe. Il avait des petites amies. Il avait des vidéos, des conseillers et des admirateurs intéressés. Ce qui lui manquait – et où donc allait-il le trouver ? songeait Tiffany –, c'était de pouvoir se projeter dans le personnage d'un tueur. Instinctivement, Ho Ho savait qu'il n'irait pas en prison de même que Roland avait su instinctivement dès l'âge de dix ans qu'il irait en prison. Ho Ho pensait que sa carrière durerait peut-être un an de plus et qu'ensuite il vendrait un autre produit marketing. Mais pour cette année supplémentaire, pensait-il, il avait besoin d'un matériau neuf, voilà pourquoi Tiffany était là, à lui dire tout ce qu'elle se rappelait de Roland, pour que Ho Ho le transcrive ensuite mot pour mot en chansons. Même si elle et Ho Ho simulaient bien la passion torride et réciproque, ils ne l'éprouvaient pas et ils étaient tous deux d'accord là-dessus. Elle

* En français dans le texte. *(N. d. T.)*

n'aimait pas beaucoup faire l'amour et Ho Ho était amoureux de l'un de ses professeurs de littérature comparée, rencontrée lors de son unique année à l'université et dont il gardait la thèse de doctorat et la photo à côté de son lit. Tiffany aimait bien le titre de sa thèse : « Entre l'Ici et l'Ailleurs : les voyages visionnaires de Matsuo Basho. » Tout de même, quand Ho Ho passait ses journées à parler de cette femme et de ce qu'elle faisait, Tiffany ne se disait pas que c'était ce qu'elle-même, Tiffany, aurait envie de faire. Pas plus en fin de compte qu'elle n'avait envie de s'attarder très longtemps encore dans l'adorable maison du Connecticut ; pourtant elle préférait encore cela aux voyages imposés par les tournées et la plupart des membres du groupe de Ho Ho aimaient tant cette maison qu'ils étaient prêts à y emménager sur-le-champ. Dès qu'il fut clair que Ho Ho n'attendait aucunement d'elle qu'elle se dévoue à la satisfaction de ses passions, elle se mit à lui demander : « Eh bien, chéri, qu'est-ce que je devrais faire selon toi ? »

Études. Emploi de bureau. Mannequinat. Encore des études. Une carrière dans la restauration. Vente. Gestion immobilière. Études. En fait, se dit Tiffany, le cadre était bien plus agréable mais les problèmes étaient tout à fait les mêmes dans le Connecticut qu'ailleurs. Et le climat la déprimait. Il y avait des jonquilles mais il faisait froid et humide. Il semblait qu'on pouvait sortir mais ce n'était pas le cas. Marie lui proposa de lui apprendre à faire la cuisine mais Tiffany avait beau aimer tous ces plats et beaucoup apprécier leurs noms, elle n'avait envie de les préparer ni pour elle-même ni pour les autres.

Un dimanche, alors qu'ils étaient assis à la table du dîner à déguster un des cassoulets de Marie (encore un mot merveilleux, pensait Tiffany), ce fut Ivy qui déclara que Ho Ho devrait acheter un cheval de course. Lawrence secoua la tête. « Il y a dix ans, c'était une bonne façon d'obtenir des dégrèvements fiscaux mais maintenant il faut faire attention.

– Qu'est-ce que c'est un dégrèvement fiscal ? demanda Tiffany.

– C'est quand on gagne trop d'argent, lui dit Ivy avec un regard compatissant, et qu'on a besoin de quelque chose pour perdre de l'argent et compenser ce qu'on gagne.

– Oui, fit Ho Ho. J'aime bien les chevaux.

– Je n'ai jamais vu de cheval en vrai, dit Tiffany. Seulement à la télévision. » Tous prenaient garde à utiliser un anglais correct en

un cheval donné à 125 contre 1 à Oakland. Deirdre avait du mal à déterminer si ces propriétaires avaient de la classe ou pas mais elle les aimait bien. Ils étaient tout ce qu'il y a de plus Irlandais, Mahoney et Byrne. Mais cela n'expliquait pas son affection pour eux. Il y avait des populations entières d'Irlandais que Deirdre n'aimait pas.

George n'était pas de ceux-là, il monta les gradins des tribunes et vint s'asseoir près d'elle. « Bon Dieu, cousine, dit-il, on se gèle sacrément les couilles ici !

– Pas d'expressions pittoresques avec moi, jeune homme.

– Tu souris, cousine.

– Je me demande bien pourquoi.

– De temps à autre, tu ne peux pas t'en empêcher. Tu as beau essayer…

– J'ai beau essayer. »

Deirdre porta ses jumelles à ses yeux pour observer les chevaux entrer dans le starting-gate. Sans accroc mais un peu lentement. Douze chevaux, c'était trop. Toujours, mais surtout à ce moment de la journée. Elle poussa un soupir.

« Alors, t'as vu la pouliche ? Ah ! Tu souris encore, tu dois l'avoir vue alors.

– Oui, je l'ai vue. » Deirdre avait fait tout le voyage en avion jusqu'à Lexington pour jeter un œil à ce nouveau-né, arrivé à point nommé le 1er mars.

– La Déesse aussi ?

– La Déesse aussi.

– Les deux font la paire. Ce sera un cheval de course de première classe, cette pouliche. » Deirdre avait rapporté des photos.

« Mors-toi la langue, George !

– Tu ne souris même pas.

– Mors-toi la langue, bordel ! Je ne veux pas t'entendre faire la moindre allusion à l'avenir de cette pouliche en quelques termes que ce soit, bons ou mauvais ! »

George la regarda et acquiesça. « Pardon, cousine. » Son beau visage était sérieux. Il était sincère. La cloche sonna et ils pensèrent à nouveau à regarder la course.

Les douze chevaux sortirent en une belle ligne, aucun ne restait en arrière, aucun ne s'élançait de l'avant. Deirdre braquait ses jumelles sur Mighty Again, elle remarqua qu'il courait assez bien et commençait à être plus calme. Il fallait environ un mois pour que la testostérone soit éliminée de l'organisme d'un nouveau hongre, mais l'attitude du cheval s'améliorait de façon nette et perceptible dans cette course comme à l'entraînement. À présent, les concurrents étaient rassemblés dans la première ligne droite comme douze chevaux à réclamer : aucune stratégie, aucune méthode, ils essayaient simplement de faire de leur mieux.

Si seulement le cheval de tête, le numéro cinq, n'avait pas tout de suite tenu la corde et filé en avant. Vraiment un coup de malchance que ce fût le cheval de tête, car lorsqu'il trébucha, bascula et tomba sur le côté en travers de la piste, il se retrouva sur le chemin de tous ceux qui arrivaient derrière ; en l'espace de dix secondes, quatre d'entre eux tombèrent l'un après l'autre comme des dominos. Les jockeys furent désarçonnés eux aussi. Deux chevaux parvinrent à rectifier leur trajectoire pour contourner l'obstacle, mais l'un d'eux perdit son jockey ; les six autres se déportèrent sur l'extérieur de la piste presque sans encombre. Peut-être parvinrent-ils à l'arrivée. Deirdre aurait été incapable de le dire. George était debout, il criait. Elle criait, elle aussi. Tout le monde criait. Dès que le dernier cheval eut terminé le parcours, l'ambulance qui suivait la course fut sur les lieux et Deirdre vit la voiture du vétérinaire ainsi que l'ambulance des chevaux s'avancer sur la piste. Deirdre s'efforça de fixer ses yeux et ses jumelles sur Mighty Again ; c'était un cheval bai. L'un des bais s'était relevé. Quelqu'un l'attrapa et quand Deirdre fit la mise au point sur lui, elle vit que son sabot pendillait. Mais cela lui était à peu près indifférent : il ne ressentirait pas la douleur avant environ un quart d'heure. Dans ses jumelles, Deirdre parvint à apercevoir le regard du cheval. C'était un regard étonné, qui lui fendit le cœur. Quatre chevaux impliqués dans un seul accident ! Seigneur Dieu ! Deux d'entre eux étaient à nouveau sur pied mais Mighty Again était encore à terre. « Allons-y », dit-elle à George.

Ils quittèrent leur loge, dévalèrent les gradins, traversèrent la galerie des guichets, descendirent l'escalier et franchirent la grille qui menait à sa voiture. Elle trouvait intolérable de ne pas voir le cheval mais de toute façon elle savait ce qui se trouvait là-bas. La mort les attendait. La question était simplement combien de chevaux et lesquels. Elle marmotta : « Je vous salue Marie, mère de Dieu, priez pour nous, pauvres pécheurs, pauvres entraîneurs qui avons mis ces malheureuses créatures dans une telle situation. Abrégez leurs souffrances et accordez-leur votre miséricorde.

Amen. Pourquoi n'ai-je pas attendu ? Pourquoi ai-je amené ce cheval à Philadelphie ? »

Elle arrêta sa voiture devant l'une des écuries, en sortit d'un bond suivie de George, passa sous la corde de la dernière ligne droite et se releva. L'espace d'un instant elle serra la main de son cousin. Puis ils se dirigèrent vers Mighty Again couché sur le côté, l'œil cerclé de blanc par la peur, les lèvres légèrement entrouvertes. Il avait l'air normal mais il ne s'était pas relevé, chose inhabituelle chez un cheval. Les chevaux détestent rester couché. Dominic, le jockey, était agenouillé près de la tête de l'animal et son propre visage couvert de boue et de sang. Ronald, le lad de Mighty Again, qui avait traversé le terrain central au pas de course, était assis sur les talons et agitait simplement la tête de droite à gauche. « Dom ? dit Deirdre. Tu es blessé ?

– Juste une côte. Cassée ou quelque chose comme ça.

– Va dans l'ambulance, mon petit.

– Ils sont tous tombés en même temps. Comment c'est possible ? On était en selle et puis on s'est retrouvés par terre. Je comprends pas. Racontez-moi. »

Elle lui prit les mains et le détourna du cheval. « Le cheval de tête a trébuché. Maintenant il faut monter dans l'ambulance.

– Mais je vais bien.

– Peut-être. On va s'occuper du cheval. » Elle posa la main sur le visage du jockey. « Monte dans l'ambulance, mon petit. Je n'ai pas envie d'apprendre que tu as une hémorragie interne. Voilà un brave garçon. »

Il monta dans l'ambulance.

Mighty Again respirait encore mais son souffle était bruyant et laborieux. Son œil était fermé. Il n'avait jamais été un de ses chevaux préférés, rien que des ennuis depuis le début, et pas très malin, mais il avait une belle tête. Elle s'agenouilla à ses côtés et lui caressa la crinière en disant : « Allez, mon petit amour. Dans un moment ça ira mieux. » Ronald, qui s'était plaint de ce cheval lui aussi, laissait rouler les larmes sur ses joues. Il ne soufflait mot. Le vétérinaire arriva, le vétérinaire en chef, Deirdre ne le connaissait que de vue. Il s'agenouilla à côté d'elle et dit : « Il faut le retourner.

– C'est grave.

– Il ne se lève pas, c'est mauvais signe.

– Que s'est-il passé ?

– Je suppose que le cheval de tête s'est éclaté l'aorte. Il a les gencives blanches comme le papier. Son jockey s'est fait piétiner mais il peut encore bouger tous ses membres. Un autre jockey est dans les pommes. Aucun n'a été tué. Il se peut qu'on ait eu de la veine. »

Le corps de Mighty Again était chaud et énorme. Jamais un cheval ne vous paraissait aussi gros qu'au moment où il fallait le soulever. Un jour, à une parade, le sauteur d'un autre entraîneur s'était effondré dans la remorque, sur ses jambes. La seule façon de le relever était de le cravacher et de l'encourager jusqu'à ce qu'il se décide à se relever ; dans un espace aussi étroit, impossible de le soulever. Mais Mighty Again, étalé au beau milieu d'une étendue de piste sablonneuse, put être soulevé. Ils enroulèrent des courroies autour des genoux et des jarrets, puis, certains tirant par-derrière et d'autres poussant à l'avant, ils hissèrent les jambes de l'animal en l'air et le retournèrent. Il poussa un grognement profond et caverneux. Sitôt retourné, il posa une jambe antérieure à terre et se releva. Le problème apparut clairement : l'épaule gauche, celle qui se trouvait en dessous avant qu'ils le retournent, était brisée et il avait une longue entaille sur la cage thoracique, toute dentelée. Le cheval se tenait sur trois jambes. Sa jambe gauche était ballante. Deirdre regarda le vétérinaire. « Il est foutu, dit-elle.

– Il est foutu, confirma le vétérinaire.

– Seigneur Dieu, pardonnez-moi ce péché.

– Deirdre, c'était un accident. »

Mais elle secoua la tête.

Ronald conduisit Mighty Again jusqu'à l'ambulance des chevaux, à quelques pas de là, et le cheval marqua une pause avant de se hisser dans le fourgon. « George, dit Deirdre. Va chercher les propriétaires et conduis-les à l'écurie s'ils veulent venir. On attendra de leur avoir parlé pour l'euthanasie. » Ils étaient là, dans l'ambulance, le cheval à l'épaule cassée et le cheval à la jambe cassée. Ils seraient morts d'ici le début de la course suivante, soupçonnait Deirdre. Elle secoua la tête. L'animal qui avait été en tête était déjà bel et bien mort, à tel point qu'il ne ressemblait déjà plus à un cheval. Le quatrième cheval était étendu là, lui aussi. Elle interrogea le vétérinaire du regard. « Il s'est cassé le cou », dit-il. Deirdre poussa un gémissement, elle se sentait encerclée. « C'est l'impression que laisse un champ de bataille, non ?

– J'imagine que oui », dit le vétérinaire.

Elle regarda les tribunes de l'autre côté de la piste, tous les yeux et les corps qui s'efforçaient de voir et de savoir ce qu'elle voyait autour d'elle, ce qu'elle savait. C'en était trop. L'énormité physique de la mort était trop dure pour elle : trop de sang et d'os, trop de râles, trop de sueur et de puanteur tout à coup. Les années passant, elle avait assisté à plusieurs morts – d'hommes et de chevaux. Elle avait failli mourir elle-même, du reste, quand elle avait attrapé une pneumonie à la suite de sa fracture à la colonne vertébrale. Combien de fois fallait-il y revenir avant de pouvoir la supporter ? Elle avait l'impression que sa capacité à l'endurer s'affaiblissait au lieu de se consolider.

Derrière elle, George dit à voix basse : « *Nel mezzo del cammin'di nostra via**. »

Elle le regarda et lui répondit en anglais : « Je me suis perdue en chemin, George. » Les yeux bleus de son cousin étaient aussi beaux qu'ils pouvaient l'être mais on n'y trouvait aucun salut. Ils suivirent tous deux l'ambulance dans sa progression funèbre le long de la piste.

20. Une journée aux courses

Ils commencèrent par s'arrêter devant le débit de boissons de son père où Jesse prit une barre chocolatée dans le meuble vitré tandis que son papa ouvrait la caisse pour en sortir une poignée de billets. Il ne les compta même pas, il se contenta de les fourrer dans sa poche. Une fois en voiture, Jesse regarda à la dérobée les chaussettes de son père. Elles étaient assorties, grises et sans motif. Elles étaient aussi assorties à son pantalon. Ce fut un soulagement. Ils avancèrent en silence pendant un moment, Jesse regardait par la fenêtre. Il aimait assez la route jusqu'à Santa Anita. Elle était longue et ensoleillée. À peu près au moment où ils passaient en contrebas de l'autoroute 5, son père se mit à parler d'une voix aiguë : « Ah, Jesse ! Regarde cet arbre, là. Il est magnifique. Tu sais, cet arbre se dresse au bord de la route depuis cinquante ans, je le parierais, mais je ne l'avais encore jamais remarqué. On traverse

* « Au beau milieu de notre route. » *(N. d. T.)*

la vie, on refait la même route encore et encore et tout à coup on remarque quelque chose. C'est un don. Cet arbre me dit quelque chose. Cet arbre me dit que nous allons avoir une bonne journée. Tu crois pas ?

– J'espère, 'pa.

– J'ai mes chaussettes porte-bonheur. T'as les tiennes ?

– On avait touché le jackpot sur un pari jumelé en une journée, le jour où j'avais ces chaussettes.

– Ta mère les a lavées depuis ?

– Ben, oui. »

Ils méditèrent ensemble sur cette nouvelle puis Leo déclara : « Bon, peut-être que c'est pas grave.

– Papa, je les ai souvent portées. C'était l'été dernier, notre pari jumelé gagnant.

– Mais tu les as pas portées à l'hippodrome ?

– Non, pas à l'hippodrome.

– C'est la première fois que tu les mets à l'hippodrome depuis l'été dernier ?

– Ouais.

– Alors ça va. »

Jesse respira.

Leo se mit à chanter. Puis ils quittèrent l'autoroute et entrèrent dans le parking : les jours de chance, ils se garaient toujours dans le parking réservé à l'hippodrome pour avoir moins loin à marcher. Ça coûtait cinq dollars. Cela faisait partie des frais généraux qu'il fallait limiter autant que possible. Ils garèrent la voiture, en sortirent et la verrouillèrent. Il y avait deux choses que son père ne regardait jamais à Santa Anita : le centre commercial voisin et toute Mercedes susceptible d'être garée dans l'espace qui le séparait de l'entrée de l'hippodrome. Jesse pouvait les regarder ; en fait, c'était encore mieux si Jesse les repérait et signalait leur présence. Ce jour-là, il n'y en avait pas beaucoup et Leo parvint à garder la tête baissée. Et il compta son argent : deux cent soixante-dix-huit dollars et trente-deux cents avec les quatre-vingt-sept dollars que Jesse avait en poche. Ils devaient mettre leur argent en commun. Cela aussi portait chance.

Ils étaient presque à l'entrée, et pas une Mercedes en vue, quand le désastre s'abattit sur eux. « Oh merde ! » fit Leo d'une voix grave et sérieuse. Jesse savait qu'il n'aurait pas dû mais il demanda quand même : « Qu'est-ce qu'y a, 'pa ?

– Merde, j'ai regardé une nonne !

– Quoi ?

– Merde, j'y crois pas, j'ai regardé une nonne ! Elle était là et je l'ai regardée ! »

Regarder une nonne était la pire chose à faire, Jesse le savait. Maintenant, ils pouvaient aussi bien rentrer à la maison. Il regarda tout de même autour de lui. Rien. « J'en vois aucune, 'pa, tenta-t-il.

– Par là-bas. » Leo agita la main en direction de l'ouest sans oser regarder. Jesse ne voyait toujours aucune nonne, pas même une femme. Mais Jesse savait qu'il ne fallait pas discuter. Au bout d'un moment il dit : « Tu veux rentrer à la maison ? »

Leo s'arrêta et se tourna vers Jesse. L'expression de son visage était très sérieuse et il lui posa une main sur chaque épaule. Jesse leva la tête et regarda son père droit dans les yeux, comme il le lui avait dit tant de fois. « Jesse, dit Leo, Jesse, mon fils. D'un côté on a la..., euh, tu sais. » Oui, la nonne. « Et d'un autre côté, on a les chaussettes, deux paires, l'arbre, pas de Mercedes, pas de centre commercial et près de trois cents dollars. Je vais te dire. Voici le *Programme des courses du jour.* » Il le tira de sa poche et l'ouvrit à la page de la première course. « Lis-moi les noms de ces chevaux partants. » Leo rejeta la tête en arrière et ferma les yeux, attentif.

Jesse lut : « Lonesome Jones, Howdy Babe, Hickey's Prince, Gottalottayotta, Prigogine, Sandtrap, Baby Max et Holy Mackerel. »

Leo garda le silence, il médita un long moment avant de dire : « T'as pas un ami qui s'appelle Max ?

– Non, dit Jesse. Aucun Max. »

Leo lança les bras en l'air. « Bon, très bien ! Allons-y ! Ça pourrait bien jouer en notre faveur. Allons voir les chevaux, fiston ! »

Quand ils franchirent la grille d'entrée, l'ouvreuse leur sourit et dit : « Salut, Leo. Bonne journée ! », puis ils traversèrent le hall des parieurs et en ressortirent pour se retrouver sur l'avancée carrelée qui descendait en pente vers la ligne droite, le poteau d'arrivée et l'enceinte des vainqueurs. C'était une journée claire et ensoleillée, une belle journée de mars, et la courbe des montagnes se détachait en vert foncé sur le bleu du ciel. Comme on était mercredi, il n'y avait pas encore beaucoup de monde dans les tribunes et Leo délimita son territoire : il avait le *Programme des courses du jour* couvert d'annotations qu'il avait portées la veille au soir après dîner, son coussin qu'il emmenait toujours sans jamais s'asseoir dessus, ses jumelles, sa thermos de café et ses stylos de rechange pour reporter d'autres annotations sur le programme si nécessaire. Il était souriant. Il ébouriffa les cheveux de Jesse et dit : « Bien ! On y est ! Bien joué ! C'est vraiment le meilleur endroit au monde, tu crois pas ? Dur métier, plus dur que de tenir un débit de boissons, mais meilleur en fin de compte. » Leo inspira profondément et rejeta les épaules en arrière ; il inspecta son petit domaine avant d'ajouter : « OK, petit ! On ferait mieux de se mettre au boulot, y a de l'argent à gagner. »

Dans la première course, une épreuve à réclamer de trente mille dollars et mille quatre cents mètres destinée aux trois ans et plus, ils cochèrent Lonesome Jones et Sandtrap dans l'ordre. Sandtrap était donné favori mais Leo pensait qu'il avait perdu de sa grande forme. Lonesome Jones, quant à lui, avait fait un mauvais pas lors de sa dernière course, la première après un repos de six semaines. On l'avait heurté dans la première ligne droite si bien qu'il avait mal pris le tournant mais il avait tout de même terminé troisième, devancé d'une tête. Ses classements en fonction de la vitesse dans les courses précédentes le rangeaient premier ou dans les premiers parmi les chevaux engagés dans cette course ; et puis, pensait Leo, ce cheval de trois ans était encore capable de prendre une longueur d'avance. Mais surtout, il avait toutes ses chances : le dix contre un du matin avait baissé, mais pas trop, à huit contre un. Sandtrap était clairement à part sur l'hippodrome. Même s'il n'était plus en grande forme, c'était un concurrent sérieux et les parieurs le soutenaient en masse. Leo cocha aussi un autre cheval qu'il aimait bien pour la deuxième course, See Me Now, pour faire un pari jumelé. Après avoir pris ses paris, il était très calme et resta avec Jesse dans les tribunes à regarder les chevaux faire le tour jusqu'au starting-gate qui se trouvait de l'autre côté, aussi loin des tribunes que possible. L'annonceur, dont la prononciation était parfaitement nette, se fit entendre : « Les chevaux approchent du starting-gate. Ils ont atteint le starting-gate. Lonesome Jones est entré. Et Howdy Babe », et ainsi de suite jusqu'à Holy Mackerel. Il y eut une pause, puis la cloche tinta et les chevaux furent partis. Leo pressait ses jumelles contre ses yeux et ne soufflait mot. Jesse ne distinguait que les couleurs des casaques mais il savait que Lonesome Jones était en violet et que le violet se traînait avec plusieurs longueurs de retard. Le favori était un des deux chevaux en jaune. L'un d'eux était en tête. « Très bien », souffla Leo tandis que le cheval en violet commençait à dépasser les autres. Et l'annonceur dit : « Le cheval numéro un, Lonesome Jones, est en train de devancer Howdy Babe et Prigogine. Toujours en tête, Sandtrap, le favori. » Leo commença à s'agiter quand les chevaux atteignirent le tournant, il sautait sur place. Jesse les distinguait bien, de face, têtes baissées, jambes en l'air, les minuscules cercles de leurs sabots lancés vers le haut et en avant reproduisaient les minuscules cercles de leurs naseaux dilatés. Puis ils s'engagèrent dans la dernière ligne droite et il les vit sous un nouvel angle. C'étaient des chevaux à présent, étirés comme des bandes de caoutchouc du chanfrein à la queue, montés par les jockeys tout étirés eux aussi, bras, têtes, dos, et les jambes arquées. Les bras colorés de certains jockeys se levaient et retombaient, autre étirement, une épaule, un coude, un bras, une main et une cravache. Derrière Jesse, on hurlait tant et plus et, à côté de lui, son père hurlait aussi car Lonesome Jones s'approchait, il tenait la corde, trouvait une ouverture et s'y glissait, dévorant la piste. Par contraste, le cheval en rouge resta en arrière, le cheval en vert resta en arrière et les chevaux en bleu et en noir et brun aussi. La main de Leo était sur sa tête et soudain elle appuya tandis que les chevaux franchissaient le poteau d'arrivée. L'instant d'après, le panneau d'affichage clignotait : « Photo-finish » et ils durent attendre. Mais Leo était sûr du résultat. « Ils ont réussi ! Ils ont réussi ! Je le savais ! On a fait le bon choix ! Un et six. Ça a toujours été les bons numéros pour moi, tu sais, quand j'avais seize ans je sortais avec cette fille, elle s'appelait Peggy Sue. C'est vrai, et la chanson sur une Peggy Sue a fait un tel tabac que ma moyenne statistique avec les chiffres un et six a été largement dépassée ! Maintenant tu en sais assez pour motiver tes choix : il n'y a que les perdants qui parient par séries... »

Les résultats s'affichèrent et le vainqueur était le cheval numéro sept, Baby Max, d'une tête. Lonesome Jones et Sandtrap étaient deuxième et troisième.

« Bon sang ! » fit Leo.

Cela signifiait que tous les paris étaient perdants, les chevaux dans l'ordre et le pari jumelé. Soixante dollars, se dit Jesse, déjà envolés. « Hé, 'pa, dit-il, rentrons à la maison. »

Leo regardait fixement Baby Max que l'on conduisait à l'enceinte des vainqueurs mais il sortit de sa torpeur, regarda Jesse et sourit. « Nan, nan. On est là. Faut juste bosser un peu plus dur. Tiens, voilà dix dollars pour t'acheter à manger. Vas-y et laisse-moi seul un moment, il faut que je me concentre et tu me distrais un peu. C'est pas ta faute. Il faut juste que je pénètre dans une certaine zone, tu sais. Voilà, bon garçon ! »

Jesse prit le billet, suivit Baby Max et ses associés qui longeaient les tribunes en contrebas et sortit à l'air libre. Le jockey et l'entraîneur souriaient, mais d'un sourire professionnel. Ce n'était que la première d'une longue journée de courses pour le jockey. Jesse aimait bien le regarder. En fait, il était à peu près aussi grand que lui mais il marchait comme un homme, et un homme sûr de lui, en plus. Quand il regardait l'entraîneur en lui parlant de la course, il n'avait pas l'air de lever les yeux mais de les baisser. Jesse aimait regarder les jockeys et essayait de le faire à chaque fois. Leur ventre et leur dos, solides, droits, souples et puissants, se distinguaient de ceux de tous les autres visiteurs de l'hippodrome. Ils avaient du cœur au ventre, Jesse ne savait pas au juste ce que c'était mais, grâce à cela, ils étaient capables de maîtriser ces chevaux. Leo ne prêtait guère attention aux jockeys et déconseillait à Jesse de le faire. « Un gagnant ne parie jamais sur le jockey », disait-il.

Une fois à l'air libre, Jesse remarqua que les chevaux engagés dans la deuxième course quittaient l'enclos à seller pour le paddock.

Leo n'aimait pas regarder le sellage des chevaux ni le défilé dans le paddock. Il disait que ce spectacle embrouillait les idées et qu'on finissait par parier à l'intuition alors qu'on devait parier sur la condition physique, les numéros et les dernières performances. Regarder les chevaux dans l'enclos à seller revenait à se soumettre à la tentation du coup de foudre et si on ne se maîtrisait pas, alors il fallait maîtriser la situation, ce que Leo faisait en restant dans l'hippodrome. Mais Jesse préférait de loin les préliminaires. Ils lui permettaient de se dire que l'essentiel dans les courses n'était pas tant les paris que le spectacle des chevaux. Le plus génial chez eux, c'était qu'ils étaient tous différents. Dans la deuxième course par exemple, une épreuve de maiden pour pouliches de deux ans, les six chevaux engagés étaient pour l'instant au repos au milieu de leur entourage. De toutes les pouliches, une seule était calme. C'était une alezane, la numéro deux. Elle se tenait tranquille, tête levée, oreilles dressées, tandis que son entraîneur lissait son dossard sur son dos.

« C'est Buddy Crawford, l'entraîneur, dit une femme à côté de Jesse. Il a gagné beaucoup de courses. Une espèce d'escroc, à ce qu'on dit. »

Mais Jesse aimait bien le cheval. Il consulta le programme. La pouliche s'appelait Residual. Jesse se pencha par-dessus la barrière pour mieux la voir. Les gens qui l'entouraient lui mirent sa selle et tirèrent sur les sangles. On la cajolait beaucoup et Jesse devinait pourquoi. Elle était toute luisante mais, même sans cela, quelque chose en elle vous donnait envie de la cajoler. Même lui en avait envie. Autour d'elle, toutes les autres pouliches faisaient une chose ou une autre : elles ployaient l'encolure, piaffaient. L'une d'elles se tenait là, raidie sous l'effet de la tension, soulevait une jambe et la repliait sous elle avant de la reposer pour en lever une autre. Residual, quant à elle, se contenta de frotter doucement un de ses naseaux contre la manche de son lad, une seule fois, comme pour le rassurer, pensa Jesse. La pouliche numéro un se dirigea vers la sortie et Residual la suivit. Derrière elles, les quatre dernières pouliches menèrent grand tapage mais Residual se contenta de regarder les fans alignés autour de la barrière du rond de présentation et, au moment où elle arriva à l'endroit où elle devait recevoir son jockey, elle s'arrêta et attendit. Jesse la regarda une dernière fois et fila sous les tribunes. Leo était assis sur les gradins en béton, toujours absorbé dans son programme. Jesse monta le rejoindre. Comme Residual pénétrait sur la piste, il s'écria : « Regarde la numéro deux, papa ! Il faut que tu paries sur elle !

– Je ne parie jamais sur les pouliches de deux ans, dit Leo. C'est de la loterie. »

Jesse leva les yeux sur le panneau d'affichage. « Elle est donnée à six contre un. C'est une bonne cote, dit-il.

– C'est une bonne cote, oui. Mais j'ai mes critères, Jesse.

– C'est le fameux Pincay qui la monte, papa, dit Jesse.

– Quand même. » Il posa la main sur l'épaule de Jesse et le regarda dans les yeux avant de déclarer d'une voix très sérieuse : « Jesse, fiston, ces petites pouliches ne connaissent rien aux courses. Le starting-gate va s'ouvrir et elles vont se demander ce qu'elles doivent faire. Tout peut arriver…

– Mais c'est ça qui est bien, papa.

– Oui, c'est bien en règle générale, si tu veux. Mais, dans cette course, les choses qui peuvent arriver ne sont pas bonnes parce que…

– J'ai dix dollars à la maison. Je te les donnerai si tu les paries sur elle maintenant.

– Jesse, le problème, c'est que je veux te faire profiter de mon expérience. Bon, mon père, il parierait dans n'importe quelle course mais j'ai... » Il s'interrompit. Puis il ajouta : « Bon, il faudra que tu apprennes tôt ou tard. D'accord. Comment tu veux parier tes dix dollars ? »

Les chevaux avançaient au petit trot. Residual continuait d'avancer tranquillement. Pincay – le jockey vétéran, le plus fort, le plus prodigieux au monde – était calmement assis sur son dos. À trois reprises, il tendit le bras pour lui flatter l'encolure, d'un geste lent, pas pour la rassurer, semblait-il, pour le plaisir. « Deux dollars plus deux autres gagnante et deux autres placée. La cote est de huit contre un maintenant, papa. À mon avis, elle est sous-estimée.

– D'accord, fiston. Si tu sais utiliser le mot "sous-estimée" et que tu sais ce qu'il veut dire, je suppose que tu es prêt à faire ton propre choix. »

Les files d'attente aux guichets de paris n'étaient pas longues, aussi furent-ils revenus au bord de la piste à temps pour voir les chevaux passer au petit trot et longer les tribunes au petit galop avant de se diriger vers le starting-gate de l'autre côté de la piste. La pouliche numéro cinq était près de marcher sur son poney tant elle craignait de le perdre dans le bruit et la fureur provenant des tribunes remplies de fans. Aucune des pouliches n'aimait cela, d'ailleurs – même Residual regarda la foule – mais, peu après, on les emmena loin du bruit sans leur laisser deviner qu'elles devaient bientôt y revenir au grand galop. Jesse gardait ses tickets à la main. Il savait que les pouliches devaient en passer par là : après une ou deux expériences de ce genre, elles se comporteraient comme les concurrents de la première course de la journée, prêtes et même impatientes face à ce pandémonium, et celles qui ne caracoleraient pas dans la première course relèveraient au moins la tête. Mais ces pouliches-là avançaient par bonds et les cavaliers qui montaient les poneys les serraient de près. Elles disparurent au tournant et Jesse dut porter sa main à son front et faire un effort pour distinguer le starting-gate devant le talus. Au bout d'un moment, le premier cheval et son poney s'en approchèrent. La pouliche s'effaroucha. Le poney la précéda d'un pas et attendit qu'elle le suive.

« Jesse », dit Leo. Il avait porté les jumelles à ses yeux.

« Elles sont dans le starting-gate ? » demanda Jesse. Pour la première fois, Leo lui tendit ses jumelles.

La cloche retentit et le starting-gate s'ouvrit. Residual se trouvait derrière le portillon numéro deux. Dans une course normale, quand le starting-gate s'ouvrait, une rangée de chevaux s'élançait. Un bon départ offrait un beau spectacle : chacun faisait la même chose et l'instant d'après, boum ! tous se comportaient différemment. Mais ce départ-là était un mauvais départ. Quand Residual s'élança, la pouliche du portillon numéro un marqua un temps d'arrêt et celle du numéro quatre sortit d'un bond puis s'arrêta net dans son couloir. La pouliche qui se trouvait sur le bord extérieur traversa la piste pour se rapprocher de la corde, on n'aurait pas dit que le jockey l'y emmenait mais plutôt qu'elle échappait à tout contrôle. Quant à la numéro trois, elle se cabra et se débarrassa de son jockey. Jesse baissa les jumelles et leva les yeux sur Leo qui secouait la tête. Mais le temps passait vite. Déjà la course essayait de prendre forme. Residual et la pouliche numéro six étaient en tête mais juste derrière arrivait la pouliche sans cavalier dont les rênes pendaient au vent. La numéro un était à présent sur la piste mais elle résistait à son jockey. Celle-ci et les deux autres avaient mis au moins quatre longueurs entre elles et le reste des concurrentes. Jesse braqua ses jumelles sur Residual. Quand elle disparut derrière le terre-plein central qui cachait tout aux fans, elle semblait coincée et maladroite. La pouliche encore montée par son jockey semblait l'acculer du côté de la corde et la pouliche sans cavalier venait juste derrière. Mais elle flottait, se disait Jesse, elle flottait.

Il posa les jumelles au début du tournant et attendit. Quand elles réapparurent, les choses avaient changé. À présent, les six chevaux se suivaient sur la piste. La pouliche numéro six dont le jockey avait une casaque blanche était en tête, la pouliche sans cavalier arrivait deuxième, Residual troisième, la pouliche numéro un était quatrième, celle qui s'était arrêtée net cinquième et la numéro cinq galopait en queue de peloton. Au tournant elles débouchèrent exactement dans cet ordre, comme un manège de chevaux de bois. Jesse entendit Leo dire : « Merde ! » Il y avait une certaine surprise dans sa voix, plus qu'il ne voulait bien en manifester d'ordinaire. Lorsque les pouliches entamèrent la dernière ligne droite, Jesse vit les jockeys se mettre à faire des trucs. Celui qui était en tête jeta un coup d'œil en arrière, puis il attrapa sa cravache ; les deux derniers se déportèrent sur le bord extérieur de la piste. Le cheval qui suivait Residual s'épuisa tout simplement et disparut du champ de vision de Jesse. Pincay ne fit rien pendant un moment, puis il se contenta de lever les mains contre l'encolure de Residual et sembla se soulever de selle. Comment y arrivait-il ? Jesse n'en savait rien mais Leo disait que Pincay était capable de tout. Residual continua de flotter. Elle contourna, toujours aérienne, la pouliche sans cavalier qui, en arrivant sous les tribunes, lança la tête en l'air, effrayée par le bruit de la foule. Toujours flottante, elle distança les pouliches de derrière, rattrapa celle de devant, sembla la circonvenir et la dépassa. Elles franchirent l'arrivée ensemble. « Photo » clignota une fois de plus sur le panneau. Jesse rendit les jumelles à Leo et celui-ci commenta : « Bon, une course de maiden pour pouliches, c'est une course de maiden pour pouliches, comme disait mon père. Jamais homme n'a pu lire dans le cœur d'une pouliche.

– Residual a été parfaite, papa.

– Elle a fait une assez bonne course, fiston. Elle s'est pas attiré d'ennuis mais je pense pas qu'elle ait gagné.

– Y a rien qu'il l'a embêtée, papa. Tout le truc, ça lui allait très bien. Elle n'y a même pas fait attention.

– Fiston, pour le parieur, parfait ça veut dire vainqueur. Le reste, c'est juste bien. »

Le résultat apparut, Residual n'avait pas gagné. Mais elle était arrivée deuxième. Jesse sortit les tickets de sa poche. Il avait toujours ces deux paris « placée » et son pari pour la troisième position. Il regarda le panneau et fit ses comptes. Puis il dit : « J'ai quand même trente-cinq dollars, papa, en plus de mes dix dollars de départ. Ça fait quarante-cinq. Un bon investissement.

– C'est vrai, fiston », dit Leo en lui ébouriffant les cheveux.

Jesse remarqua qu'au moment où les lads venaient récupérer les chevaux, Residual s'avança vers le sien et frotta son chanfrein contre son bras. Lorsque Pincay eut enlevé sa selle, avant de se détourner, il gratifia la pouliche d'une longue caresse et elle lui lança un regard. Pincay rit et Jesse l'entendit dire au lad : « Une gentille fille, celle-là. » Et quand Buddy Crawford fut là, lui et Pincay s'entretinrent un moment. Pincay acquiesçait et souriait. Buddy Crawford agitait la tête. Ensuite Pincay eut un de ces rires qu'on entend parfois, auxquels on devine que celui qui rit savait depuis le départ que tout allait bien se passer et qu'il a eu raison. Votre père avait beau dire ceci et votre mère cela, l'entraîneur pouvait bien être furieux pour une vétille et peut-être bien que la chance n'avait pas joué entièrement en votre faveur, mais quand on voyait qu'un cheval savait flotter comme ça, tout allait bien.

Leo, qui était allé encaisser les paris, revint avec l'argent qu'il mit dans la main de Jesse. Jesse regarda les billets. Leo souriait mais Jesse trouvait cela étrange. Il se demanda s'il en saurait un jour autant que les autres, s'il pourrait un jour regarder une chose aussi simple que l'argent et y voir quelque chose de simple. Même les chiffres aux quatre coins des billets lui semblaient mystérieux. Son père lui expliquait toujours des choses, lui montrait toujours ce que l'hippodrome vous enseignait, sur la vie, par exemple, ou sur le Président, ou sur la façon de se comporter et tout ça. Ce que l'hippodrome vous apprenait était très précis et il y avait beaucoup de choses à retenir ; son père, lui, savait tout. Mais son père n'avait pas su voir flotter la pouliche. Peut-être personne d'autre ne l'avait-il vu, Pincay et lui avaient peut-être été les deux seuls. Pincay l'avait remarqué, Jesse l'avait deviné à la caresse qu'il avait donnée à la pouliche en partant. Une gentille fille, cette pouliche.

Son papa sautait sur place, les mains dans les poches. C'était la troisième course. Son père et lui en arrivaient toujours à ce stade à la troisième course : Leo avait besoin de s'isoler pour se concentrer. Sans qu'on le lui dise, Jesse se dirigea vers un banc au bord du rond de présentation et s'assit. Il sortit la bande dessinée qu'il avait mise dans sa poche de derrière.

Puis vint la quatrième course.

Puis la cinquième. Même quand on gagne, se dit Jesse, une journée aux courses reste une longue journée.

Puis la sixième. Quand les chevaux sortirent pour la sixième, Jesse s'aperçut qu'il avait dû s'assoupir, parce qu'une dame noire coiffée d'un énorme chapeau lui enfonçait le doigt dans les côtes. Il se leva en disant : « Oh, désolé ! » Il se dit qu'il avait dû s'affaler sur elle, mais elle expliquait : « Regarde, ces deux concurrents, mon garçon. Easy Pieces, c'est le grand alezan, il est issu de Sea Hero, tu sais qui c'était, et voici Boraboola. C'est un cheval Pleasant Colony. » Jesse contempla l'immense cheval presque noir qui avait une petite balzane. « Alors, lequel tu préfères ? Voilà ce que j'en pense : C'est une course de mille sept cents mètres sur turf. Celui-ci, Boraboola, est peut-être un coureur de fond. Il a la lignée et la constitution qu'il faut et on le fait courir avec parcimonie, un peu comme si on voulait le ménager. Ces chevaux Pleasant Colony ont tendance à se développer sur le tard. Bon, Sea Hero était un grand cheval de course mais il n'a pas fait ses preuves en tant que géniteur, alors on ne sait pas très bien comment juger ses rejetons, tu vois. Mais bon, cet alezan, moi, je le trouve bien bâti.

– Que dit son descriptif ? demanda Jesse.

– Je ne regarde pas les descriptifs, mon grand, je regarde les chevaux.

– Moi aussi, dit Jesse.

– J'hésite, dit la dame. Vraiment j'hésite.

– J'aime bien le noir.

– Oui, enfin il n'est pas noir mais presque. On dit qu'aucun pur-sang n'est noir, mais j'en ai vu un ou deux, si tu veux savoir.

– C'est celui que je préfère. Il est très fier de lui aujourd'hui.

– Bon, d'accord. »

La dame se leva et s'éloigna en direction des guichets ; Jesse se dit qu'il pouvait aller regarder la course mais il n'en avait vraiment pas envie, il pourrait tomber sur son père et ça l'énerverait peut-être. Si son père voulait le voir, il savait où le trouver. Il tâta l'argent dans sa poche et songea qu'il avait faim.

La course eut lieu pendant qu'il mangeait un hamburger. Il la suivit sur un moniteur. Boraboola gagna d'une longueur. L'alezan arriva troisième. Jesse se sentit envahi d'un plaisir rien qu'à lui, venu d'il ne savait où. Il n'avait pas parié, bien sûr, aucun enfant de neuf ans ne pouvait le faire sans être accompagné, mais il avait désigné le vainqueur. Il savait qu'il y repenserait ce soir dans son lit et demain en se levant et en allant à l'école. Ce serait une pensée agréable à ressasser.

Évidemment, beaucoup de gens partirent pendant la neuvième course rien que pour éviter la ruée vers la sortie, mais pour Leo, partir avant la fin de la journée était impossible. Leo avait toujours prôné le travail acharné et bien fait. Mais Jesse savait que la neuvième course pouvait se révéler très difficile. La huitième épreuve était toujours la course principale : elle portait toujours un nom, une coquette somme d'argent était en jeu et les meilleurs chevaux des meilleurs entraîneurs y étaient engagés. La neuvième course était ce que Leo appelait la course de pâtée pour chiens : beaucoup de hongres ou de juments qui avaient connu des jours meilleurs, aucun qui vaille la peine d'être envoyé à la reproduction ; ils n'étaient probablement pas assez sains pour être vendus, aussi leurs entraîneurs pressuraient-ils leur investissement jusqu'à la dernière goutte avant d'expédier les animaux ailleurs.

« Mais où ? avait un jour demandé Jesse.

– À ton avis, fiston ? »

Jesse savait. Jesse savait qu'on y expédiait le bétail, les cochons, les moutons, les poulets et les dindes. Alors pourquoi pas les chevaux ? Mais quand il essayait d'imaginer, disons, Residual, Boraboola ou Easy Pieces là-bas, il était à nouveau angoissé.

Si la neuvième épreuve pouvait se révéler un moment difficile, c'était parce que si son père avait gagné toute la journée et s'il remettait tout en jeu, il pouvait tout perdre en quelques instants. Et s'il avait eu une mauvaise journée, il pouvait continuer à parier pour rentrer dans ses frais. En théorie, il pouvait aussi tout regagner en quelques instants mais c'était moins probable. Et comme les chevaux étaient malades, vieux et imprévisibles, les paris étaient difficiles, sans compter la fatigue de son père. Jesse décida quand même de retrouver Leo. Le fait est qu'il lui manquait et son envie de savoir comment il s'en sortait l'emporta soudain sur la peur de le savoir. Il sortit, émergeant devant les tribunes et trouva tout de suite Leo, figé comme une statue, les jumelles à ses yeux ; il observait la ligne de chevaux approcher du starting-gate qui était là-bas, devant le talus. C'était une course de mille deux cents mètres, elle n'était pas trop longue, en tout cas. Impossible de dire à cette distance si Leo était en train de gagner ou de perdre tant il était immobile. Quand Jesse s'approcha de lui, à l'instant précis où les chevaux prenaient le départ, Leo lui posa la main sur la tête pour lui intimer le silence. Il y avait peu de concurrents, seulement cinq. Non loin d'eux, un homme dit : « Regardez-moi ces tocards ! On est là jusqu'à minuit. La jument numéro quatre a l'air d'avoir oublié comment avancer. »

Les cinq juments et pouliches arrivèrent au tournant. La main de Leo appuya un peu plus fort sur la tête de Jesse. Quand les chevaux franchirent le poteau d'arrivée, le numéro deux en tête, la main se leva et, au bout d'un instant, Leo prononça les mots magiques : « Très bien ! » Jesse leva les yeux sur lui. Il souriait. Leo avait eu une journée gagnante. « Je viens juste de faire un petit pari sur cette gentille jument, bon, allons encaisser. Goosey Lucy. Quel nom ! J'adore les noms qu'on donne à ces pur-sang. C'est tout un poème. Tu sais, quand on lit le programme, c'est comme une chanson, un poème, un truc comme ça. Goosey Lucy. Eh bien, ma jolie, tu as fait de moi un gagnant aujourd'hui ! »

Goosey Lucy était donnée à quatre contre un avant la course, aussi Leo s'éloigna-t-il du guichet avec vingt-deux dollars, qu'il disposa soigneusement dans son portefeuille avec le reste de l'argent. Ses poches ne débordaient pas comme cela arrivait une fois de temps à autre quand Leo touchait le jackpot sur un pari improbable mais l'épaisse liasse qui se trouvait dans son portefeuille augurait une bonne soirée.

Sur le chemin de la maison, alors que le soleil se couchait sur l'autoroute 210 et que Los Angeles se déployait sous leurs yeux, Leo chanta son hymne coutumier. Jesse aimait bien l'entendre. « Aucun endroit ne vaut l'hippodrome, fiston. On y trouve toutes sortes de gens. Y a pas d'exclus sur l'hippodrome. Noirs, Juifs, Latinos, Chinois. Les Coréens adorent l'hippodrome. Les gamins y jouent. Des familles y pique-niquent. Ce que tu fais dans la vie n'a aucune importance, fiston, l'homme le plus riche que tu connaisses, tu l'auras vu sur l'hippodrome en train de se balader avec ses tickets de pari juste comme toi. Et probablement le plus pauvre aussi, parce qu'il y aura toujours des gens qui ont brûlé tous leurs avoirs aux guichets. Ces jockeys sont de grands athlètes. Enfin, y en a qui disent qu'ils sont pas honnêtes, mais moi, je dis simplement que c'est des grands athlètes. Imagine qu'on gonfle le corps d'un jockey pour lui donner la taille d'un joueur de basket, eh bien, le jockey sera plus fort, plus musclé, il aura une meilleure coordination psychomotrice, tout ce que tu veux. C'est ça, un jockey. Mais l'autre truc, ce que j'aime le plus, c'est que chaque course prise isolément est incompréhensible. Huit ou neuf fois par jour, jour après jour, des hommes et des chevaux vont s'aligner, ils se mettent à courir et sans avoir le temps de dire ouf, on est en plein mystère. Quel cheval souffre d'une fêlure, quel cheval voit un truc bizarre, quel cheval se sent en grande forme, quel jockey en bouscule un autre… Et puis c'est toute une histoire. Chaque cheval, chaque jockey, chaque propriétaire, chaque entraîneur, chaque parieur, chaque course… Une journée aux courses c'est mille histoires, et en plus il y a le gazon, les arbres, une petite brise, les collines à l'horizon. Tu sais quoi ? Cet été, on ira au vrai paradis des chevaux : Del Mar ! »

21. Pendu à son cou

15 mars. 2e course (Golden Gate Fields) : issu de Rah Rah, mère de Twins Club. Heure approximative du départ : 13 h 15. 1 400 mètres.

Prix : 12 000 dollars. Pour chevaux mâles de quatre ans et plus ; poids autorisé : 53 kilos. Jockeys ayant gagné une seule course de 1 200 mètres ou plus depuis le 1er janvier : surcharge autorisée de 1,3 kilo ; depuis le 1er février : surcharge autorisée de 2,2 kilos. Concurrents à réclamer au prix de 10 000 dollars. Surcharge autorisée supplémentaire de 900 grammes pour les chevaux à réclamer au prix de 8 000 dollars.

Il était une fois dans le Massachusetts un hongre blanc qui courait encore à l'âge de quinze ans. Il en était maintenant à près de deux cents départs. Au milieu des pur-sang foncés avec lesquels il courait, il ressemblait à Silver* filant sur la piste. Il était toujours donné deuxième ou troisième favori, des paris purement sentimentaux. Dans les box de tous les hippodromes en Amérique, on trouve des chevaux qui ont plus de cent départs inscrits à côté de leur nom dans le *Programme des courses*. À deux rangées de la stalle de P'tit Bob se trouvait une jument de dix ans qui avait pris cent vingt-cinq départs. Elle occupait le box du fond et y restait tout l'après-midi, le poitrail appuyé contre la porte, toute son attention dirigée vers la piste. Elle hennissait aux sons de la cloche et du starting-gate qui s'ouvrait. Toutes les trois semaines environ, on la sortait et on l'engageait dans une course de turf. Une fois sur deux, elle finissait première ou placée. Huit ans qu'elle n'avait pas quitté l'hippodrome.

À six ans, P'tit Bob avait pris trente-neuf départs. Journée de repos, journée d'excursion, journée de petit trot, journée de galop, journée d'exercice, journée de course. Il savait tout ce qu'il y avait à savoir sur chacune. Aujourd'hui, c'était une journée de course. La grille de son box était fermée pour empêcher toute interférence psychologique ou physique. Tandis que les autres chevaux se rendaient à l'exercice, il mangeait du foin. On lui enleva son foin, puis son seau d'eau. Certains chevaux se montrent nerveux et irritables le jour des courses, mais P'tit Bob se contenta de somnoler un peu plus longtemps que d'habitude. Il savait à quoi s'attendre et son travail consistait à l'accepter. Il s'attendait à être nettoyé avec un soin particulier et ce fut le cas. Il s'attendait que ses jambes postérieures fussent pansées et elles le furent. Il s'attendait à être sorti de sa stalle et

* Silver est le cheval d'un justicier solitaire (*the Lone Ranger*) rendu célèbre par une série western très populaire aux États-Unis et en Grande-Bretagne. *(N. d. T.)*

à longer les box et ce fut le cas. Il s'attendait à faire le tour de l'enclos à seller puis à entrer dans l'un des box pour y être sanglé, sellé et caressé, et qu'on lui nettoie les sabots et ce fut le cas. Il s'attendait à être sorti dans la tiédeur du soleil, précédé par un cheval et suivi par un autre cheval, et ce fut le cas. Il s'attendait à sentir le poids d'un jockey sur son dos et ce fut le cas. Tel un joueur de cartes expérimenté capable de ramasser un jeu de cinquante et une cartes et de deviner qu'il en manque une, P'tit Bob savait évaluer le poids sur son dos et la difficulté qu'il représentait. Cela faisait une attente de plus. Il s'attendait que le poney qui l'emmènerait au starting-gate se montre un peu irritable et ce fut le cas. Et il en découlait qu'une fois toutes ses attentes réalisées, P'tit Bob était aussi détendu que peut l'être un cheval. Il s'accorda un instant de calme dans le starting-gate puis s'élança au son de la cloche.

Une fois hors du starting-gate avec les autres chevaux, P'tit Bob avait suffisamment d'expérience pour savoir qu'il devait s'attendre à certaines choses. Au fil des ans, il avait été mordu, cogné, cravaché par le jockey d'un autre cheval, heurté lors de la chute d'un concurrent. Il avait réussi à rester debout mais certains chevaux derrière lui et d'autres à côté de lui étaient tombés. Cette course-ci n'avait pas l'air différente du tout. Il y avait des chevaux de chaque côté, ce qui était mieux que de tenir la corde. Quelques-uns partirent devant lui. Il reprit un petit peu d'aplomb et adopta une allure bien régulière. P'tit Bob savait compter jusqu'à trois. En d'autres termes, il savait estimer le nombre de chevaux devant lui à plus de deux et moins que « beaucoup » défini dans son cerveau comme « quatre ou plus ». Donc il y en avait trois. Trois était un bon nombre. Il galopait, galopait, faisant son travail, un travail qu'il appréciait. Bientôt le troisième cheval se fatigua, resta en arrière et P'tit Bob décida que le deuxième n'avait pas l'air en forme non plus : son arrière-main oscillait un peu. P'tit Bob le dépassa, puisant dans le réservoir d'énergie qu'il se ménageait toujours en demeurant parfaitement détendu. Il ne restait plus qu'un seul cheval devant lui et P'tit Bob identifia de quel type il s'agissait : c'était le genre qui mène la course. Ils débouchèrent au tournant, P'tit Bob tenait la corde et gagnait du terrain. Le cheval de tête roula des yeux et coucha les oreilles à son intention mais P'tit Bob vit que l'autre bluffait. Le jockey de l'autre cheval usa de sa cravache, côté gauche, et le cheval s'écarta légèrement de P'tit Bob. Mais sous le choc causé par la cravache, le cheval se raidit juste assez pour empêcher P'tit Bob d'allonger ses foulées et de le dépasser. À présent, P'tit Bob ressentait le puissant élan que lui donnait toujours le bruit environnant, la fin anticipée de la course et la façon qu'avait son jockey de le pousser. Tout était normal. Devant lui, la piste se déroulait, vide. Le cheval à côté de lui sembla rester en arrière.

Mais bien sûr, les attentes, même celles des chevaux, sont faites pour être déçues et P'tit Bob ne fut pas le seul sur l'hippodrome à être stupéfait quand le cheval qu'il venait de dépasser tendit la tête, saisit le jockey de P'tit Bob par la culotte et la peau de la cuisse et l'arracha de la selle. En fait, il est difficile de dire lequel fut le plus surpris, de l'autre jockey qui était assis aux premières loges ou de P'tit Bob dont le champ de vision équin couvrait presque trois cent soixante degrés, lui permettant ainsi de voir parfaitement toute la scène. Quant au jockey de P'tit Bob, il fut lui aussi plutôt surpris quand il s'aperçut qu'à seulement quelques mètres de l'arrivée il allait tomber entre huit jambes en pleine action, bientôt suivies de seize autres. Il ne souhaitait pas vraiment que le cheval qui le mordait lâche prise ni que sa culotte se déchire. Cet instant, le laps de temps d'une foulée, peut-être, dura une éternité mais le cheval finit par le recracher et il se retrouva là, en l'air, les bras autour du cou de P'tit Bob ; un P'tit Bob titubant et oscillant qui s'efforçait de le redresser et de le remettre en selle. Ce fut l'autre jockey qui lui sauva la mise en prenant sa cravache pour en assener un coup sur la joue de son cheval, l'obligeant ainsi à se déporter brusquement sur l'extérieur de la piste. Quand l'espace fut dégagé, le jockey de P'tit Bob lâcha son cou et se laissa tomber, roulé en boule, sur la piste ; deux ou trois secondes plus tard, P'tit Bob atteignait le poteau d'arrivée sans cavalier. Le tumulte était incroyable. P'tit Bob ralentit, s'arrêta et fit volte-face, puis il repartit au trot à la rencontre de son lad qui courait vers lui.

Après cela, pendant toute l'enquête du commissaire des courses, P'tit Bob se tint sur la piste, avec son lad qui le caressait, le jockey boitant qui le caressait et l'entraîneur qui le caressait ; mentalement, il se repassa la course. Y avait-il quelque chose à craindre ? À éviter ? Difficile à dire. Tout compte fait, P'tit Bob décida cependant que rien de tel ne lui était encore jamais arrivé et qu'il s'agissait simplement d'un hasard extraordinaire. Toujours est-il que cet incident le confortait dans son opinion bien arrêtée que la meilleure marge pour gagner était d'une petite queue. L'attente fut longue. Il s'étira, laissa choir son pénis et urina avant de s'accorder un somme. Le lad éclata de rire et demanda à l'entraîneur : « Qui c'est, ce cheval ?

– P'tit Bob », répondit l'entraîneur.

L'enquête dura une éternité. Le règlement disait une chose – tout cheval doit être monté pour remporter une course – mais le cœur en disait une autre. Loin au-dessus de P'tit Bob, les commissaires discutaient, regardaient le film de la course, discutaient, regardaient le film... Finalement, ils s'en tinrent au règlement et déclarèrent l'agresseur dernier et P'tit Bob avant-dernier. Mais rien que voir un événement pareil était vivifiant. L'entraîneur de P'tit Bob estima que c'était la meilleure défaite qu'il eût jamais connue.

22. Nuit de garde

À l'instant où le téléphone sonna, Krista ouvrit les yeux et regarda les chiffres rouges du réveil. Il était 1 h 37. Elle prit le téléphone mobile. Elle entendit sa propre voix sur le message qu'elle s'était enregistré lui dire : « C'est Donut. Je suis en train de mettre bas. Lève-toi. » Krista s'assit sur son lit et attrapa son jean. Derrière elle, de l'autre côté du lit, Pete se retourna. « Besoin de moi ? murmura-t-il.

– *A priori* non.

– Je viens.

– Non, c'est bien comme ça. Maia pourrait se réveiller. » Elle se pencha en avant et enfila ses chaussettes. Elle aurait aimé croire qu'elle était tout à fait réveillée et parfaitement alerte mais quand elle se leva, elle chancela et dut se rattraper, aussi, en passant devant le réfrigérateur dans la cuisine, prit-elle un Coca-Cola light. C'était le sixième poulain de la saison. Elle en attendait encore huit. Jusqu'à présent, rien de ce qu'elle avait redouté ne s'était produit. Le poulinage était la partie de son travail que tous y compris le vétérinaire lui avaient recommandé de ne pratiquer qu'avec l'aide de personnes qualifiées ; mais un responsable du poulinage revenait cher et quatorze à dix-huit juments pleines en huit mois ne suffisaient pas à en amortir la dépense. Elle avait plutôt investi dans un appareil : Sam avait cousu un petit détecteur juste à l'entrée du vagin des juments. Quand la jument perdait les eaux, le détecteur envoyait un signal à un récepteur qui réveillait Krista. Tous ceux qui l'avaient essayé disaient qu'il était infaillible : beaucoup moins de fausses alertes qu'avec l'espèce de ceinture qu'il lui était arrivé d'entendre sonner quand la jument s'allongeait. Ainsi, elle n'avait perdu que trois nuits de sommeil car l'une des juments avait mis bas dans l'après-midi et une autre à neuf heures du soir. À chacune des trois saisons précédentes, elle avait dormi dans l'écurie en essayant de garder à l'œil toutes les juments qui perdaient leurs eaux ou du lait, mais cette nouvelle méthode était en fait moins fatigante que les mois heureusement révolus qu'elle avait passés à allaiter Maia pendant la nuit.

Elle enfila une veste pour lutter contre la fraîcheur de cette fin de mars et se dirigea vers l'écurie. Elle s'attendait à cet appel car la poche de la jument était pleine et l'animal s'était montré un peu agité plus tôt dans la soirée. Les étoiles brillaient. Elle se sentit d'une humeur superbe. Elle glissa le téléphone mobile dans sa poche et songea aux vingt-six poulains et pouliches qu'elle avait mis au monde durant ces trois dernières années. Cela lui paraissait énorme, un trésor, le legs de son dévouement et de sa compétence. Et puis ils avaient tous fière allure : on y décelait l'influence de Son Auguste Personne.

La jument était couchée sur le côté dans sa litière de paille profonde et propre ; sa queue pansée était étalée derrière elle et le signal familier des contractions qui agitaient son énorme ventre rassurait par son ampleur. Il s'agissait d'une jument âgée, pas un cheval de course mais une jument hunter du voisinage qui avait gagné bon nombre de rubans bleus avant d'être mise à la retraite. C'était son premier poulain. Krista souleva sa lourde queue et la reposa sur le côté.

C'est là que le désastre se préparait. Le poulain avait déjà commencé à sortir mais au lieu de deux minuscules sabots repliés et d'un petit nez calé entre les canons de chaque jambe, on ne voyait qu'un petit sabot. C'est une dystocie, se dit Krista, et elle prit son mobile pour appeler Pete dans la maison. Il était déjà réveillé quand il répondit. « J'ai besoin de toi, dit-elle.

– Je viens de commencer à donner son biberon à Maia. Je peux être là d'ici… disons un quart d'heure.

– J'ai besoin de quelqu'un tout de suite. Sam est à quarante minutes d'ici.

– Appelle Margaret Lerner. Elle a dit que tu pouvais le faire. »

Krista se rassit sur ses talons. La jument eut une autre contraction et le poulain bougea légèrement dans sa mauvaise position, un peu plus visible. D'un côté Margaret Lerner était la personne la plus serviable qui fût, vétéran des accouchements de juments. D'un autre côté Krista évitait Margaret Lerner autant que possible, chose difficile à faire car cette dernière vivait de l'autre côté de la route. « Krista ? interrogea Pete.

– D'accord », dit-elle. Elle raccrocha et composa le numéro de Margaret. Qui était réveillée, elle aussi. Quand Krista lui décrivit la position du poulain, Margaret dit : « Seigneur ! J'arrive dans une minute. » Et elle tint sa promesse. Krista fut heureuse d'entendre le bruit des roues de son camion sur le gravier et de voir son visage quand elle pénétra dans le box. « Il faut la lever ! s'exclama Margaret.

– J'ai essayé. Elle ne réagit pas. »

Margaret s'agenouilla près de l'épaule de la jument et dit : « Allez, lève-toi, ma belle. » Elle lui donna une petite tape, puis la poussa. Krista agita la corde qu'elle avait passée dans le licol de la jument qui ouvrit tout grand les yeux et la regarda. Margaret reprit : « Allez, faut se lever, ma douce » et, inflexible, elle lui donna une bonne claque sur l'encolure. La jument finit par rouler sur le ventre et posa un sabot sur le sol, mais à cet instant une contraction la prit et elle s'interrompit. « Maintenant ! » dit Margaret. Elle poussa la jument tandis que Krista la tirait pour la remettre sur pied. Puis Margaret passa derrière l'animal, poussa la queue de côté d'une main et introduisit sa large paume dans le vagin. « Appuie ton épaule et ton cou contre les siens », dit-elle. Krista s'exécuta. Margaret, qui observait les contractions, donna soudain une formidable secousse juste au moment où une contraction se relâchait. « OK, dit-elle. C'est fait.

– Tu as repoussé le poulain à l'intérieur ?

– Oui. Maintenant, il faut la faire marcher. »

Au début la jument rechigna, elle voulait s'allonger de nouveau, mais comme Margaret l'aiguillonnait par-derrière et Krista la tirait par-devant, elle fit deux pas, puis deux autres, et encore trois. Finalement, elle fit le tour du box d'un pas régulier. Elle avait encore des contractions, mais à présent son ventre se tendait vers le bas et Krista voyait la forme du poulain qui glissait à nouveau dans la grande poche. Margaret tira un gant obstétrical de sa poche et dit : « Arrête une seconde. » Puis elle introduisit sa main. Krista vit bouger son bras et son épaule tandis qu'elle cherchait délicatement le membre coincé du poulain. Enfin elle dit : « Je l'ai. Juste plié à la hauteur du genou. Je crois qu'on va y arriver. On va juste le tourner un peu, voilà. Les os sont solides mais les articulations sont lâches, hein maman ? On tourne le genou un peu en dehors et on cherche le pied. Ah ! Je l'ai. On le tient et on le remet en place. Bon Dieu, que j'aimerais pouvoir y mettre les deux mains ! Oh, la brave fille. Je sens le boulet et le tendon. On dirait qu'il n'y a pas de problème, il s'est juste tourné dans le mauvais sens au dernier moment. Il voulait sortit au galop de sa maman, ce petit, hein ?

– Je suis si contente que tu sois là, dit Krista.

– J'ai vu pire », dit Margaret.

Krista n'en doutait pas. Elle remit la jument en marche et Margaret demanda : « Dis, tu as entendu parler de ces deux chevaux dans l'écurie près de la rivière, la semaine dernière ? »

Krista secoua la tête.

« Eh bien, leur propriétaire savait que la route pouvait être bloquée par la tempête alors il leur a donné des rations supplémentaires et il est rentré chez lui. Il est revenu deux jours plus tard, tu vois, après la grosse tempête, et pour y aller, ça n'a pas été sans peine, en plus. Un des chevaux s'était noyé dans sa stalle. L'eau est montée et j'imagine que le cheval a perdu l'équilibre et qu'il est tombé dedans. La boue arrivait jusqu'à la porte… »

Krista ferma les yeux et déglutit péniblement.

« Et l'autre s'était cassé une jambe en se débattant. Il a fallu l'abattre sur-le-champ. La jambe pendillait. Deux chevaux. Quel coup du sort, hein ?

– C'est une histoire terrible. »

Margaret secoua la tête. « C'est aussi mon avis. Mais pourquoi ce type ne les a-t-il pas convoyés ailleurs ?

– Peut-être qu'il n'avait pas de remorque ou que la route était déjà impraticable, je ne sais pas.

– Et puis il y a l'autre type…

– Ne m'en parle pas.

– Non, elle est bien, celle-là. Elle finit bien. »

Telle qu'elle connaissait Margaret, Krista en doutait, mais elle acquiesça.

« Le type a pris du retard au retour de l'hippodrome. Il descend voir ses chevaux dans l'écurie et il les inspecte, tu vois. C'est une écurie à plusieurs box et, sur les quatre, deux chevaux regardent par leur fenêtre de derrière, les oreilles dressées. Les deux autres ne font rien, ils mangent leur foin. Alors bon, le type sort de l'écurie et remonte chez lui prendre une douche et pendant qu'il est sous la douche il entend un grand bruit, alors il sort en robe de chambre. Eh bien, figure-toi que l'immense noyer était tombé sur l'écurie ! Moins de cinq minutes après qu'il l'a quittée, et l'endroit précis où il s'est tenu a été réduit à néant par la chute de cet arbre !

– Je croyais que cette histoire se terminait bien.

– Mais oui ! Les chevaux n'avaient rien. Même celui qui se trouvait dans la stalle détruite s'était écarté d'un bond et s'était réfugié contre le mur. Il était un peu effrayé, c'est tout. La plus grande partie de l'arbre s'était abattue sur la sellerie. En cinq minutes ! Les deux chevaux qui regardaient par la fenêtre, ils devaient s'en douter, quand même. Ils ont dû sentir la terre trembler, si tu veux mon avis.

– Ils ont peut-être entendu craquer l'arbre.

– Je suis déjà allée dans l'écurie de ce type. Il était énorme, cet arbre.

– Elle veut de nouveau s'allonger », dit Krista. La jument s'était mise à reprendre des forces et donnait des coups de pied. Quand elles cessèrent de la pousser, ses genoux fléchirent. Krista s'écarta. La jument poussa un profond grognement et s'étendit sur le côté.

Margaret reprit : « Tu te souviens de la jument de Bob Robert qui a été envoyée au New Bolton Center ? Elle avait l'air très bien quand elle est revenue. Ils l'avaient mise dans l'un des paddocks à l'arrière de leur écurie, ce n'était pas la saison des montes ni rien, et je crois qu'elle était stérile ; bref, assez rapidement la jument voisine a eu une diarrhée foudroyante...

– Tu sais, Margaret, dit Krista, je ne connais personne qui ait autant d'histoires à raconter que toi. C'est incroyable !

– J'en fais plus ou moins collection. Enfin bon, cette jument qui était allée à New Bolton, elle propageait la salmonellose, à ce qu'ils disaient, et l'autre jument...

– Mais j'ai du mal avec ces histoires, parfois.

– Et on a dû l'euthanasier au bout d'environ quatre jours ; à l'autopsie...

– Cette histoire-là, par exemple, je ne l'aime pas du tout.

– Elle était envahie d'abcès dus à la salmonellose. On avait peine à croire qu'elle ait pu vivre si longtemps. Alors elle te plaît pas, cette histoire ?

– Non.

– Voilà ce que j'en pense… »

Krista rampa jusqu'à l'arrière-train de la jument et lui souleva la queue. Ce qu'elle vit était rassurant : les deux petits pieds bien repliés et le petit nez. Une nouvelle contraction expulsa le chanfrein et les oreilles, puis une autre fit émerger le reste de la tête. Krista poussa un grand soupir de soulagement. Une ou tout au plus deux contractions et le poulain serait dehors. À l'aide de son auriculaire, elle dégagea les naseaux du petit. « Elle a renoncé, je ne sais pas pourquoi, dit Margaret. Allez, maman. Pousse-le un bon coup, ce petit ! »

Mais la jument semblait indifférente, peut-être à cause de l'épuisement. « Paresseuse, fit Margaret. Allez, la jument. Faut pousser ! » Toujours rien. Krista et Margaret échangèrent un regard et Krista sentit la panique qu'elle avait tenue à l'écart la heurter de plein fouet. On devinait à la taille de la tête et des pieds que c'était un gros poulain, il exigerait un effort particulier à sa mère. Mais Donut était perdue quelque part dans le vague, aussi distraite que si de rien n'était.

« On ne peut jamais dire comment une jument va réagir à son premier accouchement, dit Margaret. C'est qui ? La jument issue de Black Oak ? C'était une bonne sauteuse, Black Oak. Un jour… » Mais elle se ravisa : « D'accord, petit, la mère Margaret va te sortir de là. »

Elle s'assit dans la paille, en face de la queue de la jument et posa ses bottes sur chacune des fesses de l'animal. Puis elle passa la main à l'intérieur et attrapa le corps glissant du poulain à hauteur des canons, au-dessus des boulets. Alors elle plia les genoux, le dos et courba la tête presque jusqu'à toucher le nez du petit, et soudain, elle tira très fort en poussant un énorme grognement. Le poulain avança d'environ trois centimètres. « Je vais essayer d'avoir une meilleure prise », dit Margaret. Elle s'essuya les mains sur sa veste et reprit les pattes du poulain. Cette fois-ci, elle se redressa de manière à pouvoir imprimer une forte torsion aux épaules du poulain pour les forcer à sortir l'une après l'autre et non ensemble. Elle tira très fort, poussa un nouveau grognement, et tout à coup, ses genoux se tendirent et le poulain jaillit de sa mère pour se retrouver dans les bras et le giron de Margaret. Elles restèrent immobiles un instant puis Krista éclata de rire. Margaret enleva doucement l'enveloppe amniotique de la tête du poulain. Le nouveau-né s'ébroua et prit une grande inspiration. « Ouah ! fit Krista.

– C'est bien, mon grand ! dit Margaret.

– Non, rectifia Krista, ma grande.

– Tu sais, dit Margaret, ton grand-père choisissait toujours les poulains qu'il allait garder et ceux qu'il allait vendre dès les premières heures après la naissance. La façon dont ils faisaient leurs premiers pas dans la vie était déterminante. »

La jument n'était plus du tout à l'accouchement, aussi essuyèrent-elles la petite pouliche à l'endroit où elle était allongée. Elle était sombre mais une étoile se déployait en forme d'éventail entre ses yeux, ainsi qu'une tache de ladre au bout du nez et une grande balzane sur le postérieur gauche.

« Cette jument ferait mieux de se réveiller et de regarder sa pouliche, dit Margaret. Elles sont si imprévisibles au premier accouchement. »

La pouliche, quant à elle, était bien éveillée, elle regardait autour d'elle. À deux ou trois reprises elle dirigea les yeux du côté de Krista et l'observa pendant quelques instants. Elle se tourna également vers la forme massive de sa mère qui finit par lever la tête pour la regarder. C'était le moment crucial pour une jument à son premier accouchement. Certaines étaient tellement abasourdies par ce qui venait de leur arriver qu'elles ne parvenaient pas à comprendre, ni à s'intéresser au poulain, ni à laisser s'exprimer la pulsion hormonale de les nourrir. Donut poussa tout de même un petit hennissement, faible mais décidé. La pouliche la contempla et hennit en réponse. Krista avait le sentiment étrange que la pouliche en savait plus que la jument. Au bout d'un moment Donut comprit, se mit debout et commença à lécher la tête de la pouliche. Cette dernière tourna la tête vers sa mère qui promenait sa langue ici et là avec une conviction et un plaisir grandissants. Margaret et Krista se levèrent et s'éloignèrent non sans avoir flatté l'encolure de la jument.

« Eh bien voilà, fit Margaret.

– On dirait que ça y est, répondit Krista. Merci. » La jument s'allongerait à nouveau pour expulser le placenta mais cela ne posait presque jamais de problème.

« Tu veux que je passe t'aider à vérifier le placenta, demain ? Tu appelleras Sam dans un jour ou deux pour voir s'il y a des lésions utérines, hein ?

– Oui, bien sûr ! dit Krista. Regarde-la. C'est une adorable pouliche. » Alors, la pouliche se déploya et se dressa sur ses jambes.

AVRIL

23. Socialement inadaptée

La réaction de Dick en apprenant le matin de la course que sa femme Louisa avait l'intention de venir fut : aucune. Il ne chercha pas à l'en dissuader ni à prévenir Rosalind par téléphone. Il était déjà rempli de crainte à la perspective d'être assis entre Al et Rosalind avec cette maudite chienne qui le dévisagerait et lui ferait savoir par tous les moyens possibles que, si un jour elle savait parler, elle ressortirait toute l'histoire à Al comme un diablotin hors de sa boîte. Dick était rempli d'une telle peur qu'il n'y avait aucune aggravation possible, il avait au contraire la sensation d'être du mauvais côté du télescope et de voir tout le monde dans de minuscules véhicules fondre sur lui de très loin. Il se tenait à côté de la grille réservée, le sourire aux lèvres. Il entendait l'annonceur, Tom Durkin, proclamer la cinquième course. Laurita courait dans la septième, le prix Rokeby, une course de catégorie 2 pour pouliches de trois ans, mille six cents mètres sur gazon. Al, Rosalind et Eileen sortirent d'une Mercedes. Le véhicule s'éloigna. Tous trois glissèrent vers Dick, comme montés sur roulettes. Ils étaient très petits, brillants et leurs silhouettes se découpaient très nettement. Il les salua. « Si vous le voulez bien, nous allons attendre ici quelques instants, dit-il. Ma femme Louisa avait aussi envie de voir la course.

– Parfait, dit Rosalind sans hésitation, souriante.

– Ah ouais ? fit Al. C'est une fan de courses ?

– Pas vraiment, non. Il y a des années qu'elle n'est pas venue à Aqueduct, je crois. De temps à autre elle monte jusqu'à Saratoga en été. Autrefois, on louait une maison là-bas, nous l'aimions beaucoup, mais elle a été vendue, à ce qu'on m'a dit. Je ne sais pas très bien ce que je vais faire cet été. Cette maison…

– Et la pouliche, comment elle est ? » demanda Al, qui savait reconnaître les foutaises qu'on lui servait. Mais il n'attendit pas la réponse. « À mon avis, elle pourrait courir la Coupe des éleveurs, cette pouliche. J'y ai beaucoup réfléchi. En commençant à y penser dès maintenant, on pourrait être prêts le moment venu.

– Eh bien… » commença Dick, mais Louisa arriva dans leur Camry, aussi minuscule et brillante que les trois autres. Elle arrêta l'auto devant l'employé chargé de garer les voitures et y resta assise un moment, puis un moment de plus. « Qu'est-ce qu'y a ? demanda Al. C'est elle ?

– Oui », dit Rosalind.

La portière s'ouvrit et Dick s'avança vers sa femme, qui resta assise encore un moment. Puis elle sortit de la voiture d'un mouvement brusque en faisant tomber son sac à main. Le voiturier le ramassa. Entre-temps, Dick était arrivé près d'elle et tendait un billet de cinq dollars à celui-ci. « Salut ! » dit-il d'une voix enjouée. Louisa lui lança un regard noir.

Ce regard exprimait l'angoisse et le regret, dus au fait qu'elle faisait une crise d'agoraphobie et qu'elle était quand même venue à l'hippodrome. L'hippodrome constitue le pire cauchemar de l'agoraphobe – foule, immensité, bruit. S'occuper de Louisa quand elle avait une crise était comme s'occuper d'un cheval effarouché. Il fallait respirer la confiance en soi : la perception exacerbée de Louisa se mettait toujours au diapason de son attitude à lui ou de celle des autres personnes présentes. C'était une chose qu'elle ne contrôlait pas, un courant électrique ou un flux de phéromones situé en deçà de la conscience.

Dick présenta Louisa à Al et à Rosalind. « Enchantée de vous rencontrer, dit cette dernière.

– On monte à la loge ? dit Al. Laissez-moi prendre un programme. Dick, je vous le répète, je suis sérieux à propos de la Coupe des éleveurs. C'est une bonne pouliche et je sais de quoi je parle, je suis dans la partie depuis assez longtemps. Ça fait quoi, onze ans ? Combien d'argent ai-je dépensé ? Rosalind, combien d'argent ai-je dépensé pour ces foutus chevaux ?

– Je n'en sais rien, chéri.

– Un sacré paquet ! La Coupe des éleveurs aura lieu à Churchill cette année. Il faut qu'on… » Mais ensuite toutes ses paroles se dissipèrent à nouveau. Dick le voyait débiter son blabla mais il n'entendait rien. « Vaut mieux pas trop parier sur l'avenir, Al », dit-il. Blablabla. Voilà qu'il arrivait lui aussi à aboyer dans le vide.

Mais il observait Louisa. Par la suite, il décida que cet événement lui avait brisé le cœur. Louisa commença par s'éclaircir la voix. Puis elle mit la paume de sa main devant sa bouche, inclina la tête en arrière et ferma les yeux, l'espace d'une petite seconde. Ensuite elle laissa glisser sa main vers sa poitrine et s'arrêta un instant à la naissance de la gorge avant de descendre se poser sur son cœur, elle appuya comme pour le calmer. Tout cela ne dura pas plus d'une seconde ou deux et elle ne savait peut-être pas qu'il l'observait. Toujours est-il qu'ensuite elle respira un grand coup et lui sourit, à lui, son mari, en disant : « Eh bien, allons-y. » Tout était là, toute son histoire, à elle qui ne pouvait pas le rejoindre là où il passait sa vie, dans cet espace immense et chaotique où rien n'était prévisible ni même programmé et où il s'était senti si à l'aise pendant des années. Comment en étaient-ils arrivés à s'éloigner autant l'un de l'autre, chacun de son côté, à tel point qu'ils pouvaient tout juste entrer dans leurs univers respectifs ? Allait-il dans le sien plus souvent qu'elle venait à l'hippodrome ? Cela devait faire des années qu'il n'était pas allé à l'université où elle enseignait et il n'avait pas assisté à beaucoup de récitals non plus : il trouvait sa musique préférée dissonante et difficile à écouter. À la maison, terrain familier, dans leur salon, leur cuisine, leur chambre, leur bureau, leur salle à manger, toutes pièces où elle parvenait à vivre une vie apparemment normale et familière, il était exactement comme elle, apparemment normal et heureux en ménage. Mais il s'aperçut qu'il ne s'était pas même montré prêt à aller aussi loin vers elle qu'elle le faisait en revenant à Aqueduct. Si quelqu'un était enfermé dans une pièce exiguë, tenaillé par la peur d'y rester et la peur d'en sortir, eh bien c'était lui, pas elle. Une petite pièce où Rosalind Maybrick entrait et d'où elle sortait à sa guise, aussi libre qu'on pouvait l'être, pensa Dick.

« Je suis prête, dit Louisa.

– Bien », fit Rosalind dont la voix tinta comme une cloche. Et Dick suivit Louisa tandis qu'elle accomplissait les mouvements routiniers qui lui permettaient d'avancer ; il avait envie de lui prendre le coude mais il n'osait pas. Il ne faut jamais toucher un agoraphobe en pleine crise.

Ils arrivèrent à l'enclos où on sellait les chevaux. Rosalind baissa les yeux sur Eileen et lui ordonna de s'asseoir. Eileen s'assit immédiatement, boum ! comme elle le faisait toujours, à croire qu'elle voulait se faire remarquer. Le lad et l'entraîneur adjoint avaient déjà fait entrer la pouliche dans un box de l'enclos alors que les chevaux de la sixième course en sortaient à peine. « La voilà, fit Dick d'un ton réjoui. Regardez, Al, elle est florissante, cette pouliche ! » Rosalind savait ce que cela voulait dire : le cheval était soumis à un dur entraînement mais sa santé était excellente, il était heureux et bien oxygéné, à 100 % de sa forme, comme on disait dans le monde des courses. Rosalind souleva Eileen, tous quatre entrèrent dans l'enclos à seller et s'approchèrent de la pouliche. Alors les deux hommes s'écartèrent. Rosalind entendait les jérémiades persistantes d'Al : « On est en avril. Il faut l'engager dans une course prestigieuse. Je vous dis… et patati et patata… Coupe des éleveurs… »

Bien qu'elle eût environ cinq ans de moins que Rosalind, l'épouse de Dick était de ces femmes pour qui le passage du temps n'a pas été clément. Son visage était un peu gonflé et sa chevelure présentait des contrastes : brune et grise. Bien sûr, Rosalind le savait, elle était artiste, chanteuse, et les apparences avaient une importance secondaire à ses yeux. Rosalind respectait cela. Aujourd'hui cependant, elle irradiait d'une manière que Rosalind ne parvenait pas à définir. Une sorte de souffrance. Enfin bon, si Rosalind elle-même n'irradiait pas la souffrance c'était simplement dû à son barrage intérieur en parfait état de marche, régulièrement entretenu grâce à un calendrier de visites chez Elizabeth Arden, Bliss, Isaac Mizrahi, Jil Sander et Giorgio Armani.

Ce qui lui importait au sujet de l'épouse de Dick, enfin, au sujet de Louisa, était qu'elle avait Dick pour mari depuis vingt ans et pour amant depuis plus longtemps encore. Rosalind lui avait délicatement soutiré l'information suivante : il n'était pas un habitué de l'adultère et, même s'il ne s'était pas montré totalement fidèle au fil des ans, il avait appris tout ce qu'il savait sur l'amour et le sexe dans le mariage et non pas dans la vie extraconjugale. Quant à Rosalind, qui n'avait jamais été infidèle auparavant, elle ne s'y connaissait peut-être pas autant en érotisme qu'en tapis persans, en mobilier américain style XVIIIe siècle, en peinture américaine du XIXe siècle ou en porcelaine chinoise, pour ne citer que quatre domaines dans lesquels elle était plus compétente. Mais en tant que consommatrice, elle avait une vaste expérience et, s'agissant de Dick, elle était indéniablement une consommatrice satisfaite. Du moins pour l'instant.

Maintenant la pouliche était sellée et Rosalind et Louisa suivirent le lad, le cheval, Dick et Al jusqu'au rond de présentation. Le jockey était là, il marchait à la hauteur des deux hommes, très sûr de lui, il les embobinait. Rosalind s'entendit parler à Louisa – Vous vous êtes décidée à venir de façon si soudaine, vous ne venez pas très souvent, enfin, les courses, ce n'est pas trop ma tasse de thé à moi non plus, pour tout avouer – mais elle ne la regardait pas vraiment ; et ainsi de suite, jusqu'à ce qu'ils arrivent dans les tribunes où elle entendit Louisa prendre une brusque inspiration et crier. Devant elle, Dick se raidit comme atteint d'un coup de feu et Rosalind sentit qu'elle sortait de la coquille de ses préoccupations personnelles et prenait garde à ce qui se passait. « Ça va ? » demanda-t-elle. Elle reposa Eileen.

Une expression terriblement angoissée flotta sur le visage de Louisa, qui saisit la main de Rosalind. « Tenez-moi la main, dit-elle, juste en attendant que le starting-gate s'ouvre et que les chevaux soient sortis. » Rosalind se composa un sourire rassurant et elles restèrent debout tandis que les chevaux sortaient sur la piste et faisaient le tour jusqu'au starting-gate. Au bout de sa laisse, Eileen trottina juste derrière elles, la tête au niveau des talons de la foule mais pas effrayée pour autant, comme toujours. Louisa lâcha la main de Rosalind dès qu'ils montèrent vers leur loge ; alors, Dick s'arrêta pour leur permettre de le rattraper, tout en parlant à Al. Ce dernier, bien sûr, déblatérait toujours au sujet de ses droits et privilèges en tant que propriétaire de chevaux de course. Rosalind confia Louisa à Dick qui lui fit un petit sourire reconnaissant pareil à aucun des sourires qu'ils avaient échangés. Rosalind s'attendait à le voir passer son bras autour des épaules de sa femme pour l'attirer vers lui mais il n'en fit rien. Il la laissa le précéder puis gravit les gradins à sa suite jusqu'à leur loge. Elle s'assit et parut se recroqueviller, les mains sur les cuisses et les pieds sous le siège. Dick s'assit à côté de Louisa et Rosalind prit place de l'autre côté avec Eileen sur ses genoux. Eileen se dressa, posa ses pattes avant sur la rambarde et tendit les oreilles comme si elle était prête pour la course. Al s'assit à côté de Dick. « Il était grand temps que cette pouliche revienne par ici, dit-il. Ça fait deux mois qu'elle n'a pas couru.

– Elle est prête, aujourd'hui, répondit Dick. De plus, si vous voulez qu'elle participe à la Coupe des éleveurs, Al, il faut la laisser en garder pour plus tard. » Il avait l'air enthousiaste mais, comme les chevaux approchaient du starting-gate, Rosalind devinait son inquiétude aux conversations qu'ils avaient eues. Il avait horreur de ce moment. Une chose était sûre : depuis le début de sa maladie, car c'était ainsi qu'elle se représentait leur liaison, Rosalind en avait plus appris sur les courses de chevaux qu'elle en savait auparavant. Probablement trop. En tout cas, elle en savait assez pour s'inquiéter, alors que dans sa vie antérieure elle n'avait fait qu'effleurer, dans son ignorance bienheureuse, toute cette activité socialement répréhensible.

Dick porta ses jumelles à ses yeux, de même qu'Al, et Laurita fut la deuxième à entrer dans le starting-gate. Elle était septième à partir du poteau, une bonne position pour cette course. Le dernier cheval à entrer résista et Dick toussota, signe d'angoisse. Al l'identifia-t-il comme tel ? Et Louisa le reconnut-elle ? Rosalind était peut-être la seule à en savoir assez sur ce qui arrivait à Dick pour reconnaître ce toussotement. Ensuite, les chevaux furent prêts au départ, la cloche retentit et ils ressortirent, se déversant en peloton sur l'herbe verte. Rosalind, qui n'avait pas de jumelles, ne distinguait pas lequel était Laurita, mais c'était très bien ainsi. Elle laissa Dick et Al s'occuper de la victoire. Quant à elle, seule la sécurité la préoccupait. Elle ferma les yeux, saisit Eileen par les épaules et exerça ses pouvoirs. Son ouïe était bonne. Elle entendait huit chevaux, soixante-quatre jambes, tout le monde était sain et sauf. Deviner que les chevaux étaient sains et saufs aux battements distincts et réguliers de tous leurs sabots sur la piste était tout nouveau pour elle. Elle les entendit prendre le second tournant. En fermant les yeux on trouvait la course beaucoup plus courte qu'en la regardant et elle y voyait une bénédiction.

À ce moment-là, Louisa jaillit de son siège et se mit à courir. Dick se leva et la suivit comme si une ficelle les rattachait l'un à autre. Eileen émit un seul et unique jappement. Et Al dit : « Qu'est-ce qui leur prend ? La course n'est même pas finie. »

Rosalind pensa à porter son regard sur la dernière ligne droite où, sans l'ombre d'un doute, Laurita allongeait ses foulées pour tenir à distance une autre pouliche qui tentait une avancée et avait atteint son épaule ; mais elle ne put rien atteindre de plus et, dans la phase finale de la course, elle resta à la hauteur de la hanche de Laurita. Ils sautèrent sur leurs pieds en l'acclamant et Rosalind s'exclama : « Cette pouliche travaille dur pour toi, Al.

– … Coupe des éleveurs. Mais où ils sont passés, ces deux-là ? Je peux pas aller dans l'enceinte des vainqueurs tout seul !

– Al, je crois qu'il y a un problème.

– Quel problème ? Comment peut-il y avoir un problème ? On vient juste de gagner une grosse course.

– L'adrénaline n'est pas le remède à tous les maux, Al.

– Qu'est-ce que ça veut dire ? »

Puis il fila, lui aussi, la laissant entamer une descente plus digne vers la piste. Quelques instants plus tard, elle l'aperçut dans l'enceinte. Il serrait la main du lad, puis celle du jockey. Ensuite, il donna une accolade maladroite à la pouliche. Rosalind se fraya calmement son chemin jusqu'à elle. On ne voyait Dick nulle part, ce qui était assez gênant, mais pas plus que d'autres situations auxquelles Rosalind avait dû faire face par le passé. Ce qu'elle détestait, c'était de ne pas avoir pu se préparer à son absence comme elle en avait besoin pour s'y habituer. Quel que fût le problème de Louisa, pensait-elle, il ne pouvait pas être plus douloureux que ce qui lui arrivait à elle – elle se sentait disparaître dans l'obscurité, irrémédiablement, à en mourir – elle était plus habituée à verrouiller son barrage intérieur pour éviter de se liquéfier, voilà tout. Mais les sirènes d'alarme étaient si fortes alors qu'ils posaient pour la photo que toutes les oreilles, là-haut dans les tribunes, devaient les entendre, se dit-elle. « Qu'est-ce que tu as ? lui demanda Al. Qu'est-ce que vous avez tous ? J'y comprends rien. »

Louisa Malone-Winterson était parfaitement capable de comprendre : ça faisait maintenant dix ans que cela lui arrivait et elle avait bénéficié de nombreuses thérapies. Elle était même parfaitement capable de le déplorer, de l'excuser et de l'oublier, mais pas de l'arrêter.

Elle traversa le hall des parieurs en courant et sortit sur le parvis, devant l'hippodrome. Elle se trouvait à l'endroit où la passerelle s'élançait vers la station de métro, le lieu était contre-indiqué ; c'était le pire endroit, en fait, car la surface du parvis semblait foncer droit sur elle ou se dérober sous ses pieds comme si elle était au centre d'un tourbillon, tandis que les tribunes se dressaient derrière elle, trop grandes pour qu'elle ose les regarder. À présent, Dick était avec elle, il dévalait vers elle, et il l'agrippa alors qu'elle se dérobait. Il la saisit par le coude et se mit à la tirer, la forçant à rebrousser chemin, par la grille et dans le hall, sous les escaliers roulants, et elle s'ordonna de ne pas lui résister, de le suivre. Il l'avait toujours emmenée en lieu sûr, aussi devait-elle avoir foi en lui, mais l'intolérance au contact physique était si forte que l'idée de le mordre ou de lui donner des coups de pied lui traversa l'esprit, un comportement de cheval, lui qui aimait tant les chevaux. « Ferme les yeux, chérie, lui dit-il. Ferme les yeux. » Il l'emmena jusqu'au mur derrière les escaliers roulants.

Elle avait déjà fait cela par le passé, il y avait longtemps, et elle s'efforça de se souvenir comment il fallait procéder. Mais ses yeux étaient écarquillés par l'horreur et la crainte. Elle ne les contrôlait pas. Finalement, il fit ce qu'il devait faire, poser la main sur ses paupières et masquer tout ce qu'elle voyait. Puis il s'assit sur le banc contre le mur et la fit asseoir à côté de lui, sans enlever le bras qui lui entourait les épaules et la main devant ses yeux. Cette violence lui donna envie de s'enfuir. Mais tout était là, dans l'agoraphobie. En pleine crise, on ne peut ni rester ni partir. L'impossibilité de l'une comme de l'autre action la mettait face à un dilemme sans solution dans le monde physique, et elle se mit à crier. Elle savait qu'elle criait ; c'était assez évident, le cri résonnait dans tout cet espace vitré, mais elle ne pouvait pas s'arrêter. Alors Dick lui dit : « Louisa, tu vas abîmer ta voix. Je t'en prie, ne t'inflige pas ça, chérie.

– Lâche-moi. »

Il la lâcha. La pulsion de fuite s'estompa sur-le-champ. Il avait retiré la main de ses yeux et elle y posa la sienne. Bientôt elle fut capable de respirer un grand coup. Puis elle prit conscience de ce qui lui était arrivé et le soulagement se transforma en humiliation et en remords : elle éclata en sanglots. Il ne lui passa pas le bras autour des épaules. Elle lui avait appris à s'en abstenir. Il resta assis sur le banc à ses côtés tandis qu'elle pleurait.

En temps normal, Al quittait l'hippodrome après la course où courait son cheval. Il ne s'intéressait pas du tout aux chevaux que possédaient les hommes de sa connaissance. Appartenir à un groupe d'hommes, le groupe des Alcooliques anonymes, lui suffisait. Mais cette fois-ci, il était tellement troublé qu'il se contenta de suivre le lad et le cheval. Franchement il ne savait vraiment pas quoi faire. Dick et sa femme avaient disparu d'une façon très mystérieuse et ensuite Rosalind avait déclaré qu'elle n'en pouvait plus et elle était montée dans leur limousine avec ce foutu chien. Lorsqu'il avait essayé d'y monter avec elle, elle avait dit : « Plus tard, Al, ne m'en veux pas. » Eh bien, en fait, oui, il lui en voulait mais si elle n'en pouvait plus, peut-être qu'il ne fallait pas lui en demander plus. Cela n'avait rien d'inattendu bien sûr. Bien qu'elle n'eût jamais dit cela auparavant, qu'elle n'en pouvait plus, il savait que les gens se demandaient depuis des années comment elle pouvait le supporter. Dans son groupe des Alcooliques anonymes, on le lui avait dit en face : comment ta femme peut-elle te supporter ?

Ainsi, une fois que la pouliche eut uriné comme elle le devait après la course pour prouver que personne ne lui avait administré aucune substance illicite, il la suivit jusqu'à son box. Il y avait ce type, Luciano, qui l'attendait. Il dit à Al qu'il était le masseur du cheval. Alors ça, ce fut d'emblée si intéressant aux yeux d'Al qu'il en oublia pour le moment que sa femme n'en pouvait plus. « Combien je vous paie ? Vous massez le cheval ? demanda-t-il.

– Dick me paie cinquante dollars la séance et je réponds oui à la seconde question.

– Mais c'est ce que je paie pour me faire masser !

– C'est tout ?

– Eh bien, j'ai eu quelques séances de massage à quatre-vingt-dix dollars à la station thermale, l'été dernier. Pour le type qui fait ça, c'est pas une mauvaise affaire. Même si après m'avoir massé il est en sueur.

– Il a du mal à vous débloquer, hein ?

– Probablement. »

Luciano s'était mis à masser le cheval mais à présent il jaugeait Al d'un œil professionnel, puis il dit : « J'ai l'impression que vous avez plutôt besoin de chiropraxie. Les massages ne marchent que jusqu'à un certain point. » Al s'appuya contre le chambranle du box de la pouliche. Cette dernière le regarda un moment comme elle l'avait fait avant la course. Puis elle étira le cou et ferma les yeux. « Elle aime ça, hein ? fit Al.

– Pas vous, quand on vous masse ?

– J'en sais rien. Je crois que oui. Je dois aimer ça puisque j'y retourne régulièrement. »

Luciano était du genre facile à vivre, se dit Al, pas comme la plupart des types avec qui il passait son temps, aussi se mit-il encore plus à l'aise. « La fois où cette pouliche a gagné la course de Floride, il y a eu une grande fête, dit-il. Ça m'a coûté un paquet de fric.

Et pourtant c'était pas une grande course comme celle d'aujourd'hui.

– J'y étais. Les champagnes étaient excellents. Merci.

– Ouais, enfin, c'est ma femme qui s'occupe de tout ça. Vous savez... » Mais il s'interrompit.

« Quoi ?

– Je ne comprends pas ce qui se passe ici. Dick et sa femme se sont enfuis, ensuite Rosalind s'est enfuie et je me retrouve tout seul. L'écurie est vide. C'est une grosse course mais on dirait que tout le monde s'en fiche. »

Luciano interrompit ses massages, les mains posées sur le cheval, et songea à dire à Al que Dick et Rosalind avaient une liaison, mais Al continua : « Je suppose que je suis un râleur et c'est vrai que j'ai rouspété quand j'ai reçu la facture, l'autre fois, mais ça veut pas dire que j'aime pas faire la fête. Vous savez... » Il jeta un coup d'œil à Luciano pour déceler des symptômes de jalousie et n'en voyant aucun, il continua. « Je gagne tellement d'argent dans mon métier que les gains des courses ne comptent guère, alors ce n'est pas vraiment ça qu'on fête. Et la pouliche est sans doute tout à fait heureuse de courir pour le plaisir. Tout ce que je veux, c'est la Coupe des éleveurs. J'y inscris tous mes poulains. Ça me coûte cinq cents dollars par tête. Et c'est pas rien quand on y pense, mais je n'ai jamais...

– Vous avez l'air seul.

– Qui, moi ?

– Ben oui.

– Seul ?

– C'est mon impression.

– Hum. Eh bien, peut-être que je devrais appeler mon parrain dans ce cas. » Mais il n'en avait pas envie. Al détestait appeler Harold, parce que ce dernier se contenterait de lui indiquer des mesures pratiques qu'il pourrait prendre, mais elles impliquaient la soumission sous une forme ou sous une autre. « Dites, reprit-il, Dick et sa femme se sont sauvés. J'y ai rien compris. Il n'a pas vu la fin de la course. Elle a poussé un petit cri comme si elle s'était fait mal ou quelque chose.

– Elle a un problème psychologique. Il m'a dit ce que c'était. Une sorte de peur.

– Et ensuite Rosalind. » Le visage d'Al s'allongea. Il allait bientôt devoir admettre qu'elle n'en pouvait plus. Elle qui avait si bien su le supporter, une vraie championne. Il soupira. Le silence se fit, uniquement ponctué par les grognements sourds de la pouliche dont Luciano défaisait un à un les nœuds le long de l'arrière-main. « Mais vous savez, je mérite vraiment ma chance à la Coupe des éleveurs. C'est une bonne pouliche, celle-là. Elle aussi, elle mérite sa chance à la Coupe des éleveurs. » En fin de compte, il commençait à se sentir un peu fâché.

Luciano jeta un coup d'œil à Al, puis à la pouliche, et de nouveau à Al. Pour finir, il demanda : « Envie de gnocchi ? Un petit verre de vin ? C'est mon dernier cheval pour aujourd'hui. »

Al, qui n'avait jamais vraiment eu de relation avec un autre homme sans qu'elle soit déterminée par des obligations et la rivalité mutuelle depuis toujours, cessa enfin de déblatérer sur la Coupe des éleveurs. Après un silence qu'il apprécia lui aussi, il dit : « Bon, ben d'accord. »

24. Qand le cœur fait boum-boum

Tiffany était assise à côté de son nouvel entraîneur. Elle était allée aux courses trois fois : deux fois à Aqueduct et une fois à Belmont pour visiter l'écurie de l'entraîneur. Elle préférait Belmont. Selon elle, de toutes les choses qu'elle avait jamais vues, c'était ce qui se rapprochait le plus de la beauté éternelle. Lawrence avait utilisé ses relations pour trouver à Ho Ho un entraîneur nommé Dagoberto Gomez. Dagoberto était un homme d'affaires à cent pour cent. Son écurie était impeccable, ses lads tous cubains et il exerçait son autorité sur ses propriétaires en rivant sur eux son regard étincelant. Il y avait plusieurs choses que les propriétaires n'avaient absolument pas le droit de faire : lever les mains plus haut que la taille, donner autre chose à manger aux chevaux que les carottes fournies par Dagoberto et en présence du lad, porter des tenues et des chaussures inappropriées, emmener des enfants dans l'écurie, posséder un programme des courses à conditions et faire des suggestions au sujet des prochaines rencontres, parler à d'autres entraîneurs ou à des propriétaires qui ont d'autres entraîneurs. Par ailleurs un propriétaire avait le droit de poser à Dagoberto toutes les questions possibles et imaginables sur les chevaux, la cuisine, la musique, la politique, la littérature, Dieu, et Dagoberto lui faisait sur-le-champ une réponse clairement conçue et énoncée. Oui, disait Lawrence, Dagoberto était un obsédé pathologique de l'ordre comme seul un Cubain pouvait l'être, mais un an en sa compagnie apprendrait à Ho Ho et à Tiffany des choses qu'ils n'auraient peut-être pas apprises sans lui.

Tiffany portait ce que Dagoberto lui avait dit de porter : un tailleur-pantalon noir des plus respectables et des mocassins Gucci noirs. Il n'aimait pas voir les femmes que fréquentaient ses propriétaires porter des vêtements vaporeux, chiffonnés ou de couleurs pastel, et il n'aimait pas non plus les voir porter des jeans. L'hippodrome était un univers social privilégié, disait Dagoberto, et tous ceux qui s'y trouvaient, chevaux ou humains, devaient avoir de la classe. Toute la suite de Ho Ho abandonna ses vêtements de chanteurs de rap de L. A. pour des vestes de sport et des chemises à col boutonné. Ils protestèrent en disant qu'ils avaient l'impression d'aller à l'école. Oui, pensait Tiffany. Oui. Les autres avaient demandé à être dispensés d'hippodrome aujourd'hui – tous, même Ho Ho qui allait être le véritable propriétaire du cheval s'ils en obtenaient un, trouvaient cela un peu barbant. Ils préféraient les mi-temps d'un quart d'heure, par exemple, aux événements sportifs terminés une minute et demie après avoir commencé. Mais Tiffany ne pouvait pas attendre plus longtemps. Elle avait enregistré à la radio un type qui commentait le derby du Kentucky. Elle se le repassait très souvent. Tous les termes qu'il utilisait ainsi que l'excitation dans sa voix la rendaient heureuse. Elle avait une longue liste de mots nouveaux qu'elle se récitait en silence : deux cents mètres, allure irrégulière, cheval père, poulinière, yearling, jambe, garrot, jarret, canon, mauvaise cote, favori, sangle, œillères, poulain, boulet et bien sûr pouliche. C'était le plus joli de tous, selon Tiffany – pouliche, un mot plein d'une authentique douceur. Elle avait remarqué que Dagoberto prononçait toujours ce mot avec une certaine tendresse, si endurci et entêté fût-il en tant qu'homme d'affaires.

Dagoberto appréciait Tiffany. Il était assis avec elle dans sa loge tandis que les chevaux sortaient sur la piste et il lui posait des questions. « Numéro un, jeune fille. Qu'aimez-vous chez cette pouliche ?

– Elle a une jolie tête.

– Oui, c'est vrai.

– Ses foulées sont très allongées.

– Que voulez-vous dire par là ?

– Eh bien, on dirait que la patte arrière va plus loin que la patte avant.

– La numéro deux maintenant.

– Elle a les fesses très rondes. Et elle brille.

– Qu'est-ce qui ne vous plaît pas chez elle ? »

Tiffany regarda de tous ses yeux. Le cheval se mit au trot et fut ramené au pas. « Il y a quelque chose qui ne va pas, ses postérieurs. Ils sont trop raides ou quelque chose.

– Numéro trois.

– Elle semble effrayée. Sa tête est dressée. Elle est tout en sueur.

– Numéro quatre.

– Elle est jolie des pieds à la tête. Elle est plus petite que les autres, enfin, pas plus petite, plus fine. Elle me fait penser à une danseuse classique. J'ai déjà vu des ballets à la télé.

– Numéro cinq maintenant.

– Elle a l'air triste.

– C'est aussi mon avis. Numéro six.

– Elle a l'air morne. Assez jolie mais pas franchement belle. On dirait qu'elle veut travailler chez Wal-Mart toute sa vie. Elle ne serait pas une de mes amies.

– Numéro sept.

– On dirait qu'elle est méchante ou quelque chose. Je ne l'aime pas du tout.

– Numéro huit.

– Elle ressemble à un bébé, mais j'aime sa fraîcheur.

– Sa fraîcheur ?

– Les autres, on dirait qu'elles, euh, qu'elles sont sorties avec plein de types du coin et qu'elles croient tout savoir, mais elle, ça l'intéresse encore. »

Puis vint la question fatidique : « Laquelle voulez-vous ?

– De celles-ci ?

– Ho Ho m'a dit d'en réclamer une pour vous maintenant que vous avez votre propre licence de propriétaire, alors je réclame. Laquelle voulez-vous ? »

Tiffany feuilleta rapidement son *Programme des courses* mais Dagoberto posa sa main dessus avant qu'elle ait pu l'ouvrir. « Non, *chiquita*, regardez devant vous. Regardez et dites-moi. »

À présent les chevaux avançaient au petit galop. Tiffany balaya la piste du regard et fit son choix. Elle élimina la pouliche morne, la méchante, celle qui avait les postérieurs raides, celle qui avait peur et la triste. Au bout d'un moment, elle élimina la ballerine. Restait à choisir entre la numéro un et la numéro huit, entre les grandes foulées et la fraîcheur, grandes foulées ou fraîcheur ? Tiffany se passa la langue sur les lèvres. « Il faut toujours faire un choix, hein ? dit-elle. Parce qu'on ne peut pas avoir la fraîcheur et les grandes foulées.

– Pas à ce niveau-là. À ce stade, vous devez choisir. Mais choisir est une bonne chose. »

Les pouliches entrèrent dans le starting-gate. « Numéro huit, dit Tiffany. J'aime la numéro huit. » Le starting-gate s'ouvrit dans un son de cloche.

« *Bueno*, dit Dagoberto. C'est celle que j'avais choisie pour vous : elle n'a pas encore appris à perdre. Ce n'est pas la plus rapide ni la mieux charpentée ni celle qui possède la meilleure lignée, mais c'est la plus facile à atteindre pour moi, alors je l'ai réclamée. »

Tiffany regarda son programme. « Tellmeenow.

– C'est son nom.

– Tellmeenow. »

Ils regardèrent la course. La numéro quatre s'effaça dans la dernière ligne droite. La méchante termina deuxième derrière la ballerine. Tellmeenow s'écarta de sa trajectoire dans le tournant puis vint reprendre la troisième place à la pouliche morne.

« Elle n'a pas gagné, dit Tiffany.

– C'est la troisième fois qu'elle prend le départ, répondit Dagoberto. Elle n'a pas encore appris à courir. Mais elle voulait battre celle qui a fini quatrième et elle l'a fait. Allons voir notre nouveau bébé. »

Le cœur de Tiffany se mit à battre dès l'instant où ils se levèrent et sortirent de la loge. Elle descendit l'escalier à la suite de Dagoberto jusqu'à ce qu'ils aperçoivent le cercle des vainqueurs en contrebas. Ils regardèrent un moment la pouliche qui avait gagné et son entourage célébrer l'événement, puis Tiffany quitta la tribune à la suite de Dagoberto. Pendant qu'elle regardait ailleurs, quelqu'un avait attaché une étiquette rouge à la bride de Tellmeenow, constata-t-elle. C'était à elle. Son étiquette rouge à elle. Tiffany suivit le cheval sans manifester son excitation et remarqua deux pieds blancs – à elle désormais – et la queue fluide et brillante – à elle désormais – et la forme carrée de « l'arrière-main » (encore un mot magnifique) – à elle désormais. Pour l'instant, l'arrière-train du cheval suffisait à faire son bonheur, il lui appartenait, ainsi que les fers de la pouliche qui tintaient sur le ciment – à elle désormais. Dagoberto acquiesçait et marmonnait dans sa barbe. « Saine. Se déplace plutôt bien. » Tiffany n'entendait rien de tout cela. La robe sombre de la pouliche luisait dans le soleil de l'après-midi. Pommelée. Encore un autre mot. La pouliche tourna la tête à gauche, puis à droite. Elle avançait. Elle était fatiguée, se dit Tiffany. Maintenant, ils prenaient un large chemin qui menait au bâtiment entouré d'une barrière. Sur la barrière un panneau annonçait : « Écurie de tests ». Ils y entrèrent et Tiffany vit un des lads de Dagoberto s'avancer vers la pouliche avec un licol. Alors le lad qui l'avait conduite lui enleva sa bride : il lui passa la lanière qui allait derrière les oreilles par-dessus la tête et attendit un instant. La pouliche marqua une pause puis ouvrit la bouche et relâcha la pièce en métal, le mors. Le licol était en place. « OK. Envie de lui faire un câlin ? » demandait Dagoberto à Tiffany. Celle-ci tendit le bout des doigts et les fit glisser le long de l'encolure de la pouliche, puis elle s'approcha d'un pas ou deux et la toucha délicatement autour des yeux immenses et splendides. « Très bien, dit Dagoberto. Très bien. Ne restez pas juste en face d'elle. Vous êtes dans son angle mort. Tenez-vous sur le côté. Voilà. » Tiffany baissa la main, paume arrondie vers le haut, la pouliche y posa le bout du chanfrein et souffla, lui chatouillant la peau avec ses moustaches. Son souffle était doux et tiède. Tiffany, qui n'ignorait rien de la beauté, se dit que la pouliche était certainement la plus belle créature qu'elle eût jamais vue et qu'elle n'en avait que deux fois plus de charme depuis qu'elle n'était plus le cheval d'un autre. « Mais vous êtes en train de gémir, lui dit Dagoberto.

– Ça n'a rien d'étonnant, dit Tiffany. Vraiment rien d'étonnant. »

Alors la pouliche tourna la tête et d'un geste délibéré la posa sur l'épaule de Tiffany et souffla tout d'un coup par les naseaux. Tiffany tourna aussi la tête et toutes deux, la pouliche et la jeune fille, se regardèrent dans les yeux pendant un long moment. Le lad croisa le regard de Dagoberto, fit un large sourire et secoua le tête. Dagoberto secoua lui aussi la tête et sourit. Qu'y faire ? Parfois, en dépit de soi-même et de tout ce qu'on sait sur les apparences trompeuses, on a beau être vieux comme le temps et faire affaire dans le monde du cheval depuis toujours, y détecter les apparences trompeuses qui s'effacent pour révéler une réalité banale voire laide, on a beau avoir une femme et des enfants qui ont déjà leurs propres enfants et savoir tout au fond de soi que la beauté est la chose la plus éphémère qui soit, malgré tout, les apparences vous ravissent et vous procurent l'étrange impression qu'un doigt vous remonte le long de la colonne vertébrale et vous chatouille la nuque tant et si bien qu'on se dit que si on ne menait pas une vie publique chaque jour, entouré d'hommes durs et cyniques, on en tremblerait presque.

25. La ferme des animaux

Invariablement, à la fin d'avril, le monde des courses de la Californie du Sud se déplace de Santa Anita à Hollywood Park. Oliver avait beau se maintenir dans un état d'esprit où l'on n'aspire à déceler aucun signe d'amélioration, il s'autorisa tout de même à implorer la miséricorde divine. Il se sentait mieux, petit à petit, mais quand il levait les yeux, on n'affichait toujours aucun vainqueur. Il y avait, à n'en pas douter, des chevaux vainqueurs dans l'écurie : Redhead, qui avait gagné deux millions de dollars et remporté toutes sortes de grandes courses, se préparait à courir le derby de Santa Anita en parfaite condition physique ; on la donnait à cinq contre un, une cote parfaite pour le meilleur cheval parmi les concurrents mâles, et elle dévalait la dernière ligne droite, apparemment en bonne forme, mais il fallut que son jockey l'arrête. « Je croyais qu'elle s'emmêlait les jambes », dit le jockey, et bien qu'aucun faux pas n'apparût sur l'enregistrement vidéo, il n'en démordit pas, convaincu que la jument avait trébuché et que la seule mesure de sécurité était de l'arrêter. Farley fut d'accord avec le jockey mais sur tout l'hippodrome les parieurs consultaient leur tueur à gages préféré pour savoir combien il leur en coûterait de faire prendre une retraite éternelle à ce jockey.

Et puis il y avait A Likely Prospect. A Likely Prospect était un poulain de deux ans issu de nuls autres que Mr. Prospector et une jument Secretariat, aussi bien né que pouvait l'être un cheval sur cette terre. Il était prêt à courir, parfait à l'entraînement : il savait sortir du starting-gate, courir avec les autres, s'éloigner de la corde et s'en rapprocher. Il achevait de s'échauffer pour sa première course en galopant sur la piste. La cavalière d'exercice venait de terminer le galop et faisait sortir l'animal au trot lorsqu'un autre cheval de deux ans la désarçonna, fonça droit sur A Likely Prospect, et le mit KO. La cavalière d'exercice sauta sur ses pieds en criant : « Il est mort ! Il est mort ! » mais le cheval leva la tête et Farley dévala les gradins, Oliver sur ses talons. Le cheval se remit péniblement debout mais il boitait et il s'avéra qu'il avait une fracture à l'os sésamoïde. Ils purent éviter l'euthanasie. Il vivrait et perpétuerait peut-être la carrière d'étalon de son propre père. Mais il ne faisait plus partie de l'écurie de courses.

Il y en avait d'autres. La rencontre de Santa Anita dans son ensemble avait été marquée par toute une série d'incidents et d'accidents malencontreux. Et Oliver trouvait encore plus difficile de voir Farley affronter ces incidents en faisant des récits tirés de sa réserve inépuisable d'histoires d'accidents encore plus malheureux.

Alors que ces récits semblaient procurer à Farley une sorte de paix à la « ça pourrait être pire », Oliver ne s'en sentait que plus anxieux, comme si l'hippodrome était parsemé de morts et d'accidents au milieu desquels il devait chaque jour se frayer un chemin.

Mais, bien sûr, le plus décourageant était le succès de Buddy Crawford. Son taux de victoires avoisinait les 30 % et chaque jour sur les pistes d'entraînement Oliver voyait tous les chevaux de Buddy, chevaux à réclamer ou grands vainqueurs, s'entraîner comme des monstres. Il avait cessé de réclamer les chevaux de Farley mais c'était une assez piètre consolation.

Le problème de Farley, d'après Oliver, était qu'au lieu d'essayer de chercher à remonter la pente, il consacrait beaucoup trop d'attention au cochon.

Le cochon était arrivé en février, offert par un fermier de San Diego pour les remercier de l'avoir laissé prendre gratuitement le foin et les céréales restants de l'été précédent. Le cochon avait environ un mois et devait peser neuf kilos. Farley le trouvait mignon – c'était un cochon noir et blanc, Farley déclara que c'était un cochon sino-polonais et l'installa dans un parc grillagé dans la cour. Alors survint une pouliche ravagée par la nervosité. Elle piaffait dans son box, mordillait le dispositif de sûreté de la porte et ruait quand d'autres chevaux venaient à passer. Farley mit le cochon dans son box. La pouliche se calma sur-le-champ, immédiatement intéressée par le cochon, elle le renifla, le poussa du chanfrein, le fit rouler sur lui-même et le malmena un peu. Le cochon commença par avoir peur de la pouliche et l'écurie s'emplit de ses cris suraigus qui rendaient les autres chevaux nerveux. Mais à l'heure du repas de l'après-midi, le cochon découvrit qu'il pouvait aller à la pêche sous le seau de nourriture de la pouliche et il cessa de crier. Environ trois jours plus tard, le cochon découvrit le crottin de cheval et en fit le plat principal de ses repas. Le lad de la pouliche y trouva entière satisfaction parce qu'il n'avait plus besoin de nettoyer le box, une grande quantité de crottin étant désormais recyclée par le cochon en une quantité beaucoup plus réduite de lisier de cochon, concentré et facile à enlever. Farley lui aussi y trouvait entière satisfaction et s'attardait parfois à observer l'animal jusqu'à vingt minutes d'affilée.

C'est alors qu'une crise se déclara. Farley faisait courir un cheval de deux ans dans une course à conditions pour laquelle le poulain n'était pas tout à fait prêt. Le cheval se ramollit un peu dans le rond de présentation. Une fois le jockey en selle, Farley dit à Oliver : « Il va rayer le cheval. J'en suis sûr. » Puis, quand ils furent dans les tribunes pour regarder la course, Farley n'ajouta qu'une seule chose. « Tu sais, dit-il, c'était ma conscience qui parlait. Ce cheval ne devrait pas courir. » Le cheval termina cinquième, ce n'était pas une mauvaise course, mais les propriétaires furent déçus. De retour dans l'écurie, Farley se contenta de dire : « Je ne ferai plus jamais ça », puis il ne fit plus courir aucun cheval pendant une semaine. Personne dans l'écurie ne comprenait ce qui se passait. Les chevaux faisaient leurs exercices et galopaient, mais tous ceux qui étaient engagés dans des courses en furent rayés. Le chœur des plaintes exprimées par la galerie de propriétaires enfla et se fit mugissant, mais Farley se contentait d'observer le cochon. Le cochon avait grossi à vue d'œil et suivait la pouliche partout, posté entre ses postérieurs, espérant attraper, non sans y parvenir, presque tout le crottin qui tombait. Le box était impeccable et la tête du cochon toute sale. Le crottin lui tombait dessus et le cochon secouait la tête pour faire tomber la nourriture et l'engloutir. Même les lads, toujours prêts à regarder en face les réalités les plus crues de la vie, en éprouvaient plus de dégoût que Farley. Une chose était sûre concernant Farley : rien d'inhabituel ne le dégoûtait ni ne l'ennuyait.

Le vendredi, Farley dit à Oliver de rayer le seul cheval inscrit ce jour-là et lui donna les mêmes instructions pour le lendemain. Ce fut Buddy Crawford qui remporta la deuxième, la troisième et la neuvième course grâce à un cheval qu'il avait autrefois réclamé à Farley. Pour couronner le tout, la petite amie d'Oliver avait quitté la ville avec d'autres employés de son agence de voyages, pour une tournée d'inspection de deux semaines de tous leurs sites des îles Britanniques.

Quand il eut acheté des tacos à l'espadon accompagnés de *pico de gallo,* de riz et de haricots rouges, qu'il eut ramené le tout chez lui, les eut mangés et qu'il eut réglé son réveil sur trois heures du matin pour être à l'hippodrome à cinq heures, la quincaillerie de son père, en Caroline du Sud, lui parut soudain plutôt enviable. La contemplation, calme et ordonnée, puis la sélection d'objets qui ne pouvaient se mouvoir de leur propre chef, qui n'avaient pas d'idées bien à eux et restaient là où on les mettait, tout cela avait du bon. Dans cet univers-là, une bonne organisation personnelle finissait vraiment par payer : on rangeait un objet ou bien on l'accrochait et on revenait une heure pour tard ou un an plus tard pour le retrouver à sa place, essentiellement inchangé. Avec un cheval, on ne retrouvait jamais rien inchangé. Dans le meilleur des cas, on pouvait espérer un petit changement dont le processus était prévisible. À trois heures du matin, sans avoir fermé l'œil, il assena un coup au réveil avant même qu'il eût sonné, s'habilla et retourna à l'hippodrome.

Il y arrivait toujours le premier et ne venait après le lever du soleil qu'en juin et juillet. N'y avait-il pas de quoi être déprimé à l'idée qu'il n'avait pas manqué un seul lever de soleil en cinq ou six ans ? Était-il vraiment quelqu'un de matinal ? Il n'en savait rien. Les chevaux étaient matinaux. Ils étaient tous bien réveillés. Il longea les rangées de box en défaisant les bandages et en tâtant les jambes, il prit bonne note des chevaux qui avaient les jambes échauffées et de ceux qui avaient les antérieurs et les postérieurs froids comme du métal des genoux aux sabots. Quel plaisir – il fallait bien l'admettre – de tâter les jambes des chevaux qui avaient galopé et travaillé la veille ! Dans l'écurie de Farley, les jambes fraîches étaient plus nombreuses que les jambes échauffées. Et dans celle de Buddy, bien sûr, il y en avait plus d'échauffées que de fraîches. Certains jours elles étaient toutes échauffées. Il se força à se rappeler que sa conscience l'avait tiraillé chaque jour durant les quatre mois où il avait travaillé pour Buddy et qu'il en était libéré. D'un autre côté, il ne s'en souvenait pas si bien que ça et il commençait en revanche à très bien se rappeler les victoires et les gains.

Farley entra au moment où on mettait la deuxième série de chevaux à l'exercice. La seule chose qu'il dit après avoir demandé comment allaient tous les chevaux fut : « Raye Duplicate Deputy dans la troisième.

– Mais il est prêt, plaida Oliver. Il est en forme. Il est sain.

– Ce n'est pas la course qu'il lui faut.

– Mais pourquoi ? je pense… »

Farley secoua la tête, toujours affable, toujours calme. « Raye-le. »

Oliver tourna les talons sans un mot et se dirigea vers le bureau des courses.

Dans le bureau des courses, il se montra déloyal. Deux ou trois personnes s'y trouvaient quand il raya le cheval ; il se débrouilla pour qu'ils l'entendent, puis quand ils le regardèrent, il roula les yeux et haussa les épaules. Puis il dit : « Ce cheval est prêt. Je ne comprends pas, moi. » Il se comporta comme s'il savait ce qu'il faisait et pas Farley. Ensuite, sur tout le chemin du retour vers l'écurie, il le regretta.

Une fois que toutes les séries eurent terminé leurs exercices, Oliver dut aller dans le bureau de Farley. Ce dernier lisait des papiers. Il prit des notes, enleva ses lunettes et demanda : « Comment va le cochon ? Je l'adore, ce cochon. »

Oliver ne répondit pas.

« Dis, tu sais, Oliver, tu sais ce que j'étais en train de me dire ?

– Quoi ? » Il devinait que la colère était perceptible dans sa voix.

« Eh bien, ça m'est arrivé il y a quelques années, quand ma poulinière d'épouse et moi on a quitté le haras pour aller chacun de son côté. »

Farley ne parlait jamais de son divorce, aussi Oliver se redressa sur sa chaise, tout ouïe.

« Environ neuf mois après avoir déménagé, je me suis levé un matin et ma première pensée a été : “Pourquoi est-ce que je ne couche avec personne ?” »

Oliver avait vingt-huit ans et cette pensée lui était familière.

« Bon, ça faisait deux ans que je suivais une psychothérapie, à ce moment-là.

– C'est vrai ? » Personne à l'hippodrome n'admettait jamais ce genre de choses.

« Ouais. Et j'allais à une association de soutien deux ou trois fois par semaine.

– Vraiment ?

– Eh, bien sûr. On est en Californie, non ? Enfin bref, j'avais plusieurs amies qui me plaisaient, l'une d'elles me plaisait beaucoup, en fait. Je savais très bien pourquoi je ne couchais pas avec elles. Il y avait différentes explications, particulières et générales. Une de ces amies avait déjà un petit ami. L'autre se remettait d'une relation violente. Une autre était sexuellement active et je n'avais pas envie d'être impliqué dans cet imbroglio de MST. Et je travaillais dur pour comprendre mon histoire sexuelle, qui n'était pas jolie-jolie.

– Ah bon ? Trop ou trop peu ? »

Farley s'esclaffa mais ne répondit pas. Au lieu de cela, il reprit : « Je savais pourquoi je ne couchais avec personne, mais je me disais : "Parce que personne n'a envie de coucher avec toi, personne ne t'aime, tu n'es pas désirable, elles couchent toutes avec quelqu'un. Unetelle a un petit ami, unetelle en a des tas, unetelle en aura bientôt un, mais *ce n'est pas toi.*" »

Oliver toussota. En fait, il n'était plus en colère. Farley était trop bizarre. On ne pouvait pas rester en colère contre lui très longtemps.

« Même les gens de mon association de soutien couchaient. Ils n'étaient pas censés avoir une vie sexuelle mais ils restaient assis des heures pendant les réunions à partager leurs angoisses et leurs hésitations quant à leur vie sexuelle qui leur donnait l'impression d'être exploités ou d'exploiter les autres, d'être punis ou perdus. Au fond, ils semblaient tous soulagés de coucher avec quelqu'un et que ce ne soit pas mon cas. J'étais l'exemple, le fond de l'abîme, la chose à exécrer par-dessus tout. Aucun degré de supériorité morale ne pouvait me convaincre ce jour-là qu'ils ne me percevaient pas ainsi.

– Ouaouh !

– Mon analyste couchait avec quelqu'un. Tout le monde à l'hippodrome couchait avec quelqu'un. Mon ex-femme, Marlise, avait l'air de coucher avec quelqu'un et ce n'était qu'un avant-goût pour elle, je le savais bien. »

Oliver se racla la gorge. Il se sentit rougir. Les seuls états d'âme avec lesquels on se sentait à l'aise sur l'hippodrome étaient ceux des chevaux.

« J'étais très attiré par l'une de ces amies, une attraction telle que dans mon désir d'apprendre je lui ai dit toute la vérité – que je n'osais pas coucher avec elle – et elle m'a cru parce que j'étais parfaitement honnête, ouvert et sincère. Mais tout d'un coup, ce qui était intelligent, sage, vrai, réel ou sacré m'a paru beaucoup moins important. Je me suis dit que je ne vivrais pas un jour de plus sans coucher avec quelqu'un, sans être embrassé, ou même sans savoir qu'une femme, de préférence celle-ci, éprouvait du désir pour moi, Farley, et pas un autre.

– Qu'est-ce que tu as fait ? »

Farley se pencha en avant, le visage très neutre, les yeux d'Oliver étaient rivés sur lui. Farley reprit : « Je me suis levé et je me suis habillé pour aller à l'hippodrome. Je suis monté dans ma voiture et environ dix minutes après avoir pris l'autoroute, sans cesser de penser à cette femme, j'ai eu un accident et j'ai bousillé la voiture. Et je l'aimais, cette voiture, en plus.

– Oh merde, Farley !

– Une sacrée merde, Oliver. Mais ça m'a appris.

– À ne pas…

– À ne pas m'imaginer que je sais ce que je fais.

– Tu penses aux victoires ? Si tu penses à ça, je n'y comprends rien. Tout ce que je sais, c'est que j'ai envie de gagner.

– Moi aussi, j'aime gagner.

– Dans toute activité athlétique, il faut vouloir gagner par-dessus tout !

– Je crois que, là-dedans, c'est le cheval qui doit avoir envie de gagner par-dessus tout. Les hommes ont une petite marge de manœuvre. »

Oliver s'adossa à sa chaise et regarda par la fenêtre en se demandant s'il n'était pas à nouveau temps de changer de travail. Le problème à l'hippodrome était que, quand on ne gagne pas, on est censé adopter des comportements irrationnels jusqu'à ce qu'on gagne de nouveau. Imprécations, colère, petits rituels porte-bonheur ou au moins courtiser certains propriétaires. « Qu'est-il arrivé à cette femme ? demanda-t-il.

– Elle s'est mariée. Elle a un bébé maintenant. Elle était beaucoup plus jeune que moi.

– À quoi ça t'a avancé d'attendre ?

– Eh bien, elle a appelé son enfant Farley. »

Oliver ne voyait pas en quoi cela constituait la moindre consolation mais Farley se gratifiait lui-même d'un de ses sourires béats si caractéristiques.

Oliver se leva et sortit du bureau sans la moindre colère, il se demandait simplement s'il était dans la phase terminale de son état de confusion. Comme il passait devant le box où la pouliche et le cochon se tenaient compagnie, il vit que le cheval mangeait calmement sa ration de son tandis que le cochon se tenait derrière elle. Au moment où Oliver regarda, le cochon se dressa sur ses pattes arrière et mordit la pouliche au jarret gauche. Elle souleva la queue et laissa tomber une charge de crottin ; le cochon retomba sur ses pattes avant et se mit au travail.

MAI

26. Troisième cours

Audrey Schmidt ne pouvait s'empêcher de penser que si son père l'avait accompagnée ce jour-là, il aurait fait chaud et le soleil aurait brillé. Il lui semblait qu'au fil des ans il avait fait beau chaque fois que son père l'avait accompagnée dans une sortie particulière – et toutes leurs sorties l'étaient, puisqu'elles étaient organisées bien à l'avance de façon à rester compatibles avec les obligations militaires de son père. Son père, aurait-elle dit, mais pas à voix haute, emportait avec lui une dose de soleil. Cette journée-là n'était pas ensoleillée. Le brouillard était si épais qu'on ne distinguait pas le château et qu'on voyait tout juste la rambarde à l'autre bout du champ de courses. Audrey et sa mère étaient assises en silence, l'épaule d'Audrey tout contre le bras de sa mère. Elles ne se plaignaient pas.

Audrey tenait son ticket de PMU. Il était très fin et argenté, le genre de papier que l'on pouvait facilement laisser tomber ou égarer dans une poche. Sa mère n'aimait pas parier mais désormais elle était prête à accorder n'importe quoi à Audrey, aussi avait-elle parié cent francs sur une pouliche qui plaisait à sa fille, un cheval nommé Zania, issu de Linamix et d'une jument Darshaan. Audrey n'en savait pas aussi long qu'elle aurait aimé sur les chevaux français mais son option par défaut était de toujours parier sur les robes grises. La descendance de Linamix avait une robe grise. Cette pouliche-là était entraînée par une femme du nom de Christiane Head, l'entraîneur le plus célèbre de France. Audrey et sa mère avaient observé Mme Head en train de seller le cheval avant la course. Sa façon de faire était de celles qu'Audrey appréciait chez une femme :

calme, déterminée et souple dans les mouvements. Audrey l'avait regardée fixement aussi longtemps qu'elle avait pu.

Elle attendait cette sortie depuis si longtemps et l'avait anticipée de façon si détaillée ! Et cette journée se révélait si différente de ce qu'elle avait imaginé qu'Audrey avait la sensation de ne pas être elle-même mais une autre petite fille âgée de onze ans qui faisait avec sa mère ce qu'Audrey elle-même faisait avec son père. Elle croyait presque qu'en se retournant à gauche ou à droite, elle pourrait voir la vraie Audrey Schmidt en compagnie du vrai Richard Schmidt sous le soleil printanier, occupés à comparer leurs notes sur l'aspect des chevaux et leurs performances potentielles.

Mais le vrai Richard Schmidt était vraiment mort : Audrey se força à prononcer le mot « mort » pour s'obliger à y croire. Il était parti travailler exactement treize jours plus tôt, tout comme à son habitude, et puis, au milieu de la journée, son supérieur s'était présenté à la maison et avait annoncé à la mère d'Audrey que son mari avait été victime d'une crise cardiaque foudroyante, assis à son bureau, et qu'il était mort avant d'arriver à l'hôpital. Bien sûr, tout le monde dans les milieux militaires avait reçu une formation complète de secouriste, mais le père d'Audrey était probablement mort avant même que sa tête eût heurté le bureau. Cela faisait exactement un mois qu'ils étaient en France. Audrey avait dû abandonner ses cours d'équitation et son rêve de posséder un cheval pour venir s'y installer et cette sortie devait être son prix de consolation.

Les raisons pour lesquelles ce décès était survenu restaient difficiles à comprendre. Le colonel Richard Schmidt avait été palpé, examiné, ausculté, il avait subi des tests, son aptitude physique avait été revue et corrigée tous les six mois depuis son entrée à West Point. Le colonel Richard Schmidt courait cinq kilomètres tous les lundi, mercredi et vendredi, et huit kilomètres tous les mardi, jeudi et samedi. Le dimanche, il soulevait des haltères. Chevelure brune, teint rubicond et pas un jour de maladie d'aussi loin qu'on s'en souvînt. L'aumônier répétait à Florence, la mère d'Audrey, en présence de cette dernière, que parfois il est tout simplement l'heure de partir. Florence acquiesçait, tout comme Audrey. L'heure de partir était un concept assez simple en théorie tant qu'on ne demandait pas pourquoi. Après le départ de l'aumônier, Audrey voyait que sa mère était tellement abasourdie par ce qui était arrivé à son père et à elles que c'étaient les seules réponses qui lui restaient : acquiescer pendant un moment, puis secouer la tête pendant un moment, avant d'acquiescer de nouveau. Florence avait tenté de s'asseoir à côté d'Audrey pour essayer de trouver un sens à tout cela mais elle n'y avait guère réussi. Finalement, après deux tentatives, elle avait dit : « Audrey, il faut que tu m'attendes, s'il te plaît. Mon esprit n'avance pas vite. On dirait que je n'arrive pas à le bousculer. Mais tout ira bien. »

En tout cas, la sortie de deux jours sous un beau soleil de printemps qu'Audrey et son père auraient dû faire ici s'était révélée une sortie de deux jours dans le brouillard, le froid pénétrant et la solitude. Même la visite au musée du cheval, la veille, n'avait pas réussi à les égayer un peu. À cause du temps, Audrey et sa mère faisaient partie des quelque vingt-cinq personnes assistant au spectacle équestre. Les cavaliers s'avancèrent sur deux chevaux lusitano gris. Ils trottèrent avec élégance autour de la piste puis les chevaux firent des prouesses, s'inclinèrent, s'assirent ou se couchèrent. Quand les chevaux eurent fini et retournèrent dans l'écurie, ils ruisselaient non pas de sueur mais de brume froide. Audrey les avait plaints, eux qui avaient dû quitter la chaleur de leurs box. Les expositions du musée étaient assez bien, il y avait surtout des peintures. L'écurie ressemblait à un château, Audrey n'avait jamais vu pareille écurie en Amérique. Elle était si sophistiquée et bien construite que les chevaux y ressemblaient à des chats ou des chiens de salon, pas du tout à des animaux de plein air.

Après le musée du cheval, elles étaient allées manger au restaurant et avaient essayé des spécialités locales très riches en crème, en beurre et en jambon. Puis elles étaient retournées à l'hôtel et avaient essayé de lire pendant le reste de la soirée. Elles n'avaient pas d'amis ici. Le brouillard était trop épais et effrayant pour que sa mère conduise. Quand elles éteignirent la lumière à neuf heures, Audrey entendit sa mère pleurer et elle sut qu'elle n'oserait pas pleurer elle-même : si tout le monde pleurait dans la pièce, la tristesse deviendrait insupportable et pourrait les submerger. Les heures s'écoulèrent très lentement jusqu'à ce qu'elle entende enfin sa mère se retourner et s'asseoir au bord du lit. D'un ton à la fois convaincu et étonné, sa mère dit : « Il va nous falloir rentrer dans le Maryland, je suppose. En tout cas je ne veux pas retourner au Texas. » Audrey ne répondit pas. Puis vint le soulagement de l'heure du lever.

Quant à l'esprit d'Audrey, il n'avançait pas très vite non plus. Ce qu'elle s'efforçait de faire, le projet qu'elle avait formé, était d'entendre la voix de son père dans sa tête. Pour l'instant, elle n'y était guère parvenue. C'était à cela, par-dessus tout, qu'elle sentait qu'il avait disparu à jamais. Toute sa vie il avait été occupé et souvent absent, mais elle avait toujours pu entendre sa voix dans sa tête ; cette voix lui disait de faire son lit, d'aider sa mère, d'avoir des pensées joyeuses, de se montrer responsable, de penser à lui pendant qu'il était parti. Depuis sa plus tendre enfance, il lui avait dit : « Si je te manque, pense à moi et je serai à tes côtés. » Elle ne savait pas comment elle savait qu'il lui avait dit cela sans se souvenir l'avoir entendu le dire ; pourtant, elle en était sûre, mais comme elle ne l'entendait plus prononcer ces mots elle n'avait plus l'impression de l'avoir à ses côtés. Cela l'effrayait.

Le brouillard se leva un peu et les chevaux rejoignirent le départ. Ce genre de course ne faisait pas très sérieux, selon Audrey. Les tracteurs, les machines, les gens, les bâtiments, le haut-parleur et le tapis de tickets de paris auxquels elle était habituée en Amérique étaient absents, surtout aujourd'hui. En Amérique, une course pouvait être lugubre mais on ne s'y sentait jamais seul. En France, apparemment, les courses n'étaient jamais lugubres – le gazon était bien trop vert pour cela – mais, ce jour-là, on s'y sentait très seul. « Et maintenant ? » demanda la mère d'Audrey.

Audrey ne sut pas quoi répondre car elle ignorait elle aussi ce qu'elles devaient faire maintenant. Aussi pressa-t-elle son épaule un peu plus fort contre sa mère qui déplaça son bras pour le passer autour d'Audrey. Cela rappela à Audrey combien elles étaient petites, toutes les deux. À Paris au moins, toute l'armée américaine s'efforçait de compenser la perte de son père.

Le brouillard se leva encore un peu. Maintenant, on distinguait le musée du cheval, d'un gris plus prononcé derrière le voile de brouillard. Le gazon semblait irradier sa propre lumière verte ; le starting-gate s'ouvrit et les chevaux jaillirent en un essaim silencieux, bruit des sabots amorti par le brouillard et le gazon. Bien qu'elle eût parié, Audrey eut du mal à se passionner pour la course. Alors, en l'espace de quelques secondes, le brouillard s'abattit sur les chevaux et les escamota de ce monde. Le silence se fit dans la foule au moment où les chevaux disparaissaient, puis les conversations fusèrent en français. Qui les voyait ? Où étaient-ils ? Allait-on interrompre la course ? La mère d'Audrey regardait sa fille comme si elle connaissait la réponse à cette question mais Audrey haussa les épaules. Elle savait qu'elle aurait dû s'inquiéter pour les chevaux : y voyaient-ils quelque chose ? Quelqu'un pouvait-il se blesser ? Mais les chevaux avaient disparu ; de quoi pouvait-on s'inquiéter ?

Il y eut des mouvements de foule et des cris en français mais les chevaux ne réapparurent pas. Audrey regarda sa montre, cela ne lui fut d'aucun secours : elle ne l'avait pas regardée au moment où les chevaux avaient disparu. Puis le brouillard leur tomba dessus et la mère d'Audrey disparut elle aussi. Elle était là, bien sûr – Audrey sentait son bras autour de ses épaules –, mais elle ne la voyait plus du tout : ni son visage aux traits tirés, ni sa pâleur, ni son chagrin, ni sa confusion. Eh bien, c'était un sacré soulagement de se tenir là à la fois toute seule et entourée ! Pour la première fois en deux semaines elle trouva un moment de répit. Elle respira un grand coup par le nez et expira par la bouche. Elle palpa son ticket de PMU entre le pouce et l'index. Puis la brise se leva, chassa le brouillard vers les tribunes et les chevaux furent là, devant eux, qui galopaient, se faisaient la course, dévalaient et jaillissaient de toutes leurs forces sur le gazon comme si leurs yeux avaient été des phares antibrouillard. Ils étaient tous tellement mouillés que leurs robes étaient devenues noires. Impossible de deviner qui était qui. Alors, à l'instant où ils s'apprêtaient à franchir la ligne d'arrivée en peloton, le brouillard les enveloppa de nouveau. La photo sortit grise et indistincte. Quelques sabots étaient visibles au bas du cliché mais on n'y voyait ni chanfrein, ni numéro, ni jockey.

« Eh bien ! fit Florence. C'est la chose la plus étrange que j'aie jamais vue.

– Moi aussi, dit Audrey.

– Je regrette que ton père n'ait pas été là pour voir ça !

– Moi aussi », répondit Audrey.

Elles soupirèrent.

Mais, étrangement, Audrey se sentit un peu mieux. Quelque chose d'intéressant s'était produit. Par contraste avec les deux semaines précédentes où tout avait été nouveau mais d'un ennui lugubre.

« Tu as envie de manger quelque chose, ma chérie ? » demanda Florence.

Audrey acquiesça. Florence la prit par la main. Au bout de quelques pas, Audrey déclara : « Papa pourrait très bien être avec nous, pas vrai ? On dirait que non, mais c'est bien possible.

– Oui, dit Florence après l'avoir regardée. Oui c'est possible. Beaucoup de gens dans le monde diraient qu'il est avec nous. Mais, tu sais, c'est une chose sur laquelle je ne m'étais pas formé d'opinion.

– Disons qu'il est avec nous et on verra ce qui arrivera.

– Oui, dit Florence, c'est exactement ce qu'on va faire. »

27. Hunters d'obstacles

Dès que Deirdre s'engagea dans Cold Spring Road, entre les barrières de bois blanc qui entouraient les terrains de chaque côté du gravier, elle sentit battre son cœur ; il battit à coups redoublés tandis qu'elle s'engageait dans le parking à côté de l'écurie, garait la voiture, coupait le contact et regardait à travers le pare-brise. Elle s'attendait à une forme ou à une autre de réaction car elle n'était plus revenue à son ancienne écurie depuis six ans, depuis qu'elle l'avait revendue à Ellen. Cet éloignement prolongé n'était pas intentionnel de sa part, du moins le croyait-elle. Tout type de travail avec les chevaux finit par envahir votre vie. Certains ne quittaient jamais l'hippodrome. Les concerts auxquels elle assistait de temps à autre ou les bons repas qu'elle s'offrait l'aidaient à être moins obnubilée que beaucoup d'autres. Et encore.

Manifestement il y avait des changements : Ellen avait fait installer un manège couvert, chose que Deirdre avait voulu faire sans pouvoir se le permettre. L'écurie avait été repeinte. Les anciens lisérés verts qui rehaussaient les murs blancs étaient désormais noirs. Les paddocks avaient été divisés de façon à pouvoir garder plus de chevaux dehors dans un espace plus réduit. Deirdre trouvait rassurantes les petites pousses de désapprobation qui pointaient déjà ici et là dans l'angoisse qui faisait battre son cœur. Désapprouver la façon dont les autres menaient leur affaire et traitaient leurs chevaux était une source de plaisir dans le milieu des hunters d'obstacles, et le plaisir était toujours là, bien agréable, après toutes ces années. Elle ouvrit la portière et sortit. Le nombre de voitures dans le parking lui indiqua qu'il y avait beaucoup de clients mais elle dut attendre d'avoir contourné la longue aile centrale de l'écurie pour le constater de ses propres yeux.

Il y avait au moins dix personnes à cheval – six dans le manège central et quatre dans l'enclos des sauteurs. Deux autres laissaient leurs chevaux se reposer dans l'herbe. Trois moniteurs, dont Ellen, observaient les montures et les cavaliers dont ils avaient la charge et leurs attitudes reflétaient l'incrédulité feinte ou réelle. En entrant, Deirdre entendit Ellen s'écrier : « Lorelei ! Tu montes un cheval, pas une mobylette ! Si tu te penches dans le tournant sans faire contrepoids, le cheval va trébucher ! »

Lorelei, sur le petit cheval bai, acquiesça. Deirdre s'approcha de la rambarde et s'y appuya. Sans la regarder, Ellen lança : « Je peux vous aider ?

– Euh ben, j'sais pas, m'dame. Z'avez un cheval que j'pourrais monter ? » Deirdre y était allée de son plus gros accent irlandais.

« Deirdre ! Tu es venue ! J'avais cessé d'espérer !

– Un peu tard vaut mieux que trop tôt.

– Tu veux vraiment monter un cheval ?

– C'était juste une petite blague. »

Ellen se montra très affectueuse : elle s'approcha de la rambarde et, sans y avoir été invitée, gratifia Deirdre d'une accolade et d'un baiser sur chaque joue, ce n'était pas plus mal en un sens, car cela apaisa le trouble intérieur de Deirdre. Elle parvint à émettre un grognement en guise de réponse au sourire d'Ellen. « Quand tu as appelé, je me suis dit que je ferais mieux de venir voir si tu avais brisé cette adorable pouliche que je t'ai envoyée l'hiver dernier.

– C'est une chaude, celle-là ! Comment veux-tu qu'on la brise, on n'arrive même pas à la monter !

– Tu connais les statistiques selon lesquelles, dans chaque catégorie d'êtres humains quelle qu'elle soit, il y a 16 % de déchets. Eh bien, 16 % des chevaux sont des chevaux dont il n'y a rien à tirer et cette pouliche en fait partie, mais il te la fallait !

– Oui, il me la fallait et toi, il fallait que tu la vendes ! Comment va George ?

– Rien qu'un blanc-bec d'Irlandais comme un autre.

– Tu veux rire ! Enfin, c'est une cause perdue, je le sais, alors on ferait mieux d'aller voir les chevaux. »

Elles pénétrèrent dans l'aile vaste et sombre de l'écurie. La poussière s'élevait dans chaque rai de soleil doré qui descendait des fenêtres à claire-voie. Au son de la voix d'Ellen, la tête d'un cheval apparut à chaque portillon de box, l'œil aux aguets et l'oreille dressée. Dans le tout premier box devait se trouver le grand Jackal, le vainqueur d'Ellen au Grand Prix ; Deirdre reconnut le losange blanc sous son naseau gauche. Elle l'avait elle-même débourré quand il avait deux ans, environ douze ans plus tôt, à l'époque où elle montait tout et n'importe quoi à n'importe quelle allure sans tenir compte de la catégorie. Elle s'approcha de Jackal et avança sa main en coupe sous son menton. Lisse et imberbe. « Mais enfin ! dit-elle, comment veux-tu que ce cheval trouve de l'herbe si tu le tonds d'aussi près ? »

Ellen éclata de rire. « À ce que j'ai vu, ça ne lui a jamais posé aucun problème. Regarde celui-là, Deirdre. Mike Huber du Texas me l'a envoyé. Il l'a eu jusqu'au niveau moyen mais son cavalier n'arrivait pas à le tenir sur un parcours de cross-country même avec une bride renforcée, pourtant c'est un bon sauteur. Je viens juste de lui trouver un mors à aiguilles et il travaille bien. Il a sauté un mètre quatre-vingts. J'ai l'intention d'en faire un cheval comme Mighty Again.

– Écoute-toi un peu, chérie. Qu'est devenue celle qui n'arrêtait pas de gémir : “Oh Deirdre ! Ne monte pas les obstacles ! Ils sont vraiment à un mètre ? Ne les monte pas !” ? » Deirdre avait retrouvé le sourire.

« Voilà la pouliche. »

Propre comme un sou neuf et bien dodue, la pouliche que Deirdre avait vendue à Ellen l'hiver précédent sortit de son box comme d'un gant de soie, haut perchée sur ses sabots, oreilles dressées et naseaux élargis. Queue ondoyante, l'animal fit un tour devant elles dans l'immense aile du bâtiment. « Je la mène au manège couvert, dit Ellen, et elle va jusqu'au miroir pour s'y admirer. Comme ci, comme ça, elle prend des poses. Parfois elle y passe trois quarts d'heure. J'adore la regarder.

– Tu ne la montes pas ?

– Elle a encore besoin d'un peu de temps pour se calmer après la vie à l'hippodrome.

– Ah ! quelle princesse ! Bon, mais ne cède pas à la tentation d'en faire une poulinière, hein ?

– Mais elle est si jolie…

– Marilyn Monroe était jolie, elle aussi, ma vieille, mais elle n'était pas faite pour être mère.

– D'accord. »

Elles sortirent et regardèrent à nouveau les chevaux à l'exercice ; Ellen finit par en venir au fait. Elle le fit de la voix inquiète que Deirdre trouvait si agaçante. « George a tout raconté à Martin à propos de l'accident. Martin en a parlé à Hope et Hope m'en a parlé.

– Ah, bien. » Quand on prenait cette voix inquiète avec vous, il fallait répondre d'une voix particulièrement détachée et ironique.

« Est-ce que tu en as parlé à quelqu'un ?

– Comment ça ?

– Eh bien, en général.

– J'ai annoncé aux propriétaires que le cheval allait être euthanasié.

– C'est tout ?

– Qu'est-ce qu'on peut en dire ? Le jockey s'est cassé une côte et a pris une semaine de repos, voilà.

– Mais tu n'as pas l'air bien

– Je n'ai jamais l'air bien, ma chérie. J'ai toujours l'air maussade d'une misanthrope, parce que je suis comme ça, parce que le soleil a buriné mon joli teint d'autrefois et parce que mon dos est si douloureux que je désespère mon chiropraticien.

– En temps normal, tu as juste l'air d'une femme déterminée en colère. Maintenant tu as…

– Allez, vas-y franco, ma vieille !

– Tu as une de ces mines !

– Peut-être que si je teignais mes cheveux gris…

– Raconte-moi comment c'était. »

Deirdre soupira. Elle commençait à se fatiguer.

« Bon, je vais y aller.

– Pas question. Tu vas prendre une tasse de thé avec moi. »

Elles prirent donc le thé dans la charmante sellerie ornée d'une frise qui représentait des chasseurs et des chiens galopant dans un paysage irlandais imaginaire, meublée de cabinets pleins de trophées et de décorations. Ellen chassa les corgis et Deirdre s'assit. Ellen lui tendit une tasse de thé. Deirdre décréta d'un ton résolu : « En parler ne me fera aucun bien.

– Pourquoi pas ? Rien qu'à te regarder, je vois bien que tu en as vraiment besoin. Et Martin a dit que…

– Allons bon !

– Il a dit que tu as demandé à cinq de tes propriétaires de te reprendre leurs chevaux.

– Des chevaux qui ne rapportaient pas beaucoup.

– Un entraîneur ne vit pas que de grands chevaux de course.

– Les autres sont ceux qui ont le plus de chances de s'effondrer.

– Mais comment vas-tu gagner ta vie ?

– J'entends ça tous les jours. Il est clair que je ne vais pas y arriver, en tout cas c'est ce que dit ma comptable. »

Ellen regarda sa tasse avant de reprendre : « Et qu'est-ce que tu en penses ?

– C'est donc pour ça que tu m'as appelée ! Tu as parlé à George et maintenant tout le monde fait ses choux gras de mes moyens de subsistance ! » La colère commençait à monter.

« Il n'y a pas que ça, ce n'est pas l'essentiel !

– George pense peut-être que j'ai besoin d'un entretien thérapeutique ?

– Pour être franche, il pense que tu devrais aller à l'église parler à un prêtre. Quel est ton degré de colère ? ajouta-t-elle. Je ne sais pas très bien. »

Deirdre posa sa tasse d'un geste un peu emphatique mais se contenta de dire : « Moi non plus.

– Deirdre, c'est moi qui t'ai accompagnée à l'hôpital quand tu t'es cassé la colonne vertébrale, moi qui suis restée assise devant la salle de réanimation en attendant qu'on me dise si oui ou non tu allais marcher à nouveau.

– Oui, tu étais là et je t'en ai remercié.

– De mauvaise grâce.

– Je ferai les choses de bonne grâce dans ma prochaine vie.

– Je me fiche de ta bonne grâce. Je t'aime même si je ne te vois presque jamais. Et je t'aime, telle que tu es. Tu me manques. »

Deirdre regarda celle qui était assise en face d'elle. Qu'est-ce que cela signifiait, cette déclaration d'Ellen ? Personne au monde ne lui avait jamais adressé de telles paroles. Comme ça. Au cours d'une conversation. Pour masquer sa surprise, elle dit : « Je vais te dire ce qui me tarabuste.

– Oui ?

– Eh bien, les chevaux s'étaient massés. La course était très étalée : certains étaient à la traîne, mais huit d'entre eux avaient formé un peloton et c'est le cheval de tête qui est tombé de tout son long en travers de la piste. Il a fait tomber les trois suivants comme des quilles de bowling mais les quatre autres l'ont contourné et s'en sont très bien tirés. Comme un de ces carambolages en série, sur l'autoroute, tu vois, cinquante ou cent voitures encastrées sans qu'on ait eu le temps de dire ouf. Ça me réveille la nuit. En fait, ce que je me demande, quand je me réveille la nuit, c'est si la pécheresse que je suis mène ces malheureuses créatures vers leur propre destruction à grands coups de cravache. Elles n'ont pas été faites pour courir si loin et si vite. Elles n'ont certainement pas été faites pour sauter des obstacles, ni pour être sevrées à six mois, ni pour être montées, manger du foin et des céréales et porter des couvertures. Oh !

– Non, les chevaux ne sont pas faits pour ça mais la charpente s'y adapte et l'âme qui s'y trouve aime ça. Deirdre, ils aiment avoir l'esprit occupé. Ils aiment avoir des problèmes à résoudre. Si on ne leur en donne pas, ils s'en trouvent. J'avais un hongre Appy, tu t'en souviens ? Un petit bonhomme, presque un poney. Il arrivait à sortir de sa stalle, à faire sortir toutes les juments et à les guider dans l'aile pour faire le tour de l'écurie en paradant, comme pour montrer aux autres hongres que c'était lui le chef.

– Oui, bon. » Deirdre songea qu'elle ne se sentait pas beaucoup mieux, mais on ne pouvait pas non plus dire qu'elle était plus bas. Et elle percevait l'amitié d'Ellen, émotion éprouvante mais agréable qu'elle avait souvent ressentie par le passé.

« Je parie que tu pourrais encore monter, dit Ellen.

– Doux Jésus, ma fille !

– Je le parierais !

– Je parie que je pourrais me curer l'œil avec un bâton bien affûté aussi, mais je n'ai pas envie d'essayer pour autant ! »

Ellen éclata de rire. « Eh bien, tu ne changeras jamais, ma chérie. Tu me fais rire.

– Bon, cette fois j'y vais. » Deirdre se leva. « Si tu ne transformes pas cette pouliche en poulinière, nous resterons amies. »

Ellen se leva elle aussi et elles sortirent sans hâte de la charmante sellerie. L'aile de l'écurie était pleine de chevaux, de poneys et de petites filles qui s'en occupaient. Elles avaient toutes l'air typique de la petite fille folle de chevaux, l'air heureux et tragique du passager qui embarque sur le *Titanic*.

Arrivée à la voiture de Deirdre, Ellen lui ouvrit la portière et dit : « Nous resterons amies.

– Je vais y réfléchir », dit Deirdre. Mais c'était vrai. Ellen faisait partie de ces amis fidèles dont on ne se débarrasse pas si facilement.

28. Projets clandestins

Quand Residual remporta sa première victoire, à sa deuxième course, coiffant au poteau une pouliche Seattle Slew, une pouliche Gone West, une Storm Cat et une In Excess (d'Irlande) avec dix bonnes longueurs d'avance, tous ceux qui la connaissaient ou l'avaient connue tombèrent d'accord sur l'objectif final de son année : Churchill Downs, la Coupe des éleveurs pour jeunes pouliches, le 7 novembre 1998.

Eh oui ! La Coupe des éleveurs ! Buddy avait en permanence une centaine de chevaux à l'entraînement dont un certain nombre assisterait à défaut de participer à la Coupe des éleveurs. Mais Jésus, un esprit tortueux en fin de compte, avait inoculé le virus de la Coupe des éleveurs à tout le monde. Buddy en entendait parler cinquante fois par jour par tous ceux qui avaient affaire à cette pouliche et là était le piège, car, en temps normal, on était si superstitieux à l'hippodrome qu'on ne parlait jamais de ses projets et de ses espoirs. Les journalistes étaient là pour ça – faire naître des espoirs qui pourraient ainsi être anéantis à la dernière minute. Quand ils vous interrogeaient sur vos projets et que vous leur disiez qu'il s'agissait de chevaux et qu'on ne pouvait compter sur rien, leurs articles parlaient toujours de votre modestie, comme si la seule et unique leçon à tirer d'une vie à l'hippodrome n'était pas qu'on ne peut rien tenir pour acquis, comme si c'était nouveau et qu'eux, ces maudits journaleux, n'avaient toujours rien appris ! Eh oui, ce genre d'entourloupe que Jésus avait toujours en réserve rendait Buddy sacrément irritable.

Un soir, tandis qu'il faisait sa prière habituelle, il se leva soudain de sa position agenouillée et s'assit sur le lit. Il regarda par la fenêtre en direction de la pleine lune car il se figurait que Jésus se trouvait dans ces parages et dit : « OK. Je t'expose l'affaire : Je me croyais sauvé. C'était ce que disait la pub. Je t'ai accepté comme mon sauveur personnel et on s'est rencontrés. Et tu vois, je l'ai ressenti, aussi. Je me sentais sauvé et tout. J'étais heureux. Mais je me rends sans cesse compte que je dois continuer à être sauvé. Suis-je sauvé ? Ne le suis-je pas ? Comment est-ce que je me comporte maintenant ? Ai-je mal agi ? Dois-je éprouver du remords ou juste continuer en essayant de mieux agir ? Est-ce que tu me parles ? Est-ce que tu me parles pas ? Suis-je bon ? Suis-je un pécheur ? Toujours un pécheur ? Tu sais quoi ? Je suis crevé ! Je n'ai que cinquante-huit ans ! Mon père en a quatre-vingt-six, il est encore vivant, son père est mort à quatre-vingt-dix-neuf ans. Ça veut dire que j'en ai encore pour trente ans ! Rien que d'y penser, ça m'épuise ! Je ne peux pas continuer ! » Et il fit ce que seuls les perdants font : il éclata en sanglots.

Un peu plus tard sa femme entra dans la chambre. Buddy aimait sa femme – sans doute. Elle était gentille, comme la mère de Buddy autrefois, mais pas très intéressante. Comme cette dernière, elle avait été une bonne mère pour leurs enfants si ingrats qui n'avaient pas arrêté de donner leur avis sur tout. Il avait cessé de faire l'amour avec elle depuis longtemps, il ne faisait plus l'amour avec personne, d'ailleurs. Avec tous ces chevaux à l'entraînement, ses angoisses et le télécopieur qui se mettait à cracher rapport sur rapport dès quatre heures du matin, où trouverait-il le temps de faire l'amour ? Sa femme s'approcha de l'armoire et en ouvrit la porte. Elle fit comme si elle n'avait pas remarqué sa présence. Elle se débarrassa de ses chaussures en deux coups de pied, puis se pencha et les rangea sur le meuble à chaussures. Elle fit glisser la fermeture éclair dans le dos de sa robe, qu'elle enleva et suspendit. Elle retira ses collants. Ils étaient mariés depuis trente-deux ans. Et les années avaient laissé des traces. Après avoir enfilé sa robe de chambre, elle dit : « Bon, qu'est-ce qu'il y a ? »

Buddy s'aperçut qu'il avait cessé de pleurer en l'observant. « Oh, rien, répondit-il.

– Buddy, tu pleures. Je ne t'ai jamais vu pleurer pendant toutes ces années. Pourquoi tu pleures ? » Elle n'avait pas l'air si compatissante que ça.

« Eh bien, pour être honnête, je crois que je ne suis pas sauvé, en fin de compte.

– Pourquoi ?

– Parce que tout devient de plus en plus dur, pas plus facile. Tu te sens sauvée, toi ?

– Je n'en sais rien. J'aime aller à l'église. Là-bas, les gens ont l'air de s'intéresser.

– À quoi ?

– À moi.

– Ah. » Buddy, quant à lui, perdit sur-le-champ tout intérêt pour cette question et regarda de nouveau par la fenêtre.

« Qu'est-ce qui t'a fait pleurer ? demanda-t-elle d'une voix plus douce en posant la main sur sa cuisse.

– Eh bien, tu sais quoi ? Quand le Seigneur est venu vers moi, c'était un sentiment si agréable que je me suis dit, bon, grâce à ce sentiment, je peux tout, mais ensuite il y a eu tous ces trucs à faire et à penser et je ne me souviens plus très bien de cette sensation agréable. »

Sa femme lui souriait. « Ça ne te rappelle rien ?

– Si, la première fois qu'un de mes chevaux a gagné une course.

– Rien d'autre ?

– C'est ça le truc. Chaque chose est un test.

– Désolée. Je ne voulais pas te faire passer un test. C'est simplement que ce que tu as dit me fait penser au mariage.

– Ah bon ? »

Elle le regarda, froidement d'abord, puis avec tendresse. Elle finit par dire : « Buddy, je me demande parfois si tu as vraiment vécu un seul jour de notre mariage !

– Mais bien sûr ! On a cette maison, non ? On a quatre gamins qui sont adultes et on part en vacances ensemble.

– On n'est plus partis en vacances depuis bien longtemps.

– Tu viens à l'hippodrome.

– Je ne suis pas allée à l'hippodrome depuis bien longtemps non plus.

– Nous allons ensemble à l'église tous les dimanches et je suis allé à une ou deux réunions qu'on y organise, aussi.

– Oui, chéri, mais ça ne veut pas dire que tu aies vécu ton mariage avec moi.

– Mais avec qui veux-tu que je l'aie vécu ?

– Voilà où je veux en venir. Je ne crois pas que tu aies vécu ton mariage.

– On est mariés depuis des années ! Qu'est-ce que j'aurais vécu d'autre ?

– L'illusion d'être marié, ça n'a rien à voir avec moi.

– Tu as envie de quelque chose ?

– Tu veux savoir si j'ai envie que tu me donnes quelque chose qui me prouverait que tu as vécu ton mariage avec moi ? »

Buddy trouva cette phrase compliquée, aussi répondit-il : « C'est ça.

– Non.

– Quoi alors ?

– J'ai envie de quelque chose qui te prouve que tu as vécu ton mariage avec moi. »

Buddy n'y comprenait plus rien. On aurait dit qu'elle lui envoyait des mots qu'elle manipulait avec des ficelles et à l'instant même où ils lui parvenaient, elle tirait sur les ficelles pour en changer le sens. La meilleure chose à faire était peut-être de tout renvoyer à l'expéditeur. « Bon, dit-il, qu'est-ce qui te fait penser que tu as vécu ton mariage avec moi ?

– Ce n'est pas quelque chose d'abstrait. Tu vois, j'ai vécu ta présence dans la maison. C'est comme vivre avec un gros moteur qui tourne tout le temps. En haut, en bas, dans cette pièce-ci et dans celle-là, tu dînes, tu te lèves de table d'un bond, tu jures sans arrêt, tu hurles des choses au téléphone, tu ris, tu fais tout le temps des affaires. Tu prends beaucoup de place et tu fais beaucoup de bruit. » Elle le regarda et il devait faire une drôle de tête car elle eut un petit sourire et reprit : « Tu sais, tu es très vivant, Buddy, et tu es toujours exactement toi-même. Tout ce que tu es se lit sur ton visage. »

Buddy songea à sa colère, à sa malhonnêteté, à sa cruauté et à sa négligence vis-à-vis des animaux et des gens et il dit : « Je sais. »

Mais elle répondit : « J'aime toujours ton énergie. La vie ne semble pas t'avoir diminué comme elle l'a fait pour moi. Tu es comme une balle de caoutchouc qu'on ne peut pas maintenir sous l'eau plus d'une seconde.

– Tu trouves ?

– Tout à fait. Quoi qu'il arrive, tu en redemandes toujours. La plupart du temps tu n'as même pas l'air d'avoir remarqué ce qui s'est passé. On dirait que tu ne prends jamais rien à cœur.

– Vraiment ?

– Tu es très fiable.

– C'est vrai ?

– Bien sûr. Le moteur ne cesse jamais de tourner, on dirait qu'il n'a jamais besoin d'être réparé ou réglé. Tu te rends compte à quel point c'est hors du commun ?

– Non.

– Eh bien, je sais que tu n'es pas porté sur l'introspection, Buddy. Voilà pourquoi c'est si dur pour toi d'être sauvé. Mais je trouve que tu t'en tires bien.

– Tu crois ?

– Oui. » Elle l'embrassa sur le front comme sa mère aurait pu le faire. C'était un peu déconcertant. On se marie avec quelqu'un, on l'ignore pendant près de trente ans et puis on découvre qu'elle pense tout un tas de choses de vous, elle vous embrasse comme votre mère et tout va bien, tout est pour le mieux en fait. Il soupira. Mais il était encore déconcerté, aussi ajouta-t-il : « Tu crois que je peux mener cette pouliche à la Coupe des éleveurs ?

– Pourquoi pas ? dit-elle.

– J'en ai deux ou trois en tête. Il y a cet Epic Steam aussi. Ça pourrait bien être ma meilleure année. Je pourrais devenir comme Baffert ou Lukas, dit Buddy.

– Ah, chéri… » commença-t-elle, mais il lui coupa la parole, comme toujours. « Mais pourquoi est-ce que je veux devenir comme eux ? Voilà ce que j'arrive pas à comprendre. »

Quant à Residual, tôt le lendemain matin, attachée au taquet de son box tandis qu'on la bichonnait et qu'on la sellait, c'était une de ces créatures qui ont toutes les qualités. Le bas de son arbre généalogique était bon sans être extraordinaire selon les critères à la mode. Mais si on remontait à la sixième génération, St. Simon reparaissait plusieurs fois dans sa généalogie, ainsi que Stockwell et l'illustre jument du XIXe siècle : Pocahontas. En outre, Baba Yaya avait été une bonne mère, attentive et expérimentée, douce mais ferme, elle tenait le haut du pavé dans la hiérarchie du troupeau de juments. Et tout ce que l'entourage de Residual savait d'elle était vrai. Son propriétaire dépensait l'argent sans compter : rations supplémentaires, vitamines, massages et tout ce qui lui faisait du bien. Leon, que Buddy avait tendance à appeler « l'entraîneur adjoint, ce débile », lui consacrait une attention toute particulière ; il s'assurait chaque jour que ses jambes étaient fraîches comme la pierre, suivait le moindre de ses pas, se rendait dans son box plusieurs fois par jour pour vérifier qu'elle allait bien, lui donnait des carottes et des pommes. Elle finit par l'aimer : quel que fût le programme qu'il avait en tête, celui de la jument consistait à faire de lui son être humain attitré et elle y réussit. Sa robe rousse était si soyeuse et chatoyante, ses grands yeux si doux, qui aurait pu lui résister ? Elle était faite pour être aimée, cela se voyait à la façon dont elle posait le menton sur son épaule et le regardait dans les yeux. Et elle s'accordait en tout point avec Deedee, sa cavalière d'exercice, dont elle appréciait la féminité détendue, la légèreté et la voix suave. Elle s'en remettait à sa cavalière, pour qui monter Residual était un vrai plaisir. Le jockey l'appréciait lui aussi. La pouliche créait autour d'elle une aura de gentillesse et d'intérêt. Tout le monde y était sensible. Ils se disaient les uns aux autres qu'elle se facilitait la vie, mais ils voulaient dire qu'elle facilitait la vie à tout le monde. Aussi, quand son lad la sortit de son box, tous ceux qui se trouvaient là s'approchèrent, le sourire aux lèvres.

Mais cela ne voulait pas dire qu'elle avait la moindre intention d'aller à la Coupe des éleveurs.

29. Une p'tite fêlure

Rétrospectivement, après avoir développé une douloureuse fêlure dans la paroi du sabot antérieur droit, P'tit Bob ne trouva dans toute son existence aucun endroit semblable à celui où il était ni personne de semblable aux gens qu'il côtoyait. Il y avait bien une barrière mais elle était basse et faite principalement de lattes verticales. L'espace qu'elle délimitait était exigu et ne contenait pas d'herbe. Plus exactement, il y avait une maison où des gens de toutes tailles allaient et venaient, une autre petite maison abritant des poulets et plusieurs objets inhabituels vers lesquels couraient les petits habitants de la maison et sur lesquels ils grimpaient chaque jour. Le coin d'enclos dévolu à P'tit Bob contenait des seaux d'eau, de la nourriture et son tas de foin. Il n'était séparé du reste de l'enceinte que par de frêles planches de bois. Le cheval y restait plus par courtoisie qu'autre chose. Tous les jours, cependant, un vieil humain de très petite taille qui apparemment était une femme venait à lui à quatre reprises, le nourrissait et lui donnait à boire. Deux fois par jour, elle accrochait une bride à son licol et lui faisait prudemment faire le tour de l'enclos en chassant les enfants et les poulets si nécessaire. Tout cela le changeait beaucoup de l'hippodrome, du haras où il était né et aussi du centre d'entraînement où il avait reçu son éducation. À part cette femme, deux hommes s'occupaient de son sabot. Ils le touchaient, l'examinaient, hochaient la tête en le regardant, lui souriaient, lui parlaient et y introduisaient quelque chose qui était assez apaisant dans un premier temps. P'tit Bob avait l'impression qu'ils ne le reconnaissaient que dans la mesure où il se trouvait dans le prolongement de ce sabot.

Si étrange que ce fût, P'tit Bob n'avait rien à reprocher à cet endroit. La nourriture était saine et savoureuse, le foin abondant, l'eau excellente, sans arrière-goût, et la vieille femme le traitait toujours avec tact et douceur. Elle se conformait à un horaire très strict et, en témoignage de sa gratitude, le cheval s'abstint de se délester de son crottin dans son seau d'eau. Quand les enfants lui couraient entre les jambes comme cela se produisait parfois, il restait immobile mais de temps à autre il décochait un coup de sabot inattendu à l'une de ces fichues volailles.

Lin Jay Hwang, surnommé le Pisse-Froid, avait hâte de renvoyer le hongre P'tit Bob à Golden Gate mais il n'y avait aucune raison de payer cinquante dollars de frais d'entraînement par jour simplement pour que le cheval reste dans son box. On ne peut jamais savoir avec les failles dans le sabot. Elles peuvent se résorber et disparaître comme elles peuvent durer aussi longtemps que le cheval vivra. Il existe diverses techniques, anciennes et modernes, pour les soigner mais toutes prennent du temps, un peu comme faire repousser un ongle abîmé ou des cheveux mal coupés. Mais il y avait tout de même une chance. Le Pisse-Froid avait un goût prononcé pour les probabilités – à peine descendu du bateau qui l'amenait de Chine en 1983, cet ancien garde rouge et génie des maths avait commencé par devenir handicapeur –, il essayait souvent de préciser les chances de guérison d'une faille, d'une entorse au tendon, d'une fracture condylienne ou d'une fêlure de l'os de la cheville, mais les chevaux avaient été trop nombreux à défier les probabilités d'une façon ou d'une autre. Les probabilités, avait-il fini par comprendre, devaient être réservées à un échantillon de population de taille raisonnable, disons les huit ou dix chevaux participant à une course. Un seul cheval ne pouvait s'empêcher de défier les probabilités.

Ce cheval-là, P'tit Bob, ou « Prune d'Acier », comme la mère de Lin Jay l'appelait en chinois, avait tout l'air d'un défi aux probabilités. Son apparence n'avait rien d'extraordinaire, c'était un simple cheval bai, mais au bout de quarante-deux départs, huit victoires, six deuxièmes positions, quatre troisièmes positions et quelques quatrièmes positions, il semblait inchangé par ces expériences : voire immuable en dépit de l'expérience. « Bon cheval », voilà ce que disait sa mère, dans son style prophétique habituel. Le Pisse-Froid avait lui-même cinquante-cinq ans, ce qui rapprochait sa mère des quatre-vingts ans. Elle savait reconnaître un bon cheval quand elle en voyait un et comme elle était elle-même immuable face à l'expérience, elle se trouva un lien de parenté avec l'animal. Durant toutes ces années elle n'avait jamais autant aimé un des chevaux à réclamer du Pisse-Froid. Voilà pourquoi elle prenait personnellement soin de Prune d'Acier. Le Pisse-Froid était raisonnablement sûr qu'elle glissait des herbes médicinales dans sa nourriture. Et c'était très bien ainsi. À vrai dire, le Pisse-Froid trouvait tout ce que faisait sa mère très bien.

Il avait été profondément changé par l'expérience, même si on l'avait toujours connu, depuis qu'il avait été écolier dans la province du Hubei, comme le Pisse-Froid. Il avait d'abord reçu ce surnom parce que, dans les concours d'écoliers à celui qui ferait pipi le plus loin, il l'emportait d'une longueur sur les autres garçons. Par la suite, c'était resté un simple nom. Quand il était arrivé en Amérique il avait découvert qu'un pisse-froid était quelqu'un de particulièrement fort, intéressant ou désagréable. C'était ce qu'il aspirait à devenir aussi traduisit-il son surnom pour pouvoir le garder. Cela choquait et rebutait les Américains, mais pas trop. Voilà qui convenait tout à fait au Pisse-Froid. Il s'était retrouvé à l'hippodrome de Golden Gate Fields et à Bay Meadows car, en voyant qu'il ne pouvait trouver aucun emploi dans son domaine, l'enseignement de l'algèbre, et comme à la suite de son expérience de la Révolution culturelle passée à planter du riz dans la province du Jiangsu il avait décidé de ne pas réitérer l'expérience des tâches serviles, il s'était donc tourné vers les jeux de hasard. Le mathématicien qu'il était préférait les variables au hasard pur, aussi s'était-il retrouvé à l'hippodrome plutôt qu'à jouer à la loterie ou à fréquenter les salles de poker. Il n'avait sans doute pas levé les yeux de son *Programme des courses* pour regarder un seul cheval durant la première année ou plus mais, quand il l'avait enfin fait, il avait aimé ce qu'il avait vu. Une autre chose lui était apparue : si on possédait et réclamait des chevaux, on pouvait jouer sur les deux tableaux, un peu comme quand on cultivait les récoltes tout en jouant à la bourse du commerce ; aussi avait-il toujours quelques chevaux et quelques entraîneurs sous la main. Il passait toutes ses matinées dehors à regarder les exercices et se rendait pratiquement à chaque course. Sa femme s'était résignée à tout cela, elle aurait préféré vivre dans une communauté chinoise au milieu de San Francisco plutôt qu'à Pleasanton avec les Blancs, endroit qui leur permettait de garder un cheval bel et bien sur le déclin. Elle avait elle-même un travail qu'elle aimait : elle vendait des robes de créateurs chez Saks. Ses acheteuses, qu'elle appelait ses « clientes », dépensaient souvent plus pour une robe que le Pisse-Froid n'investissait dans un cheval.

La mère du Pisse-Froid avait connu une existence dont ce dernier avait souvent été témoin sans jamais parvenir à se la représenter. Des vagues successives d'histoire et de tragédie l'avaient malmenée aussi régulièrement que les marées. Le plus curieux chez elle, selon le Pisse-Froid, était le fait qu'elle eût elle-même choisi son nom, car ses parents, des paysans de la province du Fujian, n'avaient pas estimé que leur septième fille méritait cette peine. En anglais, le nom de sa mère signifiait Petit Galet, cela ne ressemblait à aucun nom de femme chinoise qu'il eût entendu. Il n'était pas impossible qu'elle n'ait jamais vu un cheval avant que le Pisse-Froid ramène le produit de son premier investissement à la maison. Une chose était sûre : à cette occasion, elle avait maintes et maintes fois fait le tour de l'animal, une belle pouliche nommé Ladidah qui avait ensuite gagné trois courses avant de lui être réclamée. Qu'importe, la taille de sa mère était d'un mètre trente-sept, ou peut-être pas. Peut-être sa mère l'aimait-elle, ou peut-être pas ; peut-être aimait-elle sa femme, ou peut-être pas ; peut-être aimait-elle ses enfants et ses petits-enfants qui venaient en visite, ou peut-être pas. Sa mère ne semblait avoir ni désirs ni souhaits, ni espoirs ni craintes, ni maladies ni affections ; en fait, elle ressemblait exactement au nom qu'elle s'était donné : un petit galet.

Le parfum de Petit Galet intriguait Prune d'Acier au plus haut point. Il levait souvent le chanfrein vers son visage pour la renifler. Elle le laissait faire. Après son visage, il se frayait parfois un chemin jusqu'à son épaule, vers son dos, le long de sa poitrine ou dans ses cheveux. Elle le laissait faire. Sa main ne se levait jamais pour le toucher ou le caresser, elle ne le regardait ni ne lui parlait jamais mais elle se prêtait aux investigations et Prune d'Acier menait ses investigations. Elle exerçait sur lui une inextinguible fascination. S'il voulait lui lécher le devant de la robe, ce qu'il fit une ou deux fois, lui lécher les mains ou même lui faire un pinçon à la joue, elle n'avait aucune réaction, pas même le sursaut réprimé que les chevaux observateurs savent détecter. Pour Prune d'Acier, Petit Galet incarnait le calme absolu, un espace de tranquillité au beau milieu du capharnaüm de la maison, du poulailler, du jardin, de l'outillage et des équipements, des véhicules et des remorques, du bruit, des bavardages, des souhaits, des frustrations, des rêves et des déboires. Un tel espace était unique dans son expérience, aussi le reniflait-il, y promenait-il son nez, le tâtait-il et la poussait-il doucement du chanfrein ; et il laissait tomber son crottin à un endroit bien précis dans le coin de l'enclos où elle pouvait facilement le ramasser. Les lads de l'hippodrome auraient peut-être pensé que cela faisait partie de son répertoire de plaisanteries, mais bon, aucun lad de l'hippodrome ne ressemblait à Petit Galet. Quand elle lui faisait faire un tour selon le programme préétabli, il l'observait et la humait. C'était un changement de rythme total.

Quant à la mère du Pisse-Froid, elle se chargeait de refréner chez ce dernier le sentiment de supériorité naturel que lui avait procuré une éducation dialectique. Il se surprenait souvent à regarder les Américains de sa connaissance pour constater non sans émerveillement leur stupidité, leur vulgarité et leur négligence. Leur grande taille elle-même semblait parfois pouvoir leur être reprochée comme s'ils étaient incapables de savoir où s'arrêter même dans leur croissance. Et ses collègues de travail, parieurs du lieu où il choisissait de se livrer à ses opérations, avaient l'air de se contrôler encore moins, si c'était possible, que la plupart des Américains. Ils étaient toujours en train de pousser des cris de joie, des imprécations et des lamentations. S'ils touchaient le jackpot sur un cheval dont la cote était basse, ils y trouvaient une gloire personnelle. S'ils perdaient une grande course, ils criaient comme si le jockey, voire le cheval, avait organisé cette défaite pour leur nuire personnellement. Même ses meilleurs amis américains, ceux qui avaient des systèmes à toute épreuve, ceux qui ne regardaient jamais un cheval, ceux qui prenaient en compte toutes sortes de facteurs externes, comme l'emplacement de la corde, la direction et la force du vent, même ceux-là étaient régulièrement tentés par la notion de rédemption personnelle : l'idée que les chiffres allaient les voir, eux, et leur accorder miséricorde. Dans ces moments-là, le Pisse-Froid se sentait rempli de mépris jusqu'à la moindre molécule, mais ensuite il rentrait chez lui en voiture et contemplait sa famille, sa maison et sa vie ; alors il sentait son mépris envers les autres se retourner contre lui et le submerger au centuple. Dans ces moments-là, il regardait sa mère avancer à petits pas devant le cheval qui l'observait de tous ses yeux, les oreilles dressées, le chanfrein à seulement quelques centimètres de son cou, et ce spectacle le mystifiait à tel point qu'il décidait qu'il ne savait rien après tout, alors il descendait de ses grands chevaux, rentrait dans la maison, buvait un verre d'eau et se sentait mieux.

Le jour où Prune d'Acier devait retourner à Golden Gate Fields et reprendre l'entraînement, le Pisse-Froid se leva plus tôt que d'habitude, bien avant l'aube. Prune d'Acier dormait encore dans son enclos, étalé de tout son long sur le côté, les chevilles détendues, les sabots presque parallèles aux jambes, les oreilles retombant lourdement et les côtes soulevées par d'amples inspirations. Le Pisse-Froid avait déjà accroché la remorque à son vieux camion et commencé à panser les jambes de l'animal quand celui-ci poussa un soupir et roula sur son poitrail avant de poser paresseusement un sabot à terre pour se hisser sur ses jambes. Le Pisse-Froid accomplissait ses tâches en bon ordre, calmement, et le cheval fut bientôt dans la remorque, le chanfrein dans son filet à foin et la rampe du van relevée. Après avoir vérifié une dernière fois le crochet d'attelage et les phares, le Pisse-Froid fut prêt à partir. Il ramassa sa tasse de café posée sur la rambarde de l'enclos de Prune d'Acier, contourna le camion et y monta. Quand il ouvrit la portière, la lampe de plafond éclaira la frêle silhouette de sa mère assise sur le siège du passager. Le Pisse-Froid cacha son étonnement – Petit Galet ne l'avait encore jamais accompagné à l'hippodrome –, desserra le frein à main et conduisit le véhicule jusqu'à la rue. Il sentait toutes ses attentes pour la journée à venir, des attentes entièrement dictées par la routine, s'évanouir. Il sourit.

Le fait est que, quand votre mère est cantonnée dans un lieu bien précis et qu'elle accomplit les mêmes gestes toute la journée, jour après jour, on n'a guère besoin de penser à elle, mais quand on se retrouve à côté d'elle sur la route, à conduire dans le voisinage puis sur l'autoroute et qu'on la voit tout regarder par la fenêtre, la cabine du camion elle-même, la bretelle d'accès à l'autoroute et les semi-remorques, tout vous paraît soudain immense, rapide et étonnant. Parfois, le Pisse-Froid lui-même se rappelait qu'il était passé par plusieurs univers pour en arriver là. Avec le recul c'était intimidant.

Combien plus étranges devaient être les choses pour sa mère, assise là, petit être inexistant recroquevillé contre la portière (il vérifia que la portière était bien verrouillée), la main posée sur le tableau de bord, les yeux sur la route, les pieds touchant à peine le sol sous son siège. Elle portait un large pantalon kaki, une chemise blanche à boutons et une paire de baskets d'enfant : ses cheveux, gris, épais et abondants, étaient rassemblés en une boule sur sa nuque. Elle ne savait pas lire. On ne lui avait jamais appris à lire le chinois, bien sûr, et apprendre à déchiffrer l'anglais était hors de question à son âge. Il ne savait pas exactement combien d'enfants elle avait portés. Avec sa femme, ils les avaient estimés à sept mais il pouvait y en avoir plus. Autrefois, Petit Galet avait eu fort à dire, surtout des instructions et des admonestations, mais peu de choses sur elle-même et sur sa vie. Or maintenant, et depuis des années, elle n'avait plus grand-chose à dire. Il existait une expression américaine à laquelle aucun petit Américain ne semblait se conformer, les enfants doivent se laisser contempler en silence. Voilà ce que faisait sa mère, dans sa seconde enfance : elle s'affairait de-ci, de-là toute la journée, toujours bien visible mais sans prononcer plus d'un mot ou deux et toujours en anglais.

Pour sa part, Petit Galet savait pertinemment que Hwang Lin, son fils, continuait de penser à elle comme étant sa mère même si elle avait passé l'âge d'enfanter depuis des années. Pareil pour tous ces aspects de son identité qu'elle avait crus faire partie d'elle-même et qu'elle avait laissés derrière elle : fille de ses parents, sœur de ses frères, épouse de l'homme à qui ses parents l'avaient vendue, épouse de l'homme qu'elle-même s'était choisi après que le premier mari avait été tué dans la province du Hunan, par des voleurs à ce qu'on avait dit. Mère, mère, mère, mère, encore et encore, celle qui balayait, cuisinait, portait le fumier, gardait les enfants des autres femmes, celle qui changeait des lits d'hôpital, celle qui lavait à la main les draps ensanglantés, celle qui cultivait son jardin et tuait les poulets, qui saignait les cochons, portait de l'eau et attendait qu'on lui dise quoi faire d'autre – une femme. Tout cela, elle s'en était débarrassé comme d'autant de peaux, l'une après l'autre. À présent, elle ne se donnait plus d'autre nom que celui de Petit Galet. Le travail se trouvait accompli une fois qu'elle était passée par là mais elle n'avait pas plus la sensation de travailler que celle de respirer. Dans quelque temps, elle se débarrasserait de sa dernière enveloppe.

Elle se demandait parfois ce qu'elle découvrirait alors, mais se poser des questions était encore une chose qu'elle faisait rarement désormais car cela ne changeait rien à ce qui allait arriver ni à ce qu'on souhaitait ni même à ce qu'on obtenait. À ce stade, Petit Galet était sûre d'une chose : à peu près tout ce qui existait était plus grand qu'elle. Même ses arrière-petits-enfants pour la plupart. Mais on ne pouvait pas dire qu'il n'en avait pas toujours été ainsi. Les sentiments que cela lui inspirait avaient changé, eux aussi. La magnitude des choses l'avait effrayée autrefois ; plus maintenant. Depuis qu'elle ne s'interrogeait plus, ne souhaitait plus rien et ne se souciait plus de ce qu'elle obtenait, la magnitude de toutes choses autour d'elle la portait de l'avant sans heurt, comme le courant puissant et régulier d'un large fleuve traversant une immense vallée sous un ciel généreux. Elle n'était qu'un petit galet, après tout ; elle avait besoin d'une force de la nature dénuée de brutalité pour être soulevée et menée à bon port. Elle soupira en regardant autour d'elle. Le soleil se leva dans le pare-brise du camion et elle s'abrita les yeux. Quand ils arrivèrent à un feu rouge, Prune d'Acier piétina un peu le plancher du van et elle sentit le camion frissonner sous l'effet des vibrations. Hwang Lin regarda autour de lui mais Petit Galet savait que le cheval y allait simplement de son rythme.

Le Pisse-Froid était content de se rendre à l'hippodrome où tout était agitation familière. Conduire en compagnie de sa mère l'avait rempli de nostalgie et l'avait amené à penser qu'il pouvait si peu pour elle. Si elle voulait quelque chose, il le lui offrirait sûrement mais ça ne l'avancerait à rien de demander. Elle ne voulait jamais rien. Il était arrivé trop tard pour pouvoir lui donner quoi que ce fût et, à cet instant précis, cela lui procurait le sentiment d'être inutile. Il manœuvra prudemment la remorque jusqu'à l'écurie C où son entraîneur était déjà en selle pour accompagner sa troisième série de chevaux. Mais c'était très bien ainsi. Le Pisse-Froid savait ce qu'il avait à faire et dans le box la litière était déjà bien fournie en paille dorée. Le filet à foin du cheval était accroché près de la porte.

Les chevaux partirent à l'exercice et le Pisse-Froid descendit de son camion. Il ferma soigneusement la portière et contourna la remorque. Il ouvrit les portes latérales et détacha le hongre puis fit le tour jusqu'à l'arrière de la remorque et baissa la rampe. Prune d'Acier attendit calmement que le Pisse-Froid dise « Vas-y, mon vieux ». Alors le cheval recula à pas prudents en cherchant la rampe à tâtons. Le Pisse-Froid tendit la main vers la bride mais sa mère se tenait là, devant lui et elle la cueillit délicatement dans ses mains. Le cheval regarda autour de lui.

Voilà qu'il était de retour, P'tit Bob, le p'tit cheval de course. Ses naseaux frémirent et il s'ébroua au milieu des odeurs familières, ah ! Il fit pivoter ses oreilles comme des antennes paraboliques, ah ! Il tourna la tête d'un côté et de l'autre pour poser les yeux sur la scène qu'il était né pour voir, ah ! Sa peau frémit sur ses muscles comme si des mouches se posaient à sa surface mais sous le seul effet de l'excitation. Il n'avait pas vu d'autre cheval depuis longtemps et à présent il se trouvait au milieu d'eux, qui envoyaient des signaux de toutes parts. Il poussa un unique hennissement prolongé en guise de salut et d'autres hennissements lui répondirent sur-le-champ, « Bonjour ! Bonjour ! Bonjour ! Je suis là, je suis là ! Moi aussi ! Bonjour ! Bonjour ! » : en ondes successives, les hennissements se propageaient de l'écurie C jusqu'aux arrière-cours de l'hippodrome et au loin, où ils n'avaient plus rien à voir avec P'tit Bob, mais seulement avec « Bonjour ! Je suis là ! Où es-tu ? Je suis là ! Moi aussi ! ».

Tandis que sa mère tenait le cheval, le Pisse-Froid s'assit sur les talons à côté de l'animal dont il défit les bandages en jetant les bandes de tissu par terre. Puis il passa les mains sur les jambes délestées de pansements. Froides et solides. La fêlure s'était bien résorbée, prête à être recouverte d'un sparadrap, la ligature était lisse et tout d'un pan. Un système stable, ce P'tit Bob. Pas le cheval le plus rapide du monde ni le plus beau, mais sa charpente était sacrément solide. Les fondations étaient bien carrément posées sous le reste du corps tandis que l'ensemble se déplaçait bien carrément sur les fondations. Ce cheval était bien une prune, il était bel et bien coulé dans l'acier. Le Pisse-Froid dit : « C'est bon, maman. On va l'emmener se promener un peu et puis on le mettra dans son box. »

Il ne lui prit pas le cheval comme il était tenté de le faire. Il n'était pas si facile de se promener à l'arrière de Golden Gate. Les lieux étaient surpeuplés et le sol inégal. La dernière chose qu'il voulait à ce moment-là était de voir sa frêle enfant de mère trébucher, tomber sous les sabots du cheval et être piétinée. Si petite qu'elle parût à la maison, elle semblait l'être encore plus, ici, plus minuscule que le plus petit des jockeys. Et le cheval était manifestement excité d'être de retour : il arrondissait l'encolure et levait haut les sabots. Aussi le

Pisse-Froid se détourna-t-il, s'affairant à nettoyer et à refermer la remorque pour ne pas s'immiscer entre eux et pour cacher ses larmes à sa mère. Elle ne faisait que passer dans la vie de son fils. La vitesse de son passage accélérait. Il n'avait rien à lui donner, pas même un cadeau d'adieu. Il ne pouvait guère que la contempler un moment, l'observer en compagnie de ce cheval qui, malgré toutes les distractions autour de lui, suivait encore attentivement Petit Galet, le chanfrein à quelques centimètres de son cou, les oreilles dressées, le pas prudent. Jamais le Pisse-Froid n'avait vu spectacle plus étrange.

Petit Galet conduisit Prune d'Acier à son box et le fit pivoter sur lui-même de façon qu'il soit tourné vers l'avant. Elle leva la main et défit la boucle de son licol, qu'elle lui enleva. Pendant ce temps, le Pisse-Froid ajustait la couverture sur le dos de l'animal. Le lad viendrait vers midi et panserait les jambes du cheval pour la nuit. Un entraînement allégé commencerait le lendemain. Avec de la chance le cheval courrait à nouveau dans six ou huit semaines. Qu'importe, pensait le Pisse-Froid. Sa mère le précéda en sortant du box et quand il eut fermé le taquet, il prit le temps de donner au cheval un morceau de carotte tiré de sa poche. Sa mère partit sans un regard en arrière. Impossible de deviner si elle éprouvait de l'affection pour ce cheval. Elle commença à longer l'allée entre les stalles. Le cheval la suivit du regard, les oreilles tournées aussi loin vers l'avant que pouvaient l'être les oreilles d'un cheval. Puis il se remit à faire du bruit, il hennissait et hennissait encore. Il cogna ses genoux contre le portillon du box, tourna sur lui-même et fonça sur le portillon, hennit, puis recommença à tourner sur lui-même et à foncer sur la porte. Petit Galet n'eut pas un regard en arrière. La détresse du cheval s'intensifia. Petit Galet ouvrit la portière du camion, monta et la referma. Prune d'Acier la suivit des yeux et hennit à nouveau. Le Pisse-Froid n'avait jamais rien vu de pareil. Il secoua la tête, rabattit le battant supérieur du portillon et le verrouilla, puis il se dirigea lui aussi vers le camion. Parfois, on n'a pas d'autre choix que de laisser un cheval seul dans l'obscurité de son box pour lui faire comprendre ce qui lui arrive et pour qu'il apprenne à surmonter cette épreuve.

JUIN

30. Une vilaine pouliche

Debout dans les tribunes, les yeux fixés sur la piste d'entraînement, Farley observait les efforts d'Arturo qui essayait de faire travailler Froney's Sis. Ils avaient prévu de parcourir deux fois le tour de la piste de mille deux cents mètres, puis un tour au galop avant de la ramener pour la rafraîchir. Elle avait travaillé avec son poney la veille, l'avant-veille et le jour d'avant. Avant cela, un des moniteurs l'avait promenée au pas à l'arrière de l'hippodrome, comme il aimait le faire avec tous les nouveaux arrivants. Elle avait semblé prête à travailler avec un poney, mais le devenait de moins en moins au fur et à mesure qu'elle avançait. À présent elle ne semblait plus capable d'apprendre quoi que ce fût et chaque jour était pire. Elle se cabrait et ruait bien qu'Arturo la maintînt d'une poigne ferme au côté du poney. Tous les chevaux qui s'approchaient l'effrayaient. Quand elle revenait à l'écurie, elle ruisselait de sueur et tremblait de tous ses membres.

Arturo commençait à s'énerver.

Le poney commençait à s'énerver.

Farley commençait à s'intéresser. Quand un des chevaux de deux ans de Neil Drysdale arriva sur la droite de la pouliche, à bonne distance, elle tordit le cou pour le voir, se cabra et fit un écart comme un gamin au cinéma qui veut à tout prix voir le monstre puis hurle de terreur. Arturo poussa le poney en espérant faire avancer la pouliche, la faire sortir de sa panique et entrer dans l'état d'esprit nécessaire à la course, mais elle s'arc-bouta sur ses postérieurs et lança la tête en l'air.

Oh, quelle vilaine pouliche !

« Fais-la simplement avancer au pas, Arturo, cria Farley. Elle panique. » Il vit qu'Arturo acquiesçait, ils prirent le chemin de l'allée et passèrent à l'extérieur de la piste.

C'était une vilaine pouliche et une pouliche à l'ascendance obscure, petite bille de verre ordinaire parmi les perles de Tompkins. Dans le meilleur des cas elle courrait avec les chevaux de courses à conditions et rapporterait à Mr. Tompkins quelques dizaines de milliers de dollars qui iraient directement dans les caisses de l'État. Il était plus probable, si toutefois elle parvenait à participer à des courses, qu'elle le fasse en tant que cheval à réclamer.

En raison de ses problèmes psychologiques, son entraînement coûterait cher en temps et en argent. Sa mère étant morte, même la motivation consistant à améliorer son record de production était écartée. On ne gagnerait rien à perdre son temps avec cette pouliche-là.

Mais elle était intéressante.

Arturo, le poney et la pouliche quittèrent la piste et rentrèrent à l'écurie.

Farley les observa en se caressant la barbe tandis qu'il leur emboîtait le pas. « Salut ! » lança-t-il à Ron Ellis. « Salut ! » dit-il à Mel Stute. « Hé, salut ! » dit-il à Neil Drysdale. « Salut, vieux ! » dit-il à Bobby Frankel. Mais il leur parlait sans les voir – rien que des gagnants. Il commençait à s'enthousiasmer pour une chose qu'il trouvait toujours intéressante par l'enthousiasme qu'elle suscitait : une cause perdue, une tentative sans espoir, une énigme zen – comment entraîner un cheval inutile à remplir une fonction inutile ? Il souriait.

Quand il rentra à l'écurie, Arturo déclara : « J'veux plus faire bosser c'te pouliche. Elle me fait péter les plombs, patron. J'aime pas ça, quand un cheval me fait péter les plombs.

– On va trouver une autre solution, Arturo. »

À six heures du matin, Joy pénétrait dans le complexe de poulinage au volant de son vieux Ford Ranger pour voir s'il s'était passé quelque chose pendant la nuit. C'était le début du mois de juin ; cent soixante-seize poulains et pouliches étaient nés et seuls quelques-uns tournoyaient encore au-dessus du haras, pour ainsi dire, en attendant de pouvoir s'approcher pour l'atterrissage.

Elle longea l'aile du bâtiment. Il faisait jour à présent, il était temps de faire sortir les juments dont les poulains étaient assez âgés et assez robustes pour gambader dans un espace moins confiné que celui d'un box.

José l'aida à sortir les juments ; Jorge suivait avec les poulains, un bras passé autour de leur croupe, sous leur minuscule queue agitée de soubresauts, et l'autre autour de leur poitrail.

Quand ils eurent terminé, elle aperçut un van dans la cour qui amenait une jument sur le point de mettre bas, elle devait ensuite être saillie par un étalon Tompkins. Zora, l'une des manutentionnaires des poulinières, était montée sur la rambarde. « Vous feriez mieux de venir voir ça », dit-elle.

La jument était debout dans le van, jambes écartées et tête baissée. Elle était trempée de sueur et son ventre semblait énorme. Elle poussait des râles. Zora agita ses papiers au-dessus de sa tête. « Elle doit mettre bas dans une semaine, dit-elle. Elle a l'air épuisée. J'ai peine à croire qu'on l'ait convoyée si tard et par ce temps.

– D'où venait-elle ?

– Je l'ai prise à Temecula, dit le chauffeur avant d'ajouter : Fallait bien que je m'arrête pour la nuit, vous savez.

– Quand est-elle montée dans le van ?

– Vers trois heures, hier après-midi.

– Vous avez vérifié qu'elle allait bien sur la route ?

– Ben... mon collègue est malade.

– Il faut la faire sortir du van, dit Zora, et la mener dans un box de poulinage. J'ai appelé le vétérinaire. »

Joy s'approcha de la tête de la jument et la pinça, faisant un pli dans la peau à la base de l'encolure et à la naissance de l'épaule. Le pli ne disparut pas. « Elle est très déshydratée », constata Joy.

Elle souleva la lèvre supérieure de la jument et appuya le doigt sur sa gencive. Une éternité sembla s'écouler avant que le sang circule à nouveau dans l'empreinte blanche de son doigt. « Et elle est peut-être choquée, ajouta-t-elle.

– Je crois que j'ai dormi un peu trop longtemps, admit le chauffeur. J'ai fait un long voyage, l'autre nuit, de...

– Bon, l'interrompit Joy en faisant sortir la pouliche du van, le propriétaire n'aurait pas dû attendre si longtemps pour la faire voyager, vous n'auriez pas dû vous endormir et tout s'est enchaîné, maintenant il faut la faire marcher et lui donner à boire. »

Zora entra dans le haras pour en ressortir munie d'un léger drap de protection et Joy conduisit la jument à un seau d'eau. La jument n'en prit qu'une gorgée. « Oh, petite mère ! fit Joy, je suis vraiment désolée. » Dans ce van, seule pendant une quinzaine d'heures, la jument avait peut-être voulu marcher et le fait d'être attachée l'avait angoissée. Ou elle avait voulu se rouler sur le ventre, devinant peut-être que le poulain était dans une mauvaise position. Joy passa la bride à Zora et prit les papiers de la jument. Elle était issue de Hoist the Flag, père de très bonnes reproductrices, et elle avait été fécondée par Avenue of Flags, un étalon californien très coûteux. Il n'y avait aucune raison pour que son propriétaire ait fait preuve de négligence, mais il l'avait fait.

Il était maintenant près de midi. Tout le monde était parti. Les lads étaient allés déjeuner. Dunya, la comptable de Farley, était partie faire son jogging quotidien. Tous les téléphones s'étaient tus. Tous les propriétaires étaient occupés ailleurs à faire des affaires en or. Farley avait noté les résultats de cette journée d'entraînement et rangé ses papiers dans son porte-documents. Il n'y avait que FitzGerald, l'acupuncteur, dans les parages : au bout de la rangée de box, il travaillait sur l'étalon High Brite. Tout le long de l'allée, les chevaux mangeaient, somnolaient ou dormaient. Farley ferma la porte de son bureau et longea les box jusqu'à celui de Froney's Sis. Elle était tournée face à l'arrière du box. « Salut, ma fille, dit-il. Allez, tourne-toi et regarde-moi. » Elle l'ignora. Il baissa la voix et fit claquer sa langue. Elle tourna une oreille vers lui. « Allez, ma fifille, dit-il. C'est pas si mal, là-dehors. Ça te plaira si tu veux bien essayer. » Il agita le filet à foin et elle tourna la tête. Mais elle la détourna de nouveau. Il sortit une carotte de sa poche et la cassa en deux. À ce bruit la pouliche se retourna, fit un pas vers lui et saisit un morceau de carotte entre ses lèvres. Puis elle accomplit le geste tant espéré : elle chercha une autre carotte, oreilles dressées, cou tendu. Il lui mit un second morceau entre les lèvres et lui caressa la joue, puis le menton. Quand elle eut terminé sa carotte, il saisit le licol par la bride qui y était attachée et le lui passa autour de la tête ; puis il rabattit le portillon du box et la fit sortir. « Allez, viens, ma douce, dit-il, on va juste faire un petit tour. »

La jument angoissée se trouvait maintenant dans un box. On lui avait donné un anti-inflammatoire pour soulager la douleur et faire baisser sa température et on lui avait fait ingérer de l'huile minérale par les naseaux pour prévenir une éventuelle colique. À présent on lui administrait des liquides par intraveineuse. Joy la regardait uriner, ce qui était bon signe même si l'urine était encore un peu trop sombre. Ce qui comptait le plus, c'était que la jument avait l'air à l'aise et détendue. Joy l'avait un peu bichonnée, aussi était-elle propre et sèche et non plus couverte de sueur. Peut-être, se disait parfois Joy, était-ce là ce qui comptait le plus : une simple attention, un petit brin de conversation et quelques caresses. On sous-évaluait toujours la douleur éprouvée par un cheval qui se sentait seul et abandonné, n'est-ce pas ?

Le poulain allait très bien, d'après le vétérinaire : puissantes pulsations cardiaques, gros gabarit, semblait-il.

Aucun cheval n'aime rester seul année après année, seul avec ses soucis, à ruminer ses pensées. Aucun cheval n'aime être privé d'amis. Aucun cheval n'aime l'absence de contact physique : lèvres glissées sur le garrot et pinçons à la joue. Aucun cheval n'aime voir passer les mois sans pouvoir entrelacer son encolure à celle d'un ami. Aucun cheval n'aime paître solitaire jour après jour, sans personne pour chasser les mouches de son poitrail. Aucun cheval n'aime rester à l'écart dans un coin de pâturage, à regarder les autres en souhaitant leur compagnie et en la redoutant. Ce genre de comportement fait trop réfléchir un cheval et peser trop soigneusement chaque décision.

Maintenant, Joy était en sueur. Le soleil était haut dans le ciel audessus de Central Valley et ses yeux commençaient à en souffrir. Il allait probablement faire si chaud aujourd'hui qu'il serait inhumain de monter Mister T., la plus grande joie de Joy. Elle rentra dans le bureau chercher ses lunettes de soleil.

Le tract dans son casier disait : « Employés du Centre hippique Tompkins ! Signez sans tarder ! Dernier voyage ce printemps ! Mr. Tompkins emmènera dix employés du centre à Hollywood Park le 7 juin pour une journée aux courses ! Les premiers arrivés seront les premiers servis ! Plusieurs chevaux de course de Tompkins International courront ce jour-là ! »

Joy regarda Hortense, la secrétaire de Mr. Tompkins, de l'autre côté du bureau, puis par la fenêtre pour y chercher trace de l'homme en question. Nulle part en vue. « Hortense, dit-elle. Est-ce qu'on doit porter les vestes blanches ?

– Il a demandé les chemises de batiste. Il fait un peu trop chaud pour les vestes blanches. C'est ce que je lui ai dit.

– Merci.

– T'y vas ?

les réacteurs, mais une autre pouliche, une Kenmare irlandaise, le fit et rattrapa Exotic Wood avec laquelle elle entama un bras de fer.

Exotic Wood coucha les oreilles et montra les dents. L'autre pouliche fut intimidée, comme cela arrive parfois dans les courses de femelles, et elle se déconcentra. Exotic Wood franchit le poteau première, avec une longueur d'avance. Laurita termina cinquième. Dick se leva et alla parler au jockey mais ce qui s'était passé durant cette course était clair, ou plutôt, il était clair que ce qui s'était passé s'expliquait par la hiérarchie propre à la société équine.

Il devait bien admettre que Rosalind lui manquait encore plus cruellement depuis qu'elle avait mis fin à lcur liaison. Les choses s'étaient passées ainsi : elle l'avait retrouvé pour dîner au Forty-four, bien évidemment situé sur la 44e Rue, un soir où Al était parti tandis que Louisa terminait tard ses cours. Là, devant leur risotto et leur langouste, elle avait déclaré : « Je n'en peux plus », ce qui le surprit beaucoup parce que lui-même n'en pouvait plus de toute cette aventure mais s'était dit qu'elle n'en avait pas encore assez. Aussi, sans le vouloir, avait-il dit « Oui », sans ajouter ce qu'il voulait dire (croyait vouloir dire) : « Non. » Rosalind avait détourné la tête, il avait ressenti la tristesse et le soulagement en proportions égales et quand elle avait à nouveau tourné la tête vers lui, c'est ce qu'elle avait lu sur son visage. Ils terminèrent leur repas, se partagèrent l'addition et Dick eut l'intelligence de ne pas demander si cela signifiait qu'il n'était plus leur entraîneur ; depuis ce jour, elle ne l'avait plus touché.

32. Residual contre Epic Steam

Quand Buddy monta dans sa Lexus à trois heures du matin pour aller à Hollywood Park, il avait déjà des sueurs froides. La presse le mettait quotidiennement sur la sellette à présent, semblait-il. Il était en train de devenir aussi célèbre que Baffert ou Lukas et même si, disons cinq ans plus tôt, il s'en serait léché les babines, il se réveillait maintenant dans un sursaut de panique chaque fois qu'il parvenait à trouver le sommeil, soit, dans le meilleur des cas toutes les quatre ou cinq nuits. Pour l'instant, on lui faisait toujours bonne presse mais toute forme de publicité fournissait à Jésus l'occasion de vous tendre un piège. Et Buddy voyait des pièges partout désormais. Chaque matin au lever il se préparait à transiger avec les mines antipersonnel de la journée – comment les éviter, comment les désamorcer ? – et il s'écroulait dans son lit dix-huit heures plus tard, épuisé par l'effort, pour ensuite rester éveillé à s'inquiéter de la journée suivante.

On aurait pu croire qu'il n'avait que deux chevaux dans son écurie : Residual, un ange de pouliche, et Epic Steam, ce diable de poulain. Ils étaient à égalité. Une fois sa première victoire remportée, au début de mai, la pouliche avait gagné une course à conditions, puis une autre épreuve avec une large avance de six à dix longueurs, et elle avait terminé deuxième dans une autre course. En ce moment, Buddy l'entraînait pour la Valley Girl Stakes, prévue dans une semaine. Pas plus tard que le lendemain, Epic Steam devait courir sa cinquième course, le handicap Albert Brooks. Après avoir remporté sa première victoire, en mai lui aussi, il avait mordu son lad à la poitrine, l'avait assommé et piétiné ; il avait ensuite gagné sa première course à conditions, puis le prix des Producteurs d'Hollywood et le handicap de Century Boulevard. Sa façon de courir se distinguait de celle de la pouliche : c'était un traqueur et il aimait qu'on lui donne l'occasion de montrer ce dont il était capable. Quand il progressait dans le peloton, son jockey devait l'empêcher de mordre les autres poulains et il y avait toujours un moment où son cavalier devait se battre comme un beau diable pour faire passer le cheval en tête. Attaquer ou courir, telle était l'alternative. Jusqu'à présent, au prix d'une terreur considérable pour son jockey habituel, Rinaldo Ortega, qui s'était toujours plu à penser qu'il pouvait tout faire faire à n'importe quel cheval, Epic Steam avait choisi de courir. S'ils remportaient tous deux leur prochaine course, les gains de la pouliche se monteraient à plus de trois cent mille dollars et ceux du poulain avoisineraient les quatre cent mille dollars. La propriétaire de la pouliche, une femme d'un certain âge, pleine aux as de bon vieil argent californien, voyait en Buddy un véritable saint béni des dieux, lui qui avait découvert cette pouliche alors qu'elle n'était encore qu'un yearling estimé à vingt-trois mille dollars à Keeneland. Il l'avait « fait entrer dans ma vie. Sa présence est angélique. Quelle chance j'ai ! » avait-elle déclaré aux journalistes. Aux yeux de Jason Clark Kingston, la sainteté de Buddy restait à prouver, mais comme Epic Steam n'était pas loin du demi-million de gains, Jason prospérait dans son nouveau statut sportif. Il avait bien saisi que le véritable potentiel financier de l'animal était son potentiel d'étalon et non pas de cheval de course. Par conséquent, il n'aurait pas regardé d'un bon œil le programme hormonal actuel que Buddy imposait au cheval, c'est-à-dire un joli petit implant de progestérone dans l'encolure, sous la crinière, là où personne ne la détecterait jamais, parce que personne ne flattait jamais l'encolure de ce cheval-là. L'utilisation de progestérone chez une pouliche n'avait rien d'illégal. Des entraîneurs y recouraient tous les jours. Cela empêchait les chaleurs de l'animal durant toute la saison. Mais l'utilisation de progestérone chez un poulain pour atténuer son agressivité était si inconcevable à l'hippodrome que, Buddy en était sûr, on ne ferait jamais passer de test à ce cheval pour la détecter.

Buddy se plaisait à penser que l'idée de mettre Epic Steam sous progestérone lui avait été soufflée par Jésus lui-même ; une manifestation – Buddy n'en était que l'instrument – de la miséricorde divine. Ce cheval était une menace et la mésaventure du garçon d'écurie avait constitué un signal indiquant qu'il fallait prendre des mesures. Malheureusement, la mesure qui s'imposait, castrer l'animal, ne pouvait être mise en pratique, car justement, cela se voyait trop. Ce cheval était doté d'une paire de testicules gros comme des pamplemousses et Jason Clark Kingston remarquerait leur absence. Ce dernier était lui-même un obsédé sexuel, d'après Buddy, et les caractéristiques sexuelles manifestes d'Epic Steam étaient, avec son prix, la seconde chose qui lui conférait de la valeur aux yeux de son propriétaire. On ne pouvait guère espérer plus s'agissant d'un cheval que l'on pouvait à peine approcher sans être armé.

Côté presse, cela n'aidait pas Buddy que Jason recherche sans cesse l'attention des médias, aussi la nouvelle qu'il était un propriétaire de chevaux de course comblé constitua-t-elle une aubaine pour tous les services de presse. La propriétaire de Residual fréquentait elle aussi les journalistes, mais elle apparaissait dans les pages mondaines plutôt que dans la section affaires, où on la présentait comme une personne influente dans le domaine des causes humanitaires. Les reporters eux-mêmes voyaient en tout cela un véritable miracle pour Buddy, qu'ils décrivaient comme un poids moyen chez les entraîneurs, un homme qui, malgré son acharnement au travail, n'avait jamais réussi à gagner gros. Au lieu d'énumérer la longue liste des courses qu'il avait remportées durant toutes les années où il s'était pris à tort pour quelqu'un de prospère et d'important, il écoutait Jésus, s'abstenait de tout commentaire et souriait gentiment.

Mais une importante couverture médiatique signifiait des choses très différentes selon les gens et pour Buddy cela impliquait non seulement une chance sur mille pour que l'on découvre l'implant d'Epic Steam mais que l'on fasse aussi d'autres découvertes fâcheuses.

Il y avait une chance sur mille pour qu'on remarque et commente le fait que le camion de Curtis Doheny, Docteur en médecine vétérinaire, était garé devant son écurie tous les jours sans exception. Curtis Doheny était un vétérinaire peu recommandable. Bien des années plus tôt, quand Buddy faisait surtout courir des chevaux à réclamer, Curtis et lui avaient travaillé en étroite collaboration sur plusieurs projets, comme Curtis se plaisait à les appeler, et rares avaient été ceux de leurs associés qui devaient être mis au courant desdits projets. Certainement pas les jockeys, ni les cavaliers d'exercice, ni les autres vétérinaires, entraîneurs, propriétaires, membres du personnel de l'hippodrome ou membres du Jockey Club. Suite à ses déboires, Curtis avait fait plusieurs cures de désintoxication et même ses amis les plus chers, comme Buddy, avaient perdu confiance dans sa capacité à fermer sa gueule. Ces derniers temps, la stratégie de Curtis avait consisté à se lancer dans une forme de publicité. Dès que le succès d'un entraîneur devenait notoire, qu'il faisait courir et gagner plusieurs bons chevaux, Curtis allait garer son camion aux signes distinctifs manifestes devant son écurie, qu'il travaillât ou non pour cet entraîneur à ce moment-là. L'intention, d'après Buddy, était de faire croire implicitement aux autres entraîneurs, et surtout aux plus jeunes et aux plus ignorants, que les succès étaient dus à l'« effet magique Curtis » comme il avait lui-même coutume de le dire. Le camion de Curtis était garé devant l'écurie de Buddy depuis dix jours. La dernière chose dont il avait besoin était que l'un des reporters qui savaient de quoi il retournait – sur la réputation de Curtis Doheny, par exemple – lui pose des questions sur ce dernier. Et en pose à Curtis sur Buddy. Curtis, comme tout le monde à l'hippodrome, possédait un réservoir intarissable d'histoires dans lequel il aimait puiser et aucun sens de la retenue pour éviter de causer du tort à quelqu'un. Ainsi, il pouvait raconter les histoires de Marcaine, selon lesquelles on pouvait obstruer une articulation pour prévenir la douleur du cheval. D'ordinaire, l'animal s'en tirait, mais pas toujours. Il y avait aussi les histoires de Sublimase. Le Sublimase était une substance de synthèse assez proche de la morphine. À l'époque, l'idée avait semblé bonne, même si la bonne idée consistait aussi à ne jamais dire au jockey que la substance avait été administrée au cheval, ni avant ni après que le cheval se fut effondré. Et sur combien de chevaux entraînés par Buddy Curtis n'avait-il pas pratiqué de dénervation depuis tant d'années ? On coupait le nerf au-dessus du genou et le cheval ne sentait plus jamais ni son tendon ni son ligament suspenseur. Certains entraîneurs le faisaient sans doute depuis des générations.

Il y avait une chance sur mille pour qu'un de ces journalistes se pointe à l'heure de la première équipe de chevaux du matin, l'heure où Buddy aimait à sortir et voir le soleil se lever sur Century Boulevard. Si l'un de ces reporters avait été assez malin et si la nuit lui avait porté conseil, il aurait peut-être remarqué que l'adorable Residual n'était plus tout à fait la même qu'au début de la saison. Il faudrait un reporter vraiment malin car personne – enfin, à part Buddy – ne pouvait dire au juste comment la campagne de l'été avait affecté la pouliche. Elle courait toujours avec autant de facilité, les oreilles dressées. Son dépérissement avait été attribué sans délai et en toute bonne foi à un virus. Certes, avait admis le vétérinaire, si la pouliche avait été au mieux de sa forme, elle n'aurait peut-être attrapé aucun virus, mais un virus était un virus. La presse comprenait ce qu'était un virus. Les chevaux de Baffert attrapaient des virus. Skip Away avait attrapé un virus. Même Buddy, qui n'avait pourtant pas la réputation d'un homme de science, était capable d'expliquer à un reporter que des centaines de chevaux rassemblés dans un même endroit par un temps doux après un hiver humide offraient à un virus un festin sur un plateau d'argent. Mais avec près de cent chevaux dans son écurie, Buddy avait aussi plusieurs vétérinaires. Et les vétérinaires avaient des opinions différentes. Ainsi, l'un d'eux pensait que la pouliche se ressentait de la pression causée par la saison de courses. Elle s'était mise à manger moins alors qu'elle était soumise à un entraînement intensif. Ce vétérinaire la mit sous Tagamet tous les jours rien que pour s'en assurer. Au bout d'une semaine, elle recommença à finir ses rations. Un autre vétérinaire se montrait plus philosophe. Bien sûr elle se ressentait de la pression : il fallait simplement l'aider à y faire face. D'abord on lui donnait de la progestérone pour éliminer la tension supplémentaire des chaleurs toutes les trois semaines et ensuite, eh bien, les stéroïdes opéraient souvent un effet miraculeux sur les pouliches, surtout quand elles commençaient à courir avec des poulains. L'usage des stéroïdes était répandu et licite même s'ils rendaient souvent les pouliches d'un maniement difficile. En fait, Buddy n'en voyait guère les effets sur Residual. Elle conservait environ 98 % de son ancienne personnalité. Courait-elle avec un peu plus de tonus ? Était-elle un peu plus combative ? Difficile à dire : ce cheval de tête qui avait de la vitesse n'avait pas besoin de se montrer combatif.

Ces deux chevaux plongeaient Buddy dans la confusion car ils étaient excessifs : lui excessivement chiant et elle excessivement adorable. Il ne savait rien d'autre d'eux. De quoi étaient-ils capables ? Dans le temps, c'était un fait acquis : faut les faire courir, courir encore et toujours. Mais que pensait Jésus de tout cela ? À quelle tentation cela poussait-il ? À la contemplation de l'excellence ? À une exploitation cruelle dans laquelle Buddy s'était investi chaque jour par le passé, pour la gloire, l'argent et tout simplement parce que c'était la seule façon de s'y prendre à sa connaissance ?

En fait, il ne connaissait pas Jésus depuis assez longtemps pour savoir ce qu'il pensait de ces questions. Le prêtre de Buddy lui avait signalé que Jésus avait chassé les vendeurs du Temple mais Buddy ne savait même pas si cela valait pour les jeux d'argent. La Bible ne constituait pas un guide infaillible s'agissant d'un certain nombre de sujets et on se retrouvait à feuilleter par-ci, par-là, à lire tel passage avant de se retrouver au beau milieu de tel autre chapitre pour y découvrir, par exemple, qu'« il y a beaucoup d'appelés mais peu d'élus ». Eh bien, courir encore et toujours aidait certainement à faire le tri entre les quelques élus et les nombreux appelés.

Aller à l'hippodrome fut tout sauf un soulagement. Quand il se gara dans son emplacement du parking, les gens étaient déjà là à le regarder. Il y alla du signe de la main et du sourire consacrés, façon président en campagne, « non, non, je ne suis pas un escroc », et se dirigea à pas délibérément pressés vers l'écurie. Même quand il faisait à peine jour dehors, ou carrément nuit, les couloirs de son écurie grouillaient d'activité, et c'était louche. Le lad qui nourrissait les chevaux était posté à l'entrée de l'aile qu'occupait Epic Steam ; il secouait la tête en direction de plusieurs hommes en qui Buddy identifia des journalistes. Il secouait la tête car Buddy lui avait dit qu'en cas de doute il devait faire comme s'il ne comprenait pas l'anglais. Le gars du journal de San Diego essaya l'espagnol mais le lad, qui venait de Tijuana, fit semblant de ne pas comprendre cette langue non plus. Buddy passa devant les quatre hommes qui se détournèrent pour lui bondir dessus et les gratifia d'un autre signe de la main exercé. « Alors les gars, comment ça va aujourd'hui ? » dit-il sans attendre de réponse. À l'autre extrémité de l'aile, après le box d'Epic Steam, Georgette, sa chef de bureau, l'attendait. Elle faisait semblant de ne pas savoir parler du tout. Tous les autres se trouvaient devant la porte métallique du poulain en question. Il mit un siècle à y arriver, cela prend toujours un siècle quand on a hâte de savoir. À mi-chemin, Leon, son entraîneur adjoint, s'approcha de lui avec une désinvolture étudiée, salua les reporters d'un geste de la main et lui dit à voix basse : « J'ai essayé de vous appeler à la maison, patron, mais vous étiez déjà parti.

– Comment ces reporters ont-il appris que je faisais travailler ces chevaux à cette heure-ci ? »

Leon haussa les épaules, puis, l'air penaud, il dit : « Le truc, Buddy, c'est que vous commencez toujours par vos meilleurs chevaux du moment. Ça se sait…

– Et à part ça, quel est le problème ? »

Mais ils y étaient déjà. Et le problème était là, lui aussi. Oscar, le lad d'Epic Steam, le soulevait bien haut pour le faire voir à Buddy. C'était un chat gris, tout raide. Oscar expliqua : « J'l'ai trouvé dans la paille, patron.

– Il l'a trouvé dans la paille, répéta Leon.

– Le ch'val l'a tué, dit Oscar.

– Le cheval a tué le chat, répéta Leon.

– Il l'a lancé cont'le mur, dit Oscar.

– Il l'a soulevé par la peau du cou et l'a lancé contre le mur, expliqua Leon.

– Trouvé dans la paille.

– Oui, dit Leon. Il l'a trouvé dans la paille en nettoyant ce matin. » Tous deux le regardèrent. Tout le monde le regarda.

Buddy prit la parole d'une voix suave et prudente : « Je ne pense pas qu'Epic Steam ait tué ce chat. »

Comme en guise de réponse, Epic Steam croisa son regard, coucha ses oreilles toutes noires et fonça droit sur la porte de son box.

« À mon avis, dit Buddy, ce chat a sans doute avalé de la mort-aux-rats qu'il aura trouvé quelque part puis il est venu mourir ici. »

Le chat avait la nuque brisée et sa tête inclinée d'un côté formait un angle bizarre.

« Ça ne fait aucun doute, dit Buddy, il s'est recroquevillé dans la paille. »

Le chat était écorché à l'endroit où le cheval avait piétiné le corps, juste après sa mort.

« Et le cheval, avec la curiosité typique des poulains de deux ans, l'a un peu poussé du bout du sabot. »

Epic Steam s'ébroua, poussant un puissant grognement de défi.

« 100 % mâle, mais c'est surtout un grand farceur.

– D'accord, patron, dit Leon.

– D'accord, patron, répéta Oscar.

– Oscar, dit Buddy. Débarrasse-toi de ce putain de chat. »

Oscar acquiesça.

« Mais d'abord, sellez-le, on va sortir la première série de chevaux. »

Il s'éloigna en direction des journalistes. « Oh ! dit-il, un chat est mort dans le box du cheval. Empoisonné, apparemment. Personne ne voulait y toucher, vous voyez. Par superstition. Mauvais présage. Tout ça.

– Pensez-vous que ce soit un mauvais présage pour la semaine à venir ? »

Buddy partit d'un rire enjoué. « Tout dépend des exercices du matin. »

Les reporters répondirent eux aussi par des rires enjoués. Il les escorta jusqu'à son bureau. « Il a déjà abattu du gibier, ce cheval ? » demanda l'un d'eux.

Tout le monde rit à nouveau. Buddy ne répondit pas.

Un quart d'heure plus tard, quand la première série de chevaux fut rangée en ligne, prête à être montée, on plaça Epic Steam en toute première position, comme toujours, la chaîne bien calée contre ses gencives. Comme toujours, ils esquissèrent leur petit ballet. Buddy fit un pas vers le poulain ; à vingt mètres de là, à l'autre bout de la rangée de box, un lad fit traverser le couloir à une pouliche ; Epic Steam cessa de ronger son frein et de bondir l'espace d'un court instant et s'immobilisa, les oreilles dressées ; Buddy se baissa pour tâter ses jambes d'un geste ferme et rapide ; comme il se redressait, Leon s'approcha, mit en selle le cavalier d'exercice et le cheval s'éloigna. Quoi qu'il arrive le cavalier d'exercice avait reçu l'ordre de le faire avancer. Un cheval qui avançait avait plus de mal à ruer, à se cabrer, à caracoler, à faire des bonds, à virevolter et ainsi de suite. C'était plus difficile, pas impossible. Mais cela marcha.

Ses instincts de prédateur peut-être assouvis par la mort du chat, Epic Steam s'éloigna d'une manière presque normale et les journalistes furent ravis d'observer Residual.

Ils se rapprochèrent de la pouliche. Deux d'entre eux tendirent la main pour la caresser, peut-être sans même avoir conscience de ce geste. Buddy ne chercha pas à les en empêcher. Il valait mieux que leurs cerveaux soient embrumés par l'émotion.

Oui, la pouliche semblait s'approcher elle-même de votre main comme dilatée par l'amour. Elle dressa les oreilles, arrondit l'encolure, élargit les naseaux et renifla la main du reporter avant de tourner la tête pour plonger ses yeux dans les siens. Buddy se baissa et lui tata les jambes. Fraîches aujourd'hui, assez fraîches pour être examinées par n'importe qui. La semaine précédente il avait senti un petit degré de trop à la cheville gauche. Il avait décidé de la mettre sous Legend au lieu de lui faire passer une radio. L'échauffement avait disparu. La pouliche se tenait debout sur ses quatre jambes mais en alerte, comme sur la pointe des pieds. Il mit le cavalier en selle et la pouliche s'éloigna sans tarder, impatiente de se mettre au travail. Comme elle longeait l'allée, toutes les têtes, humaines ou équines, poules, chèvres, chat et jack russell terrier, se tournèrent pour la suivre du regard. Buddy commenta : « Elle a fait des progrès, c'est devenu une gentille petite pouliche. Mais des gentilles petites pouliches, on en a tous les ans. »

Il échangea un bref regard avec les journalistes ; ils dévoraient des yeux l'arrière-main d'un brun roux scintillant et les chevilles blanches de la pouliche. C'était la perspective préférée de Buddy : la queue du cheval, cascade chatoyante, les jarrets finement dessinés et, plus bas, l'angle gracieux décrit par les paturons qui allaient s'amenuisant jusqu'aux talons creux et argentés. Regarder ainsi un cheval de derrière vous apprenait tout ce qu'il fallait savoir sur les courses et les raisons pour lesquelles un corps de quatre cent cinquante kilos semblait littéralement s'envoler. Personne n'aurait cru que Buddy fût un tant soit peu esthète s'agissant des chevaux et, de fait, le spectacle d'une jolie tête, d'une encolure gracieuse ou d'un œil tendre ne le gonflait pas d'admiration, mais en suivant un cheval comme celui-ci, il était capable de se plonger dans la contemplation de ces chevilles, véritables miracles de la nature, pendant un bon moment.

Selon les instructions, trois chevaux de cette série devaient effectuer des longueurs chronométrées : trois huitièmes pour les pouliches, Residual et une pouliche novice issue de Glitterman, et huit cents mètres pour Epic Steam. Le poulain devait prendre la piste à contresens au petit galop, loin devant les pouliches, jusqu'au huitième poteau ; ensuite il ferait demi-tour, irait au galop jusqu'au poteau marquant huit cents mètres et là, il commencerait à travailler ses huit cents mètres.

Epic Steam disparut derrière le panneau d'affichage à l'autre bout de l'hippodrome. Les pouliches n'étaient encore qu'au tournant, la novice tenait la corde et Residual se trouvait à l'intérieur de la piste. Évidemment, Epic Steam avait déjà une sacrée réputation.

Buddy braqua ses jumelles sur les pouliches. Il les regarda s'approcher du poteau sans effort et entamer leur parcours. Les lumières de l'hippodrome avaient commencé à pâlir tandis que le ciel s'éclaircissait. La pouliche Glitterman était brune, aussi les distinguait-on sans peine l'une de l'autre, même à cette distance. Elles coururent côte à côte sur environ deux cents mètres comme si elles suivaient des ordres, puis Residual commença à se détacher. Quelle Ferrari, cette pouliche ! À quatre cents mètres, la pouliche Glitterman sembla se heurter à un mur, mais ce n'était qu'une impression. La montre de Buddy indiquait qu'elle courait toujours aussi bien, même si son cœur allait peut-être lâcher. Voilà encore une chose qu'on devait parfois faire sur le chemin de la Coupe des éleveurs : prendre une novice et lui faire battre le cœur à tout rompre, encore et encore, tous les cinq jours, seulement pour que l'autre pouliche puisse se tenir en haute estime. Residual devait faire trois huitièmes mais pas à la vitesse de l'éclair. Rien qu'un petit parcours pour garder la forme. Elle arriva au tournant, courant sans effort, les oreilles dressées, heureuse. La cavalière, Deedee, était assise, immobile, recroquevillée comme un chat, les ondes émises par les foulées de la pouliche lui traversant le corps. « Elles me font penser à de l'eau, dit l'un des journalistes. Cette fille n'a jamais essayé de devenir jockey ?

– Trop longues, les jambes », décréta Buddy. Ce furent ses paroles exactes. Plus tard, il s'en souviendrait parfaitement.

La pouliche Glitterman était passée au trot. Buddy le remarqua. Et d'autres chevaux couraient çà et là autour de la piste. Le soleil se levait gentiment. Tout semblait en ordre. Puis un des reporters s'exclama : « Regardez ça ! » et Epic Steam déboula, immédiatement sur leur gauche. Buddy, qui était en train de regarder les pouliches, ne savait pas ce que le cheval avait fait. Epic Steam avait dû regarder les pouliches, lui aussi, ou du moins Residual car il se mit à pousser des hennissements suraigus, avant de s'élancer à sa poursuite tandis que son cavalier le retenait, tirant sans ménagement sur la bouche de l'animal, s'efforçant de lui faire tourner la tête. Mais ce cheval avait un cou de granit et une bouche d'acier. Il fondit sur la pouliche, les flèches musculeuses lui tenant lieu de jambes se ramassaient, s'étiraient, se ramassaient et s'étiraient. La pouliche, qui repassait au petit trot, fit pivoter ses oreilles et Deedee, Buddy le remarqua, se raidit et tourna la tête. Cela devait être un spectacle effrayant que celui de ce géant noir qui dévalait la piste vers eux dans Dieu sait quel but. La pouliche fit encore pivoter ses oreilles en arrière, en avant. Il était difficile de deviner les intentions du poulain. En temps normal, un étalon n'aurait pas osé approcher une jument imprudemment mais cela ne valait que pour les étalons avisés. Et on ne savait jamais si c'était le cas d'Epic Steam. Comme il fonçait sur la pouliche, elle détala. Ils se trouvaient juste sous la tribune des entraîneurs. Buddy distinguait le visage blême de Deedee. Mais elle maîtrisa la situation, assura sa prise sur la pouliche et s'accroupit contre son encolure. La fille et la pouliche avaient décidé de prendre leurs jambes à leur cou. Autour de lui, les journalistes firent la même constatation. Ils se turent et se penchèrent en avant. En un instant, l'énorme cheval noir fut sur les talons de la pouliche, tandis que son cavalier, debout sur ses étriers, s'arc-boutait contre les rênes. Ils coururent ainsi jusqu'au tournant, la pouliche tenait la corde, les oreilles dressées, le poulain sur ses talons, les oreilles couchées. Tous les chevaux qui se trouvaient sur leur chemin s'égaillèrent sur les côtés. Le poulain luttait contre son mors. Buddy savait qu'il voulait mordre la pouliche. Certains étalons se comportaient ainsi. Il avait vu ce genre de choses dans les écuries de reproduction, un étalon qui attaquait et mordait la jument, qui la faisait tomber. Celui-ci était beaucoup plus massif que la pouliche – il pesait certainement quatre-vingt-dix kilos de plus qu'elle – tout en muscles. Mais en débouchant au tournant, elle accomplit un exploit : elle s'éloigna de lui avec une légèreté aérienne et autant de facilité que celle avec laquelle elle avait distancé l'autre pouliche, sans effort, joyeuse même, ravie de le coiffer au poteau. Voilà qu'elle l'avait distancé de deux longueurs et ils conservèrent cet écart, le poulain s'efforçant de rattraper la pouliche qui avançait sans peine et sans à-coups. Vingt foulées ? Tant que cela ? Puis la fatigue du poulain le ramena dans le périmètre circonscrit par les forces de son cavalier, qui parvint à lui faire tourner la tête vers l'extérieur et à l'arrêter. Dès qu'elles furent hors de danger, la pouliche et sa cavalière passèrent au trot avec la légèreté d'un gros avion à réaction en train d'amorcer un atterrissage parfait.

« Ouah ! s'exclama l'un des journalistes.

– Putain ! lâcha Buddy.

– Ouais, commenta un autre reporter, ça ne doit pas cadrer avec vos projets, ça, Buddy ?

– La pouliche avait l'air bien, dit le type du *Blood-Horse*.

– Cette pouliche… » commença le type du *Thoroughbred Times*. Et ils se regardèrent tous. Sur leurs visages, on lisait : Non mais vous avez vu ça ? Vous avez vu ce que j'ai vu ? Oui, oui. Même s'ils ne courent plus jamais, on n'aura pas manqué ça.

« Imaginez ce que ç'aurait été si le cavalier n'avait pas retenu le cheval pendant tout ce temps, dit un autre type.

– Castrez-le, conseilla le gars du *Blood-Horse*. Castrez-le et vous gagnerez le derby du Kentucky.

– Mais cette pouliche ! »

Et ainsi de suite. Buddy observa la pouliche avec ses jumelles, elle trottait, trottait, marchait. Elle semblait claquée maintenant.

Combien avait-elle couru au total, un kilomètre et demi ? Une grosse distance pour un cheval de deux ans. Elle avait la tête baissée ; même à cette distance il voyait qu'elle haletait de toutes ses forces. Il braqua ses jumelles sur le poulain. Il était encore bourré d'adrénaline. Il résistait encore, toujours remonté, mais malgré cela, Buddy remarqua que ses deux chevaux étaient fatigués, vraiment très fatigués, et qu'il faudrait sans doute les rayer de leurs courses respectives.

Quel soulagement !

Et ce fut un véritable soulagement après tous ces mois de patience, de piquer une bonne colère à l'écurie après le départ des journalistes. « Patron ! s'exclama Duane, le cavalier d'exercice d'Epic Steam. J'arrivais pas à le retenir ! On a démarré trop vite et après il se cabrait, il virevoltait et il me tirait dans tous les sens. Y avait tous ces types, là-derrière. Alors je me suis dit, peut-être qu'il brûlera une partie de son énergie en courant.

– Patron, dit Leon, l'entraîneur adjoint, d'un ton grave. Je ne sais vraiment pas comment les journalistes ont eu vent de l'horaire de ces exercices. Vraiment. Pas la moindre idée. Mais je vais me renseigner, je vous le promets.

– Patron, fit Deedee, la cavalière d'exercice, d'une voix douce, J'ai eu la trouille de ma vie. Mais j'étais sûre qu'elle pouvait le semer. Je ne savais pas quoi faire d'autre. »

La colère, l'excitation, la matinée, une centaine de chevaux à entraîner, les courses de la journée et la journée elle-même s'écoulèrent et, sans avoir eu le temps de comprendre ce qui lui arrivait, Buddy se retrouva assis sur son lit quatre ou cinq jours plus tard en train d'enlever ses chaussures. La nuit venait de tomber, la lumière verte du fax trouait l'obscurité, tout comme les chiffres lumineux rouges de son réveil. Vraiment, cela forçait l'admiration, cette façon qu'avait Jésus de répondre à vos prières, même celles qu'on ne croyait pas avoir faites. Par exemple, les journalistes de la presse étaient partis. Aucun appel téléphonique, aucune demande d'interview, aucune anecdote sur sa carrière qui la fît paraître louche à ses propres yeux. Et Epic Steam était parti lui aussi. Le jour de la course qu'il était censé courir mais dont il avait été rayé, sir Michael Ordway l'avait appelé et lui avait dit qu'il venait de rencontrer Jason Clark Kingston par hasard lors d'une soirée à Los Angeles. Au hasard de la conversation, il avait demandé à ce dernier comment se portait le cheval et Jason lui avait dit que c'était un violeur de pouliches incontrôlable qui inspirait une sainte terreur à Andrea Melanie ; le hasard avait voulu que sir Michael parlât le jour même à un homme de New York qui cherchait un cheval de course plein d'avenir et qui avait de l'argent à dépenser, blablabla… et donc ils avaient passé un accord : Jason Clark Kingston réclamait un million deux cent mille dollars, somme qui, le nouveau propriétaire ayant vendu sa chaîne de magasins de jouets pour quatre milliards, lui semblait insignifiante. Epic Steam, dûment assommé par les tranquillisants, fut embarqué sur l'avion qui le ramenait à New York et tout le monde en Californie, sauf Jason Clark Kingston bien sûr, avait tiré profit de son séjour.

La propriétaire âgée de la pouliche, qui savait pourtant voir les choses du bon côté, s'inquiétait : la pouliche avait marqué un bref arrêt à son retour de l'écurie, puis elle avait souffert d'une petite colique le soir suivant et d'un petit épanchement interne à la cheville de l'antérieur droit. « Oh, la pauvre bête ! se lamenta la propriétaire. J'ai moi-même parlé au vétérinaire, Buddy ; je sais que vous détestez cela, mais je me suis dit que je devais lui demander un avis sans ambages et je la renvoie à la ferme. Elle en a assez fait, et même plus qu'assez pour une si petite pouliche. La pauvre bête ! Je suis sûre qu'elle était morte de peur. »

Et ainsi la pouliche était montée dans le van le matin même, et à l'heure qu'il était, elle devait s'acclimater à la belle vie près de Santa Ynez. La propriétaire de la pouliche avait ensuite ajouté : « Mais nous irons à la vente de Saratoga cette année. Cette pouliche m'a donné quelque chose à anticiper chaque matin. Je vous en remercie, Buddy, vous êtes un génie et un amour. »

Ainsi Buddy posa ses chaussures à côté du lit, ferma les yeux et rendit grâce, il dit merci sincèrement et à cœur ouvert car les épreuves étaient terminées pour l'instant et Jésus lui accordait un instant de répit, de repos – cinq semaines jusqu'aux ventes de yearlings – pour rassembler ses forces et reprendre son souffle.

« Comment allons-nous l'appeler ? avaient-ils demandé, avec une certaine indolence, peut-être.

– Ambivalence », avait-il dit pour plaisanter. Mais le nom n'était pas inapproprié, puisque celui de son géniteur était Double Crochet, et c'est ainsi qu'elle avait été enregistrée. Parfois elle courait, et parfois non. Certes, la plupart des chevaux se comportent ainsi, mais comme elle s'appelait Ambivalence, elle *devait* se comporter ainsi. C'était un beau nom, mais bien sûr Dick était ambivalent à ce sujet.

« Dick ? fit Louisa.

– Oui, chérie. » Mais elle avait fait irruption dans sa rêverie et cela suscita un agacement aussi soudain qu'intense.

« Tu es ailleurs ou tu es avec moi ?

– Je suis là, enfin presque. » Savoir qu'elle sentait son agacement (il le devinait au ton de sa voix) l'agaça encore plus. Peut-être, pensa-t-il, que le fait de ne pas s'attendre à une dispute, et ce jour-là moins que tout autre, garantissait en fait qu'il y en aurait une.

« Es-tu capable d'être avec moi ? Parce que sinon, je ne vois pas pourquoi on s'embête.

– On s'embête à faire quoi ? »

Elle se racla la gorge, le laissant deviner la réponse ou plutôt se rendre compte qu'il la connaissait. S'embêter à rester ensemble, voilà où elle voulait en venir, tout en le laissant penser qu'elle ne parlait que de leurs projets pour la journée.

« Je suis désolé, mon chou », dit-il en une tentative sincère. Mais le visage de Louisa s'était assombri. Leur journée ensemble ne serait pas parfaite. À cette pensée, il comprit que c'était ce qu'il avait prévu : une journée vraiment parfaite, tremplin vers une nouvelle vie commune moins ambivalente. S'il pouvait passer une journée, une heure ou ne serait-ce qu'un moment d'amour pur avec son épouse, alors, soupçonnait-il, cela suffirait à les souder, mais de tels moments ne cessaient de lui échapper, entachés par l'ambivalence et l'inattention.

« Tu penses à autre chose qu'aux chevaux, parfois ? demanda-t-elle.

– Bien sûr, je…

– Vraiment ? demanda-t-elle, le menton en avant. Réfléchis avant de dire “bien sûr”. »

Comme il pensait à Rosalind Maybrick la plupart du temps, il répondit : « Les chevaux me préoccupent la plupart du temps mais…

– Mais quoi ?
– Mais je rêvasse souvent d'autres choses.
– Comme quoi ?
– Que je suis tout nu dans un restaurant. Que je n'ai pas fait mes devoirs.
– Cela te procure du plaisir ?
– Quoi ?
– Est-ce que rêver que tu es tout nu dans un restaurant te procure du plaisir ? » Elle avait l'air en colère.

Ce qui fit resurgir son propre agacement dans un accès de rancune. « Oui, ça me procure du plaisir. Je n'ai pas honte du tout et les femmes se lèvent de table pour venir me regarder avec un désir intense. »

D'un mouvement brusque, elle s'adossa de nouveau à sa chaise et le dévisagea. Évidemment il n'avait jamais fait un tel rêve de sa vie. C'était un mensonge destiné à la blesser.

« Je croyais que nous allions passer une bonne journée, dit Louisa.
– Moi aussi.
– Alors pourquoi veux-tu la gâcher ? »

Il fallait dire quelque chose, qu'il ne voulait pas la gâcher, mais au lieu de cela il déclara : « Parce qu'une bonne journée serait une fausse note entre nous.
– Quoi ?
– J'ai horreur des bonnes journées. C'est justement ce que j'ai le plus en horreur, une bonne journée. Il faut que nous passions une journée parfaite ou une journée désastreuse.
– Mais pourquoi ?
– Parce que si nous ne vivons pas quelque chose qui soit ou tout blanc ou tout noir très vite, nous ne saurons bientôt plus pourquoi nous *sommes ensemble*.
– Je t'aime. » Mais l'air convaincu avait disparu, lui aussi. Il y avait maintenant une expression de peur sur son visage.

« C'est vrai ?
– Oui. Pas toi ?
– Je n'en sais rien, Louisa. Je ne sais plus ce qu'est l'amour. Si je l'ai jamais su. » Il vit qu'il s'était enfin engagé sur la voie de la franchise. Il soupira.

« Dick, nous avons passé vingt-cinq ans ensemble.
– Je sais.

– Est-ce que tu m'aimes encore ?

– Je ne sais pas ce qu'est l'amour. Je ne sais pas. Je ne sais plus rien. Je fais le tour de l'hippodrome et j'observe tous ces types qui savent tout sur tout même quand ils ont tort, même quand ils ne gagnent jamais, même quand ils brisent des chevaux chaque semaine et n'arrivent pas à payer leurs factures. Voilà, ils savent tout et ils sont prêts à t'expliquer la vie à chaque instant du jour, mais moi, je ne peux pas dire que je sache quoi que ce soit. » Elle ne l'écoutait pas. S'il n'était pas capable de lui dire qu'il l'aimait alors elle n'était pas capable d'écouter. C'était aussi simple que cela. Alors il recourut de nouveau à la franchise : « J'ai eu une liaison.

– Avec qui ?

– Rosalind Maybrick.

– C'était déjà le cas quand je suis venue assister à la course ?

– Oui.

– Je m'en doutais. Tu l'aimais ?

– Oui.

– Elle t'aimait ?

– Je ne sais pas.

– J'apprécie que tu saches que tu l'aimes, que tu saches ce qu'est l'amour avec elle, mais pas avec moi.

– J'ai aussi des sentiments ambivalents vis-à-vis d'elle.

– Ça me fait horreur.

– Quoi ?

– Fous le camp d'ici !

– D'ici ?

– De cet appartement. C'est mon appartement. Ce sont mes meubles. Ce sont mes assiettes et mes serviettes et mes chaises et mes… »

Elle avait le visage en feu. Il vit qu'elle se montrait aussi méchante qu'elle le pouvait, à dire « mes, mes, mes ». Elle avait été bonne et généreuse durant toute leur vie commune. Elle ferma les yeux et chercha une autre façon d'être méchante. « Tu n'as aucun sens du rythme, dit-elle. Quand tu jouais dans le groupe, ton tempo était toujours inégal. » Elle eut un sourire mauvais : « Tout le monde en parlait dans ton dos. »

Cela l'aida presque à savoir qu'il l'aimait, d'entendre les pires mortifications qu'elle pouvait imaginer. Il soupira encore et se leva de table. Il se dit qu'il allait faire ses bagages, mais qu'il prendrait son temps pour la mettre à bout et pour que leur mariage approche autant que possible de son échéance en un jour. C'était, pensait-il, leur seul espoir. Il tourna le dos à la table et se dirigea vers la chambre. Derrière lui, elle éclata en sanglots retentissants. Il trouva cela incroyablement irritant mais il dut admettre que c'était un excellent début, et sur ce point il n'était pas ambivalent du tout.

35. Impossible victoire

La psychothérapeute que Florence Schmidt pouvait se payer grâce à la pension de l'armée s'appelait Marguerite ; c'était une femme compatissante et adorable, toujours impeccablement soignée et très bien habillée mais sans l'air intouchable que Florence trouvait à la plupart des femmes de ce genre. Marguerite ne bousculait pas Florence car, comme elle le disait de temps à autre, elle attendait que Florence s'en charge elle-même ; le fait qu'elle ait élevé sept enfants en était la preuve, sa patience était infinie. Les pensions pour cause de décès versées par l'armée étaient tout aussi infinies, on pouvait attendre jusqu'à la fin des temps, disait la psychothérapeute avec un sourire. Rien ne pressait. Florence racontait à ses amies qu'elle suivait une thérapie, mais elle y allait pour les petits conseils beauté. Cela n'avait rien à voir avec le désir d'attirer d'autres hommes et tout à voir avec le désir de découvrir sa propre identité ; voilà pourquoi, se disait Florence, elle n'examinait pas les autres femmes dans la rue, seulement Marguerite. Tandis qu'elles étaient assises tantôt à parler et tantôt en silence, Florence détaillait les vêtements de sa psychothérapeute, sa coiffure, ses avantages physiques naturels et ses attraits pour la plupart artificiels. Par exemple, elle avait des yeux brun foncé mais elle était blonde, une combinaison peu commune. Au bout de plusieurs semaines de psychothérapie, Florence en déduisit qu'elle se teignait les cheveux et, en rentrant chez elle, se regarda dans la glace. Indéniablement, sa chevelure grisonnante était trop contrastée, aussi se rendit-elle dans un salon de coiffure visagiste où une esthéticienne nommée Martine lui fit une couleur. Si elle avait attendu un commentaire de Marguerite, elle aurait été déçue, mais ce n'était pas ce qu'elle attendait. Elle savait que Marguerite voulait l'entendre annoncer qu'elle s'était fait faire une teinture et solliciter un commentaire, or elle n'y était pas prête. Pendant un moment, sa teinture lui fit l'effet d'une illusion d'optique, puis elle s'y habitua. La chose suivante qu'elle remarqua chez Marguerite était ses bas, certainement pas des bas ordinaires. Elle se rendit donc dans une boutique de lingerie et mena sa petite enquête. Les bas qui ressemblaient à ceux de Marguerite étaient en soie et coûtaient quinze dollars la paire. Elle en acheta deux paires et laissa Natalie, la conseillère clientèle, glisser deux strings couleur crème et un bas de pyjama en soie couleur pêche dans son sac. Ensuite, elle passa environ quatre semaines, soit quatre cents dollars de pension militaire, à observer les chaussures de Marguerite. Celle-ci portait une paire différente chaque jour ; cela devrait faire quatre modèles différents de chaussures en cuir importées d'Europe, à cent soixante-quinze dollars la paire. Dès qu'elle retourna chez Macy, Florence se fit bel et bien passer pour Marguerite au rayon chaussures où elle laissa Denise lui vendre une paire de chaussures plates noires de marque Arche avec une tirette à l'arrière et une paire de sandales ocre à lanières tressées. Au rendez-vous suivant, Florence portait les chaussures ocre, les bas et le slip. Marguerite hasarda un commentaire, Florence lui semblait plus consciente d'elle-même que d'habitude. Mais malgré cela, l'attente se prolongea. Florence suivait. Elle avait toujours suivi. Elle savait pertinemment qu'elle n'aurait pas pu acheter ces choses sans Marguerite, Martine, Natalie et Denise.

Le lendemain, elle accompagna Audrey à Los Angeles pour une visite aux parents de Richard, la première depuis sa mort. Elle savait que Marguerite allait lui manquer mais, d'un autre côté, la rapidité avec laquelle cette dernière lui imposait des transformations l'épuisait et elle avait besoin d'une pause. Et puis elle ne savait pas pourquoi il lui fallait se transformer, car il lui était tout à fait possible, voire désirable, de continuer à avoir exactement la même apparence que du vivant de Richard pour le restant de ses jours, seule avec Audrey, aux frais du contribuable, l'esprit vide et submergé de chagrin.

Dans l'avion, assise à côté d'Audrey qui lisait le *Thoroughbred Times*, Florence fit un total provisoire des dépenses consacrées à son apparence ; prises séparément, elles dépassaient toutes les frais de la vie quotidienne. Le total s'élevait à six cents dollars, soit environ cinq cents dollars de plus qu'elle ne pouvait se permettre de dépenser en chaussures, en dessous et en coiffeur. Elle s'adossa à son siège et regarda par le hublot en se demandant si elle s'efforçait d'améliorer son apparence ou simplement d'en avoir une. À côté d'elle, Audrey dit : « Tu crois que grand-père m'emmènera à Del Mar ? Il y a cinq courses samedi. » À propos d'apparences, songea Florence, Audrey n'avait plus rien de la petite fille élancée au visage étroit et creusé et aux cheveux sombres. Ses épaules devenaient plus larges, sa chevelure plus épaisse et son menton plus carré, première étape dans la réalisation de son projet de vie : ressembler de plus en plus à Richard.

« Si tu veux y aller, je t'y emmènerai, Audrey », dit Florence. On ne pouvait pas dire qu'elle donnait à sa fille tout ce qu'elle voulait. Mais Audrey, comme Richard, avait une mission – pas Florence. Et à tout prendre Florence estimait que la mission d'Audrey était assez louable.

Voici ce que fit le père de Richard, qui devait travailler ce jour-là dans son magasin de vêtements : il lui donna cent dollars pour parier et quand elles furent enfin à l'hippodrome, Florence dut suivre Audrey dans ses allées et venues entre le paddock et les guichets de paris, témoin de l'intensité avec laquelle Audrey faisait ses choix. Bien sûr c'était Florence qui misait. Audrey la guidait. « Bon, dit-elle, maintenant tu vas là-haut et tu dis "Dans la première, dix dollars sur le cinq gagnant", tu lui donnes l'argent et tu prends ton ticket. N'oublie pas de vérifier ton ticket avant de quitter le guichet. » La plupart des mères auraient qualifié le ton d'Audrey d'impérieux, mais Florence ne trouvait rien à y redire.

Le cheval numéro cinq dans la première course était sombre et le jockey portait une casaque violette à losanges blancs. Florence ne remarqua que cela, mais Audrey lui fournit de plus amples informations. « Cette pouliche est issue de Rainbow Quest et d'une jument Gone West, dit-elle. Je ne sais pas trop. Elle a l'air bien mais je n'ai jamais entendu parler du jockey. Il bénéficie d'une surcharge autorisée. » Elle leva les yeux et examina de nouveau le jockey. En fait, elle le dévisageait effrontément, estima Florence, comme pour lire dans ses pensées. Alors, de façon étrange, il la regarda droit dans les yeux et lui sourit. Sans détacher son regard de lui, Audrey ajouta : « La surcharge autorisée, c'est parce qu'il est apprenti jockey. Mais c'est très bien. Il est très bien. Allons miser. »

Le cheval commença à huit contre un. Florence eut tout juste le temps de récupérer ses quatre-vingt-dix dollars avant qu'elles se dirigent à nouveau vers le paddock. Le temps était agréable et Del Mar, un jardin de fleurs haut en couleur. Tout cela, songea Florence, ressemblait beaucoup, presque à s'y méprendre, à des vacances. Si elle s'y était fiée, elle aurait dit qu'elle passait un bon moment. « Mets les quatre-vingt-dix dollars qu'on a gagnés dans une poche et les quatre-vingt-dix qui restent de l'argent de grand-père dans l'autre », dit Audrey. Florence s'exécuta. Audrey se remit à son poste et fit son choix. Elle opta pour un cheval roux monté par un jockey en casaque violette mais ensuite, alors que les jockeys quittaient le paddock et s'engageaient sur la piste, l'apprenti jockey, qui portait cette fois une casaque verte et montait un autre cheval sombre, adressa un sourire et un signe de la main à Audrey ; aussi, quand elle alla parier, elle ordonna à Florence de miser cinquante dollars sur le cheval sombre et seulement dix dollars sur l'autre. « Mais il faut que ce soient cinquante dollars sur nos gains de la course d'avant. Et les dix dollars doivent être pris sur l'argent de grand-papa.

– Quelle est la différence, Audrey ? L'argent c'est…

– S'il te plaît, maman ? »

Quand elles eurent encaissé leurs trois cents dollars grâce à la victoire du cheval aux couleurs vertes, Florence en fit une liasse qu'elle empocha sans poser de question.

Pour la troisième course, le choix d'Audrey se porta sur le favori, qui termina avec la cote de trois contre deux, un mauvais pari ; Audrey tint malgré tout à miser dix dollars de l'argent de grand-papa sur lui. Mais le jeune jockey – elles découvrirent qu'il s'appelait Roberto Acevedo – la chercha encore une fois du regard. Elle se tenait sous les tribunes, à l'endroit précis où le paddock débouchait sur le chemin. En passant, ce Roberto se pencha tout à coup et toucha Audrey au sommet du crâne. Audrey n'eut pas le temps de réagir sur le coup, mais ensuite elle poussa Florence devant elle tandis qu'elles rejoignaient le guichet des paris au pas de course. Elles misèrent cent dollars pris dans la poche de droite sur le cheval de Roberto. Sa cote démarra à douze contre un. Quand elles encaissèrent les treize cents dollars après la course, Florence en eut presque le souffle coupé. Elles avaient gagné mille cinq cent quatre-vingts dollars. Audrey regarda Florence droit dans les yeux sans une hésitation. Elle ressemblait vraiment à Richard en tout point à présent, avec l'expression qu'il avait eue le jour où il lui avait dit qu'ils allaient en France. « Maman, dit-elle, nous allons parier mille dollars. »

Mais Roberto ne montait pas dans la quatrième course et Audrey se contenta de parier dix dollars de l'argent de grand-père sur une pouliche grise qui termina cinquième.

Alors qu'elles se tenaient près de la rambarde avant la sixième course, Roberto sortit du vestiaire des jockeys, marqua une pause pour regarder autour de lui, aperçut Audrey et se dirigea droit sur elle. Il était mignon, de type espagnol, remarqua Florence, et jeune. Il avait à peu près la taille d'Audrey, celle de Florence elle-même, un mètre soixante – depuis quand Audrey était-elle si grande ? Il marcha droit sur Audrey, posa les mains sur ses joues et l'embrassa en plein sur la bouche. Florence en fut très surprise, mais pas Audrey. Quand Roberto se détourna et courut à sa monture, des rires et des murmures le suivirent et Audrey se dirigea vers les guichets de paris au pas de course. Florence la suivit en courant. Elles misèrent leurs mille dollars.

Le cheval démarra avec une cote de trois contre un. Maintenant, elles avaient gagné quatre mille cinq cent quatre-vingts dollars. « Audrey, dit Florence, je veux rentrer. Nous avons beaucoup d'argent et ça me fait peur de l'avoir sur moi.

– Rien qu'un autre », dit Audrey sur le ton autoritaire de Richard. Florence se passa la langue sur les lèvres. Elle se demandait surtout ce que Roberto allait faire après ce baiser. « C'était quelque chose, ce baiser, Audrey, dit-elle. Tu ne le connais même pas.

– Il est jockey.

– Et alors ?

– Et moi je monte aussi à cheval.

– Et alors ?

– Alors ça ne pose aucun problème. Ce n'est pas un vrai baiser, maman. Si c'en était un, ce serait dégoûtant. Tu le sais bien. »

En fin de compte, Florence ne put qu'en rire, ne fût-ce que par gratitude : Audrey n'était pas si adulte après tout.

Et elles restèrent pour la huitième course. Les chevaux sortirent. Les propriétaires et les entraîneurs sortirent. Roberto chercha Audrey des yeux, elle le regardait déjà intensément en attendant de croiser son regard. Quand ils s'aperçurent, ils se regardèrent longuement, puis Roberto monta en selle et Audrey resta immobile un moment, hésitante. « Alors ? » demanda Florence. Le cheval était donné à cinq contre un. Elles pouvaient parier deux mille dollars et en garder deux mille. Cette perspective excitait Florence, elle comptait déjà les quatorze mille dollars qu'elles allaient certainement

ramener à la maison. Les chevaux sortirent du paddock en caracolant. Au passage Roberto adressa un gentil sourire à Audrey.
« Alors ? demanda Florence.

– On ne parie pas. Il a perdu.

– Quoi ?

– Je n'aime pas ce cheval. Roberto a perdu. Mauvaise course. Trop de chevaux et puis ils sont tous vieux. Rentrons.

– Tu ne veux même pas voir la course ?

– Non, rentrons.

– Il sait qu'il a perdu ou tu es la seule à le savoir ?

– Il se le demande, mais je le sais. Voilà pourquoi je ne l'ai pas vraiment regardé. Je ne veux pas qu'il commence la course en sachant qu'il a perdu. Il pourrait se blesser ou quelque chose.

– Audrey, je ne comprends rien à ce que tu dis.

– Mais *enfin*, maman. Moi non plus je *ne comprends pas*. Mais c'est la vérité.

– Ne me dis pas "enfin" comme ça. C'est impoli.

– Pardon. »

Voilà une chose qu'elle comprenait, se dit Florence en cherchant la voiture de son beau-père dans le parking, l'impolitesse entre une fille de douze ans et une mère d'âge mûr. Et ce fut une sorte de soulagement, à vrai dire. La liasse de billets déformait sa poche droite comme une ampoule électrique. Elles montèrent en voiture et ramenèrent leurs gains vers le nord.

AOÛT

36. Yearlings à vendre

Il fallait connaître l'enfer de Keeneland en juillet pour apprécier le paradis qu'était Saratoga au mois d'août. Même s'il faisait très chaud, chose rare, songeait Buddy, les arbres immenses donnaient tant d'ombre qu'ils vous inspiraient des pensées sur le temps jadis, le temps d'avant l'air conditionné, et vous laissaient croire que l'on peut non seulement supporter la chaleur mais s'y épanouir ; il semblait alors possible de devenir un de ces hommes du XIXe siècle, comme le colonel Bradley, qui avait fait courir Man O'War, des hommes disposant de moins de confort mais de plus d'énergie, moins éduqués mais plus intelligents, dont la vie était plus brève mais les journées plus longues que les pauvres pécheurs de ce XXe siècle finissant comme Buddy lui-même. Saratoga était le seul endroit où il n'avait pas envie de mourir, ces temps-ci.

Buddy distinguait cette envie d'un désir suicidaire, qu'il n'éprouvait pas, car il n'était pas du genre dépressif et ne l'avait jamais été. Il était du genre colérique et l'avait toujours été, Jésus comprenait très bien cela, et on pouvait même dire qu'il compatissait car ne s'était-il pas lui-même emporté contre cet arbre, quelque part, celui qui n'avait pas donné de fruits quand Jésus le lui avait ordonné ou quelque chose comme ça ? Buddy n'était pas non plus du genre à lire beaucoup et bien qu'il se fût procuré une de ces bibles écrites en anglais normal, il avait tendance à s'endormir en lisant les histoires s'il ne sautait pas des pages ; en fait, en survolant le texte on repérait l'essentiel et Jésus vous inspirait, il vous soufflait ce qu'il fallait savoir du reste. La différence entre l'envie de mourir et les tendances suicidaires était que le suicide correspondait au genre

même pour les arrivages d'argent frais qui repartait ensuite dans d'autres poches, mais il y avait les entraîneurs, les agents et les propriétaires qui traînaient partout jour après jour, insouciants, perdus dans une masse confuse de yearlings, jusqu'au jour où l'arrivée de Jésus mettrait fin au malheur de tout ce beau monde.

Cela se vérifiait chaque fois, songeait Farley : les stratégies d'évitement produisaient l'effet contraire. Par exemple, il avait passé la journée à éviter Buddy Crawford et, toute la journée, ce dernier s'était trouvé à proximité. En Californie du Sud, il pouvait passer des semaines sans voir Buddy Crawford mais ici, à Saratoga, impossible de se retourner sans croiser son regard ; il l'observait, flanqué d'un régiment de propriétaires qui l'observaient eux aussi. Et dans les yeux de Buddy, Farley croyait lire – était-ce possible ? – du désir. Farley s'efforçait de ne pas se sentir mal à l'aise vis-à-vis des propriétaires et de ce désir ; mais l'expression de ce désir à l'état pur était manifestement pénible à Buddy et constituait une provocation publique pour Farley, sans doute parce qu'il en éprouvait lui-même un soupçon. Il était venu à la vente sans le moindre propriétaire à sa suite et sans but bien précis hormis celui qu'on avait toujours à Saratoga : se donner du bon temps. Ce qu'il s'était efforcé de faire : il avait flâné en ville, flâné devant les chevaux à vendre, flâné dans les tribunes et assisté à des courses, loué une voiture pour faire un petit tour dans les Adirondacks ; il était aussi allé à Tanglewood écouter du Mozart, à l'insu de tous les autres entraîneurs et là, il avait laissé sa voiture pour faire une petite randonnée. Et il avait beau être originaire de l'Est, l'humidité l'avait surpris et affaibli. Non, il ne se payait pas du bon temps. Non, il ne se sentait pas à sa place : il aurait dû se trouver à Del Mar. Et son regret s'intensifiait dès qu'il essayait de se détendre. Pas de propriétaire sur ses talons pour lui demander des comptes, le harceler, s'inquiéter de questions d'argent, avoir des idées lumineuses, en faire étalage, pas de propriétaire à calmer et à guider ; il était suivi par un vide, la silhouette en filigrane d'un propriétaire, une sorte d'ombre complètement invisible à tous les entraîneurs qui avaient un propriétaire à leur suite, eux. Car la présence d'un propriétaire crée votre identité d'entraîneur. Sans le propriétaire et son avidité, son impétuosité, son ignorance et son argent, vous, l'entraîneur, ne savez que faire de votre expérience, de votre scepticisme et de votre sagesse. Sans propriétaire, vous n'êtes qu'un type parmi tant d'autres.

Mais de même qu'il n'avait aucun cheval à emmener à Saratoga pour les courses, de même il n'avait aucun propriétaire à emmener à la vente de Saratoga. Ces temps-ci, ses propriétaires gagnaient aussi peu d'argent que ses chevaux. Ceux qui avaient vraiment du style et de la personnalité, comme le couple aux suppléments lyophilisés, prenaient leurs précautions fiscales et d'autres, plus âpres au gain, se trouvaient tout simplement à court d'argent. Farley regarda tout de même les yearlings mais, au fil des heures, il sentit son moral sombrer de plus en plus bas. Et encore plus bas quand il retrouva certains de ses anciens propriétaires ; les voilà qui braillaient dans les bras de Buddy Crawford et d'autres entraîneurs, scandant toujours la même chanson : je veux gagner le derby du Kentucky, la Triple Couronne, la Coupe des éleveurs, je veux, je veux, je veux…

Tous les téléphones mobiles sonnaient sauf le sien. Qui suis-je ? se demanda Farley. Où suis-je ? Qu'est-ce que je fais ici ?

Sur ces entrefaites, il s'évanouit sans crier gare.

Quand il revint à lui, Buddy Crawford avait la main posée sur son front ; Farley leva les yeux sur lui. « Bon Dieu, putain de merde ! Ça va, vieux salaud ? » s'exclama l'autre.

En un sens, c'était rassurant.

À la place de Buddy apparut un séduisant jeune garçon au visage glabre qui devait avoir environ treize ans et se présenta comme cardiologue attaché à un de ces hôpitaux de New York qui ont un nom à tiroirs. Derrière celui-ci surgit le visage de Ralph Halliberton, entraîneur à Belmont et à Aqueduct, que Farley avait vu en photo dans *The Blood-Horse*. « Il a eu une crise cardiaque, doc ? » demanda Ralph au jeune garçon, ce dernier fit une réponse qui ressemblait bizarrement à un de ces solos pour flûte de Mozart que Farley avait entendu trois jours plus tôt et ce fut tout, il ferma les yeux. La seule chose qu'il percevait était la voix de Buddy Crawford, mitrailleuse couvrant le vacarme : mais putain, comment se faisait-il… ? Et qui… ? Et quoi… ? Mais pourquoi… ? Alors comment… ? Et quand, putain ?…

Le temps passa. Farley s'assit. On lui apporta une chaise. Il inspira deux ou trois grands coups, renifla à une ou deux reprises et se frotta le visage. Les premières sensations qui lui revinrent furent les odeurs – les odeurs si familières de cheval, de foin et de sueur humaine. Ensuite, il y eut les bruits – gens qui parlaient, sabots qui résonnaient, chevaux qui hennissaient et renâclaient. Les odeurs et les bruits, signes que la vie reprenait. Farley posa la main sur sa nuque et fit pivoter sa tête d'un côté puis de l'autre, ensuite il se lissa la barbe et poussa un profond soupir. Enfin il recouvrit le sens de la vue. Le visage du jeune garçon, le cardiologue, se leva devant ses yeux comme une lune et la bouche dit : « Bon, n'allez pas croire que vous avez eu une crise cardiaque. Mais laissez-moi vous poser quelques questions sur vos antécédents médicaux. »

Il répondit aux questions habituelles. Son âge et son sexe jouaient contre lui mais son poids et son mode de vie jouaient en sa faveur. Son taux de cholestérol était bas, ses antécédents familiaux au-delà de tout soupçon. Enfin, on ne pouvait jamais savoir. Farley acquiesça. La tête de Buddy surgit derrière celle du médecin, les yeux toujours pleins de désir. Farley secoua la tête et referma les yeux. Puis il demanda au jeune garçon médecin : « Je peux me lever ? Je crois que j'aimerais rentrer à mon hôtel.

– Je ne vois pas de raison de vous dire non », dit l'autre avant d'ajouter non sans une certaine honte : « J'ai moi-même encore quelques chevaux à regarder.

– Vous êtes propriétaire ?

– Eh ben, oui. J'ai un ou deux chevaux. Enfin, rien pour le derby. En tout cas, pas encore. » Il sourit.

Farley soupira et demanda : « Vous m'avez sauvé la vie ?

– Non, votre vie n'était pas en danger.

– Bon, je vous suis tout de même reconnaissant alors je vais vous dire une chose sur le commerce des chevaux que je n'ai jamais dite à personne.

– Quoi donc ? »

Farley ouvrit la bouche. Le jeune cardiologue fixait sur lui un regard doux et plein d'attente.

« Désolé, dit Farley. J'ai oublié. »

Il se leva de sa chaise et se dirigea vers le parking où il faillit se heurter à une femme immobile comme une statue au bout de l'allée. Délicatement blonde, le teint pâle, apparemment sans âge, vêtue dans les tons écru et beige, elle offrait un contraste lumineux avec le vert sombre de l'écurie et elle rattrapa Farley comme il manquait tomber sur elle. Elle sembla le remettre d'aplomb sans effort alors qu'il était grand et pas elle. Elle avait la poigne ferme – d'une force trompeuse – et rassurante. Il la sentit encore sur son coude et sa poitrine alors que la femme avait retiré ses mains. « Merci ! dit-il. Je suis vraiment désolé. J'ai juste… »

Rosalind se contenta de lui adresser un de ses lents sourires et de dire d'une voix sereine et vibrante : « Ce n'est rien, mon cher. »

Rosalind attendait Al. Ils ne se quittaient plus désormais. Elle entendait et voyait tout ce que faisait Al Maybrick, à chaque heure du jour, chaque jour et chaque nuit. Ils se suivaient partout ; Eileen trottinait sur les talons d'Al comme si elle y était attachée. Le voici qui arrivait, il sortait des toilettes pour hommes. Il était un peu rougeaud aujourd'hui mais c'était très bien ainsi, c'était mieux. La veille il avait eu l'air au bord de l'apoplexie. « Je ne sais pas, dit-il en arrivant à sa hauteur. Mais il y a quelque chose qui ne tourne pas rond. T'as pas des comprimés d'Immodium ? »

Rosalind ouvrit son sac et lui tendit une plaquette de comprimés. Eileen, juste derrière Al, leva le museau et décocha un coup d'œil à Rosalind puis se laissa tomber sur le ventre, les quatre pattes étirées.

« Ce poulain A. P. Indy qu'on a vu dans le catalogue devrait se trouver juste là, dans cette écurie, dit Rosalind.

– Bon », fit Al.

Ils tournèrent tous deux les talons. Rosalind glissa sa main sous le bras d'Al et ils marchèrent ainsi jusqu'à l'écurie, leur progression rythmée par le nombre de portes des stalles qu'ils dépassaient. Eileen trottinait derrière eux, filant comme sur des patins à roulettes. « Quel est son numéro, à celui-là ? demanda Al.

– Cent quatre, dit Rosalind.

– Dis, reprit Al, on m'a raconté une histoire sur Nureyev. On raconte qu'un Texan s'était procuré un zèbre femelle d'une race particulière et qu'il tenait à la faire féconder par Nureyev.

– Oh, Al ! s'exclama Rosalind.

– On me l'a juré devant Dieu. Bref, Nureyev ne copule que la nuit, tu sais, alors quand le Texan a offert un million de dollars pour la monte, ils ont été tentés. Il n'est plus si fertile que ça, à ce qu'on dit. »

À petits pas, à petits pas… C'était intéressant, songeait Rosalind, de se trouver une place à l'intérieur de l'espace personnel d'Al. Cela donnait l'impression d'être dans son corps à lui, d'autant qu'il se consacrait lui-même si intensément à son propre corps. Il prenait des pilules, des comprimés, utilisait des lotions, des onguents, avalait des pastilles et des gouttes. Rosalind transportait tout cela avec le chapeau pliable de son mari dans son sac à main. Elle aurait pu craindre que cela soit pénible, mais ce n'était pas le cas. Al était tellement obnubilé par son propre corps qu'elle pouvait parfaitement l'ignorer. Il lui restait peut-être encore des qualités. Si on se fiait aux réactions des autres, il en avait encore mais Rosalind n'en faisait plus l'expérience. Peut-être ne ressentait-elle plus rien de façon normale. Ni passé ni avenir. Si elle avait ressenti les choses normalement, peut-être aurait-elle eu peur de ce qui était en train d'arriver. Mais elle n'avait pas peur. Elle était curieuse. Elle était fascinée.

« Alors le haras a accepté de prendre le zèbre, on l'y a amenée après minuit et on l'a fait entrer. Eh ben, Nureyev a piétiné et henni, enfin, tu vois, il a manifesté un certain intérêt mais il avait l'air d'avoir un peu peur du zèbre, alors ils ont laissé tomber. La nuit suivante, ils l'ont fait entrer, ils ont amené Nureyev, re-belote. Alors le responsable des étalons s'est approché du cheval – le cheval le plus cher du Kentucky, à ce qu'on dit, peut-être le plus cher au monde – pour essayer de le calmer. Il l'a amené vers le zèbre, l'a laissé sentir la femelle et tout ça. Elle était réceptive. Mais bon, il ne voulait toujours pas la monter et ils ne voulaient pas mettre toute une flopée de types sur le coup, ça se comprend, avec le Jockey Club et tout ça, donc ils ont encore laissé tomber. »

À petits pas, à petits pas… Les écuries de Saratoga semblaient interminables cette année. Éternelles. Où était Dick ? Était-il déjà là ? Était-ce son pas qu'elle entendait ? Non. Quand ? Maintenant ? Que faisait-il s'il n'était pas ici ? Était-il en retard ? Très en retard ou pas ? Le voici qui arrivait. Il était là. Avait-il l'air changé ? Qu'allait-il faire à présent ? Que signifiait ce comportement ? Qu'attendait-elle de lui ? Comment savoir ce qu'elle attendait vraiment de lui ? Elle le voulait dans sa chambre. Dans ses bras. En elle. Puis hors d'elle. Et puis loin de ses bras. Et puis hors de la chambre. Et puis loin d'elle. Et puis, lui semblait-il, qu'il disparaisse et cesse d'exister comme si l'amour lui-même s'était évanoui. Elle avait beau essayer de se dire qu'il n'était qu'un homme comme les autres, qui travaillait, gagnait sa vie, préparait des chevaux, se débattait avec ses propres angoisses et ses propres questions, dès qu'il partait, un manque absolu s'installait et creusait un vide en elle pendant un jour ou deux ; puis, peu à peu, elle se ressaisissait et formait un projet. Le verrait-elle le lendemain, le jour d'après, dans une semaine, quinze jours ? Mais en fin de compte il n'y avait rien de pire que les projets. Mieux valait vivre dans un état de surprise permanent où les instants s'éclairaient comme des étincelles avant de s'éteindre, au revoir, au revoir, au revoir…

« Le soir d'après, ils ont encore conduit le zèbre dans le hangar à monte de Nureyev. La femelle lui faisait des clins d'œil et tout. Fin prête, qu'elle était. Le vétérinaire l'a auscultée et elle avait un follicule grand comme un kumquat. Parfait. Mais bon, Nureyev ne pouvait pas, ou ne voulait pas, y aller. Alors le responsable des étalons prend Nureyev à part et lui chuchote à l'oreille : "Elle vaut un million de dollars, vieux. C'est la fin de la saison des montes. Ça te fera huit juments de moins à féconder. Une seule fois, sans garantie de résultat. C'est dans le contrat. Sans garantie." Alors Nureyev manifeste son identité d'étalon et ils plissent tous le nez, mais le responsable des étalons hoche la tête : "Elle est prête. Il le sait." »

À petits pas, à petits pas… Et à la surface, séparée du centre d'elle-même qu'elle percevait sans le comprendre, il y avait les achats, les dîners mondains, les courses de chevaux, les rendez-vous chez le tailleur et chez le coiffeur. Le corps d'Al ; l'absence inexpliquée de Dick écartant la possibilité d'une rencontre, tout allait bien, tout était loin.

« Mais il regarde le responsable des étalons, ce Nureyev, et il se penche un peu plus près pour lui dire : "Ce que je pige pas, si elle est vraiment prête, c'est pourquoi elle n'enlève pas son pyjama ?" Voilà la stalle 104, dit Al. C'est sûrement ce cheval. »

Rosalind pensa à rire.

Il était tard. La pouliche baie issue de Belle Starr attendait qu'on la fasse entrer dans le pavillon et monter sur l'estrade dorée où sa valeur serait affichée, en dizaines et centaines de milliers, voire en millions de dollars, sur l'écran au-dessus de sa tête tandis que les offres fuseraient de part et d'autre de l'amphithéâtre. Pour l'instant, on l'identifiait à son numéro – vingt-six. Ses mouvements étaient lents mais ses foulées amples et onduleuses. Son encolure souple pivotait d'un côté et de l'autre tandis qu'elle observait tout autour d'elle. Le lad qui la conduisait marqua un temps d'arrêt devant le pavillon des ventes. Elle attendit calmement sans tirer sur la longe. Le lad lui donna quelques tapes affectueuses et lui flatta l'encolure. On l'avait tant bouchonnée pour cette vente que sa robe était presque trop fine au toucher pour sa paume calleuse, mais il appréciait tout de même, comme par le passé, l'immense étendue lisse et soyeuse de peau saine de cheval. Vraiment, quand on y pensait, ni l'oreille d'un chien ni le ventre d'une femme ni la joue d'un enfant ni le dos électrique d'un chat n'offraient ainsi leur champ infini à la paume d'un homme. Un instant plus tard, il la fit entrer et monter sur une petite estrade. Une main se leva, puis une autre. En entendant la voix du commissaire-priseur, les oreilles de la pouliche pivotèrent.

Al était assis à côté de Rosalind. Il aimait bien cette pouliche et songeait à faire une offre. Il regarda du côté de Rosalind pour déceler un signe, n'importe lequel, indiquant qu'elle aussi l'aimait bien. L'instinct de consommateur de Rosalind était infaillible. Mais, en fait, Al ne perçut pas le moindre signe, rien qui indiquât que Rosalind était bien avec lui. Il savait qu'en la titillant et en la sollicitant il obtiendrait d'elle ce qu'il voulait, et avec le sourire ; voilà pourquoi il lui demandait tant de choses à tout bout de champ. Mais elle ne lui donnait rien, les lumières étaient éteintes et il n'y avait personne derrière les fenêtres, voilà ce que constatait Al. Il soupira et regarda le pavillon autour de lui. Il repensa soudain à un moment passé ensemble, sept ou huit ans plus tôt. Ils avaient fait la route jusqu'aux Catskills tous les deux. Ils s'étaient enfoncés loin dans les montagnes et un pneu avait crevé. Pas de téléphone mobile à l'époque. Comme il était l'homme, Al était sorti de la voiture et s'était mis à changer la roue. Mais il s'y prenait comme un pied. Son père lui avait dit qu'il ferait mieux de devenir quelqu'un car s'il devait manipuler des outils il n'irait pas très loin dans la vie. Donc il fourrageait dans le coffre – la roue, les outils et tout le bazar – en jurant et en s'énervant ; alors Rosalind était sortie de la voiture, aérienne dans son tailleur crème, et elle avait dit : « Va t'asseoir dans la voiture, chéri. » Le fait est qu'elle venait d'Appleton, Wisconsin. On ne pouvait pas dire qu'il ne la croyait pas capable de changer un pneu. Mais on aurait cru que les outils s'étaient spontanément retrouvés dans ses mains et la roue dans son essieu. Était-il possible qu'elle ait appris dans un film ? Al n'en avait aucune idée. Peut-être était-elle simplement habile de ses mains. Toujours est-il qu'elle changea la roue en une dizaine de minutes sans salir ni son tailleur ni ses chaussures puis elle s'essuya les mains avec un kleenex et ils repartirent. Quand les lumières étaient éteintes et qu'il n'y avait personne derrière les fenêtres, il ressentait tout le contraire de ce qu'il s'était dit après l'épisode du pneu, qu'ils étaient en sécurité et que tout allait bien au fond, malgré ses erreurs et ses humeurs. Quelqu'un d'autre acheta la pouliche et Al resta immobile sur son siège.

Quelques sièges derrière eux, Farley suivit des yeux la pouliche qui quittait le pavillon des ventes puis il tourna de nouveau ses regards vers la tête blonde et celle, grisonnante et dégarnie, de l'homme à son côté. Ils formaient un couple étrange, la blonde calme et sans âge et l'agité qui réclamait toute son attention. Les propriétaires de quelque entraîneur, mais assez assurés ou connaisseurs pour se rendre à la vente seuls. Farley soupira. S'il avait eu la crise cardiaque qu'il avait cru avoir aujourd'hui, quelqu'un, ou mieux, toute une série de gens serait maintenant en train de lui dire quoi faire. Comme il n'avait pas eu de crise cardiaque, il lui fallait encore le deviner par lui-même.

Derrière lui, mais la plupart du temps sans le quitter des yeux, se trouvait Buddy Crawford. Ses propriétaires avaient acheté tout ce qu'il leur avait conseillé d'acheter et dès que Farley Jones hochait la tête, la secouait ou même tressaillait, Buddy doutait de lui. En réaction, il achetait encore plus. Juste à côté de lui se trouvait Andrea Melanie dont les mains s'agitaient convulsivement. « Oh, Buddy ! fit-elle. Écoutez ça. Quand je suis entrée à l'université, vous savez, à Bennington, ma mère m'a directement emmenée chez Gump et elle a dit aux vendeuses : “Sortez-moi toute la collection en 36 et 38”, et vous savez quoi ? On a acheté tout ce qui avait l'air à peu près correct. Je ne me suis jamais autant amusée que ce jour-là, sauf aujourd'hui.

– Eh bien, répondit Buddy, aussi honnête que d'ordinaire, les courses de chevaux sont là pour qu'on s'amuse. C'est ainsi qu'il faut les concevoir.

– Oh, Buddy ! reprit Andrea Melanie. Je vous admire tant. Vous appelez toujours un chat un chat. Rien d'étonnant que tout le monde dise que vous êtes un saint. »

Ne serait-ce pas agréable, pensa Buddy, d'être assis là, calme et sûr de soi, comme Farley Jones ? Voilà la raison pour laquelle il retrouverait ses désirs de mort dès qu'il serait en Californie du Sud.

37. Un bon à rien

Deux semaines après la vente, Al se retrouva sur la route de Saratoga, seul cette fois ; il allait assister au troisième départ de ce bon à rien qu'on avait baptisé Limitless pour quelque obscure raison. Al ne s'intéressait plus beaucoup aux chevaux désormais – ils n'avaient rien acheté à la vente – mais il n'avait rien trouvé de mieux à faire ; c'est ainsi qu'il longea Grand Central, amusé de descendre du train et de prendre un taxi jusqu'à l'entrée des tribunes sans recourir aux services du voiturier dans le parking. D'une façon ou d'une autre, Saratoga avait vraiment le don de vous remonter le moral.

Laurita n'avait aucune course de prévue, pour ce qu'Al en savait, mais bon, il n'était plus en contact étroit avec Dick Winterson depuis dix jours, depuis qu'il avait découvert qu'il y avait eu quelque chose entre Rosalind et lui. Jusqu'où c'était allé, il n'avait pas réussi à le savoir. Amour ? Aventure sexuelle ? Une nuit ? Une semaine ? Le début ? La fin ? Qu'est-ce que cela avait signifié pour eux ?... Il se passe des choses autour de soi qu'il vaut mieux ignorer, du moins en partie, comme il avait essayé de le faire comprendre à certains sénateurs républicains de sa connaissance au sujet de l'affaire Clinton. Mais pourquoi Dick Winterson ? Al aurait bien voulu le savoir. D'une certaine façon, ça n'incitait pas à adopter une attitude à la « je vais la tuer, cette salope » mais plutôt une philosophie à la « ce genre de choses arrive tous les jours » – c'était plus ou moins l'état d'esprit qu'on adoptait quand, au fil des ans, on avait fait ce qu'avait fait Al.

Aussi prit-il son *Programme des courses* où il lut que son cheval courait dans la troisième course, une course à poids pour maiden, prix : dix-huit mille dollars ; il avait dit tout cela à sa secrétaire la veille mais il l'avait oublié car il n'avait pas prévu de venir. Dick non plus ne s'attendait pas qu'il vînt. Et Dick ne savait peut-être pas ce que lui, Al, savait sur ce qui s'était passé entre Rosalind et lui. Cela avait quelque chose d'excitant, non ?

Le cheval était en mauvaise condition physique. Dans sa première course, sur huit concurrents, il avait terminé septième avec quatorze longueurs de retard. Le commentaire qu'il avait inspiré était : « Ne s'est pas investi dans la course. » À sa deuxième course, sur neuf concurrents, il avait de nouveau fini septième. Le commentaire avait été : « À pris le tournant trop large. » Mais il suffisait de regarder ses performances pour voir qu'il n'avait pas vraiment couru dans ces deux courses. Dick n'avait pas encore réussi à comprendre ce cheval. Cela se voyait clairement à la lecture du programme. Et si Al allait parler de ce cheval à Dick ? Mais, le cheval, l'entraîneur, la femme et Al le propriétaire étaient happés dans un de ces imbroglios qui ressemblent à une zone marécageuse et dont Al avait horreur : personne ne sait quoi faire, tout le monde est désolé, personne ne se dit grand-chose. Et tout ce qu'on dit n'est qu'un écran de fumée.

Il monta à sa loge. Les chevaux n'étaient pas encore sortis pour la première course : il était très en avance. Personne de sa connaissance, aucun autre entraîneur, ne semblait se trouver dans les parages ; Al s'assit et étendit les jambes devant lui. Il faisait bon à l'ombre, il ferma les yeux et s'efforça d'apprécier la fraîcheur. En fait, prendre le train l'avait mis dans une humeur assez bizarre. C'était agréable d'être un quidam dont personne ne se souciait dans le train. C'était agréable d'acheter son billet, de dire merci sans que le préposé le fasse bénéficier d'un traitement de faveur. C'était agréable de faire la queue à la gare pour acheter un bagel et d'entendre le vendeur dire : « Et vous, mon vieux ? Vous voulez quelque chose ou vous encombrez juste la file d'attente ? » C'était agréable de tendre son billet au contrôleur sans être dévisagé en retour puis de coincer la sacoche dans son siège. Il avait même trouvé agréable d'être assis tout contre son voisin, un Noir avec un gâteau sur les genoux, en se demandant où il allait. Agréable de ne pas être obligé d'être Alexander P. Maybrick tout du long, ni Al M., ni même « chéri ». De n'être appelé par aucun nom.

Ces derniers temps, il lui arrivait de se réveiller dans un sursaut de panique. C'était peut-être la seule conséquence de sa découverte de la liaison entre Rosalind et l'entraîneur. Tout ce qu'il savait, c'est qu'il y avait eu quelque chose entre eux et que c'était terminé, car en fourrageant sous le lit à la recherche de sa montre quelques jours après leur retour de la vente il était tombé sur un billet écrit par l'entraîneur quelques mois plus tôt : « Je ne sais pas ce que je suis en train de faire, ni ce que je faisais auparavant, mais ce que je sais, c'est que je t'aimais vraiment et je t'aime sans doute encore. » Ce n'était pas explicitement adressé à Rosalind mais cela ne s'adressait certainement pas à Al. La seule pensée qui lui avait traversé l'esprit sur le moment avait été, assez étrangement : « Ce n'est pas mon problème. » Mais, deux jours plus tard, il s'était réveillé dans un sursaut de panique. Il dormait blotti contre Rosalind, le corps poilu de ce satané chien blotti entre eux ; il enlaçait Rosalind juste un peu plus étroitement que d'habitude. Pourtant quand il avait les yeux fermés, il avait l'impression qu'elle se trouvait à l'autre bout de la chambre alors qu'en les ouvrant il la voyait à un centimètre de son nez. Il comprit que l'endroit où elle se trouvait importait peu. Il avait toujours cru qu'elle était la garante de sa sécurité et, à présent, il la voyait telle qu'elle était, un territoire inexploré et inconnu. Elle ne pouvait pas être garante de sa sécurité. Non qu'elle s'y refusât. Devoir, pouvoir, vouloir, c'était tout du pareil au même. Voilà pourquoi il n'accordait pas grande importance à la liaison avec l'entraîneur. C'était lui qui s'était trompé, et à bien des égards. S'il n'y avait aucune garantie de sécurité en Rosalind, il y en avait encore moins dans son argent, ses investissements, ses avoirs, son sponsor et ses collègues à lui – bien sûr, il les avait tous passés en revue en une petite seconde. Il avait senti sa panique augmenter. Alors il s'était levé pour aller au travail et à ses rendez-vous et il avait essayé de ne pas penser à ce qu'il y avait eu entre elle et l'entraîneur. Mais la panique était revenue depuis lors, à deux reprises.

Comment mettre ces deux expériences en regard ? D'un côté, entouré de vos possessions et de votre nom, blotti contre votre femme qui avait choisi de ne pas vous quitter, vous étiez pris de panique ; d'un autre côté, seul dans le train, seul dans les tribunes de Saratoga, mais oui, un type comme les autres, en fait. En l'absence d'autres propriétaires, il n'y avait même pas besoin d'en être un, avec tout ce que cela comportait, on pouvait être un type comme les autres, tout simplement.

Ce truc qu'on appelait introspection était éprouvant. À ses réunions des Alcooliques anonymes, il y avait tout le temps des femmes et même des hommes qui se lançaient là-dedans. D'ordinaire Al les méprisait au plus haut point, mais aujourd'hui il comprenait qu'ils méritaient peut-être un peu plus de respect.

Lui qui avait prévu d'aller à l'enclos à seller les chevaux et à tous les lieux qu'il avait l'habitude de fréquenter, au début de la deuxième course il se contenta de rester assis là, comme si le cheval qui courait était celui d'un autre. Il ne se leva même pas pour aller miser. D'autres propriétaires entrèrent, de vagues connaissances qu'il se contenta de saluer d'un signe de la main. Vouloir, pouvoir, devoir, aucune importance. Il restait assis là. Les chevaux sortirent, se dirigèrent au petit trot et au petit galop vers le starting-gate, quelque part sur la piste, la cloche retentit et ce fut reparti pour un tour. Comme c'est bizarre ! songea Al.

Les chevaux sortaient pour la troisième course. Son cheval, un bai sans autre caractéristique distinctive, parada jusqu'au poteau, seul son numéro le distinguait des autres. Les couleurs d'Al faisaient bel effet sur le jockey, mais celles des autres propriétaires aussi. En regardant les choses de manière objective, c'était l'ensemble des couleurs qui produisait un bel effet, trame mouvante de teintes vives tissée par les chevaux que montaient les jockeys dans la course. Ce n'était pas grand-chose, cette course, seulement mille mètres. Al se pencha en avant sur son siège et regarda autour de lui, plus pour changer de position qu'autre chose, c'est alors qu'il aperçut ce type, Luciano, le masseur de chevaux, s'approcher de lui. Il avait fait quelque chose d'assez bizarre en allant dîner avec ce type dans un modeste restaurant italien en ville. Mais bien sûr ! Maintenant qu'il y pensait, Luciano était sans doute au courant de la liaison. C'était certainement pour cela qu'il l'avait invité à dîner. À l'instant même où ça lui revenait en mémoire, Al vit que Luciano le regardait et lui faisait signe. Le voilà qui arrivait. Al détourna la tête en espérant que l'autre passerait son chemin mais il s'arrêta et dit : « Salut, monsieur Maybrick ! Dick ne sait même pas que vous êtes ici !

– Vous ne m'avez pas vu.

– OK, je ne lui dirai pas. Bon… »

Al faiblit : « Allez, asseyez-vous.

– Je peux ?

– Bien sûr. Asseyez-vous. Mais ne me parlez pas de mon cheval.

– D'accord. »

Le cheval et son poney gris firent le tour jusqu'au starting-gate.

Luciano étendit ses longues jambes et les posa sur le siège à côté de lui. « Alors, dit-il. Que dites-vous de cette affaire Clinton ? Un sacré scandale ! Je suis ça tous les jours à la télé. Moi, ce que je me demande, c'est qu'en dit Hillary ? Personne n'ose le lui demander.

– Peut-être qu'elle ne sait pas quoi dire.

– Oh si ! Elle sait quoi dire.

– Quoi ? » Al regarda Luciano avec une curiosité non feinte.

« Aïe aïe aïe ! Mais putain de bordel, qu'est-ce que t'as foutu ? »

Alors ils rejetèrent la tête en arrière et partirent d'un gros éclat de rire. Les chevaux étaient presque au starting-gate. Al ne voyait plus Limitless.

« Dites, vous croyez que l'adultère est universel ? » demanda-t-il soudain.

Luciano lui lança un regard qui conforta Al dans l'idée qu'il était au courant depuis le début pour Rosalind et son entraîneur. Mais cela n'avait rien de mortifiant, contrairement à ce qu'on aurait pu croire. C'était même réconfortant. Luciano suçota ses dents en réfléchissant avant de dire : « C'est l'un ou l'autre. Vous savez, en Italie, c'est universel. Mais ici ? Ben, si on est adultère, c'est universel et si on ne l'est pas, ça n'existe pas. Moi, j'ai une petite amie.

– Que fait-elle dans la vie ?

– Elle monte pour un autre entraîneur. On est venus en Floride ensemble. Je vais vous raconter ce qui m'est arrivé avec elle, ça vous intéresse ?

– Bien sûr.

– Eh ben, j'ai moi-même toujours trompé mes copines. Je pensais qu'en tant qu'Italien, c'était la moindre des choses, vous voyez. Enfin, je ne le pensais pas, mais, en fait, je le vivais, comme ces types qui ont tendance à penser avec leur bite, leur propre histoire et celle de leur père plutôt qu'avec leur cerveau. Bref, quand on s'est mis ensemble, elle et moi, il y avait des fois où, côté sexe, c'était vraiment génial et d'autres fois où c'était moins génial, alors je pensais à me trouver une autre copine, parce que, vous voyez, j'avais décidé de ne jamais me marier. Mais un soir on est allés au cinéma. On vivait pas ensemble, à l'époque, alors il fallait que je rentre chez moi pour pouvoir me lever et aller à l'hippodrome le lendemain – et elle aussi. Enfin bref, on parlait de choses et d'autres, du film et de nous, de notre relation et je peux vous dire que j'ai horreur de parler de ça en temps normal, mais bon, on était chez elle et j'allais partir, je vais pour l'embrasser dans la cuisine tous volets ouverts et tout, et au premier baiser, elle est devenue toute chaude et moi, dur comme la pierre – excusez-moi, mais ça fait partie de l'histoire. Bref, on s'est embrassés pendant quelques minutes mais il fallait que j'y aille alors on n'est pas montés dans sa chambre ni rien et après coup je me suis dit que j'avais perdu une sacré bonne occasion de baiser, vous voyez ?

– Ouais », fit Al. Les chevaux arrivaient à proximité du starting-gate et il vit sur le moniteur de sa loge gracieusement fourni par la direction que le premier concurrent y entrait.

« Mais je suis vraiment content qu'on n'ait pas baisé ce soir-là parce que j'ai appris une chose que je n'oublierai jamais : on s'était chauffés comme ça, en parlant et en étant ensemble, pas en se faisant des choses. Et depuis j'ai remarqué ça à chaque fois chez nous : quand le mental est prêt, le corps est prêt. Si on n'est pas prêt mentalement, on n'arrivera pas à se mettre en train physiquement, quoi qu'on fasse. Vaut mieux aller manger des tortellini ou voir un film.

Et maintenant qu'on a appris ça, je ne la trompe plus. Voilà ce qu' m'est arrivé. J'ai jamais rencontré un aussi bon coup. »

Le starting-gate s'ouvrit et les chevaux s'élancèrent. La course dura environ une minute. Quand les chevaux franchirent la ligne d'arrivée, Limitless arriva cinquième, devant quatre concurrents, à quelque six longueurs du vainqueur.

« Continuez », dit Al.

Luciano reprit : « Vous voulez savoir ce que je pense ? Voilà. On passe sa jeunesse à fuir les filles qu'on connaît, à essayer d'en trouver une qu'on connaît assez peu pour pouvoir la façonner selon nos désirs, mais on finit toujours par les connaître parce que c'est ce qu'elles cherchent. Alors on couche tout le temps à droite et à gauche mais, chaque fois, on a l'impression que c'est de moins en moins fréquent. Alors, avec un peu de chance, on couche avec une fille qu'on a envie de connaître et ensuite on n'a plus jamais envie de le faire avec quelqu'un qu'on ne connaît pas bien.

– Que savez-vous d'elle ?

– J'en sais rien. Je peux pas dire. Des tas de trucs, voilà ce que je sais d'elle. » Al le regarda. Luciano adressait un sourire radieux à tout ce qu'il savait de sa copine, quelle qu'elle fût. « C'est ça, qu'elles veulent, les femmes ? demanda Al. Toujours parler avant de faire l'amour ?

– Et comment ! Enfin, je parle pas de la conversation style “untel m'a fait de la peine, j'ai vraiment eu une mauvaise journée, chéri, qu'est-ce qui m'arrive ?”, vous voyez. C'est pas le genre de conversation qui vous met en train. Elle le sait. Plutôt des choses comme “J'ai remarqué ceci, voici ce que j'ai éprouvé et voilà ce que j'ai fait, c'est intéressant, non ? Et toi chérie ?”. Ce genre de trucs. »

Al voyait très bien la différence. « Mais ma femme ne parle presque jamais, dit-il.

– Eh bien, dit Luciano, demandez-lui ce qu'elle a vu dans la journée, quels sentiments elle a éprouvés et ce qu'elle a fait. Peut-être qu'elle vous en parlera. »

Les chevaux avaient disparu et la piste était déserte. Luciano se pencha en avant comme s'il allait se lever et partir. Le cœur d'Al se serra. « Bon, maintenant, parlez-moi du cheval, dit-il.

– Oh, ce cheval ! Bon Dieu !

– Que voulez-vous dire ?

– Dick ne sait pas quoi en foutre. Et le cheval ne sait pas quoi foutre de lui-même. Il tourne, il piaffe, il se rue contre la porte de

Al baissa la voix et le ton. « Dick, dit-il, vous êtes un bon entraîneur et je ne veux pas confier ce cheval à un autre. Si vous l'aimez bien, je veux bien croire qu'il a du talent…
– Je crois que c'est le genre de cheval qui peut couvrir une distance…
– Très bien. Disons qu'il n'aime pas les courses pour chevaux de deux ans et qu'il a besoin d'attendre la fin de la saison au centre d'entraînement.
– Al…
– Dick. » Le combat intérieur se lisait sur le visage de Dick. Au lieu de parler, Al resta là, à le regarder. Clair comme le jour, son visage disait : « Faut-il que cette petite faveur me soit refusée ? Juste celle-là ? Cette expérience sans importance ? » Puis il soupira et secoua la tête. La réponse était non. « D'accord, Al, dit-il. C'est vous le patron. Je l'expédierai au centre et je leur dirai de l'envoyer au pâturage pour quelques mois.
– Dites-leur de le laisser faire ce que bon lui semble.
– OK.
– Attention, je suis sérieux. Dites-leur de trouver ce dont ce cheval a envie et de le laisser faire. Ils demandent aussi cher qu'une pension en Suisse, alors ils peuvent bien traiter ce cheval comme les pensions suisses traitent les gamins. »

Dick sourit. Il avait un joli sourire aussi. Rosalind devait l'aimer, elle qui était attirée par les jolies choses.

« Je vous ai bien compris, Al. » Ils se serrèrent à nouveau la main. Puis Dick ajouta : « Merci d'être venu. » Et, bon Dieu, il avait bien l'air de le penser ! Aussi Al répondit : « Ouais ! Moi aussi je suis content d'être venu. » Voilà. Ils savaient tous à quoi s'en tenir, Al en était sûr. En fin de compte, c'était déjà une bonne chose.

38. Sans chevaux pour une fois

Mary Lynn et Skippy vivaient dans un ensemble architectural à Potomac, non loin de l'endroit où habitaient Deirdre et George, mais tout de même trop loin, songea Deirdre, pour y aller sans garder à la main son invitation à la soirée d'anniversaire, visa prêt à être brandi à chaque poste de contrôle. George n'avait pas ce sentiment et il rit en entendant Deirdre utiliser le terme « poste de contrôle », comme dans « Dis, tu crois qu'y a un poste de contrôle au prochain feu rouge ? ».

En route, dans la voiture, George fut intarissable sur les possibilités d'entrer en contact avec des propriétaires de chevaux de course réels ou potentiels à la recherche d'un moyen de redistribuer leurs richesses. « C'est des démocrates, fit remarquer Deirdre.

– Voilà une difficulté qui n'a rien de fatal. Il y a des propriétaires démocrates.

– De petits propriétaires. Ils ont trop de remords s'ils dépensent plusieurs centaines de milliers de dollars pour un cheval.

– Pas Skippy. Ça je peux te le dire, cousine. Ils sont pour la protection des animaux. On peut travailler ce genre de conviction pour les amener à...

– T'es intarissable sur ce thème, George. Tu sais ce que j'en pense. »

Les lèvres joliment dessinées de George se crispèrent, témoignant d'un état d'esprit peu commun chez lui : il était vraiment vexé. Deirdre fut momentanément intimidée et regarda par la fenêtre. « J'ai l'impression qu'il va falloir que je te prenne en main, cousine, dit-il.

– Essaie toujours.

– Tu caches ton talent. Il y a des chevaux dont tu pourrais faire quelque chose et qui pourraient, excuse-moi d'en parler, nous rapporter de l'argent. Gagner sa vie en faisant travailler une malheureuse créature n'est pas un péché. Bon, tu vois, l'année dernière tu avais une écurie pleine de chevaux heureux de travailler, mais ça ne te suffisait pas ; alors même si j'ai promis de ne pas chercher dans notre passé commun les raisons de l'attrait que l'autodestruction a pour toi, chérie, je suis sacrément tenté de le faire. "Obstination" est le mot qui me vient à l'esprit. »

Il y avait l'accident, bien sûr. Deirdre savait qu'ils y pensaient l'un comme l'autre, mais étant donné qu'ils n'en tiraient plus les mêmes conclusions, c'était devenu un sujet tabou. On aurait dit qu'ils étaient arrivés ensemble à un carrefour et n'avaient pas réussi à tomber d'accord sur la route à suivre. Ils avaient pris son chemin à elle mais, tandis qu'ils avançaient dans cette direction, leur désaccord s'aggravait. Cela ressemblait beaucoup à un mariage, une des raisons qui avaient détourné Deirdre de la vie conjugale. L'autre point commun avec le mariage était qu'elle savait ce qui lui en coûterait si elle lui aboyait dessus, aussi, plutôt que de se tourner vers lui, elle regarda droit devant elle et dit : « Merci de m'avoir fait part de ton opinion », et trente secondes plus tard, il engageait la voiture entre les piliers de l'entrée de l'ensemble architectural de Skippy et Mary Lynn. Une fois à l'intérieur, ils filèrent chacun de son côté vers des directions opposées de la maison, ce qui eut pour résultat d'ajouter un sentiment de solitude à la colère de Deirdre.

L'ensemble architectural se composait de différents espaces plus ou moins ouverts où d'immenses plantes et des cloisons isolées, disposées au hasard, parachevaient la confusion entre intérieur et extérieur. Ce ne fut qu'à une trentaine de mètres du buffet que Deirdre se retrouva vraiment en plein air et, non loin de là, le paysage ou le jardin commençait à buter contre ce qui semblait être la limite de la propriété. Très élégant, en effet, et Deirdre n'y voyait en soi aucune objection hormis l'objection essentielle que lui inspirait la vie en général. Oh ! Quelle femme aigrie elle faisait, George ne cessait de le lui répéter et les merveilleuses juments sans oublier les prodigieuses pouliches nées de ces merveilleuses juments n'étaient plus là cette année pour illuminer son existence. Le dernier petit de la jument, une pouliche, avait été vendu comme yearling, cette année à Saratoga, pour deux cent mille dollars, une vente de bon augure pour l'année à venir. Les ventes constituaient le point de rencontre du bon sens commun (il n'est jamais trop tôt pour vendre un cheval car il pourrait se suicider demain) et de l'esprit capitaliste (les ouvriers ne peuvent pas se payer ce qu'ils produisent) propres à ceux qui évoluent dans le milieu hippique. Pour ce qui est de l'argent, il pouvait, et en quantité prodigieuse, abreuver son compte en banque d'ici un an. Mais la prodigieuse pouliche serait entraînée par un autre, en Californie du Sud. « Tu n'es jamais contente, cousine », avait commenté George non sans raisons.

Elle déambula vers un petit massif d'arbres, contourna une haie et s'apprêtait à admirer des espaliers d'arbres fruitiers adossés à une de ces cloisons impromptues quand elle aperçut leur hôtesse, mais celle-ci se trouvait dans les bras d'un autre que Skippy, un homme qui n'appartenait même pas à la même ethnie que Skippy. Mary Lynn ne la vit pas car elle se pâmait, les yeux révulsés, étroitement enlacée dans les bras de son partenaire. Deirdre tourna les talons et s'enfuit.

Elle ne se sentit en sécurité qu'après avoir mis plusieurs cloisons impromptues entre elle et le couple qui s'embrassait, mais au bout de quelques instants, évidemment, Skippy apparut juste à côté d'elle. « Vous voilà ! s'exclama-t-il. J'ai vu George. Je vous cherchais. Vous avez eu du mal à trouver la maison ? Elle est presque terminée. Elle figurera dans *Architectural Digest*. Il faut que vous rencontriez l'architecte. Nos chevaux courent-ils dans les quinze jours à venir ? Je serai tout le temps à Seattle pour affaires. Vous n'avez jamais pensé à y acheminer un ou deux chevaux ? J'ai un gros procès là-bas cette année. On pourrait…

– Bonjour, Skippy.

– Vous avez vu le… »

Deirdre le ramenait doucement vers la maison. Elle ne pensait pas le faire pour son bien à lui. Peut-être le faisait-elle pour le bien de Mary Lynn ou pour elle-même, pour s'épargner une situation inconfortable. Ils arrivèrent au buffet. Skippy déblatérait déjà depuis bon nombre de minutes mais Deirdre avait perdu le fil de sa pensée et même du sujet de sa conversation. Quand il s'arrêta et attendit sa réponse, elle dit : « Vous avez déjà mangé quelque chose ?

– Pas encore, je…

– Alors venez. C'est un véritable festin. Je peux à peine me retenir d'y retourner. » Ainsi, elle lui fit faire le tour du buffet en lui remplissant une assiette. Et sans quitter des yeux le côté est du jardin où elle cherchait à apercevoir Mary Lynn, mais l'architecte avait conçu l'endroit de telle manière que l'on semblait être partout à couvert.

Elle n'avait pas passé une minute entière avec Skippy, qu'ils étaient déjà entourés de têtes pensantes de Washington.

« Il fait ça depuis des années. J'ai en ai parlé à Stephanopoulos…

– Stephanopoulos ? Moi, j'en ai parlé à Carville. Et plus d'une fois. Il n'a jamais écouté Stephanopoulos.

– Il n'a jamais écouté Carville. Moi j'en ai parlé à Jordan, et plusieurs fois encore…

– Jordan ! Enfin ! Le seul qu'il ait jamais écouté c'était Web…

– Jamais de la vie, Jake. Jamais de la vie. Il faisait comme s'il écoutait, j'ai toujours cru qu'il m'écoutait. Je ne peux même pas me rappeler le nombre de fois où je l'ai coincé dans un coin du Bureau ovale…

– Comment t'as pu le coincer dans le Bureau ovale ?

– J'avais envie de le secouer… »

Skippy leva tout de suite la tête. Deirdre lui tapota l'épaule et se faufila hors du groupe sans oublier de prendre une autre mousse au saumon sur une feuille d'endive et surmontée d'une petite crevette.

En entrant dans le séjour décoré de motifs style porcelaine dans des bleus et des blancs très gais et rehaussés de jaune satiné, elle s'y arrêta pour observer George. Il ne la regardait pas. Il se tenait au milieu de son groupe, des femmes en majorité. Elle entendait tinter les rires autour de lui, cascade de ravissement.

Elle se détourna pour regarder l'amoncellement de cadeaux. Il était d'une taille déprimante. Deirdre était convaincue que Mary Lynn n'admettrait pas tant de nouveaux objets dans son intérieur déjà (regard circulaire de Deirdre) bien rempli. Mais bon, Deirdre voyait les cadeaux d'un mauvais œil en toutes circonstances. Elle soupira, tourna les talons et se trouva nez à nez avec nul autre que l'homme que Mary Lynn avait embrassé dans le jardin. C'était un bel homme noir qui portait un costume gris et des petites lunettes ovales très à la mode. Il lui sourit sans pourtant avoir l'air de la reconnaître. Elle lui rendit son sourire, soudain consciente d'être surprise que Mary Lynn, que l'on aurait qualifiée en Irlande d'ordinaire et sans charme, ait pu embrasser un tel homme. « Alors, on regarde le tas de cadeaux ? fit-elle.

– Ça me laisse toujours rêveur.

– Pourquoi donc ?

– Eh bien, prenez les choses sous cet angle : une seule et même femme. Elle possède déjà un millier d'objets peut-être, selon la façon dont on les classe. En voici cent ou cent cinquante de plus et pour la plupart ils se divisent en plusieurs objets. Quant à Daniel, il possède encore plus de choses qu'elle, donc, rien que dans cette maison, il y a vingt à trente mille objets. Bon, nous sommes deux cent cinquante millions d'Américains. Disons que chaque personne ne possède que trois mille objets en moyenne. Cela fait quand même sept cent cinquante milliards d'objets. Soit sept cent cinquante milliards d'objets fabriqués, distribués et vendus.

– Voilà qui donne envie de ne plus jamais rien acheter.

– J'ai déjà envie de ne plus jamais rien acheter. Pas vous ?

– Je n'achète que des chevaux et seulement pour pouvoir remercier le Seigneur quand je n'en ai pas acheté.

– Quel genre de chevaux ?

– Des chevaux de course.

– Alors vous êtes…

– Je suis leur entraîneur.

– Vous devriez rencontrer… »

À cet instant, elle franchit la porte, entra dans la pièce et vint passer son bras sous celui de l'homme. Il dit : « Voilà justement celle dont je vous parlais. Mais excusez-moi, je n'ai pas retenu votre nom ? »

Tandis que la plus belle femme qu'elle eût jamais vue la regardait en souriant, Deirdre répondit : « Deirdre. Deirdre Donohue. » Et elle tendit la main d'un geste presque gracieux en ajoutant : « Vous possédez des chevaux ? Vous êtes une amie de Mary Lynn ?

– Non. Je suis juste venue avec Norman. Je sors plus ou moins avec son frère. Norman travaille chez Microsoft. Skippy et Norman travaillent ensemble sur l'affaire Microsoft. Je m'appelle Tiffany Morse. »

Pour masquer une maîtrise des mondanités qui commençait déjà à défaillir, Deirdre s'adressa à Norman : « Alors, lequel de ces cadeaux est le vôtre ? »

Norman désigna un cube emballé avec recherche.

« Qu'est-ce qu'il y a là-dedans ?

– Un logiciel. » Il lui adressa un sourire malicieux et avant d'avoir pu s'en rendre compte Deirdre lui demanda : « Et comment se fait-il que vous embrassiez celle dont on fête l'anniversaire dans le jardin, il n'y a pas si longtemps ?

– Oh, Norman ! » fit Tiffany d'un air las.

Mais ce dernier ne se laissa pas décontenancer. Son sourire garda tout son éclat et, loin de se figer, il s'élargit littéralement, songea Deirdre, irradiant la joie. « Ah, oui ! dit-il. Je crois vraiment que Mary Lynn est la femme qu'il me faut.

– Oh, Norman ! » dit à nouveau Tiffany. Elle secoua la tête. Puis elle se tourna vers Deirdre et ajouta : « Ils parlent tous de Clinton, ici. » Alors, d'un geste très naturel, elle posa la main sur l'épaule de Deirdre et la détourna des cadeaux. « Sortons, dit-elle, allons parler chevaux. » Deirdre eut un regard pour Norman. « On n'a pas besoin de Norman, déclara Tiffany. Il n'y a qu'un sujet de conversation qui l'intéresse : Mary Lynn. En fait, je suis juste venue voir à quoi elle ressemblait. Salut, Norman. Va manger quelque chose, que je puisse bavasser sur ton compte. »

Norman tourna docilement les talons et se dirigea vers la salle à manger.

« Elle se pâmait dans ses bras, les yeux révulsés. Ils m'avaient tout l'air de haleter. »

Tiffany leva les yeux au ciel avant d'ajouter : « Personnellement, je ne comprends vraiment pas Norman et Ho Ho. Ni aucun membre de leur famille, en fait. Ils ne ressemblent à aucun de ceux avec qui j'ai grandi.

– Ho Ho ?

– C'est le frère de Norman. Il est chanteur de rap, on sort plus ou moins ensemble. Mais son CD est un vrai bide, alors il va arrêter la musique et entrer dans une école de grands chefs. Son nouveau hobby, c'est fabriquer de la saucisse, maintenant.

– Il passe du rap à la fabrication de saucisses ?

– Et il m'a donné ses chevaux, l'autre jour. Son conseiller fiscal lui a dit qu'il n'aurait sans doute plus besoin de déductions fiscales s'il se lance dans la restauration. Ni son groupe, sans doute, ils cherchent tous à faire autre chose.

– Norman est sérieux quand il parle de Mary Lynn ?

– Il aime ses façons impérieuses. Elle a, quoi, quarante-cinq ans ? Il n'en a que trente-deux.

– Pour être impérieuse, elle est impérieuse.

– Il avait une petite amie à Seattle, un officier sur un porte-avions. Elle était exactement pareille, d'après la belle-mère de Norman. Je ne l'ai jamais vue. Je ne connais Ho Ho que depuis huit mois. »

Entre-temps, elles s'étaient assises sur un divan. Deirdre ne trouvait rien à dire, aussi était-il facile de poser la question qu'elle avait sans doute posée le plus souvent au fil des années. « Vous avez combien de chevaux ? » La simple présence de Tiffany avait quasiment le don de la rendre dingue.

« Deux qui courent. Je viens juste d'acheter un yearling à Saratoga. Red Ransom. »

Deirdre soupira.

« J'aimerais bien être entraîneur, dit Tiffany. Je vais à l'hippodrome tous les jours.

– Ah ! C'est un vœu qui ne vous mènera pas très loin, ma chérie.

– Oui, je sais ce que vous allez me dire. Mon entraîneur n'arrête pas de me le répéter. Je n'ai pas la moindre idée du temps qu'il lui a fallu pour se retrouver là où il est, au milieu de l'échelle. Je n'ai pas la moindre idée du nombre de fois où il n'avait pas assez d'argent sur son compte professionnel pour payer le foin, régler les traites de l'hypothèque ou les frais entraînés par l'éducation de ses gosses. Je n'ai pas la moindre idée du nombre de propriétaires qui l'ont snobé année après année, du nombre de chevaux qui ont brusquement présenté une fêlure juste avant une course, perdu un fer pendant la course ou fait basculer leur jockey par-dessus la rambarde en sortant du starting-gate. Et certains chevaux meurent brutalement : d'embolie pulmonaire ou d'autres maladies encore plus mystérieuses. Ils courent et l'instant d'après ils sont morts. Je n'ai pas la moindre idée de la difficulté qu'il y a à trouver des lads capables de s'occuper d'un cheval, des cavaliers d'exercice capables de monter, des propriétaires capables de se taire et d'écouter, des chevaux capables de se détendre. Quand je lui disais tout ce que j'en pensais, il me criait dessus en anglais. Maintenant il me crie dessus en espagnol. Il pense que je devrais rester avec la famille de Norman. Ils m'adorent mais je n'ai pas envie de faire des études. Ils poursuivent tous des études comme si c'était le paradis. Vous savez, quand Ho Ho a décidé de laisser tomber l'industrie du disque, il avait encore assez d'argent, même après ce qu'il a dépensé pour son groupe et pour les chevaux ; il pouvait ouvrir un restaurant, un bon, engager un grand chef et tout ça. Mais le truc dans sa famille, c'est de ne jamais acheter mais d'apprendre les choses. Pour eux, ça ne se discute même pas. Quand on se demande ce qu'on pourrait bien faire, on s'inscrit à un cours. » Elle soupira.

« Vous n'aimiez pas l'école, alors. Moi non plus. Je me sentais tellement à l'étroit chez les sœurs ! L'Enfant-Jésus d'un côté, la Vierge Marie de l'autre, les maths qui me bottaient le cul et Shakespeare qui me lançait ses vers au visage.

– J'adore la façon dont vous parlez.

– Vous savez quoi ? Eh ben, en Amérique, on peut dire tout ce qu'on veut avec un accent irlandais et tout le monde adore ça ! Mon cousin George peut débiter une idiotie après l'autre et tout le monde s'agglutine autour de lui pour faire béni oui oui.

– Vous voulez entendre ma façon de parler ?

– Certainement.

– Ma vieille ! Cette fête, tu sais quoi, c'est… » s'ensuivirent des propos très expressifs et tout à fait inintelligibles pour Deirdre. Tiffany reprit : « Ho Ho adore m'entendre parler comme ça, enfin adorait. Il transcrivait tout. Moi, je n'avais jamais vu un cheval avant de rencontrer Ho Ho. Et maintenant je ne pense plus qu'à ça. » Deirdre sentit qu'elle souriait tant et plus mais elle le dissimula comme à son habitude en disant : « Dans quelle catégorie courent-ils ?

– Eh bien, j'ai dit à Dagoberto que même si Ho Ho s'occupe de tout et même si pour l'instant ce genre de dépense n'est rien pour lui, il faut qu'un cheval gagne sa vie, alors Dagoberto m'a trouvé de bons chevaux à réclamer et c'est ce qu'on fait, on achète, on vend et en général on gagne au change. Mais vous savez, penser à deux chevaux, ça ne me suffit pas. J'ai envie d'en avoir vingt ou trente à qui penser. Je ne veux pas aller là-bas rien que pour regarder travailler mes chevaux. En ce moment j'y vais tous les jours mais Dagoberto a d'autres propriétaires à voir et d'autres choses à faire et puis il pense que j'en sais déjà assez. Dagoberto fait faire des bénéfices à mon écurie depuis le premier jour, mais tout ça m'ennuie maintenant.

– Ma foi, entraîner des chevaux est ennuyeux. Mais les chevaux sont des créatures tragiques, surtout les bons chevaux et surtout les bons pur-sang. Autrefois, je montais des chevaux d'obstacles. On trouve de bons sauteurs dans n'importe quelle lignée et de bons sauteurs sans aucun pedigree. Les chevaux au sang chaud sont souvent de bons sauteurs. Sauter des obstacles ne leur est pas difficile contrairement aux apparences. Ils peuvent se mettre à sauter avant même de savoir travailler s'ils n'ont pas peur. Mais les courses, alors ça, il y a toujours un moment dans une course où le cheval doit se décider à foncer. Un pur-sang sera plus susceptible de foncer qu'un autre. Voilà ce qu'on leur demande. Mais à quel prix ? C'est ce que je me demande. On compte sur eux pour ne pas se poser la question et foncer quoi qu'il arrive. Ça s'appelle avoir du cœur, vous savez. Ils ont le cœur hypertrophié. Mais c'est leur ruine s'ils n'en devinent pas le prix avant de l'avoir payé. Chaque jour, surtout quand je fais courir un cheval, je me réveille en me disant : Est-ce que je peux demander à ce cheval, aujourd'hui, de payer ce prix si ça doit lui arriver ? Je ne sais pas comment je gagnerais ma vie si je ne faisais pas ce métier, mais… » Elle sentit une présence derrière elle et se retourna. Tiffany se retourna elle aussi. C'était George. Il sourit à Tiffany mais pas à Deirdre. « Oh, zut ! fit cette dernière. Je te croyais occupé, cousin. »

Tiffany le dévisagea et Deirdre en profita pour dévisager Tiffany. Une vraie beauté. Mais ce n'était pas seulement ses formes, ses charmantes manières et son style délicieux (elle portait une robe bain de soleil en lin couleur améthyste et un collier de petits soleils sur lesquels des visages souriants étaient gravés ; des tresses plaquées impeccables épousaient la forme de son crâne et tombaient sur ses épaules dans un tintement de perles de verre dorées). La beauté irradiait à chaque instant de chacun des pores délicats de sa peau. On aurait presque pu la déceler à l'œil nu, petits jaillissements et tourbillons, tandis que Tiffany s'adressait à George : « Vous entraînez des chevaux, vous aussi ?

– Avec Deirdre. J'en déduis que vous avez des chevaux ?

– J'en ai deux. Trois en comptant le yearling. »

George croisa le regard de Deirdre, puis il dit : « J'en déduis que vous êtes démocrate ?

– Pas exactement. Je n'ai jamais voté. »

George vint s'asseoir avec elles. « Et je présume qu'elle n'a pas cessé de vous dire combien tout ça est horrible.

– Je veux devenir entraîneur, dit Tiffany. Mes chevaux ont gagné quatre-vingt-quatorze mille dollars depuis le mois d'avril.

– Où sont-ils ? demanda George.

– Leur écurie est à Belmont. Ils courent là-bas, à Aqueduct et à Saratoga.

– Si vous les faisiez venir dans le Maryland, vous pourriez les faire courir dans la catégorie au-dessus… », commença George.

Deirdre posa son talon sur les orteils de George, appuya si fort qu'il ne put réprimer un cri et elle intervint : « Si vos chevaux gagnent de l'argent dans ce circuit-là, vous n'avez pas besoin de les faire venir dans le Maryland, croyez-moi. »

George émit un son guttural, très irlandais, mélange de dégoût et de résignation. Deirdre secoua la tête et poursuivit à l'intention de Tiffany : « Gardez vos chevaux à New York. C'est là qu'est l'argent et la bonne catégorie. » Voilà, elle avait recommencé, elle avait repoussé la chose qu'elle souhaitait le plus obtenir. Elle glissa un coup d'œil à George qui avait de nouveau l'air contrarié. « Mais si vous venez me voir, je vous apprendrai une ou deux choses. On verra jusqu'où on ira. » Puis elle se tourna vers George : « Va-t'en, George, tu me feras la leçon tout à l'heure. » Il se hissa hors des profondeurs du divan et s'éloigna non sans lui avoir assené une calotte sur la tête. Elle savait ce que cela voulait dire. C'était plutôt un geste affectueux qu'une manifestation de colère à présent. Elle sourit intérieurement. Il n'y avait rien de plus désagréable que d'être fâché avec George. Mais pour l'instant, il y avait Tiffany. « Alors, fit Deirdre. Dites-moi un peu si votre ami Norman va fiche par terre ce beau ménage, parce qu'une partie de mon gagne-pain dépend de Mary Lynn et de Skippy, et je ne peux me passer ni de l'un ni de

citaient toujours à son propos le vieil adage du monde des courses : « La chance, c'est mieux que les connaissances. » Hakon avait la chance de son côté. Il ne faisait presque jamais travailler un cheval assez vite pour que les petites lésions accumulées causent un effondrement général, mais quand ses chevaux étaient réclamés et allaient à d'autres entraîneurs moins chanceux, un rythme de travail plus normal ne manquait pas de provoquer l'effondrement. Hakon se prenait pour un génie-né dont le caractère peu conventionnel témoignait de ses talents.

Après un mois très agité durant lequel P'tit Bob avait travaillé sans se fatiguer à l'entraînement et terminé premier puis troisième, toujours sans se fatiguer, lors des courses, Hakon Borgulfsson, P'tit Bob et Thora se séparèrent : Hakon retourna du côté de la baie des Anges au volant de son semi-remorque vide avec assez d'argent en poche pour racheter deux chevaux de plus et peut-être même les emmener passer l'hiver en Arizona ; Thora prit l'avion pour St. Louis où elle devait chanter tous les premiers rôles féminins d'une version abrégée du cycle des *Anneaux* ; et P'tit Bob alla à Chicago où son nouveau propriétaire, William Vance, possédait une écurie dans Sportsman's Park.

William avait vingt-sept chevaux à l'entraînement, tous en copropriété avec une cohorte d'amis et de parents. Quand P'tit Bob arriva sur l'hippodrome de Cicero Avenue au beau milieu d'une vague de chaleur, il était déjà bien déshydraté. Et William n'était pas là pour l'accueillir, car son fils Alphonse recevait les honneurs pour son travail dans le cadre des cours d'été au lycée du quartier. Quand le palefrenier mit P'tit Bob dans son box, il y trouva une litière épaisse mais la paille avait une odeur peu familière, et une belle ration l'y attendait mais une ration de fléoles des prés, pas de luzerne ; P'tit Bob se détourna de toutes ces sensations étranges et dans un mouvement de désespoir déversa son crottin dans son seau. Le long voyage dans le van l'avait fatigué. Il avait soif mais maintenant qu'il avait rempli son seau de crottin il n'avait plus envie d'y boire. Il regarda autour de lui. Tout lui était étrange. Il ferma les yeux.

Le lad vérifia une dernière fois que les chevaux allaient bien et décida de partir plus tôt. William n'aimait pas qu'on laisse les chevaux seuls mais il devait lui-même arriver dans moins d'une heure et le lad se dit qu'il pouvait très bien partir. P'tit Bob n'était pas le seul cheval à avoir l'air léthargique. Dans leurs stalles, ils étaient plusieurs à suer sous les ventilateurs en marche. Évidemment, comme il ne connaissait pas P'tit Bob, le lad ne savait pas que ce cheval manquait rarement de manifester de l'intérêt pour ce qui l'entourait.

Sur ces entrefaites, comme William Vance quittait le lycée de son fils, une tige de piston se cassa et sa voiture fut hors d'usage. Il ne faisait courir aucun cheval cet après-midi-là, en admettant qu'on pût faire courir un cheval par une température pareille : son lad, Homer, était à l'écurie et les nouveaux chevaux n'étaient sans doute pas encore arrivés ; en fin de compte, il ne se faisait pas le moindre souci et il était très fier de son fils qui avait une bourse pour Wesleyan University, à Middletown, Connecticut, et une petite amie charmante qui allait entrer au Connecticut College for Women. Il décida donc de rentrer chez lui faire un somme et de se rendre à l'hippodrome plus tard, avec la voiture de sa petite amie qui travaillait jusqu'à quatre heures. Il prit le bus pour aller l'attendre à son appartement ; voilà pourquoi son copain Romero ne put le joindre chez lui quand il vit que P'tit Bob geignait en se regardant les flancs.

Sur ces entrefaites il y eut une coupure sélective de courant et Romero eut fort à faire.

Dans le ventre de P'tit Bob, les contractions péristaltiques de l'énorme intestin s'accéléraient et le faisaient un peu souffrir. Il se mit à tourner dans sa stalle en s'arrêtant régulièrement pour piétiner sa litière. Il tendait parfois la tête et le cou et ouvrait la bouche. La douleur augmenta. Il jeta un regard à ses flancs mais, de l'extérieur, on ne voyait rien de l'activité interne. Il tourna encore un peu sur lui-même puis s'allongea. Pendant un moment, il replia ses jambes et ses sabots sous son corps et essaya de se détendre. Mais il s'aperçut que ses regards étaient irrésistiblement attirés vers la surface neutre de son flanc. Quel mystère, cette douleur ! Finalement, après avoir enduré cette épreuve environ une heure et demie, il roula de l'autre côté, une façon consacrée d'exprimer et parfois de soulager les maux de ventre – il fallait rouler d'un côté et de l'autre, d'un côté et de l'autre... Mais P'tit Bob n'était pas habitué aux dimensions de son nouveau box et, une fois tourné d'un côté, il découvrit qu'il était coincé contre le mur et ne pouvait se retourner. Il s'était déjà trouvé coincé. Son inclination naturelle, qui l'avait tiré d'affaire bien des fois dans sa vie, était d'attendre. Il y a des chevaux qui attendent et d'autres qui en sont incapables. Ceux qui sont incapables d'attendre s'attirent plus d'ennuis. P'tit Bob était un cheval patient mais quand il se tourna et se retrouva coincé, son gros intestin se tordit brusquement à cent quatre-vingts degrés. La douleur s'intensifia, mais P'tit Bob s'efforçait de patienter.

« Pratiquement mort » est un jugement relatif. Le cœur de P'tit Bob battait encore et son cerveau fonctionnait, mais en termes strictement temporels il était plus proche de la mort à cinq heures de l'après-midi qu'à midi. À midi il se trouvait dans le monde des bien portants et la mort faisait partie d'un autre univers, ils n'avaient rien en commun ; mais, au cours de l'après-midi, la colique jeta un pont entre les deux univers. P'tit Bob fut bientôt en état de choc. Ses yeux étaient mi-clos. Il poussait des grognements. De temps à autre, d'un mouvement tout à fait involontaire, ses pieds venaient heurter les parois en béton de la stalle et il s'écorchait les jambes avec ses sabots. Les chevaux des box voisins l'observaient et hennissaient de temps en temps. Quand William finit par arriver vers cinq heures, cela n'échappa à l'attention d'aucun cheval. William aurait sans doute remarqué leur niveau d'angoisse élevé – c'était assez manifeste – mais il était encore groggy à cause de sa sieste et apathique car conduire dans les rues de Chicago par cette chaleur dans une voiture sans climatisation avait été éprouvant.

Il se dirigea d'une démarche nonchalante vers ce qu'il pensait être une stalle encore vide.

William Vance était un homme noir d'âge mûr, originaire du centre du Missouri. Son père avait commencé comme maréchal-ferrant puis il avait travaillé avec des chevaux brisés ou rendus récalcitrants pour les renvoyer sur les podiums de concours. William avait vu son premier pur-sang anglais à l'âge de dix-neuf ans quand lui et des amis de son père étaient descendus dans le Kentucky assister à une vente concours de chevaux de selle. Un seul pur-sang avait suffi à William. Il avait trouvé un emploi de palefrenier dans un haras le jour même et il était resté sur place alors que son père et ses amis ramenaient leurs chevaux vers le nord. Son père lui avait dit qu'en tant qu'entraîneur noir il ne gagnerait jamais sa vie, jamais les Blancs ne lui confieraient leurs chevaux ; aussi avait-il gagné sa vie comme entraîneur noir pour propriétaires noirs. Il avait une quote-part dans la plupart des chevaux qu'il entraînait, si bien que, lorsqu'ils gagnaient, il empochait de l'argent. Il payait ses factures, n'était pas obligé de vivre à l'hippodrome et son fils n'avait pas à travailler pendant ses études au lycée, sauf s'il n'avait pas au moins 16/20 en devoirs à la maison ; dans ce cas, il devait nettoyer les box, alors qu'il préférait étudier. Le taux de victoires de William avoisinait 15 %. Son travail lui plaisait.

En arrivant près de la stalle de P'tit Bob, il entendit un grognement. L'instant où il s'aperçut que le cheval était coincé et avait à moitié perdu connaissance fut l'un des pires de sa vie.

Pour décider de dépenser cinq mille dollars pour opérer un cheval d'une occlusion intestinale, il faut y avoir mûrement réfléchi. Il faut mettre la valeur commerciale et sentimentale de l'animal dans la balance, sans oublier les effets potentiels de l'opération sur ses performances. Il faut décider si ce cheval est un animal de compagnie, un capital agricole ou un athlète. Il faut être au fait de ses propres rentrées et de ses dépenses. Il faut connaître la valeur de son pécule et avoir défini les priorités pour lesquelles on y prélève de l'argent. William Vance avait dûment rangé les chevaux de son écurie dans différentes catégories selon qu'ils justifiaient ou non des frais d'opération, mais il n'avait aucun moyen de savoir dans quelle catégorie placer P'tit Bob. Il ne connaissait pas le cheval personnellement et n'avait qu'une vague idée de la façon dont il courait et de son potentiel. Il n'avait guère fait que palper les jambes de l'animal et tâter ses sabots juste après la course où il l'avait réclamé. Il ne savait même pas si c'était un animal de bonne ou de mauvaise composition, mais il savait qu'un hongre n'avait aucun avenir dans un haras. Aussi, l'espace d'un court instant qui sembla durer très longtemps, tous ses désirs le portèrent vers la tentation de pécher.

Il y eut la tentation de pécher envers son compte en banque et d'appeler le médecin sans tarder pour qu'il fasse le nécessaire alors que le jour même il s'était demandé d'où proviendrait l'argent nécessaire à l'installation de son fils à Middletown, Connecticut.

Il y eut la tentation de pécher envers l'humanité, de se détourner et de faire comme si de rien n'était. Tandis qu'il identifiait cette tentation, il y eut une nouvelle coupure de courant, ce qui renforça son désir d'agir ainsi ; il pouvait rentrer directement chez lui, allumer la climatisation, enlever son pantalon et...

Il y eut la tentation de pécher envers la compassion, de constater ce qui arrivait, de l'admettre, d'y assister, d'en suivre le déroulement. Tandis qu'il identifiait cette tentation, la lumière revint.

Mais, en fait, son corps prit le pas sur son esprit. Il en était encore à analyser les différentes possibilités qui s'offraient à lui que déjà il appelait du secours. Romero descendit l'allée au pas de course et ils entrèrent dans le box, saisirent la queue de l'animal et dégagèrent son arrière-main. Ensuite, comme P'tit Bob se relevait, William prit le téléphone portable de Romero pour appeler le vétérinaire, qui se trouvait dans une écurie toute proche. C'est ainsi que la décision fut prise car dès qu'un vétérinaire et un entraîneur sont réunis et ont commencé à soulager l'anxiété et la douleur, il devient très difficile de ne pas mener cette tâche à bien et, une fois l'animal sur pied, on se retrouve avec une facture astronomique.

Une fois P'tit Bob debout, bien que son équilibre fût encore instable, William comprit qu'il irait jusqu'au bout et trouverait de l'argent quelque part. Il caressa l'encolure et la tête en sueur de l'animal. Le corps de l'animal semblait produire des grincements plutôt que des grognements.

Et c'est ainsi que P'tit Bob se retrouva embarqué sur une semi-remorque pour une traversée cauchemardesque des embouteillages jusqu'à Naperville. Autrefois, on opérait sur l'hippodrome, mais plus maintenant. Tout en conduisant, William fut assailli par les appréhensions. L'opération n'était qu'un début. Si le cheval mourait, cela mettrait un point final à l'épisode mais cela coûterait quand même cinq mille dollars ; ce serait peut-être encore la meilleure solution car les soins postopératoires coûteraient très cher et ensuite le cheval resterait au box à engloutir foin et avoine pendant au moins trois mois avant de pouvoir retourner sur les pistes d'entraînement – dans la catégorie des six ans, ne l'oublions pas ! Et il arrive que des chevaux ne se remettent jamais suffisamment d'une opération des intestins pour courir. Mais les seules fois de sa vie où William avait souhaité la mort d'un cheval étaient quand ses blessures étaient si graves qu'elles rendaient cette issue inévitable et le plus tôt était le mieux. Toute la différence entre Hakon Borgulfsson et William Vance était là, malgré l'éducation, la bienveillance et la gentillesse du premier et le caractère irascible et parfois difficile à supporter du second : Hakon pensait que les blessures et la mort vous tombaient dessus sans prévenir, œuvre d'une fatalité aveugle, mais William savait que d'ordinaire la mort et souvent les blessures étaient des choix que l'on fait pour l'animal. La mort était un choix auquel il n'avait jamais pu se résoudre.

À la clinique, on le délesta de ce choix dès que le cheval sortit de la semi-remorque et fut pris en charge par les vétérinaires, l'anesthésiste et l'assistant. « Allez, mon vieux ! dirent-ils. Doucement.

Avance encore. Voilà. » Ils le conduisirent à la radioscopie et passèrent son ventre aux ultrasons. William suivit tout cela sans savoir ce qu'il devait espérer. Le vétérinaire le savait, lui, et ce qu'il espérait apparut : une simple torsion du gros intestin, bien moins affreuse et mortelle qu'elle l'aurait été dans l'intestin grêle, plus délicat. Ils le firent ensuite marcher jusqu'à la salle d'opération, lui administrèrent du Rompen et de la kétamine pour l'endormir et l'allongèrent en douceur. On fit coulisser les sangles sur un rail et on lui pansa les canons avant de les attacher avec les sangles qui se tendirent quand le cheval fut hissé à l'aide d'un treuil et amené au-dessus de la table. On le reposa sur le dos, on plaça des rails et des coussins de chaque côté et on inséra un large tube dans sa trachée. William partit pour ne pas voir P'tit Bob allongé là, les yeux ouverts, promenant à droite et à gauche ses regards aveugles tandis qu'il sombrait plus profondément dans l'inconscience, les jambes repliées en l'air comme un chien qui dort sur le dos et sa longue queue soyeuse déployée jusque par terre.

En rentrant chez lui, il perçut, à travers cette brève expérience du malheur de P'tit Bob, ce qu'avaient perçu tous ses propriétaires : ce cheval était patient, bien disposé et intelligent, il savait certaines choses, était capable d'en apprendre plus encore et bien qu'il ne fût ni beau ni athlétique, il avait de la valeur. William soupira, comme toujours. On trouverait bien l'argent quelque part, comme toujours. Quand il eut ramené le camion et la remorque à l'hippodrome et jeté un dernier coup d'œil aux chevaux de son écurie, il était près de onze heures et il était fatigué. Il prit la voiture de son amie pour se rendre à l'appartement de cette dernière, y entra avec sa propre clé, vit que les lumières étaient éteintes et qu'elle s'était couchée. Il retira ses chaussures et pénétra dans la chambre à pas de loup. La voix mélodieuse de son amie murmura dans un demi-sommeil : « Salut, chéri. Tu m'as manqué. Tout va bien ? »

Alors il enleva ses vêtements et se glissa à côté d'elle, elle se retourna et l'enlaça. « Ouais, tout va bien. Satanée météo !

– Merci d'être revenu. Je me suis dit que tu étais peut-être… » et elle se rendormit.

À la clinique, sauver P'tit Bob fut un travail de routine. On pratiqua une incision de quinze centimètres dans le sens de la longueur au milieu du ventre. L'énorme intestin rempli de gaz sembla jaillir de lui-même et on y pratiqua une nouvelle incision. Les miasmes aigres de nourriture en fermentation s'élevèrent autour des vétérinaires ;

pas une saine et douce odeur de crottin mais un relent plus sombre et sinistre. Ils vidèrent le côlon et le lavèrent délicatement en le touchant le moins possible car ils savaient qu'à chaque contact il pouvait y avoir des lésions et un risque d'adhérences aux parois de l'abdomen. Une fois nettoyé, l'intestin fut recousu et on le laissa retomber dans la vaste cavité qu'il avait saturée si peu de temps avant. Puis ils recousirent solidement les deux pans de la paroi abdominale, en les superposant légèrement. Si le cheval recommençait un jour à courir, la solidité de la paroi et de l'intestin serait vitale. Puis ils firent des points de suture dans la peau rasée de l'animal. C'était une opération de routine mais ni facile ni rapide. Tant qu'ils y étaient et comme le cheval était tout à fait détendu, ils nettoyèrent son pénis déployé – Hakon ne s'était jamais donné cette peine. Puis P'tit Bob fut à nouveau déplacé, hissé vers un box où on le coucha sur le côté tandis que ses yeux recommençaient à s'agiter d'un côté et de l'autre, signe qu'il se réveillait. Dès qu'il fut suffisamment revenu à lui, l'instinct de se lever à tout prix l'emporta et ho ! hisse ! Il se releva, gavé d'analgésiques et l'encolure bientôt reliée à un goutte-à-goutte. On soigna et pansa ses jambes éraflées. On le cajola et on fit grand cas de lui.

40. Hongre et ange gardien

Quand Farley revint de Saratoga, il était tard sur la côte Ouest, plus de huit heures, et il s'arrêta à neuf heures passées devant les box de Santa Anita pour vérifier que tous les chevaux étaient bien vivants et debout. Ils l'étaient. Un, deux, trois, quatre, cinq et ainsi de suite jusqu'au quarante-deuxième. Voir toutes ces arrière-mains à sa hauteur était rassurant. Et la surprise n'en fut peut-être que plus grande quand il entra dans son bureau, ouvrit le réfrigérateur pour prendre une bouteille d'eau et y vit la tête du cochon, blanc et noir, beaucoup plus grosse, là, dans le frigo, que dans le box de la pouliche. Bien qu'il reconnût la tête du cochon, un instant plus tard, Farley se surprit à longer l'allée au pas de course vers la stalle de la pouliche, juste pour voir : en effet, la pouliche mangeait son foin, seule, plus de cochon. Il était maintenant neuf heures et demie et Farley pensa à aller trouver Julio, le gardien de nuit, ou à appeler

Oliver, mais il les savait couchés et d'ailleurs que lui diraient-ils qu'il ne pouvait deviner ? Le cochon avait beaucoup grossi. Farley s'était plus ou moins demandé ce qu'il allait en faire. On avait fait le nécessaire – sans doute les lads guatémaltèques. Plusieurs centaines de kilos de succulente viande de porc étaient sans doute réparties dans les réfrigérateurs de l'hippodrome. C'était raisonnable. C'était rationnel. C'était la seule solution.

Le lendemain matin, dès qu'Oliver le vit dans son bureau, il entra et lui dit : « On est vraiment dans la merde avec ce cochon.

– Je suis sûr…

– J'ai essayé de t'appeler, mais tu avais déjà quitté l'hôtel, alors j'ai essayé sur ton portable. » Il se fit accusateur. « Je t'ai laissé un message. »

Farley n'avoua pas qu'il avait décidé de passer une journée sans vérifier ses messages. « Dès que j'ai ouvert le frigo, j'ai compris…

– Ils ont organisé une chasse. L'animal courait partout dans l'écurie et ils le poursuivaient le couteau à la main.

– Qui ?

– Mario, Herberto et deux des lads de Logan aussi. Il les a virés. Ses cris rendaient les chevaux dingues. » Farley réprima un sourire, pas assez vite. Oliver reprit d'un ton sec : « Les responsables de l'hippodrome sont sur le pied de guerre. Tu es allé trop loin avec ce cochon. Tu l'as gardé trop longtemps.

– C'est vrai, admit Farley. Personne n'a été blessé ? »

Oliver secoua la tête. Puis il ajouta : « Enfin, à part le cochon. » À cet instant, il y eut un bruit de freins à air comprimé et Oliver se pencha en arrière pour regarder par la fenêtre. « Ah ! au fait, reprit-il, Tompkins t'envoie un nouveau cheval.

– Quel âge ?

– Pas un cheval de course. Tu verras. Il a appelé en ton absence pour avoir des nouvelles de sa pouliche et je lui ai dit qu'elle ne se calmait pas. Il a une théorie à son sujet. » Sur ce, il se leva et sortit. Farley se demanda s'il avait l'intention de donner sa démission.

Il sortit et aperçut le grand van Tompkins. Le chauffeur était descendu et il baissait la rampe. Puis une femme qu'il reconnut immédiatement descendit à son tour de la cabine et s'approcha de lui en souriant. Ce visage souriant.

Cela ne faisait aucun doute, Joy Gorham était une jolie fille. Elle était un peu petite, un peu négligée, un peu androgyne comme le sont les passionnés de chevaux. Elle avait des mains étonnamment grandes, d'apparence robuste et Farley devina qu'elle était très musculeuse, le genre de muscles dont a besoin une personne de quarante kilos pour obtenir la coopération d'un cheval de cinq cent quarante kilos. Mais alors même qu'il remarquait tout cela, Farley en fit abstraction. L'essentiel était qu'il avait vu ce visage une seule fois auparavant et qu'il s'en souvenait parfaitement. Il se rappelait cette bonne journée, une journée de détente, libérée de ses peurs et de ses angoisses. Regarder le visage de Joy en ressuscitait les sensations. Oh, quelle chance ! pensa-t-il.

C'est lui, se dit Joy, l'homme au regard le plus gentil qu'elle avait jamais vu. Oh, quelle chance ! Elle lui tendit le message que Mr. Tompkins lui avait envoyé. Mister T. s'arrêta au sommet de la rampe, aux aguets, puis commença à descendre. Il regardait autour de lui, d'abord les écuries, puis les quelques chevaux qui passaient par là. Farley s'approcha de l'animal et lui flatta l'encolure. Le cheval appuya son chanfrein contre sa poitrine. Il va sans dire que Mister T., autrefois gris sombre avec une étoile en tête et une petite balzane, se souvenait de tous les êtres humains qu'il avait rencontrés. Cette faculté mentale persiste chez le cheval, survivance du temps où ses ancêtres étaient des prédateurs. Il y avait des êtres humains, comme Bucky Lord, dont le souvenir était pénible, mais Farley, son ancien entraîneur, était un souvenir agréable. Ses impressions coïncidaient avec celles de Joy : cet homme irradiait la gentillesse – chaleur, lumière ou tout simplement promesse et réconfort. Maintenant et toujours.

« "Jack Perkins a dit que la pouliche s'entraînait plutôt bien avec ce cheval, alors je vous l'ai envoyé. Faites l'essai" », lut Farley à voix haute. Sa main remonta le long de l'encolure, puis jusqu'aux oreilles de Mister T. qui baissa la tête pour recevoir la caresse. « C'est un ancien cheval de course qui s'est retrouvé au ranch, dit Joy. Je le monte et la pouliche a bien travaillé avec lui.

– Comment s'appelle-t-il ?

– Mister T. »

Mais elle ne mentionna pas son nom officiel, que Farley aurait reconnu.

Mister T., qui se distinguait par ses excellentes manières et sa grande réserve, n'importuna pas Farley plus longtemps. Les miracles de la mémoire ne le surprenaient et ne l'impressionnaient pas plus que les coïncidences. C'était un cheval. Il n'avait pas d'idées préconçues sur ce qui était normal.

« Qu'est-ce que vous faites à midi ? demanda Farley.
– J'attends que vous m'invitiez », dit Joy.

Le lendemain, Orlando monta Mister T. et l'emmena à la piste d'entraînement ; là, Arturo, le cavalier attitré de la pouliche, monta Froney's Sis. Les deux chevaux se saluèrent discrètement, ou peut-être ne se saluèrent-ils pas du tout, mais la présence stable et imposante du vieux hongre semblait bel et bien détendre la pouliche et la rendre moins sensible à l'influence des autres chevaux sur la piste. Elle avançait au petit trot dans l'ombre du cheval, à une allure régulière et sans dévier. Farley et Joy s'accoudèrent comme de vieux amis à la rambarde en plastique blanc. Ils avaient déjeuné ensemble. Ils étaient allés aux courses. Ils avaient dîné ensemble. Ils avaient entendu toutes les versions possibles de l'histoire du cochon, sur le mode tragique, comique et satirique, sur le ton de la lamentation, de l'outrage et de la plaisanterie. Elle s'était tenue à ses côtés devant ce qui restait de la flaque où le cochon avait été saigné. Elle avait regardé la tête qui se trouvait dans le réfrigérateur. Le soir, il l'avait reconduite à son hôtel et il l'y avait cherchée le lendemain matin. Ils parlaient le plus facile des langages : ils parlaient chevaux.

« Il se déplace avec aisance, dit-il.
– Il a gagné des courses en Europe.
– Combien de participations ?
– Cinquante-deux.
– Oh ! Où a-t-il couru ?
– Dans les hippodromes du coin. Un peu partout.
– Je me demande qui l'a entraîné…
– Je ne me rappelle pas. Je pourrais demander à Hortense quand je rentrerai.
– Quand dois-tu rentrer ?
– Euh, demain, je suppose. Tu crois que je pourrais…
– Quoi ?
– Tu crois que je pourrais le monter une dernière fois dans les quartiers privés de l'hippodrome demain ? Je l'ai monté tous les jours cette année. » Elle ne dit pas le fond de sa pensée : une fois Mister T. parti, il n'y aurait plus grand-chose qui compterait pour elle au ranch.

Elle baissa les yeux puis regarda fixement les deux chevaux. Combien de fois Farley avait-il vu ce regard, au fil des ans, le regard que l'on pose sur un cheval aimé, mélange de douceur et de nostalgie, d'émerveillement, de retenue et de plaisir ? L'amour illuminait son visage, un amour qu'il comprenait parfaitement lui-même. Combien de temps encore, quatorze heures passées ensemble ? Ce n'était pas rien, quand on y pensait. « Dis, Joy, fit Farley. Et si tu ne rentrais pas ? Je pourrais te donner du travail. On est en août. J'ai des chevaux ici et à Del Mar, et on a tourné à plein cette année. Tes poulinières n'arriveront pas avant décembre. Tu pourrais…

– Oui, mais c'est une période cruciale pour les chevaux à peine sevrés… » Joy se revit en train de se traîner toute seule d'un pré poussiéreux et surchauffé à un autre. Elle le regarda. Elle détourna les yeux vers Mister T., Froney's Sis, tous les autres chevaux et leurs cavaliers. Elle se passa la langue sur les lèvres. Oui, se dit-elle. Elle avait du mal à dire « oui ». « Non » était plus facile. Elle était du genre à dire non sur toute la ligne : pas de colocataires, pas d'amies à part Elizabeth, pas d'amants, pas de fêtes, aucun événement organisé pour changer du quotidien. Elle ne se croyait pas capable de franchir la distance qui la séparait du « oui » et elle opta pour un « d'accord ».

Il fit un grand sourire : « Tu as déjà monté un cheval de course ?

– Seulement Mister T.

– Ma foi, tu as l'air faite pour ça. »

Dans les années qui avaient suivi son divorce, il était sorti avec des tas de filles et, contrairement à ce qu'il avait raconté à Oliver, il avait même fini par coucher avec l'une d'elles. Ces dernières années, il s'en aperçut avec intérêt, il était devenu de plus en plus indifférent à l'apparence et au comportement des femmes. De nos jours, toutes les femmes sont belles et savent faire quelque chose. Les femmes de trente, quarante et cinquante ans de cette fin de siècle n'ont besoin de personne pour être dynamiques. Elles font du droit, des enfants, la cuisine, elles sont médecins, cavalières de concours hippiques, elles s'aménagent leur cabinet de travail, font des affaires dans l'immobilier, discutent librement de sexualité, de politique, d'argent, des rôles des hommes et des femmes et des petites manies de Farley. Fréquenter des femmes de nos jours, c'est aller de surprise en surprise, se disait parfois Farley, et il s'estimait heureux d'en avoir l'occasion après tant d'années de mariage.

Durant les heures certes peu nombreuses qu'ils avaient passées ensemble en une journée, Joy avait parlé de chevaux, de Mr. Tompkins, de cette Elizabeth et un peu de sa vie à l'université, dans le Midwest, avant de venir travailler au ranch. Elle était douce et compétente avec les animaux. Mais, contrairement aux autres femmes de sa connaissance, elle ne semblait pas avoir d'aspirations particulières, ni de projets bien établis pour satisfaire certains désirs ou besoins ; elle ne lui posait aucune question sur les chevaux susceptibles de quitter l'hippodrome et ne parlait pas de ceux qu'elle aimerait avoir. Elle montait ce vieux hongre. Mais pas une seule fois elle n'avait évoqué la possibilité de posséder quoi que ce soit.

Au bout d'un moment, il se détourna et suivit de nouveau les chevaux du regard. La pouliche semblait tout à fait détendue. Le hongre, quant à lui, secouait la tête et tirait sur les rênes. « Mets-le au petit galop ! » cria Farley à Orlando. Ce dernier acquiesça et ils s'éloignèrent – au bout de trois foulées au galop le cheval prit l'initiative, passa la vitesse supérieure et s'éloigna de la pouliche comme une flèche. « Oh Oh ! fit Farley. C'était une erreur. »

Orlando était un cavalier robuste, qui assura immédiatement sa prise sur les rênes qu'il tenait en travers de l'encolure du vieux hongre. Quand un cheval échappe au contrôle de l'homme on suppose qu'il est devenu complètement incontrôlable, mais en voyant le hongre chenu allonger ses foulées Joy ne douta pas un instant de sa propre maîtrise de lui-même. En fait, il résistait à Orlando sans vraiment y prendre garde. Il regardait les autres chevaux. Il courait très vite, tout simplement.

« Magnifiques, ces longues foulées, commenta Farley.

– J'en ai déjà fait l'expérience, répondit Joy, mais je ne les avais jamais vues.

– Regarde comme l'articulation de l'épaule est ouverte. Il a de longues jambes et il peut vraiment les étirer. Il a sûrement quelques bobos ici et là, vu son âge, mais il court de façon très régulière et efficace. Et voilà. » Le cheval revint au trot. « Bien, dit Farley, ils vont pouvoir travailler ensemble, je pense que cela ne posera aucun problème, à moins qu'elle n'arrive pas à le suivre. Mon vieux ! J'aimerais bien savoir qui l'a entraîné. Tu m'as dit qu'il avait quel âge ?

– Dix-huit ans.

– Oh ! »

Froney's Sis avait lancé une ruade et agité la tête quand le hongre s'était éloigné d'elle au galop mais à présent elle s'avançait calmement vers lui, au trot, les deux cavaliers ramenèrent leurs montures au pas et s'éloignèrent vers la sortie.

Ce fut alors que Joy prit la mesure de ce qu'elle avait accepté. Rester ici ? Quitter son petit cocon ? Trouver un nouveau logement ? Déplacer toutes ses affaires ou s'en débarrasser ? Changer sa routine ? Elle lança un regard à Farley qui disait à un autre entraîneur : « Ouais, sa tête se trouve dans mon frigo mais Heberto me jure qu'il a une recette pour la cuisiner. » Le plus effrayant de tout, c'étaient ses affaires. Sa petite maison était bourrée à craquer de matériel et de vêtements d'équitation et de livres sur les chevaux. Elle pouvait à peine y vivre et y circuler elle-même – pour manger, elle devait dégager un espace sur la table, pour dormir, elle devait dégager un espace sur le lit, seule la baignoire était vide – jamais on ne pourrait déplacer tout ce fourbi...

L'autre entraîneur s'éloigna et Farley se retourna vers elle. « Tu sais, dit-il, j'ai une idée. Reste le temps des rencontres d'Oak Tree. Peut-être que la pouliche en apprendra assez en trois mois pour qu'on laisse Mister T. repartir à la fin de la saison et d'ici là tu sauras si la vie ici te plaît. Une chose est sûre, il n'y a rien de pareil. Mon chef de bureau pourra t'aider à trouver une chambre... » Et il continua sur ce ton, douce petite berceuse. Joy n'en finissait pas d'acquiescer et, le temps d'aller retrouver les chevaux dans l'écurie, elle savait quels seraient ses devoirs, son salaire et ce qu'elle apprendrait. Elle parvint à prononcer un autre « d'accord ».

« Je ne crois pas t'avoir demandé le nom sous lequel Mister T. est officiellement enregistré ? » Son « d'accord » l'enchantait plus qu'il n'osait le montrer, à elle et surtout à lui-même, aussi poursuivit-il la conversation sur ce sujet plus neutre.

« Euh, non. Voyons. C'est Terza Rima. » Joy toussota. Le doute se dressait tout autour d'elle comme une palissade. Elle regarda ses pieds.

« Tu plaisantes ?

– Non. C'était ça. Quand il est arrivé, il était en si piteux état que j'ai trouvé ce nom un peu préten... » Il ne lui fallut pas plus d'un instant pour déceler l'étonnement sincère dans la voix de Farley. Elle le regarda dans les yeux.

Ce fut peut-être la première fois qu'ils se regardaient aussi longtemps sans rien dire. Ce qui produisit l'effet habituel.

Farley fut si étonné qu'il éclata de rire. « J'ai entraîné ce cheval moi-même pendant un an ! Il était vraiment magnifique ! Une photo de Terza Rima dans le paddock d'Hollywood Park a figuré au dos d'une brochure publicitaire pendant des années !

– C'est pas vrai ! »

Rétrospectivement, ce qui ne laissait pas d'émerveiller Farley n'était ni la mort du cochon ni même l'arrivée de Joy ou la façon dont ces événements l'avaient sorti de sa torpeur mais le retour inopiné du vieux hongre dont il reconnaissait très bien les foulées à présent et qui semblait étrangement égal à lui-même en dépit des ravages causés par la vieillesse et les kilomètres parcourus. Le lendemain matin, la tête du cochon avait disparu du réfrigérateur et Farley ne posa pas une seule question à ce sujet.

toujours la solution consistant à fatiguer l'animal, à jouer la carte de l'épuisement. Les chevaux se comportent souvent mieux quand ils font plus d'exercice. Le piège étant alors que leur forme ne cesse de s'améliorer, qu'ils ont toujours besoin de plus d'exercice et on risquait de les tuer au travail ; mais ce poulain-là ne présentait aucune faiblesse apparente et l'exercice intensif les révélerait peut-être.

Quand il en eut assez vu, il alla trouver Wayne et lui demanda de changer les juments de stalle, puis il retourna dans son bureau et s'adonna à une rêverie sur les chevaux légendaires. On frappa à la porte et le vétérinaire entra. Il déposa un objet sur le bureau. « Qu'est-ce que c'est ? demanda Dick.

– Un implant de progestérone. C'est pour le bétail.

– Ah bon ?

– Oui. Je l'ai extrait de l'encolure du poulain. On l'avait glissé sous la crinière.

– Je n'ai jamais rien entendu de pareil.

– Des types ont essayé. Les types spécialisés dans les quarter horses en utilisent parfois pour calmer les ardeurs des étalons qu'ils produisent dans des concours. Les commissaires de l'hippodrome ne penseront jamais à chercher de la progestérone dans l'urine d'un poulain, donc on n'en trouve jamais. Mais on en trouverait peut-être.

– Et maintenant que vous avez retiré l'implant, le cheval va être encore pire ?

– Je n'en sais rien. On n'a aucune preuve de l'effet de la progestérone sur les comportements induits par la testostérone de l'animal. Il pourrait devenir pire. Ou ça pourrait bousiller ses capacités de reproducteur. J'en sais rien. Je vais vous demander l'impossible.

– Le castrer.

– Le castrer.

– Son propriétaire a investi un million deux cent mille dollars.

– Il est doué.

– D'un autre côté, il pourrait s'effondrer demain. Un million deux cent mille dollars partis en fumée, aucun avenir en tant qu'étalon et sans doute aucun avenir comme cheval d'exercice. Si on le castre et qu'il ne peut plus courir, il faudra sans doute l'euthanasier. Et si on avait castré Mr. Prospector ? Sans jamais courir ou presque, il a gagné plus d'argent en saillies que n'importe quel animal dans l'histoire du cheval.

– La race des pur-sang américains serait plus saine, plus pure et moins consanguine si on avait castré Mr. Prospector. C'est mon avis, pas une découverte scientifique. Castrez ce cheval.

– Je veux d'abord essayer un ou deux trucs. On a déjà eu des chevaux qui se comportaient mal. On a su gérer ça.

– Oui, c'est vrai, sans accidents ni blessures et vous avez de la chance d'avoir Wayne et Frankie, les chevaux les respectent. Alors je vais vous dire la seconde chose pour laquelle j'étais venu.

– Oui ?

– Bonne chance. Son cœur bat au rythme de deux pulsations minute. Il doit être aussi gros que le moteur d'une Volkswagen. Vous croyez pouvoir monter un tigre ?

– Je n'en sais rien. »

Il n'en savait vraiment rien. Une fois le vétérinaire parti, il examina l'implant posé sur son bureau, semblable par la taille et par la forme à un gros clou sans tête. Ce n'était pas une mauvaise idée. Et si on en mettait deux ?

Tard dans la matinée du lendemain, Frankie emmena le cheval faire un tour au petit galop sur la piste principale, la longue piste principale. Dick surveilla ses moindres mouvements, et cela ne fut pas chose facile car l'animal esquissait des courbettes, caracolait, faisait des bonds, se cabrait et poussait des hennissements suraigus. Ses bonds étaient impressionnants. La plupart des chevaux athlétiques faisaient des bonds impressionnants. Frankie revint en riant. C'était bien lui, ça ! Dick les renvoya faire un second tour, juste pour commencer à mettre en pratique sa petite théorie de l'épuisement. Quand ils revinrent, Dick cria à Frankie : « Combien tu veux pour le monter toute la journée ?

– Qui est le propriétaire ?

– Celui qui vient de vendre Toys Galore aux Chinois pour dix-sept milliards de dollars.

– Alors je pense qu'un salaire annuel de cent mille dollars devrait faire l'affaire.

– Ça marche, mon gars. »

Le cheval joignit le chanfrein et les genoux et fit un bond. Frankie suivit le mouvement ascendant et éclata de rire, puis il dit : « Ma copine monte des chevaux de parade. Elle a monté un cheval comme celui-ci en Irlande et quand il a commencé à s'emballer, elle l'a laissé foncer droit sur un arbre. Il ne s'est plus jamais emballé. Maintenant elle le monte avec un mors à aiguilles.

– Je penserai à la solution du mors.

– Elle a un de ces vieux bouquins anglais sur les types de mors et les trucs qu'on utilisait dans le temps. Tu pourrais t'en faire fabriquer un.

– Et toi, tu pourrais avoir du plomb dans la cervelle et arrêter de monter ce genre de chevaux.

– Il faut bien que je vive, mon vieux. »

Ils rirent encore et Dick retourna dans son bureau.

Le lendemain, le cheval était un tout petit peu plus calme et Dick put vraiment observer sa façon de se déplacer. Elle était régulière mais pas fluide, chose surprenante vu ce qu'on racontait sur sa vitesse. Mais ce n'était encore que le petit trot. Au pas, ses foulées étaient longues, ce qui en disait souvent plus long sur un pur-sang que le trot. Une fois encore, Frankie revint hilare. Enfin, c'était déjà quelque chose. Le cheval était en bonne forme physique, prêt à courir. Le prix Futurity de Belmont approchait : les inscriptions n'étaient pas encore closes et le propriétaire du cheval apprécierait sans doute un retour sur investissements aussi rapide que possible. Une fois de plus, en moins d'une seconde, Dick se laissa aller à ce dont il savait pourtant se méfier : il évoqua la procession imaginaire vers le cercle des vainqueurs, suivie d'une glissade imaginaire sur la plus savonneuse des pentes : derby, prix de Preakness, prix de Belmont et ainsi de suite…

Bien sûr, il y avait d'autres chevaux dans l'écurie. Avant Epic Steam, Dick avait eu quelques favoris, il avait cherché à déterminer de façon aussi rationnelle que possible dans quelle course les engager et comment mettre à profit leurs capacités particulières. En tout cas il ne tirait plus à pile ou face. En ce sens il était redevenu normal. Mais Epic Steam menaçait de pulvériser sa stratégie. Il donnait l'impression de pouvoir participer à n'importe quelle course et d'avoir une chance de la remporter. C'était l'impression qu'il donnait. Sans doute une illusion. Dick voyait bien qu'il s'agissait d'une illusion. Mais cela ne l'empêchait pas d'y croire.

Le troisième jour, Dick estima que le cheval pouvait tolérer le galop et que son cavalier pouvait peut-être maîtriser le cheval au galop. La veille, un très long parcours au trot l'avait fatigué : quand on l'avait sellé et conduit sur la piste, ses frasques étaient quasiment dans les limites de ce que l'on peut raisonnablement attendre d'un cheval de deux ans. Frankie était content en sortant. « Je crois que je commence à piger comment il fonctionne, dit Wayne. Il est pas si mauvais. Un peu chatouilleux de l'oreille gauche. Tu connais Rosalba Machin-Chose, une des monitrices de Gomez ?

– Non.

– Elle leur tord l'oreille parfois. Je l'ai vue faire.

– On ne peut pas imaginer ce que ce cheval a enduré.

– Ça, c'est sûr, patron. »

Mais ce fut un joyeux trio qui rejoignit la piste d'entraînement, chacun se disait qu'en fin de compte cela s'avérait moins difficile qu'il ne l'avait cru et s'en attribuait le mérite.

Le cheval galopa à merveille. Il filait droit, se tenait bien et fit étalage de ses amples foulées – magnifiques ; il couvrit environ deux fois la distance habituelle et revint tranquillement au trot. Et bien sûr, c'est alors qu'il trébucha. C'est alors qu'il tomba sur les genoux, se releva et reparti au trot à une allure irrégulière ; et au lieu de redevenir régulière au bout d'un moment, l'allure du cheval resta irrégulière, d'une irrégularité si légère qu'elle était presque imperceptible ; et Dick ne voulut pas la voir, il se dit qu'il ne connaissait pas très bien la façon dont ce cheval se déplaçait, et en fin de compte, cette allure était peut-être la sienne : certains chevaux sains ont l'air complètement patauds. Mais Epic Steam était tout sauf pataud. Sa démarche était bancale. Il était éclopé.

Dick, qui ne connaissait ce cheval que depuis quatre jours, sentit son cœur se briser.

Le diagnostic du vétérinaire fut précis.

Ce qui n'allait pas chez Epic Steam, c'était une fêlure dans l'articulation du boulet de l'antérieur droit. Presque invisible sur les radios. Presque inexistante. Mais bien là. Ensuite le vétérinaire répondit à toutes les questions inutiles. Pourquoi ?

« Peut-être la cavalcade dont j'ai entendu parler. Mais on l'a transporté entre-temps. Il l'avait peut-être avant. Parfois l'os se fendille et se brise par la suite. »

Combien de temps ?

« Oh ! Quatre mois devraient amplement suffire. Trente jours d'immobilisation au box et puis quatre-vingt-dix jours au paddock. Retour à l'entraînement, disons, début janvier. À mon avis, il y a bon espoir. Mais il faut être patient. »

Une guérison complète ?

« Si on lui en laisse le temps. »

Ils se regardèrent. Tant de mauvaises nouvelles avaient été annoncées ici, songea Dick, le vétérinaire ne se rendait sans doute pas bien compte que celle-ci était particulièrement funeste, d'une certaine façon. « Écoutez, dit ce dernier, je peux castrer Epic Steam ce soir pendant qu'il mangera son foin.

– Impossible. Il faut en parler au propriétaire.

– Parlez-en au propriétaire. C'est son premier cheval. Dites-lui ce qu'il doit savoir et ce qu'il doit faire.

– Il se comportait plutôt bien, ce cheval.

– Vous ne m'entendez pas et vous ne regardez pas la réalité en face.

– Non, je ne veux pas le faire. On peut mater ce cheval. Nous l'avons fait travailler trois jours avant cet accident. On commençait à le mater.

– Vous commencez vraiment à vous entêter.

– Je m'entête ? »

Le vétérinaire sortit en secouant la tête.

Bon, il commençait peut-être à s'entêter ou bien il se montrait clairvoyant. Comment savoir à l'avance si une idée relève du délire, du projet ou de la clairvoyance ? Il ne faut pas se fermer des portes dès le départ simplement parce qu'on n'en sait rien.

Il décrocha son téléphone. Le propriétaire ne possédait pas une écurie personnelle, évidemment, Epic Steam était son unique cheval. Il répondit à la deuxième sonnerie : « Allô, Herman Newman.

– Bonjour, monsieur Newman. Ici Dick Winterson de l'hippodrome.

– Salut, Dick ! Alors, fin prêt pour demain ? Sir Michael va venir. Il ne voulait pas, mais je lui ai dit…

– Eh bien, le cheval n'est pas tout à fait en forme. Je viens de voir le vétérinaire et…

– Je croyais qu'il était suivi en Californie. Sir Michael m'avait dit que le meilleur vétérinaire de l'État s'occupait de ce cheval.

– Je sais, monsieur. Mais quand le cheval a fait son premier parcours au galop, il a trébuché et est tombé sur les genoux ; quand il s'est relevé, il ne marchait plus normalement, alors j'ai demandé à mon vétérinaire de l'examiner. Il a une petite fêlure dans l'articulation du boulet antérieur droit. C'est l'articulation qui se trouve sous le genou. Un peu comme les articulations de la main. L'ami de sir Michael aurait eu du mal à s'en apercevoir sans être alerté par un changement dans la démarche de l'animal. C'est à peine visible.

– Il s'est cassé une jambe ? Il faut le piquer ? » Le propriétaire avait l'air anéanti.

« On n'est pas dans *Prince noir*, monsieur. C'est tout juste si le cheval sent quelque chose. Il s'agit d'une minuscule esquille qui s'est détachée de l'articulation. Cela ne met pas la vie du cheval en danger.

– On m'a vendu un cheval malade ? »

Rien dans les faits n'en apportait la preuve. « Le cheval est malade au moment où je vous parle, répondit Dick. Voilà six semaines que vous l'avez acheté. Il n'avait ni galopé ni fait aucun gros effort physique depuis le jour où il s'est emballé, donc on peut parler d'un lien de cause à effet jusqu'alors indécelable. Ou il a pu se blesser aujourd'hui en tombant sur les genoux. C'est un sacré morceau, ce cheval, monsieur. Il est grand, fort et plein d'énergie. Il a pu se blesser une nuit dans sa stalle.

– Bon, qu'est-ce qu'on fait maintenant ?

– Le cheval a besoin d'un séjour dans une ferme de convalescence, environ trois ou quatre mois. On le mettra un mois en stalle puis au paddock.

– Il pourra revenir en novembre ?

– Plutôt fin décembre.

– Et le derby ? Le premier samedi de mai ?

– Euh… » Mais Dick ne pouvait l'avouer ni à Newman ni à lui-même. « Hypothétique mais pas exclu, dit-il. Ça dépend de sa convalescence et de son entraînement. Le temps sera compté.

– Mais je ne comprends pas comment tout peut être si tranché.

– Monsieur ?

– Oui ?

– Vous savez, chaque année, aux environs du mois de juillet, tous les entraîneurs commencent à se demander s'ils ont un cheval de deux ans pour le derby. Lukas en a cinquante. Baffert une centaine. À eux deux, ça fait déjà beaucoup. Et puis il y a nous autres. À nous tous, on en a peut-être une centaine qui ont vraiment leurs chances. On dirait que c'est beaucoup. Mais seuls douze, quatorze ou dix-sept d'entre eux atteindront un jour l'arrivée et un seul gagnera. Il y a une expression que vous allez beaucoup entendre et utiliser vous-même. "C'est comme ça avec les chevaux." Les types qui nous viennent d'autres secteurs d'activité ne comprennent pas très bien que, dans celui-ci, le capital peut être réduit à néant à tout moment.

réussi en fin de compte ; quoi qu'il dise, les institutrices chenues, brunes ou blondes, souriaient, sous le charme, et tout se passait assez bien. Elles fermaient les yeux sur ses mots d'excuse (cinq à dix par trimestre) même si Leo admettait qu'il les écrivait pour pouvoir emmener Jesse à l'hippodrome. Mr. Snowdon ne fut pas vraiment impressionné en entendant cela. À vrai dire, il ne fut absolument pas impressionné. Mr. Snowdon, à ce qu'on racontait, avait lui-même huit ou neuf enfants (les élèves de sa classe ne savaient pas exactement combien).

Jesse voyait bien qu'en tant que père Mr. Snowdon adoptait une attitude différente vis-à-vis de Leo. S'il redoutait cette entrevue-là, c'était aussi parce que le thème favori de Mr. Snowdon était la nécessité de prendre ses responsabilités. Tous les faits et gestes des élèves revenaient plus ou moins à prendre ses responsabilités. Par exemple, un matin dans la cour de récréation, Kevin s'était approché de Nicole qui portait un pantalon de survêtement ; il avait saisi le pantalon par les poches et l'avait baissé jusqu'aux chevilles. La fille avait perdu l'équilibre, elle était tombée et s'était s'égratigné le genou et la main. Elle avait beaucoup pleuré. Elle n'était revenue de l'infirmerie qu'après le cours de sciences, c'est-à-dire juste avant la pause de midi. Comme Jesse était assis au premier rang, il avait entendu tout ce que Mr. Snowdon avait dit à Kevin, et il pensait avoir pris son sermon bien plus à cœur que Kevin lui-même.

Jesse estimait que cet incident était lié à la méchanceté de Kevin vis-à-vis de Nicole et au fait qu'elle s'était blessée à cause de lui mais Mr. Snowdon avait expliqué à ce dernier qu'il s'agissait de prendre ses responsabilités.

La notion de responsabilité était quelque chose que Jesse, lui, comprenait très bien. Ainsi, il savait que si on assume ses responsabilités, on a toutes les chances de décider de ce qui vous arrive.

Les élèves sortirent en récréation et Leo entra, ses clés de voiture tintaient entre ses doigts. Le plus pénible était peut-être de les regarder ensemble. Leo était grand et bel homme, son visage, que Jesse observait si souvent, reflétait toutes ses pensées comme autant de lueurs éphémères. Mr. Snowdon n'était pas le genre de passant sur lequel on se retourne dans la rue. Il sourit et tendit la main à Leo, qui s'empressa de la saisir en disant : « Eh bien, c'est un plaisir de vous rencontrer ! Enfin peut-être. C'est vous qui allez nous le dire, je suppose ? » Il rit. Jesse quitta sa place et s'avança. Mr. Snowdon lui fit signe de venir s'asseoir au premier rang.

Comme entrée en matière, peut-être, Mr. Snowdon se mit à expliquer à Leo ce qui se faisait en classe. « Hum-hum, fit Leo. Hum-hum. Ah ! Très bien. » Il acquiesçait obligeamment.

« Nous sommes en pleine étude des fractions....

– Oh ! Je m'y connais en fractions », fit Leo. Jesse ferma les yeux.

« Ah oui ? fit Mr. Snowdon. Eh bien, les fractions que ces élèves...

– Par exemple, une fraction de vingt-deux secondes dans une course de mille cent ou mille deux cents mètres, un sprint, vous voyez, c'est assez courant. Mais pour les parcours plus longs, il faut que les dernières fractions soient les plus rapides. Hier, dans la septième course, mille sept cents mètres sur turf, vous voyez, le vainqueur a couru la dernière fraction en vingt-deux secondes et demie. Selon mes prévisions, basées sur les dernières performances du cheval, il peut tenter le coup.

– Tenter le coup ? demanda Mr. Snowdon.

– Oui, la Coupe des éleveurs classique.

– Les fractions sur lesquelles nous travaillons...

– C'est pas pareil, je sais. Mais vous savez, depuis toujours Jesse connaît ses demis, ses quarts, ses huitièmes et ses seizièmes. En CP, il savait que la course de San Juan Capistrano fait un mille trois quarts, soit deux mille huit cents mètres. Aucun autre gamin de sa classe ne le savait. »

Quand Jesse rouvrit les yeux, il vit que Mr. Snowdon s'était adossé à sa chaise, l'air médusé. « Excusez-moi. En fait, je ne vous ai pas fait venir ici pour parler de fractions...

– Oh, bien sûr ! Vous savez, vous pourriez songer à organiser une sortie éducative à Hollywood Park vers la fin de l'année. Ils devraient passer par Inglewood, par exemple. Voilà pour votre cours d'histoire. Vous saviez que pendant les émeutes, il y a quelques années, on ne pouvait plus faire venir les avions à l'aéroport de L.A. par les couloirs aériens habituels de peur que les gens ne tirent dessus ? Et puis on voit toutes sortes de gens à l'hippodrome, ils viennent des quatre coins du monde. On entend parler coréen, espagnol, chinois, anglais, russe, et j'en passe, toutes les langues. Une excursion dans les quartiers privés de l'hippodrome, c'est vraiment observer, à petite échelle, la façon dont les choses se passent dans ce pays. Vous voulez savoir comment ça se passe, monsieur Snowdon ?

– Oui, bien sûr, je... »

Leo se tourna vers Jesse : « Comment ça s'passe dans ce pays, fiston ?

– Euh, fit Jesse, il y a les grands chevaux de course, les chevaux de courses à conditions et les chevaux à réclamer. Il y a aussi les chevaux rapides et les coureurs de fond. Presque tout est dans le pedigree mais si un cheval a le cœur solide, tout simplement, il peut faire mieux que ce que son pedigree laisse espérer.

– Par exemple..., encouragea Leo.

– Par exemple, Holy Bull, dit Jesse. Issu de Great Above.

– Holy Bull avait le cœur solide, acquiesça Leo avec un soupir. Continue.

– Euh, il est plus facile de passer dans la catégorie en dessous que dans celle d'au-dessus, dit Jesse. On peut pas rester grand cheval de course toute sa vie. » C'était un des truismes favoris de Leo.

« Tu fais partie de quelle catégorie de chevaux, Jesse ? demanda Leo.

– Je suis un cheval de courses à conditions, papa.

– Mais tu veux changer de catégorie, pas vrai, fiston ?

– Oui. » Jesse n'osait pas regarder Mr. Snowdon.

« Un bon professeur, reprit Leo, ne tient pas trop compte des performances passées, ni du profil lui-même.

– Peut-être devrions-nous en revenir à Jesse, intervint Mr. Snowdon. En général, Jesse fait preuve d'un grand sens des responsabilités. C'est une chose que j'admire beaucoup chez lui. Bon, c'est un garçon très bien, Jesse.

– Il s'attire jamais d'ennuis, hein ? Bon, voilà qui me fait plaisir. » Leo eut un rire joyeux.

« Quand je vous ai appelé, je vous ai laissé entendre qu'à mon avis les mots d'excuse de Jesse ne servent pas son intérêt. Je dois dire que je n'approuve pas qu'un enfant soit privé d'école pour aller assister à des rencontres sportives quelles qu'elles soient. »

Leo renifla : « Mais il me semble clair que Jesse, même si c'est mon fils et que c'est moi qui le dis, en sait plus que les gosses de son âge. Je prends ma responsabilité de père très au sérieux, vous savez. »

Le silence était retombé dans la pièce. Jesse devinait que son père était allé un peu trop loin pour Mr. Snowdon, car ce dernier commençait à rassembler ses papiers comme s'il était temps de mettre fin à l'entrevue, qui durait depuis environ dix minutes seulement. Mais il n'y avait apparemment rien à ajouter, rien qui vaille la peine d'être ajouté. Jesse ressentit un vide, comme si Mr. Snowdon avait renoncé. Il le regarda et il vit que le professeur lui souriait, à lui, Jesse ; il comprit que Mr. Snowdon n'avait pas renoncé vis-à-vis de lui, mais peut-être vis-à-vis de Leo. Cela arrivait souvent. Alors le professeur posa la main sur la tête de Jesse et dit : « C'est un garçon bien que vous avez là, monsieur Harris. Je l'admire. » Il y avait de la tristesse dans sa voix, comme s'il disait au revoir, alors que l'année ne faisait que commencer. Mais Leo n'eut pas l'air de s'en apercevoir. Il se leva, ou plutôt sauta sur ses pieds chaussés de baskets et dit : « Eh ben, merci pour tout, et merci pour le compliment. Jesse est un garçon bien. Personne ne le sait mieux que moi – sauf sa maman. » Il rit. « Et merci de nous accorder cette pause à dix heures et demie. C'est le jour d'ouverture de la saison, aujourd'hui. J'adore Santa Anita. Il y a toujours une petite traversée du désert en Californie du Sud entre la fin des courses de Del Mar et l'ouverture de la rencontre d'Oak Tree. Les retransmissions en direct, c'est très bien quand on aime ça, mais une journée à l'hippodrome, ma foi, c'est un vrai plaisir et une leçon de choses. Prêt mon garçon ? Je veux pas manquer le pari jumelé de la journée. »

Ils sortirent de la classe, puis de l'école. Montèrent en voiture. Une fois installés, leurs ceintures bouclées, Leo demanda : « T'as mis tes chaussettes porte-bonheur ? »

Jesse hocha la tête.

« Ça ne s'entend pas, ça.

– Je les ai mises, papa.

– Bon garçon. Alors, voyons. Il nous faut des signes. »

Jesse tourna les yeux vers Leo, qui conduisait, penché en avant, en jetant des coups d'œil autour de lui, le sourire aux lèvres, l'air impatient, comme toujours quand il se rendait à l'hippodrome ; on aurait dit qu'il ne se rappelait pas qu'il avait toutes les chances d'être déçu et énervé à la fin de la journée. Mais comment pouvait-il l'ignorer ? Jesse n'avait que neuf ans et il le savait. Sa maman n'allait jamais à l'hippodrome justement pour cette raison. Jesse regarda par la fenêtre. Ils approchaient les cent kilomètres-heure.

Les cours devaient être terminés pour tout le monde à présent, il n'y avait donc rien à regretter, mais Jesse songea que l'école lui manquait. Et si Mr. Snowdon avait tout simplement interdit à Leo de l'emmener ? S'il avait simplement dit : « Non, monsieur Harris, je ne l'autorise pas à partir. Je ne peux pas le laisser partir » ? Un bras de fer, comme dans les films. Mais à l'instant où cette idée lui vint à l'esprit, Jesse sut que c'était impossible. Leo avait le droit de faire ce qu'il voulait de lui, et même un professeur de sexe masculin ne pouvait l'en empêcher. Mr. Snowdon était le père d'autres enfants. On pouvait se représenter les choses de la façon suivante, se dit Jesse tandis qu'ils s'engageaient sur la bretelle d'accès : une chance sur mille d'être le fils de Leo et neuf chances sur dix d'être celui de Mr. Snowdon – Jesse était un outsider, pour ainsi dire. La voiture accéléra et son corps fut plaqué au dossier de son siège.

OCTOBRE

43. Un rebondissement inattendu

Après coup, Krista ne put se rappeler ce qui l'avait poussée à se rendre à l'écurie. Il faisait froid et humide pour un mois d'octobre, Pete et elle s'apprêtaient à se coucher. À neuf heures, quand elle avait fait le tour de l'écurie, tous les chevaux allaient bien. Il était déjà onze heures et Pete voulait regarder une dernière émission sur CNN, mais Krista en avait assez de la télévision. Maia dormait paisiblement : Krista avait jeté un coup d'œil sur elle en sortant. Elle ne se doutait de rien, vraiment – comment aurait-elle pu soupçonner quoi que ce soit ? La vieille jument, Wayward, se roulait d'un côté et de l'autre dans un coin du pré, en proie à une grosse colique. Krista composa le numéro du central d'urgence de Sam avec son téléphone mobile et revint vers la maison au pas de course. Dès qu'elle annonça la nouvelle à Pete, il fut sur pied, il se dirigeait déjà vers la porte en enfilant sa veste. Mais ils ne pouvaient tout de même pas laisser le bébé tout seul. Krista retourna dans la maison en courant, regarda Maia et ressortit en courant, mais à l'instant même où elle ressortait, elle fut tentée de revenir sur ses pas.

La vieille jument offrait un triste spectacle, couchée sur le dos comme un chien, agitant la tête dans l'herbe mouillée, les jambes repliées sous elle, elle se tordait et se roulait lentement d'un côté et de l'autre. Un bruit sortait du fond de ses entrailles, un grognement, il évoquait l'interminable craquement de tout son corps. Son ventre, qui n'avait pas l'air si gros quand elle était debout, pesait sur elle tandis qu'elle se tournait d'un côté et de l'autre, et Krista fut paralysée à l'idée que le poulain se trouvait ainsi ballotté à l'intérieur. Plusieurs mois auparavant, Sam avait passé toutes les juments à l'échographie et Krista avait regardé fixement les petits fantômes de chevaux qui les habitaient, les fines brindilles des jambes flottaient dans le liquide amniotique, les têtes étaient à l'envers et les encolures ondulaient en suspension. C'était bien plus étrange que les images prénatales de Maia. Elle avait semblé dans son élément, enroulée et recroquevillée comme un poisson dans ce bain aqueux, mais pas les poulains : leurs jambes étaient trop longues, faites pour courir, pas pour nager. Krista s'approcha de la tête de la jument et se pencha sur elle, en lui parlant doucement. « Hé, maman ! Mal au ventre, hein ? Tu peux te lever, ma douce ? »

La jument remarqua leur présence. C'était bon signe : une fois de l'autre côté, elles ne remarquaient plus rien, à en croire ce que disait le manuel vétérinaire d'urgence sur les coliques. Mais la jument était disposée à se lever. Elle bascula sur la poitrine, jambes repliées, et laissa Pete accrocher le licol. Ensuite il lui flatta l'encolure et elle se leva en poussant encore une sorte de grognement qui tenait moins du gémissement. Krista répondit à la sonnerie de son téléphone mobile. Sam était dans le voisinage, il arrivait et leur dit de ne pas faire marcher le cheval. Ensuite, Krista retourna dans la maison pour voir si Maia allait bien. La jument se tenait assez calmement à côté de Pete, la tête baissée. Pete lui grattait les oreilles. Krista ressortit de l'enclos, attendit quelques minutes, immobile, avant de dire : « Je devrais peut-être l'emmener dans l'écurie. Le moniteur ne fonctionne pas à cette distance.

– Elle dort, non ?

– Oui.

– Elle fait ses nuits depuis quatre mois… »

Krista ouvrit la bouche pour dire quelque chose, quelque chose de désagréable, mais Sam arrivait, qui leur sauvait la mise, une fois de plus – même à leur couple. En sortant de son camion, il enfilait déjà la longue manche de vinyle qui lui remontait jusqu'à l'épaule et l'enduisait de lubrifiant. Il n'eut pas besoin de remonter loin dans le rectum de la jument. « Torsion utérine, diagnostiqua-t-il, une torsion vers la droite, dans le sens des aiguilles d'une montre.

– C'est-à-dire ? demanda Pete.

– Eh bien, l'ensemble de l'utérus – et le poulain à l'intérieur, bien sûr – s'est retourné. Je sens le gros ligament gauche au-dessus et le gros ligament droit en dessous.

– Oh Seigneur ! fit Krista. Je me demande si je ne devrais pas prendre Maia…

– Ma foi, répondit Sam, je vais avoir besoin de vous deux. On peut faire beaucoup de choses, mais quatre ou cinq personnes seraient mieux que trois.

– Maia n'a besoin de rien, dit Pete.

– D'accord », acquiesça Krista non sans quelques réserves. C'est toujours quand sa mère n'est pas là pour l'entendre qu'un bébé pleure le plus fort, lui semblait-il.

« Vous avez une planche ? demanda Sam. Cinq centimètres d'épaisseur et trente de large, par exemple. Et environ trois mètres cinquante de long. »

Krista courut en chercher une dans la pile de planches qu'ils gardaient pour réparer les barrières et revint en la traînant. Il faisait noir et elle trébucha plusieurs fois. Sam faisait des injections à la jument. « Ça ne devrait pas prendre plus d'une ou deux minutes. » Il avait l'air assez calme. Krista ne savait pas si c'était parce qu'une torsion utérine n'était pas très grave ou simplement parce que c'était Sam le vétérinaire, d'une sérénité toute professionnelle, si critique que soit la situation. Ensuite, il resta près de l'épaule de la jument et inclina doucement sa tête vers lui. Les jambes de la jument commencèrent à fléchir à hauteur des genoux. Il tira la tête encore un peu plus près de lui et repoussa l'épaule. L'avant-main s'affaissa d'abord, puis l'arrière-main. La jument s'effondra poitrine contre terre et bascula lentement sur le côté droit. Elle avait les yeux mi-clos et Sam les enduisit de lubrifiant avant de lui nouer une serviette autour de la tête. La jument allongea les jambes. Elle était étendue maintenant de tout son long. Sam s'empara de la planche et la plaça comme une balançoire dont le pivot aurait été le flanc de la jument ; un côté de la planche était posé sur l'herbe et l'autre dépassait de quarante-cinq centimètres au-delà de sa colonne vertébrale. Alors il dit à Krista : « Assieds-toi là-dessus, ma petite.

– Quoi ?

– Assieds-toi là, sur la planche, en plein sur la jument, à peu près entre sa colonne vertébrale et le milieu de son ventre. Pete et moi, on va la retourner et ton poids maintiendra le petit en place. »

Krista et Pete échangèrent un regard.

« Dommage qu'on n'ait pas une personne de plus, dit Sam, pour lui tenir la tête.

– Il est minuit, fit remarquer Krista. Margaret Lerner est peut-être debout, mais elle… »

Sam la regarda un instant avant de dire : « Je pense que j'y arriverai. Apportez-moi d'autres serviettes. » Krista, qui n'avait pas envie de s'asseoir sur le ventre de la jument de toute façon, courut en chercher. Mais elle revint trop rapidement. Sam arrangea les serviettes en petit tas sous la tête de Wayward en tournant son chanfrein dans la direction vers laquelle elle allait pivoter. « Ne faites pas de bruit, dit-il. Il ne faut pas qu'on la réveille.

– J'y vais ? demanda Krista.

– Vas-y », répondit Sam.

Krista et Pete échangèrent encore un regard, mais elle s'assit sur la planche. Elle sentit le ventre de la jument céder sous son poids. Puis Sam et Pete s'approchèrent chacun d'une paire de jambes, Sam devant, d'où il pouvait manipuler la tête de la jument, et Pete derrière. Ils commencèrent à la soulever lentement. Krista resta assise sans bouger en s'efforçant de ne pas penser à la pression de son poids sur le poulain. Ils s'interrompirent et Sam s'affaira près de la tête de l'animal, puis ils recommencèrent à lui soulever les pieds et les genoux. Krista resta assise. Ils les levèrent plus haut. Et Krista restait assise. Ils soulevaient la jument en soufflant, grognant et haletant. Elle n'avait pas l'air de souffrir, son souffle – inspiration, expiration – était léger. Elle était sur le dos. Avec un grognement, les deux hommes se déplacèrent en crabe. Sam enjamba la tête et l'encolure du cheval avec précaution, puis ils commencèrent à reposer les jambes, petit à petit. « Bon Dieu ! » fit Pete. Sam fit passer le petit tas de serviettes de l'autre côté juste avant que les sabots de la jument ne se posent sur l'herbe humide et qu'elle ne soit tournée de l'autre côté. Sam et Pete firent une pause pour reprendre leur souffle. « Bon Dieu ! fit Pete, haletant. C'était sacrément lourd. » Krista se leva.

« Entre cent quatre-vingts et deux cent vingt kilos chacun », souffla Sam, lui aussi hors d'haleine. Ils se regardèrent en reprenant leur souffle. Puis Sam enfila sa manche de vinyle et s'agenouilla derrière la jument pour l'ausculter. Il retira sa main en secouant la tête. « Encore tordu, déclara-t-il. Essayons encore une fois. »

Ils soulevèrent la planche et, tandis que Krista prenait sa tête entre ses mains, ils remirent progressivement la jument dans sa position initiale.

Ce fut plus facile la deuxième fois. Ils savaient tous comment procéder, et chacun s'acquitta de sa tâche. Alors que la première fois Krista avait eu l'impression de rester assise sur la planche durant quatre heures d'affilée, la deuxième fois alla plus vite, peut-être parce qu'elle redoutait d'entendre le diagnostic de Sam après l'auscultation. Et le diagnostic fut celui qu'elle redoutait : « Eh non ! » suivi de : « On recommence. »

Et ils répétèrent l'opération. À présent, le temps filait à toute allure pour Krista qui pressentait quelque issue fatale : une chose horrible, comme la mort.

Cette fois-ci, quand elle se leva, Krista ferma les yeux et attendit que le verdict tombe.

Au lieu de cela, elle entendit Sam dire : « Elle se réveille. C'est bien. On va essayer autre chose. » Il s'éclaircit la voix et attendit, les mains dans les poches. « L'un de nous devrait peut-être aller voir si le bébé va bien », suggéra Pete.

Ce qui fit violemment sursauter Krista. Elle avait oublié Maia, encore une raison de se sentir coupable. Et si… ? Elle courut vers la maison où le bébé dormait toujours, paisible, ne laissant rien paraître. Krista se pencha sous la lumière tamisée de la veilleuse et tâta ses joues pour y déceler la trace de larmes. Rien.

Le temps pour Krista de ressortir, la jument relevait déjà la tête. Krista lui enleva la serviette de devant les yeux et constata qu'elle était parfaitement réveillée. Alors la bonne vieille bête se releva avec un grognement et s'arc-bouta sur ses quatre jambes légèrement écartées. Elle s'ébroua. Elle semblait bel et bien revenue à la vie. Krista ne put s'empêcher d'imaginer ce qu'on ressent avec un utérus et un fœtus tourné à cent quatre-vingts degrés sur la droite. Pourtant elle n'avait jamais entendu parler de tels symptômes chez une femme. Dieu merci !

« Est-ce que… euh, est-ce que les juments d'un certain âge ont plus de chance que ça se produise ? demanda-t-elle.

– Oh, je n'en sais rien. Le problème chez les chevaux et les gros chiens, c'est que leurs organes ont pas mal de place, là-dedans. Ça ballote pas mal.

– Je me suis dit que certains symptômes m'avaient peut-être échappé quand j'ai nourri les chevaux, dit Pete.

– Elle allait sans doute très bien quand vous l'avez nourrie. Vous savez, dans la vie il y a des choses qu'on voit venir. Et d'autres qui arrivent sans crier gare. Un gouffre s'ouvre sous vos pieds et l'inattendu est là. » Il secoua la tête puis ajouta : « On va amener cette jument à la lumière, par ici, et ensuite il faudra trouver un moyen d'installer un éclairage. Je vais avoir besoin de bien voir ce que je fais. »

Il leur fallut environ dix minutes pour trouver quelques lampes torches. Entre-temps, la jument s'était tout à fait réveillée et regardait autour d'elle, à la recherche de foin, encore assez imbibée d'analgésiques pour ne pas se soucier de la catastrophe potentielle qu'abritait son ventre. Mais Krista se faisait du souci. Elle craignait que le moment présent ne soit le dernier moment sans difficulté avant longtemps, qu'elle ne revienne à ce souvenir net comme à un sommet qu'elle ne pourrait plus jamais gravir si la jument mourait, si le poulain mourait et s'il fallait se débarrasser des corps, porter le poids du chagrin, du regret et de cette nouvelle occasion de soupirer : « C'est comme ça, avec les chevaux. » Elle imagina le cadavre du poulain, connu et officiellement reconnu l'espace d'un bref moment. Son Auguste Personne était alezan ; la jument était un cheval bai. Tous ces chevaux de la lignée Nearco-Nasrullah-Bold Ruler étaient bais ou bruns et le poulain serait certainement l'un ou l'autre. Mais Son Auguste Personne avait peut-être ajouté une pointe de couleur à la robe du poulain, une petite étoile ou une liste large en tête, une ou deux petites balzanes. C'était imprévisible. Krista s'imagina en train de regarder le petit : si minuscule à ce stade, de la taille d'un gros lapin, allongé là dans sa petite poche sombre, une touche de blanc se détachant sur son front comme une lune.

« OK, fit Sam. Vous avez quatre cales dans l'écurie des étalons, n'est-ce pas ?

– Oui.

– Allons-y. »

Le seul cheval qui s'y trouvait alors était Son Auguste Personne et quand ils allumèrent la lumière il cligna des yeux. Quand ils firent entrer la jument, il s'éveilla tout à fait et se mit à pousser de profonds grognements passionnés. Pete ferma le battant supérieur de sa stalle mais ils apercevaient son chanfrein par-dessus car il essayait de voir ou de sentir ce qui se passait. « Placez-la sur les cales, maintenant ; ensuite vous fixerez ces deux lampes torches pour qu'elles éclairent bien sa hanche. » Il retourna à son camion et revint vêtu d'une blouse blanche toute propre et de gants chirurgicaux. Il avait quatre seringues à la main et un masque autour du cou. La jument posa ses sabots dans les cales avec la meilleure volonté du monde, « clop-clop », puis regarda du côté de Son Auguste Personne. Alors, Sam se tourna vers Krista et dit : « Krista, tu veux appeler le propriétaire de la jument et lui dire que je m'apprête à pratiquer une opération à trois mille dollars ?

– Oui, je devrais le faire. C'est le seul moyen de sauver le poulain ? Et la jument ?

– Oui. »

Krista ferma les yeux. S'il rechigne à payer, songea-t-elle, on trouvera un moyen. Elle fut prise d'un terrible accès de vertige financier. Puis elle dit : « Vas-y.

– D'accord, ma chérie. Ne t'inquiète pas. »

Il fit les injections à la jument, deux dans le cou et deux dans la colonne vertébrale. « On t'a déjà parlé de péridurales ? demanda-t-il.

– Oui.

– Eh bien, je viens juste de lui administrer l'équivalent d'une péridurale. Je veux qu'elle reste bien consciente et debout, mais qu'elle ne sente absolument rien. Maintenant, regarde bien sa colonne vertébrale. »

Krista regarda. Au bout de quelques instants, la colonne s'incurva et ondula presque vers la droite. « Tu vois ça ? dit Sam. Tous les nerfs du côté gauche sont paralysés, mais pas ceux du côté droit. C'est ce qui produit cet effet. Ce n'est pas permanent et ça ne fait pas mal. Prête ?

– Pour quoi ?

– Pour quelque chose que tu ne reverras peut-être jamais.

– Je suis prête. »

Sam sortit sa tondeuse de sa poche et rasa le flanc de la jument, à partir de la hanche, avant de la frotter trois fois avec trois brosses différentes. Puis il fit un pas en arrière, la contempla un instant et s'avança de nouveau. Alors, il sortit un scalpel et d'un geste assez rapide il pratiqua une incision verticale sur le flanc de la jument, longue de vingt à vingt-cinq centimètres, en exerçant une pression de façon à traverser le lacis de muscles sous la peau. L'incision s'ouvrit sans être béante. Il n'en sortit pas beaucoup de sang. Krista regardait de tous ses yeux. À l'intérieur, éclairé par les lampes, la masse brunâtre de l'utérus apparaissait, gonflée et luisante. « Nous y sommes, dit Sam. Jetez un coup d'œil là-dedans. » Krista y jeta un coup d'œil et Pete contourna l'animal pour y jeter un œil lui aussi. En fait, Krista s'était attendue à voir plus que cela, la forme d'un sabot ou d'un nez, peut-être. Tout de même, on était intimidé à l'idée qu'une simple membrane, comme celle d'un ballon, séparait le poulain du monde extérieur.

Sam remit ses manches de caoutchouc, aux deux bras, cette fois. Une fois encore, il dit : « Prête ? » Mais il avait l'air de se le dire à lui-même plutôt qu'à elle. Il était tourné vers l'avant, penché tout contre la barre horizontale des cales et il enfonça le bras qui était du côté de la jument dans l'incision, avec précaution mais d'un geste ferme. De l'autre main, il agrippait la barre des cales pour ne pas perdre l'équilibre. « Je la tiens, murmura-t-il.

– Quoi ?

– La… euh… » Il se concentrait. Il s'appuya contre le flanc de la jument et Krista eut l'impression que son épaule s'enfonçait d'une façon alarmante dans l'incision. « La… euh… la corne de l'utérus. OK, ma douce, calmos, ça va aller. » Il y eut un silence. Krista vit saillir les tendons de son cou et ce qui avait eu l'air d'une petite quantité de sang parut abondante, cela se déversait sur son col et sur le devant de sa blouse. Sam se mordit la lèvre. « Voilà le ligament, dit-il. Oh ! aïe, ma douce. Pas étonnant que ça fasse mal, maman. Brave fille, ne bouge pas. » La jument semblait parfaitement indifférente à ce qui lui arrivait. Elle ne tourna même pas la tête pour regarder. Pete lui caressait l'encolure de l'autre côté en lui susurrant des paroles apaisantes à l'oreille, mais Krista ne pouvait détacher ses yeux de Sam. Sam qui disait à présent : « Bien. Je tiens quelque chose.

– Quoi ?

– Oh, un membre du poulain. Peut-être l'arrière-main. Voilà ce que j'aime attraper. »

La jument se mit à se déplacer légèrement d'un côté et de l'autre, en rythme, et Krista s'aperçut que Sam la faisait osciller, en déplaçant son utérus d'un côté et de l'autre, comme on le fait pour une voiture coincée dans la glace. « Bon Dieu ! » fit-elle. Mais très vite, pour ne pas le déconcentrer. Elle ne pouvait plus regarder le flanc de la jument, aussi observait-elle le visage de Sam. Il avait les yeux écarquillés et les lèvres gonflées par l'effort que lui coûtait l'usage simultané de la force et de la douceur. La jument oscillait. Le bras de Sam de déplaçait d'un côté et de l'autre. Sam oscillait. Krista eut envie de gémir, cela n'en finissait pas ! Elle jeta un regard à Pete, mais il appuyait sa tête contre celle de la jument et ils semblaient tous deux en transe, enveloppés dans un bourdonnement ; Pete marmonnait : « Tout va bien, chérie. Tout va bien, ma douce. Brave fille, brave fille, brave fille. »

Sam lui susurrait : « Allez, ma douce, allez, ma chérie », la voix tendue par l'effort mais suave aussi.

Tout à coup le vétérinaire imprima un mouvement plus brutal à l'utérus. Puis son visage se détendit et il sourit puis se leva en retirant son bras de l'incision. « Et voilà, dit-il. Remonté et remis du bon côté.

– Tu plaisantes ? dit Krista.

– Mais non. Elle va très bien. Les ligaments sont bons, je n'ai senti aucune déchirure et la paroi utérine semble intacte ; le poulain se déplace de façon normale à l'intérieur, mais on fera une échographie demain ou après-demain pour s'en assurer, voilà. Ouf ! » Il étira les bras au-dessus de sa tête et fit pivoter ses épaules, puis il ferma les yeux et tourna la tête et le cou d'un côté et de l'autre. « Le plus dur dans ces opérations, c'est qu'on essaie de déplacer une masse avec un bras tendu. Avec le poulain, les liquides et tout le reste, ça doit faire une vingtaine de kilos. Si seulement on pouvait y faire entrer les deux bras. Mais ce n'est pas possible. Eh bien, ça alors ! C'était une bonne opération. Je ferais mieux de recoudre la maman. Quelle heure est-il ?

– Deux heures passées », dit Pete en bâillant. Il passa la longe à Krista. « Je vais aller voir Maia.

– Tu devrais aller te coucher », dit-elle.

Il acquiesça. Il avait du travail dans la matinée et de toute façon il valait mieux que l'un d'eux reste dans la maison. Elle se demanda si elle penserait à se procurer un meilleur moniteur pour bébé dans la matinée ou si tout le reste surgirait et engloutirait cette pensée jusqu'à la prochaine occasion de regretter cet oubli. À présent, Sam faisait de petits points de suture bien nets. La jument semblait toujours indifférente. « Je n'avais pas vu de telles complications depuis l'école vétérinaire, dit Sam.

– Et bien sûr il a fallu que ça tombe sur moi. C'est la goutte d'eau qui doit faire déborder le vase ou simplement la cargaison ordinaire de tuiles qui vous tombent dessus ?

– Tu sais, Krista, les grands haras reconnus ont aussi leurs urgences », répondit Sam.

Sa voix n'était pas agressive. Elle était profondément bienveillante, mais Krista n'en ressentit pas moins la brûlure de la honte et elle se retint de gémir à nouveau. Il était trois heures et demie quand il s'éloigna au volant de son camion.

Une demi-heure plus tard, elle jeta un coup d'œil sur Maia et alla enfin se coucher. En fait, se dit-elle, regarder par intervalles son bébé dormir toute la nuit au lieu d'en faire autant est l'expérience la plus époustouflante qui soit. Elle ne se souvenait déjà plus de l'opération. Ce que Sam avait fait semblait tellement incroyable que sa mémoire le niait, éteignait une à une les lumières qui avaient éclairé les différentes scènes de l'opération, si bien que l'obscurité habituelle d'une soirée d'octobre se refermait sur elle, se resserrait et finit par l'engloutir. Pete ronflait, un bruit réconfortant, à sa façon. Elle ferma les yeux.

Au matin, elle était terriblement fatiguée. Elle avait l'impression que Maia bougeait au ralenti. Krista crut qu'elle ne tiendrait jamais jusqu'à l'heure de la sieste – encore trois longues heures avec un peu de chance – aussi renonça-t-elle vers dix heures ; elle appela sa mère à l'aide. La seule chose que cette dernière lui dit avant d'emmener le bébé à Nordstrom avec elle, dans sa grande miséricorde, fut : « Ton grand-père adorait Sam. Je dirai ça en sa faveur. » Et ensuite, Dieu merci, elle ne se lança pas dans un discours mais se contenta d'ajouter : « Bon, je suis contente que tout se soit bien passé, ma chérie. Vraiment. Oh ! Regardez-moi ce petit amour ! Peut-être que si certains poulains de cette fournée vont à l'hippodrome d'ici le nouvel an…

– Certains y sont déjà. Aucun n'a gagné pour l'instant.

– Ah bon. Je suis sûre qu'il y aura des vainqueurs. » Et ensuite, pour la toute première fois, tandis que Krista fixait le siège bébé dans la camionnette de sa mère : « Tu sais, chérie, si tu as besoin d'un petit prêt, mais regardez ce visage d'ange, mon Dieu !… »

Et Krista ne fut pas sur la défensive. Elle se contenta de dire : « Je t'en parlerai. » Et puis : « Dis, si tu trouves un meilleur moniteur pour bébé, qui couvre une plus longue distance… »

Et sa mère répondit par un simple signe de la tête.

44. Un p'tit séjour dans le Midwest

P'tit Bob n'essayait même pas de comprendre comment et pourquoi il se trouvait maintenant dans cette ferme, près de cet étang, avec ces chevaux et ces mules, oublié de tous, semblait-il. Pour commencer, P'tit Bob n'avait qu'une vague notion du temps. La multitude d'images très nettes qui constituait ses souvenirs ne formait pas une séquence au sens où les hommes l'entendent. Elle faisait plutôt partie d'une somme d'expériences dans laquelle il puisait au quotidien. Il y avait libre accès mais ne les ressassait pas ; au contraire, il avait parfois l'occasion de revivre une expérience passée liée à un événement présent. Au moment où il revivait un souvenir, il ne faisait pas exactement la différence entre ce qui se produisait à l'instant présent et ce que cela lui rappelait, mais il ne lui fallait jamais plus de quelques secondes ou de quelques minutes pour chercher dans sa mémoire et faire la distinction. C'était une forme d'éducation : il pouvait apprendre à différencier le passé du présent. Voilà ce qui distinguait P'tit Bob des chevaux d'intelligence moyenne : il était capable, et même impatient, d'apprendre à faire cette différence.

Il se trouvait dans ce pré en compagnie de ces chevaux et de ces mules, soigné par ce vieil homme depuis assez longtemps pour savoir où il en était. Pas très haut, mais pas trop bas. D'un côté, plusieurs animaux se montraient irritables, voire tyranniques. D'un autre côté, il y avait de l'herbe à volonté et il pouvait aller dans l'étang, ce qui lui rafraîchissait les chevilles. Chaque jour P'tit Bob restait debout dans l'étang pendant une partie de la journée et y somnolait longuement.

Le divertissement de P'tit Bob ne provenait pas du vieil homme mais de trois autres petits bonshommes qui n'étaient jamais là en même temps que celui-ci mais souvent là en son absence. Par exemple, quand P'tit Bob voyait s'éloigner le camion blanc du vieil homme, peu après, les petits bonshommes qui ressemblaient à des jockeys arrivaient, et tant que le vieil homme était parti, ils s'élançaient dans le pré à la poursuite des chevaux et des mules, les caressaient, leur donnaient des carottes et des pommes, leur grimpaient sur le dos, tombaient de leur monture, leur donnaient des coups de pied, leur criaient dessus, se battaient entre eux, couraient autour des chevaux, nageaient dans l'étang et, dès qu'ils apercevaient le camion blanc, détalaient.

Il fut encore plus gâté quand les petits humains s'aperçurent qu'ils pouvaient monter sur son dos sans être désarçonnés d'une ruade. P'tit Bob n'était pas cheval à lancer des ruades. En cheval appliqué, tout à sa tâche de coureur tourné vers l'avenir, jamais il n'aurait imaginé de regimber contre un cavalier. Ils le montaient de manière très peu orthodoxe, deux à la fois, cramponnés à sa crinière, ils hurlaient, se dressaient sur leur monture, se retournaient, le poussaient vers l'étang, lui prodiguaient des tapes et des caresses, le serraient dans leurs bras, lui donnaient des carottes et des pommes. Ils l'appelaient « Sammy ». Au bout d'un certain temps, ils se mirent à l'appeler – « Sammy ! Sammy ! Sammy ! » – dès qu'ils apparaissaient au sommet de la colline et P'tit Bob allait à leur rencontre au trot ou au galop. Quand ils le montaient, il sentait toujours s'ils glissaient d'un côté ou de l'autre ; alors il ralentissait et avançait au pas, le temps qu'ils se remettent d'aplomb ou se laissent glisser à terre. Il les voyait aussi, entre ses jambes, sous son ventre et derrière lui. Leur bruit et leur activité ne l'agaçaient pas comme ils agaçaient les autres chevaux, car il s'y était habitué et il trouvait la vie au pré un peu ennuyeuse comparée à la vie sur l'hippodrome.

Tout compte fait, P'tit Bob passait de bonnes vacances.

Ce fut donc avec déplaisir qu'il reconnut le visage et la silhouette de William Vance, debout près de la barrière, un beau matin. Il se souvenait parfaitement de William Vance, même s'il n'avait plus pensé à lui depuis son arrivée à la ferme ; le souvenir de William Vance était associé à maintes sensations de douleur et de malaise, que P'tit Bob n'éprouvait pas sur le moment mais comme des choses qui pouvaient arriver en présence de cet homme. Aussi, au lieu de s'approcher de la barrière comme les autres animaux, P'tit Bob se détourna et partit au trot dans la direction opposée, gravissant la colline pour redescendre de l'autre côté, jusqu'aux arbres qui bordaient l'étang ; là, il s'isola dans un coin ombragé. Et bien sûr, au bout d'un moment, ils arrivèrent, munis d'un licol et d'une longe, chargés d'un seau de nourriture. P'tit Bob avait faim de ces saveurs délicieuses mais il identifia le piège et s'esquiva de l'endroit où il se trouvait. Comme c'était un cheval entreprenant, il comprit en un instant quelles possibilités de fuite lui offrait l'étang et il s'y enfonça jusqu'aux jarrets bien que le temps fût devenu un peu frais pour ce genre d'exercice, ces derniers jours. On ne pouvait pas dire qu'il avait su prévoir la réticence des hommes à entrer dans l'étang, mais, une fois dans l'eau, il vit bien que les hommes s'étaient arrêtés au bord et y restaient. Il était dedans, eux non ; cela suffisait. Il fit pivoter ses oreilles. Il les entendait parler.

« Nom de Dieu ! lâcha William Vance. Qu'est-ce qu'on fait, maintenant ?

– Il adore l'étang, celui-là. Il y passe plusieurs heures par jour.

– J’ai pas toute la journée, moi. Je veux être de retour à Chicago ce soir.

– Il n’est pas profond, seulement un demi-mètre. Vas-y et ramène-le. Mais on pourrait aussi aller se trouver de quoi déjeuner. Moi, je te parie qu’il va sortir et aller manger avec les autres. Ça fait quoi, trois ou quatre mois, que t’as pas mangé à la maison ? »

Ensuite, ils tournèrent les talons, s’éloignèrent et disparurent derrière la colline. P’tit Bob eut le réflexe, le réflexe instinctif, d’aller voir où ils étaient et ce qu’ils faisaient. Il en va toujours ainsi avec les hommes : quand ils vous tournent le dos, vous vous retrouvez en train de les suivre. Avec les chiens, c’est pareil. Quand ils déboulent dans le pré, vous détalez au galop ; les chiens font alors volte-face avec la suite dans les idées qui les caractérise et vous vous retrouvez en train de trotter derrière eux. Mais P’tit Bob ne suivit pas les hommes. Trop tenace était l’idée qu’il se faisait de William Vance – où qu’il fût, la douleur pouvait être ou survenir. Et la fraîcheur de l’étang était apaisante. Un peu plus tard, les autres chevaux apparurent au sommet de la colline et vinrent vers lui, à la recherche d’un endroit pour la sieste d’après déjeuner. Quand ils eurent pris place, P’tit Bob eut encore moins envie de quitter l’étang.

Au bout d’un moment, les hommes réapparurent. P’tit Bob s’était déplacé, il avait créé des remous autour de lui, mais les eaux étaient à nouveau tranquilles. « Et merde ! s’exclama William Vance. Bon, t’as des bottes ? »

À nouveau, ils tournèrent les talons et disparurent derrière la colline.

En leur absence, le reste du troupeau se déplaça vers un autre coin du pré, où les mouches seraient peut-être moins nombreuses. L’ombre des arbres tournait et le temps se rafraîchissait mais il y avait encore des mouches partout. Comme il avait été élevé en Californie, P’tit Bob n’avait jamais vu pareils essaims de mouches. Il songea à suivre les autres chevaux car les mouches devenaient agaçantes.

Les hommes réapparurent au sommet de la colline, munis de longes, de carottes, d’un seau et le sourire aux lèvres. Celui dont P’tit Bob se méfiait commença à entrer dans l’eau. P’tit Bob resta calme et immobile. L’homme se mit à lui parler gentiment : « Hé, mon petit ! dit-il. Comment ça va ? Tu m’as manqué. Alors tu veux pas retourner à l’hippodrome, petit ? Regarde-toi un peu : un cheval qu’a près de quarante départs, un vrai cheval de course, un dur à cuire, P'tit Bob, un cheval qui sait où il va. Tu ne veux pas gaspiller ta vie à traîner dans un pré avec un troupeau de mules quand même ? T'es trop bon pour ça, mon petit. » Il y était presque. D'un côté, P'tit Bob aimait sa voix. D'un autre côté, son ventre commençait à se contracter de façon désagréable. Sans vraiment comprendre pourquoi, P'tit Bob recula d'un pas ou deux, puis fit volte-face et s'enfonça plus avant dans l'étang, non sans perturber les insectes qui l'avaient colonisé. Sa peau frémit sur toute la surface de son corps et ses oreilles s'agitèrent. La voix de l'homme continuait, imperturbable : « Allons, fais pas ça, mon petit. Ne t'éloigne pas comme ça. J'ai pas de cuissardes, j'ai que des bottes, moi. J'ai pas envie de me mouiller les pieds. Et elle est froide, cette eau. T'aime ça, toi ? C'est ça que tu aimes ? Mon papa dit que t'es toujours dans l'étang. Je parie que tu t'es bien dorloté, hein ? Ça, je le parie. Allez, mon vieux. Viens chez moi. On va bien s'amuser tous les deux. Je deviens l'ami de tous mes chevaux de course, si, c'est vrai. » Sa voix était si basse que P'tit Bob devait tourner les oreilles dans sa direction pour l'entendre. Et puis il avait autre chose, il avait des gestes lents et il était du genre commode. Comme la plupart des chevaux, P'tit Bob percevait très bien cela. Il y avait les hommes nerveux. Ceux-là avaient beau essayer, ils faisaient un peu peur et on avait parfois envie de leur envoyer un coup de sabot à la fois pour les réveiller et pour les éloigner. Et il y avait les hommes paisibles, ceux-là avaient beau essayer, même s'ils vous assenaient une bonne claque, ça ne faisait pas peur et c'était bien mérité. Ceux-là, eh bien, il était agréable de se trouver près d'eux. Et puis il y avait tous les autres, dont le comportement était trop changeant pour être identifié. Il fallait simplement rester aux aguets et agir en fonction de la situation. Mais même ces réflexions n'arrêtèrent pas P'tit Bob dans sa progression dans l'étang. Bientôt, il y fut jusqu'au ventre, jamais il ne s'y était autant enfoncé. Le fond de l'étang aspirait ses sabots, sensation plaisante, et la surface bien fraîche de l'eau clapotait à la place des insectes. Ces derniers remontaient le long de ses flancs et de son arrière-main.

William Vance resta à l'endroit où il s'était arrêté, les bras ballants. P'tit Bob l'apercevait de l'œil droit mais pas du gauche. De l'œil gauche il apercevait les autres chevaux à quelque distance de là. Quelques-uns broutaient mais la plupart observaient cet homme. William patienta un moment, puis se détourna à demi de P'tit Bob et regarda dans la direction opposée. P'tit Bob ressentit à nouveau l'instinct primaire qui le poussait à aller voir ce que faisait l'homme. Ses sabots étaient assez embourbés pour l'aider à résister à la tentation. Cela dura longtemps. Comme il avait à peine notion du passage du temps, P'tit Bob n'aurait pas su déterminer la durée de ce long moment. Il se passa des choses pendant ce temps. Des mouches le piquèrent et il les mordit. Il agita la queue d'un côté et de l'autre, régulièrement. Il but. Il se délesta de son crottin. Les autres chevaux s'éloignèrent. Mais William Vance ne bougea pas. Il ne remua ni les mains ni les bras ni les jambes ni la tête. Il ne tourna pas les yeux vers P'tit Bob. Il ne dit rien. Il respira, c'est tout. P'tit Bob l'entendait respirer, il le voyait respirer, il percevait chaque inspiration. Et pendant que l'homme respirait, P'tit Bob sentit s'éloigner la perspective d'une douleur et d'un malaise potentiels. Il comprit : la douleur et le malaise n'avaient pas lieu en ce moment. L'homme n'apportait ni douleur ni malaise en ce moment, mais le calme, la douceur, la paix, des carottes et une nourriture délicieuse. Les sensations et les odeurs se mêlaient agréablement et constituaient une promesse. Pas une promesse à long terme, car P'tit Bob n'était absolument pas capable de comprendre une telle promesse, mais une promesse à court terme qui devenait plus tentante à chaque instant. L'homme rit. Ce bruit était déjà agréable en lui-même et il évoquait plusieurs souvenirs d'hommes dans la mémoire de P'tit Bob. Le rire était synonyme de bonnes choses : plus de friandises, plus de caresses et de façon générale un sentiment d'allégresse. Alors l'homme se détourna et sortit de l'étang. À cet instant, P'tit Bob ne vit aucune raison de ne pas le suivre. Et il le suivit. L'homme continua d'avancer. P'tit Bob continua de le suivre. Hors de l'étang. Dans l'herbe à flanc de coteau. Sur la colline. À travers champs. Jusqu'à la barrière. L'homme se retourna. P'tit Bob s'arrêta, fit encore quelques pas en avant et toucha le front de l'homme du bout du chanfrein. Il s'aperçut alors que c'était le genre de personnes à proximité desquelles on ne perçoit aucune agitation. L'homme lui passa le licol autour de la tête, l'attacha, lui donna une carotte par petits morceaux en lui parlant et ouvrit la barrière. P'tit Bob ne ressentit aucune douleur, la perspective d'une douleur potentielle s'éloigna encore et il s'autorisa à l'oublier.

William Vance, qui saisissait vaguement ce processus, se montrait néanmoins patient. Comme P'tit Bob, il était sensible. En se tenant à proximité d'un cheval, il savait analyser son aura : l'intelligence, une bonne disposition, l'aptitude à pardonner facilement, la curiosité, le plaisir à travailler. Il percevait tout cela chez P'tit Bob à un degré inhabituel. Cela ne lui donnait guère plus l'assurance de rentrer dans les frais qu'il avait engagés pour ce cheval mais il se réjouissait profondément d'avoir opté pour l'opération. Plus tard, à la fin de leur voyage du Missouri à Chicago, il mit le cheval dans un bon box, entre deux gentils hongres dont les propriétaires avaient toujours des carottes et aimaient choyer leurs chevaux. Et il eut beau s'en empêcher, il s'intéressa au cheval, s'arrêtant pour lui parler un peu plus qu'aux autres, lui donnant lui-même une carotte de temps en temps. L'éternelle aventure qui se répétait sans jamais être la même – la découverte d'un nouveau cheval – recommençait. Et rendait William Vance un peu plus heureux de vivre.

45. Une course de maiden

Derrière le portillon grillagé de son box, Froney's Sis observait le groupe de gens avec plaisir et intérêt. La mise en garde affichée sur le portillon de la stalle et sur le mur d'à côté indiquait qu'il ne fallait pas approcher la pouliche, du moins pour ceux qui n'appartenaient pas à l'écurie : elle courait aujourd'hui. Joy s'était toujours dit que ces affichettes ressemblaient à des panneaux ENTRÉE INTERDITE. Ils exprimaient l'intention de l'entraîneur mais ne faisaient rien pour protéger le cheval des perturbations. Son petit groupe de soutien s'en chargeait, et ils étaient tous là, Joy elle-même, Farley, Oliver, le lad, le cavalier d'exercice, Elizabeth, Platon, Mr. Tompkins qui était venu à Los Angeles pour affaires et, bien sûr, Mister T. La pouliche devait prendre son troisième départ, une course de maiden poids spécial pour pouliches de deux ans, avec un prix de seize mille dollars. Dans le programme, à côté du palmarès de la pouliche, le handicapeur avait écrit : « Pourquoi continue-t-on à faire courir cette pouliche ? » Ils s'étaient accordés à dire qu'il avait tout simplement oublié la dernière course : Froney's Sis avait terminé cinquième devant deux autres pouliches.

Mais qu'importe ce qu'on disait et la cote du matin : trente contre un. Tous les jours, des chevaux étaient donnés à trente contre un.

« Bien, fit Farley en regardant sa montre. Il est temps de la faire sortir. » Oliver souleva le loquet du portillon et le lad entra en parlant doucement au cheval. Mister T. se tenait calmement à l'endroit qui lui était assigné. Elizabeth l'observait. Farley s'adressa à Mr. Tompkins : « Cette pouliche s'effarouche facilement, alors on lui impose un rituel très strict pour qu'elle sache toujours ce qui va lui arriver. Par exemple, Herberto, le lad, ne l'approche jamais sans lui parler, la harnache toujours de la même façon et la selle toujours dans le même ordre. Quand elle sort s'entraîner avec Mister T. que voilà, ils partent toujours au même moment de la journée et dans le même ordre : lui en tête et elle juste derrière. Ils empruntent toujours le même chemin pour se rendre là où ils doivent aller.

– Il me semble que vous la dorlotez un peu trop, dit Mr. Tompkins.

– Oui, admit Farley, mais ça marche. C'est la seule méthode qui ait marché.

– Sa tête se remplit de brouillard, dit Elizabeth, serviable.

– Quoi ? fit Mr. Tompkins. Qui êtes-vous ? » Joy remarqua que Mr. Tompkins était bel et bien plus grand qu'Elizabeth et plus large d'épaules, aussi. Elle n'aurait pas cru qu'on pût être plus corpulent qu'Elizabeth.

« Nous nous sommes déjà rencontrés, cet été, mais vous ne vous en souvenez peut-être pas. Je suis médium pour animaux. J'ai communiqué avec elle. Si elle franchit les limites de ce qu'elle comprend, sa tête se remplit de brouillard. »

Mr. Tompkins regarda Elizabeth, le visage inexpressif, le temps de faire environ trois pas (car ils sortaient à présent de l'écurie) avant de dire : « Vous êtes la psy des chevaux ?

– C'est un peu ça, oui.

– Qui va gagner cette course ?

– Je n'en sais rien. Je ne suis ni voyante ni prophète. Je ne suis que médium pour animaux.

– Voilà quarante ans que je possède des chevaux de course, dit Mr. Tompkins. Je n'ai jamais…

– C'est une pouliche qui sort de l'ordinaire, commenta Farley.

– Ah bon ? fit Mr. Tompkins dont le visage s'éclaira.

– Je ne parlais pas de son talent », précisa Farley.

La mine de Mr. Tompkins s'allongea.

« Elle sort de l'ordinaire, voilà tout.

– Alors pourquoi l'entraîne-t-on ?

– Parce que c'est intéressant », dit Farley. Joy lui sourit. La plupart du temps, le timbre de sa voix lui suffisait. Sans qu'il eût besoin de s'adresser à elle, sa voix vibrante lui allait droit au cœur et la faisait résonner à l'unisson. Dans sa dernière relation durable, avec Dean, du temps de l'université, elle n'avait jamais été totalement satisfaite ni de lui ni pour lui, mais cette nouvelle liaison était très différente. Il n'y avait ni attente ni envie d'autre chose, rien que la gratitude présente, comme celle qu'elle éprouvait à l'instant même simplement en l'entendant parler à Mr. Tompkins.

« Qui êtes-vous ? demanda ce dernier à Platon.

– Je suis futurologue.

– Ce cheval va-t-il gagner la course ?

– La futurologie n'est pas en mesure d'analyser un échantillon aussi restreint ou un événement immédiat.

– Et qu'est-elle en mesure d'analyser ?

– L'évolution de votre fortune familiale dans les cinquante ou cent prochaines années, cela dépend du modèle et de vos exigences quant à la précision de l'analyse.

– Vous travaillez sur l'hippodrome, vous aussi ? Vous parlez comme ces types qui ont un système pour parier mais pas un sou en poche.

– Je suis maître assistant à l'université de Berkeley. »

Farley laissa les deux hommes marcher devant et prit la main de Joy. Au bout de quelques instants, il retira sa main de la sienne et lui passa le bras autour des épaules. Tandis qu'ils avançaient, elle se surprit à se rapprocher de plus en plus de lui comme si, contrairement à ce qu'elle venait juste de penser, elle n'était jamais satisfaite. Ils s'affichaient sans honte aux yeux de tous, comportement audacieux sur l'hippodrome où les ragots et les taquineries étaient la règle et les sentiments aussi dangereux à éprouver qu'à afficher, mais ils se témoignaient ouvertement leur affection : infinie et merveilleuse.

« Vous avez analysé l'évolution de ma fortune familiale dans les cinquante prochaines années ? demanda Mr. Tompkins.

– J'ai utilisé ces données rendues publiques dans une enquête pour le compte d'un journal, oui. Il y avait d'autres familles. Les Rockefeller. Les Milken. Les McCaw.

– Et comment on s'en sort ?

– Très bien, mais il y avait des inconnues comme les facteurs personnels.

– Par exemple ?

– Est-ce que les enfants issus de votre premier mariage envisagent de contester l'héritage du patrimoine familial aux enfants de votre second mariage. Ce genre de choses peut très vite vous saigner à blanc et de manière irréversible en général.

– Mais pourquoi le feraient-ils ?

– C'est souvent le cas. Dans la majorité des familles où le patrimoine vaut plus de cent mille dollars, c'est quasiment une donnée de départ.

– Comment les en empêcher ?

– Mon modèle ne traite pas de ça.

– Pourquoi vous ne m'avez pas appelé pour me prévenir ?

– Vous n'étiez pas l'objet de cette enquête, monsieur Tompkins. Elle portait sur le modèle. Je voulais voir comment il fonctionnait et ce qu'il disait. Vous faisiez simplement partie des données.

– Ah bon, fit Mr. Tompkins.

– C'était pour ma thèse.

– Compris, fit Mr. Tompkins.

– Elle a belle apparence, cette pouliche, commenta Farley. Quand elle est revenue de la ferme, elle était petite et maigrelette, mais regardez-la. Elle s'est épanouie au travail. C'est bon signe. » L'oreille de Joy était si près de sa poitrine qu'elle crut entendre sa voix vibrer plutôt que résonner.

Mr. Tompkins regarda Mister T., puis il dit : « Alors, ça s'est bien terminé pour celui-là.

– Oui, monsieur, répondit Joy.

– Il doit apprécier le retour à l'hippodrome, dit Mr. Tompkins.

– Il a un système assez efficace pour parier, mais pas un sou, fit remarquer Elizabeth.

– Pense-t-il que cette pouliche va gagner la course ? » Joy remarqua que Mr. Tompkins avait l'air intimidé quand il regardait Elizabeth.

Elizabeth jeta un regard à Mister T. qui avançait d'un pas tranquille. Ils étaient presque arrivés à l'endroit où il devait rebrousser chemin. Mister T. n'avait pas le droit de jeter un coup d'œil aux chevaux dans l'enclos à seller contrairement aux autres parieurs. Joy toussota mais Mr. Tompkins dévisageait Elizabeth, fasciné. Qui finit par répondre : « Il dit qu'on ne sait jamais. Il m'envoie l'image d'une surface plane et verdoyante, avec des rambardes de chaque côté et de grands bâtiments blancs.

– Longchamp, dirent en chœur Farley et Mr. Tompkins.

– Il galope derrière un autre cheval et le dépasse, alors un chien dévale les gradins et, voyons, on dirait que cela effraie l'autre cheval, qui vient heurter Mister T., ils sont déportés sur le côté, plus ou moins, alors un autre cheval arrive très loin d'eux sur la gauche et les coiffe au poteau.

– C'est possible, dit Mr. Tompkins. Les Français emmènent leurs chiens partout. Mais que dit-il de cette course ?

– Il doit rester ici, dit Elizabeth, mais d'habitude, je vais regarder les chevaux et puis on en discute avant que j'aille miser.

– Vous voulez rire ? fit Mr. Tompkins.

– Ça me rapporte de l'argent depuis un an. Un paquet d'argent ; Platon et moi, on s'est offert nos cours d'érotisme à Hawaii avec mes gains du printemps dernier.

– Des cours d'érotisme ?

– Enfin, de yoga tantrique. On apprend à pénétrer son chakra avec des boutons de rose et à les tourner dans un sens et dans l'autre, vous voyez ? Ce genre de choses. C'était très instructif.

– Et amusant, ajouta Platon.

– Merci, Mister T. », dit Elizabeth. Mister T. marqua un temps d'arrêt et fit demi-tour. Tandis qu'il s'éloignait, la pouliche tourna la tête et poussa un hennissement plaintif.

On la fit avancer. « Elle a moins peur qu'avant, commenta Joy. Elle se cabrait et tournait sur elle-même quand il partait. »

Elizabeth chercha quelque chose du regard dans son sac à main, en sortit son mouchoir et se moucha. « On essaie de changer sa façon de percevoir le monde, dit-elle.

– Que dit le cheval de mes enfants et de ma femme ? » demanda Mr. Tompkins.

Après un silence, Elizabeth répondit : « Il veut savoir combien vous avez de juments dans votre troupeau et si vos enfants sont déjà sevrés ou pas.

– Vraiment ?

– Non. Il n'a rien à dire sur vos problèmes de succession à venir. »

Ils pénétrèrent tous ensemble dans l'enclos à seller. Joy se sentit abandonnée lorsque Farley et elle durent remplir leurs obligations respectives. Le lad fit faire deux fois le tour des stalles à la pouliche avant de la faire entrer dans la sienne, la numéro cinq. Six autres pouliches étaient engagées dans la course. Froney's Sis avait la tête haute et les oreilles dressées, elle examinait nerveusement ses concurrentes. Le grillage de soutien se referma sur elle et le lad commença à défaire les bandages de ses jambes. Oliver mit en place son dossard numéroté. Personne ne soufflait mot sauf le lad qui murmurait sans discontinuer à son oreille. Farley posa la selle sur le dos de la pouliche, compta jusqu'à trois et attrapa la sangle qu'Oliver lui tendait sous le ventre de l'animal. Joy se tenait près de sa tête, lui caressait les oreilles et le front du bout des doigts. Elle avait l'impression de percevoir tous les mouvements de Farley à travers le corps de la pouliche. Quand il eut terminé, il fit un pas en arrière, et alors que le lad la reconduisait hors de l'enclos, il revint vers Joy et lui prit la main. Et si ce contact ne durait pas ? pensa Joy. Que se passerait-il alors ? Au bout d'un moment, les jockeys commencèrent à sortir de leur vestiaire. Roberto Acevedo, qu'ils employaient toujours, s'approcha d'eux avec un sourire. Farley le présenta à Mr. Tompkins.

Dans le rond de présentation, ils entourèrent à nouveau la pouliche tandis que Farley mettait Roberto en selle. Mr. Tompkins prit Elizabeth par le coude : « Alors, quelles nouvelles ?

– Eh bien, fit Elizabeth, il dit qu'il y a de tout parmi les concurrentes. Il les a toutes vues s'entraîner à un moment ou à un autre, enfin, la numéro six, il ne l'a vue qu'une fois, mais elle est dégingandée et maladroite, le genre de pouliche qui a encore besoin de grandir. Il n'a pas très bonne opinion d'elle.

– Sa cote est de cinq contre un.

– Je ne tiens jamais compte des handicapeurs humains. Et cette pouliche est un cheval de turf, à son avis. Il ne pense pas qu'elle ait beaucoup de chances de gagner.

– J'ai la tête qui tourne.

– Je ferais peut-être mieux de vous dire sur lesquelles il parie. Notre pouliche gagnante, la numéro deux placée et la numéro sept troisième. Pour ma part, je parie sur les trois dans l'ordre. Cinquante dollars. »

Toute la petite bande sortit du rond de présentation et longea les tribunes à la suite de la pouliche ; alors Elizabeth et Mr. Tompkins se détachèrent du groupe pour se diriger vers les guichets de paris.

Le panneau d'affichage donnait Froney's Sis à soixante contre un, mais le temps qu'ils prennent place dans les tribunes, la cote était passée à quarante contre un. « Qu'est-ce qu'il fabrique ? » demanda Joy. En fait, toute conversation entre eux lui semblait superflue.

Farley éclata de rire. « Tu sais, je ne me souviens pas avoir vu Mr. Tompkins miser vingt dollars sur un cheval. Regarde les sommes misées sur la pouliche. Elles sont passées de vingt-trois mille à soixante-quinze mille dollars. Je ne savais pas qu'Elizabeth pouvait être si persuasive. »

Sur la piste, la pouliche avançait tranquillement au petit trot avec son poney, sans regarder autour d'elle, sans brusques mouvements de la tête, sans même agiter les oreilles. Sa robe était devenue bien grise pendant l'été et sa masse musculaire s'était développée. « Je n'ai jamais rencontré quelqu'un d'aussi persuasif qu'Elizabeth, dit Platon. J'espère qu'elle est en train de convaincre Mr. Tompkins de me proposer un travail.

– Mais vous avez un travail, lui fit remarquer Joy. À Berkeley. Ça ne suffit pas ?

– Je préfère le train de vie à la Tompkins au train de vie de Berkeley. N'oubliez pas que j'ai été opérateur à la bourse de Chicago. Je pressens un autre changement imminent dans mon style de vie.

– Vous savez, dit Farley, moi aussi, je pressens un changement imminent dans ma vie. Je commence à entrevoir l'ombre d'un début d'espoir pour cette pouliche. Elle a l'air heureuse. Regardez-la entrer dans le starting-gate.

– Vous savez, dit Platon, les courses de chevaux sont le sport capitaliste par excellence. Pour chaque course, il y a un seul cheval vainqueur et tout le monde discute de sa victoire : était-elle due à la chance, au talent, à une stratégie ou à la lignée du cheval ? Puis vient une autre course, remportée par un autre cheval, sans doute un cheval qui a perdu la précédente. Dans le microcosme d'une course la structure est très rigide, mais à l'échelle du macrocosme elle laisse le droit à l'erreur. »

Elizabeth et Mr. Tompkins les rejoignirent à l'instant précis où le starting-gate s'ouvrait, laissant les sept pouliches dévaler la piste. Ce fut une course formidable – du moins pour eux. La pouliche grise se détacha du peloton sans effort et se trouva d'emblée à la hauteur de la pouliche alezane ; les deux pouliches tenaient la corde, l'alezane à l'extérieur et Froney's Sis tout contre la corde. L'alezane était une coureuse fiable et méthodique et Roberto put se servir d'elle comme barrière de protection pour sa monture. Froney's Sis, habituée par Mister T. à ce genre de protection, de régularité et de stature, semblait régler son allure sur celle de l'autre pouliche et quand l'autre essaya de prendre de l'avance elle n'y parvint pas.

Entre-temps, la pouliche qui était première se laissa rattraper et, en débouchant au tournant, quatre coureuses formaient le peloton de tête. « Et ses performances ne sont pas mauvaises, en plus, remarqua Farley. Cette pouliche sait peut-être courir, en fin de compte. »

Au moment où elles entamaient la dernière ligne droite, Joy vit que Roberto demandait à la pouliche de se décider. Les autres pouliches devaient se décider, elles aussi, déterminer si elles étaient trop fatiguées ou non. La grande pouliche était trop fatiguée. Elle se laissa devancer. La pouliche qui se trouvait en tête aussi. Elle se laissa devancer. Froney's Sis courait à présent à une demi-longueur derrière la favorite, une pouliche baie issue de Deputy Minister, d'une élégance tout aérienne – Mabee était son propriétaire, Baffert son entraîneur et Stevens son jockey. Elle n'en était qu'à son deuxième départ et elle avait terminé sa première course en troisième position. La victoire dans cette épreuve lui revenait de droit. Sauf que, pour une raison équine qu'il faudrait élucider plus tard, Froney's Sis perdit du terrain, puis allongea ses foulées et prit *in extremis* une encolure d'avance.

Le panneau clignota : « photo », mais pour la troisième et la quatrième place. Là, sous leurs yeux, le numéro de la pouliche, cinq, apparut comme par enchantement.

« Combien avez-vous parié ? » demanda Farley à Mr. Tompkins. Il serra Joy contre lui.

Mr. Tompkins, à qui les gros chiffres ne faisaient pas peur, répondit : « Oh ! cinq mille. Ce que j'avais sur moi, Elizabeth m'a conseillé de me contenter de parier ce que je trouvais au fond de mes poches. J'avais oublié que j'avais une telle somme, mais je...

– Vous avez gagné deux cent mille dollars, dit Platon.

– Oui, c'est ça.

– Et moi, j'ai gagné quinze mille dollars, dit Elizabeth, puisque j'ai trouvé les trois premiers dans l'ordre.

– Vous savez, monsieur Tompkins, dit Platon, je me demandais quels sentiments vous inspirait le problème de la concentration des richesses entre les mains d'une petite minorité de la population.

– Eh bien, fit Mr. Tompkins, je vais vous le dire. Plus je dépense d'argent et plus j'en gagne. Je ne sais pas comment ça se fait.

– Votre karma, décréta Elizabeth. Et votre dharma.

– Que voulez-vous dire ?

– Eh bien, le but de votre existence dharmique est d'être plein aux as. Peut-être que vous mouriez de faim dans votre vie antérieure ; donc vous avez choisi d'être réincarné dans la famille Tompkins pour pouvoir manger à votre faim. Quelque chose comme ça. Est-ce que vous en avez marre de tout cet argent ?

– Euh, oui. Mes gosses n'arrêtent pas d'en parler, j'en ai marre.

– Monsieur, puis-je me permettre, intervint Platon, de vous interrompre pour vous demander de m'embaucher ?

– Pour quoi faire ?

– Gestion prévisionnelle. Orientation. Déterminer les inconnues de l'avenir. Théorie et applications pratiques. Vous aurez un intellectuel à domicile, spécialisé dans un domaine complètement nouveau.

– Quel genre de salaire demandez-vous ?

– Deux cent mille me conviendraient tout à fait pour la première année. »

Mr. Tompkins se racla la gorge. La pouliche revenait au trot vers le cercle des vainqueurs, manifestement contente d'elle. Mr. Tompkins la suivit des yeux tandis que Herberto s'approchait d'elle et s'emparait de la bride. Puis il dit : « D'accord. Je ne comprends pas la moitié de ce que vous racontez, mais si vous êtes capable de faire ça, le poste est à vous : allez au guichet principal avec ce ticket. Moi, ils me connaissent, alors ils vont me prélever 50 % de mes gains à la source, mais vous, ils ne vous connaissent pas. Prenez l'argent et ramenez-le-moi. La somme que vous rapporterez correspondra à votre première année de salaire. Vous saurez vous occuper des retenues fiscales vous-même. Il faudra que j'aille aux toilettes après la photo. »

Ils se levèrent et se dirigèrent tous vers le cercle des vainqueurs. À l'instant où le photographe prenait le cliché, Elizabeth déclara : « Bon, on retournera à Hawaii pour le cours de niveau moyen. »

Farley sourit à Joy et lui caressa la joue. Pour la énième fois, elle décida de ne pas se demander ce qu'elle avait fait pour mériter un tel bonheur.

NOVEMBRE

46. La Coupe des éleveurs

Al buvait du café en lisant le *New York Times*. Il avait mal au genou, à la tête, à l'épaule, au dos, au gros orteil et à une molaire. Il se demandait s'il était vraiment trop tôt pour réveiller Rosalind et se plaindre. La veille au soir, ils avaient échangé quelques mots au sujet de la Coupe des éleveurs. Cette année, elle avait lieu à Churchill Downs, pas si loin d'ici, ils auraient pu loger dans le Bed and Breakfast de Versailles, comment s'appelait-il déjà ? Mais où était Laurita ? Où était son entraîneur ? Et, tant qu'à faire, où était son épouse ? Au lit, oui, mais où en était-elle à propos de cette course, son plus cher désir à lui ? Al vida sa tasse et s'en versa une autre, puis il prit un beignet. Il était déjà sorti, ce matin-là, tout seul, il avait pris la Mercedes et en avait profité pour acheter des beignets, très exactement ce qu'il y avait de pire pour son cœur, ses artères, son estomac, son côlon et tout le reste. Il regarda son beignet, le quatrième, il avait l'air délicieux : nappage de sucre orange et pépites de chocolat. Un tel beignet valait presque un bon verre d'alcool. Il jeta un œil dans la boîte. Il avait également choisi un beignet bleu et un beignet rose. Tous deux, là, n'attendaient que lui. Régresser dans la gourmandise infantile est le recours commun des gens dont les désirs sont frustrés, d'après ce qu'il avait compris dans son groupe des Alcooliques anonymes. Peut-être bien, mais ce beignet (qu'Al mordit à belles dents) était succulent.

Ce matin-là, à l'aube de la plus grande journée du monde des courses, Al aurait bien voulu que son entraîneur et son épouse prennent bonne note du fait qu'il était un véritable saint. Il avait fermé les yeux

fourche, retournait la paille, entendait le bruissement rassurant de l'herbe sèche, éprouvait la sensation désormais familière du manche en bois entre ses mains tandis qu'elle se penchait, se redressait et soulevait la paille. Préparer les stalles était presque aussi agréable que bouchonner les chevaux. On commence par attacher le licol de l'animal à une longe dans son box, ensuite on prend l'étrille en caoutchouc noir et on décrit de petits cercles sur tout son corps, des oreilles à la queue, mais jamais sur les pattes. Puis on le brosse du haut vers le bas à l'aide d'une brosse dure, sans oublier les jambes cette fois-ci. On répète ensuite l'opération avec une brosse douce. C'est à ce moment qu'on s'occupe de la tête, en descendant le long du chanfrein, de la mâchoire inférieure et en contournant les oreilles. D'ordinaire, ils s'y prêtent en tournant la tête vers vous, même s'ils n'aiment pas être étrillés et brossés. Puis il faut se tenir du côté gauche du cheval, face à l'arrière-main, pour lui curer les sabots et les nettoyer à l'aide d'un crochet métallique appelé cure-pied. Ensuite, on lui peigne la crinière et le toupet puis on démêle les nœuds dans sa queue. Enfin, on se réveille et on s'aperçoit que quinze ou vingt minutes se sont écoulées et non seulement on ressent une sorte de chaleur et de fourmillement dans tout le corps mais le cheval est bien propre et luisant. Tout était exactement comme Tiffany l'avait imaginé quand elle avait supplié Dagoberto de la laisser approcher les animaux de plus près. Aussi proche des chevaux que possible, c'était exactement l'endroit où elle voulait se trouver, assez près pour les toucher, les caresser, entendre leurs mâchoires mastiquer le foin, leur ventre gargouiller et l'air entrer et sortir de leurs naseaux. Et la Coupe des éleveurs n'avait rien à voir avec tout cela.

Rosalind se leva, s'assit à son bureau, parcourut la liste des concurrents de toutes les courses de la journée à Churchill, puis elle saisit une feuille de papier à lettres et écrivit rapidement les noms de sept chevaux : Silverbulletday, Answer Lively, Reraise, Da Hoss, Escena, Buck's Boy et Mighty Again. Ensuite elle les glissa dans une enveloppe qu'elle cacheta avant d'inscrire son nom au dos. Elle glissa l'enveloppe dans un tiroir de son secrétaire et le ferma à clé. Eileen, qui était sous les couvertures, sauta au bas du lit, s'étira et sortit dans le couloir. Rosalind la remarqua à peine. Elle songeait au fait qu'elle s'y connaissait en chevaux, à présent. Cela lui donnait l'impression que toutes ces années passées à côtoyer Al, Dick et les entraîneurs qui l'avaient précédé, toutes les années passées aux courses, dans les quartiers professionnels de l'hippodrome, à les écouter tous discuter entre eux, n'avaient pas été inutiles ; elles avaient attendu qu'une porte s'ouvre dans son esprit. Y trouver une place pour Dick, si douloureux que cela ait été, avait ouvert cette autre porte.

Depuis l'amorce de dispute qu'elle avait eue avec Al la veille, il était évident qu'il se doutait de quelque chose. Cela constituait en soi un dilemme embarrassant et Rosalind se sentait démasquée. Le sentiment d'être démasquée entraînait d'autres sentiments désagréables : honte, chagrin, incertitude, peur. Tous ces sentiments avaient leur côté ignoble. Pour la peur, elle n'était rien d'autre qu'ignoble. La peur revenait presque toujours au sentiment de ne pas pouvoir s'en tirer à bon compte, et c'est ainsi qu'elle lui apparaissait.

Elle se leva de son bureau et se dirigea vers sa penderie, où, selon son habitude, elle inspecta sa garde-robe élégante, dispendieuse et pastel, pour décider de ce qu'elle allait mettre. Mais, ce jour-là, il émanait des vêtements une qualité décidément insaisissable, comme s'ils appartenaient à une autre, comme si les avoir choisis, achetés, aimés et y avoir imprimé l'empreinte de son corps n'avaient pas suffi à les faire siens. L'espace d'un moment, cela lui donna le vertige et elle s'appuya à la porte.

Roberto Acevedo était à l'hôpital avec trois côtes cassées après un accident survenu la veille à Hollywood Park. Le poulain s'était dégagé d'une secousse, avait lancé la tête en l'air et était retombé sur la rambarde intérieure. Un accident peu commun et la première véritable blessure de Roberto. Le cheval s'était immédiatement relevé, indemne. Roberto mesurait à présent un mètre soixante et demi, il avait dix-sept ans, pesait cinquante-deux kilos et il avait faim, mais faim ! Il ne lui restait plus beaucoup de temps, aussi prévoyait-il de sortir de l'hôpital le soir même et de remonter à cheval le lundi suivant. Habituellement, en comptant les séances d'entraînement et les courses, il atteignait une moyenne de huit montes par jour. Comme concession à ses blessures, il prévoyait de se limiter à six. Comme source d'inspiration sur ce chapitre, il lut des romans de Dick Francis. Il en avait un ici même dans sa chambre d'hôpital, qui parlait surtout de peinture paysagiste mais aussi un peu de chevaux. Il en avait déjà lu tellement qu'il savait parfaitement ce qu'il allait faire dès qu'il aurait atteint les mensurations fatidiques : un mètre soixante-deux et demi pour cinquante-quatre kilos. Il avait l'intention d'aller en Angleterre pour devenir le premier Mexicain à remporter la Cheltenham Gold Cup.

Une fois qu'il eut trouvé une activité pour la journée et une façon de montrer son mécontentement en partant sans prévenir personne, Al quitta la table du petit déjeuner et alla déposer sa tasse à café dans l'évier où il ouvrit le robinet et fit doucement couler l'eau dans la tasse. Eileen entra dans la cuisine et, sans un bruit, sauta sur la table ; elle y réussit du premier coup.

Audrey, qui venait de fêter son treizième anniversaire, se leva avant l'aube. Elle s'était procuré les éditions spéciales du *Thoroughbred Times*, du *Blood-Horse* et du *New York Times*. Elle avait également recueilli tous les articles sur la Coupe des éleveurs qu'elle avait trouvés sur Internet et les avait imprimés. La première chose qu'elle remarqua était que Roberto Acevedo, le fameux jockey, ne montait aucun des concurrents californiens, découverte un peu décevante. Elle avait tout de même ses favoris : Da Hoss pour le Mile, Silverbulletday dans la course pour jeunes pouliches, Escena pour l'épreuve féminine, Buck's Boy pour le Turf et Skip Away pour la Classique, mais il serait idiot, se disait-elle, de miser contre la tête de liste du programme de la Classique, trois excellents chevaux sur lesquels on pouvait faire des paris groupés. Et puis le doute était grand dans son esprit : Skip Away allait-il s'adapter au terrain de Churchill Downs ? Cela lui avait déjà posé des problèmes. Sa mère dormait encore, mais Audrey était allongée sur son lit, tout habillée, à soupeser ses paris.

Dans l'obscurité qui précédait l'aube, elle entendait parfois la voix de son père dans sa tête, comme souvent de son vivant. Il se levait toujours entre quatre et cinq heures du matin, se préparait son café, s'apprêtait à aller courir, fredonnait ou parlait tout seul, allait la voir dans sa chambre, lui donnait un baiser et remontait ses couvertures. Il ignorait tout de la maison où elles vivaient dorénavant, tout de son école et de l'écurie où elle prenait ses leçons d'équitation, tout de ses nouveaux amis. Mais, un an plus tôt, ils avaient parlé de Skip Away, le superbe cheval gris, toute une matinée avant qu'il parte au travail. Plus tard, il lui avait téléphoné du bureau et ils avaient regardé la course ensemble. Quand il était rentré, il avait une surprise pour elle : les quarante-six dollars qu'il avait gagnés au bureau de paris de son lieu de travail. Désormais, à part elle-même et sa mère bien sûr, Skip Away était à peu près la seule chose immuable d'une année sur l'autre. Audrey s'assit sur son lit et regarda de nouveau la photo du cheval, puis s'allongea et ferma les yeux.

Al se détourna de l'évier juste à temps pour voir Eileen prendre le beignet rose dans la boîte et, la tête levée bien haut, trottiner sur la table avant de sauter par terre. Le plus exaspérant de tout était sa façon désinvolte de trottiner, avec son insolente petite queue en forme de virgule pointée vers le plafond, et il n'eut aussitôt qu'une envie, faire détaler cette petite peste à toutes jambes.

P'tit Bob mangeait sa ration de foin du matin. Il avait couvert huit cents mètres au galop, huit cents au trot et il ressentait une agréable fatigue.

Elizabeth et Platon avaient profité de son érection quotidienne de quatre heures du matin. Après l'amour, quand il se retourna pour se rendormir, elle se leva, tonifiée, et se rendit dans la nouvelle cuisine de Platon (qui ne vivait plus à Berkeley, mais dans une belle copropriété de Fresno) et prit son petit déjeuner préféré : des chips de maïs blanc à la mexicaine avec une sauce au parmesan, au piment et à l'artichaut, et un bol de soupe aux boulettes de pain azyme. Ce jour-là, elle avait prévu de commencer le premier chapitre se son livre : « Comment élever ses enfants de façon non réactive. » Tout en mangeant, la première phrase lui vint à l'esprit : « Dès que votre enfant sait parler, vous pourriez lui apprendre à vous dire, chaque fois que vous êtes en colère : “Maman, de quoi tu as peur ?” » Après l'avoir notée, elle sortit en robe de chambre et alla chercher le journal dans l'allée. Elle l'ouvrit immédiatement à la page sports. La couverture de la course était minimale, mais ça ne posait pas de problème, elle avait déjà choisi. Mister T. n'avait accès à aucune information concernant la plupart des chevaux engagés dans la Coupe des éleveurs – pas moyen de départager Skip Away, qu'il ne connaissait pas, des chevaux qu'il avait vus. Et il n'avait lui-même jamais couru à Churchill Downs, aussi n'avait-il rien à dire sur le terrain. Le problème d'un système de pari élaboré par un cheval, songea Elizabeth, était son extrême immédiateté : donc il ne comportait pas beaucoup de schémas transposables et généralisables. Et d'ordinaire, Mister T. n'était pas très fort pour les règles générales ; seule sa qualité de hongre vous permettait d'obtenir de lui des opinions un peu moins convenues que celles des autres chevaux.

La première question que se posa Rosalind n'était pas que fabriquait Eileen et pourquoi Al criait-il, mais que faisait un beignet rose dans la maison ? Voilà exactement la pensée qui lui traversait l'esprit quand Al la prit par les épaules et faillit la secouer mais se retint à la dernière minute. Au lieu de la secouer, il retira les mains de ses épaules avant même de les avoir vraiment serrées. Le contact avait duré, tout au plus, une demi-seconde. Elle comprit dès l'instant où leurs regards se figèrent, tandis qu'ils se tenaient sur le seuil de la chambre, les yeux dans les yeux. Elle avait tout de même ressenti la force d'Al, la différence de leurs poids, de leur taille, de leur sexe, et toutes ces informations passèrent de l'un à l'autre comme une transmission de données numériques. Elle se força à détourner les yeux, son regard longea le couloir jusqu'à la cuisine, se posant sur le luxe des parquets et des tapis persans, la lumière hivernale qui entrait par les fenêtres, les lignes droites plus sombres des chambranles et des cadres de fenêtres – tout était stable, immobile et calme. Elle comprit que le moment d'avoir peur était déjà passé et elle prit une profonde inspiration.

Ellen, son nouveau professeur d'équitation, passa chercher Audrey dans la Cherokee. À l'intérieur, il y avait des gens qu'Audrey ne connaissait pas et elle se tut, un peu déçue. Mais en route, la conversation roula sur les chevaux, bouillonnante et écumante autour d'elle qui avait aussi préparé ses mises et ses choix. Quand elle en parla, Deirdre, l'Irlandaise, qui était en fait entraîneur à Pimlico, déclara qu'elle avait fait de bons choix. L'autre, Tiffany, possédait des chevaux à New York, travaillait pour Deirdre et était vraiment très jolie, en plus. Évidemment, Audrey pouvait presque sentir la présence de son père avec elles dans la voiture tandis qu'elles allaient regarder la retransmission de la course. Quand elle dit que son père l'avait emmenée quatre fois à Pimlico, Deirdre lui serra brièvement les épaules et elle comprit qu'elles en avaient parlé en venant la chercher, qu'elles savaient toutes que son père était mort ; au début, cela lui déplut, mais ensuite elle y trouva presque un réconfort.

Il se trouvait que Buddy avait dit à sa femme que le jour de la Coupe des éleveurs il voulait partir aussi loin que possible de tout ça, et ainsi, deux jours plus tôt, ils étaient arrivés sur la grande île d'Hawaii, après cinq kilomètres d'une route difficile, au fond d'un canyon, dans la jungle, à l'extrémité nord de l'île. Buddy, qui n'avait aucune ressource personnelle, avait dormi pratiquement tout le temps depuis leur arrivée. Les suites étaient des huttes de rondins et, bien sûr, il n'y avait ni journaux ni télévision. Avant de quitter Pasadena, sa femme avait retiré tous les journaux hippiques de sa valise. Ils avaient aussi acheté leur propre nourriture, qui commençait à pourrir sous leurs yeux. Tandis qu'elle restait assise à le regarder en écoutant le bruit de la cascade au-dehors et en humant l'odeur de moisi qui s'élevait de leurs draps, la femme de Buddy se demanda si elle avait vraiment choisi le bon endroit, mais le lendemain, une fois le jour fatidique passé, ils iraient à Mauna Lani, une véritable station balnéaire ; là, elle ne serait plus confrontée à sa propre absence de ressources personnelles, pourrait s'acheter des magazines, aller faire des courses, appeler les enfants et se soustraire à la compagnie de Buddy, sans doute plus divertissante trente ans plus tôt – quoique…

Al mit ses mains derrière son dos, mais il savait qu'elles n'étaient plus un danger pour lui et il soutint le regard de Rosalind aussi longtemps qu'elle soutint le sien. Quand elle se détourna, il baissa les yeux. Il savait qu'elle savait que toute sa force, quelle qu'elle fût, s'était dressée contre sa femme, chose qu'il avait crue impossible, et il savait qu'elle savait que cette force s'était à présent transformée, jusqu'à la dernière molécule, de colère en honte. « J'ai besoin de chaussures », dit-il, et il passa devant elle pour entrer dans la chambre, puis dans la penderie.

Une fois dans le jardin, après le départ d'Al, Rosalind finit par s'apercevoir qu'il aurait été opportun de s'excuser. Et le problème était que même seule dans le jardin, à des kilomètres d'Al, il lui était difficile de le faire. « Désolée » n'était pas si difficile à dire, mais déterminer ce qui la désolait l'était davantage. En réalité, elle se désolait surtout ne s'être rendue si malheureuse, de voir que rien ne s'était passé comme elle l'aurait voulu et que rien de bon n'était sorti de tant de troubles intérieurs. Avoir trahi Al ne lui semblait qu'un effet secondaire plus ou moins gérable et à la périphérie du drame principal, aussi regarder Al dans les yeux et lui demander pardon semblait-il assez peu sincère, un effet de la peur plutôt que de l'amour. Et elle éprouva soudain le besoin d'en parler, ne fût-ce que pour qu'on prenne acte de son honnêteté vis-à-vis d'elle-même, et qu'on reconnaisse ses raisons pour ce qu'elles étaient

Residual, de retour à l'entraînement, couvrit six cents mètres à la vitesse de l'éclair avec Leon et Deedee. Après coup, ils partageaient l'impression d'avoir résolu le problème de cette pouliche. Deedee était assise en face de lui quand Leon appela la propriétaire pour lui annoncer que la pouliche faisait vraiment des merveilles, qu'elle semblait en pleine forme et très heureuse et que Buddy était en vacances. La propriétaire se montra très amicale, elle remercia Leon de l'avoir tenue au courant et dit insidieusement : « À certains égards, mon cher, je souhaiterais que vous soyez l'entraîneur. Buddy est un génie, bien sûr, mais c'est vous qu'elle aime. » Leon fit celui qui n'avait pas entendu et se contenta de dire : « Je sais que Buddy était un peu négligent, côté communication, madame Warren, mais il veut bien faire. C'est simplement qu'il a tellement de chevaux et de propriétaires. »

Quand il eut raccroché, Deedee et lui se sourirent béatement pendant plusieurs minutes. Buddy semblait faire leur jeu de toutes les façons possibles, ces temps-ci. Même quand ils avaient cru être percés à jour, l'été précédent, quand Leon avait graissé la patte au type du *Programme des courses,* qui avait vendu la mèche aux autres, si bien qu'ils s'étaient tous pointés le jour où Epic Steam devait s'entraîner, tout s'était bien terminé. Buddy avait découvert le pot aux roses, mais, par la suite, il avait été si content de se débarrasser d'Epic Steam qu'il avait oublié. « L'année prochaine, on pourrait être les vainqueurs de la Coupe des éleveurs », avait dit Leon.

Deedee prit tendrement la main de Leon entre les siennes et lui annonça qu'elle était enceinte.

Herman Newman était assis devant la télévision, il regardait la Coupe des éleveurs et essayait d'apprendre quelque chose. Il y avait toutes sortes de courses. Il apprit que la Classique avait une dotation de cinq millions de dollars. Cela faisait trois millions pour le vainqueur. Ce n'était pas rien, se dit Herman Newman. Bien sûr que ce n'était pas rien. À cet instant, le téléphone sonna et sir Michael lui demanda de but en blanc s'il voulait bien vendre Epic Steam à la reine d'Angleterre. Herman chercha sa femme du regard mais elle était allée dans la cuisine. Il aurait voulu qu'elle prenne le combiné et écoute elle-même ce que sir Michael proposait car il était sûr que jamais elle ne le croirait, mais il se contenta de dire qu'il allait y penser. Il disait toujours cela. Il aimait examiner à loisir le pour et le contre de toute décision. Après avoir raccroché, il s'assit à son bureau et repensa à l'histoire que son grand-père lui avait racontée : un jour, comme il descendait sa rue dans Saint-Pétersbourg en 1910, son appartement avait explosé sous ses yeux. Cette nuit-là, il était entré dans la clandestinité avec son ami V. I. Lénine. Tandis que les chevaux caracolaient jusqu'au départ du sprint, Herman se demanda si cet épisode du folklore familial devait avoir une quelconque influence sur sa décision de vendre ou non son cheval à la reine d'Angleterre.

Le fait est qu'Al n'avait pas cherché de place où se garer dans Manhattan depuis plusieurs années. En tournant dans sa Mercedes, de la Troisième Avenue à Park Avenue, de la 55e Rue à la 58e, encore et encore, il ne parvint pas à se débarrasser de l'idée que quelqu'un d'autre aurait pu, aurait dû lui trouver cette place. Avoir à la trouver ne lui plaisait pas et il ne cessa de penser qu'il lui aurait suffi d'ordonner à quelqu'un de garer sa voiture, son associé, son comptable, son chauffeur, son autre associé, sa secrétaire, Rosalind, pour qu'une place se libère. Bien sûr, il y avait les parkings. Il y en avait un sous l'immeuble, à son bureau, au croisement de la 34e Rue et de la Sixième Avenue qu'il pouvait utiliser gratuitement, mais il avait des principes. Il voulait se garer dans les rues 50 et pas ailleurs. Al s'aperçut qu'il était en train de se disperser. Comme s'il voyait un objet coûteux, une de ces porcelaines chinoises que Rosalind avait mises dans le salon, tomber de l'étagère. On l'effleure en passant et on se retourne pour la voir vaciller, basculer et se lancer dans le vide. Voilà où il se trouvait : dans le vide, à quelques instants de l'inéluctable dispersion.

Farley était sur la piste avec la dernière série de chevaux et Joy s'activait dans les box de Mister T. et de la pouliche. La télévision était allumée dans le bureau et les commentateurs présentaient la Course pour jeunes pouliches. Joy entrait dans le bureau de temps à autre pour voir si le défilé du départ avait commencé.

Joy n'était pas tout à fait cavalière d'exercice et pas tout à fait entraîneur adjoint. Elle ne travaillait pas vraiment pour Farley et elle ne travaillait pas vraiment pour Mr. Tompkins, mais son emploi la rendait heureuse. Elle s'occupait de Mister T., bien sûr, mais aussi d'autres cas particuliers. Par exemple, quand Joy eut fait remarquer à Farley que les chevaux de dressage de haut niveau et les sauteurs d'épreuves nationales sortaient souvent deux fois par jour au lieu d'une, il la chargea de faire travailler deux chevaux de trois ans avec un poney sur la piste d'entraînement tous les après-midi. Il utilisait aussi ses talents de cavalière. Les chevaux qui manquaient d'équilibre et de confiance bénéficiaient d'un petit travail de dressage qui développait les muscles du dos. Ainsi, en comptant Mister T., elle montait trois ou quatre chevaux par jour et en promenait un ou deux autres à la longe. Elle parlait aux propriétaires et à leurs femmes, répondait au téléphone, accompagnait Farley aux ventes, prodiguait de menus soins vétérinaires. Exactement une semaine plus tôt, le premier du mois, elle avait quitté son appartement pour s'installer dans le logement qu'il possédait en copropriété. C'est à peine si elle aurait remarqué le changement sans l'accumulation d'objets inutiles dans la cave. Six mois auparavant, en se demandant ce qu'était l'amour, Joy n'aurait jamais cru que ce serait aussi simple, paisible, amical et intéressant.

Les chevaux de la troisième série commençaient à revenir de la piste d'entraînement. Joy alla se réfugier dans le bureau et vit que le défilé du départ avait débuté. Il y avait Silverbulletday, le favori de Mister T. dans la Course pour jeunes pouliches, mais quant à elle, Joy avait choisi Excellent Meeting. Elle n'eut pas besoin d'entendre Farley entrer dans le bureau ni de l'entendre parler, il exerça une force d'attraction dans toute la pièce et elle se plaça sans effort dans son orbite. Il la prit par la main et lui dit : « J'ai toujours aimé Silverbulletday. » Cet homme était un concentré d'amour, songeat-elle, l'être en qui cette essence ordinairement fine, volatile et instable se rassemblait, se solidifiait ; quel petit objet à la dérive comme elle ne serait pas attiré droit vers lui ?

Après la course de turf, Herman Newman décida de ne pas vendre son cheval.

Au centre d'entraînement, il faisait nuit quand le premier garçon d'écurie sortit de chez lui après avoir regardé la Classique. Il n'aurait pas misé sur le vainqueur mais il aurait trouvé les chevaux placés, songea-t-il. Il s'étira et bâilla. Il entendait le bruit lointain et assourdi d'un galop de sabots qu'il avait entendu toute la journée. Légèrement inquiet, il secoua la tête.

Après être rentré chez lui sans avoir réussi à trouver une place de stationnement et être resté assis au volant de la Mercedes dans le garage pendant une durée indéfinie, Al pénétra dans la maison. Seules quelques lumières étaient allumées et Rosalind était introuvable. Al ne la chercha pas vraiment mais il remarqua que la boîte de beignets avait disparu, ce n'était sans doute pas plus mal. Il s'enferma dans son bureau et téléphona à Aeroflot. Il réserva un billet pour Moscou. Il était temps, se dit-il, de bâtir une énorme usine, la production de quelque équipement lourd encore indéterminé qui causerait à coup sûr bien du tracas à tout le monde.

Juste avant de se coucher, Rosalind ouvrit l'enveloppe qu'elle avait cachetée en se levant le matin même et relut ses choix. Elle avait sept vainqueurs sur sept. En pariant, elle aurait gagné plus de trente-quatre mille dollars. Elle resta tranquillement assise pendant un moment, sa main grattait pensivement le ventre d'Eileen, elle s'interrogea sur ce décalage. Comment pouvait-elle en savoir à la fois si peu et autant ? Cela semblait impossible et pourtant assez paradoxal pour être vrai. À cet instant, elle ne savait rien de ce qui allait se produire et pourtant elle avait l'impression que quelque chose sommeillait déjà en elle, déjà accompli. En fait, supposait-elle, tout ce que l'on croyait sur le point d'arriver était déjà terminé. C'était peut-être cette idée qui lui permettait en ce moment même de se sentir si calme.

47. Une bonne leçon pour Eileen

Peut-être qu'Eileen, en bon jack russell, avait un programme de projets et d'envies bien à elle. Peut-être que plusieurs éléments de ce programme déplaisaient à Alexander P. Maybrick, le principal rival d'Eileen ces jours-ci, car il lui disputait les attentions de Rosalind Maybrick, et peut-être que l'opinion d'Alexander P. Maybrick n'avait aucune espèce d'importance pour Eileen. Ou, plutôt, Eileen ne se souciait pas de ce qu'Alexander P. Maybrick aimait ou n'aimait pas, mais avec un poids de sept kilos, elle devait parfois admettre sa défaite. Alexander P. Maybrick n'hésitait pas une seconde à la mettre dehors et à l'y laisser. Et Alexander P. Maybrick ne saisissait pas les nuances exprimées par l'emplacement des jalons fécaux qu'Eileen déposait à son intention. Ces signes formaient un véritable langage. Le premier jack russell venu – voire le premier chien quelconque – aurait facilement pu le déchiffrer, mais Alexander P. Maybrick avait choisi de s'en abstenir. Parfait. Il devait donc en subir les conséquences. Or, comme toujours quand il n'y pas de communication, les deux parties devaient en subir les conséquences. Eileen tentait sans cesse d'arriver à ses fins, Alexander P. Maybrick également et le résultat était qu'Eileen prenait occasionnellement quelques coups et devait plus souvent faire acte de soumission pour la forme et sans y mettre son âme, mais cela n'en demeurait pas moins inconvenant. Plus grave encore, s'il arrivait que Rosalind soit sortie et qu'elle n'emmène pas Eileen, il se trouvait alors qu'Alexander P. Maybrick enferme Eileen dans sa niche, parfois pour des périodes de temps considérables.

Pour un chien dont les ancêtres ont été saisis par la queue et jetés dans les terriers de renards, les faisant parfois s'effondrer à de grandes profondeurs sous terre, passer son temps dans une niche n'était pas éprouvant, cela représentait même un répit après avoir tenté de maîtriser tous les événements de la maison jour et nuit, mais c'était le principe d'être enfermée dans sa niche qui constituait une offense pour Eileen, voilà pourquoi, après un outrage de ce genre (et où était Rosalind, d'ailleurs ?), elle saisit l'occasion offerte par la porte ouverte de la penderie d'Alexander P. Maybrick pour aller déféquer et uriner sur certaines de ses chaussures. Celles qui étaient le plus imprégnées de son odeur devaient être préférées aux autres, car un avertissement s'imposait et en tant que jack russell Eileen ne reculait jamais devant un avertissement. Elle acheva sa besogne et sortit du placard. C'est alors qu'elle se ravisa et fit demi-tour. Un coin de la robe de chambre d'Alexander P. Maybrick traînait par terre. Eileen saisit l'occasion de parachever son avertissement en y ajoutant une dernière fioriture. Puis elle quitta la chambre à coucher et entra dans la cuisine où, comble de chance, la porte donnant sur l'extérieur était légèrement entrouverte. Elle la poussa et sortit.

La journée ne faisait que commencer et Eileen débordait d'énergie. Elle s'attela sans tarder à sa tentative quotidienne de résoudre l'énigme de la taupe. Au fond de la cour se trouvait une taupinière à quatre entrées. Une taupe, Eileen en était sûre, entrait et sortait de cette taupinière toute la journée et toute la nuit. Elle avait quatre chemins pour entrer et quatre pour sortir. Quand elle se déplaçait dans la taupinière, ce qui arrivait souvent, Eileen l'entendait se moquer d'elle mais ne savait pas comment la coincer. Les oiseaux sur les branches, elle savait comment leur tomber dessus pour les tuer et elle l'avait déjà fait. Les rats, les souris – pas de problème. Mais cette taupe. Pour cette taupe, Eileen ressentait cruellement l'absence d'un autre jack russell comme compagnon de jeu. C'était très bien d'enterrer les ouvertures ou d'essayer de déterrer toute la taupinière, mais ces deux entreprises s'étaient révélées aussi futiles l'une que l'autre. Eileen en était réduite à surveiller les grattements et les raclements souterrains de la taupe en espérant que quelque chose lui donnerait la possibilité de passer à l'action. Et c'était justement ce qu'elle faisait quand un véhicule noir incroyablement long déboucha au tournant de l'allée et sa Rosalind bien-aimée apparut sous ses yeux émerveillés. Eileen courut à elle en hululant de joie et Rosalind éclata de rire et se baissa pour la soulever de terre.

« Oh, ma petite chérie ! s'exclama-t-elle. Comment ça va ? Tout s'est bien passé pendant que j'étais à Singapour ? Je suis désolée de ne pas avoir pu t'emmener ! Et je suis partie deux semaines entières ! » Elle serra Eileen contre sa poitrine, fourra son visage contre le museau de la chienne et lui caressa les oreilles. C'était un accueil merveilleux et Eileen fut convaincue qu'elle était la préférée, en fin de compte. Car au fond, bien sûr, c'est l'incertitude qui fait souffrir. Si elle avait été sûre depuis le début de l'un ou l'autre, bon ou mauvais, elle n'aurait peut-être pas été forcée d'agir comme elle l'avait fait à l'encontre d'Al, mais quand il tenait le haut du pavé, il fallait qu'elle lui fasse mordre la poussière, et quand il mordait la poussière, il fallait qu'elle veille à ce qu'il le sache.

Rosalind emporta Eileen à la maison. Elle parla à cette Delilah, la femme qui s'affairait toujours dans la maison mais qu'Eileen n'estimait pas digne de son attention, principalement parce que Delilah ne l'estimait pas digne – elle, Eileen ! – de la sienne. Cette Delilah dit : « Mr. Maybrick est parti à Moscou pour trois semaines, madame, pour des affaires urgentes.

– Ah. Oui. Bien », répondit Rosalind. Puis elle emmena Eileen dans la chambre et la posa sur le lit. Eileen sauta immédiatement à terre. Rosalind s'assit sur le lit. « Non, Eileen, viens ici, ma douce. » Eileen obéit. Rosalind la prit à nouveau dans ses bras et lui câlina encore le museau et les oreilles. Eileen lécha le menton de Rosalind, puis se débattit poliment, simplement pour montrer à Rosalind qu'elle était vraiment très contente de la voir, mais la journée avançait et il y avait fort à faire. Elle finit par se dégager et sauta du lit. Le hasard voulut qu'à cet instant un écureuil file devant la porte-fenêtre, aussi Eileen dut-elle se précipiter sur la porte, aboyer vigoureusement et poser ses pattes sur la vitre, puis quand l'écureuil s'immobilisa sur ses pattes arrière à quelques mètres d'elle en faisant une de ces grimaces que les écureuils se permettaient parfois, Eileen dut s'élancer contre la porte, bondir à n'en plus finir. Rosalind se contenta de rester calmement allongée sur le lit en disant à voix basse : « Ce n'est rien, Eileen. Calme-toi. » Et, bien sûr, Eileen se calma, car ce chuchotement était louche et inquiétant, aussi renonça-t-elle à l'écureuil pour sauter à nouveau sur le lit et lécher le visage de Rosalind. Rosalind ne réagit pas, alors Eileen la lécha en plein sur la bouche, ce qui, d'expérience, ne manquait jamais de provoquer une sacrée réaction, mais Rosalind se contenta de repousser Eileen, et avec douceur encore. Ni sons étranglés ni crachats.

Alors Eileen bascula sur son postérieur et observa Rosalind. Rosalind ne dormait pas, ne s'apprêtait pas non plus à le faire. Elle avait les yeux ouverts, le corps tendu et son souffle n'était pas le souffle régulier et paisible du sommeil, celui qui signifie qu'Eileen peut se glisser sous les couvertures et se serrer contre son ventre chaud, ce qui lui avait manqué ces dernières semaines. Le fait est qu'Eileen ne savait pas ce qui se passait. Elle observa encore Rosalind pendant un moment, puis elle éprouva le besoin d'aboyer, mais ne put s'y résoudre, alors elle tourna sur elle-même deux ou trois fois. Le seul effet produit fut que la main de Rosalind se leva et vint se poser sur le dos d'Eileen. Un ou deux minutes plus tard, cette créature indigne entra en traînant les pieds et dit : « Ça va, madame Maybrick ? Vous voulez que je vous apporte quelque chose ? »

Rosalind se mit soudain sur son séant et Eileen sauta au bas du lit. « Tais-toi, sale clebs ! » lâcha Créature Indigne, mais Eileen continua d'aboyer à tue-tête jusqu'à ce qu'elle entende Rosalind dire : « Je suis juste fatiguée. Tout va bien, Delilah. Je vais bien. » Elle se leva.

« Je vais vous apporter une tasse de thé, madame Maybrick, dit Créature Indigne.

– Merci, Delilah. »

Eileen sortit de la chambre pour aller dans la cuisine boire un peu d'eau. Elle resta assise aux aguets à quelques mètres de Créature Indigne qui préparait le thé et l'écouta marmotter : « Elle savait pas qu'il partait, ça tu peux en être sûre, ma fille. Parfaitement ! Il s'en passe des choses par ici, ma fille, Delilah en sait quelque chose. J'ai tout vu. J'en sais quelque chose ! » Puis Eileen retourna dans la chambre sur les talons de la femme. À présent Rosalind portait d'autres vêtements et des bottes. D'une voix bien plus vive selon Eileen, elle dit : « Bon, impossible de dormir. Delilah, voulez-vous demander à John de faire avancer la Mercedes dans dix minutes ? Je la conduirai moi-même.

– Oui, m'dame.

– Merci. »

Et voilà qu'elles trônaient dans la Mercedes, Rosalind au volant et Eileen allongée sur le dos à côté d'elle qui lui grattait le ventre du cou aux cuisses, encore et encore, et le ciel défilait dans le pare-brise au-dessus d'elles. Arrêt, marche, à droite, à gauche. C'était bien mieux que rester à la niche, se disait Eileen, et si Rosalind avait l'intention de conduire ainsi jusqu'à la fin des temps, eh bien Eileen l'approuvait !

Au bout d'un long moment, après s'être assoupie, Eileen s'éveilla et vit Rosalind tendre quelque chose par la fenêtre ouverte et l'entendit dire : « Merci, Harvey » puis elles tournèrent et s'arrêtèrent ; Rosalind baissa les yeux sur elle et dit : « Nous y sommes. » Eileen savait parfaitement où elles se trouvaient. Les parfums variés et délicieux de cet endroit ne trompent pas. Elles étaient à l'hippodrome.

Rosalind ouvrit la portière et Eileen fut dehors en un instant. Rosalind prit le temps d'enfiler son manteau et Eileen parcourut une bonne distance avant de s'apercevoir qu'elle avait perdu la tête et l'attendit. Non, elle rebroussa chemin au pas de course. Courir était mieux qu'attendre. Et bondir dans les airs était mieux que courir. Elle entendit Rosalind rire, ha ! ha ! ha ! alors elle bondit à nouveau.

De toutes ses expériences, la plus intéressante au monde était celle de l'hippodrome. Eileen savait qu'être un jack russell était un

tournèrent les talons et suivirent les chevaux le long de l'allée. Eileen trottina derrière eux.

Et blablabla et blablabla. La quantité de blabla qui se déversait dans les airs entre deux êtres humains à tout moment était une source d'irritation permanente pour Eileen. Assis, blabla, debout, blabla, en marchant, blablabla, au lit, blabla, en mangeant, le moment le plus sacré de la journée, blablabla. Et ils s'offusquaient du bruit utile que produisaient de véritables aboiements. Oui, la laisse la rendait toujours sombre et maussade. Rosalind la traînait derrière elle. Et Eileen n'aimait pas qu'on la traîne. Laissant la grande poubelle derrière elle, Eileen les suivit sur l'herbe puis ils se retrouvèrent sur une plate-forme avec d'autres hommes. Rosalind et Eileen étaient les seules femelles. Eileen s'approcha d'un poteau en tirant sur sa laisse et leva la patte. « Oh, Eileen ! s'exclama Rosalind. Pas ici ! »

Mais ce qui était fait était fait, Eileen s'en tenait à ce principe.

« Je ramène ce cheval du centre d'entraînement la semaine prochaine, déclara Dick Dick Dick. Ils disent qu'il a beaucoup mûri. Al vous en a parlé ? Regardez quand même celui-ci. » Mais, bien sûr, Eileen ne voyait pas l'intérêt d'imposer à son cou minuscule et à ses petits yeux brillants l'effort de se tourner vers les chevaux pour essayer de les voir galoper à plusieurs centaines de mètres d'elle alors que, pour commencer, le sens de leur vie était un mystère pour elle. D'après ce qu'elle avait compris, ils ne chassaient pas la vermine, n'aspiraient même pas à la tuer, mais préféraient qu'on le fasse pour eux, voilà tout ce qu'il y avait à en dire. Mais les bottes aux pieds des hommes sur cette plate-forme avaient une autre histoire. Comme loisir de chien en laisse, elle se mit à deviner d'où venait chaque paire de bottes. « Voilà, prenez les jumelles et regardez-le ! » proposa Dick Dick Dick.

Il y eut un silence. Eileen remarqua que l'un des hommes avait renversé de la graisse de bacon sur le bout de sa botte et de quelques coups de langue elle le lui nettoya.

Et blablabla et blablabla.

Ils tournèrent les talons pour quitter la plate-forme et on traîna encore Eileen qui ne s'était toujours pas décidée à les suivre. Mais Rosalind ne semblait pas y prendre garde. Voilà ce qui était exaspérant avec Dick Dick Dick, depuis le début. Il rendait Rosalind aveugle et sourde aux préoccupations urgentes d'Eileen.

Alors, ils retournèrent dans le bureau de Dick Dick Dick. Celui-ci y entra le premier. Rosalind le suivit. Eileen se précipita sur les talons de cette dernière au moment même où celle-ci refermait la porte d'un geste décidé. Une fois dans le bureau, Eileen se sentit d'une humeur plus sombre que jamais, si sombre qu'elle pouvait tout juste tenir sur ses pattes, alors elle sauta sur les genoux de Rosalind et s'y enroula sur elle-même, les yeux mi-clos. Mais elle le voyait encore, de l'autre côté de la pièce, qui les regardait fixement.

« Je me sens perdue. Cela fait six mois. Je me sens encore perdue. Plus qu'avant, dit alors Rosalind.

– C'est moi qui suis perdu, Rosalind. Je vis dans un endroit que je ne reconnais pas quand je me lève le matin.

– Je regrette de t'avoir fait du mal.

– Tu m'as fait du mal ? Comment ? En prenant l'initiative ? En prolongeant notre liaison ? En y mettant fin ? »

Tout était si sombre ici, songea Eileen, que la seule chose qui la sauverait serait qu'un chat traverse la pièce avec arrogance. Elle gémit. La main de Rosalind tomba lourdement sur sa tête mais ce geste n'avait rien d'apaisant. En fait, cela faisait même mal.

« Je me suis dit qu'en venant ici je trouverais peut-être quelque chose qui, je ne sais pas, me rappellerait un bon souvenir.

– Mais…

– Mais ça m'a rappelé que même avant il n'y avait rien de bon. Je l'avais oublié. Il fallait que je vive ça et je t'aimais à la folie, mais c'était si douloureux pour moi.

– Qu'est-ce qui te fait penser que tu devais le vivre ? »

Ceci, songea Eileen, ne peut pas continuer. Elle se redressa, sauta par terre et se mit à virevolter juste devant Dick Dick Dick, cela n'y fit rien, alors elle se mit à lui aboyer dessus, ouaf ! ouaf ! ouaf ! Elle s'approcha du bureau, se raidit sur ses pattes, tendit la queue et aboya frénétiquement. Dick Dick Dick la regarda, abasourdi, les deux humains furent si surpris qu'ils la laissèrent continuer un certain temps avant que Rosalind ne tire brusquement sur la laisse en disant : « Eileen ! »

Peuh ! Il était clair qu'elle ne le disait pas sérieusement. Eileen s'emplit de rage. Ses aboiements entrèrent dans une phase qui la souleva littéralement de terre ; ils la firent sautiller de-ci de-là. « Eileen ! Eileen ! » On tirait, tirait sur la laisse. Ouaf ! ouaf ! ouaf ! Puis il abattit son énorme main sur elle. Elle sentit qu'elle s'élevait dans les airs, traversait la pièce et heurtait quelque chose. L'objet et elle s'écrasèrent sur la bibliothèque avant de retomber par terre. « Oh, mon Dieu ! fit Rosalind. Qu'est-ce que tu as fait ? »

Eileen gisait sur le dos, assommée. Les aboiements avaient cessé. La chute avait cessé. Il régnait un silence complet dans la pièce. Dick Dick Dick bondit de sa chaise et vint à elle, s'agenouilla à son côté et glissa les mains sous elle. Eileen tourna les yeux vers Rosalind qui semblait s'être transformée en statue. Dick Dick Dick n'était plus du tout le même à présent, ce qu'Eileen désapprouvait, mais bien sûr, comme Rosalind ne lui était d'aucun secours, nécessité fait loi. Elle lui lécha la main. Il la porta jusqu'à son bureau d'où il composa un numéro de téléphone et dit : « Salut, Larry. Dick Winterson à l'appareil. Où es-tu ? Tu peux passer donner quelques soins à un petit chien ? Oui, c'est une urgence. Merci. On est dans mon bureau. »

La douleur commençait à venir maintenant. Dos, tête, patte, mais rien de terrible. Elle avait déjà connu pire. Cependant elle restait là, immobile, à regarder Rosalind qui ne s'anima que lorsqu'on frappa à la porte. « Oui ! » hurla Dick et un autre homme entra. Il dégageait l'odeur chimique bien connue. Eileen se tourna sur le flanc et se releva. Rosalind se leva elle aussi, s'approcha et caressa les oreilles d'Eileen pendant l'examen. « L'immobilisation n'a pas été aussi longue qu'elle en a eu l'air. J'ai des jack russell, moi aussi, et j'assure moi-même leur suivi vétérinaire. C'est un cheval qui lui a donné un coup de pied ? Une des miennes a valdingué un jour. Dès qu'elle est retombée, elle est repartie à l'attaque du cheval, prête à le tuer. Celle-ci va très bien. Gardez-la au calme pendant vingt-quatre heures. Elle aura peut-être quelques courbatures demain.

– Merci, dit Dick.

– À votre service, madame, dit le vétérinaire avant de sortir.

– Nous ferions mieux d'y aller, dit Rosalind. Je vois que je n'aurais pas dû venir. Mon voyage m'a plus fatiguée que je ne le croyais.

– Je suis vraiment désolé, Rosalind.

– Je crois que nous nous sommes montrés tels que nous sommes, en quelque sorte. Je pensais que nous l'éviterions, mais… »

Rosalind prit Eileen dans ses bras, la chienne se blottit contre la douceur de sa poitrine et ferma les yeux. Elle entendit Rosalind ouvrir la porte et elles sortirent. D'ordinaire, quand les gens se quittaient, il y avait encore du blabla, mais pas cette fois-ci.

Ah ! pensa Eileen. Elle poussa un gémissement quand elles longèrent la rangée de box et un autre quand elles montèrent en voiture. Mais elle se sentait parfaitement bien. Quand Rosalind la déposa sur le siège, Eileen sauta sur le plancher pour mener l'enquête sur ce qui ressemblait à première vue à une vieille frite. Mais ce n'était qu'un peu de boue. Elle bondit de nouveau sur son siège et regarda par la fenêtre. Un humain passa, portant chapeau, malodorant, tout en lui appelait les aboiements, mais Eileen avait appris sa leçon. Elle resta silencieuse. Tout comme Rosalind.

DÉCEMBRE

48. Amour

Ils avaient ri. Leurs visages étaient encore épanouis et réjouis par le rire et c'était pour cela qu'il était tout de même remonté dans les tribunes, songea Farley, lui qui aurait dû se diriger vers le rond de présentation. Les propriétaires de Bernard Baruch étaient des hommes sérieux, des frères. Ils donnaient à tous leurs chevaux des noms de financiers. Un de leurs grands vainqueurs était un cheval du nom de Lorenzo de Medici. Ils prétendaient avoir choisi ce nom par plaisanterie alors qu'ils étaient dépourvus d'humour, dépourvus de gaieté, de jovialité et de capacité à s'émerveiller. Farley avait bien besoin d'une dose de Joy pour affronter la course en compagnie de ces deux personnages. De gros parieurs, par-dessus le marché. Les gros parieurs dépourvus de légèreté étaient un peu dangereux. Mais ils avaient de bons chevaux, dont Bernard Baruch et son compagnon de stalle, Ivan Boesky, les premiers que Farley avait été amené à entraîner. Ivan Boesky était une pouliche. Les frères y voyaient une bonne plaisanterie, une de plus.

Voilà six semaines que Joy s'était installée dans la copropriété de Farley, presque cinq mois depuis le jour où elle était arrivée avec Mister T. Elle lui donnait toutes les preuves d'un amour aussi simple et sincère que le sien et il se plaisait à voir dans leur relation l'exemple même de ce que n'avait pas été son mariage : là où il n'y avait eu que des obligations, tout n'était plus que gestes gratuits. Où il n'y avait eu que désaccords, désormais leurs vues et leurs désirs ne cessaient de converger. Où il n'y avait eu que d'interminables négociations, tout n'était ici que paix et silence. Il trouvait cela infiniment satisfaisant. Cependant, le sentiment qu'il ne se l'était pas attachée de façon permanente mais provisoire, incertaine, éphémère ne disparaîtrait pas aussi facilement.

« Tu viens faire la charmante avec nos deux frères ?

– Tu as envie que je vienne ?

– Ils t'aiment bien. Tu pourrais les aider à se souvenir qu'un retour sur investissements de 20 % n'est pas tout dans la vie. Serre-moi dans tes bras, embrasse-moi, prends-moi la main et rends-les jaloux ! »

Et il obtint ce qu'il voulait, sa présence, la sensation de son corps, le sentiment que lui procurait sa main tout au fond de la sienne.

Bernard Baruch était un exemple parfait de ce que l'argent pouvait acheter sur le marché du cheval. Issu de Gulch et d'une jument Nureyev qui avait gagné maintes courses, il était énorme, il avait de la classe, l'air calme, intelligent, correct et intéressé. S'il ne remportait pas sa première victoire ce jour-là, ce serait pour bientôt. Les frères l'attendaient, debout près de la rambarde, un sourire jovial aux lèvres.

« Il a fière allure, dit l'aîné.

– Très en forme, dit le cadet.

– C'est un bon cheval, dit Farley.

– La course devrait être amusante », lança Joy.

Les jockeys sortaient des vestiaires. Les couleurs des frères étaient une variété de jaune, Farley n'en avait jamais vu d'aussi proche de la couleur de l'or véritable, des couleurs magnifiques, et Desormeaux les portait de façon saisissante. Tandis qu'ils se tenaient dans le paddock ouvert, Joy prit la main de Farley. À un moment, elle se mit sur la pointe des pieds et murmura quelque chose à l'oreille de l'aîné. Les deux frères rirent. Un instant plus tard, après avoir mis le jockey en selle, Farley lui fit ralentir le pas et elle lui raconta : « Je lui ai dit que selon certains de nos informateurs à l'écurie Bernie va gagner.

– Tu leur as dit que notre informateur est un cheval ?

– Il faut leur annoncer ça progressivement. »

Tout le monde l'aimait, se dit Farley avec une pointe de jalousie. Si elle se prenait pour une solitaire, c'était seulement pour avoir mené une vie de recluse.

Une fois que Bernard Baruch eut remporté la course, qu'ils eurent posé pour la photo et que le cheval eut uriné dans le bocal, Farley le retrouva dans l'écurie pour évaluer sa condition physique. Il tâta et inspecta ses jambes ainsi que ses sabots. Ni égratignures ni coupures. Le cheval avait l'air en bonne santé, et heureux par-dessus le marché, même si, bien sûr, il serait courbaturé le lendemain matin. L'adrénaline sécrétée durant la course ne disparaissait pas avant un certain temps, c'est pourquoi le cheval était parfaitement immobile et ne ressentait aucune douleur. Mais malgré l'examen approfondi auquel Farley le soumit, auscultant son dos et ses pieds, passant ses mains sur tout le corps de l'animal, il ne décela rien d'anormal. Ne restait qu'une question, celle du mental : le cheval aimait-il les courses ? Bon, sachant qu'il avait effectué quasiment tout le parcours en tête, sans se blesser et sous la conduite très douce de Desormeaux, il était peu probable qu'il se fût créé la moindre phobie. Le cheval devait se déterminer sur l'action de courir elle-même sans tenir compte du chaos, de la terre qui lui jaillissait sur la figure, des bousculades et des secousses, du terrain glissant ou, et c'était peut-être le plus dur, de sa position dans la course. Ce jour-là, en tout cas, il connaissait son rang et il avait celui qu'il avait voulu obtenir.

Mais ce n'était pas parce qu'il se concentrait sur l'étalon et parlait à voix basse au lad et au garçon responsable de la nourriture que Farley ne voyait pas Joy du coin de l'œil, accoudée au portillon du box de Mister T. au bout de l'allée ; elle parlait au cheval. Il vit l'animal poser la tête blanche contre sa poitrine et pousser légèrement, Joy réagit en lui opposant une résistance. Elle posa ses mains sur les oreilles du cheval et les caressa doucement. Farley sentit cette caresse. Il en souhaita presque avoir lui aussi des oreilles de cheval. Une sagesse de spécialiste des chevaux vous enseignait qu'il ne faut jamais se tenir directement en face de la tête de l'animal car c'est l'endroit où il ne vous voit pas et cette tête peut constituer un projectile très puissant et contondant. Mais il avait toujours pensé que si le cheval ne vous voyait pas, c'était l'endroit où il sentait fortement votre présence et que, s'il vous faisait confiance, il apprécierait cette présence, vos mains sur ses oreilles et votre joue contre son front, position dans laquelle Joy se trouvait. La tête du cheval était pratiquement sur ses genoux. Si un cheval ne peut pas éprouver l'amour tel que nous le connaissons, pensa-t-il, que voyait-il à cet instant ? Il était possible qu'un cheval n'ait pas une idée de ce qu'est l'amour, ne puisse pas y méditer, s'en émerveiller et songer aux changements que cela a apporté à sa vie mais regardez ceci : il l'éprouvait indubitablement, il venait à sa rencontre, le cherchait, s'apaisait à son contact et n'en avait jamais assez.

Des chevaux étaient morts d'amour, Farley le savait. Ce n'était pas une histoire courante, mais on l'entendait de temps à autre.

Swale était mort de façon mystérieuse peu de temps après avoir été séparé de son lad. On pouvait penser qu'il était mort de chagrin ; certains le croyaient. Les mâles et les femelles ne manifestent pas leur affection de la même manière ; Farley se disait parfois que les poulains et les hongres avaient le plus de mal à gérer leurs sentiments. Les pouliches se montraient souvent très affectueuses, les juments du haras vivaient dans un univers fait de relations familiales, dense réseau hormonal qui liait les sœurs et les mères. Ce qu'une poulinière de vingt ans ignorait de l'amour et du pouvoir ne valait pas la peine d'être connu. Il n'en allait pas de même pour les étalons et les poulains. Ils vivaient seuls et, la plupart du temps, ils n'approchaient même pas les juments, pas même à l'état sauvage. Les hongres, contrairement aux étalons, étaient enclins aux relations amicales voire passionnées. Ils sublimaient leur énergie sexuelle et il était intéressant de voir que les hommes les avaient rendus ainsi et que les chevaux avaient tiré une aptitude qui n'était pas naturelle de leur nouvelle condition. Les hongres partageaient une culture particulière, n'est-ce pas ? une culture faite d'affection, d'amour, de passion, peu importe le nom qu'on veuille donner à cela. Les hongres étaient la preuve que l'amour n'était pas un instinct mais un choix, un comportement acquis, une capacité que l'on développe au fil des ans.

Farley s'éloigna du poulain et dit au lad : « OK, Rafael. Il a l'air bien pour l'instant. Panse-lui les jambes et mets-le au lit. C'est un gagnant maintenant. Fais en sorte qu'il se sente traité comme un roi.

– Ouaip, patron ! » fit Rafael en souriant. Ensuite, quand ils eurent tourné les talons pour longer l'allée, le lad ne put s'empêcher de poser un baiser sur l'encolure du cheval. Comment résister ?

Joy arriva derrière Farley et passa les bras autour de son torse. Il la sentit poser sa tête contre son dos et il s'appuya contre elle. Et si… ? pensa-t-il, ce qu'il ne s'était plus laissé aller à penser depuis des années. « Et si ? » était une route aux bifurcations infinies dans une sombre forêt et finissait par vous mener à la paralysie et au désespoir. « Et si ce cheval gagnait le derby ? » était une question aussi dangereuse que « Et si ce cheval tombait et se cassait le cou ? ». Des années de stabilité maritale néfaste auraient dû le rendre définitivement endurci face à la tentation des « et si ». Mais voilà que Joy revenait à la charge, encore une de ces leçons jamais apprises. Il se tourna vers elle et l'enveloppa dans ses bras, autant par peur que par amour.

Livre III

1999

JANVIER

49. Pas n'importe qui

1er janvier. Aujourd'hui ils ont trois ans. Sur les 55 431 juments fécondées en 1995, quelque 44 000 ont été enceintes et, en 1996, 32 217 poulains sont nés. Sur ces poulains, 11 056 ont participé aux courses en tant que chevaux de deux ans. L'un ou l'autre a gagné chacune des 4 639 courses pour chevaux de deux ans. En trois courtes années, certains sont morts, beaucoup ont échoué, beaucoup ont coûté des sommes colossales qui ne seront jamais récupérées. 32 000 poulains, soit 32 000 histoires, car un pur-sang anglais ne passe jamais inaperçu et fait toujours l'objet de commentaires. Et la plupart de ces histoires relèvent du drame. Pour le propriétaire dont le poulain de deux mois, magnifique et coûteux animal (les frais de monte ont déjà été versés sans espoir de retour), a été retrouvé mort dans le pré, mordu à six reprises au chanfrein par un serpent venimeux, l'année a pris un tour tragique même si ses quatre autres poulains sont bien vivants et gambadent en bonne santé. Pour la propriétaire qui a envoyé sa jument infertile au haras en janvier en vue d'une fécondation précoce et qui vient de recevoir la nouvelle par téléphone que la jument porte un fœtus de sept mois, l'année ressemble à une comédie avec son *happy end* inattendu : malgré tous les soins, toutes les radios, tous les examens, la jument avait réussi à garder son secret. Et, bien sûr, la pouliche est une vraie beauté, sombre et solide, avec une tache de ladre en forme de lune entre les yeux. Pour les propriétaires et les fans de Silver Charm, de Skip Away, de Real Quiet, de Silverbulletday et de Da Hoss, l'année a été épique : les handicapeurs ont beau dire, chaque victoire a été une victoire sur leur cote car les chances de gagner n'importe quelle course correspondent à une cote de cinquante-cinq mille contre un.

La plupart des chevaux de dressage âgés de trois ans n'ont pas encore été entraînés, les chevaux d'obstacles de trois ans n'ont pas encore fait un seul saut, les chevaux d'attelage de trois ans n'ont pas encore vu leur premier sulky. Les chevaux de cow-boys, les chevaux de rodéo et les chevaux d'équitation ont reçu la plus grande partie de leur éducation et ont toute leur carrière devant eux. Mais les pur-sang anglais de trois ans courent le derby du Kentucky, le prix de Preakness et celui de Belmont. Les chevaux de course de trois ans battent des records, s'apprêtent à réaliser les rêves les plus fous de leurs propriétaires et à devenir des légendes s'ils le peuvent.

William Vance a des chevaux de trois ans dans son écurie, dont un ou deux vainqueurs, mais aucun coursier qui évolue dans les mêmes sphères que les concurrents du derby du Kentucky. Il a toujours P'tit Bob maintenant âgé de sept ans. Pour William Vance, qui traverse les moments les plus étranges qu'il ait jamais vécus, la vie est un conte de fées. Voici un cheval bai brun sans attrait, haut d'environ un mètre soixante-huit au garrot, sur lequel on ne se retournerait pas. Il a le dos un peu ensellé et une encolure de chèvre. Son paturon avant droit n'est pas tourné dans la même direction que son genou droit. Ses antérieurs sont tournés en dedans et sa tête un peu massive. Sa lèvre inférieure a tendance à pendiller. Ses oreilles sont un rien tombantes. Mais depuis son retour à l'hippodrome, d'abord à Hawthorne et puis ici, à Louisiana Downs, il a remporté quatre victoires sur quatre départs. Après la deuxième course, William Vance l'a complètement retiré du pool des chevaux à réclamer. Il gagne désormais des courses à conditions et toujours d'un nez, bien sûr. Quoi qu'en disent les adeptes du doute cartésien, un cheval de course sait comment tendre le chanfrein pour dépasser celui d'un concurrent et il peut le faire volontairement. William Vance n'a pas besoin de résoudre ce problème philosophique, mais il est bien obligé de dire quelque chose, puisque les gens veulent en parler, alors il se contente toujours de dire : « Je ne sais pas. Je ne sais pas » pour ne pas risquer la déveine.

Puis le cheval remporte une cinquième victoire et un type du *Times-Picayune* se pointe et lui demande de dire quelque chose d'intéressant, alors il déclare : « Voilà vingt-six ans que j'entraîne des chevaux, c'est mon gagne-pain. En général j'ai entre une quinzaine ou une vingtaine de chevaux dans cette écurie, donc j'en ai vu défiler avec les années, mais je n'en ai jamais vu comme P'tit Bob. »

Il a l'impression que ce n'est pas assez intéressant, alors il se penche et montre au journaliste la cicatrice au beau milieu du ventre du cheval, là où on l'a opéré du côlon.

« On a eu une grosse vague de chaleur juste après que j'ai réclamé ce cheval là-bas, dans le Colorado, raconte William, une de ces semaines où Chicago vous accueille avec une température de cinquante degrés, et quand je suis arrivé à l'écurie, tard dans la soirée, le cheval était en piteux état. Pour finir, l'opération m'a coûté six mille huit cents dollars et j'ai dû mettre le cheval au repos pendant trois mois et demi. Et on ne peut pas espérer récupérer cet argent avec un cheval à réclamer de six ans. »

Le type du journal acquiesce en souriant. William n'est pas sûr d'en savoir tant que ça sur les chevaux.

« Le vétérinaire m'avait dit que son niveau de performances ne serait peut-être plus jamais le même après l'opération. Et P'tit Bob n'était pas un grand cheval de course avant. Alors, je me suis dit, bon, une bonne action c'est une bonne action. »

Puis il ajoute : « Faut pas faire courir ce cheval si on a le cœur fragile. Sinon il pourrait vous y faire passer ! »

La blague fait rire le type qui la note. « Alors, combien vous avez gagné ? demande-t-il.

– Environ six mille. » William toussote et se dépêche de dire le chiffre : même sur l'hippodrome où de tels ordres de grandeur sont monnaie courante, William, en homme du Midwest, trouve malséant de mentionner des chiffres précis. « Et en plus, poursuit-il, voilà que j'ai des propriétaires qui n'auraient jamais songé à faire appel à moi il y a six mois. »

Est-ce vraiment la meilleure nouvelle ? se demande le reporter.

« Nan, nan ! fait William en riant. C'est excitant de regarder ce cheval. On n'arrête pas de se demander : alors, il va se tromper sur les deux derniers centimètres ? Mais il ne se trompe jamais. »

Plus tard, quand l'article paraît (après la sixième victoire de P'tit Bob mais avant la septième et la huitième), William se dit qu'il s'est très bien débrouillé lors de cette interview, mais voici ce qu'il préfère :

« Les parieurs de toute La Nouvelle-Orléans adorent ça. Ils adorent miser sur P'tit Bob et parier contre lui. Mary Hardesty, une habituée des courses qui n'a jamais cessé de parier sur P'tit Bob, a déclaré :

“C’est une valeur sûre et ça se voit ! On est tenté de parier de plus en plus gros sur lui et puis, quand on se retrouve en bas près de la rambarde, on se dit : Oh, mon Dieu ! J’ai tout perdu. Mais il finit toujours par placer son naseau juste au bon endroit.”

« Au mur du bureau de William Vance, il y a six photos-finish de victoires. Les spécialistes des courses pensent qu’il pourrait s’agir d’un genre de record. Et William Vance n’a pas hésité à parier sur son propre cheval. “Disons simplement que j’ai mis de l’argent de côté pour les études de médecine de mon fils”, conclut-il. Peut-il expliquer les performances de son cheval ? “Vous savez, quand il a passé quelques mois chez mon père dans le Missouri, il restait toute la journée dans l’étang alimenté par les pluies de printemps. C’était bon pour ce qu’il avait.”

« Mais son sourire cache autre chose : “C’est un bon cheval. Il est d’un caractère facile et c’est un plaisir de l’avoir dans mon écurie. Je n’arrête pas de me demander s’il a le sens de l’humour.” »

William apporte lui-même l’article chez Kinko pour le faire plastifier et monter sur un planche de contreplaqué qu’il accroche juste au-dessus de la photo de la septième victoire de P’tit Bob. Désormais, quand on lui demande de parler de toute cette affaire, il se contente de le leur faire lire.

50. Anonyme

Rosalind jugeait intéressant que tous ses voyages et toutes ses pérégrinations d’acheteuse de porcelaine ne l’aient jamais menée en Irlande, où elle se trouvait au début de cette nouvelle année. Tout le monde venait d’Irlande ou y allait, surtout dans le monde hippique. Al y était allé à plusieurs reprises pour le Curragh et le prix Coolmore Stud ainsi que pour les ventes de yearlings, mais Rosalind n’avait jamais eu l’occasion d’y venir jusqu’à ce jour, qu’elle était censée passer à regarder des tableaux, projet devenu impossible car le peintre en question avait manqué son avion d’Ankara et ne serait pas de retour avant le lendemain au plus tôt, peut-être le surlendemain, alors que Rosalind se trouverait en Espagne et s’apprêterait à repartir pour Delhi. C’est ainsi qu’elle s’était retrouvée à Dublin, avec une journée de liberté devant elle. Comme la culture irlandaise était omniprésente et que la plupart des gens consacraient au moins une partie de leurs études et quelques instants par jour à réfléchir à ce qui se passait en Irlande – soit bien plus de temps qu'aux événements qui se produisaient en France, par exemple – Rosalind était d'autant plus étonnée de n'avoir aucun ami à Dublin et d'être elle-même complètement anonyme, si bien qu'elle n'avait personne à appeler et que malgré toute sa fortune et toutes ses relations partout dans le monde, ici, elle n'existait pas.

Elle eut le cœur si léger à cette idée ! Aucun voyant ne clignotait sur son téléphone dans la chambre d'hôtel ! Aucun fax, aucun message qui l'attende à la réception depuis le moment où elle avait eu l'artiste lui-même au téléphone, la veille, à son arrivée.

Personne ici ne savait qu'aujourd'hui, aujourd'hui même, elle allait avoir cinquante ans. Personne ne lui avait organisé de soirée d'anniversaire. Aucune séance de soins ou de réconfort n'était prévue dans un salon de beauté ou dans une station thermale. Aucune de ses amies n'avait réservé pour déjeuner au Cité Grill ou au Lutèce, pour se plaindre du temps qui passe.

Au lieu de tout cela, la journée du 3 janvier 1999 s'étendait, parfaite inconnue, devant elle. Même Al n'appellerait peut-être pas car il se trouvait en Sibérie pour élaborer les plans d'une sorte d'aciérie. La couverture du réseau mondial des téléphones portables ne fonctionnait que de manière intermittente avec la Sibérie et Rosalind lui avait conseillé de ne pas se tracasser à ce sujet. Ils s'étaient à peine vus depuis la Coupe des éleveurs.

En descendant l'immense escalier en beau chêne sombre et luisant pour aller prendre son petit déjeuner dans le restaurant, Rosalind consulta sa montre. Il était à peine un peu plus d'une heure de l'après-midi à Appleton, sa ville natale. Elle n'était pas encore née, même si le travail qui allait lui donner naissance était déjà bien entamé.

Dans le restaurant de l'hôtel, la vétusté faisait bon ménage avec le lustre : tout était ancien mais parfaitement entretenu. Elle s'assit à sa table d'un blanc étincelant aux couverts miroitants – ancien nourrisson de trois kilos sept cents, petite fille au crâne recouvert d'un très fin duvet. Cinquante ans déjà ! À peine croyable.

Un de ces charmants jeunes hommes aux yeux bleus apparut avec un panier contenant quelque chose de chaud et le posa sur la table. « Voilà, ma chère, dit-il. De bons petits *scones* aux airelles aujourd'hui, le beurre est juste là. Café ou thé, ce matin ?

– Du thé, s'il vous plaît », dit Rosalind en soulevant la serviette posée sur le panier. Cinq ou six petits pains carrés étaient entassés dans leur nid. Elle en prit un. Il était tiède et savoureux. Rosalind ferma les yeux. Le parfum était délicieux. Sa grand-mère faisait d'excellents gâteaux, dans le temps : ils sortaient du four par grandes plaques tous les matins pour son grand-père et les frères de son père qui travaillaient à la ferme. Elle devait avoir, disons cinq ou six ans et cela devait être l'été, car c'était à ce moment qu'ils allaient à la ferme. Les frères de son père étaient tous les trois des hommes massifs, à la panse et aux épaules lourdes, qui attendaient tous de se marier. Elle était censée s'amuser à la ferme – c'était ainsi que ses parents présentaient ces séjours annuels à elle et à ses sœurs – mais les champs regorgeaient de bouses de vache, les mûres étaient hérissées d'épines, l'étang boueux, elles n'avaient pas le droit de grimper aux arbres et son grand-père s'emportait facilement avec tous ses fils qui, elle s'en apercevait à présent, auraient dû être partis de la maison depuis longtemps.

Rosalind mordit à nouveau dans le scone. Elle ouvrit les yeux, son thé l'attendait sur la table et il y avait aussi une femme assise en face d'elle, une jeune femme svelte d'une trentaine d'années aux cheveux sombres, vêtue d'un tailleur noir au col blanc montant. Elle souriait. « Bonjour, dit-elle, vous permettez que je m'assoie à votre table. Il n'y a de place nulle part dans le restaurant et je dois attendre quelqu'un. Une poétesse, pas très commode avec ça, son agent m'a dit de ne surtout pas arriver en retard, alors j'ai vingt minutes d'avance, incroyable, non ? Mais toutes les tables sont prises et le maître d'hôtel ne veut pas me laisser attendre dans le restaurant, alors je lui ai affirmé que j'étais avec vous parce que vous paraissiez tellement accueillante, là, comme une plage des Caraïbes, vous voyez ce que je veux dire ?

– C'est le plus beau compliment qu'on m'ait fait depuis des années, dit Rosalind avec un grand éclat de rire.

– Ah, vous êtes américaine. C'est bien ce que je pensais. Vous appréciez sacrément votre scone.

– Cela se voyait ? Vous en voulez un ?

– Oh, oui ! Avec un peu de marmelade d'oranges ce serait divin. Ah ! Voilà mon rendez-vous. Tant pis pour le scone. »

De l'autre côté de la pièce, une femme qui portait ses magnifiques cheveux blonds relevés entra dans le restaurant dans un froufrou soyeux. Elle portait un ample vêtement violet et tirait tout le parti possible de son statut d'artiste. « Je l'ai déjà rencontrée à une soirée, dit Rosalind. Bonne interview.

– Oh, c'est une bavarde invétérée, vous savez. Là est tout l'intérêt de l'interviewer. On la met en route, on note, on donne une certaine cohérence à l'ensemble et c'est dans la boîte. Merci quand même pour le scone. »

Rosalind se retrouva à nouveau seule. Elle termina son thé et mangea un autre scone. Vraiment, il n'en fallait pas plus. Juste assez pour se sentir légère et impatiente face à la journée qui commençait. La journée. Le jour de son cinquantième anniversaire ! Elle regarda sa montre. Toujours pas née. Mais bientôt.

Ce fut peut-être ces pensées qui l'empêchèrent de comprendre un traître mot de la réponse quand elle demanda un taxi au concierge. Quand il eut terminé de parler, il se remit à lui sourire, aussi serviable qu'il pouvait l'être, et elle s'aperçut qu'elle n'avait rien écouté. Elle sortit de l'hôtel. Il y avait un parc de l'autre côté de la rue et le flot de la circulation filait juste devant elle, aussi prit-elle à droite, descendant la rue, une rue inconnue dans un pays inconnu par une journée ensoleillée et dans une direction qu'elle ne s'était pas donné la peine de déterminer. Elle ne s'était pas sentie aussi heureuse depuis des années.

Elle tourna encore et traversa, pour se retrouver dans une rue piétonne et animée, pavée de briques. Elle était bordée de toutes sortes de magasins. Ah !

Les acheteurs, et surtout les acheteuses fortunées, n'étaient pas très respectés, mais Rosalind était convaincue qu'acheter faisait tourner le monde. Et pourtant, elle perdait tout intérêt pour les objets dès qu'elle les avait acquis. Ce que les autres considéraient comme le fin du fin, des pièces magnifiquement décorées, n'était que le produit dérivé. La quête constituait le but lui-même, un art en soi.

Rosalind traversa encore la rue et contempla une vitrine remplie de boîtes et de secrétaires en bois ciselé. À côté de cette vitrine, il y en avait une autre pleine de porcelaine de Belleek et de cristal de Waterford. Elle remarqua trois styles qu'elle n'avait jamais vus auparavant ; un service de gobelets en cristal opaque ornés d'un léger motif de plumes était le plus joli. Elle revint à la boutique où l'on vendait des boîtes et entra.

Pour Rosalind, les relations mercantiles étaient toujours heureuses et plus le magasin était cher plus elle-même et les proprié-

– Cinquante mille livres pour la commode hippique et cinquante cinq mille pour l'autre. »

Et c'est alors que tout le monde fut heureux, car cela ne parut vraiment pas cher à Rosalind, à la fois parce qu'elle avait beaucoup d'argent et en raison de l'attention et de l'inspiration qu'elle avait investies dans cet achat. « Je vais prendre la commode hippique pour mon mari, décida-t-elle. Il possède des chevaux.

– Merveilleux. Mr. Mahoney sera ravi, vraiment, il ne vend que rarement. Il viendra lui-même à Dublin pour superviser l'emballage et l'acheminement et si à l'arrivée la commode a subi le moindre dégât, ce qui n'est jamais arrivé, il prendra l'avion et viendra la réparer à domicile.

– Merci. J'ai vraiment le sentiment de n'avoir jamais rien vu ni rien acheté de pareil.

– C'est le cas, ma chère. » Et il ne mentait pas. Al, qui n'était pas loin d'être l'homme le plus comblé au monde, ne possédait certainement aucun objet comparable. Il ne pouvait y avoir plus parfaite culmination de son art, songea Rosalind, que d'offrir à Al, le jour de son propre anniversaire, un cadeau qu'il n'avait pas, n'aurait pas pu trouver, dont il ignorait l'existence et qui lui serait absolument inutile.

51. Liquidités

« Finalement, dit Mary Lynn à Deirdre, ce que j'apprécie le plus chez les pur-sang, c'est qu'ils sont faciles à liquider.

– Au sens financier du terme, précisa Deirdre.

– Mon Dieu ! Oui ! acquiesça Mary Lynn. Par rapport à la maison, à la résidence en bord de mer, au bateau, aux œuvres d'art et à tous ces trucs que Skippy a achetés au fil des ans. Mon Dieu ! Il va nous falloir des années pour partager tout ça. »

Deirdre en déduisit qu'elle n'allait pas quitter Skippy pour le type de chez Microsoft mais pour des principes d'ordre plus général. Elle ne voulait plus incarner l'épouse charitable d'un homme d'influence à Washington. Deviner ce qui était pire – les bonnes œuvres, le mariage, l'influence ou Washington elle-même ? – défiait toute conjecture, mais comme rien de tout cela n'avait plus le moindre attrait et comme Skippy ne savait rien faire d'autre que jouer les éminences grises à Washington, impossible de le reconvertir…

Deirdre sentait qu'elle devait faire acte de solidarité féminine à ce sujet. Voilà pourquoi elles avaient quitté l'hippodrome pour aller déjeuner au restaurant. Deirdre estimait que tel était son devoir car, peu avant qu'elle ne quitte l'hippodrome, George lui avait dit : « Je parie qu'il y a un divorce dans l'air, ma biche, alors montre-toi compatissante. » Tout en dégustant sa soupe à l'orge puis sa cassolette de crevettes servies sur un lit de haricots verts et d'herbes aromatiques, Deirdre se mordait la langue et cherchait dans son expérience de femme une trace d'empathie féminine mais elle s'aperçut qu'elle n'avait aucune expérience de ce type ni ne se sentait capable d'éprouver un sentiment de ce genre. D'un autre côté, constata-t-elle à sa propre surprise, elle ne ressentait ni rage ni terreur. Elle s'était elle-même débarrassée de la plupart de ses propriétaires et, par conséquent, elle avait elle-même mis tous ses œufs dans le panier des Hollister. Quand leurs chevaux (qui couraient bien et dégageaient toujours des profits) seraient transformés en liquidités et partis au fil de l'eau, il lui resterait six chevaux dans son écurie, trois chevaux de courses à conditions qui devaient lui avoir rapporté environ vingt mille dollars en un an et trois chevaux à réclamer qui, bien sûr, ne faisaient que passer. Évidemment, la jument miraculeuse et sa petite déesse de pouliche étaient aussi fluctuantes que tous les autres et suivraient leur cours, elles aussi. Une des filles parfaites de cette jument, une pouliche de trois ans, avait gagné une grande course en Californie, augmentant encore la valeur de sa génitrice et celle de propriétaires tels que Mary Lynn et Skippy, désormais quasi inaccessibles pour Deirdre.

« Vous savez, dit Mary Lynn, Skippy n'arrête pas de répéter : “Mais ils ne l'obligeront jamais à quitter la présidence ! Ils n'ont même pas la majorité simple ! Je ne comprends pas pourquoi tu me quittes ! Attends au moins la fin du scrutin ! Attends la fin des élections !” Eh bien, attends un peu pour voir ! Ce n'est ni le premier ni le dernier mariage détruit par la politique.

– J'en suis persuadée, répondit Deirdre. Mais ça ne peut pas être la seule raison.

– Vous savez bien que non, acquiesça Mary Lynn, et je le sais aussi mais Skippy pense que c'est tout ce qui compte. Alors moi je lui dis Bill et Hillary doivent rester mariés mais ils sont bien les seuls ! »

Deirdre mangea son dessert – tarte au citron et coulis de framboise – sans s'étouffer. Et sans jurer, gémir ni grincer des dents ou s'arracher les cheveux, elle se contenta de remercier Mary Lynn de leur longue collaboration et lui souhaita bonne chance.

Plus tard, quand elle demanda à George pourquoi elle était restée si calme, il lui répondit : « Mais, cousine, tu n'étais pas en train de frôler la mort. Tu avais rendez-vous avec la mort. Face à cela, inutile de protester. »

Deirdre avait toujours cru qu'un rendez-vous avec la mort était soudain ou du moins assez bref mais celui-ci s'écoula au compte-gouttes et lui laissa tout le loisir de se demander pourquoi elle souffrait tant de renoncer à une chose qui l'avait tant fait râler. Pour commencer, George avait décidé de retourner en Irlande. Il avait ses raisons mais ni l'un ni l'autre n'était dupe, ce n'étaient que des excuses. Argent, travail, préférences… en fait, il souhaitait simplement retrouver l'Irlande, et son expérience dans l'écurie de Deirdre l'aiderait peut-être à se faire embaucher dans un haras ou chez un autre entraîneur irlandais. Tiffany désapprouvait cette idée au plus haut point : « Bon, d'abord, ce n'est pas terminé ici, alors tu n'as pas besoin d'acheter ton billet de retour dans l'heure. Et puis même si Deirdre acceptait de se changer un peu les idées et prenait de longues vacances à Tahiti, par exemple, et si les chevaux allaient chez d'autres entraîneurs, tu pourrais te trouver un autre emploi et ce serait l'occasion parfaite pour monter en grade en te faisant embaucher en Californie ou à New York. Je suis sûre que Dagoberto…

– Il me semble que ça demanderait pas mal d'efforts, ma chérie.

– Euh, oui, bien sûr, mais…

– Mon idée, c'est de me laisser porter jusqu'au sommet, pas d'y arriver à la nage.

– Bon, laisse-moi te raconter quelque chose à ce propos, dit Tiffany. J'ai vu à la télé que les hommes sont plus lourds que l'eau, alors arrête de te leurrer, jamais tu ne te laisseras porter au sommet. »

George éclata de rire.

« Et il y a tout le temps des entraîneurs qui cessent leurs activités en Angleterre. Je l'ai lu dans le *Thoroughbred Times*. Même l'entraîneur de la reine d'Angleterre a cessé ses activités parce qu'il n'arrive pas à gagner d'argent dans les courses anglaises…

– En Irlande, on n'a pas besoin de gagner de l'argent, on a juste besoin de trouver de quoi s'occuper toute la journée…

– Et les cheikhs font transférer leurs chevaux en France parce que les bookmakers anglais ne vous reversent qu'un pour cent de leurs recettes, eux ils peuvent toujours se retirer des courses hippiques et ne garder que le football…

– Toi, tu as passé ton temps libre à lire tous ces magazines hippiques !

– Ben oui, et tu devrais le faire aussi…

– Tout ce que je me dis, c'est que je dois trouver dans quelle catégorie je vais jouer, Tiff. Et ça vaut aussi pour toi, tu sais. J'ai simplement l'impression que ta catégorie à toi se situe quelques étages au-dessus de la mienne.

– Mais si j'avais ton expérience et tes connaissances, je ne retournerais pas en Irlande !

– Tiens donc ! Mais tu ne sais donc pas que c'est là-bas qu'on s'imprègne du métier ? En Irlande, ça vous vient avec l'air qu'on respire. Tu devrais venir avec moi, ma petite. On te dévorerait comme une brioche au sucre en Irlande. »

Il faut dire que cette suggestion fit bondir le cœur de Deirdre mais Tiffany secoua ses minuscules tresses et répondit : « Non, merci. »

George réserva donc son billet de retour, et tout le monde sentait qu'il était tout bonnement ravi de repartir et de redevenir un Irlandais parmi d'autres.

Ensuite, Helen vint voir Deirdre un beau matin : « Deirdre, ma chérie, je voulais te parler de mes projets, je vais continuer à tenir tes comptes et tout le reste mais je travaillerai à domicile ; je me suis lancée comme consultant, tu vois. »

Elle lui tendit une annonce. On y lisait : *Quelle compagnie de téléphone ? Quel type de téléphone mobile ? Quel ordinateur ? Quel serveur Internet ? Quel formule d'assurance ? Et dans quel restaurant réserver pour déjeuner ? Vous hésitez ? Je me charge de tout organiser dans les moindres détails. Même les clauses en petits caractères n'ont pas de secrets pour moi ! FAISONS AFFAIRE ! Helen Vanden Plas, 1-800-876-5432.*

« Quels sont tes tarifs ?

– Soixante-quinze dollars de l'heure.

– Tu as déjà reçu des appels ?

– Vingt-six pour l'instant. Dix contrats.
– Tu veux acheter un cheval de course ? C'est bon à déduire de ses impôts.
– Ah, ma chérie, j'en sais quelque chose ! On continuera à se voir. Je viendrai déjeuner avec toi. »

Peut-être bien. En tout cas il était agréable de se dire qu'elle y penserait.

Deux jours plus tard le van qui devait convoyer les chevaux de Mary Lynn et de Skippy arriva. Deux chevaux allaient à New York, un autre dans le Kentucky et les trois derniers en Californie. Deirdre regarda Tiffany leur panser les jambes. Elle utilisa des bandages verts pour les alezans, rouges pour le cheval gris, jaunes pour le bai et bleu pétrole pour le cheval brun. C'était du bon travail : des bandes bien régulières de haut en bas, ni trop serrées ni trop lâches. Puis Tiffany les fit monter un par un sur la rampe et les attacha dans leurs stalles. Les types du van rabattirent la rampe et ils s'éloignèrent dans une bruyante exhalaison de diesel. Maintenant, sur les six chevaux qui n'appartenaient pas aux Hollister, il n'en restait qu'un, car Deirdre avait annoncé qu'elle cessait ses activités d'entraîneur. Le dernier cheval devait courir l'après-midi même et serait sans doute réclamé. Sinon, son propriétaire, un parieur qui devait réclamer et perdre un cheval par an, avait dit qu'il l'emmènerait le lendemain, et ce serait fini.

Ne restait que Tiffany.

Deirdre lui avait dit de retourner travailler avec Dagoberto, en Floride. Forte de ses cinq mois d'expérience auprès de Deirdre et pour peu que Deirdre elle-même se donne la peine de le persuader, sans parler des cent quatorze mille dollars que les chevaux de Tiffany avaient gagnés depuis le mois d'août, soit plus de deux cent mille dollars au total, Deirdre ne doutait pas que Tiffany saurait se faire accepter par Dagoberto. Tiffany ne parlait ni de rester ni de partir et Deirdre ne pipa mot elle non plus car le meilleur de chaque jour, la seule chose qui lui inspirait bonne grâce et reconnaissance était de voir Tiffany dans ses jeans Gap, ses bottes australiennes, coiffée de son chapeau de cow-boy et de ses minuscules tresses, avec son polo couleur orchidée de chez Lands' End. Les fonctions de Tiffany dans l'écurie de Deirdre étaient variables, surtout depuis qu'il ne restait qu'un cheval. Ce qu'elle choisit de faire ce jour-là, le dernier jour du cheval, fut de le bouchonner trois fois des pieds à la tête, de nettoyer sa bride et de s'assurer, semblait-il, que chaque brin de paille de son box soit bien parallèle aux autres. « Mais tu vas lui arracher ses derniers poils, à le brosser comme ça ! intervint Deirdre.

– Il n'y a plus rien à faire. J'ai fait le vide dans tous les autres box hier. J'ai aussi nettoyé la réserve de nourriture. Un peu d'affection ne lui fera pas de mal. On dirait qu'il en a été privé. Peut-être que ça le réveillera et lui donnera des raisons de, enfin tu vois...

– Gagner une course ?

– Ben, oui.

– Tu es une sentimentale, ça c'est sûr !

– Les chevaux m'aiment bien.

– Oh, oui ! Tiffany, tu pourrais bouchonner des chevaux superbes : les tiens.

– Tu as dit que tu ne voulais pas d'eux dans ton écurie.

– Tes moyens de subsistance me tiennent à cœur, d'autant que toi et ta tenue de cheval ne faites plus qu'un ! Comme je te paie un salaire de misère et que ça va bientôt s'arrêter, il faut que tu... »

Tiffany ne supportait pas que la conversation prenne un tel tour et l'interrompit sur-le-champ : « Quel est le nombre maximum de chevaux que tu as eus dans ton écurie ?

– Chevaux de course ? Près de quarante. Il y a deux ou trois ans.

– Avant l'accident.

– Bien avant. Mais j'ai eu soixante chevaux dans mon écurie de sauteurs pendant près de cinq ans. C'était une belle affaire et une lourde responsabilité pour une jeune femme de vingt-quatre ans. Je ne savais pas ce que je faisais et c'était très bien ainsi, ça valait mieux pour les chevaux, si tu veux mon avis.

– Combien en montais-tu par jour ?

– Entre six et huit. Mais je ne les bouchonnais pas. J'employais deux jeunes rien que pour ça. Jeunes dans le sens où ils n'étaient pas mariés, mais ils étaient plus vieux que moi. Oh ! Tout le monde était plus vieux que moi, à l'époque. Rien qu'envoyer les chevaux concourir et gérer la sellerie et l'équipement de parade constituait un travail à plein temps. Pendant la saison des concours, on pouvait passer le doigt sur la robe du cheval sans y trouver la moindre poussière ; des chevaux qu'on nettoyait tous les jours et qui faisaient tout leur possible pour se salir. »

Tiffany soupira.

« Ce n'est pas une existence enviable, ma petite Tiffany.

– Tu la mènerais encore si tu ne t'étais pas cassé la colonne vertébrale.

– Parlons de toi. Écoute, j'en ai touché un mot à Bill Trout, il a quelques chevaux à te faire bouchonner, deux vainqueurs de courses à conditions et un deux ans qui a un bon pedigree. Il a dit que si tu travaillais un peu pour lui le temps qu'il voie comment tu t'y prends avec les chevaux…

– Deirdre, j'ai cinq chevaux en Floride. En les faisant venir ici sur le chemin du retour vers le nord, j'aurais considérablement réduit mes dépenses…

– Tiffany, écoute-moi bien. »

La jeune femme leva la tête et posa ses yeux magnifiques sur Deirdre.

« Je suis finie dans ce métier.

– "Fini" se dit des choses, les gens doivent dire "c'est terminé pour moi".

– Merci pour le cours de langue. C'est terminé pour moi dans ce métier. Il m'a usée jusqu'à la corde et j'en ai assez.

– Tu sais tant de choses que je n'apprendrai peut-être jamais…

– Cette nuit, je me suis réveillée et j'ai essayé de calculer combien de chevaux sont passés entre mes mains au cours des trente dernières années. J'en suis arrivée à trois mille cinq cents. Trois mille cinq cents chevaux sur lesquels j'ai posé les mains, que j'ai montés, contemplés, auxquels j'ai rêvé ; j'ai décidé de leur sort, je les ai blessés, brisés, méjugés, je me suis interrogée à leur sujet.

– Tu as appris d'eux, dit Tiffany.

– Et je m'y suis attachée inutilement », répondit Deirdre.

Tiffany sortit du box. « Je sais que tu tiens plus à tout ça que tu veux bien le montrer, dit-elle.

– Vraiment ?

– Je sais que tu es triste.

– Alors tu en sais plus que moi, Tiffany. » Deirdre consulta sa montre. Il restait environ une heure et demie avant la course, donc il était tard, car le cheval courait dans la dernière course de la journée. Tiffany vint se planter en face d'elle et posa ses mains sur les hanches de Deirdre qui leva les yeux. « Tu sais, Deirdre, dit-elle, on ne t'a encore jamais demandé ce que tu vas faire, toi, maintenant.

– Et pourquoi je t'en parlerais ? »

Tiffany eut un sourire malicieux. « Parce qu'il ne reste plus que moi et que nous sommes seules, par exemple ?

– Je suis une femme acariâtre qui prend plaisir à décevoir ce genre d'attentes.

– Tu dis toujours ça, mais franchement je ne vois pas pourquoi. Moi je te trouve adorable.

– Sainte Marie Mère de Dieu ! » Deirdre croisa les bras sur sa poitrine. « Jamais plus je ne pourrai marcher la tête haute dans cette écurie. »

Le cheval, qui mangeait son foin, leva la tête et vint la poser sur le portillon du box, les oreilles tournées vers elle. C'était un cheval ordinaire, un alezan de quatre ans avec une tache de blanc ordinaire sur le front. Elle l'avait réclamé pour son propriétaire environ trois semaines plus tôt et l'avait fait courir une fois depuis. Elle-même ne l'aurait jamais réclamé mais le propriétaire était un adepte de la forme, des graphiques et des chiffres et il pensait que l'animal allait forcément décoller. Il avait continué à lambiner sans décoller, bien installé, ainsi que Deirdre l'avait dit au propriétaire, dans son pedigree insignifiant. Il ne ferait pas partie des trois mille cinq cents chevaux dont Deirdre se souviendrait. Elle n'était déjà plus très sûre de son nom. Mais même s'il était de ceux qu'on oublie et si tout cela avait usé Deirdre jusqu'à la corde, le spectacle de ses yeux curieux, de ses oreilles aux aguets au sommet de cette longue tête la titillait quand même.

« Qu'est-ce que tu as envie de faire ? demanda Tiffany.

– Eh bien, voyons, c'est là que ça se complique, hein ? Je sais ce que je ne veux pas faire mais je ne sais pas très bien ce que j'ai envie de faire. C'est l'occasion de ma vie, non ? Je voulais travailler avec les chevaux et les chevaux m'ont rendue… » Sa voix mourut.

« Pour moi, dit Tiffany, le problème était de savoir ce que je pouvais faire.

– Ah bon ! Voyons, je n'ai jamais appris à cuisiner, à coudre, à être une épouse accomplie, une élève accomplie, ni à lire un livre ou regarder la télévision, alors tu vois… Bon, je vais jusqu'à la cafétéria manger un morceau. Bouchonne encore un peu ce cheval – j'ai vu une poussière lui tomber dessus – et quand le propriétaire arrivera, tu exerceras tes talents relationnels sur lui, parce que tu sais, Tiff, ta connaissance des chevaux ne vaut rien si tu ne sais pas donner à leurs propriétaires l'impression qu'ils sont importants. »

Puis elle tourna les talons et s'éloigna.

Elle n'en revenait pas de voir à quelle vitesse tout cela s'était évaporé, les trois mille cinq cents chevaux, les amis qu'elle avait laissés entrer dans son cœur. L'après-midi même, avec de la chance, il ne resterait plus rien, et le soir, à l'heure du coucher, elle aurait quarante ans mais il ne lui resterait rien de ces années d'efforts. Dans tout l'hippodrome, elle le savait, des entraîneurs fermaient boutique. Les entraîneurs ferment boutique. Cela fait partie du métier. Elle, au moins, grâce à la jument miraculeuse et à sa petite déesse de pouliche, était à flot. Ce n'était pas toujours le cas. Mais Deirdre ne s'y trompait pas et pesait ses mots : elle était bel et bien finie. George avait raison à son sujet, elle avait pris tout cela bien trop à cœur et ne pouvait plus l'endurer une minute de plus, voilà ce qu'elle ne pouvait pas expliquer à Tiffany. Les aventures qui faisaient encore les délices des autres l'avaient épuisée.

Et après trois mille cinq cents chevaux, s'en trouverait-il encore un pour la toucher ? Lequel pourrait dire, je suis digne de ton intérêt, moi ? Elle le mettait au défi, poulain ou pouliche, de l'approcher. Elle le mettait au défi de venir la tirer de la boutique, du bureau, du café ou de la concession où elle, Deirdre Donohue, avait l'intention de changer de vie et de faire fortune.

52. La Merveille

Après le réveillon de nouvel an, Residual revint de ses vacances telle une débutante à son premier bal, tout enveloppée de tulle dorée. Elle gagna la course Artemis (catégorie 2). Sa photo parut dans *The Blood-Horse*, on l'y voyait galoper sans cavalier au bout d'une longe. Les gens oublièrent la Coupe des éleveurs et se mirent à parler du derby du Kentucky. Buddy sentit une ambition bien familière monter en lui et, tout aussi familière, la sensation apaisante et habituelle d'une agréable bretelle d'accès sur laquelle sa Lexus s'engageait d'elle-même et qui menait sans équivoque à une autoroute précise, vers une destination bien connue et désirable. Il avait eu une révélation : tout le temps passé depuis un an à se débattre avec sa conscience, avec Jésus et tout le reste, il pouvait décider d'en faire l'économie. C'était aussi simple que ça. Évidemment, ce fut le moment que choisit Deedee pour lui révéler son état.

Buddy savait très bien que Residual n'était pas le genre de pouliche susceptible de s'habituer à un autre cavalier d'exercice ; quant à Deedee, selon lui, elle avait une cervelle de moineau, mais s'agissant des chevaux, cette écervelée avait du doigté. Buddy la prit à part derrière l'écurie, hors de portée de voix de tous les autres et lui chuchota d'une voix à peine audible, si bas que même Jésus ne l'entendit peut-être pas – et en tout cas Deedee n'entendit rien : « Quoi ? dit-elle.

– As-tu songé à la possibilité d'interrompre cette grossesse ? » murmura Buddy.

Deedee se raidit.

« Leon et toi vous êtes encore très jeunes. »

Deedee regarda au loin.

« Le derby du Kentucky…

– Je l'ai déjà annoncé à ma mère. »

Il n'en fut plus question.

Il fallut donc attendre encore, le temps de trouver un autre cavalier d'exercice qui plût à Residual. C'était un problème délicat. Elle ne se montrait jamais désagréable ou récalcitrante mais même quand le cavalier l'aimait bien, et ils l'aimaient tous, on voyait bien qu'elle ne trouvait pas son rythme comme avec Deedee. En fin de compte, Buddy persuada le jockey de venir tous les matins. Il était plutôt doué, même si Buddy n'aimait pas que des jockeys remplacent les cavaliers d'exercice. Mais ce fut à ce moment que le jockey se cassa le poignet en montant un cheval à réclamer sans grande valeur (celui de Buddy, à vrai dire) et prit deux semaines de repos. Buddy essaya de faire une descente dans les écuries des autres entraîneurs pour trouver un cavalier d'exercice, c'est alors qu'il comprit que personne ne voulait travailler pour lui, pas même pour monter la fabuleuse pouliche.

Martha la Merveille avait la cinquantaine, ça c'était sûr. Personne ne savait d'où elle venait et elle n'en parlait pas. Une rumeur disait qu'elle avait été mariée au célèbre Jimmy Williams pendant environ une semaine à une époque ou une autre, mais Martha la Merveille n'en parlait pas non plus. Pourtant, elle était si légendaire que, des années et des années plus tôt, un type avait donné son nom à une pouliche qui avait gagné plusieurs courses à conditions et de grandes courses avant d'engendrer six poulains, six vainqueurs et un vainqueur de grandes courses. Martha la Merveille vivait à Berkeley et travaillait comme metteur en scène de théâtre indépendant dans le quartier de la baie des Anges en fin de journée. Le matin, elle était cavalière d'exercice à Golden Gate Fields. Elle n'avait aucune autre obligation : elle ne nettoyait pas les articles de sellerie, ne faisait pas la conversation, demandait à être payée en liquide et comme elle ne conduisait pas, elle se faisait chercher en taxi. Elle était chère. Buddy prit l'avion jusqu'à San Francisco et se rendit chez elle à Berkeley où elle le reçut avec scepticisme. Il lui exposa son dilemme.

« Mary Bacon a monté à cheval jusqu'à la naissance de son bébé. Quel problème ça pose à votre cavalière ?

– Elle refuse.

– Je déteste L.A. » Elle versa du thé russe dans une tasse qu'elle fit glisser vers lui sur la table.

« Je peux faire venir la pouliche à Santa Anita le temps que durera l'entraînement.

– Et me loger au Ritz ? » Une lueur brilla dans ses yeux.

Buddy déglutit.

Martha la Merveille éclata de rire. « Non, c'est très bien. Une location de courte durée fera l'affaire.

– Bien, alors...

– Mais pas de Butene, pas de stéroïdes, pas de pentes raides ni de crampon sur le sabot. Nous serons dans la première série du matin. Pas de journalistes. Je n'aurai jamais à parler à qui que ce soit. Et quand j'aurai fini, un verre de jus de carotte, épinards et froment m'attendra. Je rentrerai chez moi tous les samedis après-midi et je reviendrai le lundi soir. À vos frais. Sans oublier mes trajets en taxi entre Santa Anita et l'aéroport d'Oakland. »

Que pouvait-il dire ? De toute façon il reporterait tout cela sur la facture de la propriétaire.

Et merveilleuse, elle l'était. Évidemment qu'elle avait été mariée à Jimmy Williams ; même à cinquante ans bien sonnés elle posait sur les chevaux un regard magique et sensuel. Residual semblait heureuse et détendue, elle battit les records du jour. Buddy l'engagea dans le handicap Delilah (catégorie 1) qui se courrait le 7 février et constituerait, pensait-il, une bonne préparation pour une course contre des poulains.

La vieille propriétaire ne cessait de répéter : « C'est vraiment ce qui lui faut ? Elle ne va pas se faire mal ? Elle est tellement adorable ! Ce n'est vraiment pas la peine de lui faire courir le derby du Kentucky, Buddy. Ça ne m'intéresse pas. »

Mais le derby du Kentucky n'intéressait pas Buddy. Il avait eu plusieurs vainqueurs potentiels du derby au fil des ans. Aucun n'était jamais arrivé au starting-gate. La pouliche avait ses chances comme tous les autres. En allant à l'église avec sa femme – il le faisait encore, il gardait ses doutes pour lui – il se promettait de revenir à Jésus dès que la Triple Couronne aurait eu lieu.

C'est alors que la propriétaire mourut. Quand il se réveilla un beau matin, la nouvelle s'étalait dans tous les journaux. Azalea Warren, dernier membre de la vraie famille Warren dont toutes les villes minières de la Californie portaient le nom, arrière-petite-fille de Frederick Warren, petite fille du sénateur Ezra Washington Warren, fille de, cousine de, sœur de, nièce de… Mais pas mère de. Miss Warren était sans descendance. Un banquier appela Buddy dès le lendemain et lui annonça que les chevaux devaient être vendus aux enchères. Buddy lui fit remarquer que les meilleures ventes aux enchères n'auraient pas lieu avant des mois. Serait-il possible, demanda le banquier, de mettre les chevaux en réserve, pour ainsi dire ?

Buddy lui expliqua qu'un cheval était un bien plus dynamique que statique. Il fallait qu'il continue d'avancer, littéralement et dans son entraînement. En fait, Buddy se montra plutôt éloquent pour qui le connaissait, il disserta sur la nature temporaire et imprévisible de la valeur d'un cheval. Il prit Residual comme exemple. Telle qu'elle était, elle valait des mille et des cents, un prix à sept chiffres au bas mot, mais elle pouvait mourir demain, alors elle ne vaudrait plus rien car miss Warren n'avait pas cru bon d'assurer ses chevaux. Le banquier gratifia Buddy d'un long silence que ce dernier employa à regarder par la fenêtre de son bureau. Les stores étaient relevés. Dans l'allée de l'écurie, les chevaux allaient et venaient, les cavaliers d'exercice jetaient leur selle sur la barre pour la nettoyer, Curtis Doheny le vétérinaire traversa l'allée, deux agents de jockeys s'approchèrent, puis, hommes et chevaux, tous s'écartèrent et Buddy la vit. « Bon, comment vendre cette pouliche tant qu'elle a de la valeur ? demanda le banquier.

– Je peux m'en charger en échange de la commission standard de 10 %. »

Le banquier comprit aisément le concept de commission standard.

Buddy s'efforça de se montrer serviable : « Il faudrait la faire évaluer, bien sûr.

– Qui pourrait s'en charger ?

– Un agent.

– Pouvez-vous me donner quelques noms ?

– Je peux vous en fournir deux ou trois.

– Parfait.

– Il y a sir Michael Ordway. » Tout en dictant le numéro de sir Michael, Buddy la regarda approcher de sa démarche ondulante, des lunettes de soleil à la main ; la cupidité se lisait sur son visage. Andrea Melanie Kingston. Buddy mit fin à sa conversation avec le banquier et raccrocha à l'instant où s'ouvrait la porte de son bureau. Comme elle entrait avec un « Oh, Buddy ! », il lui dit : « Madame Kingston, aujourd'hui est notre jour de chance. » Ensuite, ce fut facile comme bonjour. Il emmena Andrea Melanie dans le box de Residual. La pouliche mangeait son foin. Quand Andrea Melanie s'exclama : « Oh, Buddy ! » la pouliche leva sa charmante tête, tourna ses yeux liquides vers Andrea Melanie et regarda longuement son visage. Quand Buddy dit en passant « commission de 10 % à payer par l'acheteur », Andrea Melanie acquiesça avec enthousiasme comme s'il s'agissait d'un privilège insigne.

Les formalités de la vente furent terminées deux jours avant la course et, le jour de l'épreuve, Buddy trouva que tout le monde se comportait comme s'il s'agissait d'un mariage. Andrea Melanie portait un tailleur crème et un petit chapeau brillant. Jason Clark Kingston, désormais propriétaire de Residual, qui venait d'être délesté d'un million quatre cent mille dollars, portait un costume à rayures. Martha la Merveille rentra chez elle pour revenir dans un ensemble rose. Leon portait un blazer bleu marine et, quant à Buddy, il portait son complet gris foncé de tous les jours. Et puis le matin même, la femme de Buddy appela pour dire qu'elle venait à l'hippodrome, elle fit son apparition dans une tenue bleu canard avec les chaussures assorties. Deedee tressa la crinière de Residual. Le jockey portait des couleurs orange foncé. C'était une journée ensoleillée et la pouliche avait l'air d'être en plaqué or. Quand on mit le jockey en selle et qu'ils suivirent les concurrents jusqu'au rond de présentation, Buddy remarqua que les fans tendaient les mains vers Residual en disant : « Hé, la pouliche ! Hé, Residual ! Hé, chérie ! » Puis ils crièrent à son adresse : « Bonne chance, Buddy ! Alors tu vas gagner, Buddy ? Superbe pouliche, Buddy ! »

Quant à Buddy, il n'était pas heureux. Il avait l'impression de se trouver à une fête prévue trop longtemps à l'avance et à trop grands frais où on attend avec impatience de s'amuser. De fait, cela ressemblait vraiment à un mariage. Il se serait même cru au mariage d'un de ses enfants. Cela portait la poisse de tout préparer ainsi. Cela réduisait les chances de gagner. Cela ne laissait aucune part à l'inattendu. La pouliche courait avec une charge de cinquante-trois kilos mais cela aurait aussi bien pu être quatre-vingt-dix kilos en comptant le poids de toutes les attentes.

Il afficha une expression réjouie, prit la main d'Andrea Melanie dans la sienne et plongea son regard dans le sien en l'assurant de sa foi en la pouliche, mais à l'instant où il prononçait ces paroles il se sentit devenir tout petit. Sur le chemin de la loge, il tourna les talons et alla parier, ce qu'il fit avec confiance mais sans joie ni tristesse ni crainte. « Donnez-moi un ticket à deux cents dollars sur le numéro quatre placé ou gagnant dans la septième course », dit-il et c'est alors qu'il sut qu'il vivait les pires instants de son existence. Il le comprit car tous les autres moments horribles le submergèrent comme une avalanche : toutes les fois où son père s'était détourné de lui en secouant la tête tant il était déçu, tous les moments où il avait attendu de grandir et où il continuait de mesurer un mètre soixante-cinq, tous les moments où il s'était aperçu qu'il était en colère et que sa colère se propageait autour de lui. Des chevaux qui mouraient, s'effondraient, étaient réclamés ou ne l'étaient jamais, des propriétaires qui le quittaient. Et ainsi de suite. Tous les mauvais moments, il les revivait, maintenant, au pire moment. Et il sut que le pire de tous était venu car absolument rien n'allait de travers. Tout allait aussi bien que possible en ce bas monde et cela signifiait qu'il n'y aurait jamais aucun répit. Il prit son ticket et s'éloigna du guichet. Son ticket lui parut étrange. La rangée de guichets de paris lui parut étrange. Tous les autres parieurs et habitués des courses fourmillaient autour de lui et il ne lui restait plus aucune énergie. Il faillit s'écrouler sur place mais il réussit à mettre un pied devant l'autre et à remonter à sa loge où les convives regardaient la mariée parader jusqu'au starting-gate. Il enfouit sa tête dans ses mains et se dit : « Putain, mais qu'est-ce que je suis en train de faire ? »

FÉVRIER

53. Le génie de l'entraîneur

À Belmont Park, Epic Steam devint vite plus docile. Car dans l'écurie, il n'était entouré que de juments sous progestérone qui n'étaient assurément jamais en chaleur. De plus, dans son cas, on utilisait également une chaîne à crampon ; dès que Luciano le massait, le cheval trépignait tant et si bien que Frankie alla demander à Dick de lui payer une grosse assurance vie pour la durée de l'entraînement, mais le cheval ne s'emballa pas, ne rua pas dans le starting-gate et n'attaqua pas les autres chevaux. Dick savait que le personnel des courses le suivait de près et que le starter l'avait vraiment à l'œil, mais on ne pouvait rien reprocher au cheval. Dick l'avait à l'œil, lui aussi, il ne se lassait pas de l'observer. Il ne pouvait détacher son regard de ce cheval. Chaque foulée l'hypnotisait. À part lui, Dick pensait qu'il assistait au retour du fameux Ribot ou de Nearco qui figuraient tous deux à plusieurs reprises dans le pedigree de ce cheval et qui s'étaient tous deux montrés turbulents en leur temps. Impossible de cajoler l'animal ou de se le concilier. Mais on pouvait passer sa journée à l'observer sans s'en lasser. Tout de même, il fallait qu'il soit sans cesse fatigué, par simple mesure de sécurité. On lui imposait des longueurs de mille deux cents mètres et de mille quatre cents mètres. On le faisait trotter et galoper pendant ses jours de repos de sorte qu'il n'avait pas de jours de repos. Quand Herman Newman, suite à une conversation officieuse avec d'autres propriétaires qui avaient des idées bien arrêtées sur le sujet, critiqua ce programme, Dick dit avec une certaine autorité : « Et Citation ! Vous savez bien que Citation faisait des longueurs de mille six cents mètres ! Il fallait le faire travailler avec deux autres chevaux, un devant et un derrière, pour qu'il garde le rythme ! C'est votre premier cheval, monsieur Newman, voilà pourquoi vous ne comprenez pas à quel point il est exceptionnel, mais il pourrait bien devenir légendaire ! » Puis il lui martela « derby, derby, derby », ne fût-ce que pour le déstabiliser encore un peu. Cela valait la peine de renoncer à aller en Floride et de bouleverser sa façon de travailler rien que pour garder le cheval dans les vastes installations d'Aqueduct et de Belmont, rien que pour le regarder !

De fait, le poulain travaillait très bien et Dick parvint à le préparer pour une course. Dick fut même tenté de se prendre pour un génie et beaucoup de gens se mirent à regarder le cheval d'une autre manière. On paraissait avoir remédié à ses bizarreries comme à son mauvais caractère. Son côté imprévisible n'éloignait plus les gens et Dick savait que Herman Newman était la vedette de l'hippodrome.

Ils se parlaient tous les jours. Herman Newman était gentil mais il fallait tout lui réexpliquer. C'était quoi encore, une œillère ? Et des pentes raides ? Et du Legend ? Comment ça, prophylactique ? De l'arthrite chez un cheval de trois ans ? Rafraîchissez-moi la mémoire, mille deux cents mètres en une minute huit secondes, c'est bon ? Rappelez-moi ce que je dois dire à ce journaliste ? Herman Newman se confondait en excuses. Il ne cessait de répéter : Vous savez, je prends ces trucs, du ginkgo biloba, pour la mémoire, vous voyez, et peut-être que ça ne fait qu'empirer. Et puis untel m'a encore appelé.

Untel. C'était la plus grande inquiétude de Dick, le paradoxe de son existence. Herman Newman pouvait se laisser tenter à tout moment. Des agents de chevaux l'appelaient sans cesse, des Français, des Anglais, parfois des Américains. Ensuite il appelait Dick pour lui demander conseil. Un certain Tommy Flannegan l'avait appelé. Son acheteur était du genre discret, il n'aimait pas voir son nom dans les journaux. « Un Japonais, suggérait Dick.

– Non, les Japonais n'ont plus d'argent, répondait Herman Newman.

– Pas ceux qui se trouvent en haut de l'échelle, rectifiait Dick.

– Pourquoi ne veut-il pas me dire son nom ?

– On fait beaucoup de mystères dans le monde hippique.

– Et pourquoi, encore ?

– Parce qu'il y a beaucoup d'argent en jeu, surtout du côté des parieurs.
– Je devrais peut-être vendre ce cheval ?
– Ce n'est pas à moi qu'il faut le demander, répondait Dick.
– Mais à qui d'autre ? Je ne connais que vous. Rappelez-moi pourquoi je ne dois pas le vendre.
– Parce que c'est un cheval extraordinaire. Il peut remporter des victoires et vous rapporter beaucoup d'argent.
– D'accord. »
En fait, Herman Newman n'avait aucune raison de ne pas vendre ce cheval. Il n'était pas spécialiste des chevaux et semblait mal à l'aise dans son nouveau rôle de propriétaire. La raison pour laquelle il devait rester le propriétaire d'Epic Steam, c'était uniquement parce que Dick Winterson tenait à l'entraîner.

Epic Steam était prêt à courir. Herman Newman était prêt à le faire courir. « Dites-moi encore, pourquoi on a laissé passer la course de Count Fleet ? Rappelez-moi pourquoi vous l'avez rayé – c'est bien le mot ? – de la Whirlaway ? Je ne vois aucun inconvénient à ce qu'on le transporte. Quel qu'en soit le coût. Dites-moi encore, pourquoi vous ne voulez pas le faire transporter ?
– Il est d'un maniement difficile.
– Vous ne m'aviez pas dit qu'il avait tourné la page ?
– Si.
– Vous ne vous fiez pas à lui ?
– Je commence à le faire.
– Rappelez-moi pourquoi vous ne voulez l'inscrire à aucune course ?
– Je veux qu'il participe à une course. Mais je veux que ce soit la bonne.
– Quelle course serait la bonne ? »
Une course sans spectateurs.
« Je pense que ça pourrait être la course de Paumonok.
– Vous m'en avez déjà parlé ?
– Non. C'est une course préparatoire. S'il s'en sort bien, il pourra participer à une grande course.
– D'accord. Dites-moi encore, quand a-t-elle lieu, cette course ?
– Dans deux semaines.
– Il faudrait que j'y assiste, non ?
– Oui, monsieur Newman.

– Encore une chose, combien elle rapporte, cette course ?
– Environ cent mille dollars pour le vainqueur.
– Un sacré paquet, hein ?
– En effet, monsieur. »

Ce ne fut qu'au matin de la course que Dick s'aperçut qu'il n'avait encore jamais vraiment faire concourir Epic Steam. Il l'avait fait travailler, il avait lu des comptes rendus de ses courses précédentes, il avait imaginé toutes les courses qui y étaient mentionnées et avait pensé à ce cheval nuit et jour mais, pour ce qui est de savoir comment le cheval se comporterait dans une course ou même dans l'enclos à seller, dans l'écurie des tests, devant les tribunes ou sur la piste sous les yeux de dix mille spectateurs en train de crier, eh bien, en fait, il n'en savait rien. Un oubli de taille.

« Ce cheval est en forme et bien préparé. Il a été superbe à l'entraînement. Je pense qu'il ne pourrait pas être plus prêt qu'aujourd'hui », dit-il à Herman Newman. Mais c'était lui-même qu'il rassurait.

Et il se récitait tout son palmarès d'entraîneur : nombre de chevaux entraînés, de courses gagnées, montant total de ses gains et ceci et cela. Rien n'y faisait. Chaque pas hors de l'écurie avec le cheval était un pas de plus, les yeux bandés, vers le bord du précipice. On ignorait tout du moment de la chute. Pourtant, l'entraînement s'était passé à merveille et ces dernières semaines on l'avait même fait travailler en compagnie d'un hongre de quatre ans pour l'habituer ne fût-ce qu'un peu à la proximité d'un autre cheval. Le hongre était un imposant cheval de turf très sûr de lui et un peu flegmatique sur les bords. Le cavalier d'exercice d'Epic Steam était imposant et flegmatique lui aussi et les quelques fois où le cheval avait cherché à mordre son partenaire, le cavalier lui avait assené un bon coup de fouet sur la tête pour le faire méditer à loisir. Dick n'aimait pas ce genre de violence mais cela aussi marchait plutôt bien.

Il lui arrivait de se demander pourquoi tous les signes du bon déroulement du processus ne suffisaient pas à le convaincre.

Frankie adoptait une autre attitude face à cette situation. Il se contentait de hausser les épaules en disant : « Bon, patron, v'là ce que j'en pense. Faut arrêter d'en faire un cas à part, de ce cheval. On met le jockey en selle, on lui dit de courir et c'est tout. Vous allez vous coller une crise cardiaque à essayer de comprendre cet animal. La vérité ? C'est un emmerdeur. »

Et ce fut ainsi que Herman Newman vint à la course avec sa femme, le genre de femme avec qui Dick ne coucherait jamais, avec ses fils et leurs épouses – il en allait de même pour elles – et Dick eut l'impression de promener un minibus de touristes. Un des fils travaillait lui aussi dans le jouet, un autre était professeur d'histoire médiévale de la Russie, ou quelque chose comme ça, tandis que le troisième était rabbin. Eh oui ! Un véritable rabbin avec chapeau, manteau et longues boucles. Dick n'avait encore jamais vu de rabbin à l'hippodrome mais il s'en réjouit. Peut-être, se dit-il, était-ce le secret de la veine d'Herman Newman. Il se fit un devoir d'effleurer le rabbin et de toucher le cheval de la même main, car il n'osait pas encourager le rabbin à s'approcher du cheval à ses risques et périls.

Les Newman firent un cercle autour du cheval, à bonne distance, pour l'admirer. Et tandis qu'ils l'admiraient, le cheval cessa de s'agiter un instant pour les admirer à son tour. À cet instant, Dick sauta sur l'occasion de mettre le jockey en selle. Le jockey et lui échangèrent un regard. Un regard qui disait, pour l'instant tout va bien, et c'est parti.

Dick escorta la troupe des Newman jusqu'aux guichets de paris puis à sa loge. Cela prit du temps car ils s'émerveillaient de tout ce qu'ils voyaient. Même Herman, qui était déjà venu une bonne vingtaine de fois, semblait à nouveau émerveillé. Le temps qu'ils aient tous pris place, le cheval se trouvait déjà sur la piste en compagnie de son poney. Le rabbin, qui, à y regarder de près, était assez jeune, effleura la manche de Dick. « Notre cheval est du genre assez intransigeant.

– Vous n'êtes pas le premier à l'avoir remarqué mais je suis surpris que vous l'ayez fait si vite.

– Est-ce une qualité pour un cheval de course ?

– Dans une certaine mesure, oui. »

L'homme enfonça ses doigts dans sa barbe et contempla la piste. « Très ritualisé, remarqua-t-il.

– Ça se passe comme ça tous les jours, partout, toute l'année.

– Voilà qui me plaît, déclara le rabbin. Je reviendrai peut-être.

– On ne voit pas beaucoup de rabbins à l'hippodrome.

– Pourquoi ces chiffres sont-ils affichés ?

– Ce sont les cotes. La cote de notre cheval est de trois contre un. Il a fait beaucoup de bonnes courses mais il n'a pas couru depuis longtemps, donc les parieurs l'aiment bien mais il n'est pas donné favori.

– C'est étrange que mon père ait un cheval.

– Pourquoi donc ?

– Tous ses ancêtres étaient des révolutionnaires. Je suis la brebis galeuse de la famille. Ça aurait tué mon grand-père de voir son petit-fils devenir rabbin. Il a bien failli en mourir, à ce qu'il disait, quand mon père lui a avoué qu'il détenait des portefeuilles d'actions. Quand il nous a annoncé qu'il s'était acheté un cheval, ma mère l'a emmené chez le médecin. C'est vrai ! Mais cela ne nous dérange plus. Laissez-moi vous dire une chose : mon père est l'innocence incarnée, enfin pour ce que j'en ai vu. Il n'a jamais fabriqué le moindre jouet défectueux ni même susceptible d'être dangereux. Mais ce n'est pas ce que j'entends par innocent. Pas seulement le fait de ne pas être coupable. C'est plutôt que toute expérience est nouvelle pour lui, qu'importe le nombre de fois où il l'a vécue.

– Je l'ai remarqué », acquiesça Dick. Epic Steam entra dans le starting-gate, puis recula, y entra de nouveau et recula encore. Deux hommes approchèrent de son arrière-train. Il décocha une ruade mais les manqua. Puis il entra dans le starting-gate et y resta. « C'est parti », annonça Dick au rabbin.

L'énorme cheval noir sortit du troisième compartiment et s'élança d'un bond. Pour Dick, il n'y avait que lui dans le déferlement de chevaux. Ce n'était même pas volontaire. Son regard se portait naturellement sur Epic Steam, se braquait sur lui, et les autres chevaux disparaissaient. Le cheval n'était pas en tête, il avait environ quatre longueurs de retard et se trouvait dans le troisième couloir, il fonçait comme n'importe quel cheval. Cela continua ainsi. Dick se remit à se prendre pour un génie. À cette idée, il se sentit fondre : le gravier se faisait mélasse. Ce n'était peut-être que le soulagement. Les chevaux débouchèrent au premier tournant, Epic Steam se détachait aussi nettement que la lune par une nuit sombre. Dick apercevait sa queue flottante, ses muscles qui s'étiraient, la main du jockey sur les rênes, qui les tenait sans tirer. « On peut entraîner n'importe quel cheval. » Voilà ce qu'il déclarerait à la presse quand on l'interviewerait. D'autres bons chevaux participaient à la course, des chevaux dont on ne parlait qu'en termes élogieux. Dick ne les voyait pas. Dans la première ligne droite, Epic Steam s'écarta un peu, se déportant sur le quatrième puis le cinquième couloir. Les chevaux prirent le second tournant. Les chevaux de tête, trois au total, formaient un peloton serré et tenaient la corde. Epic Steam était cinquième. Mais il s'était déporté.

« Il a l'air d'être trop à l'extérieur, remarqua le rabbin. Sur le plan de la géométrie, ce n'est pas très judicieux...

– Regardez ça », interrompit Dick.

Le cheval prit le tournant à toute allure, très loin des autres. Et ils se retrouvèrent dans la dernière ligne droite. À présent Epic Steam était au milieu de la piste, seul, et Dick comprit qu'il devait courir ainsi, bien à l'extérieur. C'était la façon la plus sûre de courir. Car le cheval était assez solide pour faire l'ascension de l'Everest. Et voilà le résultat : sans rien pour le distraire, le cheval s'élança vers la ligne d'arrivée, les doublant de si loin que les autres concurrents ne le virent pas et, par conséquent, n'accélérèrent pas pour le rattraper. Peut-être même que les autres jockeys ne l'avaient pas vu. Epic Steam était un bombardier furtif. Le jockey n'eut même pas besoin de sa cravache : si on s'en tenait aux apparences, il n'eut qu'à s'accrocher à sa monture et espérer l'arrêter à temps pour se retrouver dans le cercle des vainqueurs. Le cheval gagna d'une longueur. C'est à ce moment précis, où il restait assis encore un instant, que Dick ressentit à quel point il avait eu peur, une peur qu'il avait enfouie pendant Dieu sait combien de temps. Puis il se leva et escorta les Newman jusqu'au cercle des vainqueurs. Quant à eux, ils étaient émerveillés, évidemment.

Tandis qu'ils attendaient, en compagnie du photographe et de l'actrice qui devait aider le président de l'hippodrome pour la remise du trophée, qu'Epic Steam, son jockey et son lad viennent les rejoindre, Dick confia au rabbin : « Votre père le méritait vraiment.

– Vous le pensez ? demanda le rabbin. Oui, il le mérite bien. Mais ce qui est merveilleux chez lui, c'est qu'il n'a jamais ce genre de préoccupations. »

Dick se demanda ce que Herman Newman pourrait bien trouver à raconter à d'autres propriétaires s'il devait un jour leur faire la conversation.

Et voilà le cheval qui arrivait, épuisé mais toujours aussi ardent, l'encolure courbée, les naseaux dilatés, les veines saillantes, infatué de lui-même et, pour ainsi dire, heureux. Oubliant toutes les mises en garde que Dick lui avait jamais prodiguées, Herman Newman s'avança vers l'animal et lui passa les bras autour du cou. Puis ils se mirent tous en rang et le photographe prit son cliché ; alors Dick se souvint que dans les courses hippiques, à jamais et pour toujours, la chance vaut mieux que les connaissances. Et c'est ce qu'il déclara aux journalistes de *The Blood-Horse* et du *Thoroughbred Times* venus l'interviewer.

54. Tant pis pour lui

Dès lors que Rosalind comprit que sa fonction dans la vie se limitait à suivre des instructions, elle eut beaucoup moins de problèmes. Grâce à la Révolution de l'information, les instructions émanaient de partout à la fois, et la plupart du temps, on pouvait les suivre au choix dans trois à dix langues différentes. Et il venait du monde à la galerie – ouvriers, artistes, autres marchands d'art, clients et amis prodiguaient eux aussi force directives. Les artistes, par exemple, étaient les détenteurs suprêmes de l'instruction. Se conformer à leurs désirs bien arrêtés quant à l'art et à la manière d'accrocher leurs œuvres était un exercice zen de discipline et de patience, un art de la futilité qui finissait par vous apprendre à vous abstraire de la réalité matérielle. Les amis et les autres marchands d'art prodiguaient également de nombreuses consignes sur la façon d'en user avec les différents artistes et Rosalind en prenait toujours bonne note. Le téléphone ne cessait de sonner et des voix venues du monde entier lui disaient où prendre livraison d'objets, les payer, les acheminer, comment les emballer et à quoi s'attendre. Rosalind acquiesçait, souriait et savait précisément quoi faire et dans quel esprit le faire.

Forte de cette expérience, elle se tenait dans sa galerie un soir, à la tombée de la nuit, quand elle décrocha le téléphone et reçut les instructions de Krista Magnelli : il fallait aller voir Limitless à Belmont le lendemain matin. « Voilà deux mois qu'il est à l'hippodrome, dit Krista. J'ai juste un petit souci. Mais d'une part je n'aime pas appeler votre entraîneur pour me mêler de ses affaires et ensuite je suis certaine que ce n'est rien de grave. »

Rosalind savait exactement comment se conformer à cet ordre. « Eh bien, Krista, il est sans doute temps que j'aille voir où en sont les choses là-bas. Merci de me l'avoir rappelé. Al est tout le temps en Russie et j'ai eu…

– Vous voyez, dit Krista, ce n'est pas que j'aie un pressentiment ni rien, enfin, rien de plus que mes pressentiments habituels.

– Si le cheval avait un quelconque problème, nous en aurions entendu parler. Je suis sûre qu'il va très bien et je suis ravie d'aller le voir.

– C'est très rassurant de vous en parler, Rosalind.

– S'il y a quoi que ce soit, je m'en occuperai.

– Merci beaucoup. »

Il est important de comprendre que si on va simplement voir son ancien amant parce qu'on le veut ou qu'on en a besoin, bien sûr, on est mal à l'aise, mais si on y va à la demande de quelqu'un, nul besoin d'être mal à l'aise : les consignes qui en découlent vous dicteront aussi vos propos et votre attitude en présence de votre ancien amant. Il n'y avait donc pas lieu de s'inquiéter.

Eileen, qui dormait dans le placard à balais, poussa la porte du bout du museau et entra dans le vaste espace de la galerie. Elle s'étira tranquillement, puis elle se secoua vigoureusement et regarda Rosalind. Rosalind lui parlait à peine désormais, uniquement pour lui donner des ordres. Chacune avait bien pris la mesure et en était arrivée à une compréhension définitive de l'autre. Eileen ne renoncerait en aucun cas à certains modes d'expression qu'elle estimait nécessaires à son bien-être. D'un autre côté, elle acceptait de venir aux pieds, de s'asseoir, de se coucher, de ne pas aboyer, de se montrer affectueuse et de respecter les objets appartenant à Rosalind sans y être invitée. Pour un jack russell terrier, avait-on dit à Rosalind, cela confinait à la sainteté.

Le lendemain matin, en route pour l'hippodrome dans la Mercedes avec Eileen à son côté, Rosalind se sentit d'humeur plus compatissante envers son mari. Pauvre Al ! Des décennies passées à ouvrir sa grande gueule sans que personne n'ose l'arrêter. Mais ne voulait-il pas qu'on lui pose des limites ? Il se montrait exigeant parce que c'était la seule attitude qu'il connaissait. Elle se revit assise à table avec lui en mangeant calmement. Cela lui donnait l'impression d'être une pierre roulée et malmenée sans fin par le ressac de ses jérémiades, mais peut-être qu'il avait, lui, l'impression de se trouver dans une salle vide, obligé de crier de plus en plus fort rien que pour savoir s'il y avait quelqu'un. Et qui se trouvait à l'intérieur du barrage intérieur de Rosalind, au fait ?

Elles arrivèrent à l'hippodrome en un rien de temps, trouvèrent immédiatement une place de parking et franchirent la grille. La journée n'avait rien d'agréable. Cavaliers et chevaux se serraient et se recroquevillaient dans le froid.

Une rangée de chevaux aux couleurs de Dick croisa son chemin, en route vers l'entrée de l'hippodrome. N'étaient-ils pas adorables, avec leurs longues jambes, leur taille fine, la couverture bleue destinée à leur réchauffer l'arrière-main, la buée qui leur sortait des naseaux et s'élevait autour des têtes et des oreilles ? Les cavaliers portaient des gants, des sweat-shirts à capuche et semblaient encore plus dévoués à leur monture que d'ordinaire. Le premier cheval de la file de Dick se cabra en entrant sur la piste. Son cavalier se pencha et le cheval retomba sur ses pieds avec force bonds et ruades. Rosalind et Eileen trouvèrent Dick.

Elle ne s'avança pas immédiatement vers lui. De toute façon, il scrutait attentivement la ligne de chevaux. « Laisse-le partir au trot, Frankie ! cria-t-il. Essaie de le contenir mais pas de l'arrêter. » Le cheval fit un bond en avant et Frankie le laissa avancer.

« Qui est ce cheval ? » demanda Rosalind.

Dick fit volte-face.

« Oh, tu m'as fait peur !

– Désolée.

– Il s'appelle Epic Steam. Il a gagné le prix Paumonok, l'autre jour. C'est un monstre.

– Énorme.

– Gigantesque.

– Quelles nouvelles de Limitless ?

– Regarde, juste là. Il s'entraîne avec cet alezan, là. Je suis content que tu sois venue. Al est là ? Ils vont faire un exercice d'entraînement officiel, le poulain est en deuxième position.

– Comment va-t-il ?

– Je n'en sais rien.

– Mais, voilà quelques mois qu'il est ici, Krista m'a dit…

– Regarde ! »

Les deux chevaux, le bai et l'alezan, se mirent au galop, un galop ample et fluide, et progressèrent le long de la rambarde extérieure jusqu'à l'autre bout de la piste. Rosalind avait du mal à les distinguer, perdus qu'ils étaient dans l'immensité et l'activité de l'hippodrome.

Ils longèrent les tribunes. Limitless était juste devant l'alezan. Au poteau marquant sept huitièmes, ils se dirigèrent vers la rambarde intérieure en traversant la piste avec prudence. Ils marquèrent une seconde d'arrêt au poteau puis ils furent partis. L'alezan tenait la corde, Limitless était hors de portée.

« Regarde ça, fit Dick.

– Quoi ? »

Il lui tendit les jumelles. Elle les porta à ses yeux. « Ses rênes flottent presque librement, dit-il.

– Et alors ?

– On ne monte pas un cheval de cette façon. C'est dangereux. Un cheval est capable de faire n'importe quoi. Si jamais il faisait demi-tour et se mettait en travers du chemin du cheval qui est dans le couloir voisin, cela suffirait à le disqualifier.

– Lui arrive-t-il de faire demi-tour ?

– Pas encore. Pour l'instant il court en ligne droite.

– Eh bien pourquoi s'inquiéter ? »

Il ne répondit pas. Alors, Eileen s'approcha de lui pour la première fois et lui renifla les chaussures. Puis elle recula et s'assit devant Rosalind et leva les yeux vers elle.

Les chevaux arrivaient au tournant. Tandis qu'ils le prenaient, il parut en effet évident à Rosalind que Limitless ne tolérait aucune intervention de son cavalier. « Il a appris à courir en autodidacte, dit-elle. Je suis sûre qu'il n'a l'intention de se mettre en travers du chemin d'aucun autre cheval. Tu ne crois pas qu'il sait ce qu'il veut ? Moi si. » Dick appuya sur le bouton de son chronomètre et fit : « Sensas ! » Puis il rangea le chronomètre dans sa poche et conclut : « Mais il me fait toujours dire ça.

– Son éleveur l'appelait comme ça : Sensas.

– Excuse-moi juste une minute. » Il lui reprit les jumelles et les porta à ses yeux. Elle suivit à nouveau son regard vers l'autre extrémité de la piste. L'énorme cheval noir avançait. Même à une telle distance on ne voyait que lui. Les contours de sa silhouette semblaient vibrer. Ils prirent le tournant et en débouchèrent en un rien de temps. Ils passèrent devant les tribunes et entamèrent le second tournant. « Il s'est peut-être emballé. Ou peut-être pas. J'ai dit à Frankie de le faire travailler un peu plus. » Le cheval semblait dévorer l'ovale de la piste. « Tout ce que je demande à la vie, ajouta Dick, c'est de me laisser mener ce cheval à une course de première catégorie sans encombre. Le Gotham lui conviendrait parfaitement.

– C'est tout ce que tu demandes ?

– C'est tout ce que je demande.

– Hum ! » fit Rosalind. C'était peut-être en son pouvoir mais elle ne sut pas se décider et laissa le moment passer.

Le cheval sombre passa au trot tout en douceur et, après plusieurs amples foulées à cette allure, il se mit au pas avec la même souplesse. « Tu sais, reprit Dick, quand on m'a envoyé ce cheval je trouvais qu'il se déplaçait mal. Mais il avait simplement une jambe cassée. »

Rosalind éclata de rire.

Mais elle reconnaissait le regard qu'il portait sur ce cheval. Un regard que seule une ancienne maîtresse sait identifier, peut-être, un regard qui espère sans trop y croire : la voilà ou le voilà, toute ma vie j'ai attendu cela, pourvu que je ne gâche pas ma chance ! Un regard qui ne dénotait pas tant le désir que la vigilance. Il disait, c'est Lui et tous les autres ne sont que les autres. Rosalind renifla. Limitless n'était pas loin et elle le regarda, mais pas Dick. Rosalind n'avait pas l'intention d'être vexée simplement parce qu'on faisait l'erreur de négliger son cheval au profit de celui d'un autre. Limitless et l'alezan s'arrêtèrent en contrebas, en biais par rapport à la piste, et attendirent. Rosalind observa son cheval. L'arrière-main était cachée sous la couverture, évidemment, mais elle apercevait ses jambes. Très longues pour son âge et légèrement dirigées en dehors. Le cavalier d'exercice le montait calmement, une main fourrée sous l'aisselle, l'autre sur la boucle des rênes. Le cheval tourna la tête pour regarder d'autres chevaux galoper près de la rambarde. Il avait une longue encolure, une longue tête et de longues oreilles. Les rênes partaient du mors en décrivant une courbe gracieuse et reposaient sur son épaule. La grâce émanait-elle de cette courbe de cuir ? Quand les deux chevaux se détournèrent et s'éloignèrent au pas, elle remarqua aussi que l'arrière-main du cheval se creusait juste en dessous du garrot et décrivait une courbe sous la selle minuscule pour rejoindre la pointe de la croupe. En contrebas, ses quatre jambes semblaient ruisseler de vitesse. Elle essaya de susciter l'enthousiasme de Dick : « Regarde mon cheval ! On le dirait tout droit sorti d'une de ces peintures hippiques anglaises, non ? »

Dick lui jeta un bref coup d'œil : « Il est en forme. » Puis il regarda de nouveau l'énorme poulain qui secouait son mors. Dick cria : « Hé, Frankie ! Tout va bien ? Quel monstre ! »

Et ils suivirent les chevaux jusqu'à l'écurie. Eileen restait sur les talons de Rosalind. Cette dernière choisit ses mots avec soin. « Tu aimes ce cheval, hein ? dit-elle. Tu penses qu'il a quelque chose ?

– Il a tout ce qu'il faut. La taille, la lignée. Il a déjà gagné cinq courses, je…

– Non, je parlais de Limitless.

– Oh ! Euh, bien sûr. Enfin, il a fait du chemin depuis l'été. Je songe à l'engager dans une course d'ici environ quatre semaines. Il est rapide et il aime courir. Il suffit de lui montrer comment ça marche. »

L'inattendu était qu'elle ou plutôt son corps était absolument insensible à la présence physique de Dick. Il aurait pu être n'importe qui. Il faisait à nouveau partie de la tissure lisse du monde. À un moment donné et de façon inexplicable, depuis leur dernière entrevue, il était redevenu un homme sans intérêt particulier. Une amie de Rosalind qui avait eu plusieurs maris et amants disait toujours : « Oh ! Je ne sais pas. Il arrive toujours un moment où on le regarde en se disant : Et alors ? » Mais en faire l'expérience était très étrange. Son regard était attiré par les chevilles scintillantes du cheval devant eux plutôt que par le visage de Dick.

Il est vrai qu'elle n'avait pas l'expérience de Dick. Peut-être n'y avait-il rien de spécial chez Limitless (Rosalind n'avait pourtant pas l'habitude de douter de son propre jugement esthétique), mais son être tout entier possédait une qualité élastique qui se concentrait dans le mouvement de ses postérieurs tandis qu'il regagnait l'écurie.

Elle s'approcha de la tête de Limitless quand le lad le prit en charge pour le desseller. Il était amical avec ça ; manifestement, Krista lui avait été très attachée. Il dressa les oreilles, renifla le pull et les mains de Rosalind. Elle lui caressa l'encolure sous le menton, lui gratta le front. Elle lui susurra des mots doux. Ce regard. Accrocheur, gentil. Le regard des chevaux, songea Rosalind, en dit toujours un peu plus long qu'on ne peut comprendre. Ils en attendent plus qu'on ne peut leur donner. Mais, même dans ce contexte, le regard de Limitless était d'une beauté unique, entre ses longs cils, les yeux proéminents, il était calme, sûr de son effet. « Vous l'aimez bien ? demanda-t-elle au lad.

– Y fait pas d'histoires. C'est un bon petit cheval. » Rien de plus.

Elle suivit Dick dans son bureau. Elle vit Eileen marquer un temps d'arrêt avant de se glisser dans la pièce, sans son assurance habituelle. Rosalind la prit dans ses bras. Quand elle eut refermé la porte, il demanda : « Alors… comment vas-tu ?

– Très bien. Je n'ai pas beaucoup de temps, je veux être de retour à la galerie avant midi. Et toi, comment vas-tu ?

– J'ai déménagé. J'ai trouvé un logement à Queens, il est vraiment très beau. Louisa l'aime bien.

– Comment va Louisa ?

– Ça marche pour elle. Elle a donné plusieurs récitals. Les critiques du *Times* l'adorent, tu sais. Je suis allé l'écouter deux fois. Nous sommes amis.

– Écoute, Dick, je change mon cheval d'entraîneur.

– Rosalind… »

Ils se dévisagèrent, leurs regards en disaient long mais elle voulait lui expliquer pourquoi, malgré tout, aussi poursuivit-elle : « Ce cheval n'arrive pas à te toucher.

– Oui. Je vois ce que tu veux dire. Moi non plus je n'y arrive pas avec lui. À qui vas-tu l'envoyer ?

– Je n'en sais rien. J'imagine que je trouverai.

– Je n'en doute pas. »

Un peu plus tard, il la reconduisit à sa voiture.

55. Le retour du démon

Joy entendit les pas de Farley qui entrait dans la chambre. Depuis le début de son dernier épisode dépressif, elle ne se levait plus du tout. Elle sortait parfois la tête de sous les couvertures. Elle le fit et demanda : « Quel jour sommes-nous ?

– Samedi.

– Depuis combien de temps je suis comme ça ?

– Onze jours.

– Est-ce que tu aspires à déceler des signes d'amélioration ?

– J'essaie de ne m'en abstenir.

– Est-ce que cela affecte l'amour que tu me voues ?

– Pour moi tu n'es pas toi-même.

– Et si c'était le vrai moi ?

– J'ai choisi de croire le contraire.

– Tu sais, quand j'étais petite mon père me racontait l'histoire d'un cochon qu'il avait vu dans une foire un jour. Il pesait plus de quatre cents kilos et ne tenait même plus sur ses pattes. Son père lui avait dit que le cochon ne dormait et ne se réveillait jamais. Son existence se déroulait dans une zone intermédiaire entre le sommeil et l'état d'éveil. Tu trouves ça attirant ?

– Non.

– Moi si.

– Qu'est-ce que ça a d'attirant ?

– Aucun mouvement. »

Il s'assit sur le lit, lui écarta doucement les cheveux du visage et prit sa main dans la sienne. Puis, de son autre main, il se mit à lui bouger le bras de haut en bas, d'avant en arrière, en le caressant doucement. Il lui souriait. Elle le laissa faire. Il reposa son bras. Elle sentit un fourmillement agréable. « Il faut que tu retournes à l'hippodrome, dit-elle. Raconte-moi. »

Il passa les chevaux en revue et parla de ce qu'ils allaient faire ce jour-là. Froney's Sis n'était pas sur la liste. Froney's Sis était retournée au ranch. Son départ coïncidait avec le début de ce qui arrivait à Joy. Il y avait là comme un lien de cause à effet, certes, mais ce n'en était pas un. Quand cela lui arrivait, il n'y avait pas de cause, ni maintenant ni jamais. Elizabeth disait que cela ne pouvait pas s'expliquer par un événement dans cette vie, qu'elle en avait une ou deux autres qu'elle vivait en même temps que celle-ci. Peut-être était-elle très malade en ce moment même dans son autre vie ? Peut-être était-elle morte ? avait suggéré Joy. Quand Joy avait parlé de la théorie d'Elizabeth à sa mère, celle-ci ne l'avait pas écartée d'emblée, à la surprise de Joy, car sa mère était une fervente partisane des psychotropes. Joy se disait parfois que si seulement elle pouvait tous les laisser faire en même temps – Farley s'occupait de son corps, Elizabeth analysait les expériences de sa vie antérieure, sa mère modifiait la chimie de son cerveau, Platon la replaçait dans le bon contexte socio-économique et culturel et Mister T. conceptualisait son moi intérieur – cela suffirait à la hisser par-dessus bord et à la ramener dans l'univers du bien-être. « Il faut vraiment que tu y ailles, dit-elle.

– Je sais.

– Ta patience est-elle infinie ?

– Suffisamment pour l'instant, je n'en demande pas plus. »

Après son départ, elle se souvint qu'il avait un patience infinie. Il n'y avait qu'à voir sa façon de s'y prendre avec Froney's Sis.
Cette pensée suffit à déclencher une nouvelle crise de larmes.

Elle s'était sans doute remise à pleurer, songea Farley en s'engageant sur l'autoroute 210. Trois semaines plus tôt, il aurait estimé qu'il jouissait d'un bonheur exceptionnel, un bonheur qu'il appréciait au plus haut point. C'était bien plus que partager la plupart de ses nuits et de ses jours avec une femme qui le mettait à l'aise et avec laquelle il n'était pas en conflit. Bien plus que le fait qu'elle trouvait un appui en lui et le touchait : il avait envie de l'attirer toujours plus près de lui. C'était bien plus que ces conversations entre eux, un duo perpétuel, harmonieux et mesuré, tantôt reposant et tantôt stimulant, chant à plusieurs mouvements. Bien plus que se montrer bon avec elle sans le moindre effort et sentir au contraire la patience, la gentillesse et la chaleur puisées en lui sans éprouver aucune crainte (il aurait voulu toujours être celui qu'il était avec elle). Vers Noël il avait beaucoup pensé à tout cela : avec le recul, il voyait que les désirs et les attentes incompatibles, les déceptions et les malentendus latents avaient sans cesse compromis ses relations avec les femmes comme autant de vieilles casseroles qu'il traînait à chaque pas. Mais pas avec Joy. Ils étaient trop reconnaissants pour laisser place aux rancœurs. Même depuis que cette chose était arrivée à Joy, il était encore reconnaissant : reconnaissant de la sentir si proche, reconnaissant d'entendre sa voix suave, reconnaissant de voir son visage, reconnaissant de la bonne volonté avec laquelle elle le laissait prendre sa dépression à bras-le-corps à sa place en la touchant, en lui donnant son bain et en la déplaçant ici et là. Il était reconnaissant qu'elle se soit livrée à lui, qu'elle le laisse s'occuper d'elle et lui exprimer son amour au lieu de s'isoler et de s'éloigner. Mais tout de même.
Au moment où il quittait la 210 à Baldwin, il se raidit à cette pensée.
Mais ensuite, alors qu'il franchissait la grille des personnels des courses en jetant un œil à sa montre (sept heures pile), il se força à regarder cette pensée en face.
Combien de temps encore ?
Selon Barney, son vétérinaire habituel, le seul à qui il s'était vraiment confié, il fallait voir cela comme un temps de repos en stalle. Trente jours de repos en stalle : il fallait prendre ses dispositions

pour y faire face mais cela n'avait rien de si terrible. « Et puis trente jours de repos en stalle, ça fait des merveilles », avait déclaré Barney.

Il rejoignit sa place de parking et se gara.

Il trouvait intéressant, maintenant qu'il avait enfin transféré son écurie à Santa Anita de façon permanente, de ne pas savoir plus que les autres ce qu'il allait advenir des quartiers privés de l'hippodrome de Santa Anita. Il venait tout juste de s'attacher à cet endroit. Ces installations qu'il avait jugées décrépites et peu pratiques, il leur trouvait maintenant un charme désuet. En entrant dans son écurie, il regarda autour de lui en s'appliquant à éviter la prochaine question, mais bien sûr, dès qu'il y pénétra, la question se dressa devant lui. Elle était là, cette figure blanche, intelligente et tout en longueur passée par-dessus le portillon de la stalle et qui cherchait manifestement Joy. Farley s'approcha et donna à Mister T. la petite tape affectueuse sur la joue qu'on pouvait se permettre avant que le cheval se détourne. Oliver le vit tout de suite et vint le rejoindre. « Comment ça s'est passé avec la première série de chevaux ? » demanda Farley.

Oliver le lui raconta.

« Quoi d'autre ? »

Oliver lui récita la liste d'instructions du vétérinaire.

« Quoi d'autre ?

– Somerville a encore rappelé. Il dit que tu ne l'a pas rappelé hier.

– C'est vrai. »

Ils échangèrent un regard que Farley comprit parfaitement. Oliver l'implorait. Deux des plus gros propriétaires de la côte Ouest lui avaient proposé trois chevaux chacun, deux chevaux de trois ans et quatre âgés de deux ans. Les premiers étaient déjà prêts. Les autres le seraient dans environ trois semaines. Il n'avait pas dit non. Mais il n'avait pas dit oui. De fait, il n'avait aucun box libre et ne pouvait plus en obtenir, du moins pas pour l'instant. Les écuries de Santa Anita étaient plus exiguës que celles de Hollywood Park. Tout le monde y était plus à l'étroit. Oliver voulait qu'il transfère ses chevaux à Hollywood Park et qu'il lui en confie la charge à lui, Oliver, mais Farley n'aimait pas la qualité de terrain de cet hippodrome. Il n'avait pas envie d'y entraîner ses chevaux. Cependant un box pouvait se libérer, celui qui se trouvait derrière eux, celui de Mister T.

Mister T. ne faisait plus rien maintenant que la pouliche était retournée au ranch et il n'avait aucune activité en perspective. Sur dix courses, la pouliche en avait gagné une, était arrivée deuxième une fois et troisième une fois. Elle avait gagné vingt et un mille dollars. Elle avait été déclarée inapte à courir à plusieurs reprises. En fait, elle n'était pas un cheval de course et elle ne reviendrait pas. Mister T. n'avait pas vraiment le tempérament d'un poney d'entraînement. Il n'aimait pas que des chevaux mâles évoluent dans son espace propre et, s'il avait de bonnes manières, il était tout sauf flegmatique, qualité nécessaire chez un poney fiable. L'expérience des six derniers mois où il avait couru, galopé et pris quelques départs dans les starting-gates avait accéléré le processus de son vieillissement. Moins souple, il était devenu plus revêche et difficile à monter. Il n'avait aucune utilité sur l'hippodrome et l'hippodrome n'était désormais plus l'endroit qui lui convenait. Sans herbe, sans amis, sans sorties, il n'avait rien à faire. Il était temps pour lui de rentrer ; le cheval appartenait toujours à Mr. Tompkins et ce dernier lui trouverait une place quelque part. Mais comment Farley annoncerait-il, pourrait-il annoncer la nouvelle à Joy ? Maintenant, au onzième jour de ses trente jours de repos en stalle ? Son ami Barney lui disait qu'il ne pouvait pas faire une chose pareille. La mère de Joy aussi. De même que sa propre conscience. Un de ses amis qui avait traversé une période de grave dépression nerveuse lui avait dit qu'il ne pouvait même pas dire à Joy qu'il envoyait ce cheval dans un endroit tel que le Centre équestre de Los Angeles, pourtant pas très éloigné, car pour Joy, imaginer le cheval dans un endroit nouveau auquel il devait s'adapter, où il se sentait seul, loin de son environnement familier, sans personne et au milieu d'étrangers – Farley voyait-il le tableau ? Oui, Farley voyait tout à fait le tableau.

Donc à « Combien de temps encore ? » s'ajoutait « Comment lui annoncer ? ».

« Tu devrais au moins l'appeler, dit Oliver. Il avait l'air contrarié. »

Et il y avait aussi cela, ses vieux démons revenaient le hanter : « Je vais le faire, dit-il. Après cette série de chevaux. » Et ils arrivèrent, tous les huit avec leurs huit lads et leurs huit cavaliers qui convergeaient vers lui et lui permettaient de remettre cela à plus tard.

Mais c'était sa plus grande tentation, ce qui chez lui correspondait au mal de Joy, ce qui avait déjà eu raison de lui par le passé. Bien sûr, il pouvait appeler Somerville ; son téléphone portable était accroché à sa ceinture. Et confusément il voulait avoir ces chevaux dans son écurie, tous les six. Il y avait deux Salt Lake, un Vice Regent, un A. P. Indy, un Strawberry Road et, merveille des merveilles, une pouliche Sadler's Wells que Somerville avait achetée en Irlande. Il pouvait envoyer certains de ses chevaux peu rentables à Hollywood Park, des chevaux qui s'en tireraient très bien malgré la qualité du terrain. Et Oliver saurait s'occuper de tout. S'il appelait Somerville sur-le-champ puis l'autre type, Maraniss, ils seraient en train de tout organiser à l'heure où la quatrième série de chevaux aurait terminé l'entraînement. S'il n'appelait pas, les chevaux seraient confiés à Frankel, Hofmans ou Mandella : les bons entraîneurs ne manquaient pas en Californie du Sud et Somerville comme Maraniss avaient travaillé avec la plupart d'entre eux.

Il n'y avait personne alentour. Il lui suffisait de prendre son téléphone pour passer les appels.

Il devait au moins dire non. Ne pas rappeler était ouvertement impoli et les propriétaires, tous, même ceux qui n'avaient pas l'habitude de se voir sans cesse fêtés, savaient reconnaître l'impolitesse.

Il s'était déjà causé du tort ainsi par la passé ; vers la fin de son mariage il avait tout bonnement cessé de faire usage du téléphone pendant environ deux mois. Il ne répondait pas aux appels, il n'en passait pas et il laissait ses répondeurs, chez lui et à l'écurie, saturés de messages jusqu'à ce que ses correspondants n'entendent plus qu'une sonnerie sans fin à l'autre bout du fil. Sa « poulinière » d'épouse avait dépassé le stade de la colère et de la frustration. Elle y avait vu la confirmation de ses vieilles certitudes : on ne pouvait pas le comprendre, l'atteindre, faire appel à lui de façon rationnelle. Cherchait-il à tout détruire, disait-elle, sa famille, sa carrière, les derniers lambeaux de sentiments qui les unissaient encore, son estime de soi ? En quelque sorte, la réponse était oui. Cela relevait du miracle. On pouvait faire voler sa vie en éclats rien qu'en ne répondant ni au téléphone ni aux messages du répondeur. Deux mois à Bali ou sur la Lune n'auraient pas suffi à produire un effet aussi dévastateur que son refus de décrocher le téléphone.

Et qu'avait-il fait pendant tout ce temps ? Il s'était demandé pourquoi il n'avait pas envie de répondre au téléphone. Les chevaux disparaissaient de son écurie sans crier gare – s'il avait répondu au téléphone, il aurait rassuré les propriétaires et évité de perdre les chevaux ou du moins il aurait appris qu'on les changeait d'entraîneur. Mais en fait, divers lads et entraîneurs adjoints venaient, parfois même les chauffeurs des vans, et réclamaient les chevaux qu'il laissait partir. Finalement, il n'y eut plus que neuf chevaux peu rentables dans son écurie, puis les chevaux d'autres entraîneurs vinrent s'installer dans ses box ou ce qui avait été ses box. Il n'avait pas non plus posé de questions à ce sujet.

C'était un épisode étrange qui l'avait rapproché des ivrognes, des suicidaires, anorexiques et autres adeptes de l'autodestruction. Avec le recul, il avait l'impression d'avoir été paralysé voire ensorcelé. Toute cette période était caractérisée par l'immobilité. Dehors, la tempête faisait rage en cela que tout le monde lui en voulait à juste titre et certains lui en voulaient toujours dix ans après, mais à l'intérieur tout était calme et, pour finir, même le téléphone cessa complètement de sonner. Après une période de silence qu'il ne saurait plus mesurer, il avait passé le premier appel de sa nouvelle vie, il avait téléphoné au gérant d'un ensemble d'appartements dont il avait lu le nom dans le journal et qui avait un logement à louer.

En fin de compte il n'avait aucun regret mais il ne voulait vraiment pas revivre tout cela. Toujours est-il qu'une fois sur la piste il eut encore moins envie d'appeler les propriétaires. « Salut ! disait-il Comment ça va ? Salut ! Salut, toi ! » C'était une belle journée. Pas de brouillard. La crête des montagnes au-delà de la piste semblait rehaussée de lumière. Trois de ses associés formaient un groupe de bons compagnons. Deux ou trois propriétaires étaient là, eux aussi. Toujours identifiables à leur air emprunté, ignorant et aux aguets.

Ses chevaux arrivèrent, certains s'éloignèrent au petit trot vers l'autre extrémité de la piste et d'autres vers la rampe d'accès au starting-gate d'entraînement. J'ai besoin d'aide, pensa-t-il, et le téléphone qu'il portait à la ceinture se mit à sonner. Il y eut trois sonneries. Tout autour de lui, des bruits de pas et de sabots se firent entendre. L'endroit était bruyant et peu confortable. Le téléphone sonna une quatrième fois et Farley savait que le répondeur allait se déclencher. Il entendait parfaitement : « Farley Jones n'est pas disponible pour l'instant. Si vous souhaitez laisser un message, faites-le après le bip. » Sauf que le téléphone continuait de sonner encore et encore. Quelqu'un que Farley ne vit pas s'exclama : « Putain ! » Puis Buddy Crawford se retourna et fit : « Farley, décroche ce satané téléphone parce que sinon je vais le jeter sur la piste. »

Farley décrocha. Au même instant, il entendit un des autres entraîneurs dire : « Bon Dieu ! Ça fait plaisir de voir que t'es redevenu toi-même, Buddy.

– M'en parle pas », répondit Buddy.

Oliver avait beau savoir qu'il ne devait pas décrocher le téléphone il le fit quand même, parce qu'il ne pouvait pas s'en empêcher, parce qu'il décrochait toujours le téléphone sans même s'en apercevoir et parce qu'il se disait qu'on avait peut-être un bon cheval à envoyer à Farley ou que ce dernier appelait peut-être de la piste pour lui dire qu'il avait changé d'avis et qu'il l'envoyait à Hollywood Park avec la série de chevaux dont il était responsable, ce qui n'aurait rien d'extraordinaire, en fait, cela arrivait régulièrement. Mais c'était sa petite amie. Elle alla droit au but : « Tu lui as parlé ?

– Je n'en ai pas vraiment eu le temps. Il est arrivé un peu en retard…

– Le temps, on le trouve toujours si on le veut.

– Je vais trouver un moment. Je t'ai dit que je le ferai.

– Je ne veux pas accompagner trente-sept concessionnaires Mitsubishi et leurs femmes à Tôkyô, Kyôto, Kuala Lumpur, Hong-Kong, Bali et aux îles Fiji pour passer ces séjours divertissants à penser à ta situation à l'hippodrome. Chéri. » Elle pensa à prononcer le dernier mot d'une voix plus douce.

« Il ne verra pas forcément les choses de la même façon que moi. Il a déjà dit…

– Et nous, qu'est-ce qu'on a dit hier soir, Oliver ?

– Que j'avais certaines exigences. Pour ma carrière. »

Sur ces entrefaites, Farley arriva ; il ouvrit la porte et entra dans son bureau avec un grand sourire et un regard interrogateur. Oliver leva le doigt mais sans vraiment regarder son patron.

« C'est ça, chéri, et tu dois faire valoir ces exigences. Je ne peux pas le faire à ta place, tu le sais.

– Oui.

– Bon, maintenant, rappelle-moi ce que tu vas demander.

– Je ne suis pas vraiment en position de le faire.

– Mais on en a parlé hier soir, chéri !

– Je sais, mais…

– C'est encore une de tes stratégies d'évitement, mon chéri. Ton problème c'est que tu ne sais pas annoncer les mauvaises nouvelles.

Mais tout ce que tu fais, c'est laisser la situation se dégrader petit à petit. Je crois que ça te ferait vraiment du bien de m'énumérer toute la liste, les cinq choses à faire dont on a parlé hier soir, pour que ce soit bien clair dans ta tête. »

Farley se servait une tasse à la cafetière.

« Je sais très bien de quoi tu parles, ce que je veux dire...

– Il faut choisir. Point final. Toi et lui. Toi et moi.

– Je vois très bien où tu veux en venir, mais...

– Passe-le-moi. Je sais qu'il est dans le bureau. Je vais lui parler moi-même. »

Et pourquoi pas ? Simplement parce que tout était possible Oliver tendit le téléphone à Farley en disant : « C'est pour toi. »

Farley s'assit à son bureau et porta le combiné à son oreille. Oliver tourna le dos au bureau et contempla le tableau d'affichage où se trouvaient les photos des vainqueurs de l'année dernière : Garden Variety, vainqueur du handicap Santa Louisa ; à nouveau Garden Variety, pour le prix Willard Scott cette fois, Parson Jack, vainqueur du handicap MGM, Duly Noted, vainqueur de la course Judy Garland. Oliver lança un regard furtif à Farley qui se caressait pensivement la barbe. Oliver se dit qu'elle devait mettre le paquet. Il se retourna vers les photos des vainqueurs. Sterling Silver, vainqueur du Calistoga, Panettone, vainqueur du Hitchcock à Del Mar, Duly Noted remportant le Cardiff. Farley reposa le combiné sur l'appareil. « Tu es viré, dit-il.

– Viré ?

– Elle a dit qu'être viré te donnerait exactement l'occasion qu'il te faut : sortir ta carrière de l'impasse et refaire ta vie. Elle a dit que toi et moi nous encourageons mutuellement dans notre passivité naturelle et que si à mon âge ça ne pose pas de problème car je suis proche de la retraite, tous mes enfants sont adultes et je n'ai pas de grosse charge financière si on tient pour acquis que j'ai fini de payer mon appartement...

– Elle a dit ça ?

– Oui. Mais toi, tu ne fais que commencer et à ses yeux il est évident qu'un bon coup de pied au cul peut changer ta vie ; quant à elle, elle reste profondément reconnaissante à tous ceux qui lui ont donné un bon coup de pied au cul ; je n'avais jamais entendu l'expression "Rien ne vaut un bon coup d'pied pour décoller", donc, tout bien réfléchi, tu es viré.

Dans son bureau, Farley reposa le combiné, ferma les yeux et poussa un gros soupir. Il avait l'impression d'avoir rien moins que tendu la main pour la sauver à la dernière minute, alors qu'elle basculait par-dessus bord. Il ne savait pas très bien s'il saurait la retenir car il était convaincu, et plus que jamais, qu'elle finirait par lui glisser entre les doigts. Mais il avait ses propres ressources et ses propres méthodes, n'est-ce pas ? Patience. Stoïcisme. Persévérance. Les bonnes vieilles vertus éprouvées par le temps. Donc il avait passé un petit contrat avec Joy. C'était Barney qui lui en avait parlé. Il avait lu un livre sur un type qui avait passé un contrat avec sa femme, chaque année, elle s'engageait à ne pas se suicider cette année-là. Un an, c'était un laps de temps auquel elle pouvait faire face. Et ils avaient passé trente ans ensemble, une année après l'autre. Farley se leva et contourna son bureau. Dehors, il était midi, le soleil était haut dans le ciel et le calme régnait. Les chevaux qui avaient travaillé ce matin-là mangeaient ou somnolaient. Seul Mister T. leva la tête par-dessus le portillon pour le regarder. Farley n'avait guère pensé à leur première rencontre. Ils avaient travaillé ensemble moins d'un an. Durant les quinze années qui avaient suivi, des centaines de chevaux étaient passés par son écurie. Mais, bien sûr, il était étrange de revoir ce cheval-là et de revoir Joy au côté du hongre ange gardien – quoi qu'en dise Elizabeth dans son jargon incompréhensible.

« Salut, toi ! » dit-il.

Le cheval dressa les oreilles.

« À toi de me dire ce que je dois faire maintenant. À toi de me le dire, je t'écouterai. Marché conclu ? »

Mister T. lui lança un regard intelligent.

56. Un p'tit cheval à réclamer

Le jour de la Saint-Valentin, William Vance laissa sa petite amie le persuader de l'emmener en Floride avec les gains de P'tit Bob, puis il la convainquit à son tour d'aller à l'hippodrome de Gulfstream. À cette occasion il vit un cheval issu de Skip Trial, qui avait engendré Skip Away avec une jument Secretariat. Ce cheval avait été déclassé dans une course à réclamer pour soixante-quinze mille dollars ; donc il alla déposer la somme requise, le cheval gagna alors qu'il n'en était qu'à sa troisième course mais il termina en boîtant d'une jambe arrière et, sur les radios, il apparut qu'il s'était fracturé l'os du sabot – rien qu'un fragment d'os en suspension sur l'image floue – et avec un fer spécial, il pourrait peut-être recommencer à courir à la fin de l'été. À cet instant, William eut le pressentiment que la roue allait tourner en sa défaveur mais il n'y prêta pas attention et, en rentrant à La Nouvelle-Orléans pour y terminer la saison avant de retourner à Chicago, il était encore d'assez bonne humeur. Deux jours plus tard, son poulain de quatre ans se noua après l'exercice, il était si contracté qu'on avait l'impression que la moindre tape le ferait résonner comme un gong, là, au beau milieu de la piste. On n'osa pas le faire avancer et on dut le tracter sur les cinquante mètres qui le séparaient de sa stalle. Son urine était quasiment noire. L'autre cheval de quatre ans, une bonne et solide jument de courses à conditions, n'aimait pas la qualité du terrain en Louisiane et n'avait pas couru la moindre petite longueur depuis qu'elle était là : « C'est pas grave », expliquait William à Romero quand il l'appela pour tout lui raconter. « Elle n'arrive pas à s'y faire. Elle a l'air complètement perdue sur cette piste. » Malgré tout William continuait à se dire que tout irait bien en dépit de la fracture et de tout le reste, et cela dura plusieurs jours après l'incident du poulain de quatre ans. D'abord, on pensa que même si les urines du poulain avaient la couleur du café – ce qui était très mauvais signe – il avait une chance de reprendre le dessus comme avant – et pourquoi pas ? Mais William abandonna cet espoir assez vite. Reverrait-on ce cheval sur une piste d'entraînement ? Deux, trois, quatre jours passèrent. Le cheval était debout dans sa stalle, les yeux mi-clos, incapable de manger ou s'y refusant, et sa bonne condition physique ainsi que ses rondeurs s'amenuisèrent. Alors William se dit, bon, c'était un poulain de belle apparence et de bonne lignée, quelqu'un voudra peut-être de lui dans une ferme du Wisconsin ou du Minnesota ; mais ensuite, environ une semaine après l'incident, une grosse excroissance d'environ trente centimètres de long et dix à quinze centimètres de large apparut sur sa croupe. Le vétérinaire vint l'ausculter. Il secoua la tête. On avait à peine besoin de tenir l'animal tant il était amorphe mais on l'endormit pour pratiquer une incision dans l'excroissance. Un liquide filandreux d'un brun noirâtre s'en écoula. William n'avait jamais rien vu de pareil, mais il devinait de quoi il s'agissait avant que le vétérinaire le lui annonce.

« William, dit le vétérinaire. Ce sont des tissus musculaires nécrosés.

– Il est fichu, conclut William.

– Je pense que oui », acquiesça le vétérinaire.

Ils pratiquèrent l'euthanasie dix minutes plus tard. William alla pleurer dans son camion.

Mais il avait toujours P'tit Bob, bien sûr, P'tit Bob qui avait fini par perdre, et deux fois encore, qui avait terminé dernier puis avant-dernier parmi les chevaux placés dans une course à conditions qui rapportait vingt-cinq mille dollars et une autre à vingt-deux mille dollars. Il était fatigué. William projetait de l'emmener se reposer à Chicago pendant quelques mois. Il téléphona à Romero. « Le problème, dit-il, c'est que je n'aurais pas dû réclamer ce Skip Trial. Il ne sert qu'à occuper un box.

– On finit par se remettre d'une fracture à l'os du sabot…

– Je n'ai ni les moyens de payer toutes mes factures ni mon retour à Chicago. Les frais vétérinaires…

– Faites-le courir. » William savait que l'autre parlait de P'tit Bob.

« Il est trop fatigué par rapport aux autres. Il y a toute une flopée de chevaux fringants qui arrivent.

– Faites-le courir. Quelqu'un le réclamera, c'est sûr.

– Je sais. C'est bien ce qui me fait peur.

– Vous êtes attaché à ce cheval ?

– Eh, bien sûr que oui ! Je…

– Vous qui dites toujours que dès qu'on s'y attache on est foutu.

– Je sais. Mais P'tit Bob n'est pas comme les autres.

– Ils sont tous pareils quand on n'a pas les moyens de rentrer chez soi. »

William prépara lui-même P'tit Bob pour cette course. Il entra dans son box, lui fit sa toilette, et quelques tresses par pure fantaisie. Il lui nettoya les sabots, le brossa et le bouchonna tant et si bien que la robe brune de l'animal évoqua le lustre du noyer verni. Il démêla le crin de sa queue, le lissa méticuleusement et y pulvérisa un spray au silicone. Il pansa les postérieurs du cheval et les orna de rubans puis choisit des rubans jaunes pour les antérieurs. Et ses couleurs, une simple casaque jaune à manches blanches, faisaient bel effet sur le cheval.

P'tit Bob ne bougeait pas, calme et attentif. Il avait maintenant cinquante-quatre départs à son actif et n'ignorait plus rien des courses. Peu avant la quatrième course, William le conduisit lui-même à l'écurie d'accueil puis au paddock où l'on sellait les chevaux. Il portait un pantalon kaki tout propre et une chemise blanche. Il avait belle allure. Ils avaient tous deux belle apparence. Évidemment, il y avait des chevaux partout, des entraîneurs, des jockeys, des lads et des propriétaires. Dans chaque catégorie, il s'en trouvait de grande classe, surtout parmi les chevaux de trois ans qui prenaient ce chemin-là jusqu'au derby plutôt que le chemin qui passait par New York, la Floride ou la côte Ouest ; mais William n'en trouvait pas moins que P'tit Bob sortait du lot. Bon, il n'était ni si rapide que ça ni si beau que ça, mais il était resté, et longtemps, sans jamais manquer de se montrer coopératif et de donner tout ce qu'il avait – alors même qu'il n'avait rien de particulier. William regretta que le type du *Times-Picayune* ne soit pas là pour le voir, car il en serait resté bouche bée. William savait exactement ce qu'il lui dirait. Il consulta sa montre. Il était temps d'y aller.

Oui, tout cela participait d'une atmosphère quelque peu funèbre. On ne savait qu'après la course si le cheval avait été réclamé, mais si tel n'était pas le cas... Si ce n'était pas cette fois-ci, ce serait la prochaine fois. Comme toujours dans le monde des courses, votre cœur et vos intérêts ne vous indiquaient plus la même route, et il se trouvait au croisement.

Donc il mit le jockey en selle, un jeune garçon qui avait besoin d'une telle expérience, en lui disant : « Accroche-toi et contente-toi de le laisser courir comme il l'entend. Il en sait plus long que n'importe quel autre concurrent. Et à la fin, n'utilise pas ta cravache. S'il lui reste de l'énergie, il mettra les gaz lui-même. Mais n'aie pas peur s'il t'emmène dans un peloton serré juste avant la ligne d'arrivée. Il aime ça. »

Le jockey acquiesça.

Au lieu de regagner sa place dans les tribunes William resta debout devant la rambarde au milieu des parieurs. P'tit Bob avait tiré le numéro un, une position parfaite pour une course de mille huit cents mètres comme celle-ci.

Du moins jusqu'à ce que le cheval numéro deux sorte du starting-gate, heurte P'tit Bob et le déporte vers la rambarde intérieure si bien que le jockey perdit momentanément l'équilibre et se pencha sur le côté. Alors P'tit Bob chancela l'espace d'une foulée, peut-être à cause du poids mal réparti de son jockey. Et les autres chevaux l'avaient déjà dépassé, il était seul derrière. Il se mit alors à courir sur l'extérieur de la piste, le jockey se remit en position et prit les rênes. P'tit Bob décolla. En temps normal, William le savait, il adoptait la stratégie de la feinte. Il aimait rester légèrement en arrière, se réserver pour un unique effort. Et il n'était plus tout jeune. Si son unique effort ne payait pas, il n'en avait plus en réserve : l'explication de ses défaites était là. Mais à cet instant, il courait comme s'il n'était pas lui-même, à plein régime, tête baissée, corps aplati. Il dépassa les chevaux qui se trouvaient devant lui l'un après l'autre, puis deux par deux. William était persuadé que le jockey n'y était pour rien, qu'il se contentait de rester en selle. C'était fascinant. Un, deux, trois, quatre, cinq. Il les enterra l'un après l'autre et continua sur sa lancée. William ne savait même pas si le jockey voyait où ils allaient : à cette distance, on avait l'impression qu'il avait enfoui son visage dans la crinière du cheval. Ils arrivaient au second tournant et il ne restait qu'un cheval à dépasser, un alezan de quatre ans issu de A. P. Indy, bon pedigree, un cheval de grand prix autrefois qui avait remporté quelques belles victoires récemment. Dans la dernière ligne droite, P'tit Bob fila droit devant comme s'il avait mis les turbos et franchit la ligne d'arrivée avec trois bonnes longueurs d'avance. « Bon Dieu ! se dit William Vance. Et moi qui croyais connaître ce cheval. »

Quelques minutes plus tard il courut vers la piste à leur rencontre. Le visage du jockey était livide. « Hé, monsieur Vance ! C'était assez effrayant.

– Comment ça, Eddie ?

– Eh ben, pour commencer, j'ai failli tomber mais il m'a plus ou moins remis en selle, je sais pas trop comment, mais c'est ce qu'il m'a semblé, et après il a pris le mors aux dents et il a foncé à un train d'enfer.

– Tu as regardé devant toi pendant la course ? »

Le jockey se passa la langue sur les lèvres, puis il dit : « Ben non monsieur, pas pendant toute la course.

– Bon, c'est fini maintenant. Et tu as gagné.

– Oui, m'sieur, on a gagné. Je suis sûr que j'en serai heureux un peu plus tard, m'sieur. »

William conduisit le cheval dans le cercle des vainqueurs et ils posèrent pour la photo, juste eux trois ; et alors ce qui devait arriver arriva. Le commissaire s'approcha, muni de l'étiquette rouge, l'accrocha au mors de P'tit Bob, et voilà !

C'est ainsi qu'il retira vingt mille dollars de la course, la dotation et le prix à réclamer de P'tit Bob. Cette somme suffisait amplement à quitter La Nouvelle-Orléans pour Chicago, cette victoire était le cadeau d'adieu de P'tit Bob, son ultime bénédiction. Plus tard, quand William rendit compte de la course à Romero d'une voix assez déprimée, ce dernier lui dit : « Rappelez-vous, la toute première fois que vous l'avez vu, ce cheval était pratiquement mort. »

Il y a six mois, songea William. Seulement six mois. À peine croyable. Et il se laissa aller à dire ce qu'il s'était efforcé de ne jamais penser : « Quand ils l'ont emmené, j'ai eu l'impression qu'il était un peu à bout de course.

– Eh bien, vous avez de la chance de vous en être débarrassé, pas vrai, vieux ?

– Bien sûr, répondit William. Il n'est jamais trop tôt pour vendre un cheval, vous savez. » Il s'esclaffa – oui, il s'esclaffa, comme on le fait parfois – un sacré coup de veine ! Mais si la chance lui souriait, pourquoi ne se sentait-il pas si heureux que ça ?

MARS

57. Cap sur l'ouest

Depuis qu'elle vendait des œuvres d'art, Rosalind savait comment réaliser le rêve de son comptable : 100 % de déductions fiscales. Chacun de ses achats, chacun de ses billets d'avion, chaque séjour à l'hôtel, chaque repas pris dans le restaurant d'une autre ville ou en compagnie d'un artiste, chaque fois qu'elle utilisait sa voiture pour aller acheter une œuvre d'art, chaque fois qu'elle louait une voiture et ainsi de suite... toutes ses frais étaient déductibles. On pouvait même raisonnablement espérer une déduction correspondant aux dépenses qu'entraînait la nécessité de soigner son apparence personnelle puisqu'il lui fallait préserver une certaine image de marque. L'objectif de son comptable, réduire le chiffre de sa feuille d'impôts à zéro, ne correspondait pas tout à fait à celui que s'était fixé Rosalind, avatar de sa jeunesse dans le Midwest, à n'en pas douter : mener une vie d'adulte responsable.

Mais la déduction de tous ses frais ne s'appréciait vraiment qu'une fois l'an et cette année, la dernière du millénaire, Rosalind avait fini de l'apprécier. Malgré tout, cela ne faisait qu'ajouter au confort du vol en première classe qui la ramenait à Los Angeles après son rendez-vous avec le comptable. Elle disposait d'argent à dépenser, d'espace libre dans sa galerie et elle s'apprêtait à rencontrer plusieurs artistes qui ne demandaient qu'à remplir cet espace. Elle avait également les noms de deux ou trois entraîneurs à Hollywood Park et à Santa Anita qu'elle avait l'intention de voir pour Limitless. Elle n'avait aucune idée des questions à leur poser. Elle qui était jadis tout à la fois propriétaire par alliance, deuxième pièce rapportée après l'éleveur et épouse au bras du propriétaire, voilà qu'elle assumait désormais la responsabilité du cheval. Mais elle se disait que l'inspiration lui viendrait.

Son avion atterrit juste après dix heures du matin. Elle se mit en route pour Santa Anita vers onze heures. Elle qui avait fréquenté les hippodromes de Belmont Park, Saratoga, Churchill Downs, Newmarket, Chantilly, Longchamp, Cheltenham et Gulfstream, à maintes reprises pour certains et vêtue de tailleurs, chapeaux, dentelle et soie ainsi que de toutes sortes de chaussures coûteuses, elle n'était encore jamais allée à Santa Anita, mais elle comprit immédiatement que c'était l'endroit qui lui convenait. Le champ de courses se trouvait en face d'un arboretum, à deux pas des jardins et de l'exposition de la bibliothèque Huntington. Il était peint en vert et brun ocre, il y avait des arbres taillés aux formes géométriques dans la cour, une frise Art déco tout le long des tribunes, la piste se détachait sur des contreforts et un centre commercial se trouvait en face du parking où l'on pouvait se détendre et récupérer. Elle avait vraiment la sensation d'avoir trouvé l'hippodrome où elle se sentirait chez elle et raya de sa liste le nom de l'entraîneur qui travaillait à Hollywood Park.

L'entraîneur, célèbre et déjà au Panthéon du monde hippique, devait la retrouver à l'entrée principale et comme elle avait vu sa photo, elle s'attendait à le reconnaître mais le premier homme qu'elle reconnut fut le grand type qui lui était tombé dessus à Saratoga l'été précédent. Enfin, qui était arrivé sur elle en chancelant. Il la reconnut, lui aussi, s'approcha avec un sourire chaleureux et lui prit les deux mains d'un geste spontané, pas comme s'il le faisait tout le temps mais comme s'il n'avait pas pu se retenir. Son regard était bienveillant et sa voix aimable. Il ressemblait plus à un professeur ou à un homme de science qu'à un entraîneur mais il semblait avoir lui aussi la patience illimitée qui transparaissait chez tous les bons entraîneurs. « Je suis censée retrouver Richard Case, dit Rosalind. Je suppose que je vais le reconnaître. » Ils regardèrent autour d'eux. Mais l'entraîneur tardait à venir et Rosalind reprit : « Vous êtes entraîneur, vous aussi.

– Oui.

– Avez-vous de la place dans votre écurie ? J'ai un cheval… »

Elle le vit hésiter puis la regarder bien en face et dire : « Eh bien, oui. D'une certaine façon. Voulez-vous que j'appelle Richard de votre part ? » Il posa la main sur son téléphone mobile. Rosalind ferma les yeux. Il se trouvait certainement quelque bonne fée pour arranger ce genre de situation délicate.

Apparemment non. Richard Case arriva un instant plus tard et il s'avéra un entraîneur à la réputation mondiale tout à fait acceptable, fils d'un entraîneur légendaire, neveu d'un autre entraîneur légendaire et en bonne voie pour en devenir un lui aussi. Il était bel homme, s'exprimait avec aisance, était allé à Oxford et, qui plus est, il avait de la place dans son écurie. Il avait déjà rencontré Al et il l'aimait bien. D'une main ferme, il prit le coude de Rosalind pour la guider jusqu'à sa loge dans les tribunes où ils pourraient bavarder à loisir et regarder une ou deux courses.

C'était une course de mille mètres pour pouliches de deux ans. Il y avait dix concurrentes et le *Programme des courses* déclarait sans ambages qu'elles constituaient une noble compagnie : descendantes d'A. P. Indy, de Seeking the Gold, de Mr. Prospector, de Holy Bull et d'Affirmed. La Californie du Sud regorgeait d'argent, aussi les meilleurs chevaux s'y retrouvaient-ils pour se mesurer les uns aux autres. Eileen était assise sur un siège à part. Comme toujours, elle posa ses pattes avant sur la rambarde et observa la piste, aux aguets. « Comme je vous l'ai dit, commença Rosalind, mon cheval a été élevé ici et il n'a pas brillé par ses performances dans les courses de chevaux de trois ans. Sur le papier il n'a rien de comparable à ces pouliches.

– Il n'a pas le genre de lignée prisée en ce moment, répondit Richard Case, mais je connais son père. L'an dernier, il a engendré une première série de poulains qui n'ont pas fait grand-chose, mais ce géniteur n'est autre que…

– Son Auguste Personne. C'est ainsi qu'ils l'appellent au haras.

– …un cheval qui s'est révélé sur le tard. Il a été élevé en Europe et il a surtout couru là-bas. On l'adorait en Europe. Il descend d'un des fils européens de Ribot et de Tom Rolfe. J'ai toujours trouvé bizarre que le vieux ramène ce cheval aux États-Unis, mais c'était un drôle de bonhomme, celui-là. J'ai même lu un article de lui sur l'amélioration de la race des pur-sang grâce aux croisements avec les lignées européennes classiques. Très démodé par certains côtés.

– C'est mon mari qui a choisi cet étalon. Je n'ai jamais su pourquoi. En tout cas le cheval a des foulées magnifiques. » Une des pouliches engagées dans la course se nommait Avarice. Elle parvint à passer la vitesse supérieure dans la dernière ligne droite, parcourut les quatre cents derniers mètres en vingt-deux secondes un quart et remporta la course alors qu'elle était donnée perdante à trente-trois contre un. Même son jockey semblait abasourdi. Avec un rire jovial, Richard Case commenta : « Belle course ! Et si nous descendions jeter un œil aux chevaux ? »

Mais Rosalind avait l'impression d'avoir pris la place d'une autre à un rendez-vous. Le partenaire prospectif était aussi désirable qu'on pouvait le souhaiter et elle pouvait le revendiquer à tout moment mais il ne donnait qu'une envie, celle de dire non. Comme ils prenaient le chemin des écuries, Rosalind vit Farley Jones au loin, avec sa petite amie qui lui prit la main, l'embrassa sur la joue et se blottit contre lui tandis que Farley lui-même sembla littéralement s'épanouir, comme si la proximité de son amie le dilatait. Elle était menue et blonde, fabriquée quasiment sur le même modèle qu'Eileen, songea Rosalind. Richard Case tenait quelque propos charmant et instruit. Rosalind acquiesça sans en avoir entendu une bribe. Les taux de victoires, la philosophie de l'entraîneur, la qualité du terrain de l'hippodrome, les courses en Californie du Sud de manière générale, la rencontre de Santa Anita qui tirait à sa fin, Hollywood Park et ensuite Del Mar… connaissait-elle Del Mar ? Son bavardage produisait un bruit de fond agréable comme celui d'une fontaine. Puis il cessa. Rosalind s'aperçut qu'elle était censée dire quelque chose. « Mon cheval est capricieux. Je veux qu'il fasse ce qui est facile pour lui, qu'il ait un but dans son existence. Mon mari s'intéresse aux victoires, pas à l'argent mais au coup au cœur que procure la victoire. Nous venons d'accorder sa retraite à une pouliche qui lui a régulièrement procuré ce genre de sensations fortes. Ça lui manque. Mais je trouve plus important que le cheval aime travailler. S'il n'aime pas les courses, il peut faire autre chose, mais c'est un rapide. Tout le monde est d'accord là-dessus.

– Bien sûr », acquiesça Richard Case. En arrivant à son écurie, elle vit qu'elle était d'une propreté impeccable, magnifiquement décorée, un modèle d'ordre et de méthode. L'écurie de Farley Jones se trouvait à côté. Pendant que Richard Case répondait à un appel téléphonique (tous les entraîneurs devaient en passer par là, on ne pouvait pas leur en faire grief), elle espionna l'écurie voisine. Ils entraient et sortaient du bureau. La petite amie s'approcha d'un des chevaux qui était tout gris, lui caressa les oreilles et le chanfrein puis l'embrassa. Des têtes de chevaux étaient passées par-dessus les portillons de tous les box. « Excusez-moi, dit Richard Case, je n'en

l'obscurité de la rangée de box couverts. Dans le parc en plein air, le comportement du cheval s'améliora légèrement en cela qu'il prit une bouchée de foin de temps à autre et accepta de boire, mais l'enfermement n'était manifestement pas sa tasse de thé.

Le lendemain matin, Joy appela Elizabeth, qui lui apprit qu'elle était en train de négocier les contrats de ses trois livres proposés à une vingtaines d'éditeurs. Ils étaient au beau milieu d'une enchère. Pour l'instant, six éditeurs avaient fait des offres qui allaient de deux cent cinquante mille à quatre cent soixante-quinze mille dollars. Elizabeth se montrait très élisabéthaine dans cette situation. Elle avait l'intention d'accepter la meilleure enchère d'où qu'elle émane, d'en placer la moitié en bourse par l'intermédiaire d'un ami de Platon et de miser l'autre moitié par l'intermédiaire de Mister T. Elle pourrait ainsi observer la corrélation entre ses prévisions intuitives et ce qu'il adviendrait effectivement de ses placements.

« Et comment va Mister T. ?

– Bien. Je voudrais que tu lui poses des questions sur un nouveau cheval qui est ici.

– Dis-moi, ma chérie, c'est très urgent ? »

Joy regarda du côté du parc où Limitless se tenait tête baissée et commençait à tourner en rond. « Oui, dit-elle.

– Mon esprit est envahi par l'argent et le sexe. Pas moyen d'y faire entrer un cheval.

– Le sexe ? Je te croyais en pleine enchère.

– Oui, mais Platon se promène nu et en semi-érection, on dirait une sorte d'offrande vivante. La vente est très ritualisée mais les sommes d'argent n'arrêtent pas de gonfler. Bref, tu n'as qu'à poser tes questions à Mister T. Tu en es capable. Ou demande au nouveau cheval. Comment il s'appelle ?

– Limitless.

– Oh ! C'est eux. Il faut que je prenne un appel. » En raccrochant, elle entendit Elizabeth dire : « Platon chéri, tu veux te tourner un peu plus vers le soleil ?… »

Elle s'approcha du nouveau cheval et resta près de l'enclos. Il regardait au loin mais au bout d'un instant il se tourna vers elle, les oreilles dressées. Elle ouvrit la porte et entra dans le parc, les mains arrondies en coupe près de ses hanches. Il ploya l'encolure pour voir ce qui s'y trouvait. Après avoir senti ses mains, il renifla le devant de sa chemise puis tira la langue et la lécha une ou deux fois. Ensuite il se détourna pour regarder ailleurs. Farley vint à eux. « Je vais l'emmener faire une promenade, dit Joy.

– Chérie, dit Farley, je te le confie. Fais ce qui te semble le plus simple. Nous n'avons pas d'impératifs pour ce cheval. Et toi seule le monteras.

– C'est vrai ?

– Oui, dit-il en l'embrassant sur la tête. C'est vrai.

– Tu sacrifies ce cheval par amour pour moi. Je ne sais pas le monter.

– Tu l'as déjà monté.

– Je ne sais pas le mettre au galop ni le faire travailler.

– Je crois que tu as acquis l'expérience nécessaire. Tu as fait galoper pas mal de chevaux ces six derniers mois.

– Donne-le à Angelica. Elle a la manière.

– Oui, c'est vrai. Mais toi tu as l'art et la manière. Angelica s'adapte au cheval et elle s'y prend bien, mais toi, tu fais en sorte que les chevaux ont envie de s'adapter à toi. Je te l'ai déjà dit.

– Je n'en ai pas l'énergie.

– Ce cheval en a pour deux. Regarde-le. Il est pure énergie. »

Joy passa le licol autour de la tête du cheval et le fit sortir de l'enclos. Il s'anima immédiatement.

Farley les observait souvent ensemble, plus qu'il ne devait le faire, plus même que l'exigeaient l'amour ou sa curiosité au sujet de ce cheval en particulier. En lui confiant Limitless, il avait un peu menti. Elle n'avait pas tout à fait l'expérience requise – la marge de danger potentiel était moins étroite qu'il aurait voulu – mais à parler franchement, c'était peut-être le moyen, plaisir et obligations, d'ancrer Joy parmi les bien portants. Peut-être qu'en l'occupant suffisamment, ce qu'elle appelait « cette chose » demeurerait en retrait jour après jour tandis qu'elle s'accrocherait à son travail, à défaut de s'accrocher à Farley. Quant à lui, il adoptait toujours une attitude nonchalante et dubitative. Il faisait semblant de ne pas remarquer le moindre des soupirs de Joy, de ne pas épier l'angle de ses épaules et de ne pas se réveiller en même temps qu'elle la nuit. Il faisait semblant de n'attendre et de ne chercher à déceler aucun signe, de ne pas l'accabler de quelque manière que ce soit : tâches à effectuer, marques d'affection, gestes attentionnés, pensées, contacts physiques, regards, réactions disproportionnées à chacun de ses gestes et à chacune de ses paroles. Un homme tel que lui, qui s'était toujours montré réservé, pouvait très bien simuler la réserve et juguler la panique à sa guise. En attendant, pour le cheval, c'était une autre histoire.

Une fois les deux sessions d'entraînement obligatoires accomplies, environ dix jours après son arrivée, Farley inscrivit Limitless à une course. C'était une course à conditions pour poulains et hongres d'au moins trois ans n'ayant jamais remporté aucune victoire ; le prix était de trente-deux mille dollars. Farley sortit un beau matin et revint une heure plus tard. À son retour, il annonça à Joy : « Je suis allé trouver Roberto Acevedo.

– Qu'est-ce que tu lui as demandé ?

– S'il savait monter un cheval avec une bride de velours.

– Et qu'est-ce qu'il a dit ?

– Qu'il aimerait bien essayer. »

Après la course, que Limitless remporta avec deux longueurs d'avance, Joy entendit Roberto dire à Farley : « Ce cheval a une tête chercheuse au bout du chanfrein. Il lui suffit de quitter le starting-gate et elle se met en marche. Je lui aurais bien laissé encore plus la bride sur le cou mais j'aurais risqué de tirer sur les rênes sans le vouloir. »

Ce soir-là, Farley appela Rosalind à Istanbul pour lui annoncer la nouvelle. Elle le remercia et dit : « Envoyez-le passer deux semaines à la ferme. Une ferme entourée de grands prés. » Un travail de routine, rien que de très facile. Tout bien réfléchi, Farley se dit que ce cheval se révélerait peut-être bon à quelque chose.

À Istanbul, Rosalind raccrocha et se recoucha. L'aube n'était pas encore là mais, de l'autre côté de sa fenêtre, les cris et l'activité bruyante de la ville battaient déjà leur plein et Rosalind était tout à fait éveillée. Eileen sauta sur le lit et vint se lover sous l'aisselle de sa maîtresse. Il était plus de six heures du matin, donc plus de six heures du soir à Los Angeles. Les courses du jour devaient être terminées, l'écurie silencieuse, les chevaux aux jambes pansées devaient manger leur foin. Des rangées de chevaux, propres et bien nourris qui faisaient bruisser la paille de leur box, grognaient, s'ébrouaient, agitaient la crinière, remuaient la queue, hennissaient de temps en temps.

Rosalind se tourna de nouveau vers le téléphone et le décrocha. Al n'avait que deux fuseaux horaires d'avance sur elle même si elle ne savait pas au juste où il se trouvait. Elle essaya le numéro de son téléphone mobile et il décrocha à la première sonnerie. « Ouais, fit-il.

– Bonjour, chéri, dit-elle.

– Rozzy ! » Sa voix s'adoucit. Enfin, sa voix s'adoucissait toujours. L'espace d'un instant, elle fut émue à l'idée qu'il l'aimait vraiment.

« Limitless a gagné sa course.

– Bien, il est peut-être bon à quelque chose en fin de compte.

– Je crois que Dick n'était pas l'entraîneur qu'il lui fallait.

– Non, c'est sûr. »

Puis le silence se prolongea. Au bout d'un moment, elle devina qu'il pensait à l'année passée, elle y pensa à son tour, il devina qu'elle pensait à l'année passée et comme elle devinait qu'il l'avait deviné, elle dit : « Je te demande pardon, Al », et il sut répondre : « Ah, Rosalind ! C'est déjà fait. J'essayais justement de trouver un moyen de te le dire.

– Je, euh…

– C'est pas la peine qu'on en parle, Rozzy. En tout cas pas avant qu'on s'en souvienne à peine.

– Très bien, Al. »

Il y eut un autre silence et elle sentit qu'il s'attendait qu'elle le remplisse en disant ce qui allait advenir de leur couple mais ce n'était pas souhaitable. Il valait mieux clore le chapitre pour l'instant, songea-t-elle, et elle reprit : « Comment ça va ?

– Il n'y a rien ici à part les minerais. Tu parles d'infrastructures ! On ne peut pas appeler ça des infrastructures. Si j'avais du plomb dans la cervelle, je laisserais tout tomber. Jerry n'arrête pas de m'appeler tous les jours pour me dire de laisser tomber. On ne peut pourtant pas dire que je sois connu pour ma conscience sociale. Pas de plomb dans la cervelle, pas de conscience sociale, je ne peux pas encadrer la plupart des types ici et Maybrick Industries ne regorge pas d'argent…

– Rentre à la maison. »

Elle se surprit elle-même en disant cela, d'autant qu'elle était elle aussi plutôt loin de la maison.

« Bah ! fit-il. Non. C'est quand même assez marrant d'une certaine façon. Je me mets tout le temps en pétard et ils font avec. C'est en se mettant en pétard qu'on fait avancer les choses par ici.

– Tu… » Mais était-ce vrai ? Lui manquait-il vraiment ? Assez pour le lui dire ?

« Ouais, répondit-il. Toi aussi tu me manques.

– Je… » Elle avait perdu sa langue. Elle n'en doutait pas un seul instant mais il le lui dit tout de même : « Ouais, chérie. Moi aussi je t'aime. » Quand il eut raccroché, elle contempla un moment le combiné avant de le reposer sur l'appareil.

Le lendemain, Joy appela Mr. Tompkins pour lui demander si Farley pouvait lui envoyer le cheval d'un autre propriétaire, juste pour prendre des vacances au ranch. Mr. Tompkins ne manqua pas de dire oui ; que représentait un cheval de plus quand on en possédait des centaines ? Et c'est ainsi que Limitless se retrouva au centre du monde : cent mille têtes de bétail d'un côté, un paradis du Pacifique Sud de l'autre, l'Arabie revue par Hollywood de l'autre côté de la route, des vergers d'amandiers et de pêchers, des juments, des poulains et des champs de luzerne à perte de vue de tous côtés et, au-dessus de leurs têtes, la lumière aveuglante et impitoyable du soleil californien qui dorait toutes ces créatures. Il vécut en plein air nuit et jour pendant deux semaines.

AVRIL

58. Le derby du Kentucky (2)

En avançant l'argent dès le début du mois de février, on pouvait inscrire un cheval au derby pour six cents dollars. Entre cette date et le début de mai, le maintien du cheval en bonne condition physique coûtait environ vingt mille dollars en comparaison desquels six cents dollars n'étaient pas grand-chose. D'ailleurs, près de quatre mille propriétaires avaient déposé leurs six cents dollars. Pour Buddy, cela ressemblait au départ d'un de ces marathons qu'on voyait en photo dans les journaux, une multitude de coureurs se pressent sans qu'aucun élu ne se distingue. Buddy avait lu dans *The Blood-Horse* que Lukas avait inscrit vingt et un chevaux, Baffert seize et le jeune entraîneur de New York douze. Buddy en avait un. Il en aurait peut-être eu deux s'il n'avait pas laissé partir ce taré de cheval noir. Ce taré de cheval qui n'avait plus l'air taré du tout puisqu'il avait gagné une grande course à New York. Buddy se disait que le taré, c'était peut-être lui qui avait ruminé toutes ces pensées sur Jésus alors qu'il aurait dû se préoccuper de l'entraînement des chevaux, des courses et suivre son instinct. En tout cas la façon dont Jésus voulait le voir entraîner des chevaux lui était trop pénible. Il n'avait pas l'énergie d'accomplir son travail d'entraîneur sans jamais cesser de lutter avec sa conscience. Il fallait que ce soit l'un ou l'autre.

Sept autres pouliches étaient engagées, dont Residual. Ses propriétaires, les Kingston, et surtout Andrea Melanie, en étaient gagas. Mais Residual ne gagnait pas à coup sûr. L'été précédent, alors que Buddy avait deux chevaux qui gagnaient à coup sûr, il n'avait même pas su apprécier cette chance. Eh oui ! Tout cela tendait à montrer que l'introspection finissait pas vous faire adopter des comportements tels que dormir comme une bûche dans une hutte en rondins humide à Hawaii alors que la meilleure des Coupes des éleveurs se déroule sans vous.

Plus jamais ça, songea Buddy.

Plus jamais ça ! Il s'en fit le vœu.

Sous stéroïdes, sous progestérone et grâce à de fréquentes injections d'acide hyaluronique dans les articulations, Residual courait comme une machine. Et donnait l'impression d'être une machine. Tout le monde la disait plus mûre. Elle avait en effet grandi de deux centimètres et pris environ quarante-cinq kilos. Sa robe était presque aussi belle et lustrée qu'autrefois – elle ressemblait beaucoup à la pouliche qu'elle avait été – mais au fond tout le monde avait l'impression qu'au lieu de lui apporter quelque chose, la maturité le lui avait retiré. Courir était peut-être devenu sa vocation et non plus un passe-temps. Son ancienne vocation, se montrer affectueuse, était désormais reléguée au rang de passe-temps occasionnel. Elle venait chercher ses carottes, se laissait caresser, hennissait doucement à l'intention des uns et des autres mais dans l'ensemble elle se montrait plus réservée. Elle travaillait cinq jours par semaine comme un bon ouvrier qui donnait toujours pleine satisfaction. Martha la Merveille aimait la monter et trouvait que c'était une bonne pouliche mais elle n'avait jamais confronté ses impressions à celles de Deedee. Elle estimait que Deedee, future mère d'Alana Marie, s'écoutait un peu trop (Martha elle-même n'avait-elle pas monté Indio pour le grand prix de l'Arc de triomphe alors qu'elle était enceinte de six mois ?). Quant à Deedee, elle restait muette d'envie en voyant la pouliche qu'elle considérait comme sienne, un simple prêt à Martha, commencer une ascension qui la mènerait peut-être jusqu'à Churchill Downs ; aussi n'avait-elle jamais fait allusion au jour où ce fou furieux de poulain les avait prises en chasse et où, avec une aisance joyeuse et insolente, la pouliche avait su trouver la clé d'un royaume de pure vitesse. Comme Martha la Merveille ne s'en doutait pas, il ne lui serait pas venu à l'idée d'en retrouver la clé.

Enfin, si tout le monde s'était accordé à dire que Residual était une pouliche stupéfiante, extraordinaire et qui n'avait pas sa pareille, tous s'accordaient désormais à dire que c'était une très bonne pouliche, une des meilleures et qu'elle pourrait certainement remporter le derby, qui sait ?

La marche à suivre, selon Buddy, était de faire courir la pouliche à Keeneland. Les rencontres de Keeneland, les plus courtes dans le monde des courses hippiques, duraient quinze jours, mais en l'espace de deux semaines elles représentaient des dotations de quelque sept ou huit millions de dollars. Chaque course rapportait un paquet d'argent et tous les entraîneurs susceptibles de le remporter étaient là, à faire travailler leurs chevaux, à manger dans le restaurant du pavillon, à potiner, à fréquenter les soirées mondaines, à jauger du regard tous les poulains de trois ans : ils voyaient les perspectives du derby se préciser autour d'eux.

D'une manière plus générale, tous les employés de l'écurie étaient disposés à aller à Keeneland et même impatients de le faire, voire prêts à tout pour y parvenir. Le jockey considérait les dotations mirobolantes des courses dans lesquelles il pourrait peut-être courir comme un investissement sûr pour son plan de retraite. Avec toute son expérience Martha la Merveille n'était allée à Keeneland qu'une seule fois et comme simple spectatrice à pied. S'y rendre à cinquante ans en tant que cavalière d'exercice d'un grand espoir pour le derby, une pouliche par-dessus le marché, ferait une histoire à conserver précieusement avec celle du jour où elle avait fait sauter un ruisseau d'un mètre cinquante de large à un cheval, dans le champ boueux d'un fermier irlandais, de nuit, avec les phares de deux voitures et d'un van pour seul éclairage. Et sans la moindre barre encore ! Leon savait très bien que personne ne le connaissait à Keeneland, aussi pourrait-il y prendre un nouveau départ en incarnant le genre d'homme qu'il avait toujours voulu être. Deedee ne demandait qu'à quitter la Californie du Sud avec lui pour qu'on la laisse enfin tranquille.

Andrea Melanie, qui devait convaincre Jason de payer tous les frais, pensait qu'ils étaient toujours en route vers le jour de béatitude où elle tiendrait la vedette dans le plus prestigieux cercle des vainqueurs des États-Unis.

Buddy se força plusieurs fois à se souvenir que Keeneland était plutôt une étape qu'une fin en soi. Il fallait d'abord contacter les transporteurs de chevaux Tex Sutton, puis faire embarquer la pouliche, son lad et ses affaires dans un van, et ensuite elle gravissait la rampe de l'avion où on la conduisait à sa stalle. On rabattait l'arrière de la stalle et une dizaine de chevaux de trois ans moins connus que Residual pour certains, plus célèbres qu'elle pour d'autres, étaient conduits à leur place et enfermés dans leurs stalles. Les lads sortaient leurs sacs de couchage, leurs glacières, leurs magazines et leur Coca-Cola light pour s'installer dans les allées entre les stalles.

Après avoir pris en considération ses propres exigences quant au logement et aux repas et mis dans la balance la possibilité de faire encore une nouvelle expérience dans le monde des chevaux (elle avait déjà pris les avions de FedEx et de KLM mais jamais ceux de Tex Sutton), Martha la Merveille décida d'accompagner la pouliche et ce fut une bonne décision.

Residual, comme il se doit, monta calmement dans le van, en descendit calmement, se tint toujours aussi calme au pied de la rampe de l'avion puis y monta tout aussi calmement. On l'avait emballée comme un paquet cadeau, fourrure verte sur la nuque et autour du chanfrein, bandages verts autour des pattes et de la queue et une couverture verte, douce et légère, la couvrait du garrot et de la poitrine à la croupe. Elle précéda l'avant-dernier cheval à l'embarquement, se retrouva contre la paroi du fond, juste devant la rampe d'accès. On n'avait pas eu besoin de l'anesthésier mais Martha la Merveille gardait deux seringues dans son sac à main, au cas où. Bien sûr, s'agissant des chevaux, une règle essentielle est que gagner du temps n'est pas essentiel, toujours est-il qu'à neuf heures du matin, seulement une heure et demie après l'heure prévue pour le départ, les chevaux avaient embarqué et roulaient lentement sur la piste. Dès qu'ils eurent décollé, Residual et ses deux voisins de stalle se mirent à fourrager dans leur filet à foin garni de fléoles des prés ; Martha la Merveille sortit sa glacière et l'ouvrit. Elle avait un milk-shake à la banane et à la framboise sucré au miel de fleur de pommier, un sandwich de pain aux raisins secs et au fromage frais, une petite thermos de jus d'airelles, des crackers à l'eau et un bocal de boulettes de poisson. Elle posa tout cela devant elle. Pour plus tard, elle gardait une petite quiche florentine, un litre de jus de pomme pétillant bien frais et une compote de fruits. Comme lecture elle avait un exemplaire du *Manuel chakra et kundalini* du Dr John Mumford. Les autres lads et cavaliers d'exercice avaient environ la moitié de son âge et ils étaient bien autrement équipés. Elle venait d'ouvrir son livre au chapitre concernant le poids exercé sur le plexus solaire, sujet qui ne manquerait pas de se révéler utile dans toute activité liée aux chevaux, quand elle entendit le bruit pour la première fois. Elle n'y prêta pas attention. Au-dessus et à côté d'elle Residual fit pivoter ses oreilles puis se remit à manger. Le bruit discordant retentit à nouveau. Martha la Merveille leva les yeux. Certains des accompagnateurs et tous les chevaux avaient eux aussi levé les yeux et regardaient vers l'avant de l'appareil. Le bruit se fit encore entendre. Martha la Merveille prit une bouchée de son sandwich puis rangea méticuleusement son repas dans la glacière qu'elle referma. Elle était du genre méthodique. Elle se leva, donna une petite tape sur l'encolure de Residual et se dirigea sans se presser vers la première rangée de stalles. Elle n'aima pas ce qu'elle y trouva : un poulain bai agitait la tête et roulait les yeux en tremblant. Dès que les bat-flanc métalliques qui séparaient sa stalle de celles de ses voisins produisaient un bruit ou vibraient simplement, le cheval bronchait et tressaillait. Le pilote avait tiré le rideau entre le cockpit et la carlingue et parlait au lad. Ce dernier acquiesçait : « Ouais, je lui ai fait son injection.

– Donne-lui une dose supplémentaire.

– Euh, j'sais pas, m'sieur, il pourrait perdre connaissance. J'sais pas.

– Tu es le seul accompagnateur de ce cheval ?

– Oui, m'sieur. Toujours un bon cheval avant ça. Jamais fait ça. »

D'autres lads l'entouraient. Ils s'écartèrent quand Martha la Merveille arriva derrière eux. Même le pilote était plus jeune qu'elle. « Besoin d'aide ? demanda-t-elle.

– Il faut que ce cheval se calme », répondit le pilote.

Martha la Merveille s'approcha de la tête du cheval et il la vit, ce qui était bon signe. Elle lui caressa la tête et l'encolure, prit ses oreilles dans les paumes de ses mains et en palpa les extrémités. Il la laissa faire mais quand la cloison se remit à grincer, il sursauta. Elle demanda au lad si elle pouvait lui faire une autre injection. Ce dernier haussa les épaules. « Faites-le », ordonna le pilote. Elle s'exécuta.

Mais cela ne servit à rien. Même au bout des quelques minutes nécessaires pour que le calmant fasse effet le cheval tremblait et roulait les yeux. Martha la Merveille ne savait pas au juste si c'était à cause du bruit, de la vibration ou du métal lui-même. Elle le caressait et lui parlait : « Calme-toi, mon cœur. Tout va bien. Bon cheval. » Le cheval se cabra, un bond d'une quinzaine de centimètres entravé par la longe. Cela l'effraya encore plus et il se cabra encore. Les chevaux voisins commençaient à s'agiter nerveusement et ceux qui se trouvaient derrière lui observaient attentivement. Tout d'un coup l'intérieur de l'avion sembla très exigu, surpeuplé et

été le plus rapide ? » : « Sont-ils tous partis en même temps ? » Utiliser le starting-gate avec des pur-sang en bonne condition physique, jeunes et impétueux revenait de toute évidence à tirer le meilleur parti possible d'une situation délicate. Il arrivait que des chevaux s'effondrent sur place, y trébuchent, retombent sur les antérieurs et même quand ce n'était pas le cas, le passage de l'immobilité au saut, suivi du galop, exerçait une tension sur leur colonne vertébrale, leur pelvis et leurs hanches que ni Dieu ni la nature ne les avait préparés à supporter. Et Dick avait beau le comprendre parfaitement, Epic Steam n'en était pas plus disposé à entrer dans le starting-gate pour autant.

Toujours pleinement maître de son ascendant, le poulain noir mettait à profit l'attention que lui valait le dilemme du starting-gate pour faire savoir à ses associés que leurs projets à son égard n'étaient pas pour lui plaire. Dick s'efforça d'écouter Frankie, celui qui passait le plus de temps au starting-gate avec le cheval. « Si y veut rentrer, y rentre. Si y veut pas, y veut pas », déclarait ce dernier. Dick voyait bien qu'il s'agissait là d'une tautologie mais elle semblait bel et bien refléter la réalité. La question était : combien de fois as-tu essayé de le faire entrer ? D'un côté, chaque nouvelle tentative irritait le cheval. D'un autre côté, le premier principe de l'entraînement était que si on laisse le cheval faire comme bon lui semble, il n'en saisira que plus clairement sa force et votre faiblesse relative, son pouvoir d'intimidation supérieur au vôtre.

Comme il s'agissait du premier principe de l'entraînement hippique, il était appliqué à Epic Steam depuis sa naissance. Le cheval l'avait parfaitement assimilé comme principe de survie : chaque fois qu'un être humain fait monter la douleur d'un cran, le cheval doit opposer un peu plus de résistance. La douleur n'est jamais si grande qu'on ne puisse résister ; au contraire, plus la douleur est forte et plus la résistance est nécessaire.

C'est ainsi qu'au tout premier jour de son entraînement au starting-gate, quand Frankie essaya de le convaincre avec un peu plus de force que d'ordinaire, le cheval dressa les oreilles, s'arc-bouta sur ses antérieurs et refusa de faire un seul pas de plus, à quelque six mètres des portes ouvertes du starting-gate.

Frankie agita sa cravache.

Le cheval roula les yeux et agita la tête.

Frankie fit la grosse voix : « Avance ! »

Le cheval recula d'un pas.

Frankie y réfléchit à deux fois avant d'abattre sa cravache sur l'arrière-main du cheval et finit par appeler deux adjoints du starter à la rescousse. « Bon, dit-il, on recommence. » Il fit tourner le cheval sur lui-même, un coup à droite, un coup à gauche. Il l'éloigna du starting-gate, puis l'y ramena par l'autre côté. Les adjoints ouvrirent les deux issues du starting-gate et s'écartèrent.

Le cheval n'était pas dupe. Dès que Frankie pensait « starting-gate » le cheval s'arrêtait net. Frankie lui roucoula à l'oreille, lui donna un petit coup de pied, ferma les yeux, essaya de se détendre. Le cheval se cabra.

Frankie mordit la poussière.

Frankie n'était pas blessé.

Le cheval détala et quand il se fut éloigné de cinq ou six pas, il s'arrêta et fit demi-tour.

Cette simple et unique preuve d'intérêt pour lui empêcha Frankie de perdre son sang-froid. Il se releva, congédia les autres hommes d'un signe de la main et s'approcha du cheval. Il saisit les rênes comme une longe et emmena le cheval au starting-gate ouvert, puis le lui fit traverser au pas.

On le remit en selle et il fit à nouveau passer le cheval par le starting-gate. Puis il dit : « Bon, ça suffit. Je vais essayer de forcer ma chance. »

Dick estimait que Frankie avait bien travaillé. Mais cela ne changeait rien au fait que le cheval était encore moins avancé au bout d'une journée d'entraînement au starting-gate qu'après la course.

Cinq jours plus tard, derrière la porte fermée du bureau de l'entraîneur, Dick, Frankie et Herman Newman discutaient de ce qui s'était passé. À ce stade, Herman Newman semblait plus désorienté que malheureux. Dick savait que c'était provisoire. « Et le résultat, dit-il, vous m'en voyez désolé, c'est qu'Epic Steam est exclu de l'hippodrome.

– Rappelez-moi ce que ça signifie, demanda Herman Newman.

– Epic Steam n'a plus le droit de s'entraîner et de courir à Belmont. Il a férocement attaqué un homme.

– Je ne vois pas très bien en quoi il s'est montré féroce ; enfin, j'ai compris ce qu'il a fait mais… »

Frankie intervint : « Je tirais fermement sur le mors. J'avais vraiment l'impression qu'il avait une idée derrière la tête, alors je tirais ferme sur les rênes mais il m'a vidé sans crier gare…

– “Férocement” semble un peu excessif…

– C’est simplement le terme que nous utilisons. Enfin (Dick savait qu’il mentait), nous ne sommes pas sûrs que le cheval avait l’intention de se montrer féroce.

– Bon, reprenons. Vous m’avez dit que le type…

– L’adjoint du starter.

– Était dans le starting-gate avec le cheval.

– Oui, il le tenait par la bride.

– Et vous étiez là, Frankie.

– J’attendais que le starting-gate s’ouvre.

– Il s’est penché et il a pris la chemise du type entre ses dents.

– Il lui a aussi mordu la poitrine, ajouta Dick.

– Et il l’a traîné entre ses pattes. Ou le type est tombé.

– Monsieur, rectifia Dick avec prudence, je crois qu’il l’a traîné entre ses pattes.

– Mais on n’en est pas sûrs. On ne peut pas lire dans les pensées du cheval. »

Oh que si ! songea Dick.

« Et puis il lui a marché dessus et lui a brisé l’os de la cheville.

– Herman, reprit Dick. Monsieur Newman…

– Il l’a piétiné, rectifia Frankie. C’est ce qu’ils font, les poulains et les étalons. Il l’a piétiné et il ne voulait plus s’arrêter. Il y allait bon train… »

Dick lança un regard autoritaire à Frankie. « Ben en tout cas, c’est ce qu’il faisait.

– Les chevaux mâles entiers peuvent se montrer très agressifs, monsieur.

– Entiers ?

– Les chevaux qui ont encore leurs testicules.

– Ah ! Alors c’est sexuel.

– En effet. » Dick sentit qu’en un instant le cheval était disculpé.

« Alors il suffit de les lui couper pour régler le problème.

– Mais il a été exclu, monsieur. Même si on le castre, ils ne le laisseront pas revenir sur l’hippodrome.

– Je ne comprends pas, si on trouve la cause du problème et qu’on le règle…

– Monsieur, peut-être que nous aurions dû régler le problème plus tôt. Mais maintenant il est trop tard. Il a attaqué un starter adjoint. Pour les responsables de l’hippodrome il n’y a pas à tergiverser. »

Enfin, le visage de Herman Newman se décomposa. Ils restèrent tous trois assis en silence.

« Voyons, dit Herman Newman. Bon, Dick, est-ce que vous m'avez dit toute la vérité sur ce cheval, enfin, sur sa santé mentale ? »

Dick leva les yeux très vite, puis il détourna le regard avant de le braquer sur Herman Newman. Il avait toutes ses théories sur Epic Steam sur le bout de la langue. Un cheval imprévisible, bourré de talent, capricieux, hostile, qu'il ne fallait pas essayer d'amadouer par des caresses ni en lui donnant des carottes ou des friandises. Dick pouvait assurer sa défense de cette façon et l'espace d'un instant il brûla d'envie de le faire. Mais il finit par dire : « À vrai dire, monsieur, je crois que je n'ai pas été assez explicite sur l'ampleur du problème que pose ce cheval caractériel...

– Un vrai fils de pute ! renchérit Frankie.

– Pendant un certain temps, nous avons cru que nous pouvions le contrôler, reprit Dick.

– Je suis très déçu », dit Herman Newman. Et Dick comprit que sa déception n'avait rien à voir avec le derby, la Triple Couronne ni même avec l'argent, Dick le décevait personnellement. Ce dernier en ressentit une honte cuisante qui, du moins, n'était pas une émotion ambiguë. Ensuite, il en vint à la véritable mauvaise nouvelle. « Il est probable qu'Epic Steam ne sera plus autorisé à s'entraîner ou à courir dans aucun grand hippodrome. Il s'est produit un incident à Hollywood Park l'été dernier.

– Rappelez-moi de quoi il s'agit...

– Je ne crois pas vous en avoir déjà parlé, monsieur.

– L'incident avait-il fait des blessés ?

– Non.

– Bon, c'est un soulagement.

– Toujours est-il qu'Epic Steam est un cheval célèbre. Il a gagné plusieurs courses dont le Paumonok, c'était un espoir pour le derby. (Incroyable ! Il pouvait en parler au passé en restant si calme.) et donc d'autres hippodromes ne verront pas d'un bon œil qu'il aille s'y entraîner ou courir.

– Ils ne verront pas ça d'un bon œil ? Mais il pourra quand même avoir accès à l'hippodrome ?

– Non. Ils ne verront pas ça d'un bon œil et donc le cheval n'aura pas accès à l'hippodrome.

– Je trouve ça très sévère, on ne lui donne même pas une seconde chance.

– Oh, des chances, on lui en a accordé des tas ! fit Frankie. C'est un fils de pute, ce cheval-là.

– Tu l'as déjà dit, fit remarquer Dick.

– J'ai pas fini de le dire, répondit Frankie. Mais bon, c'est pas que je ne l'aime pas. Je l'aime bien, ce cheval.

– C'est si définitif, plaida Herman Newman. Il doit bien y avoir des procédures d'appel.

– Il n'y en a pas », répondit Dick. Il regarda Herman Newman droit dans les yeux. En fait, il faillit prendre le visage d'Herman Newman entre ses deux mains. « Ce cheval est fini, monsieur, décréta-t-il en pesant chaque mot.

– J'ai du mal à le croire », dit Herman Newman.

Et moi donc ! songea Dick. Et moi donc !

« Bon, qu'est-ce qu'on fait maintenant ?

– En temps normal, le propriétaire vendrait le cheval. Il a un bon pedigree et il a gagné de bonnes courses. Les haras ont l'habitude de s'occuper de ce genre de chevaux. Vous pourriez rentrer dans votre investissement, au moins en partie… »

Herman Newman le regardait, incrédule. Voici un homme qui n'a jamais vendu un seul jouet défectueux à un petit enfant, songea Dick. Que diable faisait-il dans le commerce des chevaux ?

60. Une p'tite faveur

De retour à Chicago, ses chevaux confortablement installés dans les nouvelles écuries de Hawthorne, avec le printemps qui ne tarderait pas à pointer le bout de son nez, le poulain Skip Trial qui guérissait bien et ses chevaux qui rapportaient de l'argent, William Vance ne se souvint plus très bien de l'état d'esprit qui avait été le sien en Louisiane. Il trouvait agaçante la façon dont il avait perdu P'tit Bob, le cheval dont tout le monde lui demanda des nouvelles dès son retour à Chicago. Ce qui le travaillait le plus était le piètre état dans lequel l'animal avait fini la course. Sa mauvaise conscience avait-elle amplifié la façon dont le cheval boitait ? L'avait-elle minimisée ? Le cheval dodelinait-il vraiment de la tête ? Plus il y pensait et moins il pouvait se fier à son souvenir. Grâce à son nouvel état d'esprit, il parvint à se convaincre que, même s'il avait été incapable de garder un cheval qu'il possédait peu de temps auparavant, il serait en mesure de retrouver un cheval disparu.

P'tit Bob n'était plus à l'hippodrome de Fair Grounds. Voilà ce que lui avait appris une semaine d'enquête téléphonique auprès du secrétaire des courses. Il ne se trouvait pas non plus ailleurs en Louisiane : ni à l'hippodrome de Louisiana Downs, ni à Delta Downs ou Evangeline Downs où les chevaux pouvaient s'entraîner quand aucune rencontre n'y était organisée. Et William avait oublié le nom de l'entraîneur qui l'avait réclamé : un nom français, peut-être, quelque chose comme Delahoussaye ou Desormeaux mais ce n'était évidemment ni l'un ni l'autre. Un nom en D ? À force de chercher il s'en réveillait la nuit.

Pour ce projet, son succès ne lui était d'aucun secours. Il avait trente-deux chevaux dans son écurie qui couraient bien et gagnaient. Il fallait parler aux propriétaires, donner des instructions aux cavaliers et recruter des jockeys, précisément le genre d'agitation intense et agréable dont il avait besoin pour se distraire d'un souci obsédant qui ne resurgissait qu'au moment où tout était calme et où tous ceux qu'il pouvait appeler ou contacter avaient quitté leur bureau. Il fit passer une petite annonce dans *The Blood-Horse* et dans le *Thoroughbred Times* : appel aux renseignements, hongre brun, sept ans, du nom de P'tit Bob issu de Bob's Dusty et de P'tite Gonzesse issue de Rough Justice. Récompense de cinq cents dollars.

Cinq cents dollars, une somme que le nouveau propriétaire de P'tit Bob, R. T. Favor né Robert Biddle, n'aurait pas dédaignée s'il avait été du genre à lire les journaux ou du moins à y être abonné ; mais il avait beau se considérer comme un entraîneur et réclamer un cheval de temps à autre quand il avait de l'argent, il n'était pour l'instant en relation avec aucun hippodrome. Il gardait son cheval dans une écurie délabrée à l'extérieur de Houston et le commentaire plus complaisant que l'on pouvait faire à son endroit était qu'il ne maltraitait pas encore P'tit Bob. Il le nourrissait, lui donnait à boire et un abri, nettoyait son box chaque fois qu'il y pensait. R. T. Favor avait plus d'un pseudonyme (ainsi, il avait réclamé P'tit Bob sous le nom figurant sur sa licence de propriétaire californienne, Ronald de Montrière) et un casier judiciaire aussi long qu'un roman ; sous chacun de ses pseudonymes il avait manifesté un caractère colérique et un penchant pour la boisson. Aussi était-il peu enclin à poursuivre des investigations et le boitillement de P'tit Bob, causé par une fracture du genou droit, ne lui parut pas justifier un examen vétérinaire : les radios, par exemple, comme tous les examens, révélaient en général des choses que R. T. n'avait pas envie de découvrir. Ainsi, administra-t-il un anti-inflammatoire au cheval de temps à autre, mais il s'en remit surtout à l'efficacité du repos en stalle ce qui était tout aussi bien puisque l'écurie où vivait P'tit Bob n'offrait aucune possibilité de sortie en plein air. Le boitillement de P'tit Bob était typique, disait souvent R. T., de ce qui ne manquait jamais de lui arriver : sa malchance avec les chevaux, les femmes, épouses ou petites amies, ses parents, ses supérieurs, ses partenaires dans le crime, alors qu'il faisait lui-même toujours de son mieux. Et comment pouvait-il entraîner un cheval, de toute façon, lui qui était occupé à monter des coups financiers ?

Quant à P'tit Bob, il ne se plaignait pas de sa situation. La stalle était exiguë et les rations n'inspiraient pas confiance (il mangeait ce qui lui paraissait sain et laissait le reste), mais chaque latte cassée, chaque planche manquante lui permettait de faire plus ample connaissance avec l'autre cheval de R. T., Doc's Big Juan, un hongre quarter horse de cinq ans, alezan robuste à la tête toute pelée, à l'œil bleu, aux articulations des genoux et des chevilles très abîmées (Et pourtant, rien n'y paraît, commentait R. T. avec philosophie). Les chevaux restaient souvent nez à nez, ou le nez sur le garrot de l'autre, à se mordiller ici et là, en évitant les pointes des clous, les fils de fer qui dépassaient et les planches cassées tout autour d'eux. Ils somnolaient. Ils observaient les allées et venues dans l'écurie, si rares qu'elles fussent, et évitaient autant que possible la présence porteuse de troubles de R. T. Favor (« Ces satanés chevaux ne m'aiment pas, en plus », remarquait R. T., sans le prendre personnellement). P'tit Bob aurait-il renoncé à la compagnie de Doc's Big Juan le cœur léger pour retrouver une écurie confortable à Chicago ? Difficile à dire. La profondeur de l'attachement entre les deux chevaux est dure à évaluer, tout comme sa valeur comparée à d'autres formes de bien-être équin. Mais on ne pouvait pas dire que P'tit Bob était malheureux. Ce n'était qu'un cheval, après tout, pas plus bête qu'un autre et capable de comprendre le concept de compensation.

Tous les coups financiers de R. T. Favor capotèrent. Il n'arrivait pas à y croire. La marchandise que devait lui livrer un type se révéla ne pas être la bonne mais il dut en prendre livraison. Puis un type qui lui devait de l'argent et avait promis de le rembourser ne vint pas au rendez-vous et quand R. T. Favor se rendit au motel où l'autre était descendu, il avait déjà filé. Puis sa petite amie lui annonça qu'elle retournait chez son ex et qu'elle gardait le matelas et le sommier, en très bon état, tous deux achetés chez Sears, jusqu'à ce qu'il lui rende des affaires à elle qu'il avait vendues à un ami sans rien dire deux mois plus tôt. Il était temps, se dit R. T. Favor, de redevenir entraîneur de chevaux. Tôt le matin, il apparut à l'écurie – pour P'tit Bob, cette visite matinale était louche – les bras chargés d'articles de sellerie. Il jeta un coup d'œil par-dessus le battant de la stalle et dit : « Salut, les canassons ! Le moment est venu de gagner votre vie », puis il jeta les selles et les harnais par terre et alla se chercher une tasse de café.

Il rappliqua deux heures plus tard. Le soleil était haut dans le ciel et R. T. revint énervé car il n'était pas parvenu à ses fins avec une serveuse. Cela arrive parfois quand on commande une tasse de café sans aucune idée derrière la tête. On se retrouve à flirter avec la serveuse, elle fait sa bêcheuse, ça vous rend accro, vous essayez de la taquiner un peu – rien de méchant – et puis vous vous rendez compte que vous ne pouvez pas sortir du café sans qu'elle vous ait souri, cette bêcheuse, et parfois ça peut prendre un bout de temps.

Donc il faisait chaud. R. T. écarta la selle d'un coup de pied, passa le licol au cheval roux et le sortit de sa stalle. C'était un gros cheval. R. T. ne se rappelait pas quand il l'avait acheté. C'était pas vers le mois de janvier, quand il s'était fait un peu d'argent suite à un bon coup ? Bah ! Rien de tel que deux ou trois mois de repos en stalle. Le cheval voulut s'éloigner de la présence porteuse de trouble de R. T. et ce dernier tira brutalement sur la longe. P'tit Bob observait la scène. R. T. attacha le cheval roux, le bouchonna puis lui nettoya les sabots et le sella. Puis il alla de l'autre côté de l'écurie trouver un type nommé Lex – cavalier d'exercice, expert du comportement du cheval, consultant, cow-boy expérimenté, tels étaient les titres qu'il se donnait sur ses cartes de visite – et revint avec lui.

Tandis que Lex menait Doc's Big Juan au trot jusqu'au manège de l'écurie (quand R. T. en aurait les moyens, il ferait transférer les chevaux dans un véritable hippodrome d'entraînement), P'tit Bob le suivit du regard en hennissant. R. T., qui n'avait rien contre P'tit Bob en particulier, ramassa une brosse, l'envoya contre la porte de sa stalle et grogna : « La ferme, toi ! »

Les mauvais traitements avaient commencé.

MAI

61. Une urgence après l'autre

Sam enfila un long gant de vinyle, écarta la queue de la jument et plongea son bras presque jusqu'à l'épaule dans l'anus de l'animal. Elle fit un petit pas de côté mais, à part cela, elle se montra patiente. Krista ne résista pas à l'envie de détourner le regard.

« Beau follicule, commenta Sam. À vue de nez, je dirais qu'elle est prête.

– Eh bien, allons-y », dit Krista.

Alors Pete amena Son Auguste Personne par la bride. Dieu merci, Maia était à l'épicerie avec la mère de Krista. Cette dernière avait accepté de les aider en gardant la petite fille à chaque saillie et en allant faire quelques courses de temps à autre.

Quelle charmante jument ! sembla penser Son Auguste Personne. Il avait les oreilles dressées, la queue dressée et l'encolure arrondie. Il semblait rebondir sur le sol, porté par de petits pas élastiques. La jument multipliait les signes d'invite en rejetant la queue sur le côté et en fléchissant l'arrière-main, aussi, quand il la poussa du bout du chanfrein, elle eut l'air de dire : Ah, oui ! Pour être prête, je suis prête !

Toujours parfaitement courtois et bien élevé, Son Auguste Personne tendit le chanfrein et avança la lèvre supérieure. « J'ai déjà vu une girafe faire ça, dit Sam. Au zoo de St. Louis. » La jument fléchit encore l'arrière-main d'un centimètre et Son Auguste Personne se mit à frémir de tous ses membres. Krista le trouva magnifique. « Ce cheval-là incarne vraiment le concept d'étalon d'une façon particulière », murmura Sam, puis le cheval bondit sans l'assistance d'aucune aide manuelle et se débrouilla tout seul. La jument s'immobilisa, réceptive, mais Krista ne put s'empêcher d'observer les paturons de ses antérieurs. Elle vacillait et se retenait à chaque coup de boutoir. Krista savait que dans le Kentucky trois ou quatre lads l'auraient aidée à garder son équilibre en lui maintenant la poitrine en place. Krista compta trois ou quatre coups de boutoir puis s'approcha de la tête de la jument, en s'attendant que Son Auguste Personne se retire, mais la saillie se prolongea, cinq, six, sept coups de boutoir. Pete et Sam échangèrent un regard. Huit, neuf. « J'ai jamais... », commença Pete.

Sam s'avança derrière Son Auguste Personne et plaça ses mains entre les postérieurs de l'animal. Dix, onze. Douze. C'était beaucoup. Les cuisses de l'étalon tremblaient, ce n'était plus un frémissement d'anticipation, c'était la fatigue. Et s'il tombait ? Krista vérifia que Son Auguste Personne ne tournait pas de l'œil mais il regardait droit devant lui, fixement, comme pour se donner du courage. Il grognait, donnait des coups de boutoir, grognait, donnait des coups de boutoir.

« Aucune excitation, dit Sam.

– C'est bien ce qu'il me semble, acquiesça Pete.

– C'est un terme technique. Aucune excitation éjaculatoire. Là. » Il plaça la main de Pete entre les jambes du cheval. « C'est l'urètre qu'on sent battre. »

Sans blague ! pensa Krista.

Mais le cheval se contenta de se retirer assez maladroitement, le pénis en érection se dressant entre les postérieurs et les antérieurs, lisse et pâle. Il avait l'air troublé et désorienté. La jument poussa un grognement de soulagement et Krista lui caressa l'encolure.

« Fais-lui faire un tour, dit Sam, l'air pensif, elle va se remettre. »

Mais Krista sentait bien qu'il se passait quelque chose. Pourquoi fallait-il que toutes les urgences possibles leur tombent dessus ? Son Auguste Personne avait l'air plutôt surpris qu'autre chose, surpris et fatigué. Il secoua la tête avec impatience.

« Incompétence éjaculatoire, diagnostiqua Sam.

– C'est une maladie ?

– Non, ça arrive, voilà tout. Bon, bon, très bien. Je vais procéder comme ton grand-père l'a fait un jour. » Il alla à son camion pendant que Krista et Pete faisaient marcher les deux chevaux.

Il en rapporta son seau en inox, le tord-nez, un long tuyau en caoutchouc enroulé sur lui-même, la pompe buccale, l'entonnoir et une bouteille de liquide clair. En un instant, il avait mis le tord-nez à Son Auguste Personne et demanda à Pete de le tenir. Son Auguste Personne était debout, la tête en avant, les yeux mi-clos et sur le visage l'expression du cheval à qui l'on serre le nez, entre plaisir et douleur, perdu dans le vague. On aurait pu croire qu'on lui soignait une colique. Seule son érection indiquait qu'il s'agissait d'autre chose. Sam glissa le tube dans la narine de l'étalon et le déroula peu à peu. Son Auguste Personne n'y fit aucune objection. Ensuite, Sam prit la pompe buccale dans sa bouche et souffla dans le tuyau. Enfin, à l'aide de l'entonnoir, il versa lentement le liquide clair dans le tuyau et dans l'estomac du cheval. Tout était si calme que Krista entendait chanter les oiseaux et bruisser les feuilles d'érable. Elle soupira en écho. En un instant Sam eut terminé et il retira le tube. Pete défit le tord-nez. Son Auguste Personne revint à lui et baissa la tête pour se frotter la lèvre contre le genou.

« Qu'est-ce que c'était ? demanda Krista.

– Du gin, répondit Sam. Il était légèrement surexcité. On va attendre quelques minutes que le médicament fasse effet.

– Un demi-litre ? s'étonna Pete.

– En gros, vu sa taille, ça fait une dose et demie. On va bien voir. »

Et ils virent ce qu'ils virent ! Ce n'était pas mal, se dit Krista ; enfin, du moins c'était un soulagement. La jument était coopérative, l'éjaculation fut impressionnante. Plus tard, quand Krista revint après avoir ramené la jument à son box où elle lui avait donné un sac de carottes et une belle ration de foin, Pete et Sam étaient eux aussi occupés à boire un coup, du bourbon, pas du gin.

Krista vint les rejoindre. « Mais pourquoi du gin ? demanda-t-elle.

– Ma foi, répondit Sam, ton grand-père disait toujours que les courses hippiques sont une vieille tradition sportive anglaise. Je pense que le gin est un remède traditionnel. Moi, je le considère comme une sorte de tradition vétérinaire héréditaire, de même que tous ces chevaux descendent d'Eclipse. » Il contempla son verre pendant un moment, un de ceux que Krista et Pete avaient reçus à leur mariage. Puis il ajouta : « Disons que je vous ai rendu une visite de courtoisie. Voilà des lustres que je voulais essayer ce remède au gin. À la vôtre ! »

62. Calme et tranquille

Farley trouva la Californie plutôt calme pendant la Triple Couronne. L'hippodrome de Hollywood Park était ouvert et les chevaux y couraient, mais l'endroit semblait sommeiller : les grandes courses se faisaient rares et les meilleures étaient réservées aux chevaux de turf. Les journalistes étaient ailleurs, de même que les magnats de l'industrie. Aussi, les parieurs fidèles, avec la discrétion qui les caractérise, aimaient sacrément Limitless.

Après un hiver rigoureux, le temps de Pasadena correspondait tout à fait aux attentes de ceux qui payaient pour y vivre : lumineux, embaumé et porteur d'espoir. Farley était plein d'espoir, lui aussi. Joy et lui se levaient chaque matin peu après le lever du soleil pour aller à l'écurie. Ses quarante-six chevaux les attendaient, bien éveillés et prêts à se mettre au travail, et ils s'entraînaient correctement. Tous les jours ou presque, il en envoyait deux à Hollywood pour des courses. Une fois les rencontres terminées, il les renvoyait à la maison. Pas tous. Les chevaux à réclamer allaient et venaient. Mais Farley retrouvait goût à ce petit jeu-là aussi. Joy se consacrait à Limitless. Il revint du ranch en aussi bonne condition physique que lorsqu'il y était parti. Farley ne lui imposa pas un programme de travail régulier et laissa Joy décider, quand elle l'emmenait sur la piste, si le cheval avait envie de courir ou non. Au début, ce fut plus effrayant que Farley ne l'aurait pensé – lui qui s'était toujours cru sensible aux besoins individuels des chevaux – mais quand Joy déclarait que le cheval était prêt à courir deux jours de suite puis à nouveau le troisième jour, Farley regimbait. Ce cheval était jeune et impétueux. Il ne se rendait pas compte qu'il se fatiguait. Pour son propre bien…

« L'essentiel, disait Joy, c'est qu'il s'amuse vraiment. Je n'aime pas lui dire non. Je crois vraiment…

– Quand Rosalind a dit qu'on devait le laisser faire ce dont il avait envie, je ne pensais pas qu'il allait avoir envie de travailler autant... »

Il leur arrivait de partir ainsi pendant une à deux heures. Comme s'il avait peur de la perdre, Farley s'autorisait à dire : « Je n'aime pas que tu t'éloignes trop… »

Elle répondait par un sourire.

Trois semaines après la première course de Limitless, Farley l'engagea dans une nouvelle rencontre ; cette fois-ci, le prix était de quarante-huit mille dollars. Et toujours des chevaux de courses à conditions comme concurrents. Roberto le monta et finit la course à une vitesse de croisière avec trois longueurs d'avance. « Bon, dit Farley, tu l'as monté deux fois. Dis-moi s'il aime courir.

– Ben, comme vous voyez, patron…

– J'ai bien vu, mais je veux que tu m'en parles.

– Il aime remonter le peloton. Il aime y aller doucement au début. Vous voyez, en général, quand on est à la traîne avec les derniers chevaux, j'ai pas l'impression qu'il a une stratégie. On dirait qu'il y prend plaisir, c'est tout. Il prend plaisir à doubler les autres, vous voyez. Mais côté travail, enfin ce qu'on appelle travail, il n'en fiche pas une.

– Il a de sacrées foulées. Un de ces jours, il faudrait que tu le voies au lieu de le monter.

– Une monture facile, patron. Mais insaisissable. Et puis à partir du poteau des trois huitièmes, on dirait qu'il se réveille, il cherche une ouverture et fonce. J'ai l'impression qu'il considère pas du tout les autres chevaux comme des chevaux. Vous voyez, les autres chevaux, ils repèrent un cheval qui les double un peu plus loin sur la piste et ils s'accrochent et ça les aide à vouloir finir premiers. J'ai vu ça des tas de fois en doublant un autre concurrent. Il roule tellement les yeux qu'on lui en voit le blanc, il regarde votre cheval et il dit : "Pas question que tu me dépasses, toi !" Mais ce Limitless, on dirait qu'il ne les voit même pas.

– Peut-être qu'il veut des concurrents de la classe au-dessus.

– Je crois que oui, patron. Mais le problème, en plus de sa bouche sensible, c'est qu'il aime pas foncer dès le début. J'aimerais pas avoir à le pousser si des chevaux le doublaient dès le départ. »

Ensuite il envoya le cheval passer une semaine au ranch et l'engagea dans une course à soixante mille dollars dix jours plus tard, toujours contre des chevaux de courses à conditions. À l'occasion de cette course, Rosalind vint à l'hippodrome. Al se trouvait de nouveau en Ouzbékistan mais elle attendait son retour pour bientôt. Au début de la course, Limitless était donné favori à trois contre deux. Assise à côté de Rosalind, Joy lui jetait de temps à autre un regard furtif. Elle admirait le sourire qui illuminait son visage quand elle regardait du côté du starting-gate. Assis lui aussi à côté de Rosalind, Farley lui parlait : « Le problème, c'est qu'il participe à des courses à conditions. S'il gagne celle-ci, il va falloir que je l'engage dans une grande course.

– Voilà qui me semble parfait, répondit Rosalind. Vous ne l'en croyez pas capable ? Il a fait des merveilles.

– Et pas qu'une fois », ajouta Joy.

Farley contempla la piste en se caressant la barbe. Joy reprit : « Mais c'est comme quand on doit ouvrir un cadeau. Parfois on a simplement envie d'attendre encore un peu. Enfin, c'est mon avis. » Elle passa le bras derrière le siège de Rosalind et saisit la main de Farley. Il prit ses doigts entre les siens. « Ce n'est pas mon avis, dit-il.

– Qu'est-ce que tu en penses ?

– Ces dernières semaines, petit à petit, ce cheval m'a fait abandonner mes principes à l'emporte-pièce sur l'entraînement.

– Par exemple ?

– Par exemple, il ne faut pas trop les faire travailler, un ample galop pas trop rapide est meilleur pour le cheval que les exercices répétés, ou encore le jockey doit monter le cheval et demander qu'on travaille un peu plus ceci ou cela, entre autres. » Il sourit. « Et aussi un cheval doit passer vingt-deux heures par jour au box quand il vit sur l'hippodrome. » Son sourire s'élargit. « Ou que je sais tout sur Limitless.

– Même Elizabeth et Mister T. ne savent pas tout sur ce cheval, fit remarquer Joy.

– Qui donc ? demanda Rosalind.

– Mister T. est le cheval gris qui occupe la stalle près de mon bureau et Elizabeth est notre médium pour animaux.

– Que disent-ils de Limitless ?

– Eh bien, Elizabeth dit que Mister T. ne le reconnaît pas. Elle n'arrive pas à lui faire préciser ce qu'il entend par là. Quand il lui transmet une impression du cheval, les contours de Limitless sont à moitié vides. »

Rosalind la regarda. « Comme c'est étrange ! dit-elle.

– Vous croyez à ces histoires de médium pour animaux, vous aussi ? demanda Farley.

– Je ne sais pas, mais celle qui a élevé ce cheval m'a dit qu'elle lui trouvait les yeux d'une femme qui s'apprête à laisser tomber par terre son déshabillé en soie.

– Et vous savez, reprit Farley, j'ai toujours pensé qu'un cheval robuste doit avoir une forte personnalité. De nombreuses lubies passent pour un signe d'intelligence et d'estime de soi chez un cheval. Mais celui-ci est, oh !... je ne sais pas, éteint. »

Les chevaux arrivaient au starting-gate. Joy vit Limitless entrer dans le quatrième compartiment sans qu'on tire sur ses rênes. Les autres concurrents entrèrent comme des chevaux ordinaires, non sans sollicitation de leurs jockeys. « Il n'est pas affectueux, dit-elle. Quand il me voit, il ne m'adresse jamais de hennissements, il se contente de piaffer d'impatience en attendant que je le lui passe le licol et la longe. Je pense qu'il aurait une forte personnalité s'il n'était pas si préoccupé. » Une à une, les grilles de derrière se refermèrent. Le silence se fit, il s'ensuivit une turbulence dissonante à l'ouverture du starting-gate. « Un beau départ ! » proclama la voix du présentateur.

Farley commenta : « Pas mal d'aisance. » Au bout de deux cents mètres sur mille quatre cents, le cheval numéro un se retrouva en tête et le numéro dix sur ses talons. Suivait un peloton de quatre autres concurrents. Ensuite venait Limitless derrière lequel trois chevaux se suivaient à distance. Rosalind se rappela ce qu'elle avait si longtemps pensé des courses : toutes les mêmes. Des chevaux qui couraient. La plupart du temps ceux qui se trouvaient en queue doublaient les autres et gagnaient. Ou alors le cheval de tête restait en tête. Invariablement le même schéma se mettait en place, du numéro un au quatorze, dégradé de couleurs terreuses. Propriétaires, jockeys, parieurs exultaient, soupiraient, juraient ou pleuraient, puis venait le moment de la course suivante et le schéma se mettait à nouveau en place. Comme elle avait trouvé tout cela ennuyeux ! Elle n'avait jamais réussi à se convaincre que c'était là le grand opéra ou la grande aventure qu'y voyaient les autres. Mais à présent elle était devenue sensible aux variations sur le thème. Point n'est besoin d'assister à une grande course ni de voir de grands coureurs pour que le spectacle soit grandiose et envoûtant. Il n'est même pas besoin de parier. Il suffit de faire attention. Chaque course se définit comme une image, une histoire ou un motif. Dans cette course-là, l'image était celle de deux alezans en tête qui se disputaient une courte encolure tandis que Limitless remontait la piste par l'extérieur, doublait le second groupe en ajustant son allure sur celle des chevaux de tête. L'histoire était celle du moment opportun pour foncer. Il n'avait fait attention à rien sur plusieurs centaines de mètres – cela se voyait sans jumelles – puis tout à coup il s'attaqua à sa tâche, doubla celui qui était en deuxième position mais ce dernier, fatigué par l'effort fourni en début de course, heurta Limitless dans la dernière ligne droite et lui fit peur. Limitless se remit du choc, mais pas assez vite ; il termina la course en troisième position. Par la suite, une autre perspective s'imposa quand « Enquête » clignota sur l'écran et Farley sauta sur ses pieds puis dévala les gradins jusqu'à la piste : la course était devenue l'objet d'un litige.

« Il n'aime pas du tout les contacts physiques, je l'ai déjà remarqué, commenta Joy. Je ne suis pas surprise qu'il ait mal réagi à la bousculade. »

Les numéros apparurent et Limitless était toujours troisième. Rosalind et Joy descendirent sur la piste à la rencontre des autres.

Farley secouait la tête. « On ne l'a pas bousculé. Il a cru que ça allait arriver.

– Je vous avais dit qu'il avait des idées bien à lui et n'en démordait pas », ajouta Rosalind.

Farley la regarda tandis qu'ils suivaient le cheval et son lad le long des tribunes. « Tous les grands chevaux étaient comme ça, dit-il. Mais attention ! Ce n'est pas une promesse.

– Contentez-vous de le laisser faire ce qu'il a envie de faire », répondit Rosalind. Le lendemain elle partit passer une semaine au Sri Lanka ; sa galerie était pourtant déjà bien remplie mais Rosalind aimait en faire un endroit surchargé, comme un coffre au trésor. Limitless reprit le chemin du ranch.

Quand le cheval eut passé deux semaines au ranch, Farley se dit qu'il allait l'envoyer incognito à San Francisco pour l'inscrire au derby de Californie. C'était une grande course sur gazon mais sans catégorie déterminée ; les journalistes se trouvaient à New York où ils réclamaient le prix de Belmont à grands cris. San Francisco n'était qu'à environ trois petites heures du ranch. La dotation de la course était de cent cinquante mille dollars auxquels s'ajoutaient les frais d'inscription des concurrents et, par l'intermédiaire de Farley, Al et Rosalind devraient régler vingt-deux mille cinq cents dollars pour l'inscription tardive de Limitless. Le temps était à la pluie et le gazon ramolli, une première pour Limitless qui avait pris ses quatre départs en Californie.

Et le cheval se montra particulièrement agité dans son box. Quand Joy, petite silhouette trempée perdue dans un immense imperméable, sortit le cheval pour lui faire faire des tours au pas, Farley faillit perdre courage et tout annuler. Mais il remarqua avec intérêt que l'épaisse brume ne dérangeait pas le cheval. Quand Rosalind appela Farley de Capri pour prendre des nouvelles de l'animal, elle lui dit : « Oh ! J'avais oublié de vous le dire, il a passé l'hiver dernier en plein air, dans un centre d'entraînement au Maryland. Pluie, verglas, neige et j'en passe… Il a tout enduré. »

Ce fut la clé du succès. Tout au long de la course, tandis que ses concurrents élevés en Californie pour la plupart donnaient l'impression de regarder le gazon d'un air incrédule, Limitless galopa droit sur le poteau d'arrivée avec une ardeur redoublée. « Eh bien ! fit Joy, emmitouflée dans un manteau et une couverture de cheval, je crois qu'il est tout simplement ravi de ne plus être confiné dans une écurie. »

Farley appela Rosalind à Nice qui appela Al à Helsinki.

« Al, dit Rosalind. Je crois qu'on est dans le même fuseau horaire.

– Ah bon ? Où es-tu, Rozzy ?

– Je suis à Nice. Tu te rappelles cet hôtel où nous sommes déjà descendus avec tes enfants ? J'y suis retournée. » Elle n'y était retournée que parce que l'autre hôtel était complet mais à cet instant le souvenir d'un moment agréable qu'ils avaient partagé apparut comme une coïncidence propice.

« Il était correct, cet hôtel. On s'était bien amusés pendant ce séjour, hein ? Pas trop de jérémiades. Quelle heure est-il ?

– Bientôt sept heures.

– Alors je suppose que la réception va bientôt m'appeler pour me réveiller.

– C'est moi qui assure le service réveille-matin, Al.

– Alors réveille-moi !

– Euh, voyons… » Rosalind hésitait. « Je suppose que je me retourne dans le lit pour me blottir contre toi…

– On peut éjecter ce sale chien poilu couché entre nous deux ?

– On peut la déloger sans brusquerie et la poser sur le sol.

– D'accord. Je sais le faire. Alors t'es serrée contre moi. Je porte le caleçon en soie que tu m'as offert. Je ne porte rien d'autre. Et toi, qu'est-ce que tu portes ? »

Rosalind était toute nue. Mais elle dit : « Une chemise de nuit en soie d'époque que j'ai achetée à Paris la semaine dernière. Elle est écrue avec de la dentelle autour du cou.

– Écru, c'est un blanc un peu cassé, non ?

– Oui.

– Quelle longueur ? »

Rosalind réfléchit un instant. Puis elle répondit sur un coup de tête : « Courte.

– Mmm ! fit Al. Tu ne portes rien dessous ? »

Elle était toute nue, elle était mariée à Al depuis vingt ans, elle avait commencé ce petit jeu et elle mentait par-dessus le marché, mais elle n'en rougit pas moins. Pourtant, elle continua : « Euh, non. » Et c'était la vérité.

« Maintenant j'ai passé mon bras autour de ta taille et j'ai l'autre main dans tes cheveux. Tu sais, Rozzy, ils sont super, tes cheveux. C'est agréable.

– Oui, c'est très agréable. J'adore l'odeur de ton cou. Je trouve ton menton un peu râpeux. » En prononçant ces paroles, Rosalind se souvint que l'odeur et la texture d'Al lui étaient très familières. Cela comptait pour quelque chose, après tout. Dans un monde plein de choses nouvelles ; on cherchait et regardait sans cesse de nouvelles choses. Dérangée dans son sommeil, Eileen se réveilla, se fraya un passage hors du lit et sauta par terre dans un petit « plop ». Al reprit : « Ma poitrine est si velue et ta peau est si, si, si…

– Pas poilue ?

– Ben ouais ! Je sais pas pourquoi, ça m'a toujours plu. »

Rosalind éclata de rire.

« Tiens, c'est mon service réveille-matin. Je les entends qui essaient de se connecter sur l'autre ligne. J'ai rendez-vous avec un type.

– Moi aussi.

– Attends, passe juste ta jambe sur la mienne un moment. Je me tourne légèrement vers toi et je pose la main sur ton visage. »

Rosalind ferma les yeux, prise au dépourvu à l'idée du désir d'Al.

« C'est bon, dit-il. Ah, Rozzy ! »

Rosalind s'allongea de nouveau sur le dos. Eileen sauta sur le lit, vint poser son museau tout contre son visage et, les oreilles dressées, la regarda attentivement de ses petits yeux noirs. Rosalind finit par s'avouer qu'elle se sentait mal à l'aise. Quelque chose d'inédit lui arrivait. Elle avait vraiment l'impression de se souvenir des raisons qui l'avaient fait tomber amoureuse d'Al au début de leur histoire. « Tu sais, dit-elle, Limitless a gagné la course. Le derby de Californie. Sur un terrain très lourd.

– J'aurais bien aimé voir ça.

– J'aurais aimé que tu sois là.

– J'aurais voulu qu'on assiste à la course ensemble. Combien il a gagné ?

– Environ cent mille dollars.

– Tu dois le savoir, toi ? C'est mon cheval pour la Coupe des éleveurs ?

– Je n'en sais rien, Al.

– Tu sais, je mérite bien un cheval pour la Coupe des éleveurs. »

Puis il raccrocha et Rosalind aussi mais elle y pensa toute la journée en achetant des œuvres d'art, en rencontrant des artistes, en dégustant sa soupe au pistou et son poulet grillé accompagné de piments doux : Tu dois le savoir, toi ? Tu *dois* le savoir, toi ?

Dans le van sur l'autoroute I-5 qui le ramenait vers le ranch, Limitless regardait par la fenêtre. Bien que le véhicule fût exigu (le cheval se trouvait dans une stalle d'un mètre vingt sur deux mètres quarante, la tête attachée à proximité d'un filet où il pouvait tantôt attraper une bouchée de foin mais pas toujours), cet endroit ne le rendait pas aussi nerveux que les stalles ordinaires. Pour commencer, il sentait le mouvement du van sur l'autoroute lui remonter dans les sabots, les chevilles et les jambes. S'il s'y prêtait – et y résister ne lui serait jamais venu à l'idée – cette légère oscillation le berçait. Ensuite, il comprenait parfaitement que le paysage qu'il voyait défilait devant ses yeux, qu'il se déplaçait dans le paysage comme il aurait pu se mouvoir sur ses propres jambes et cela aussi était rassurant. Il était Limitless. Il avait passé chaque instant de ses trois ans d'existence à sentir intuitivement que le mouvement était agréable et bon.

À part ces principes de base, il reconnaissait aussi le paysage : écrasé de soleil, plat : sol brun doré, ciel bleu vif. Le paysage de la liberté. Parfois, au milieu de ce panorama, le van s'arrêtait, la rampe s'abaissait, on enlevait la corde qui l'attachait par la tête et il se retrouvait dans l'endroit le plus confortable au monde qui, pour lui, n'avait rien à voir avec la chaleur, le froid, la pluie, un abri, la faim (même si on y trouvait abri et la meilleure nourriture possible) mais, au contraire, se résumait à la liberté de se déplacer à sa guise, de marcher, trotter, d'aller au petit ou au grand galop, de ruer, de se cabrer, de lancer des coups de pied, de se rouler dans l'herbe et de paître. Comme tout génie, car c'était un génie, son palmarès en constituerait un jour la preuve, il n'avait pas vraiment de projet bien établi, mais un but précis qui l'emportait sur tout le reste, courir. Pour lui, comme pour tous les génies, ce but était pressant, le désir était puissant et immédiat. Ce cheval de trois ans n'oubliait jamais son désir de se mouvoir. Manger, dormir, s'intéresser aux pouliches, frayer de façon générale avec des hommes ou des chevaux, devoir se soumettre au bain ou à quelque autre formalité, toutes ces activités ne détournaient son attention de son véritable but que l'espace d'un instant, il éprouvait son but dans son corps, son esprit et son âme : se mouvoir, bouger, courir ! Comme tous les génies il n'avait aucun recul, ne pouvait avoir aucun recul, ne semblait même pas comprendre qu'on puisse prendre du recul.

Aussi identifia-t-il le ranch à l'endroit où il était heureux, ou du moins celui où il éprouvait presque toujours le soulagement de s'adonner exclusivement à l'activité qui constituait son but.

JUIN

63. Loin de l'Irlande

La brochure sur la croisière que Deirdre s'était procurée à l'agence de voyages de Silver Spring parlait de montagnes pittoresques, de fjords magnifiques, de petites villes adorables et débordantes d'activité nichées entre les montagnes et la mer. Il y avait aussi des églises russes, une faune et une flore extraordinaires, une luminosité nordique merveilleuse et, bien sûr, des soirées divertissantes et une cuisine de niveau international. Le guide ne mentionnait pas la chose la plus merveilleuse de ces deux semaines de croisière : pas le moindre cheval. Aucun cheval dans l'avion, aucun cheval sur le paquebot de croisière, aucun cheval à Juneau, aucun cheval là où la paroi du glacier se découpait en icebergs qui partaient à la dérive. Il était possible d'implanter des chevaux dans l'Arctique et même dans l'Antarctique – des Britanniques et des Écossais avaient tenté d'implanter des poneys au pôle Sud, n'était-ce pas une entreprise typiquement britannique ? – mais avoir des chevaux dans l'Arctique était une initiative si vaine qu'il fallait avoir un instinct d'autodestruction particulièrement fort pour l'entreprendre. Deirdre espérait bien ne rencontrer aucun de ces doux rêveurs et par conséquent ne voir, n'entendre, ne toucher ni ne deviner grâce à quelque sixième sens la présence d'aucun cheval en deux semaines.

Mais elle apprit tout de même que l'on construisait un hippodrome à Hanoï.

L'autre aspect de cette croisière sur lequel la brochure mettait l'accent était que l'on s'amusait beaucoup grâce aux autres passagers et au personnel amical et convivial du paquebot. Deirdre

expansif, plus grand et plus passionné que la simple gentillesse, mais du même ordre. Il y avait aussi la sorte d'amour que vous inspirent les chevaux – l'admiration religieuse que suscitent leur beauté, leur courage et leur pureté –, la perfection physique de Tiffany éveillait cette émotion en Deirdre. Et puis il y avait aussi *eros*, bien sûr. Cela devait correspondre au désir, n'est-ce pas ?

Bon, et puis George était gay comme pas un, qui pouvait dire lesquels des nombreux cousins de Deirdre, proches ou éloignés, en étaient, eux aussi, et qui pouvait dire qu'elle n'en était pas elle-même ? Aucun des hommes avec lesquels elle était sortie, et il y en avait quelques-uns, seulement quelques-uns, n'en serait surpris. Certains étaient beaux garçons, en plus, bien faits, sympathiques et même tendres, et de temps à autre elle avait eu des relations sexuelles – étrange expérience ; Deirdre avait toujours pensé qu'elle avait hérité de la vision de sa mère qui considérait tout cela comme un piège, un tour que vous jouaient vos gènes de femme pour se reproduire à n'importe quel prix. Sa mère, cette sainte, avait eu trois enfants et pas un de plus et n'avait jamais touché un mot du mariage à Deirdre de toute son enfance.

Deirdre se leva, enfila ses chaussures et ouvrit la porte qui donnait sur le couloir. Il était étroit et éclairé aux néons. Ici, on sentait moins les moteurs. Un peu plus loin dans le corridor, un escalier montait vers la droite. Elle alla dans cette direction et gravit les marches. Elle avait mal au dos. Sensation familière. L'escalier débouchait sur un autre couloir pareil au sien et elle vit une porte ouverte sur la gauche, une porte surélevée qui lui envoyait une brise d'air frais. Au-delà il y avait le pont, la mer et les nuages brumeux qui couraient dans le ciel, simples lambeaux qui se disloquaient pour dévoiler une lune aux trois quarts pleine et des étoiles. D'autres gens se trouvaient sur le pont bien qu'il fût près de quatre heures du matin à sa montre. Le long du bateau, peut-être éclairé par les lumières des cabines, son sillage était ourlé de lumière. Elle se dit qu'ils s'approchaient de la terre ferme. Elle distinguait de petits points de lumière très espacés au loin. Et une fois ses yeux accoutumés à l'obscurité elle s'aperçut qu'il ne faisait pas si noir. Au large de la proue, juste à l'horizon, il ne faisait déjà plus nuit. Bien sûr, cela constituait l'attraction de cette croisière : des nuits de plus en plus courtes, puis, finalement, plus de nuit du tout. Deirdre prit à droite et se mit à déambuler sur le pont en direction de la proue, la main gauche posée sur la rambarde. Cela évoquait un cheval qui fait le tour d'un couloir extérieur de la piste jusqu'au poteau des trois-quarts où son cavalier lui fera faire demi-tour et courir du côté de la corde : exercice ou parcours au galop.

Deirdre pouvait et savait reconnaître que les chevaux l'avaient aimée, qu'ils faisaient du bon travail pour elle et qu'en dépit de tous les espoirs déçus, de toutes les attentes frustrées qu'ils représentaient, ils l'accueillaient toujours parmi eux, venaient à sa rencontre, lui faisaient fête et observaient ses moindres gestes. Autrefois, cela lui suffisait, cela la comblait. On se levait, on enfilait des vêtements à la hâte, on courait à l'écurie et qu'importe si on était mal réveillé, si on avait des soucis d'argent, des courbatures, des angoisses ou si on se sentait endurci, les chevaux vous faisaient tout oublier en un instant avec leurs oreilles dressées, leurs grands yeux et leurs larges naseaux. Eh oui ! Ils lui manquaient un peu.

Dans le Maryland, Tiffany et Ellen se tenaient au centre du plus vaste manège d'Ellen où Audrey faisait trotter Moïse, le poney d'équitation d'Ellen, autour d'elles. Il était tôt, aussi étaient-elles les seules sur les lieux mis à part deux lads d'Ellen qui venaient de commencer le nettoyage des stalles. « Elle a regimbé au moment de monter à bord », racontait Tiffany. Les deux femmes échangèrent un regard et rirent.

« Tu as dû la convaincre à coups de cravache ?

– Seulement pour l'achat des vêtements.

– Ça n'a pas dû être une mince affaire.

– Oh, ma vieille ! J'ai été patiente comme Job, pour parler comme ma mère. »

Ellen secoua la tête.

« J'ai envie de potiner à son sujet. Je pense qu'il n'y a plus de danger maintenant qu'elle est à quelque six mille kilomètres d'ici, murmura Tiffany.

– Elle finit toujours par le savoir. Surtout si tes intentions sont bonnes. »

Tiffany secoua la tête. Le poney décrivit un cercle avec agilité, un deuxième tour, puis un troisième. « Bien, Audrey, dit Ellen. Je vais placer les perches horizontales.

– Les perches horizontales ! s'exclama Audrey.

– Même Michael Matz commence sa journée en travaillant avec des perches horizontales ! » Et à Tiffany : « Tu ne vas pas voir tes chevaux courir à New York aujourd'hui ?

– J'irai en partant d'ici. Je voulais juste… »

Audrey et son poney franchirent l'obstacle au trot, s'arrêtèrent, firent demi-tour et refirent le parcours dans l'autre sens.

« Tu crois qu'elle m'apprécie ? demanda Tiffany. J'en ai l'impression mais des fois elle passe quatre jours sans m'adresser la parole ou presque et j'ai des doutes. J'ai travaillé dur pour elle.

– Quand elle est sortie de l'hôpital après son opération du dos, elle a passé un an et demi sans me parler. J'étais allée la voir tous les jours à l'hôpital. Je lui avais apporté des trucs. J'avais fait le ménage dans sa maison, je m'étais occupée des chevaux. Dès qu'elle a pu, elle ne m'a plus adressé la parole.

– Qu'as-tu ressenti ?

– Elle m'a manqué mais tu sais, je m'y attendais un peu. Elle ne s'est pas montrée ingrate. Elle m'a dit merci, sincèrement. Mais tu vois, il y a des gens qui pensent à tout en termes de mérite alors plus on leur donne, moins ils ont le sentiment d'être en droit d'accepter parce qu'ils estiment en avoir déjà reçu plus qu'ils ne méritent. À moins d'être en mesure de vous donner quelque chose en retour, ils pensent ne rien mériter de plus et ils vous repoussent. »

Audrey faisait à nouveau des allers-retours au trot par-dessus l'obstacle. Ellen s'approcha des supports de l'obstacle, laissa choir l'extrémité d'une perche rouge et blanc sur le sol et souleva celle d'une perche bleue, qu'elle plaça dans une cale en hauteur pour ériger un obstacle vertical. « Bon, vas-y encore au trot ! » lança-t-elle à Audrey.

En voyant que l'obstacle à franchir dépassait la hauteur minimale des barres verticales, le poney s'excita visiblement, dressa les oreilles et la queue. Il trotta allégrement jusqu'à la barrière et la franchit d'un bond. Audrey enfonça les talons dans les étriers et enfouit ses mains dans la crinière de l'animal. À quelques foulées de la barrière, elle arrêta le poney et lui fit faire demi-tour. « OK ! dit Ellen, recommence. » Et à Tiffany : « Crois-moi, Tiff, elle t'aime beaucoup. Je suis sûre qu'elle t'adore.

– Elle te l'a dit ?

– À moi ? Mais tu rêves ! Elle préférerait être rouée de coups plutôt que de l'admettre. Audrey, fais des allers-retours jusqu'à ce que le poney et toi soyez complètement à l'aise avec cet obstacle. »

Tiffany, qui la suivait des yeux, voyait Audrey se détendre et se concentrer. Quel bonheur ! songea-t-elle tout à coup. S'occuper des deux chevaux qui lui étaient confiés à l'hippodrome, puis venir ici regarder les leçons d'équitation et prendre sa voiture pour se rendre à Belmont Park pour voir sa pouliche participer à une course qu'elle avait toutes les chances de gagner. Comme c'était étrange ! On disait oui, pourquoi pas, je vais essayer ça, et voilà qu'on se retrouvait dans un monde peuplé de chevaux, de chevaux et encore de chevaux. « Mais si elle m'apprécie… je veux dire, quand j'aime bien quelqu'un, j'ai tout le temps envie de voir cette personne. Ou à peu près. Comme pour les chevaux. J'en ai eu un, puis j'en ai voulu un autre et maintenant je ne pense plus qu'à ça. Mais on dirait que quand elle aime quelque chose, elle se met tout de suite à se désengager et à reculer.

– Ça t'agace ?

– Non, pas vraiment. C'est simplement que je ne comprends pas. Tu vois, rien chez elle ne m'agace. Elle a de l'humour, il est évident qu'elle fait exprès de mal s'habiller et blesser quelqu'un est la dernière chose qu'elle fera.

– Tu sais quoi ?

– Quoi ?

– Les gens l'adorent. Les chevaux l'adorent. Elle a toujours toujours toujours vos intérêts à cœur et elle se donne la peine de vous faire savoir où est votre intérêt même si ce n'est pas dans le sien. Je me rappelle que quand elle avait encore ses chevaux d'obstacles, il venait des gens qui cherchaient un cheval à acheter, mais elle leur disait : "Non, mon vieux, c'est pas celui qu'il vous faut. C'est pas des os qu'il a c'est des osselets, y vous tiendra pas un an !" Et ensuite elle se demandait pourquoi elle avait tant de chevaux dans son écurie. Quand elle les emmenait à l'hippodrome elle s'en sortait mieux, au moins on lui réclamait ses chevaux et au début ça payait beaucoup de factures. Tu veux que je te dise ?

– Quoi ?

– Attends une seconde. » Ellen s'approcha de l'obstacle et le releva d'un cran si bien qu'il atteignait maintenant soixante centimètres. « Bien, ma chérie, dit-elle en s'adressant à Audrey. Au trot, s'il te plaît. » Elle revint vers Tiffany et reprit : « Depuis toutes ces années que je connais Deirdre, pas une seule fois je ne lui en ai voulu. Je ne peux dire ça de personne d'autre.

– Moi non plus, je n'ai jamais été en colère contre elle. Et je n'ai jamais vu George l'être, même s'il a fait semblant de se fâcher une ou deux fois.

– Tu vois. Mais c'est une personne énigmatique.

– Comment ?
– Mystérieuse.
– Comment tu as dit ça ?
– Énigmatique.
– J'aime ce mot. Énigmatique. Ça ferait un beau nom pour un cheval, tu sais. Une pouliche issue de Secret Hello. Tu vois, ce dont j'ai besoin, c'est de me trouver une bonne poulinière pour environ vingt-cinq mille dollars pour élever un jeune poulain à des fins commerciales. Quand on les vend à peine sevrés, c'est une opération profitable à 100 % ou presque. Énigmatique.
– Mais c'est une obsession chez toi !
– Et c'est toi qui me dis ça.
– Je suis prête ! s'exclama Audrey. Je peux faire un parcours ? Avec un obstacle triple ? Pas trop bas !
– Et ça, c'est pas une obsession ? demanda Tiffany en indiquant Audrey et le poney d'un signe de tête.
– Nous lui montrons un très mauvais exemple », répondit Ellen Mais elle souriait de toutes ses dents.

Le jour s'était levé. L'aube grise bleuissait, annonciatrice d'une matinée claire avec une légère brise et Deirdre hésitait. Le soleil la mettait irrésistiblement de bonne humeur, exactement le genre de réaction réflexe qui contrariait le libre arbitre de l'intellect, aussi était-elle tentée de retourner dans son box s'allonger à côté de ses livres. Mais elle était aussi tentée d'aller manger. Le paquebot de croisière disait offrir des victuailles vingt-quatre heures sur vingt-quatre et il était peut-être temps de mettre leur publicité à l'épreuve. Le bateau se dirigeait toujours vers l'ouest. Elle n'était plus la seule à déambuler sur le pont, cependant, plusieurs coureurs matinaux faisaient leur jogging. Un membre du personnel du bateau s'apprêtait à hisser le drapeau au-dessus de la poupe.

Avant de partir, George l'avait invitée à dîner et lui avait offert tous ses plats préférés. Quant à elle, elle lui avait aussi offert quelque chose, une photo en noir et blanc trouvée dans une galerie d'art qui représentait six athlètes de dos, entièrement nus, un joueur de base-ball, un coureur de marathon, un joueur de basket-ball, un jockey, un joueur de football et un champion de saut à la perche. Bien que le montage fût indécelable à l'œil nu, toutes les silhouettes avaient été agrandies ou réduites de façon à être de la même taille que celle du coureur, un mètre quatre-vingts. Et ils étaient tous délicieusement bronzés. « Pour moi, cette illustration a une valeur purement didactique, George, avait-elle dit, et je t'encourage à l'accrocher dans ta cuisine. »

Ils avaient commenté la photo à n'en plus finir pendant au moins une demi-heure, ensuite, George avait ramené la conversation sur Deirdre. « Tu en as tant fait pour moi, cousine.

– Tout travail mérite salaire, George. Tu as fait ton travail, tu es resté d'une humeur radieuse et tu ne t'es jamais attiré les foudres des responsables de l'hippodrome ni des propriétaires.

– Mais tu dois quand même accepter ma reconnaissance. »

Elle avait reniflé avant de répondre : « Bon, d'accord. Alors tu dois accepter la mienne, toi aussi, pour m'avoir fait rire de temps en temps. Tu vas me manquer.

– Oui, je vais te manquer, alors je vais te rendre un service : permets-moi de te rappeler encore une fois à quel point tu es fière. Et, tu vois, la fierté est le plus lourd des fardeaux, le péché numéro un, celui qui éloigne de Dieu.

– J'étais sûre qu'on allait en parler, de celui-là.

– Dieu t'aime, ma biche.

– Oh ! George...

– Pendant toutes ces années, j'ai cédé face à ta fierté et évité de te parler de Dieu, mais le moment est venu.

– Pourquoi ?

– Parce que. Tu repousses l'amour de Dieu et vois le résultat : tu passes ton temps à dire que tu es aigrie comme si plaisanter sur ce sujet rendait cela drôle, mais tu es aigrie et ça ne te rend pas heureuse.

– Et l'amour de Dieu me rendra heureuse ?

– Voilà comment ça marche, cousine. D'abord on admet que cet amour existe, qu'on peut le voir, le sentir, ensuite on admet qu'on le désire, on donne de l'amour en retour et cet amour vous emplit. Alors on est heureux.

– Le processus me paraît bien long, George.

– La fierté minimise les grandes et belles choses, ma chérie. »

Ils n'en avaient plus parlé et le lendemain elle avait conduit George à l'aéroport, l'avait mis dans l'avion et déjà deux mois avaient passé. Mais il avait bel et bien mis le doigt sur son défaut, ils le savaient l'un et l'autre. Sa propre fierté minimisait toutes les grandes et belles choses qu'elle avait vécues, les avait réduites à presque rien. En ce moment même, au milieu d'amoureux de la nature, n'était-elle pas occupée à minimiser toute cette beauté autour d'elle – cet océan, ces montagnes, la lumière du jour – autant que possible pour éviter d'admettre qu'elle ne savait pas l'apprécier, qu'elle en était incapable, qu'elle n'y était pas sensible ?

Mais, au fait, saurait-elle encore magnifier quoi que ce soit ?

Le décor alentour était éclatant de soleil et animé. Le pont grouillait de monde, des gens au premier jour de leurs vacances qui poussaient des ah ! et des oh ! en admirant le paysage dans lequel ils s'étaient réveillés. Comme ils avaient bien dormi ! Comme l'air marin ouvrait l'appétit ! Qu'ils étaient contents d'être venus ! Ce n'était pas comme ça à Columbus ! Comme c'était agréable de changer d'air ! La plupart lui souriaient et lui adressaient un « Bonjour ! ». Elle leur rendait leur sourire. Leur parler, se dit-elle, serait déjà jeter une ombre sur leur plaisir.

Tiffany, voilà celle qu'elle avait magnifiée à tel point qu'elle avait dû couvrir un tiers de la distance qui les séparait de l'autre bout du monde pour la réduire à de justes proportions. Qu'avait-elle dit à George, juste en passant, comme si de rien n'était, pour parler ? Qu'elle en avait assez de se faire une montagne de tout : « Où est-ce que ça m'a menée de laisser mes passions guider ma vie, George ? À l'épuisement. C'est tout. » Et ce n'était que trop vrai. Les chevaux l'avaient conduite à sa perte ; Tiffany serait peut-être sa perte.

Elle longea le pont jusqu'à l'escalier et monta jusqu'au pont supérieur, celui de la promenade. Cet étage était beaucoup plus luxueux, agrémenté de grands hublots, de portes en bois poli, dorures et tout le tralala. Elle fit le tour du pont et entra dans la salle à manger dont les tables, à – quelle heure était-il donc ? – cinq heures et demie du matin, étaient déjà dressées et – verres, sets de table et nappes – éblouissantes. Elle longea l'immense buffet que des hommes vêtus de blanc garnissaient de plateaux et de chauffe-plats. Bagels. Fromage frais. Une autre sorte de fromage frais, oignons, saumon fumé. Encore une autre sorte de saumon fumé. Une coupelle contenant des câpres. Elle leva les yeux. Des plats par dizaines, garnis de piles, pyramides et montagnes de victuailles toutes de la première fraîcheur, formaient un spectacle ravissant. Elle inspira profondément et sentit l'instinct de survie commencer une fois de plus à prendre le dessus : la lumière du jour, la nourriture, la beauté, le luxe. N'étaient-ce pas des choses trop simples pour qu'on s'y laisse prendre ? Et pourtant. Elle s'approcha de l'extrémité du buffet et prit une assiette.

Tiffany fit le tour de l'écurie avec Ellen puis la suivit le long d'un chemin qui menait à un pré arboré séparé du reste des paddocks par un rideau d'arbres à l'arrière de la propriété. La chaleur et l'humidité caractéristiques de la façade atlantique couvaient déjà mais il avait plu en abondance et l'herbe était verte et luxuriante. Des chevaux qui paissaient par groupes de deux ou trois levèrent la tête ou s'approchèrent de la barrière. Ce spectacle lui était désormais tout à fait familier mais Tiffany ne s'en lassait pas.

Elles franchirent le rideau d'arbres. De l'autre côté du pré rectangulaire de quatre-vingts ares se tenait un immense cheval noir. Il leva la tête mais sans s'approcher ne fût-ce que d'un pas. Il les observa pendant une ou deux minutes, puis se mit à ruer, à lancer des coups de pied, lâcha un pet et partit au galop. Il fonça sur la barrière, l'esquiva, fit volte-face, décocha une ruade et repartit dans la direction opposée. L'œil exercé par ses propres coureurs, Tiffany déclara : « C'est un rapide !

– Regarde-le tourner. Il est capable de pivoter sur un sabot ou de basculer en prenant appui sur son arrière-main. »

Le cheval se cabra et son front sembla rester en l'air pendant cinq longues minutes. « Il est fait pour être un sauteur, décréta Ellen. Mais on ne peut ni le toucher ni l'approcher.

– Pourquoi l'avoir acheté ?

– Je ne l'ai pas acheté. On me l'a donné.

– Qui te l'a donné ?

– Barry Jordan, du haras d'étalons Patch Creek, du côté de Chesapeake.

– C'est un étalon ?

– C'en était un. Voilà pourquoi ils me l'ont donné. Son propriétaire le faisait courir sur l'hippodrome de New York et il a gagné de grandes courses mais ensuite il a été exclu des pistes pour avoir férocement attaqué un homme ; alors on l'a envoyé au haras pour voir si ça le calmerait parce que c'est le stress des courses qui les rend dingues, tu sais, et quand le responsable du haras a déclaré qu'ils préféraient se passer de son insupportable compagnie, le propriétaire l'a fait castrer.

– Tu sais ce que dit toujours Deirdre.

– En les castrant tout de suite, on améliore la race.

– Alors tu leur as dit que tu en ferais un cheval de monte ?

– C'est ça. On verra. Il faut un mois pour que la testostérone soit évacuée de l'organisme. Ça fait déjà deux semaines. Mais j'ai dû déplacer toutes les juments des paddocks voisins. On verra.

– Comment il s'appelle ? demanda Tiffany.

– Tu sais quoi ? Ils n'ont pas voulu me le dire. Ni me donner ses papiers. Je t'ai raconté tout ce que je sais de lui. Bien sûr, je pourrais déchiffrer son tatouage et appeler le Jockey Club mais je n'arrive pas à l'approcher d'assez près pour voir le tatouage pour l'instant. » Elle souriait, parfaitement heureuse. Rien n'effrayait jamais Ellen ou plutôt elle ne baissait jamais les bras devant un cheval. « On lui trouvera bien un nom. »

Pourtant, le cheval vous donnait envie de baisser les bras. Il se cabrait, courait dans tous les sens, lançait des coups de pied et couchait les oreilles, il fonça droit sur la barrière à deux reprises comme si ses mauvaises intentions étaient personnellement dirigées contre elles. « Oh ! fit Tiffany. Il ne me plaît pas du tout.

– C'est un mauvais garçon, admit Ellen, avant d'ajouter avec tendresse : Peut-être que quand il sera moins garçon, il deviendra moins mauvais garçon ? On verra. »

Elles se détournèrent et s'éloignèrent sur le chemin puis dans le bois. Epic Steam cessa d'exprimer sa piètre opinion d'elles et s'immobilisa. Quand elles eurent disparu, il baissa la tête pour paître, mais ensuite il se mit à trotter le long de la barrière. Quant à ses testicules, leur absence ne rimait pas avec oubli. La barrière de planches peintes en blanc était haute d'un mètre et demi et un fil électrique sous tension courait au sommet pour décourager toute tentative de mordiller le bois. Epic Steam ne s'ennuyait pas encore assez pour mordiller le bois de la barrière : il s'intéressait bien trop aux juments et aux pouliches qu'il flairait au loin. Un de ces jours, même si personne ne s'en doutait encore, il découvrirait son plus grand talent. Ce n'était plus qu'une question de temps.

JUILLET

64. Entre filles

Leon avait pourtant été équipé de la panoplie complète – bip, téléphone mobile et messagerie vocale – mais quand Deedee commença le travail d'accouchement au Safeway d'Arcadia personne n'était là pour répondre à son appel. Là, entre les tortellini d'un côté et les herbes & épices sur les rayonnages d'en face, elle perdit les eaux dans un grand « splash ». Mais depuis qu'elle pesait non plus quarante-six kilos mais près de soixante-neuf kilos, elle était au-delà de la honte. Son premier réflexe fut de jeter un coup d'œil à son panier. Mieux valait éviter de laisser traîner les produits surgelés trop longtemps dehors. Elle les remit en rayon. Restaient un sac de pommes de terre, des oranges, deux miches de pain, un paquet de Team Cheerios et un pot de beurre de cacahuètes : et puis, au diable tout ça ! Elle prit son sac à main dans le siège pour bébé du caddie avec la certitude qu'au moment où elle reverrait un de ces sièges, ce serait pour l'utiliser et elle quitta le magasin. Ses objectifs changeaient de minute en minute. Au départ, elle avait voulu faire ses courses, ensuite acheter au moins les produits de première nécessité et, maintenant, après avoir ressenti ses premières douleurs de l'accouchement, elle voulait simplement rejoindre la camionnette dans le parking.

Elle s'immobilisa. Sous son T-shirt de grossesse, elle pouvait voir la contraction autant qu'elle la sentait. La sensation d'une crampe prolongée se propagea de bas en haut, l'étreignit puis s'estompa. Quand ce fut terminé, Deedee commença à compter et à marcher en même temps. L'aide soignant qui l'avait initiée à la méthode Lamaze lui avait dit que les première contractions seraient séparées d'une dizaine de minutes à peu de chose près. Chez Deedee, elles survenaient toutes les deux minutes. Elle ressentit la deuxième à la porte du magasin et la troisième à mi-chemin entre la porte et la camionnette. Elle essaya à nouveau d'appeler Leon pour lui laisser un autre message et consulta sa montre. Il était huit heures quarante-deux. Elle ne pouvait pas avoir une contraction, marcher, compter les secondes et parler au téléphone tout à la fois, aussi son message se réduisit-il à ceci : « Oh, merde ! Leon, qu'est-ce que tu fous ? »

Une fois dans la camionnette, la première contraction dura trente-six secondes, ce qui laissa à peine plus d'une minute à Deedee pour mettre le contact et quitter sa place de parking. Pendant les trente-six secondes suivantes elle resta immobile sur son siège en retenant son souffle tandis que la file de voitures s'allongeait derrière elle en attendant qu'elle avance. Mais les gens ne klaxonnaient pas encore. Puis elle crut qu'elle allait s'évanouir et elle baissa la vitre, mais comme il faisait très chaud dehors cela ne servit pas à grand-chose. Elle appuya sa tête à la portière de la camionnette et ferma les yeux. C'est alors que les voitures qui attendaient commencèrent à klaxonner. Au bout d'un moment, au milieu du vacarme, une voix se fit entendre près de son oreille : « Deedee ? C'est toi ? »

Elle releva la tête. C'était Martha la Merveille. « J'ai des contractions toutes les deux minutes, dit Deedee. Residual a bien travaillé ce matin ?

– On a juste travaillé son petit trot. Mais elle a fait un demi-tour de piste en quarante-quatre secondes et demie hier. Pousse-toi. » Deedee obtempéra. « Dans quel hôpital dois-tu accoucher ?

– L'hôpital méthodiste Arcadia.

– J'aurais dû m'en douter. »

Deedee inclina son siège au maximum, ce qui ne l'avança pas à grand-chose car le bébé, qui pesait quatre kilos selon le docteur, écrasait tous ses organes. Elle leva les pieds, les posa sur le tableau de bord et dit : « Ne m'oblige pas à mettre ma ceinture. Ohhhhh ! »

L'idée lui vint à l'esprit qu'elle pouvait très bien mourir dans les cinq heures à venir, aussi valait-il mieux se confesser. « Je regrette de t'avoir trouvée antipathique. J'ai été envieuse et rancunière.

– Ce n'est rien, ma chérie.

– Et puis j'ai agi comme une garce avec Leon. Si je suis tombée enceinte, c'est surtout pour le rendre plus responsable.

– On dirait que ça a marché. Il fait beaucoup mieux son travail maintenant.

– Je regrette d'être tombée enceinte. J'ai pensé à avorter.

– La plupart des femmes y pensent, ma petite. Y penser ce n'est pas le faire.

– Ahhhh !

– Tu as appris comment il faut respirer ?

– Pff ! Pff ! Pff ! Pff ! Pff ! Pff ! Pff ! Pff !

– Voilà. Le bébé ne sait rien de ce que tu penses, tu sais.

– Je regrette de ne pas avoir mieux travaillé au lycée pour aller à l'université.

– Tu peux encore y aller.

– J'ai été tellement infecte avec ma mère. Elle qui a enduré tout ça pour moi. Je lui ai chipé de l'argent dans son porte-monnaie pour m'acheter un truc.

– Qu'est-ce que c'était, Deedee ?

– Pff ! Pff ! Pff ! Pff ! Pff ! Pff ! Pff ! Pff ! Pff... Ouille ouille ouille !

– Ce n'est plus très loin. On y est presque.

– C'était pour apprendre à monter des chevaux d'obstacles avec George Morris. J'ai pris de petites sommes dans son porte-monnaie pendant trois mois quand j'avais quinze ans.

– Au moins ce n'était pas pour de la drogue. Tu pourras la rembourser après la naissance. »

Si je vis assez longtemps, pensa Deedee. Mais elle poursuivit : « Leon m'a raconté quelque chose.

– Quoi donc, mon chou ?

– Il m'a dit qu'il avait aperçu Buddy et Curtis Doheny devant le box de Residual. Quand ils l'ont vu, ils ont longé l'allée comme si de rien n'était. Ahhh ! Ouille ! ouille ! ouille ! On y est. Oh, mon Dieu ! »

Martha la Merveille engagea la camionnette dans l'entrée des urgences et jeta un coup d'œil à sa montre. L'infirmier était juste là. « Je crois qu'elle a des contractions toutes les minutes. »

L'infirmier ouvrit la porte du côté passager tandis qu'un de ses collègues arrivait avec un fauteuil roulant. Ils aidèrent Deedee à sortir de la camionnette. Martha la Merveille contourna le véhicule et prit la main de Deedee. « Tu peux trouver Leon ?

– Je vais essayer.

– Merci d'avoir été là. »

Martha la Merveille sourit et dit : « Tu n'as plus rien sur la conscience maintenant ?
– Plus rien ou presque.
– Bon, alors mets-le au monde, ce bébé ! »
Mais ensuite, après s'être remise au volant pour dégager l'entrée réservée aux urgences, elle décida de se garer et d'entrer voir comment se passaient les choses.
De l'autre côté de la porte de la salle des urgences, on avait déjà allongé Deedee sur un chariot. Une infirmière lui tenait une jambe et une autre infirmière l'autre jambe. Une femme médecin était penchée pour observer l'ouverture du col. À l'instant où Martha la Merveille approchait, le médecin se redressa et dit : « La tête du bébé est visible. On y va. Comment vous appelez-vous, Deanie ?
– Deedee, corrigea Martha la Merveille.
– Deedee. Eh bien, Deedee, poussez !
– Haaaaaan ! s'exclama Deedee.
– C'est bien », dit le docteur.
Martha la Merveille prit la main de Deedee.
« HAAAAAAAAAAN ! s'exclama Deedee.
– Très bien ! Allez ! Oui ! » crièrent-ils tous en chœur avec les patients qui attendaient leur tour d'être soignés dans la salle des urgences.
« Encore une fois, pour faire bonne mesure, dit le docteur.
– OOOOOHHHAAAAAHHHAAAAAAAN ! » hulula Deedee.
Et dans toute la salle des urgences : « Oui ! Vas-y ! Allez ! Allez !
– La voilà », dit le médecin.
Martha la Merveille caressa le front de Deedee puis se pencha. Les yeux de Deedee se fermèrent un instant. Elle haletait. Avant qu'elle pût dire quoi que ce fût, Martha la Merveille lui murmura à l'oreille : « C'est une pouliche ! »

Buddy et Leon étaient allés à New York accompagner un cheval qui courait le handicap Dwyer et Martha la Merveille était censée les rejoindre une semaine plus tard avec Residual, inscrite aux Coaching Club American Oaks. La pouliche travaillait bien et semblait, selon Martha la Merveille, se consacrer à nouveau à sa vocation de pure vitesse. Sur quatre courses depuis le mois de janvier, sans compter la course qui s'était terminée de façon prématurée, elle avait gagné deux fois, terminé troisième une fois et cinquième une autre fois. À chaque rencontre, elle devenait plus aguerrie et plus rapide. Le coup de sabot qu'elle avait reçu au Texas ne lui avait quasiment fait prendre aucun retard, sauf pour le derby. Les meilleures pouliches, surtout sur la côte Ouest, étaient des concurrentes très rapides cette année, beaucoup plus intéressantes que les poulains, et Residual elle-même avait envie d'être à la hauteur. En l'espace d'une saison de courses, après avoir fait leur entrée dans le monde hippique, les débutantes s'étaient transformées en savantes coureuses. Elles fonçaient vers la ligne d'arrivée en roulant les yeux, les oreilles couchées, en dignes et vigoureuses héritières de juments qui avaient jadis fait la loi dans leur pré ; et Martha la Merveille, qui avait monté plus d'une jument aguerrie en son temps, admirait la capacité de la pouliche à apprendre à en payer le prix. En fait, elle s'amusait tant en l'absence de Buddy et de Leon, pendant que Deedee était occupée à couver sa petite Alana Marie Taylor-O'Connor, qu'elle oublia que tout peut arriver, ce qui ne manqua pas de se produire. Quand elle revint à l'hippodrome pour sa séance de travail quotidienne, une séance de petit trot cette fois-ci, après l'entraînement intensif de la veille, la pouliche présentait un gros œdème flasque, chaud et douloureux, dans la zone du genou droit. Elle était éprouvée mais ne boitait pas. Le problème était facile à diagnostiquer : il était courant chez les chevaux de course, surtout chez les plus rapides. Il ne s'agissait pas de savoir si elle avait une fêlure au genou, la question était plutôt combien. Le lad ramena la pouliche à son box tandis que Martha la Merveille se rendait dans le bureau de Buddy pour se procurer la liste de vétérinaires.

Après avoir téléphoné à Karen Busher-Sysonby, docteur en médecine vétérinaire dont elle connaissait et admirait le travail, Martha la Merveille appela Andrea Melanie Kingston qui se trouvait justement près de son téléphone. Martha la Merveille lui annonça que le cheval avait sans doute une fêlure au genou et demanda si Jason voulait bien venir à l'hippodrome s'entretenir avec le vétérinaire. « Jason est en Europe, répondit Andrea Melanie.

– Eh bien, si le vétérinaire veut pratiquer une opération, et ce sera sans doute le cas, elle voudra en parler au propriétaire.

– Ah bon ?

– Je crois, oui.

– Buddy n'est pas là ?

– Non, il est à New York.

– Vous allez le consulter ? »

« Referme l’incision », dit Portia, et Karen commença à recoudre les deux petites incisions. À la deuxième, Portia déclara : « Encore morte. »

Karen regarda le moniteur ECG. La ligne était absolument plate. Elle termina ses points de suture, enleva les draps chirurgicaux et Karen renouvela l’injection d’atropine mais la ligne restait toujours droite comme le laser. « Ça fait combien de temps ?

– Environ quarante secondes pour l’instant.

– Qu’est-ce qu’on fait ?

– Oxygène. Prières. »

Derrière elles, Dorothy, une des assistantes techniques, psalmodia : « Redescends, ma chérie. Redescends, ma douce. »

Karen lui jeta un coup d’œil. L’assistante regardait fixement le plafond d’un côté de la pièce. « Je te vois là-haut, disait-elle. Je te vois flotter, tu essaies de te décider. À toi de choisir, petite mère. Ta vie vient de commencer. T’as encore beaucoup de choses à faire. Tant de courses à gagner et tout. » Dorothy ferma les yeux et agita la tête d’avant en arrière. « Oui, ma petite pouliche. Oui, ma petite pouliche, oui, ma petite pouliche. » Cela ressemblait à une mélopée funèbre. Karen regarda Portia qui détacha ses yeux du moniteur le temps d’esquisser un très léger haussement d’épaules. L’assistante technique psalmodiait : « Voilà. Voilà. Allez, ma chérie ! Où iront tous ces bébés poulains s’ils ne te trouvent pas ? Descends, ma douce.

– Elle est revenue à la vie. Voilà. Le cœur bat très fort, en plus. »

Dorothy n’avait pas entendu. Elle balançait toujours la tête d’avant en arrière. Elle expira bruyamment, s’ébroua et s’écria : « Reviens, petite fille, petite pouliche ! » Karen lui effleura l’épaule. « Elle est revenue à la vie », dit-elle. L’assistante technique s’immobilisa et acquiesça mais ne sembla éprouver aucune gêne. « Bien, dit-elle. Ça a marché.

– Quelque chose a marché, dit l’autre assistante technique.

– Ce cheval ne pourra plus être opéré, expliqua Karen à Martha la Merveille et à Andrea Melanie environ une demi-heure plus tard. Disons qu’elle est allergique à l’halothane. Un certain pourcentage de chevaux sont allergiques à cet anesthésiant. Cela se traduit par un arrêt cardiaque.

– Oh, mon Dieu ! fit Andrea Melanie.

– Elle a fait un arrêt cardiaque sur la table d’opération, dit Karen.

– Je savais qu'on aurait dû en parler à Buddy, dit Andrea Melanie.

– Je ne pense pas qu'il aurait eu connaissance de l'allergie à moins que la pouliche ait déjà été opérée.

– Non, jamais, répondit Andrea Melanie. Elle a fait un arrêt cardiaque ? Qu'est-ce que cela signifie exactement ?

– Elle est morte, expliqua Martha la Merveille.

– Oui, acquiesça Karen. Elle est morte. Pendant environ trente secondes la première fois et ensuite pendant près d'une minute.

– Oh ! Jason me tuerait si elle mourait ! s'exclama la propriétaire. Elle s'est déjà réveillée ?

– Non. On attend qu'elle le fasse. Il y a une chose que vous devez savoir, poursuivit-elle.

– Elle sera peut-être débile au réveil, devina Martha la Merveille.

– Il est possible qu'elle souffre d'une sorte de paralysie cérébrale, en effet. Et si nous allions toutes la veiller un moment ? »

La pouliche était encore allongée de tout son long dans la stalle de convalescence quand elles y pénétrèrent, une intraveineuse fichée dans l'encolure. Les deux assistantes techniques étaient agenouillées près d'elle. L'une d'elles lui caressait la tête. Martha la Merveille alla s'agenouiller près de la pouliche et lui toucha les oreilles. Personne ne disait rien. Au bout d'une ou deux minutes la pouliche ouvrit les yeux et leva la tête. Elle poussa un soupir et regarda autour d'elle puis, avec une petite hésitation, elle bascula sur son sternum et regarda encore autour d'elle. « Elle est calme, fit remarquer Karen. C'est très bon signe. Si elle était agitée de soubresauts, ce serait un signe que le cerveau est peut-être endommagé. » Mais Martha la Merveille voyait bien que la pouliche était redevenue elle-même : calme, saine d'esprit et bien disposée. Elle se contenta de pousser quelques soupirs et d'agiter la tête et les oreilles, chose tout à fait normale. Elle se passa la langue sur les lèvres, bâilla et regarda tout le monde. Puis elle posa ses antérieurs à terre et se hissa sur ses jambes.

« Vous avez pu enlever l'esquille ? demanda Martha la Merveille.

– Oui, je l'ai enlevée, répondit Karen. Et maintenant une autre opération m'attend. N'hésitez pas à m'appeler en cas de problème. » Toutes acquiescèrent. En partant, Karen posa la main sur la manche de Dorothy et la guida vers la porte. Dorothy lui lança un regard, un regard intimidé. Karen se pencha vers elle – l'assistante technique était assez petite – et lui chuchota à l'oreille : « Revenez m'assister quand vous voulez. Merci. »

Une formation scientifique et un penchant naturel pour l'objectivité, c'était très bien, se dit-elle, mais quand on opère une pouliche estimée à plus d'un million de dollars mieux vaut mettre toutes les chances de son côté.

Plus tard dans la soirée, une fois rentrée à Berkeley, Martha la Merveille téléphona à Karen Busher-Sysonby. « Cette pouliche est-elle morte de causes naturelles ? lui demanda-t-elle.

– Demandez-moi plutôt si elle est ressuscitée de causes naturelles.

– Que voulez-vous dire ?

– Une des assistantes techniques l'a rappelée à la vie. Elle a affirmé la voir flotter dans la pièce et lui a demandé de revenir habiter son corps.

– Je connais quelqu'un à qui c'est arrivé. Elle a été rappelée par ses enfants.

– Mais il s'agissait d'un cheval !

– Oui, bon, les médecins ont toujours mis en doute l'acupuncture jusqu'au jour où ils ont constaté que cela marchait avec les chevaux.

– C'est possible.

– Qu'est-ce qui l'a tuée ?

– Oh, comme je l'ai dit, les réactions allergiques à l'halothane ne sont pas rares.

– Mais tout le reste était normal ? Les examens préliminaires et tout ?

– Oh oui ! Enfin, dans la fourchette. La concentration en globules rouges était proche de la norme maximale mais c'est tout. Pourquoi me demandez-vous cela ?

– Je la monte tous les jours. J'ai cinquante-trois ans. Je veux être sûre qu'elle a quatre jambes, un cœur et un cerveau en bon état de marche avant de reprendre le travail.

– Eh bien, vous ne la monterez pas pendant quatre mois de toute façon, alors quand elle retournera à l'hippodrome, faites-le-moi savoir et je viendrai la voir de près. »

Une semaine plus tard, une fois Buddy de retour et la pouliche envoyée à la ferme pour se remettre de son opération (Buddy fut fâché de ne pas avoir été consulté mais il ne pouvait rien y changer, c'était chose faite), Martha la Merveille fit le trajet de Berkeley à San Diego mais pas pour passer la journée à l'hippodrome. Au lieu de cela, elle prit un taxi jusqu'à La Jolla pour rendre visite à Andrea Melanie.

Martha la Merveille était brune et filiforme : sa chair, et elle n'avait jamais été bien en chair, semblait ne faire qu'un avec sa charpente. Ses mains et ses épaules larges et puissantes semblaient empruntées à un autre corps. Ses cheveux et ses yeux bleus avaient éclairci au soleil. Andrea Melanie fut intimidée, comme on l'est face au désert. Elle ne comprenait pas comment une personne, une femme, pouvait exercer un métier aussi dur tout en prenant soin de son corps. Aussi était-elle quelque peu distraite tandis que Martha la Merveille lui parlait. D'un côté, le soleil abîme la peau, indéniablement, difficile d'y remédier, la prévention était donc la meilleure chose à faire. D'un autre côté, un peeling, voire une abrasion dermatologique, faisait des merveilles, surtout la première fois. Inutile de répéter l'opération encore et encore pour finir avec ces peaux que l'on voit parfois, d'un blanc incandescent comme le ventre d'un poisson. « Comment ? » dit-elle. Martha la Merveille répéta : « Deedee m'a fait des confessions au moment d'accoucher et entre autres elle m'a avoué que Leon avait vu Buddy et un vétérinaire notoirement douteux devant le box de Residual.

– Mais qui est Deedee ?

– L'ancienne cavalière d'exercice qui est tombée enceinte. »

Ce qui rappela à Andrea Melanie que Martha la Merveille avait parlé de ses amants. Intéressant, compte tenu de son apparence. Andrea Melanie était profondément convaincue que du moment où on cessait d'être belle on pouvait dire adieu aux amants, aussi valait-il mieux consolider ses avoirs à l'avance et thésauriser. Elle-même, par exemple, avait dix-huit ans de moins que Jason. Sa première épouse avait son âge, la deuxième n'avait que six ans de moins que lui. La cinquième, se disait-elle, serait trente ou quarante ans plus jeune que lui.

« C'est un simple pressentiment.

– Comment ?

– J'ai le pressentiment qu'il se passe quelque chose de répréhensible. La vétérinaire a dit que la concentration de globules rouges de la pouliche était un peu trop forte.

– Ma foi, elle se rétablit quelque part dans une ferme et franchement (Andrea Melanie se pencha tout près de son aînée) j'en suis plutôt soulagée. Tout ça devenait assez excitant et affolant. Un jour on va courir le derby, le lendemain on n'y va plus, un jour on participe à une course, le lendemain elle est annulée et on va à New York. Je ne sais pas. Ça ressemble un peu trop à un film d'Hollywood, tous ces rebondissements dans l'histoire. Vous savez, on a acheté pas mal d'œuvres d'art, il y a quelques années, et ensuite elles restaient là à ne rien faire. Mais les chevaux sont toujours à faire quelque chose. »

Martha la Merveille dut s'avouer qu'elle quitta La Jolla moins optimiste qu'elle ne l'avait été en arrivant, d'autant qu'après tout ce qu'elle lui avait dit Andrea Melanie semblait principalement désireuse de la forcer à accepter un flacon de La Prairie ou quelque chose comme ça, un produit à appliquer sur le visage.

Cependant, Andrea Melanie avait beau être perturbée en l'étrange présence de Martha la Merveille, elle comprit assez bien que Buddy trafiquait le cheval pour le faire courir dans la Coupe des éleveurs. Mais n'était-ce pas son travail ? se dit-elle. À soixante-quinze dollars par jour et par tête pour les cinq chevaux que Jason avait placés dans son écurie, l'entreprise n'était pas tenue d'être rentable mais en tout cas elle devait être amusante et Andrea Melanie fréquentait le monde hippique depuis assez longtemps pour savoir que la Coupe des éleveurs, c'était le plus amusant de tout.

65. Le prix Swaps

Tous les membres de l'entourage de Limitless devaient se rencontrer à Los Angeles pour le voir courir le prix Swaps, sa première course de catégorie 1. C'était une épreuve pour chevaux de trois ans, la dotation de cinq cent mille dollars serait sans doute encore plus élevée grâce aux inscriptions tardives, et la population des poulains de trois ans avait été triée et dégrossie par les rencontres de la Triple Couronne. Elizabeth et Platon achevaient leur semaine de formation à Kauai (« Tout ce que je peux dire, avait affirmé Elizabeth à Joy, c'est que, pour accéder à une véritable connaissance sexuelle, il faut renoncer à tout ce qu'on croit savoir à ce sujet, y compris qui est la femme et qui est l'homme. – Mais comment fait-on ? » avait demandé Joy. « Je n'en dirai pas plus pour l'instant », avait répondu Elizabeth) et ils devaient prendre l'avion dans la nuit précédant la course. Al prendrait un vol du Japon pour Rio de Janeiro avec escale de vingt-quatre heures à Los Angeles. Rosalind viendrait d'Édimbourg. Krista et Pete venaient, eux aussi, mais seulement de la côte Est des États-Unis. Ils avaient également prévu d'arriver la veille au soir. Mr. Tompkins, qui avait des parts dans le cheval, se faisait conduire avec dix de ses employés dans le DC-3. Roberto avait des montes dans plusieurs courses de moindre importance, aussi tout ce qu'il avait à faire était de sortir du vestiaire des jockeys pour monter Limitless. Farley avait fait le voyage depuis Arcadia. La seule personne qui risquait d'arriver en retard était Joy elle-même. Il fallait qu'elle retrouve la raison et sorte du marasme.

Voilà ce qu'elle avait fait : elle avait déménagé de chez Farley sans le lui dire environ quatre jours avant la course. Sur le moment, elle ne s'était pas expliquée car elle n'aurait pas su le faire ni dire pourquoi elle était partie. Elle avait simplement ressenti un désir de solitude. Sa pension de famille près du ranch était parfaite, se disait-elle. Barricadée derrière ses piles de magazines hippiques, d'articles de sellerie, bottes, équipement d'écurie, habits de travail et tenues d'équitation, elle avait eu juste ce qu'il lui fallait de travail et le nombre exact de collègues auquel elle pouvait faire face : pas un seul. Elle n'eut aucune peine à identifier cet état d'esprit qui avait été le sien pendant presque tout le temps qu'elle avait passé en Californie et même si elle ne s'en réjouit pas, elle le reconnut et le revendiqua comme tel. C'était parfaitement reposant en un sens, car, par contraste, le degré de sociabilité élevé qu'elle s'était efforcée d'atteindre depuis la rencontre avec Elizabeth lui paraissait épuisant. Tout l'épuisait. Mister T., Limitless, l'amour et la gentillesse de Farley. Il fallait bien que ce soit eux, puisqu'elle était épuisée ! Le lendemain de son départ et de son installation dans un motel de l'Ontario, elle dormit seize heures d'affilée.

Après ces seize heures de sommeil, soit toute la nuit, toute la matinée, tout l'après-midi et à l'heure à laquelle elle avait l'habitude de dîner, elle céda à la langoureuse facilité de ne dire à personne où elle se trouvait, voire de ne pas s'avouer à elle-même qu'elle avait « disparu ». Elle n'avait pas « disparu » puisqu'elle était là, en ce lieu précis, et puisqu'elle allait bien ; d'ailleurs, elle avait envie d'une autre bonne petite sieste, songea-t-elle. Mais d'abord, un bain. Elle se rendit dans la salle de bains du motel, espace minuscule, sans fenêtre donc très réconfortant, où la bai-

Et pourtant il était bien là, Mister T., âgé de dix-neuf ans, debout dans son box, qui le regardait. Farley savait qu'il est assez difficile, quand vos propres enfants ont dix-huit ou vingt ans, savent lire, écrire, gérer un budget, conduire une voiture et écouter tous les conseils qu'on leur prodigue, de les laisser faire ce dont ils ont envie, c'est-à-dire partir – et ses propres enfants s'étaient montrés quelque peu aventureux, l'un se trouvait en Australie, un autre à la Jamaïque, les deux autres avaient beaucoup voyagé. Mais il était tellement plus difficile encore de faire gravir la rampe d'un van à un cheval et de le regarder partir vers l'inconnu, inconnu pour vous mais, plus insondable encore, inconnu pour lui. Impossible de préparer le cheval au départ, impossible de lui décrire ce qu'il va faire, quels seront les gens qu'il va rencontrer. Impossible de le rassurer en lui disant qu'il aura foin, avoine et herbe à volonté. Parfois on n'en est pas sûr soi-même. On ne peut pas le préparer à faire savoir à ses nouveaux partenaires qu'il a ses préférences, ses désirs, ses besoins et que, si on s'en accommode, il se montrera docile et coopératif. Il arrive que des chevaux vous quittent calmes et heureux et vous reviennent pleins de vices et d'angoisses, difficiles à manier et au bord de l'épuisement. Il arrive que des chevaux que vous aviez entraînés à l'âge de deux ans passent entre les mains d'un autre et que vous vous trouviez dans les tribunes au moment où il se fracasse l'antérieur à l'âge de quatre ans, certain que cela ne se serait pas produit si vous l'entraîniez encore, même si ce n'est pas vrai et que vous avez tort de le penser. Farley s'approcha et passa le bras autour du chanfrein de Mister T. pour lui caresser la joue et le front. Ce cheval-là était seul depuis dix-neuf ans déjà, ballotté de-ci, de-là, et même s'il se montrait difficile pour la nourriture, parfois capricieux, même si certaines choses le rendaient nerveux, il était bien là, sain, en forme, le poil luisant, capable d'aller de l'avant et même de prospérer dans un monde qui n'avait pas été fait pour lui. Personne n'avait prévu l'existence qu'il avait menée : son éleveur avait sans doute envisagé d'en faire un nouveau Nearco, un étalon de course victorieux qui trouverait une sinécure pour le restant de ses jours dans un haras quelque part en France ou en Allemagne. Mais il se retrouvait ici, lui qui avait vu l'enfer et en était revenu pour témoigner, d'après Elizabeth. Pour peu qu'on veuille bien essayer, il suffisait de regarder Mister T., pour constater qu'il respirait et inspirait la confiance, indépendamment de son système de paris. Aussi

Farley posa-t-il un instant sa joue contre celle du cheval et lui dit : « Tu as raison. »

Une fois recouchée, incapable de se rendormir, Joy essaya de se rappeler le désir qui l'avait poussée à venir ici. Elle parvenait à susciter les impressions qui étaient devenues ses obsessions : calme, tranquillité, immuables piles de bric-à-brac, obscurité. Mais ces impressions étaient des souvenirs de son appartement au ranch. N'avait-elle pas compris que, où qu'elle aille, elle n'y retrouverait pas cet appartement ? Était-elle au moins suffisamment saine d'esprit pour faire la distinction entre souvenir et désir ? Ce qu'elle pouvait susciter, c'était la nostalgie. Ce sentiment avait été très fort, sans doute, mais depuis que Joy était ici, sans personne, allongée seule sur son lit dans une chambre, elle n'éprouvait plus ni nostalgie ni satisfaction. Au lieu de cela, elle était assaillie d'une multitude de sentiments dont aucun ne l'emportait sur les autres. Pour commencer, il y avait, bien sûr, ce qu'on pourrait appeler le sentiment désagréable d'avoir désobéi. Elle avait sans doute mal agi en abandonnant ses responsabilités sans un mot, causant ainsi crainte et inquiétude chez l'homme qu'elle aimait et qui l'aimait. Depuis qu'elle n'était plus envahie par le désir de solitude, cette décision ne lui semblait plus aussi justifiée qu'avant, pas plus que l'abandon de Limitless qu'elle avait rendu, de façon aussi égoïste que méthodique, entièrement sien ces quatre derniers mois. Et ils lui manquaient aussi, maintenant qu'elle les avait quittés. Était-ce son grand défaut : dès qu'elle avait obtenu ce qu'elle voulait, elle devenait incapable de l'apprécier ou même de le vivre ? Cela avait été facile la veille au soir. Elle avait dormi seize heures, vautrée dans le luxe du sommeil, parfaitement heureuse. Sans rêver, sans s'éveiller, sans aucune vie, simple embarcation voguant sur le fleuve sombre du sommeil. Mais, comme par le passé, l'incapacité décevante de son corps à prolonger cet état la laissait échouée là, bien éveillée et pleine de regrets.

Elle se leva et se rendit dans la salle de bains où elle contempla la baignoire pendant un moment, songeant à prendre un autre bain mais elle avait encore les doigts tout fripés de celui qu'elle venait de prendre. Elle se ravisa, se brossa les dents, se les nettoya au fil dentaire puis s'assit sur la cuvette des toilettes pour se couper les ongles des pieds. Dans le doute, fais ta toilette.

En fait, elle qui se disait toujours dépressive et définissait son état de dépression nerveuse, ne savait pas vraiment ce que ressent le dépressif. Ce qu'elle ressentait ressemblait tantôt à un désir nostalgique, tantôt à du chagrin, tantôt à une lassitude existentielle, tantôt à de la confusion et tantôt à de l'idiotie. Quand elle était sous Prozac cela ressemblait à tout cela à la fois mais comme si tout avait moins d'importance ; on aurait dit qu'une sorte d'interférence grésillante la séparait de ses propres sentiments. Et si elle ne disait plus qu'elle était dépressive, songea-t-elle, mais plutôt qu'elle était fatiguée et ne savait plus où elle en était ? D'un côté, il était plus facile de dire simplement qu'elle était dépressive. D'un autre côté, tous les remèdes existants pour la dépression ne changeaient pas grand-chose.

Joy vivait sa dépression comme un sentiment purement adolescent. Voilà, c'est moi qui me regarde dans la glace ! songea-t-elle. J'ai l'air désagréable et amorphe. Ma peau est flasque, mes yeux sont ternes, mes cheveux sales et je suis tout sauf attirante. Et puis je n'ai aucune envie de plaire. Je n'ai qu'à décrocher le téléphone pour mettre fin à l'inquiétude de mon amant mais je n'en ai pas envie. Je n'ai pas envie de lui témoigner ne serait-ce qu'un minimum d'affection alors que, durant ces six derniers mois, je lui ai témoigné tout mon amour dans chaque regard, chaque geste, à chaque heure du jour, chaque jour de la semaine, semaine après semaine, à tel point que je croyais avoir développé une habitude indestructible.

Eh oui ! Il fallait bien admettre qu'elle pouvait faire remonter l'origine de sa dépression à son emménagement chez Farley. Elle s'était aussi languie de cela, de sa présence constante et bienfaisante toute la nuit. Mais ce qu'elle n'avait pas prévu, c'est qu'elle ne dormirait pas beaucoup en partageant son lit. Ils aimaient dormir enlacés, aussi était-elle consciente de sa présence toute la nuit, et de son amour pour elle, consciente qu'à tout moment il pouvait se retourner, la prendre dans ses bras, l'embrasser, lui faire l'offrande de son désir et de son plaisir, consciente qu'elle pouvait faire de même. Elle se réveillait pour contempler son visage, elle se réveillait pour déposer un baiser sur son bras, sa poitrine, son épaule, sa joue, tout ce qui se trouvait à portée de ses lèvres. Si léger que fût le baiser, sans la moindre intention de l'éveiller, il ne manquait pas de réagir en la touchant ou en l'étreignant en retour. Et voilà le résultat : elle accusait un déficit de sommeil depuis des semaines, ce qui entraînait fatigue, humeur morose, le sentiment de ne pouvoir faire ce dont elle mourait d'envie : dormir dans ses bras.

Cela dit, la dernière fois qu'elle avait emménagé chez quelqu'un, chez Dean, à l'université, la dépression s'était elle aussi installée presque immédiatement. À l'époque, elle avait pensé que sa dépression était la conséquence du côté frénétique de Dean. Il n'y avait aucune paix en lui, ni la nuit ni le jour. Même lorsqu'il était assis devant la télévision, il faisait crisser et grincer son siège, se tortillait, parlait, demandait à être rassuré et faisait des projets. Il y avait si peu à aimer en lui qu'elle s'était cramponnée à lui des années durant tout en devenant de plus en plus dépressive. Elle voyait bien à présent qu'on pouvait toujours expliquer la dépression mais qu'au fond, elle était incapable de vivre avec quelqu'un, fût-il la tranquillité, la gentillesse et l'amour incarnés. Ce à quoi elle semblait aspirer était de taille très réduite. Une seule pièce avec une petite salle d'eau et, dans un recoin sombre de la salle d'eau, une baignoire avec un lourd et sombre rideau qui arrête la lumière.

À Arcadia, Farley ne dormait pas beaucoup lui non plus. Il était déjà assez difficile de rester suffisamment sain d'esprit à l'hippodrome où il avait fort à faire, par sens des affaires et grâce à un effort de volonté, mais ici dans son appartement, au lit, entre les draps qui portaient encore son odeur, c'était quasi impossible. Farley était un homme de principes, un homme à préceptes, un intello. Tout le monde le disait. Son premier principe était « Reste calme », le deuxième « Sois attentif » et le troisième « Réfléchis avant d'agir ». Bien sûr, sa « poulinière » d'épouse les avait mal interprétés et lui en avait souvent donné sa version critique. À l'en croire, son premier principe était « Désengage-toi », le deuxième, « Observe au lieu d'agir » et le troisième « Aucune réaction spontanée ». Qu'il ait fini par faire carrière à l'hippodrome ne laissait pas d'étonner son ex-femme, car sa nature aurait dû l'orienter vers des activités telles que la comptabilité ou l'enseignement de la biologie à des classes très calmes dans une école religieuse et rurale. Bien sûr, depuis qu'ils n'étaient plus mariés, elle lui avait demandé pardon pour les portraits les moins flatteurs qu'elle avait brossés de lui, mais elle ne les avait tout de même pas retirés, elle s'était contentée d'adopter une attitude différente à leur égard.

En tout cas il n'observait certainement pas le principe numéro un, car il transpirait abondamment et souffrait d'une atroce migraine. Quand il se leva pour arpenter la pièce en remettant en ordre les affaires de Joy, il trébucha sur tout ce qui se trouvait sur son chemin et quand il ressortit de la salle de bains, il fonça tête baissée dans la porte à cause de l'obscurité et se fit un bleu sur le front. Quant à réfléchir avant d'agir, il était tout bonnement incapable de réfléchir aussi s'estimait-il heureux que ce fût le beau milieu de la nuit où aucune action n'est nécessaire.

Bien sûr, il pouvait opter pour différentes lignes de conduite. Il pouvait tourner en rond comme un fou au volant de sa Yukon en cherchant Joy comme on cherche un chien perdu. Il pouvait aller trouver la police, ou mieux encore, se rendre dans tous les services des urgences de la Californie du Sud et dévisager toutes les patientes qui s'y trouvaient. Il pouvait aussi beugler comme un bœuf blessé. Ou se cogner la tête contre les murs, donner des coups de poing contre les murs, aller dans la cuisine, prendre une poêle et écrabouiller des assiettes. Rien qu'à ces idées, il se remit à haleter et à transpirer de plus belle. Il retourna dans la salle de bains et fit couler la douche.

L'eau s'abattit sur lui, brûlante d'abord, puis tiède, puis froide, très froide, jusqu'à ce qu'il frissonne ; il ressortit épuisé, se sécha, retourna dans la chambre et changea les draps du lit. Ce faisant, il se sentit mieux. Il ajusta les coins du drap-housse sur les coins du matelas, lissa soigneusement le drap du dessus, glissa les oreillers dans leurs taies toutes fraîches puis s'allongea, nu, frais et sec. Mais ensuite il tendit le bras vers les draps qu'il venait d'enlever et avait laissés sur le sol, ceux qui étaient imprégnés de l'odeur de Joy et de la sienne, il les porta à son visage et se mit à pleurer.

Il n'était encore que huit heures, heure d'été de l'Est, quand la mère de Joy décrocha le téléphone et reconnut la voix de Joy au bout du fil, sa fille avait l'air très morose. Elle ne fut pas surprise de la trouver debout à cinq heures ; Joy se levait à cinq heures du matin depuis sa naissance. Mais elle fut légèrement surprise quand Joy demanda : « Dis, pourquoi je suis comme ça ? » car elle ne lui avait encore jamais posé la question et quand sa mère s'était proposée d'y répondre à maintes reprises sans y être invitée, Joy l'avait dédaignée, chose que sa mère ne lui reprochait plus car elle ne croyait plus possible de dire quoi que ce soit à quelqu'un et encore moins une vérité dont cette personne avait besoin.

Toujours est-il que la question ne la prenait pas au dépourvu, elle qui avait répété et peaufiné sa réponse maintes et maintes fois au fil des ans. « Parce que tu l'as choisi, répondit-elle.

– J'ai choisi d'être fatiguée, complètement perdue, isolée, angoissée, pleine de remords, désorientée, méchante et rétive au bonheur ?

– Par comparaison, oui.

– Par comparaison ?

– Je ne sais pas quels sont tes autres choix, ma chérie.

– Un type génial, un cheval génial et un boulot génial.

– Il pourrait te quitter.

– Il ne le fera pas.

– Tu pourrais le quitter, toi.

– Je ne ferai pas ça. Enfin, je l'ai quitté, mais je ne ferais pas ça. »

Sa mère décida de ne pas relever. « Et pourquoi pas ? demanda-t-elle.

– Parce que rien ne cloche entre nous. C'est chez moi que ça cloche.

– En comparaison de quoi ?

– Quand je me compare à lui. À toi. Aux gens normaux. Pourquoi je suis comme ça ? »

Quelle question tentante ! La mère de Joy, sa sœur et sa meilleure amie n'avaient-elles pas retourné le problème dans tous les sens, ne l'avaient-elles pas envisagé sous tous les angles un nombre incalculable de fois ? Ne connaissait-elle pas toutes les théories sur le bout des doigts, nature, culture, composition chimique du cerveau, manque de volonté, tendance à voir la vie en noir, mutation génétique, malchance, traumatisme indéterminé, dérèglement hormonal, influence du milieu, blessure à la tête non détectée, malédiction ? Mais elle se contenta de dire : « La question n'est pas : Pourquoi ?, Joy, c'est : Que faire ? » Puis elle opta pour un autre angle d'attaque qui marchait rarement avec Joy : « Qu'est-ce que tu as envie de faire, ma chérie ?

– Je n'en sais rien. Tout ce que je sais, c'est de quoi je me languis.

– De quoi te languis-tu ?

– En ce moment, de Farley, des chevaux et de l'hippodrome.

– Et de quoi tu te languissais, avant ?

– D'une petite pièce obscure, de solitude et de paix. »

La mère de Joy se passa la langue sur les lèvres et s'en référa à son expérience personnelle. Non qu'elle fût experte en introspection, rétrospection, regret et arrière-pensées. Elle inspira un grand coup et dit quelque chose d'effrayant, de vraiment effrayant : elle parla en toute honnêteté à sa fille unique. « Tu penses à un cercueil, c'est ça ? Tu penses à un endroit confiné où tu peux t'allonger, refermer le couvercle sur toi et ne plus jamais ni voir, ni entendre, ni penser, où tu peux arrêter de respirer, de te poser des questions, d'avoir peur, ne plus entendre battre ton cœur et le sang dans tes veines, où les choses ne sont pas tout le temps en train de changer ? C'est à ça que tu penses ? C'est de ça que tu te languis ? »

Il y eut un long silence à l'autre bout du fil, puis Joy répondit : « Oui.

– Tu crois que tu seras heureuse quand tu l'auras obtenu ?

– Non, dit Joy.

– Alors il est temps que tu trouves les moyens de ne pas l'obtenir, reprit sa mère, parce que j'ai l'impression que tu l'as souhaité assez souvent pour être exaucée en fin de compte.

– Tu veux bien l'appeler et lui dire que je vais bien ?

– Donne-moi son numéro. »

Farley, qui avait fini par se lever, se trouvait encore chez lui quand son téléphone portable sonna. C'était la mère de Joy qui, d'une voix atone, lui transmit un unique renseignement : « Elle m'a appelée. Elle va bien.

– Où est-elle ?

– Je n'en sais rien.

– Elle va revenir ?

– Je n'en sais rien.

– Que fait-elle ?

– Je n'en sais rien. Arrêtez de me poser des questions.

– Pourquoi ?

– Parce que vos exigences sont de plus en plus hautes. Je parie qu'avant mon appel, vous vous disiez : “Du moment qu'elle est en sécurité, c'est tout ce qui compte.”

– C'est ce que je me disais, en effet.

– Bon, voilà. Alors n'en demandez pas plus pour l'instant. »

Farley, qui s'était représenté la mère de Joy comme une femme superficielle, reconnut son erreur.

Une fois à l'hippodrome, malgré sa fatigue, il organisa les choses efficacement et la journée de travail passa assez vite. Il faisait courir des chevaux dans deux courses, une épreuve de maiden poids spécial pour pouliches de trois ans et une course à conditions pour poulains et hongres. Cette dernière concernait Bernard Baruch. Lorenzo de Medici courait dans le Kentucky et Ivan Boesky attendait un poulain de Wild Again. Les deux frères lui avaient confié deux autres pouliches, Carl Icahn et Billy Sol Estes, toutes deux âgées de deux ans et issues de Seeking the Gold, mais ils ne se déplaçaient que pour assister aux grandes courses. Billy Sol Estes était une pouliche très prometteuse. Le temps que Bernard Baruch, qui avait gagné sa course, en eût fini avec les tests après l'épreuve, il était tard et, quand Farley revint à son bureau, Elizabeth avait laissé un message pour Joy sur son répondeur : ils avaient été victimes du surbooking sur le vol au départ de Lihue et ne pourraient pas assister à la course. Après avoir vérifié une dernière fois que le cheval allait bien et laissé ses instructions au veilleur de nuit, Farley retourna chercher sa serviette dans son bureau où un autre message l'attendait : les gens du Maryland lui annonçaient qu'ils restaient chez eux car leur bébé était malade. Puis il rentra chez lui et s'écroula sur son lit pour être réveillé à quatre heures du matin par un appel d'Al Maybrick qui se trouvait à l'aéroport Narita. « Écoutez, dit Al, comme si Farley avait le choix, il faut que je file tout de suite à Mourmansk en laissant complètement tomber Rio. La course, je m'en fiche, mais ça fait des semaines que j'ai pas vu Rozzy. Dites-lui que je la retrouve à Stockholm dans exactement huit jours, d'accord ?

– D'accord, dit Farley.

– Alors, il va gagner, ce cheval ?

– Quelqu'un a un tuyau et pense qu'il va gagner. Le cheval a l'air très en forme, Al.

– Qui a un tuyau ?

– Quelqu'un à l'écurie qui en sait long.

– Ouais, on m'a déjà dit ça. Mais j'imagine qu'il n'y aura pas de retransmission en direct à Mourmansk.

– J'en doute.

– Bon, ce sera peut-être pour la prochaine fois. La Coupe des éleveurs, peut-être.

– Bonne nuit, Al. »

Puis il se leva avec deux heures d'avance et se rendit à l'hippodrome.

À Santa Anita la journée avait bel et bien commencé et la première série de chevaux de Buddy Crawford était déjà en piste bien qu'il fît encore assez sombre pour travailler à la lumière électrique.

Si Joy me quittait pour de bon, dit Farley, je pourrais retrouver ceci, ces toutes premières heures du jour, les plus pures et tranquilles, celles auxquelles tiennent les fidèles de l'hippodrome pour qui seules les courses comptent.

En revenant après avoir assisté à l'exercice de sa deuxième série de chevaux, il reçut un appel de Rosalind qui lui annonçait que son avion avait été retardé sur le tarmac par une alerte à la bombe ; bien que l'incident fût terminé, elle n'arriverait jamais à temps pour la course, aussi continuait-elle sur Caracas. Il lui transmit le message d'Al. La voix de Rosalind se fit plus douce. « Il a dit qu'il me retrouverait là-bas ?

– Oui.

– Il est très difficile d'obtenir Mourmansk d'un portable, alors s'il appelle pour connaître le résultat de la course, dites-lui que je l'attendrai dans le hall de l'hôtel samedi à midi.

– Très bien. »

Puis il reçut un message écrit au bureau central de l'hippodrome disant que l'avion de Mr. Tompkins avait perdu un moteur juste après Fresno et avait dû rebrousser chemin ; il avait atterri sans encombre mais ne serait pas au rendez-vous du prix Swaps. Que l'on parie cinq dollars sur Limitless gagnant et Mr. Tompkins rembourserait Farley plus tard. La matinée avançait. La cote matinale de Limitless était de cinq contre deux. Il était deuxième favori. Apparemment, son public pour cette course se limiterait à Farley et à onze mille inconnus. Vers trois heures, Rafael sortit le cheval de son enclos pour le conduire à l'écurie d'accueil. Farley n'en finissait pas de s'attarder dans son bureau mais le téléphone ne sonna pas et aucun bruit de pas ne se fit entendre. Finalement il se rendit seul à l'enclos à seller. Limitless et Rafael occupaient la stalle cinq, ils étaient seuls et calmes. L'épreuve était une grande course, une bonne course, huit poulains et deux pouliches. Baffert en faisait courir deux, Lukas un et MacAnally un. Les propriétaires étaient légion. Limitless resta calme pendant qu'on le sellait mais il sembla se faire tout petit et ses oreilles s'agitèrent d'avant en arrière. Rafael le tint pendant que Farley dégageait ses antérieurs de la selle l'un après l'autre puis ce fut lui qui tint le cheval tandis que Rafael lui lissait la queue et lui nettoyait encore une fois la tête à l'aide d'une serviette. Sa cote était passée à deux contre un et il était toujours deuxième favori derrière un des chevaux de Baffert.

Le juge du paddock les rassembla et comme Roberto approchait, encouragements et exhortations fusèrent parmi les spectateurs et les parieurs qui se pressaient à la rambarde. Farley mit Roberto en selle et tandis que ce dernier prenait les rênes avec une délicatesse extrême, l'entraîneur sentit l'anticipation stimuler le cheval. Il le suivit sous les tribunes. Les deux concurrents de Baffert avaient fière allure. Farley se rendit aux bureaux de paris et misa cinq dollars pour Mr. Tompkins. En gravissant les marches jusqu'à sa loge il vit les chevaux et leurs poneys avancer au trot. Le poney de Limitless peinait comme toujours à s'ajuster à l'ample trot du cheval.

Elle était assise à sa place habituelle et quand il vint prendre place à son côté, elle passa ses deux bras autour de sa taille, sous sa veste et posa sa joue contre sa poitrine. Il posa sa main sur la tête de Joy, la pressa contre lui, et ils restèrent ainsi jusqu'à ce que les chevaux aient pris place dans le starting-gate. Alors, comme il s'agissait d'une course de catégorie 1, la première pour Limitless, ils se redressèrent et regardèrent mais Farley garda la main de Joy serrée entre les siennes.

Les chevaux prirent un bon départ, tous ensemble, et au premier tournant, Limitless et General Challenge s'installèrent tous deux à l'arrière du peloton, ce qui n'était bon ni pour l'un ni pour l'autre car ils préféraient tous deux jouer les solitaires et les coureurs de fond tandis que les chevaux de tête s'épuisaient. Pourtant les voilà qui se mesuraient l'un à l'autre ; ils prirent une telle vitesse qu'ils ne purent s'empêcher de remonter les concurrents jusqu'au peloton principal. Farley regarda du côté de Baffert qui avait le visage collé à ses jumelles. Dans la première ligne droite, les deux chevaux écrasèrent les concurrents qui les précédaient comme des rouleaux compresseurs, toujours sans se lâcher d'une semelle. Dans ses propres jumelles, Farley voyait que McCarron tenait fermement les rênes du grand hongre alezan tandis que Roberto laissait quasiment la bride sur le cou de Limitless. Impossible de deviner ce que Limitless avait en réserve mais General Challenge avait l'air d'avoir encore de l'énergie à revendre. En entamant le second tournant, ils talonnaient les deux chevaux de tête qui tenaient tous deux la corde, le second avait environ une longueur de retard sur le premier. Farley vit Limitless dévier vers l'extérieur de la piste et dit : « Je crois que Roberto a oublié contre qui il court.

– Limitless s'en fiche », déclara Joy.

L'autre cheval lui collait au train comme s'ils étaient attachés, ils contournèrent le cheval qui se trouvait en deuxième position et s'attaquèrent au premier. Farley vit Roberto jeter un coup d'œil du côté de McCarron et McCarron demander un effort supplémentaire au grand hongre. Ils arrivaient à hauteur de l'épaule du cheval de tête en même temps en ajustant leurs foulées l'un sur l'autre. Ils franchirent le huitième poteau. Les rênes de Limitless flottaient au vent et Roberto s'agrippait à la crinière du cheval. McCarron brandit sa cravache de la main gauche. Le jockey du cheval numéro un l'avait déjà cravaché à deux reprises et il leva à nouveau le bras. À cet instant, Limitless prit l'ascendant, s'aplatit, coucha les oreilles et distança les deux autres. Il franchit la ligne d'arrivée avec une encolure d'avance. Farley dévala les gradins jusqu'à la piste et, pour ne pas prendre de risques, il entraîna Joy à sa suite.

Rien de tel qu'une victoire dans une course de catégorie 1 pour vous remettre les idées en ordre ! Un peu de sérotonine et quelques endorphines vous éclaircissent l'esprit et vous montrent que ce qui vous paraissait sombre et effrayant était bel et bien fallacieux – instructif, peut-être, mais éloigné de la vérité. Une victoire dans une course de catégorie 1 n'avait rien que de rassurant, que ce fût le regard du cheval, le jockey transfiguré par l'excitation et la satisfaction ou les visages souriants dans les tribunes et les cris de félicitation alors que vous posez en rang pour la photo des vainqueurs. Après l'excitation vint l'agréable moment de se retrouver dans l'écurie des tests où le cheval étendit ses postérieurs, leva légèrement la queue, laissa choir son pénis et urina dans le bocal, puis vint le moment délassant de regagner l'écurie, les différents soins, bain, promenade relaxante, bandages des jambes, massages, grâce auxquels vous signifiez au cheval qu'il a fait du bon travail et que vous lui en êtes reconnaissant, pour lui comme pour vous. Farley s'en tint à un principe : ne jamais bâtir de châteaux en Espagne ni imaginer les courses à venir, ne s'autoriser aucun rêve. Cette victoire, pour prometteuse qu'elle fût, était bonne à savourer dans le moment présent. Ainsi, grâce à Limitless, Farley se retrouva assis dans son lit vers deux heures du matin, parfaitement éveillé, à serrer Joy contre sa poitrine en se délectant de sa tendresse douce et chaude. Ils avaient dormi puis avaient refait surface sur les rives de la conscience. « Tu sais, dit-elle, personnellement, il m'arrive de trouver l'État de Californie accablant. »

Farley éclata de rire.

« J'adore ta voix, dit-elle.

– Je m'en doute.

– Ma mère m'a dit que je voulais mourir, mais maintenant je n'ai plus l'impression que c'est si vrai que ça, mais plutôt que c'était un faux-semblant. Ou comme substituer un désir artificiel à un désir réel que j'avais oublié. J'avais tout simplement oublié.

– Quoi ?

– Ceci. J'avais oublié ceci. Je n'arrivais pas à me rappeler la sensation de ta présence.

– Et tu l'as retrouvée maintenant ?

– Oui.

– Moi aussi.

– Alors on n'a besoin de rien d'autre », dit-elle.

AOÛT

66. En progrès

Si R. T. Favor ne ramena jamais P'tit Bob et Doc's Big Juan à l'hippodrome, ce fut à cause de son accident de camion le soir où il quitta la route en rentrant d'un bar ; un accident sans gravité : il alla droit dans le fossé, le camion s'accrocha à une souche, impossible de faire marche arrière, aussi ne put-il pas dégager le véhicule du fossé. C'est alors qu'il fit quelque chose de vraiment marrant : il saisit son revolver sur la plage arrière et tira sur ce satané camion, en plein dans la portière côté passager, blam ! blam ! il avait buté le vieux tacot et ça le fit marrer ; comme le moteur était mort, il tira dedans aussi, comme ça on pouvait vraiment dire qu'il était mort ! Une simple blague, un jeu de mots inoffensif mais c'était sans compter avec le shérif adjoint dont la maison se trouvait non loin de là (comment pouvait-il le savoir ?) ; ce dernier se réveilla, sortit et même si R. T. était sûr de n'avoir tiré sur le camion qu'une ou deux fois, l'autre enfoiré le soumit à un de ces tests d'alcoolémie que les flics vous font passer quand vous les avez énervés sans raison et c'est ainsi que R. T. se retrouva en prison ! R. T. avait déjà remarqué qu'il n'avait encore jamais rencontré de flic de bonne humeur et dès qu'ils regardent votre casier judiciaire les ennuis recommencent.

On était en août si bien que le propriétaire de l'écurie, un dénommé Angel Smith, veilla sur les chevaux même si tous ses locataires devaient faire le travail qui leur revenait. On ne pouvait tout de même pas laisser les chevaux manquer d'eau, c'était la meilleure façon de s'attirer des ennuis supplémentaires, aussi Angel Smith s'assura-t-il que les chevaux de R. T. disposaient d'eau, puis, le lendemain, il leur donna de son propre foin car ils n'en avaient pas dans leur mangeoire. Le surlendemain, il renouvela l'opération. Bon, le jour suivant, R. T. finit par revenir. Il était sorti de prison depuis deux jours, mais il se sentait mal fichu suite à cette histoire et, en plus, son camion était à la fourrière pour non-paiement d'amendes et cela rendait l'accès à l'écurie difficile. Quand il arriva, il n'y avait personne, il jeta un coup d'œil à ses chevaux et remarqua qu'on leur avait donné eau et foin puis il tourna les talons et repartit. Il avait bonne conscience. Si les chevaux étaient soignés en son absence, eh bien ! il n'en fallait pas plus. De toute façon, R. T. en avait assez du Texas. Il faisait trop chaud. Son camion ne l'aurait jamais mené nulle part mais son pouce, si. Donc il se rendit à pied jusqu'à la route pour y faire du stop, bientôt, un conducteur s'arrêta et il serait loin d'ici le jour de son procès, une bonne habitude qui lui avait rendu bien des services au fil des ans.

Au bout de quelques jours, Angel s'aperçut que R. T. ne s'était pas montré depuis une semaine et il demanda à Lex de régler la facture pour la location et de s'occuper des chevaux ; Lex déclina poliment, aussi en attendant d'avoir décidé quoi faire des deux animaux qu'il appelait Amigo et Frank, Angel les parqua ensemble dans un enclos de façon à pouvoir louer les stalles. L'enclos d'environ six mètres sur six était fermé par un grillage. Il se trouvait en face de la route, à l'arrière de l'écurie dont l'avancée du toit lui faisait de l'ombre à midi tandis que l'écurie elle-même l'abritait du soleil dans l'après-midi. La qualité du sol était comme celle de l'allée : une couche de terre impénétrable. Le sol s'incurvait légèrement au milieu de l'enclos et la dépression se remplissait d'eau pendant les orages. Il n'était pas confortable de s'y allonger mais cela ne dérangeait pas P'tit Bob. Avoir Doc's Big Juan comme voisin de stalle qui passait la tête par la fenêtre était déjà quelque chose. Un vaste pré herbeux, c'eût été encore mieux. Mais dans un enclos de six mètres sur six P'tit Bob s'aperçut qu'il ne disposait d'aucun espace à lui. Le vieil homme se contentait de balancer le foin par-dessus le grillage si bien qu'il atterrissait dans un coin de l'enclos. P'tit Bob n'avait pas envie de manger cette nourriture déjà assez maigre en se pressant contre un autre hongre, aussi leur amitié s'en ressentit-elle. Il y eut des cris aigus, des morsures et des coups de sabot. Quant à lui, Doc's Big Juan estimait aussi que les cloisons bien placées font les bons voisins. Et comme il était un peu plus jeune et un peu plus rapide que P'tit Bob, il réussit à éviter les blessures tout en en infligeant quelques-unes à P'tit Bob de temps à autre. Bientôt, P'tit Bob eut trois belles morsures : une sur l'arrière-main, une sur l'encolure et une sur le dos. De son côté, il avait réussi à envoyer un coup de pied dans le genou de Doc's Big Juan qui se mit à enfler. Le propriétaire de l'écurie se dit que, comparés à d'autres occupants de cet enclos, ceux-ci faisaient plutôt bon ménage et s'habitueraient l'un à l'autre.

Il faisait également très chaud dans le Maryland où Epic Steam, que l'on appelait désormais Sudden Intuition et Toots, continuait à n'avoir que lui-même pour toute compagnie, seul dans ses quatre-vingts ares de vert pâturage. Ellen s'en occupait personnellement et tous les autres employés avaient reçu l'instruction formelle de le laisser tranquille. Un vieux truc de cow-boy pour mater les mauvais garçons. On commençait par isoler le cheval de tout contact avec hommes et chevaux. Pendant une semaine, elle ne descendit même pas de son camion pour le nourrir mais se contenta de jeter les rations supplémentaires de foin par la fenêtre en passant. Quand il se sentirait bien seul il lui ferait bon accueil et, effectivement, le septième jour, il l'appela en hennissant doucement. Elle sortit immédiatement du camion, s'approcha de la barrière, jeta le foin dans le pré et lui parla gentiment mais pas trop longtemps et sans essayer de le toucher. Le lendemain matin, il l'attendait près de la barrière. Elle jeta la plus grande partie du foin par-dessus la barrière et lui parla encore mais cette fois-ci elle lui montra une carotte qu'elle laissa tomber dans le foin. Quand il s'en approcha pour la manger elle lui parla encore, d'une voix calme et amicale mais pas trop tendre. Puis elle remonta dans son camion et s'éloigna. Durant le reste de la journée et de la nuit, environ vingt-trois heures et quarante minutes, Toots resta seul.

Quand il eut atteint le but de toute son existence, se soustraire à la compagnie contraignante et punitive des hommes, Epic Steam ne sut trop que faire de lui-même. Il trotta et galopa dans son pré, se cabra, lança des ruades et joua. Il décochait des coups de pied à la barrière, parfois à plusieurs reprises, ne se lassant toujours pas du bruit émis par le choc. Il se tenait souvent dans quelque coin du pré et tendait l'oreille aux bruits des chevaux et autres créatures qui lui parvenaient portés par la brise. Il y eut des orages, nouveauté peu agréable car il ne pouvait s'abriter nulle part, aussi se retrouvait-il trempé et battu par le vent. Il broutait. L'herbe était délicieuse et il goûta en passant toutes sortes d'autres plantes de même que l'écorce des arbres qui se trouvaient dans le pré, mais pas celui de la barrière, car il n'appréciait pas la piqûre du fil électrique qui courait le long de la planche supérieure. Il somnolait. La plupart du temps il dormait dans la chaleur de l'après-midi plutôt que la nuit. N'ayant que lui-même pour se divertir il devint un peu terne, puis encore un peu plus terne. Il ressentit le reflux de testostérone comme celui d'une certaine frustration, mais le processus était lent car ses testicules étaient autrefois très développés et une partie du problème résidait depuis le début dans l'efficacité avec laquelle ils lui avaient permis d'affirmer sa virilité.

Un matin vers l'aube, il eut ce qu'on est forcé d'appeler une idée. Il se trouvait dans le coin du pré qui était le plus proche des bois. Bien que le feuillage des noyers blancs et des chênes lui dissimulât les autres chevaux, il n'arrêtait guère les sons et les odeurs : Epic Steam les entendait souvent hennir, il leur répondait souvent et ils hennissaient en écho. Voilà qu'il trotta jusqu'à la barrière et appuya son poitrail contre le portail. Celui-ci céda un peu, c'était encourageant. Il appuya de nouveau et le portail céda davantage car la chaîne qui le retenait était lâche. Il se mit à s'éloigner au trot puis revint vers le portail et lui assena un coup de boutoir. Il appréciait ce petit jeu. Cela lui donnait espoir. Il s'y reprit donc à deux fois, la seconde en s'éloignant un peu plus encore. Il était fort et vigoureux, naturellement doué pour bousculer les choses. Ses problèmes venaient en partie du fait qu'on lui hurlait dessus et qu'on le repoussait quand il bousculait son monde. Il ne comptait plus les coups de coude qu'il avait reçus dans les côtes, les manches de fourche et de pelle, les cure-pieds de temps à autre et une fois le manche d'un tord-nez. Aussi, pour la troisième fois, il s'éloigna de la barrière au trot avec l'intention de se ruer encore contre elle et la heurta plus fort. Le choc le fit tourner sur lui-même.

Mais en s'éloignant il remarqua autre chose, au-delà de la barrière, le terrain était le même que de son côté : plan et herbeux. Le portail lui-même était composé d'une planche inférieure, au niveau du sol, et d'une autre planche bien visible au sommet, reliées par trois petites barres de bois placées à une trentaine de centimètres l'une de l'autre. Il s'aperçut que l'on pouvait regarder par-dessus le portail, à travers le portail et le portail lui-même. Ce n'était pas, il le comprit, un mur. Il trotta jusqu'au portail, fit demi-tour et rejoignit le milieu du pré au trot puis se retourna de nouveau vers la barrière, se mit au petit galop et se rendit à l'évidence : il pouvait sauter l'obstacle et s'échapper du pré.

Par la suite, tous comprirent ce qui s'était passé et personne ne s'en étonna. C'était un jeune cheval athlétique dont le pedigree était gorgé du sang de Nearco et de Nasrullah. Et Damascus, Raja Baba, Blue Larkspur, toutes les lignées de pur-sang d'obstacles. Le portail ne faisait qu'un mètre cinquante et le cheval mesurait un mètre soixante-dix au garrot. Epic Steam n'en fut pas surpris, lui non plus. À la première tentative, il comprit que le saut lui était naturel, qu'une fois qu'on savait sauter on n'était plus enfermé, qu'un obstacle d'un mètre cinquante ne présentait aucune difficulté pour lui et que dès qu'on prenait l'habitude de s'échapper ainsi de son pré, on était libre de causer autant de dégâts que l'on voulait.

Après s'être félicité de son escapade, il commença par trotter au milieu des arbres et partit à la découverte des autres prés et paddocks. Les autres chevaux s'animèrent considérablement en le voyant tant sa fugue était évidente. Il les fascina et parvint à les distraire de leur attente quotidienne de la ration matinale de foin et de céréales. Il eut tôt fait de tous les mettre au galop dans leurs prés. Et puis, comme Epic Steam était un fauteur de troubles par nature, il entreprit de leur rendre visite à tous en bondissant par-dessus les barrières et lança des défis à maintes reprises à d'autres mâles dominants, tous prêts à les relever. C'était un nouveau cheval. Tous les chevaux du troupeau se formèrent immédiatement une opinion de lui. Et il se trouvait tant de chevaux dans les paddocks par ces nuits d'été qu'Epic Steam eut fort à faire.

Il était à présent sept heures et demie et tout serait rentré dans l'ordre si le dimanche matin la préposée à la nourriture d'Ellen ne s'était pas accordé une demi-heure de sommeil en plus. Elle dormait dans l'appartement qui se trouvait au-dessus de l'écurie, fenêtres fermées et la climatisation à fond. À l'instant même où elle se retournait, regardait le réveille-matin et décidait de s'accorder un quart d'heure supplémentaire, Epic Steam, lui, décida de s'essayer une nouvelle fois au saut et, en quelques secondes, il se retrouva exactement là où il rêvait d'être depuis si longtemps : dans un paddock occupé par quatre juments. Rien d'aussi excitant n'était arrivé aux quatre juments depuis des années, aussi furent-elles pétrifiées, les oreilles et la queue dressées, à le regarder. Il y vit un signe d'encouragement, releva lui aussi la queue, courba l'encolure et esquissa une magnifique parade tout autour du pré, levant les pattes aussi vite et aussi haut que si le sol avait été jonché de charbons ardents. Les chevaux de tous les paddocks environnants observaient la scène et hennissaient de temps à autre pour l'encourager. Après s'être pavané à sa guise, Epic Steam baissa la tête et la glissa du côté d'une des juments, une petite baie. Il s'approcha d'elle. Elle s'éloigna en direction des autres juments et il marqua une pause avant de s'approcher à nouveau. Les bonnes manières ne viennent pas naturellement à un jeune étalon, surtout pas à Epic Steam. La retraite de la jument éveilla son agressivité intrinsèque et il la poursuivit. Il pensa à la mordre. Tout à son idée, il ne prit pas garde à sa position par rapport aux autres juments aussi il s'aperçut trop tard qu'elles étaient en train de le rouer de coups de sabot.

À ce moment-là, la préposée à la nourriture se leva, bâilla, pénétra dans la salle de bains, alla faire pipi et se brossa les dents. Puis elle s'empara de son jean, de ses bottes de paddock, d'un T-shirt et d'un Coca-Cola light. Elle mit la casquette de base-ball accrochée à la porte et descendit l'escalier. Elle commença par se rendre à l'écurie et remarqua que les chevaux semblaient un peu agités dans leurs box. Elle les nourrit, ce qui prit environ un quart d'heure. Puis elle chargea les céréales et le foin à l'arrière du pick-up, le sortit du hangar à provisions et emprunta la route qui menait à l'arrière de la propriété en longeant les manèges et le premier parcours de promenade. Elle accéléra instinctivement en voyant presque tous les chevaux trotter de-ci, de-là dans leurs prés. Elle pensa d'abord qu'une meute de chiens avait pénétré dans un des paddocks, ce qui était déjà arrivé un jour, et elle sentit la peur causer une montée d'adrénaline. Elle n'entendit pas d'aboiement. Mais du côté des juments…

Et c'est là qu'il se trouvait, Epic Steam le Magnifique, victime d'une mauvaise intuition, il se tenait tête baissée dans un coin du pré, près de la barrière. Les juments broutaient paisiblement, elles avaient identifié et désamorcé le danger. La préposée à la nourriture ne savait pas si elle devait commencer par appeler Ellen ou essayer de faire sortir le cheval : c'était un animal dangereux, elle le savait. Mais quand elle s'approcha de la barrière, il avait l'air si malheureux qu'elle saisit un des licols accrochés à la clôture et entra dans le paddock. Il glissa sa tête dans le licol et, sous le regard intéressé des juments, elle l'emmena, tout boiteux, hors du pré et le long du chemin jusqu'à son propre petit coin calme et tranquille de l'autre côté du bois. Elle lui parla gentiment, avec pitié et il n'y vit aucun inconvénient.

William Vance décida de ne plus chercher à retrouver P'tit Bob. Le Jockey Club n'avait pu lui donner de renseignements que sur le propriétaire des chevaux à la dernière course et pour P'tit Bob, ce propriétaire n'était autre que William lui-même. En six mois son nouveau propriétaire ne l'avait pas remis en piste. C'était mauvais signe : la seule explication que William trouvait à cela était une boiterie dont il ne se souvenait que vaguement, sans doute une tendinite. Il imaginait que le nouveau propriétaire le gardait quelque part à la ferme, pour que le cheval récupère. Si cela faisait six mois, le cheval pouvait revenir à l'hippodrome n'importe quand, mais les journaux de courses nationaux ne donnaient que les résultats des grandes courses et P'tit Bob était un cheval de courses à réclamer. William commença à perdre espoir, à prêter moins attention à toute cette affaire, mais sa conscience le lançait encore chaque fois qu'il entrait dans son bureau et voyait les huit photos-finish attestant des victoires de P'tit Bob, qui courait tantôt sur l'extérieur et tantôt sur l'intérieur de la piste, la tête invariablement baissée et tendue en avant, les naseaux dilatés. À part retourner là-bas et poser des questions à tout le monde, il avait fait de son mieux, pensa-t-il. Il vaudrait sans doute mieux oublier toute cette histoire.

Audrey ouvrit la porte de sa penderie, sortit sa valise et la posa par terre dans sa chambre. Puis elle s'approcha de la commode, prit une culotte rose dans le tiroir du haut et la déplia. Elle y trouva la clé de sa valise. Elle l'ouvrit. Dans la valise elle prit Arnold, un ours en peluche tout usé. La couture de son dos était défaite. Elle enfonça deux doigts dans l'ouverture et tâta le bord des billets, une belle liasse, les trois mille dollars qu'elle avait empochés en pariant sur le cheval qui avait gagné contre toute attente alors qu'il était donné à vingt contre un et dont Deirdre lui avait dit qu'il n'avait aucun pedigree, aucun palmarès, aucune vitesse et aucun avenir, le jour où elles étaient allées à Pimlico pour la dernière journée de la rencontre. Mais il faut avouer que c'était un cheval gris, voilà pourquoi elle avait quand même parié sur lui, et elle disposait maintenant d'assez d'argent pour s'acheter un cheval et, qui plus est, elle avait la permission de sa mère. Elle renfonça l'argent dans l'ours en peluche qu'elle remit dans la valise, puis elle verrouilla et cacha la valise dans le placard et dissimula la clé dans ses sous-vêtements. À treize ans, elle entrait en quatrième et elle était en âge d'avoir un compte en banque comme sa mère le lui avait fait remarquer, mais garder l'argent dans sa chambre lui donnait l'impression d'avoir le cheval tout près d'elle.

Un klaxon se fit entendre et Audrey regarda par la fenêtre de sa chambre. C'était Deirdre. Audrey attrapa sa bombe sur le lit et courut à la porte d'entrée sans oublier de crier au revoir à sa mère. Dès qu'elle fut dans la voiture, Deirdre se mit à parler : « Bon, Audrey, on m'a confié la tâche de t'accompagner dans cette petite virée sous prétexte que je n'avais rien de mieux à faire, ce qui n'est pas totalement vrai mais pas complètement faux non plus. Mon but est de m'assurer que tu ne repartiras pas avec un canasson que ta grand-mère ne pourrait pas monter et de te dissuader, en invoquant la constitution ou le tempérament du cheval, d'acheter n'importe quoi.

– Je t'en remercie. » Audrey restait sereine car elle était convaincue qu'elles trouveraient un cheval dès la première ou la deuxième écurie.

« As-tu déjà marchandé, ma puce ?

– Tu veux dire essayé de faire baisser le prix ?

– Exactement.

– Non.

– Eh bien, je suis désolée de te dévoiler ton funeste destin, Audrey, mais tu es une cavalière-née qui sait lire le *Programme des courses*, miser sur un cheval, retirer le fer d'un sabot et sauter un obstacle triple. Avec un tel destin, tu es condamnée à vivre sans le sou si tu ne sais pas acheter à bas prix et vendre très cher.

– Mais je ne veux pas le vendre. Je veux l'acheter.

– Ton cheval n'est pas ton amoureux, Audrey. Si tu veux profiter de son enseignement, il faut le laisser venir puis repartir et faire en sorte que le départ te soit toujours profitable.

– D'accord », concéda Audrey un peu à court d'arguments. Elle remarqua qu'elles étaient presque arrivées à l'embranchement de Marshville Road. C'était là que se trouvait le premier de leurs marchés potentiels. Elle mit sa bombe. Comme elles s'engageaient sur le gravier de l'allée, Audrey se dit : Et voilà. On y est presque. Je vais bientôt le voir. Elle comprit que chaque poteau, chaque pylône téléphonique et chaque oiseau qui passait était lourd de sens. Elles franchirent une colline puis elles aperçurent l'écurie rouge et blanc, c'était là qu'il l'attendait, sans doute déjà dans son manège ; elle ne tint plus en place sur son siège. Elles se garèrent dans le parking devant un panneau qui disait : « Cavaliers, garez-vous ici. » Voilà où il avait vécu. Ce paysage lui était familier. Tous les jours, il sortait de l'écurie et traversait ce même parking pour se rendre au parcours d'obstacles. Il avait treize ans (les deux hongres qu'elles devaient voir avaient treize ans).

Mais il n'était pas là. Les chevaux qu'on leur montra étaient lourds et mornes, des animaux très ordinaires. L'un était brun et l'autre alezan. Elle essaya de se montrer enthousiaste à propos de l'alezan mais quand elle le monta, son allure était irrégulière et difficile à maîtriser. Le brun n'était même pas assez sain pour avancer au petit trot et Deirdre dit au propriétaire : « Faut le faire examiner par un véto, mon vieux. Il a une inflammation au pied et des problèmes cardiaques », et cela mit fin à la visite.

Il en fut ainsi toute la journée. Elles virent dix chevaux, Audrey en monta six. Après le cheval à l'allure irrégulière vint le cheval qui n'y voyait que d'un œil, celui qui était incapable de mettre ses antérieurs au petit galop, celui qui ruait et virevoltait dès qu'il croisait d'autres chevaux dans le manège, celui dont la tête était affreuse à voir et l'énorme cheval qui la délogeait de sa selle toutes les trois minutes environ.

Comme elles quittaient la dernière écurie, Audrey dit à Deirdre : « Ouais, tu voulais me donner une petite leçon.

– Tu crois ça ?

– Oui. Tu m'as emmenée voir tous ces chevaux parce que tu savais que je ne voudrais en acheter aucun.

– Je m'en doutais, oui. Mais tu sais, Audrey, ces chevaux sont dans tes prix. La circonstance qui t'est défavorable, c'est que tu montes des chevaux qui ne sont pas dans tes prix.

– Il y en avait un très bien. C'est juste qu'il était affreux à voir. Mais ses allures étaient agréables et il sautait bien.

– C'est vrai, oui. Mais, tu sais, il faut que tu te réjouisses de voir sa tête tous les matins, pas que tu te dises : "C'est un chouette cheval mais sa tête ressemble à un cercueil sans les poignées." Tu ne me croiras peut-être pas, mais il y aura quelqu'un pour la trouver jolie ou même mignonne, cette tête, ou pour lui trouver du caractère. C'est lui qui devra l'acheter.

– Il faut que je gagne encore plus d'argent.

– C'est quand on a besoin d'en gagner qu'on ne gagne plus. Garde ton bas de laine dans sa cachette et ton cheval finira par se trouver.

– Et pourquoi pas un cheval retiré de l'hippodrome ?

– On verra. »

Ce soir-là, Audrey écrivit une lettre à miss Joy Gorham du ranch Tompkins. La lettre disait :

> Chère Joy Gorham,
>
> Vous ne vous souvenez pas de moi mais je vous ai déjà écrit une fois et vous avez sauvé un cheval dont je m'étais occupée au Texas. Il s'appelait Terza Rima et vous m'avez répondu pour me donner de ses nouvelles. J'espère qu'il va toujours aussi bien et qu'il est heureux. Entre-temps, j'ai appris à monter à cheval et aussi à parier, alors maintenant j'ai assez d'argent pour m'acheter un cheval. Comme vous vivez dans un grand haras et aussi une écurie d'entraînement, je me demande s'il n'y aurait pas un cheval qui me conviendrait. Je suis une assez bonne cavalière et je donne des leçons d'équitation dans mon centre équestre. Je participe à des concours de hunters, je saute des obstacles d'un mètre à un mètre vingt. J'ai gagné plusieurs rosettes en équitation cette année. Je mesure environ un mètre cinquante-huit et je pèse cinquante-deux kilos. Je peux dépenser trois mille dollars. Je pourrai offrir une belle maison à ce cheval.
>
> Bien à vous,
>
> Audrey Schmidt
> 1245 Hopewell Drive
> Morristown, Maryland

Elle joignit une photo d'elle sur le dos de Moses, en train de franchir très élégamment un oxer d'un mètre. Ce poney était à vendre. Ellen pensait en tirer quarante mille dollars. Audrey cacheta l'enveloppe, y déposa un petit baiser et alla la glisser dans la boîte aux lettres. Ensuite elle fit ce que sa mère lui recommandait toujours, elle s'efforça de ne plus y penser.

Entre le voyage à Kauai, la relecture des épreuves du premier volume de son ouvrage *Une approche spirituelle des tâches ménagères : l'astrolabe du Troisième Millénaire*, qui en comptait trois, et le suivi de son expérience financière qui lui imposait un contact permanent avec Mister T., Elizabeth était assez débordée. Malgré tout elle eut le temps de remarquer qu'on était en train de tomber amoureux d'elle et que le soupirant n'était nul autre que Mr. Kyle Tompkins, propriétaire de Tompkins Racing et de toutes choses sur cette terre. Un des thèmes longuement développés dans l'œuvre d'Elizabeth était l'avenir de la monogamie. La monogamie, signalait-elle, avait une histoire contrastée et, au début de ce nouveau millénaire, c'était devenu un arrangement purement matérialiste. Quelle que fût

tendresse comme une entreprise où chacun donne à parts égales, ce que quelqu'un d'autre obtient de l'un de nous, l'autre l'a perdu. D'un autre côté, si on envisage l'amour et la tendresse comme une entreprise où chacun se crée et se réinvente sans se limiter à des concepts de privation, alors chaque amour apporté à l'un de nous constitue un supplément d'amour pour nous deux.

– Mr. Tompkins a envie de moi.

– Tu as l'air surprise.

– Oui, un peu.

– Eh bien, envisage la situation sous l'angle suivant : Mr. Tompkins a pour habitude de satisfaire son goût de l'insolite. Tu es certainement la femme la plus insolite de son entourage en ce moment. Il n'y a rien d'étonnant à ce qu'il te prenne pour objectif dans le cadre de son schéma comportemental habituel. Oh, chérie ! Tu peux aussi voir ça sous cet angle : tu es un bon coup et ça se voit et n'importe quel type capable de le voir est un type futé. »

Elle l'enlaça et blottit son visage dans son cou. « Quand on s'aperçoit qu'on entre dans une période de transition, dit-il, le soutien d'amis intimes est une consolation infiniment précieuse car il nous encourage à trouver de nouvelles voies neurologiques et de nouveaux modes de plaisir.

– Je sais, mon chéri, dit-elle, mais merci de me l'avoir rappelé. » Ils se regardèrent, sachant tous deux grâce à leur formation que ce regard était un signal biologique et culturel, préliminaire à l'activité sexuelle acceptable pour l'un comme pour l'autre. Elizabeth se passa la langue sur les lèvres, autre signal. La main de Platon se déplaça sous son caleçon et Elizabeth s'en aperçut. Elle inspira profondément puis ils gémirent, fermèrent les yeux et cambrèrent lentement le dos. Le stage leur avait été très profitable. Le désir monta d'un coup, torride. Elizabeth garda les yeux fermés et Platon se pencha pour l'embrasser sur les lèvres, sans appuyer mais longuement, rien d'avide ou de brutal, lentement, encore plus lentement, de façon à produire un état de concentration mentale et physique. Elizabeth posa sa main sur la sienne. N'ayant jamais souffert d'angoisse dans sa relation avec Platon, n'ayant jamais connu chez lui que gentillesse et attention, elle n'avait aucune raison de résister à son évident désir. (Elle avait parlé de cela dans son livre. « Il ne faut pas imposer au pénis, avait-elle écrit, d'alléger le poids de l'animosité accumulée dans la relation amoureuse. Les griefs mutuels sont autant de jalons sur le chemin de l'impuissance. ») Elle sentit ses tétons se dresser. « Mmm, fit Platon.

– Ahhh ! » soupira Elizabeth. Elle s'étendit sur le tapis d'Orient.

Au Texas, le petit-fils d'Angel Smith lui demanda s'il pouvait monter un cheval. Angel sortit P'tit Bob de l'enclos, lui passa une bride à long mors munie d'une longe et mit le garçon en selle. L'enfant lui fit faire des tours de manège au pas, lui donna des coups de pied dans les flancs quand le cheval voulait s'arrêter et l'entraîna à changer d'itinéraire. Bientôt, le cheval se mit à tourner en rond, ils avançaient au pas, à reculons et le petit garçon s'allongeait sur la croupe du cheval. La sortie dura environ trois heures, une bonne chose car le cheval avait développé une colique due à une obstruction intestinale et à la position statique, et le mouvement remédiait à l'une comme à l'autre. Angel dit au petit garçon que s'il acceptait de venir tous les jours pour le monter, le cheval serait à lui. Le petit garçon accepta mais il se promit que le trot, allure cahoteuse qui rendait la position assise difficile et périlleuse, serait exclu à l'avenir.

Dans le Maryland, Epic Steam ou Sudden Intuition avait décidé de laisser Ellen rincer et soigner les entailles et les ecchymoses que les juments lui avaient infligées. Il laissa même le vétérinaire ponctionner l'hématome sur son poitrail. Il resta calmement debout, tête baissée, sans un longe autour du chanfrein ni tranquillisant dans le système nerveux. « Quand il se sentira mieux, dit Ellen, il redeviendra un mauvais garçon, mais je veux lui donner un bon avant-goût de gentillesse tant que c'est possible. »

À Chicago, le fils de William Vance, qui ne s'intéressait pas aux chevaux en temps ordinaire, déclara : « Je vais t'aider à retrouver P'tit Bob. »

En Californie, la lettre d'Audrey Schmidt fut déposée dans la boîte aux lettres de Mr. Tompkins, car la poste ne faisait plus suivre le courrier de Joy.

Toujours en Californie, Elizabeth Zada envoya un e-mail à Mr. Tompkins pour lui dire qu'elle avait une conception très large de l'amitié permettant toutes sortes de comportements et qu'elle éprouvait indéniablement une grande amitié à son égard.

SEPTEMBRE

67. Le jour J

Buddy Crawford avait maintenant cent dix chevaux dans son écurie et prospérait plus que jamais. Il avait cinquante chevaux à Hollywood Park, trente à Santa Anita et trente autres pour la course de Del Mar. Son pourcentage de victoires avait augmenté de près de 20 % et les journalistes l'interviewaient presque aussi souvent que Baffert. Il n'était pas aussi spirituel que ce dernier mais ils allaient répétant : « Il est caractériel et direct », « Il ne ménage pas ses adversaires », « Il appelle un chat un chat ». Tout le monde attendait impatiemment qu'on retire Residual de la ferme pour la remettre à l'entraînement. Pendant son absence, elle était redevenue une superbe jument – une des meilleures sinon la meilleure d'une superbe génération de pouliches, visiblement prête à devenir une formidable jument de quatre ans. Les vrais amateurs de courses s'y connaissaient toujours en chevaux plus mûrs, contrairement au grand public entiché du derby. Voyez Kelso. Voyez Forego. Voyez Cigar. Voyez Stymie. Contrairement aux admirateurs profanes de Secretariat, ceux qui les vénéraient ne limitaient pas leur connaissance des chevaux et des courses à quelques séduisantes images d'Épinal.

Ses employés étaient plus nombreux. Leon s'occupait des chevaux de Santa Anita avec son propre entraîneur adjoint. Buddy avait embauché deux types sur la côte Est pour veiller sur les chevaux d'Hollywood Park et il faisait lui-même courir ceux de Del Mar, mais il y avait malgré tout beaucoup d'allées et venues dans le triangle San Diego-Pasadena-Inglewood. En plus de son téléphone portable, il avait un poste dans sa voiture, raccordé à un fax pour le cas où on aurait cherché à le joindre pendant qu'il était en ligne. Il travaillait aussi avec une assistante subalterne du nom de Lanai et dont les fonctions consistaient simplement à conduire la voiture, à répondre au téléphone et à lui dire qui était à l'appareil pour qu'il puisse décider quelle conversation était la plus importante de celle du mobile ou de l'autre téléphone.

Et par conséquent il dormait comme une bûche, la meilleure chose qui lui soit arrivée depuis trente ans.

Il avait réussi à surmonter la tentation de bien connaître tous les chevaux qu'il entraînait, y compris leur nom et leur pedigree. Aussi gardait-il en mémoire le nom et le pedigree des chevaux les plus coûteux : les descendants de Mr. Prospector, de Deputy Minister et de Unbridled dont les propriétaires risquaient de se montrer plus exigeants. Il laissait ses entraîneurs adjoints suivre les résultats des autres chevaux. Il s'était également débarrassé de tous ses chevaux à réclamer. Quand on passe son temps à aller et venir en voiture ou en avion, on ne peut plus repérer les chevaux des autres entraîneurs car on ne va plus s'asseoir dans les tribunes tous les jours, ainsi, pour Buddy, réclamer des chevaux était devenu un jeu de hasard qui ne rapporte guère, un jeu qui n'en valait plus la chandelle. Mais cela lui manquait, cependant, d'autant qu'il ne se sentait pas à l'aise en compagnie des fortunés, des bien nés, des gens cultivés et fondamentalement néophytes du monde hippique.

Ils avaient beau tous s'être mis d'accord au sujet de Residual, la pouliche ne l'enthousiasmait plus guère. En fin de compte, sa carrière avait eu tant de hauts et de bas, donné lieu à tant d'étranges rebondissements qu'il était moins attaché à cette jument. Toujours est-il qu'il serait agréable de la retirer de la ferme pour la remettre à l'entraînement. Elle avait une petite chance d'arriver jusqu'à la Coupe des éleveurs et, si elle y allait, elle avait de bonnes chances de gagner car c'était la bonne distance pour elle et ses records étaient régulièrement aussi bons que ceux des meilleurs candidats potentiels que Buddy avait repérés.

Buddy n'avait jamais contacté la vétérinaire qui avait pratiqué l'opération et n'avait pas cherché d'occasion de faire à nouveau appel à ses services. Il la voyait parfois sur l'hippodrome mais faisait plus ou moins semblant de ne pas la reconnaître. Ainsi elle avait recommandé quatre mois de repos. Ses vétérinaires à lui qui n'avaient pas vu les symptômes ni les radios ni assisté à l'opération n'avaient pas grand-chose à dire de l'incident. Cent vingt jours de repos constituaient la norme, quatre-vingt-dix suffisaient dans certains cas, et soixante ? Eh bien, il se trouvait des entraîneurs pour remettre des chevaux à l'entraînement soixante jours après une telle opération. Personne n'avait fait d'étude postopératoire sur, disons, la fréquence des blessures liées à l'entraînement chez ces chevaux-là, et quant aux anecdotes qui en faisaient état…

La pouliche avait l'air en forme. Sa robe était redevenue toute luisante, elle était à nouveau bien en chair, ses yeux étaient brillants et ses mouvements vifs. Bien ventilée, comme toujours. Il restait neuf semaines jusqu'à la Coupe des éleveurs. Si la pouliche travaillait bien, c'était à peu près le temps nécessaire pour l'y préparer. Il y avait une autre raison de la ramener à l'hippodrome : plus elle se languissait sans travailler à la ferme, moins elle serait en forme et plus il faudrait de temps pour la remettre en bonne condition physique. Buddy n'avait jamais été partisan du repos prolongé des chevaux. En qualité de pur-sang, ils s'épanouissaient dans le travail et dans la course. Leur mental était ainsi fait. S'ils ne pouvaient pas s'adonner à l'activité pour laquelle ils avaient été élevés et qui leur plaisait, ils devenaient agités et vicieux. Une fêlure était une fêlure, pas une fracture ni rien de tel. Il s'agit d'une esquille qui se détache, pas d'un os qui se brise. Une fois l'esquille enlevée, l'os restait en parfait état. Eh bien, les raisons de la remettre à l'entraînement ne manquaient pas tandis que les raisons de ne pas le faire étaient moins nombreuses ; Buddy n'en fut pas moins content d'apprendre que Deedee pouvait de nouveau monter à cheval et que Martha la Merveille avait remballé ses affaires et ses opinions et était repartie dans le Nord. Martha la Merveille manquait rarement de donner son avis et ne se laissait apparemment pas intimider. Buddy n'avait pas envie qu'elle revienne, aussi rendit-il service à Deedee en installant la pouliche à Arcadia, près de chez elle, pour que la cavalière d'exercice puisse emmener son bébé, monter Residual et rentrer chez elle le soir.

Au matin du premier jour, quand le lad sella la jument et quand Deedee la conduisit à la piste d'entraînement simplement pour en faire quelques tours au pas, l'animal lança des ruades et bondit dans tous les sens, chose qu'elle n'avait jamais faite et qui rappela à Deedee ses nouvelles responsabilités de mère, mais ensuite Residual se calma et redevint elle-même ; de toute manière, elle n'avait jamais été mauvaise, n'avait jamais sournoisement cherché à déstabiliser, à effrayer ou à faire tomber son cavalier. Elle était simplement heureuse, débordante d'énergie et prompte à réagir. Quand elle eut fini de ruer, elle avança au pas, alerte, en esquissant de grandes foulées, toute détendue : elle était redevenue la pouliche qu'aimait Deedee. Il lui semblait bien que la pouliche avait subi une opération et revenait un peu trop tôt à l'entraînement mais elle décida que Buddy savait ce qu'il faisait et par ailleurs les nombreuses nuits sans sommeil et les journées passées à dormir avaient perturbé sa notion du temps. Comme elles faisaient le tour de la piste, Deedee songea avec plaisir que la pouliche avait l'air en bonne santé et quant à elle, Deedee était tout aussi heureuse de se remettre au travail, d'autant que Buddy se montrait des plus arrangeants pour Alana Marie. En fin de compte, son plus grand sujet de crainte et de contrariété, l'idée qu'elle manquerait le jour J, se révélait infondé. Le jour J était encore à venir et elle était là, prête à le vivre. Tout s'était très bien combiné finalement. Buddy lui avait dit que lorsqu'elle serait prête à monter deux ou trois autres chevaux, il lui en réserverait de bons, des montes faciles sur des chevaux de grande classe et elle n'y voyait aucun inconvénient. Tout compte fait, se dit-elle en ramenant la pouliche à l'écurie, elle avait vraiment de la chance. Elle était mariée, elle travaillait, montait à cheval – rien à voir avec un boulot de serveuse au McDonald's de Bakersfield où vivaient ses parents.

Le lendemain était un dimanche et Buddy avait annoncé à tous qu'il instituait une nouvelle habitude pour les chevaux de Santa Anita : le dimanche ils ne devaient commencer l'exercice matinal qu'à six heures. Il ne savait pas encore s'il s'agirait d'une mesure permanente mais il se disait qu'il allait essayer et voir comment cela se passerait. Si cela marchait bien et qu'aucune tâche n'en faisait les frais, il essaierait de renouveler l'expérience à Hollywood Park quand tous les chevaux reviendraient de Del Mar. Il ne se trouva personne pour faire mauvais accueil à cette idée et tous pensèrent à ne pas se réveiller à quatre heures à l'exception de Buddy lui-même qui arriva à l'hippodrome comme d'habitude en se demandant où étaient les voitures de ses employés tandis qu'il se garait dans le parking à cinq heures moins le quart. Seul Curtis Doheny se trouvait sur les lieux et quand Buddy sortit de sa Lexus, l'autre sortit de son camion Ford et s'avança vers lui.

La seule chose dont Buddy était à peu près sûr était le moyen d'acheter le silence de Curtis Doheny. Quand Curtis lui avait fait sa proposition au début de l'été, Buddy était dans un état d'esprit très différent, il n'avait pas envisagé l'affaire sous cet angle et avait été transporté par l'enthousiasme. Avant la course qui avait précédé l'opération, ils avaient administré trois injections d'Épogène à la pouliche, une suggestion bienveillante de Curtis. Surprise, Buddy ne connaissait pas ce produit. Les choses s'étaient passées ainsi : Curtis Doheny lui avait un jour demandé s'il se souvenait du poulain de cet entraîneur britannique, Colin Gallorette, celui qui avait gagné tant de courses à la fin des années 80, avant que son entraîneur retourne en Angleterre et disparaisse plus ou moins de la circulation. « Ouais, avait répondu Buddy. C'était à peu près le seul cheval valable qu'il avait, ce type.

– Bon, tu veux que je te dise un truc ?

– Quoi ?

– Le fils du propriétaire de ce cheval était coureur cycliste et il avait persuadé son père d'essayer certains des produits que tous les coureurs cyclistes de sa connaissance utilisaient. Ça multiplie le nombre de globules rouges par neuf.

– Du Géritol ? avait suggéré Buddy.

– Non, quelque chose qui marche vraiment, avait répondu l'autre, un truc qui favorise la prolifération des globules rouges, l'oxygénation des tissus musculaires, qui fait courir le cheval plus vite et plus longtemps. Comme s'il avait le cœur plus gros.

– Quels effets secondaires sur le cheval ?

– Aucun, avait dit Curtis.

– Alors pourquoi est-ce que personne n'utilise ça ?

– Tout le monde le fera dans dix ans. Ça sera comme le Lasix. »

Buddy s'était dit que c'était exactement ce dont Residual avait besoin. Il ne porta pas ces frais-là sur la facture des Kingston. Il ne s'agissait pas encore d'un produit légal. La pouliche avait très bien couru. Il avait cru percevoir la différence dans ses performances : pas plus de deux cinquièmes de seconde, peut-être, mais chaque cinquième de seconde lui donnait une longueur d'avance.

« Alors, comment va ? demandait Curtis ce matin-là sans vraiment poser la question. La pouliche est de retour. Tu dois penser à la Coupe des éleveurs sinon tu l'aurais laissée encore deux mois à la ferme.

– C'est pas bon pour eux de se relâcher. » Buddy se dirigea vers son écurie et Curtis lui emboîta le pas. Buddy se rappela qu'il avait accordé une heure de repos supplémentaire à tout le monde. Pourquoi donc avait-il fait cela ? Il valait bien mieux se lever tous les matins à la même heure, quoi qu'il arrive.

« En quoi puis-je t'être utile ce matin, Curtis ?

– Je me disais que j'aimerais bien examiner la pouliche. Voir le résultat de l'expérience, tu sais. Travailler pour la science. »

Tout ça n'était que foutaises, songea Buddy. Curtis voulait simplement être vu en présence d'entraîneurs, même si personne n'était là pour les voir. « Curtis, dit-il, je pense que pour l'instant nous ferions peut-être mieux de vaquer chacun de notre côté et peut-être qu'on prendra un café ensemble tout à l'heure. »

Au lieu de faire ce que Buddy lui suggérait, Curtis le suivit. Il sortit un grand mouchoir et se moucha bruyamment. Puis il déclara d'un air jovial : « Alors... t'as de bons chevaux dans ton écurie cette année, Buddy. Tout le monde en parle.

– Eh bien, c'est sans doute vrai, alors, répondit Buddy.

– Sans blague. J'ai vu que tu as eu trois vainqueurs à Del Mar l'autre jour et deux autres le lendemain. »

Tout le monde le savait et Buddy se demandait où l'autre voulait en venir avec ses platitudes.

« En fait, je songe à reprendre des parts dans quelques chevaux. Je suis à flot en ce moment, bien à flot, j'ai de l'argent à dépenser. T'as pas des propriétaires qui cherchent un partenaire ?

– Ça se pourrait », dit Buddy, l'air chagrin. Sa seule chance de faire taire Curtis était de l'isoler ou de lui proposer des partenaires qui ne parlaient pas l'anglais. En Californie du Sud, ce genre de partenaires se rencontrait peu.

« Ouais, je dispose d'environ deux cent mille. »

Involontairement, la tête de Buddy se tourna vers Curtis.

« Sérieux, lâcha Curtis visiblement satisfait de lui-même.

– Et si je t'emmenais aux ventes de Keeneland la semaine prochaine, tu pourrais t'acheter un ou deux yearlings rien qu'à toi, non ? » suggéra Buddy. Voilà une idée géniale.

« Nan. J'veux des parts dans un ou deux chevaux de grande classe sans être obligé de payer toutes les factures à moi tout seul. C'est plus malin. »

Il avait malheureusement raison. Buddy décida de mettre à l'épreuve la force de la résolution de Curtis. « Tu en as parlé à d'autres entraîneurs ? demanda-t-il.

– Nan, c'est toi qu'as les meilleurs chevaux. »

Plusieurs autres entraîneurs avaient d'aussi bons chevaux que Buddy, voire meilleurs. La fin de la réponse était : « si je me limite aux entraîneurs véreux ». Buddy sentit un haut-le-cœur le submerger. « T'as fait de belles économies, Curtis, dit-il.

– Ah, ce sont les gains de plusieurs victoires inespérées mis bout à bout, si tu veux ! » Il rit. Puis il reprit : « Alors, écoute. Il y a un poulain qui me plaît, Fuzzy Minister. Il a remporté une ou deux victoires. Et puis le poulain qui revient juste d'une période de repos. Hickory Dickory. Je parie qu'il pète le feu, celui-là. »

Buddy comprit en un instant où l'autre voulait en venir. Ce qu'il avait pris pour une simple idée était un projet mûrement réfléchi. Les propriétaires de ces poulains-là formaient un consortium ouvert et convivial, plutôt jeune et peu expérimenté. Curtis cherchait à se joindre à eux pour une raison encore indéterminée : peut-être uniquement pour se faire des copains de ses associés. « Je peux leur demander s'ils cherchent d'autres partenaires, dit Buddy. Tu sais, quand le groupe devient trop grand les gains sont moins intéressants.

– Mais quand le cheval qui appartient à un consortium est envoyé au haras, bingo !

– Ce sont de bons poulains. Deputy Minister et A. P. Indy font partie de leurs ascendants. C'est très demandé.

– C'est bien ce que je me dis. T'as vu l'article qu'est paru dans *The Blood-Horse* au printemps ? Y disait qu'A. P. Indy était le meilleur étalon du monde. Toi et moi, on fait courir et gagner Hickory Dickory, on s'en occupe personnellement. Ces types, les propriétaires, y nous baiseront les pieds. Moi je pense que c'est gagné d'avance.

– Curtis, ça fait au moins vingt-cinq ans que tu fréquentes l'hippodrome. Tu ne sais toujours pas que la seule chose dont on peut être sûr, c'est que rien n'est jamais gagné d'avance ?

– Allons bon ! » fit Curtis, l'air jovial.

Buddy se sentait d'autant plus méfiant dans cette affaire qui se resserrait comme un étau autour de son cou qu'il connaissait la volubilité d'ivrogne de Curtis. Ce type-là se vantait de tout et de n'importe quoi, pour peu qu'il ait un ou deux verres dans le nez et une oreille pour l'écouter. « Bon, dit-il. Parlons d'autre chose. Comment ça va, à part ça, Curtis ?

– Mieux que jamais. »

Funeste présage.

Buddy chercha une question neutre à poser mais Curtis n'avait ni femme ni enfants. Il n'avait que la boisson et les cures de désintoxication dans sa vie. À part la médecine vétérinaire, c'était sa seule occupation depuis que Buddy le connaissait

« Dis, fit Curtis.

– Quoi ? demanda Buddy.

– On m'a dit que t'es devenu fan de Jésus ?

– Ah ouais ?

– Ouais.

– Je suppose que j'ai traversé la crise de la quarantaine, comme on dit, répondit Buddy.

– Une sorte de crise religieuse, hein ?

– Y a de ça.

– Et où t'en es par rapport à ça ?

– Qu'est-ce que tu veux dire ?

– Oh, tu vois bien !

– Je pense que ça me regarde, Curtis.

– Bon, d'accord. Je comprends, mais si t'as attrapé le virus, faut t'en débarrasser. »

Ils avaient presque atteint les box de l'écurie. Les chevaux cherchaient leur ration matinale de foin. Quelques-uns levèrent la tête à l'approche des deux hommes. Buddy sentit sa gorge se nouer à l'idée de parler à Curtis de ses relations personnelles avec Jésus d'autant que ces derniers mois Jésus s'était un peu éloigné de lui.

Curtis s'approcha de Fuzzy Minister en prenant des airs de propriétaire. Comme son grand-père, le poulain était de toute beauté, un alezan racé avec une liste blanche impeccable sur le chanfrein, une robe acajou bien luisante et une tête élégante. Sa grand-mère était issue de Nijinsky et il illustrait parfaitement l'adage selon lequel les meilleurs chevaux de course sont meilleurs en tout : allure, caractère, pedigree et aptitude à l'entraînement. « Ouais, fit Curtis, c'est le meilleur cheval de deux ans de toute ton écurie. J'ai déjà participé à des combines avec des chevaux de course, tu sais. J'avais des parts, j'en ai réclamé quelques-uns et tout, mais cette fois-ci, je me suis fait une promesse : Rien que le meilleur. Je ne mérite rien moins que le meilleur. »

Buddy se demanda en vertu de quoi il pensait mériter cela.

« On va la pousser un peu, la pouliche ?

– On ? Quoi ?

– Quand je regarde cette pouliche, je me dis faut foncer.

– Ouais. » Buddy entra dans la réserve et Curtis le suivit, puis resta sur le pas de la porte, il empêchait la lumière d'entrer et se grattait l'entrejambe. « Tu sais, dit-il. Je pourrais te rendre des tas de services. Je pourrais travailler rien que pour toi. Tu bosses avec quels vétos en ce moment ? Barton ? Un ou deux autres ? Et si tu ne recourais plus qu'à mes services, moi je ne travaillerais plus que pour toi. On pourrait faire un marché. Je m'occupe de tes chevaux sur les trois hippodromes. C'est une bonne idée, non ?

– Peut-être.

– T'arrêtes pas de dire peut-être, aujourd'hui.

– Eh bien, je ne crois pas que je puisse prendre toutes ces décisions tout de suite. » Buddy n'avait rien à faire dans la réserve, et il s'aperçut que ce qu'il avait pris pour un refuge s'était transformé en piège. Curtis était toujours planté sur le seuil, plus ou moins campé sur ses pieds, les mains dans les poches. Buddy estimait sa taille à environ un mètre quatre-vingt-dix. Cela devait faire vingt-cinq centimètres de plus que Buddy et à peu près deux fois son poids. Il décida de ne pas le bousculer pour sortir mais sans pouvoir réprimer un vif désir de se baisser pour se faufiler entre ses jambes. Il y résista et dit : « Je ne sais pas pourquoi mais j'ai l'impression que tu me menaces, Curtis.

– Eh bien, franchement, oui. Je vais te faire une confidence : j'ai des tas de projets. Moi aussi, j'ai traversé une de ces fameuses crises de la quarantaine pas plus tard que l'été dernier et je me suis rendu compte que je mérite mieux que ça. Un meilleur traitement et une meilleure vie en général, voilà. Et tu vois, comme chacun le sait, personne vous donne rien si on n'a pas le cran d'aller le chercher soi-même, alors j'ai décidé d'y aller, si tu vois ce que je veux dire.

– Oui, je vois ce que tu veux dire, répondit Buddy.

– Eh bien, la première étape de ce voyage, c'est toi, Buddy. On est amis depuis un bon bout de temps et on a souvent fait affaire ensemble. Alors si je veux changer le cours de ma vie, c'est par toi que je dois commencer, pas de doute. Je parie qu'on va passer plein de temps ensemble. Pas toi ? » Il sourit pour la première fois de la matinée et Buddy remarqua que sa voix avait perdu ses intonations implorantes.

« Oui, j'en ai l'impression », acquiesça Buddy. Buddy avait beau savoir que Curtis était un perdant, voire pire, que ce type était laid, suintant, négligé, vulgaire et ne semblait pas avoir les intérêts de Buddy très à cœur ces temps-ci, sa compagnie et l'accomplissement de ses projets avaient quelque chose – mais oui ! – de reposant. Buddy n'aurait jamais pensé le présenter à aucun de ses propriétaires ni imaginé resserrer les liens entre eux vingt minutes plus tôt, mais finalement, pourquoi pas ? Curtis pouvait lui être utile mais ce n'était pas le plus important. Curtis pouvait lui nuire, même physiquement, mais cela semblait peu probable. En fait, il était assez agréable de se trouver face à quelqu'un qui sait ce qu'il veut. Au moins ses désirs étaient clairs et précis. Et il semblait y tenir. Buddy s'approcha de Curtis et leva les yeux vers lui. « Tu sais, Curtis, je suis sûr que je peux te trouver quelque chose », dit-il.

Curtis esquissa un sourire lamentable qui illumina instantanément son visage renfrogné, comme celui d'un gamin, songea Buddy. L'autre fit un pas en arrière. « Tu sais, Buddy, je voulais pas être comme ça. Mais si tu veux que je te dise, les choses ont pas été très faciles pour moi. » Sur ces mots, ils sortirent de la réserve, longèrent la rangée de box et Buddy s'aperçut que sa pénitence consistait peut-être à écouter des heures durant l'histoire de la vie de Curtis, car toute faveur mérite punition.

SEPTEMBRE, OCTOBRE

68. Pré Catelan

Après la victoire de Limitless dans le derby de Del Mar, course de catégorie 2, parcours de mille huit cents mètres sur turf, victoire qui ajouta deux cent soixante-sept mille dollars à ses gains précédents, Rosalind qui était venue le voir gagner appela Al à Helsinki et lui dit : « Chéri, où seras-tu le premier week-end d'octobre ? »

Al aimait s'entendre appeler « chéri » bien que Rosalind le fît souvent. Il vérifia sur son agenda virtuel et répondit : « J'ai un rendez-vous le vendredi à Berlin et un autre le mardi à Londres mais rien de prévu pour le week-end lui-même. L'entraîneur va faire courir ce poulain dans la Coupe des éleveurs ? Je veux qu'il le fasse courir dans la Cou…

– Que dis-tu de Paris ?

– Ooh ! fit Al. C'est un rendez-vous ?

– Exactement.

– Où logerons-nous ?

– Au George V par exemple.

– Où dînerons-nous ?

– Eh bien, dimanche soir au Pré Catelan.

– On y a déjà mangé ? C'est un endroit assez romantique, non ?

– C'était pour notre lune de miel.

– On est partis en lune de miel ?

– Oui, Al. Et nous avons peut-être trop attendu pour la deuxième. Mais je me suis dit que j'inviterais des amis à se joindre à nous. »

Al se demanda si Rosalind gardait des souvenirs agréables de leur lune de miel. Il se trouverait des gens, il le savait, pour en douter, mais allez savoir avec Rozzy ! « Bon, pas trop d'amis, d'accord ? Et débrouille-toi pour que je les connaisse tous.

– Promis.

– Je m'en remets à toi, chérie. Mais dis à cet entraîneur…

– Je sais quoi lui dire, Al », l'interrompit-elle. Sa voix si douce lui rappela que si cette épreuve se prolongeait un mois de plus il allait craquer. Ces dix derniers mois, il avait passé seize jours chez lui. Il n'avait vu Rosalind qu'à quatre occasions même s'il lui parlait au téléphone presque tous les jours. À vrai dire, il aurait pu rentrer plus souvent à la maison, il aurait pu voir Rosalind plus souvent mais il avait volontairement fait l'expérience de la vie sans elle. Et au bout du compte, après *ça*, après ce qu'elle lui avait fait et ce qu'il lui avait fait en retour, malgré la rancune, la mortification et tous les autres sentiments difficiles à décrire, il fallait simplement décider : avec ou sans elle ? À trente ou quarante ans, le « sans elle » aurait peut-être paru plutôt attrayant. Mais à soixante-cinq ans « sans elle » résonnait comme une condamnation à perpétuité et il ne lui restait pas si longtemps à vivre. Ainsi, pensa-t-il alors, ce cheval savait courir sur turf ou sur terre battue, il était rapide même sur sol détrempé. Ainsi, pensa-t-il, ce cheval avait gagné soixante-quinze mille dollars en quelques mois. J'aimerais bien le voir courir, ce sacré canasson ! J'aimerais bien le voir courir la Coupe des éleveurs, celui-là. Tout ça c'était bien beau mais il se souvenait à peine de l'apparence physique du cheval. Un bai, sans doute. Ils étaient bais en général.

Pendant ce temps, Rosalind était à nouveau en communication, depuis son hôtel, le Ritz-Carlton de Pasadena. Elle appelait le bureau de Farley à Del Mar où ce dernier supervisait l'exercice matinal des chevaux. « Ah ! Bonjour, fit Rosalind. Comment se porte notre star par cette belle journée ?

– Il va très bien. Des jambes parfaitement fraîches, il se montre satisfait et fier de lui mais pas arrogant.

– Qu'en dit Elizabeth ?

– Elle dit que tout bien considéré il préfère le turf et attend la suite des opérations.

– Quel est votre avis sur la suite des opérations ?

– Eh bien, il y a une pause jusqu'à la rencontre d'Oak Tree. Il peut retourner se détendre à la ferme mais ce serait vraiment dommage en ce moment. Huit longueurs d'avance sur les meilleurs chevaux de la côte Ouest sans être vraiment essoufflé, ça montre qu'il est plutôt en forme...

– Al veut à tout prix participer à la Coupe des éleveurs.

– C'est tout à fait possible mais comme elle se déroule à Gulfstream cette année, j'ai des doutes. Courir en Floride est parfois un choc pour un cheval californien. Une course d'ici là... » commença Farley mais tout en parlant il ressentit très distinctement le titillement d'une envie qui n'avait rien à voir avec la Coupe des éleveurs. C'était peut-être dû à l'évidente extase qui perçait dans la voix de Rosalind. Il eut tout juste le temps de s'apercevoir que son cœur battait déjà lorsqu'elle dit : « Je crois que je vais donner une fête à Paris au cours du premier week-end d'octobre, dans trois semaines. Je pense que Limitless en sera l'invité d'honneur. »

Farley ne souffla mot. Il avait l'impression qu'elle avait lu dans ses pensées, non pas ses pensées actuelles, celles qui tenaient compte du principe de réalité et redoutaient un peu de transporter le cheval à Gulfstream, même pour la Coupe des éleveurs. Les pensées dans lesquelles elle lisait, il y avait renoncé depuis quelque temps, c'étaient celles qui le laissaient espérer que tout était possible. Il dit prudemment : « Vous savez, Rosalind, le seul cheval à avoir couru en Amérique et fait une performance intéressante au grand prix de l'Arc de triomphe était Tom Rolfe, et il a terminé seulement cinquième.

– Alors nous n'avons rien à perdre. Et puis Tom Rolfe ne figure-t-il pas dans le pedigree de Limitless ?

– Tom Rolfe était le grand-père maternel de Lake of the Wood. C'était le fils de Ribot qui a remporté l'Arc de triomphe à deux reprises. Et Lake of the Wood descend aussi de Ribot par son père. Mais le terrain est souvent bourbeux en automne à Longchamp.

– Mais il a bien gagné une course sur terrain meuble en Californie du Nord ?

– Oui, mais il y a aussi une longue pente à la fin de la course. C'est très désagréable...

– Ce cheval ne connaît rien de désagréable. Il courra comme il l'entend et on verra bien ce que ça donnera.

– La course fait deux mille quatre cents mètres.

– Eh bien, que peut-il arriver ? S'il tient la distance, il tient la distance. Son grand-père maternel n'était-il pas un cheval de steeple-chase ?

– Oui, le frère aîné de Bold Ruler, Independence.

– Les chevaux de steeple-chase tiennent bien la distance, non ?

– Tout à fait.
– Bon, très bien.
– Très bien. »
Elle lui dit qu'elle allait sortir et raccrocha. Le grand prix de l'Arc de triomphe ! Farley dut s'asseoir un moment sur son bureau, la tête lui tournait, ensuite seulement il put se lever et aller annoncer la nouvelle aux autres.

Le plus difficile, Joy s'en aperçut, était de continuer comme avant. La première tentation était de ramener Limitless à Santa Anita et de se mettre à l'entraîner un peu plus intensivement en pensant au parcours et au dénivelé précédant l'arrivée auxquels les chevaux américains n'étaient pas habitués, sans parler de tout le reste. Mais quand le van vint chercher le cheval comme d'habitude, deux jours après la course, Joy l'aida à embarquer et le regarda prendre le chemin habituel qui le ramenait au ranch. Si le cheval était accoutumé à passer une semaine au ranch après une course, il avait droit à sa semaine au ranch. Et puis il y avait tant de choses à organiser, même si ce n'était en fin de compte rien de plus que des dispositions à prendre. Elle appela la seule agence de voyages qu'elle connaissait, parla à la petite amie d'Oliver et réserva quatre billets pour Paris : voyage aller le 28 septembre et retour le 5 octobre ainsi qu'un autre billet pour Roberto, le jockey : aller le 30 septembre et retour le 3 octobre. Quant à Rafael, le lad de Limitless, lui et le garçon d'écurie qui promenait le cheval après les courses voyageraient dans le jet avec les chevaux.
« Vous allez tous à Paris ? demanda la petite amie d'Oliver. Quelle chance !
– Farley y fera courir un cheval.
– Oliver travaille dans la vente, maintenant, vous savez.
– J'en ai entendu parler.
– Chez Toyota.
– Ah bon !
– Il réussit très bien.
– C'est merveilleux.
– Il a vendu douze voitures le mois dernier dont deux Land Cruiser. »
Joy était incapable de dire si cela correspondait ou non à une réussite commerciale. Son interlocutrice s'exclama : « Oh, mon Dieu ! » et se mit à renifler.

« Qu'est-ce qui ne va pas ? demanda Joy.
– Je n'ai pas envie qu'il soit vendeur de voitures.
– Il pourrait peut-être faire autre chose…
– Reprenez Oliver ! Je n'ai pas envie d'être la femme d'un entraîneur non plus, mais lui, il en a envie.
– Je vais en parler à Farley. On aura sans doute besoin de quelqu'un pour superviser l'écurie en notre absence. »
Donc elle acheta les billets d'avion et l'amie d'Oliver les lui vendit à un prix très avantageux. Puis elle appela Tex Sutton.

Au ranch on attribua le plus grand pré à Limitless, un de ceux qui s'étendaient un peu à l'écart du côté des collines. Il était un peu vallonné comme souvent dans l'Est. Trois jours plus tard il y eut un orage inattendu, cinq centimètres de pluie tombèrent en l'espace de quatre heures. Et Limitless galopa dans le pré détrempé.

Un soir au dîner, en présence de deux de ses frères aînés et de trois de leurs enfants, devant un bon ragoût de porc aux pois chiches mitonné par sa mère, Roberto se disait qu'il pourrait peut-être goûter un pois chiche ou un morceau de porc mais pas les deux et demanda : « Mais, papa, c'est où Paris et la France, au fait ? »
Il ne savait pas au juste quelle réponse il attendait. Bien sûr, il avait déjà entendu parler de Paris et de la France comme il avait entendu parler de semi-conducteurs, de Bob Dole et d'ADN ; cela ne l'empêchait pas d'en savoir moins sur toutes ces choses que sur la monte de chevaux de course, l'achat de voitures de sport et l'investissement de ses gains dans des fonds communs de placement, chose à laquelle tenait son père. Il tendit la main vers la cuiller pour se servir du ragoût et il ne l'avait pas encore attrapée quand son père explosa dans un torrent d'espagnol, lança le bras au-dessus de la table et d'une claque le fit tomber de sa chaise. Pendant qu'il était à terre, les enfants se mirent à pleurer et sa mère dit en anglais : « Je ne veux rien entendre tant que tu n'auras pas fait d'excuses à Roberto, Huberto !
– C'est lui qui devrait me faire des excuses !
– Pour quoi ? » Elle poursuivit en espagnol et ils se lancèrent dans une furieuse dispute que Roberto, dont l'anglais était meilleur que l'espagnol, ne put suivre jusqu'au bout, mais il comprit cependant qu'il y était décrit à maintes reprises comme un ignare stupide, un abruti de jockey qui ne deviendrait jamais quelqu'un en dépit de

tous leurs efforts ; voilà leur récompense après avoir élevé sept enfants : entendre son fils demander où se trouvait la ville la plus célèbre au monde !

De fil en aiguille, ils allèrent chercher tous les vieux bulletins scolaires de Roberto dans la réserve du fond et ses notes de seconde, classe où on étudie l'histoire du monde ; selon le bulletin, Roberto avait obtenu un B pour ce cours au premier et au deuxième semestre mais à vrai dire il ne s'en souvenait absolument pas, même pas du professeur. Toujours est-il que son père lui pardonna de ne plus savoir où se trouvaient Paris et la France car apparemment il l'avait su autrefois, avant que ces foutus chevaux ne lui sortent tout de la tête. Donc son père lui établit une liste d'endroits à visiter, la tour Eiffel, le Louvre, les Champs-Élysées et Notre-Dame, et lui annonça qu'il ne serait pas autorisé à revenir à la maison sans apporter la preuve qu'il avait visité ces endroits pendant son séjour à Paris. Roberto hocha la tête, dit oui et la paix du ménage fut rétablie. Pendant ce temps, il est vrai que Roberto avait profité de la diversion pour manger deux grosses portions de ragoût et quand il se leva le lendemain matin, il avait pris un demi-kilo. Mais de toute façon il n'avait aucune monte ce jour-là.

Limitless revint du ranch apparemment toujours aussi en forme et prêt à courir. Désormais, Joy le faisait sortir de son enclos dès qu'elle se trouvait à l'hippodrome mais cela ne faisait pas partie d'un projet préétabli. Le cheval débordait d'une telle énergie que l'enfermement lui était une véritable torture. Ainsi, quand Elizabeth voulait parler à Joy, elle devait se rendre à l'hippodrome et cela ne la dérangeait pas car elle souhaitait voir Mister T. en personne de toute manière, pour le remercier des derniers tuyaux qui allaient lui permettre de procéder à d'importantes emplettes qu'elle souhaitait faire durant son propre séjour dans la Ville lumière. Elle trouva Joy et le cheval en train de déambuler tout au bout du domaine de l'écurie. Après avoir serré Joy dans ses bras, elle alla droit au but : « Mister T. a couru à Longchamp, dit-elle.

– Oui, acquiesça Joy. Il y a remporté deux grandes courses. Il a fait du bon travail là-bas !

– Il a envie d'y retourner. »

Joy se sentit découragée. « Tu veux dire pour nous conseiller ? Comment sait-il que nous y allons ?

– Quand tu as quelque chose en tête, il y a accès. » Bien sûr, se dit Joy. Comme quand je lui interdis de sauter ou de ruer. Alors pourquoi pas cette pensée-là aussi ? « Il a simplement envie d'y retourner, reprit Elizabeth. Il m'envoie sans cesse des images de turf telles que je n'en ai jamais vu en Californie. »

Joy fit de son mieux pour dresser la liste des inconvénients. « Ça va coûter des milliers de dollars et il n'a jamais joué aucun rôle dans l'entraînement de Limitless contrairement à celui de Froney's Sis. Je ne sais pas si on pourra convaincre les Maybrick de payer pour lui. Et puis, si j'ai bien compris, on ne garde pas beaucoup de chevaux à Longchamp, ça implique qu'il faudra lui trouver un endroit à Chantilly, tu vois. Et il est vieux. Un tel voyage est éprouvant pour un cheval. » Sans qu'elle sût au juste pourquoi Joy trouvait cette idée de plus en plus angoissante.

« Il a envie d'y aller. Si nous y restons quelques jours, je parie que j'arriverai à gagner de quoi rembourser son voyage. Ou plutôt avec son aide, j'y arriverai. »

Joy examina Limitless qui glissait son chanfrein sous la barrière et essayait d'attraper une touffe d'herbe avec sa lèvre supérieure. « Il a envie d'y rester, déclara-t-elle avec une certitude empreinte de tristesse.

– Il ne dit pas ça. Il n'a aucune notion du temps. Mais on a toujours une envie puissante de retourner aux scènes de l'enfance, c'est peut-être aussi vrai des chevaux. »

Joy sentit les larmes lui monter aux yeux.

« Sinon je peux me débrouiller pour que Kyle avance l'argent.

– Kyle ?

– Mr. Tompkins.

– Tu l'appelles Kyle maintenant ?

– Eh bien, oui. Je te raconterai ça une autre fois. »

Joy sentit les larmes s'évaporer sous le simple effet de la curiosité. « Bon, je vais m'y employer, conclut Elizabeth. Il faut que j'y aille, maintenant. » Elle donna un baiser et une accolade à Joy puis s'éloigna. Elle était vraiment bien conservée pour son âge, songea Joy. Cela sortait tout droit de son livre : elle avait montré à son amie le chapitre intitulé : « La métamorphose spirituelle – le meilleur des produits de beauté. »

Un peu plus tard elle ramena Limitless à son enclos et s'approcha du box de Mister T. Elle ne l'avait pas monté depuis deux semaines même si tout le monde sait que, pour garder un vieux cheval en bonne condition physique, il faut lui donner de l'exercice. Il se détourna de son foin et hennit doucement à son approche. Paume tendue, elle lui mit un morceau de carotte entre les lèvres et lui caressa l'oreille tandis qu'il croquait sa friandise. Leur dernière sortie ensemble n'avait pas été très longue, une petite promenade au pas à l'arrière de l'hippodrome et jusqu'au parking. Même Joy devait se rendre à l'évidence : ce cheval avait besoin de partir ailleurs, mais le laisser la quitter était tout sauf évident.

Platon ouvrit son courrier électronique et fit défiler la liste des messages jusqu'à celui qu'il avait reçu environ huit jours auparavant. Il l'ouvrit, le lut puis rédigea la réponse :

> Chère Dominique,
>
> Comme je vous l'ai dit, je serai à Paris avec des amis fin septembre et début octobre. Nous venons assister à une course hippique. Je dois dire que j'ai lu le livre que vous m'avez envoyé sur les calculs statistiques à cinq, six et sept dimensions comme méthode d'analyse des phénomènes qui ne semblent pas s'insérer dans notre univers tridimensionnel. Je voulais vous donner les références d'un article que j'ai lu l'an dernier au sujet des danses d'abeilles comme exemple possible de phénomène dépassant le cadre tridimensionnel qui prend une forme bidimensionnelle – un hexagone – dans notre univers. J'ai également été très intéressé par les chapitres sur le temps. Il s'y trouvait des idées concernant les suites séquentielles et non séquentielles sur lesquelles j'ai moi-même travaillé dans mes recherches sur des modèles économiques prévisionnels, mais vous avez trouvé beaucoup d'autres choses nouvelles pour moi et que j'ai eu peine à saisir. Vous me viendriez en aide en acceptant de me rencontrer pour discuter de ces idées devant un bon repas et un verre de vin bien sûr.
>
> J'ai lu sur la quatrième de couverture que vous avez moins de trente ans ! Je suis très impressionné ! Votre maîtrise de tous ces concepts dépasse celle de tous ceux que j'ai rencontrés jusqu'ici. Il faut vraiment que nous nous rencontrions.

Au moment où il cliquait sur « envoi », il se dit : Et jolie, avec ça ! Mais on ne mentionnait ce genre de chose que lorsqu'on savait précisément si la femme en question était plutôt une admiratrice d'Hélène Cixous, de Naomi Wolf ou de Camille Paglia. Le féminisme était une maison aux multiples pièces dont on n'ouvrait pas les portes sans frapper.

C'est ainsi qu'ils se retrouvèrent installés à Longchamp même. Ils avaient fait jouer toutes leurs relations si bien qu'ils ne furent pas obligés de s'excentrer à Chantilly et reçurent l'autorisation d'amener les chevaux à l'hippodrome pour les y entraîner. Chez France Galop, on était ravi d'avoir un cheval américain sur place même s'il s'agissait d'un cheval aux victoires assez obscures. Et comme il n'était là que pour quelques jours, les responsables du champ de courses laissèrent aussi venir Mister T. comme poney et Elizabeth jura que le vieux hongre savait très bien où il se trouvait et qu'il en était très reconnaissant. Joy ignorait qui payait pour lui et ne posa aucune question. C'était un confort et un luxe incroyables que de l'avoir sur place, de l'observer tandis qu'il regardait autour de lui sans en perdre une miette, agitait la queue d'un côté et de l'autre, témoignage nonchalant de satisfaction face à telle ou telle nouveauté. Ou souvenir. Il se montrait courtois, calme et de bonne compagnie. Joy se retenait de répéter à tout bout de champ : Mais regardez-le ! N'est-il pas adorable ? N'est-il pas magnifique ? Et si intelligent !

Même le jeudi, le lendemain de son arrivée, Limitless fut aussi alerte, enthousiaste et heureux qu'à son habitude. Tant qu'il pouvait courir, il semblait indifférent aux paysages dans lesquels il évoluait. Les responsables de l'hippodrome français leur attribuèrent un horaire d'entraînement des plus civilisés, neuf heures trente, ce qui permettait à Joy et Farley de s'éveiller, de s'étirer et de commander leur petit déjeuner au lit, de faire l'amour puis de répondre lorsqu'on venait frapper à la porte, de manger, de s'embrasser, de se doucher, de s'habiller, de lire les journaux anglais où il était beaucoup question des courses en France et à Newmarket, de se blottir dans les bras l'un de l'autre, d'appeler voiture et chauffeur, de se rendre à l'hippodrome et d'être pratiquement réveillés au moment où Joy s'apprêtait à monter en selle.

Limitless était un as du galop – là résidait son atout, sa qualité essentielle, son filet de sécurité, son génie – mais en tant qu'adepte du dressage, Joy appréciait surtout son trot. Limitless semblait en apesanteur entre la terre et sa cavalière, ses longues jambes, paires de diagonales, le propulsaient en avant dans les airs, les ovales délicats de ses quatre sabots touchant à peine de sol. Recroquevillée juste au-dessus du cœur du cheval, elle filait à un léger rythme allegro à quatre temps et ses mains ne retenaient rien que le poids des rênes. Autrefois, un professeur de dressage lui avait confié l'impossible, il disait sentir chaque inspiration du cheval. Mais à présent, avec Limitless, il y avait des moments où elle percevait non seulement chaque inspiration mais aussi chaque battement de cœur, du moins au trot, allure où ses battements cardiaques devaient passer de leur rythme habituel, quarante, à quelque soixante ou soixante-dix pulsations minute. Quand Farley agita le drapeau et lui dit que cela suffisait pour aujourd'hui, elle demanda : « Oh ! On a trotté combien de temps ?

– Environ quarante minutes. Le cheval avait l'air tellement en forme que je ne vous ai pas arrêtés. Il…

– On a vraiment fait des tours de piste ?

– Bien sûr. Tu es partie d'ici, tu es partie par là, tu es passée par là-bas et te voilà de retour ici.

– Limitless ferait un cheval de dressage vraiment extraordinaire. » Une fois Joy sur le plancher des vaches, Mister T. fut auprès d'elle, les oreilles dressées, attentif à tout. Rafael retira sa selle à Limitless et la posa sur le dos du cheval gris. « Allez, vas-y, dit Farley, dégourdis-lui un peu les jambes. Tu verras bien ce qu'il se rappelle de Longchamp. Tout le monde ici mange dans la main de Rosalind. Tu peux faire tout ce que tu veux. Le poulain avait l'air en forme. Demain et dimanche il pourra galoper ; et le matin de la course il se reposera un peu. »

Il la mit en selle sur le grand cheval. La sensation familière de l'amble de Mister T. remplaça celle, disparue, du trot de Limitless. Devant elle, la longue encolure grise s'amenuisait jusqu'aux oreilles pointues, dressées, aux aguets. Quelques chevaux se trouvaient sur le champ de courses, venus eux aussi de l'étranger, sans doute d'Angleterre, d'Irlande ou d'Allemagne. Une immense tribune couleur crème se trouvait à côté de la ligne d'arrivée, des barrières blanches contrastaient avec le gazon. Et puis il y avait le gazon lui-même, aussi éblouissant sous le ciel couvert que si le soleil brillait de sous la terre en dégageant une lumière verte. Elle pouvait comprendre que Mister T. ait eu envie de revenir ici ! Elle l'incita à passer au trot mais il décida plutôt de se mettre au petit galop et au lieu de le retenir elle le laissa avancer à son allure. Il avait été vainqueur à Santa Anita et elle l'avait monté là-bas, mais le monter là où il avait remporté de grandes courses était encore plus délicieux, cela lui fit penser aux autres chevaux qui avaient galopé et couru ici pendant deux siècles, des milliers de chevaux, tous parents, autant d'incarnations de la même force invisible : chacun avait été au centre des spéculations et des conversations, tous étaient demeurés silencieux et mystérieux. Mister T. était réduit aux images qu'on se faisait de lui. Joy supposait que Mr. Tompkins projetait son propre attrait magnétique pour l'argent sur ce cheval. Farley voyait en lui l'assurance que ses méthodes d'entraîneur n'étaient pas nocives et avaient même quelque valeur. Platon voyait en lui le modèle de toutes les forces qui structurent l'architecture et la dynamique de l'univers. Joy ne voyait en lui qu'amour et innocence, un cheval qui promenait sa cavalière dans un monde qui l'effrayait et la déstabilisait, comme une présence aimée et rassurante. Mais comment Mister T. se voyait-il ? Elle devait bien admettre qu'elle n'en saurait jamais rien. Qu'avait dit Elizabeth, un jour ? C'était un cheval, pas un prophète. Et un cheval avait besoin de brouter un pré à l'herbe luxuriante en compagnie de ses pairs, de déambuler à son aise d'un endroit à l'autre et de passer l'heure du midi dans un endroit ombragé.

Il abandonna le petit galop, repassa au trot puis au pas. Il s'arrêta et frotta son chanfrein contre son genou, poussa un soupir avant de reprendre sa progression, toujours au pas, les oreilles à nouveau dressées, regardant autour de lui. C'était peut-être la dernière fois qu'elle le montait, songea Joy. S'il souhaitait rester là après leur départ, elle exaucerait son souhait. Le cheval soupira. Joy soupira. Elle s'aperçut que tout le monde y compris sa propre conscience lui disait de le laisser rester.

« Bien, dit Farley à Roberto, il n'a pas plu en France cette semaine et on ne prévoit pas d'averse cette nuit. Le terrain de Longchamp est toujours lourd et collant pour l'Arc de triomphe mais ce n'est pas le cas cette année. » Ils se trouvaient au beau milieu du parcours, près du starting-gate. Farley enfonça le talon dans le gazon. Roberto s'avança derrière lui. Il était encore un peu endormi et avait du mal à se concentrer sur les paroles de Farley. « Ne t'étonne pas de voir les chevaux former un peloton serré autour de toi, disait Farley. En Europe, les courses ont tendance à être plus serrées au début.

– Il a horreur de ça, fit remarquer Roberto. Y va se mettre au trot s'il le faut pour se laisser doubler.

– Voilà qui serait bien peu orthodoxe, dit Farley. Ne le laisse pas faire.

– Je rigolais, patron.

– Tout ça est nouveau pour moi, Roberto. Voilà trente ans que je pense à cette course et je l'ai suivie cinq ou six fois, mais être sur place est nouveau pour moi. Le fait que le terrain soit aussi ferme qu'en Californie joue en notre faveur. Le fait que le peloton va se masser au tournant joue en notre défaveur.

– Vous savez, patron, j'arrête pas de réfléchir, mais il me vient aucune idée. Vous auriez dû prendre Stevens, McCarron ou un autre jockey comme eux.

– La chose à retenir, Roberto ? Reste en selle, fonce et vois ce qu'il a envie de faire.

– Ça, je sais faire, patron. »

Eileen sortit de sous les couvertures. Rosalind était déjà debout, assise à une petite table. Non loin d'elle se trouvaient les petites écuelles d'Eileen, l'une pleine de pâtée pour chiens, l'autre d'eau. Il était agréable de penser qu'elles étaient là mais rien ne pressait. Eileen sauta par terre, s'étira et bâilla un certain temps en allongeant une patte après l'autre et en prenant soin de fléchir puis d'étirer ses hanches puis elle tira et recroquevilla le muscle essentiel de la gent canine, sa langue si utile. Quand elle raidit sa petite queue, elle la sentit toujours là, beaucoup plus longue qu'elle ne l'était en réalité. Là résidait l'éternelle énigme de la vie d'Eileen : où le bout de sa queue était-il passé ? Allez savoir ! Bien campée maintenant sur ses quatre pattes, elle contemplait Rosalind. Il fallait bien admettre que Rosalind avait l'air en forme ces temps-ci, une forme aussi radieuse que celle de n'importe quel chien. Elle avait le pelage luisant, l'œil brillant, sa circulation sanguine témoignait d'une santé robuste (en tant que prédateur Eileen y était particulièrement sensible). Sa peau était chaude et douce. Eileen percevait cela aussi. Il y avait eu une période sans, une période qui était apparue à Eileen comme une sorte de refroidissement : on avait beau se blottir contre Rosalind, impossible de se réchauffer.

« Il faut se lever », dit Rosalind.

Avait-elle remarqué qu'Eileen était debout ?

« Je pensais qu'Al serait arrivé. » Un soupir.

Al. Ici. Et Eileen qui l'avait cru parti pour de bon. Elle qui croyait qu'elles faisaient semblant de le chercher, comme on fait semblant de chercher une balle de tennis, au lieu de le chercher vraiment, comme on cherche un rat dans un tunnel ; elle avait pensé qu'après avoir simulé, seule Rosalind savait dans combien de temps elles mettraient fin à ce petit jeu, rentreraient à la maison et feraient autre chose.

Rosalind décrocha le téléphone et dit : « *Ah ! Bonjour, monsieur. S'il vous plaît, je veux téléphoner un restaurant par le nom Pré Catelan. Ah, merci* *. » Elle se tapota les cuisses en souriant et Eileen sauta sur ses genoux. Rosalind la fit basculer sur le dos et lui chatouilla le ventre. Puis elle parla de ses projets pour la journée. Où qu'elles aillent Eileen s'y plaisait. Il y avait des chiens partout, de petits chiens intéressants qui avaient un avis sur tout qu'Eileen se devait de rectifier, et il n'était pas question de se terrer dans des sacs et des paniers ni d'avoir honte d'être un chien. Où qu'elles se trouvent on y tenait les chiens en haute estime. « Il faut que je te sorte, dit Rosalind. Je suis presque prête. » Mais elles attendirent encore et Rosalind regarda son bras à plusieurs reprises et se leva plusieurs fois pour aller à la fenêtre. Eileen finit par éprouver la tentation de plus en plus forte d'aller lever la patte contre le radiateur.

Eileen examina sa pâtée pour chiens mais il n'y en avait nul besoin. Ici, avait-elle remarqué non sans satisfaction, les chiens étaient assis à table, mangeaient à la petite cuiller et personne n'aurait pensé à leur donner de la pâtée pour chiens. « Bien », finit par dire Rosalind.

Elles allèrent à la porte, se dirigèrent vers l'ascenseur, sortirent de l'ascenseur. Eileen devina instantanément qu'il y avait plusieurs chiens dans le hall mais, pour le moment, elle fit comme si elle ne les avait pas vus et se contenta de lever la tête et de gonfler un peu la poitrine. « J'attendais Mr. Maybrick tôt ce matin, dit Rosalind à l'homme de la réception, mais je ne peux pas attendre plus longtemps. Il faut que je me rende à Longchamp. Veillez à ce qu'il trouve ce billet en arrivant, s'il vous plaît.

– Bien sûr, madame.

– *Merci* *. » Elle s'attarda tout de même dans le hall puis elles sortirent enfin de l'hôtel pour entrer au paradis des chiens.

Rosalind n'avait jamais vu une telle foule réunie pour une course hippique. Voitures, taxis, vans et bus embouteillaient déjà les artères et les rues adjacentes de l'Est parisien comme si tous les citadins quittaient la ville pour le Bois. Les bus avaient des plaques d'immatriculation de la plupart des pays d'Europe et les bus de ville

* En français dans le texte. *(N. d. T.)*

étaient eux aussi fréquents et grouillants de monde. Rosalind fixa la laisse au collier d'Eileen puis elle décida de la porter : trop de pieds foulaient le sol. On ne pouvait pas dire que le temps était beau : il était sec mais le ciel restait couvert depuis leur arrivée. Un temps propice à la rêverie et Rosalind en avait eu sa part. Son humeur était encore loin de la légèreté ou de l'exubérance, pourtant elle avait passé deux agréables soirées en compagnie de Farley, Joy et les autres et aussi avec des artistes et agents d'artistes de sa connaissance. Elle avait bien mangé, passé le temps au centre Pompidou, elle s'était fait couper les cheveux et acheté des sous-vêtements aussi chers que des vêtements. Elle aurait été incapable de dire à quoi elle rêvassait et ses pensées semblaient plus floues elles aussi. Mais elle vaquait d'une activité à l'autre dans un état distinct de la gaieté et du plaisir qu'elle avait imaginés quand elle avait eu l'idée de venir en France, elle était plutôt en apesanteur. La nourriture était fameuse, le vin excellent, les tableaux de premier ordre mais tout cela ne l'atteignait pas plus que la foule qui se pressait à Longchamp. L'explication était peut-être simple. Peut-être qu'Al lui manquait.

En tout cas elle avait mal organisé leurs retrouvailles. Par pure étourderie elle avait emmené le passe qui lui donnerait accès à l'enclos des propriétaires. Si elle l'utilisait pour y entrer, il ne pourrait plus y pénétrer. Elle aurait dû le laisser à l'hôtel mais elle n'était pas sûre qu'il y passerait s'il arrivait très en retard. Et là, debout au milieu des habitués de l'hippodrome, elle comprit qu'il aurait une chance époustouflante s'il la retrouvait. Elle se fraya un chemin vers le rond de présentation conçu comme un amphithéâtre. Des rangées et des rangées de visages et d'yeux contemplaient les chevaux en contrebas, chevaux qu'on sortait pour la première course, chevaux qui ressemblaient à des créatures venues d'un autre monde, comme toujours lorsqu'ils sont entourés de masses de gens. De nombreux chevaux étaient engagés dans la première course, une vingtaine à peu près. Elle parcourut du regard les rangées de visages, sans apercevoir celui d'Al.

À la quatrième course elle avait renoncé à le chercher et décidé que si l'un devait trouver l'autre, Al devrait s'en charger. Dans cet état d'apesanteur, le chercher du regard était épuisant et d'ailleurs elle avait envie de voir le cheval, Farley et les autres, et d'être conduite à l'enclos d'honneur où un verre de vin et un accueil chaleureux lui seraient réservés. Au lieu de suivre la quatrième course, un sprint, elle présenta son passe, franchit la barrière, arriva de l'autre côté et se dirigea vers l'écurie. Puis elle se rappela qu'elle ne devait jamais rien tenir pour acquis, surtout pas l'idée qu'Alexander P. Maybrick se verrait refuser l'entrer d'un enclos où il voudrait pénétrer. Cela lui redonna brièvement espoir mais, quand elle rejoignit Farley et Joy, ils ne l'avaient pas vu et furent surpris de ne pas les trouver ensemble.

Quelle idée stupide ! songea-t-elle en regardant les autres, faire venir quatre personnes et un cheval qui avait remporté quelques petites victoires dans un endroit comme celui-ci ! Mais que croyaient-ils donc faire ? Elle devina au premier regard que les autres n'en avaient pas la moindre idée et ils devinaient sans doute en la regardant qu'elle ne le savait pas davantage. Toute cette aventure reposait sur l'idée qu'ils n'avaient rien à perdre mais ils avaient pourtant le sentiment d'avoir bel et bien quelques plumes à y laisser, ne fût-ce que leur fierté.

Puis Farley alla chercher le cheval et cette drôle d'Elizabeth fit son apparition en compagnie de Kyle Tompkins, le propriétaire du ranch où Limitless prenait des vacances après chaque course. Kyle était vêtu d'un magnifique costume anglais gris perle avec une cravate rose et, aux pieds, il portait de non moins magnifiques bottes de cow-boy. Au premier coup d'œil cela lui redonna confiance. « Ravi de vous rencontrer, dit-il. Un sacré cheval que vous avez là. » Rosalind remarqua qu'elle n'était pas la seule à pousser un soupir de soulagement maintenant que Kyle Tompkins était là. C'était un sentiment général. Il faisait l'effet d'un souffle d'air tout droit venu de Central Valley, Californie, gorgé de soleil, qui venait réchauffer le bois de Boulogne.

Alors un cheval sortit, parmi les quinze concurrents, puis les jockeys descendirent. Roberto semblait tout incrusté d'émail avec sa casaque en soie bleu et or et sa culotte d'un blanc incandescent. Comme ils suivaient le cheval, il dit à Rosalind : « Les jockeys sont vachement grands par ici. Plus grands que moi. » Joy lui passa le bras autour des épaules et le serra contre elle puis Farley le hissa en selle. Aucun poney sur la piste. Roberto dut emmener lui-même son cheval au starting-gate. Quand Rosalind et les autres eurent misé et regagné leur loge dans les tribunes, les chevaux avançaient déjà au petit galop sur la piste. Elle remarqua que Farley tenait Joy par la main et qu'il la serrait très fort. Mais il semblait calme : « Vous savez, disait-il, c'est assez facile. Un long parcours très incurvé.

Comme il n'a pas encore plu, le terrain n'est pas aussi profond que je m'y attendais. Le seul risque serait que les autres démarrent trop lentement et lui fassent oublier qu'il s'agit d'une course, il ne doit pas se laisser distraire. Mais j'ai dit à Roberto de ne prendre l'initiative que s'il y est obligé ; la course va exiger un gros, gros effort. » Alors Rosalind lui prit l'autre main et il la serra. « Peut-être devrions-nous tout simplement envisager cette course comme un bon voyage d'études pour Roberto, l'occasion pour lui de compléter sa formation. »

Farley la regarda, puis l'embrassa sur la joue et dit : « Peut-être devrions-nous tout simplement envisager cette course comme la chance de notre vie, qui nous est offerte par une dame dont la bonté n'a d'égale que la sagesse et dont nous lui garderons une reconnaissance éternelle. »

Rosalind rougit.

Faire entrer quinze chevaux dans le starting-gate était encore plus difficile qu'il n'y paraissait. Limitless s'immobilisa, calme mais attentif. C'est Roberto qui commençait à avoir des absences. Tel cheval reculait, tel autre refusait d'entrer, trois ou quatre préposés au starting-gate refermèrent la grille sur l'arrière-train de tel autre concurrent. Puis on lui dit quelque chose en français et, tout joyeux, Limitless entra dans le starting-gate ; Roberto commençait juste à s'en réjouir que déjà la grille s'ouvrait au son de la cloche, c'était parti ! Il y avait un peu de soleil et tous les chevaux s'engouffraient du côté de la rambarde, mais lentement, si lentement ! Les longues foulées de Limitless le portèrent en tête de peloton, Roberto se réveilla et enfonça les mains dans la crinière de l'animal, s'interdisant de penser à l'impensable : tirer sur la bouche du cheval. Il sentit le cheval se raidir tandis qu'un autre concurrent s'approchait, puis Limitless allongea un peu ses foulées et prit de l'avance. La troupe de chevaux s'étira dans le tournant. Les oreilles de Limitless s'agitaient d'avant en arrière, il cherchait un endroit confortable et familier où s'installer. Roberto se recroquevilla encore plus sur son encolure. Tout autour de lui, les jockeys européens étaient pratiquement debout sur leurs étriers, ils ployaient et dépliaient les jambes – assis, debout ! – c'était assez déconcertant. Vous savez, leur dit Roberto en pensée, je n'ai que dix-huit ans. Je ne suis jockey que depuis deux ans. Quelle quantité de nouveautés est trop importante à assimiler ?

La dernière ligne droite s'étendait devant eux, la plus longue, la plus large, la plus verdoyante ligne droite que Roberto eût jamais vue. Les concurrents qui se trouvaient immédiatement à sa droite s'espacèrent puis, trois foulées plus loin, ils disparurent. Roberto déplaça son poids vers l'extérieur et s'agrippa un peu plus à la crinière du cheval. Limitless, toujours aussi sensible, se déplaça sur la gauche. Le peloton qui tenait la corde à sa droite accéléra et un autre peloton apparut à sa gauche, très loin, un groupe de chevaux si éloignés de celui qui se trouvait à droite qu'ils semblaient courir dans une autre course. Ceux-là gagnaient également du terrain. Roberto vit Limitless leur jeter un coup d'œil puis glisser un regard du côté du groupe de droite. Roberto n'ignorait pas qu'il était devenu un bon jockey. Deux années d'expérience lui avaient appris l'art de la stratégie aussi bien que la connaissance des chevaux, donné des idées aussi bien que du doigté. Une idée lui vint, rien qu'une petite idée. Elle consistait à arrêter de penser aux chevaux massés sur sa gauche, à arrêter de penser aux chevaux massés sur sa droite et simplement à lever un peu la tête pour braquer son regard au loin sur la rangée du milieu dans les tribunes.

Même avec ses jumelles Rosalind n'y voyait quasiment rien. Comme le parcours avait la forme d'un long J, le départ était à près d'un kilomètre et demi et le gazon assourdissait le bruit des sabots. Pendant une ou deux minutes la course n'eut rien d'excitant – rien que des silhouettes de chevaux qui s'agitaient vaguement au loin. Puis tout à coup ils furent visibles, ils formaient deux groupes, le premier se trouvait plutôt du côté de la rambarde extérieure, près des tribunes, et l'autre près de la rambarde intérieure, loin des tribunes. Le commentateur qui parlait vite et fort en français ne lui était d'aucune aide et Rosalind voyait les chevaux de face. Elle n'apercevait même pas son cheval et se trouvait privée de l'excitation de le voir courir. Elle n'y entendait rien à ces courses-là, elle ne savait même pas ce qu'elle devait ressentir.

Du moins pas avant qu'un cheval solitaire s'engouffre dans la brèche entre les deux pelotons, la casaque repliée sur son encolure était bleu et or et la toque du jockey bleu et or, Rosalind la reconnut. Il fonçait droit devant lui de toutes ses forces, seul, détaché de tout peloton et de tout autre cheval, il courait comme il aimait courir. Ses oreilles étaient couchées et ses naseaux distendus comme des trombones, il levait les sabots à la hauteur du chanfrein. Où en était-il ?

Elle n'arrivait pas à savoir. Sa position par rapport aux deux autres groupes était impossible à déterminer. Puis, l'espace de trois secondes avant de franchir l'arrivée, Limitless sembla bel et bien avoir une demi-longueur d'avance et son numéro apparut sur le panneau d'affichage ; l'événement auquel elle n'avait pas l'impression d'avoir assisté alors qu'il s'était déroulé sous ses yeux cet événement avait eu lieu.

L'émoi s'empara des tribunes : un obscur cheval de course américain donné à vingt contre un au début de la course venait de gagner le grand prix de l'Arc de triomphe ! Rosalind sourit. Bien sûr, Limitless ne savait pas qu'il était un cheval obscur. L'incapacité des chevaux à lire les pages sports des journaux était un de leurs avantages en tant qu'investissement sportif, comme disait toujours Al.

Farley eut une absence lorsque Limitless franchit l'arrivée. Il hurlait, bien sûr, il enlaçait Joy, la serrait dans ses bras, couvrait son visage de baisers et disait des choses comme : « Oh, non ! Oh, mon Dieu ! Regarde ça ! Ouah ! Génial ! » Mais l'événement surpassait tellement celui auquel il s'était préparé qu'il se refusait à l'assimiler, à le voir, à l'entendre, à comprendre ce qui allait se passer ensuite. Il avait dépassé le stade de l'incohérence. Il avait plutôt l'impression d'être désarticulé. Son corps restait là, à rire, à serrer Joy et à l'écouter mais en fait il attendait qu'on rassemble ses fragments épars. Le troupeau de chevaux et de jockeys franchissait encore la ligne d'arrivée en cascade et continua de le faire, mille chevaux qui faisaient un bruit du tonnerre, et Farley resta immobile. Au bout d'une éternité il tourna la tête : légèrement sur la gauche, il vit des chevaux revenir vers lui, au trot cette fois. Ils s'écartèrent et Limitless apparut, tête haute, bride au vent, la poitrine aussi large qu'une porte d'écurie, les jambes aussi longues que des troncs d'arbrisseaux. Farley courut à sa rencontre. Roberto criait, tous pouvaient l'entendre : « Regardez-le, patron, il est capable de recommencer, regardez-le, mais regardez-le ! C'est une machine à courir, ce cheval ! C'est un monstre ! Il n'a fourni qu'un petit effort sur la piste ! » Farley attrapa la bride du cheval mais ce dernier ne le regardait pas, il contemplait les centaines de milliers de visages qui criaient, son encolure tournée dans un mouvement élégant, le regard attentif, les oreilles dressées ; Farley fut frappé, raconta-t-il à Joy par la suite, non par la vitesse, la grâce ou la beauté de l'animal –

qualités que l'on appréciait tous les jours chez lui – mais par sa dignité. Puis le cheval le remarqua et baissa la tête, Farley lui flatta l'encolure et dit : « Quel gentleman tu fais ! »

Après avoir assisté à la course d'en bas, près de la rambarde, avec cent mille autres quidams, Al renonça à retrouver Rosalind, son cheval ou quiconque de sa connaissance. Il ne parlait pas français et n'arrivait à se faire écouter de personne, la moutarde commençait à lui monter au nez, ce n'était pas la bonne façon de célébrer une victoire de cette ampleur où le vainqueur était un cheval qu'il avait lui-même élevé (même si c'était le résultat d'un pur caprice, pas de la connaissance approfondie du pedigree de l'animal). Aussi fit-il ce que Harold le proctologue, dont les instructions lui trottaient toujours dans la tête, lui aurait recommandé : il vida les lieux car il savait qu'il parviendrait à tout ficher par terre si jamais il restait dans les parages. Les contretemps s'étaient succédé durant les dernières vingt-quatre heures : partout la foule, la presse, les visages anonymes. Vols retardés, trains retardés, une grève et une grève de solidarité, et puis en arrivant à l'hôtel, il avait appris que le billet de Rosalind avait été égaré et que l'hippodrome de Longchamp, où il était allé une seule fois comme invité d'honneur et en homme riche, était très différent lorsqu'un quidam s'y rendait sans avoir ses entrées ; que votre identité y fût connue ou non, on pouvait toujours vous faire barrage si vous ne parliez pas français. Le contraste entre ce lieu et, disons, le *no man's land* en pleine forêt où il se trouvait seulement trois jours plus tôt avait certainement de quoi vous mettre les nerfs en pelote.

Le temps de prendre le bus (deux types à l'avant en vinrent aux mains), de héler un taxi, de s'efforcer de communiquer en allemand et en anglais puis de rentrer à l'hôtel pour y apprendre (Rosalind avait laissé un nouveau message par téléphone) qu'il devait retourner au restaurant à Longchamp, il n'avait plus qu'une envie : ôter tous ses vêtements et passer le reste de la soirée sous la douche. Vraiment, il commençait à en avoir marre ! Il leur avait répété mille fois qu'il tenait à aller à la Coupe des éleveurs. Combien de fois fallait-il le leur dire ? Ils étaient sourds ou quoi ? Et Rosalind, qu'est-ce qui lui prenait de venir en France ?

En tout cas, Limitless était un bon coureur. Al avait vu l'expression sur sa figure quand il avait émergé d'entre les autres concurrents. C'était le meilleur cheval de course qu'Al eût jamais élevé. À cette pensée, Al s'immobilisa sous la douche et envoya balader toutes ses autres récriminations. Sans savoir comment, il avait oublié de penser à cela jusqu'à maintenant. Ce cheval était peut-être un meilleur cheval de course que bien d'autres, élevés par d'autres entraîneurs. Encore une idée nouvelle. Ouah ! se dit Al. Je l'ai fait. J'ai envoyé cette jument se faire monter par cet étalon. Si je ne l'avais pas fait, ce ne serait jamais arrivé. Al frissonna et arrêta la douche. Quand il en sortit, il vit un billet de Rosalind posé à côté du lavabo. L'adresse du restaurant, le numéro de téléphone, l'heure du rendez-vous suivis de « Je t'aime, Rosalind ». Elle avait dit à l'opératrice de l'hôtel d'écrire ça : « Je t'aime, Rosalind. » En fait, il n'avait pas besoin de passer sans elle le temps qu'il lui restait à vivre. Il pouvait rester avec elle autant qu'il en avait envie. Al eut un hoquet et commença à se sécher très vite. Quelque chose se produisait dans son corps. Il avait beau s'essuyer à toute vitesse, la sensation l'envahissait, le chatouillait et le réchauffait à la fois, une sensation connue mais qui ne le submergeait pas tous les jours : la gratitude. Al se mit à rire, cela ressemblait à un rire, un gros éclat de rire convulsif.

Au restaurant, depuis l'entrée de la salle, Al les vit à leur table. Farley, sa copine, une grande femme, un homme poilu, le petit jockey qui parlait sans discontinuer à une jolie femme d'allure française et un homme de son âge à peu près qui commandait le vin. Sans oublier Eileen assise sur une chaise. Ce fut elle qui l'aperçut, mais elle n'aboya pas. Elle se contenta de le remarquer et de regarder ailleurs. Pas de Rozzy. Sa chaise était tirée en arrière et sa serviette pliée dessus. On n'avait pas encore servi les plats : ils n'avaient pas commencé à dîner. Il se retourna, déçu de ne pas la voir au moment où il s'y attendait, où il avait eu besoin de la voir. Il s'avança jusqu'au sommet des escaliers et parcourut la salle du regard.

La voilà qui arrivait. Elle portait un tailleur pêche et ses cheveux étaient enroulés sur sa nuque. Elle regardait du côté de la rampe de l'escalier. Elle soupira. Elle ne regardait pas où elle allait. Elle soupira encore et baissa les yeux. Elle commença à monter l'escalier. Al se déplaça. Il ouvrit les bras. Elle tourna la tête mais pas assez vite pour le reconnaître. Elle fonça droit dans ses bras, il l'enlaça et elle s'exclama : « Oh, Al ! J'allais justement rappeler l'hôtel.

– Je t'aime, je t'aime, je t'aime », répondit-il en l'embrassant et en la soulevant de terre, il sentit les bras de Rosalind l'étreindre comme si elle était vraiment sincère, vraiment heureuse de le revoir, comme si elle l'aimait vraiment, comme si elle l'aimait toujours et d'un amour neuf après tant d'années, qu'il le mérite ou non.

69. Ils vécurent heureux…

En regardant ces deux chevaux sommeiller dans l'ombre que projetait l'écurie, Angel Smith repensait à la chaleur insoutenable du Texas du Sud, même au milieu du mois d'octobre. Mais ces derniers jours, il se sentait si faible qu'il ne lui en fallait pas beaucoup pour éveiller ce souvenir. Il parvenait tout juste à traîner leur ration de foin jusqu'aux stalles de ses propres chevaux et en tout cas il ne pouvait s'occuper d'aucun des chevaux qu'il avait en pension, il l'avait bien dit à tous les propriétaires. C'était le dernier mois. Ils devaient tous être partis pour le 1er novembre. Il fermait définitivement l'écurie et prenait sa retraite. Ses propres chevaux, ils étaient sept en comptant Amigo et Frank, seraient vendus aux enchères. Quelle ironie du sort, songeait-il, de tous les chevaux qu'il avait possédés en son temps, voilà les derniers qu'il lui restait, et il n'avait choisi aucun de ces canassons à bout de course !

Mais il avait besoin de s'asseoir pour souffler. C'est incroyable quand on y pense, un jour, on se lève à cinq heures du matin, on récure une vingtaine de corrals, on prend son petit déjeuner, on monte ses chevaux de selle jusqu'à ce qu'il fasse trop chaud, on va en ville faire quelques affaires, on rentre, et on a encore largement le temps de rassembler quelques vaches avant la nuit, puis on rentre dîner, se saouler la gueule et se coucher… et on se réveille vingt ans plus tard si faible et malade qu'on peut à peine traverser le parking. Il avait besoin de s'asseoir pour souffler. La chaise grinçait et il voyait les chevaux tourner la tête pour le regarder, un brun et un alezan, puis il fermait les yeux.

P'tit Bob déplaça son poids d'un postérieur à l'autre et bâilla, puis expulsa la poussière de ses naseaux. Doc's Big Juan se trouvait tout contre lui mais cela ne le dérangeait pas. Plus grand-chose ne le dérangeait. Il avait perdu quatre-vingt-dix kilos depuis que William

Vance l'avait rencontré et avec le poids, beaucoup de ses anciennes opinions s'en étaient allées. Âgé de sept ans, il en paraissait dix-sept : longues moustaches, côtes, garrot et hanches proéminents, robe rugueuse. Doc's Big Juan avait bien meilleure apparence, en tant que quarter horse il avait été habitué à vivre d'un fourrage de moindre qualité, fourni en moindre quantité. Doc's Big Juan avait un autre problème : il ne pouvait plus marcher. L'arthrose de ses chevilles et de ses genoux se faisait sentir tous les jours, aussi boitillait-il de moins en moins souvent dans l'enclos, ce qui l'ankylosait encore plus. P'tit Bob était horrible à voir mais il était sain et grâce à l'attention intermittente de Dino, le petit-fils d'Angel, il le restait car Dino adorait monter à cheval mais avait peur dès qu'il n'avançait plus au pas. Ainsi P'tit Bob sortait de l'enclos à peu près trois fois par semaine et passait plusieurs heures à tourner en rond, au pas. Comme Dino était trop paresseux pour harnacher ou seller le cheval et se fichait de voir ou non l'animal respecter un quelconque protocole, P'tit Bob pouvait toujours consacrer au moins la moitié de ces heures à brouter le peu d'herbe qui poussait près de l'écurie.

Les deux chevaux continuaient à regarder Angel Smith assis sur sa chaise. On ne pouvait pas dire qu'Angel Smith marchait vite, ça non ! Les chevaux étaient ses pensionnaires depuis huit mois et connaissaient sa façon de se déplacer. Le matin, entre le moment où le foin était distribué au premier cheval et celui où le dernier recevait sa ration, il s'écoulait un laps de temps interminable pendant lequel Angel se traînait et se reposait tour à tour. Ils en avaient l'habitude. Mais aujourd'hui, il y avait quelque chose d'autre qui n'était pas difficile à remarquer pour un cheval observateur. Le plus difficile était de s'en soucier. P'tit Bob était déprimé, Doc avait mal partout et les deux chevaux étaient à moitié endormis de toute façon. P'tit Bob bâilla encore puis Angel s'avachit un peu plus sur sa chaise et tomba par terre.

Doc hennit. Nul ne sait ce qu'exprime un cheval qui hennit, à part « bonjour », peut-être. « Bonjour » est une hypothèse sans risque et c'est peut-être tout ce que Doc cherchait à dire. Pour P'tit Bob, Doc exprimait un malaise physique que lui-même éprouvait déjà. Il hennit encore et P'tit Bob hennit à son tour. Maintenant qu'ils avaient commencé à s'entraîner l'un l'autre, il leur était assez facile de continuer ainsi. P'tit Bob se remit à hennir. Bientôt, ils piaffaient dans leur enclos et hennissaient à qui mieux mieux. Les chevaux invisibles à l'intérieur de l'écurie les entendirent et hennirent en réponse – et peut-être qu'ils ne faisaient tous que se dire « bonjour ! », « bonjour ! », « bonjour ! ». Mais ils faisaient un bruit du tonnerre. Angel Smith restait immobile. Puis sa femme ouvrit la porte de derrière de leur maison et entendit tout ce boucan. Elle vit Frank et Amigo qui piaffaient dans leur enclos. Elle fit un ou deux pas dehors et chercha Angel du regard pour comprendre ce qui se passait, c'est alors qu'elle le vit. Dès qu'elle courut vers lui, se pencha et découvrit qu'il était inconscient mais respirait encore, les chevaux s'immobilisèrent, attentifs. Bon, ça va mieux, pensèrent-ils, et tout était rentré dans l'ordre en effet, car entre l'arrivée de l'ambulance et les allées et venues des gens et de la famille, sans parler de toute l'agitation, il y eut tant de choses à regarder pendant le reste de la journée qu'on en oubliait la chaleur intolérable.

De retour de Paris, Mr. Tompkins ne savait plus très bien qui il était. Avant de partir, il le savait précisément : il était un homme aux multiples richesses agricoles, doté d'un immense pouvoir législatif à l'échelle de l'État et affligé chaque jour d'une migraine aussi directement liée à son identité qu'une tomate est liée au tas de compost sur lequel elle pousse. À son retour de Paris, après cinq jours passés dans le lit d'Elizabeth Zada, la migraine avait disparu et les avoirs bien réels étaient devenus plus vagues que jamais dans son esprit. Son fils et sa secrétaire devaient sans cesse lui répéter : « Papa ? », « Monsieur Tompkins ? » Et il n'était pas plus avancé s'agissant de l'identité d'Elizabeth Zada. D'un côté, il y avait cette imposante femme d'âge mûr à la voix tonitruante et aux façons arrogantes qui parlait de choses aussi normales que le mariage, l'amour, le ménage et même manger ou faire ses besoins en utilisant un langage tellement bizarre qu'il en devenait incompréhensible ; d'un autre côté, il y avait la magie qu'elle opérait sur lui, les pensées inédites qu'elle suscitait en lui, sans parler des érections telles qu'il n'en avait plus eu depuis l'âge de seize ans, sauf qu'à seize ans les érections retombaient dès que lui ou une fille y touchait alors que maintenant elles se prolongeaient et semblaient même gagner en vigueur ; lui qui, dans la fleur de l'âge, au temps des richesses, des privilèges et de l'appétit sexuel n'avait jamais rien connu de tel, avec aucune fille asiatique nue, aucune fille de joie ni aucune actrice d'Hollywood car tout cela n'avait rien à voir avec l'apparence physique, l'argent et les accessoires. Donc il fallait bien que ce soit dû à l'amour, mais Elizabeth déclarait que cela faisait partie du cours pour étudiants avancés et qu'il n'avait pas le droit de lui dire qu'il l'aimait alors qu'il essayait de le glisser dans la conversation.

Mr. Tompkins se rendit dans son bureau et ferma la porte, puis il choisit un téléphone fixe, une ligne sûre, et composa le numéro d'Elizabeth à Fresno. Quand elle décrocha, il ne trouva rien à dire si ce n'est : « Je t'aime », mais il n'osa pas, il avait l'impression d'avoir douze ans, il attendit qu'elle parle. La voix merveilleuse d'Elizabeth finit par se faire entendre : « Kyle ?

– Oui.

– Je te verrai vendredi comme prévu. Ne fais rien.

– D'accord.

– Un petit exercice : ouvre sept lettres. Prends les sept premières sur la pile et réponds oui à toutes les sept. Ça ne représente aucun risque et tu peux te le permettre.

– Je sais que j'en ai les moyens.

– À vendredi.

– Tout le week-end ?

– Tout le week-end.

– D'accord. Je… » Mais elle avait déjà raccroché.

« J'ai un travail, dit Deirdre. Et il me plaît.

– Je n'essaie pas de me mêler de ça, répondit Tiffany. Mais j'ai simplement besoin que tu me dises quelque chose.

– Pose ta question par téléphone.

– Il faut que tu viennes voir.

– Voir quoi ?

– Il faut que tu viennes voir.

– Je suis en quarantaine. Je ne peux aller voir aucun cheval sauf avec Audrey.

– Audrey sera là.

– Envoie-moi une cassette vidéo.

– Moi, Tiffany, je veux te voir. Voilà trois semaines que je ne t'ai pas vue. »

Deirdre éclata de rire. « Et comment courent tes chevaux? demanda-t-elle.

– Toujours aucun vainqueur de grande course, mais Somnambulist a terminé troisième au handicap de Kelso. Et ton boulot, comment ça se passe ?

– Tu sais, Tiff, je ne vois pas comment on peut échouer dans l'immobilier à Washington à partir du moment où on adopte la bonne attitude. Ce qu'on fait, c'est emmener les clients les moins futés dans les maisons les plus bizarres et là, on leur dit : “Je ne crois pas vraiment que ce soit ce qu'il vous faut, peut-être parce que c'est… je ne sais pas, ça manque de confort, mais j'ai pensé que vous voudriez la voir, vous savez, untel a vécu ici”, et les voilà bientôt qui veulent se prouver qu'ils sont aussi cool qu'untel et puis l'endroit les change de celui où ils habitaient avant et pour quelle autre raison sont-il venus à Washington au départ ?

– C'était gentil de la part de Mary Lynn de t'avoir confié la vente de cette maison.

– C'est elle qui a mis sur pied toute cette affaire immobilière. J'ai toujours dit que la meilleure chose à faire est de s'en remettre entièrement à elle. Elle est allée jusqu'à me dire comment vendre la maison : elle l'appelle maison Bill Gates à cause de toutes les heures que le cabinet de juristes de Skippy a facturées à Microsoft.

– Allez, viens !

– Il y a une maison que je voudrais voir dans les parages.

– Merci. Demain alors.

– Rappelle-moi demain et je te dirai quand exactement. »

Quand elle eut raccroché, Tiffany se tourna vers Ellen. « Demain dans la journée. »

Elle hocha la tête. « On le fera sortir juste au moment où elle arrivera », dit-elle.

Dick observait Luciano qui massait une pouliche de deux ans. En ce moment même Luciano travaillait ses fessiers et la pouliche grognait tout doucement. Au bout d'un moment, elle soupira. Puis Dick soupira à son tour. « Eh oui ! dit Luciano, c'est comme ça les chevaux, vous savez.

– Ce ne sont pas les chevaux tels qu'on les connaît. Aucun cheval américain n'avait jamais gagné l'Arc de triomphe jusqu'alors. J'ai pas vu ça en lui.

– C'était là, en lui ?

– Je n'en sais rien. Je n'ai rien vu.

– Aveuglé par le derby.

– C'est vrai. Jamais de la vie je n'aurais pensé à l'Arc de triomphe.

– Eh bien voilà. Vous n'auriez pas su entraîner ce cheval puisqu'il devait gagner l'Arc et que vous ne l'auriez pas emmené en France, donc il fallait qu'il se trouve un autre entraîneur.

– Je parie que c'est Rosalind qui a convaincu l'entraîneur de l'y envoyer. Aucun entraîneur californien n'aurait eu une telle idée de lui-même.

– Ça, j'en sais rien.

– Moi, j'y crois en tout cas.

– Et si Rosalind vous avait dit : "Ce cheval va courir l'Arc" ?

– Je ne l'aurais pas écoutée.

– Vous l'aimiez.

– Oui, c'est vrai. Et c'est sans doute pour cela que je ne l'aurais pas écoutée. Je lui ai appris tout ce qu'elle sait des chevaux alors, dès qu'elle en parlait, je n'écoutais plus parce qu'elle ne faisait que répéter des choses que j'avais déjà entendues. » Dick soupira encore. La pouliche soupira encore. Luciano lui tirait doucement la queue, d'abord à gauche, puis à droite, puis vers le bas. « J'ai rencontré le nouveau compagnon de ma femme. Il est ingénieur du son. Ils avaient l'air affectueux l'un envers l'autre.

– Et vous, vous avez quelqu'un ?

– Nan. »

Luciano contourna la pouliche et recommença à partir de la tête en s'attaquant au côté droit. Au bout de quelques instants il reprit : « Vous avez besoin d'aller manger un morceau. J'ai trouvé un resto où ils font une *paglia e fieno* délicieuse. Vous connaissez ce plat ?

– Non.

– Votre ex-femme a un nouveau compagnon, le cheval de votre ex-propriétaire a gagné ce qui est peut-être la plus grande course au monde et vous ne connaissez pas la *paglia e fieno* ? Puis-je avoir votre attention ? Vous permettez que je vous dise une ou deux choses ? Puis-je vous apporter un peu d'aide ?

– Je ne demande que ça, Luciano.

– Bien, dit Luciano. Pour commencer, vous devez savoir que *paglia e fieno* signifie "paille et foin" mais c'est une allusion aux pâtes, OK ?

– Oui, répondit Dick.

Cher Gustave,

Mille excuses de ne pas écrire en français mais votre anglais est bien meilleur que mon français l'a jamais été. Ceci est une lettre de recommandation pour le jockey américain Roberto Acevedo qui, comme vous le savez, a monté notre cheval Limitless le jour où il a gagné l'Arc de triomphe. Roberto m'a fait savoir que, pour des raisons d'ordre romantique, il a décidé de s'installer en France. J'écris aux entraîneurs et aux agents hippiques de ma connaissance pour le faire connaître. C'est un cavalier exceptionnel, issu d'une famille de jockeys exceptionnels. Il est un peu plus grand que la norme pour un jockey américain et il a peut-être un ou deux kilos de trop mais il possède un merveilleux sens du rythme et la meilleure paire de mains que j'aie jamais vue. Il s'y entend particulièrement bien avec les chevaux sensibles comme celui qui a gagné l'Arc. J'espère que vous lui donnerez sa chance. On peut le joindre c/o Mlle Dominique Lalande-Ferrier, 14, rue du Dôme, à Paris (tél : 01.46.50.98.73). Je lui ai également suggéré de venir vous voir en personne et je pense qu'il va le faire. Roberto et Mlle Lalande-Ferrier ont précisé que le poste de cette dernière à la Sorbonne ne les empêcherait pas d'aller s'installer à Chantilly.

Bien à vous,

Farley Jones

Quand Elizabeth décrocha, elle crut parler au journaliste de *The Independent* qui devait l'interviewer, car son éditeur anglais lui avait annoncé son appel. Mais c'était Joy. Elle avait l'air déprimée. « Tu peux lire dans les pensées de Mister T. d'ici ? demanda-t-elle.

– Tu veux dire entre ici et la France ?

– Oui.

– Les séquences temporelles et le topos n'interfèrent pas dans cette activité.

– Que fait-il ?

– Demande-le-lui toi-même.

– Je ne sais pas comment m'y prendre.

– Mais si. Ferme les yeux s'il le faut. Invoque-le en pensée.

– Tu veux dire convoquer mes souvenirs de lui ?

– Commence par ça, oui.

– Et après ?

– Eh bien, fais-le et tu verras !

– Fais-le avec moi.

– Ça ne t'avancerait à rien. Ce n'est pas comme si on devait soulever une caisse en prenant chacune un côté. C'est plutôt comme si on se regardait l'une l'autre. On est ensemble mais on ne voit pas la même chose. Invoque-le en pensée. »

Joy se tut un moment. « Oh ! fit-elle soudain.

– Quoi ?

– Eh bien, quand il m'est apparu je ne le regardais pas. Je le cherchais. D'abord, j'ai vu de vastes étendues verdoyantes de très près mais aussi l'horizon qui s'incurvait par-dessus et d'autres chevaux entre l'herbe en gros plan et l'horizon, mais on ne les voyait pas très nettement. Pourtant, j'ai senti leur présence. On aurait dit que certains me renvoyaient des ondes et d'autres non.

– Voilà qui me rappelle quelque chose, commenta Elizabeth.

– Tu vois ça, toi aussi.

– Quelque chose comme ça, oui.

– Je ne sais pas si je dois y croire.

– Tu dis ça depuis le début, mais tu as toujours agi comme si tu y croyais. Et qu'est-ce que ça t'a apporté ?

– La relation la plus extraordinaire que j'aie jamais eue avec un cheval.

– Alors pourquoi tout remettre en question ?

– Parce que je suis peut-être en train de tout inventer.

– Et quand bien même ce serait le cas ?

– Mais ça veut dire que je me raconte des histoires.

– Mais par rapport à quelle vérité ? Tu n'es pas heureuse quand tu l'invoques en esprit ?

– Si. »

Chère Audrey,

Il y a quelques semaines, vous avez écrit une lettre à une de mes anciennes employées, Joy Gorham, et comme la poste ne fait plus suivre son courrier et que ma secrétaire savait que j'allais voir Joy, elle a mis la lettre dans mon courrier. Je ne m'en suis pas aperçu, donc je ne la lui ai pas remise et un peu plus tard, en ouvrant mon courrier, j'ai ouvert votre lettre par erreur. Mais je ne le regrette pas car avant de me rendre compte que c'était pour Joy, j'ai eu le temps de lire que vous cherchez à acheter un cheval. Je pense avoir un cheval pour vous, un animal avec lequel Joy a passé beaucoup de temps, à s'en occuper et à l'entraîner. La pouliche s'appelle Froney's Sis, c'est un pur-sang gris, âgé de trois ans, haute d'environ un mètre soixante au garrot ; une jolie pouliche en bonne santé. Elle a couru à l'hippodrome, remporté une victoire puis elle est revenue au ranch parce qu'elle n'était pas faite pour les courses. Depuis, quelques-uns de nos cow-boys l'ont montée et elle est rompue à tous les exercices équestres du ranch mais mes deux cavaliers pensent qu'ils sont un peu trop costauds pour elle et qu'elle ferait un bon cheval d'adolescent. D'après eux, elle se montre très affectueuse. Un cheval pour fille en quelque sorte. Je possède entre autres une compagnie de transport et un de nos vans partira pour la côte Est dans quelques jours. J'y ferai embarquer cette pouliche. Le van passera par le Maryland, la Virginie et la Pennsylvanie dans les quatre jours suivant la livraison de la pouliche à votre domicile. Si le cheval ne vous convient pas, vous n'aurez qu'à appeler les chauffeurs qui la ramèneront ici.

Quant au cheval dont vous demandez des nouvelles, Terza Rima, il a pris sa retraite en France, au haras Chamossaire, près de Deauville. Vous pouvez leur envoyer un e-mail pour avoir de ses nouvelles ; l'adresse est Vatout. Firdaussi. Chamossaire@aol. com.

Merci beaucoup pour votre lettre,

Bien à vous,

Kyle Tompkins,
Tompkins Perfection Enterprises International

Mr. Tompkins s'adossa à sa chaise et relut la lettre qu'il venait d'écrire, puis il se tourna vers la feuille posée à côté et raya le numéro cinq. Encore deux. Il commença une autre lettre :

Cher Sénateur Boxer,

Il est possible que mon nom figure par erreur sur votre liste de donateurs car j'ai toujours réservé mes dons aux causes des républicains. Cependant, suite à des circonstances imprévues, votre nom a été tiré au sort et en dépit des réserves que j'émets quant à vos opinions et vos performances à Washington, je fais parvenir à votre parti politique un chèque de cinquante mille dollars. Merci beaucoup de m'avoir offert cette occasion inattendue.

Puis, si difficile que cela fût, il rédigea et signa le chèque.

Il n'y avait rien de plus facile pour Deirdre que d'affirmer qu'elle devait simplement se montrer honnête avec elle-même, qu'elle n'avait pas envie de voir Tiffany et qu'elle ferait mieux de l'admettre ; mais dès qu'elle l'admettait, eh bien, Sainte Marie Mère de Dieu ! Voilà qu'elle avait envie de voir Tiffany plus que tout. Ce qu'elle avait tant envie de retrouver, c'était la beauté, l'amitié et la joie de vivre de Tiffany. Ce qu'elle ne voulait pas voir, c'étaient ses propres conflits intérieurs suscités par cette beauté, cette amitié et cette joie de vivre. Par conséquent, pour être honnête, elle avait envie de voir Tiffany plus que tout au monde et en même temps, pour être honnête, elle n'avait pas du tout envie de la voir, plus jamais. Travailler dans l'immobilier était tellement plus facile.

Elle qui était toujours à contre-courant s'insérait parfaitement dans ce secteur ballotté par des vents contraires et sa conscience n'était vraiment pas troublée par les remords lorsqu'elle confiait un brave et innocent logis à des propriétaires indignes, alors qu'elle avait été si tourmentée en vendant des chevaux.

Elle engagea sa voiture dans la route qui menait chez Ellen et regarda du côté de l'immense paddock de devant juste à temps pour apercevoir un énorme cheval noir s'avancer tranquillement au petit galop vers la barrière, replier les pattes et atterrir de l'autre côté. Ensuite, il tourna et se dirigea tout droit vers sa voiture et ne finit par s'arrêter tout en douceur que lorsque Deirdre elle-même eût freiné et immobilisé sa voiture non sans déraper. Cheval et voiture se retrouvèrent nez à nez. Deirdre s'adossa à son siège et ajusta sa ceinture de sécurité. Tout s'était passé si vite qu'elle n'avait pas eu le temps de réagir, ce qu'elle faisait à présent. Son cœur battait la chamade d'avoir vu le cheval sauter ? D'avoir failli le heurter ? Elle ne le savait pas très bien. Le cheval, quant à lui, ne semblait pas effrayé. Il posa le chanfrein sur le capot de la voiture puis fit demi-tour et s'éloigna au trot, la queue levée comme un étendard, il faisait pivoter sa tête d'un côté et de l'autre. Deirdre éclata de rire. Ce qui la faisait rire était la hauteur de la barrière du paddock : un mètre cinquante. Elle l'avait construite elle-même. Elle s'y connaissait suffisamment en chevaux pour savoir même sans y avoir fait particulièrement attention que le cheval l'avait sautée sans effort après un galop peu soutenu. Elle le suivit tandis qu'il prenait le tournant qui menait à l'écurie. Elle vit Ellen suivie d'Audrey sortir à sa rencontre. Ellen renvoya Audrey à l'intérieur. Puis Deirdre remarqua que le cheval portait un licol d'où pendait au vent une longe de vingt centimètres qu'Ellen attrapa et retint tandis que le cheval essayait de s'éloigner d'elle. Un animal rétif, pensa Deirdre.

Une demi-heure plus tard, Deirdre, Ellen, Tiffany et le cheval se retrouvèrent dans le manège. Audrey avait reçu des instructions très strictes : elle était priée de se tenir à l'écart. Le cheval s'appelait Sudden Intuition ou Toots. Ellen le montait, Deirdre se tenait au milieu du manège et Tiffany était assise sur une chaise en plastique les pieds posés sur le siège. C'était un cheval énorme et robuste : plus d'un mètre soixante-dix au garrot pour cinq cent quarante-trois kilos alors qu'il n'avait que trois ans. On aurait pu craindre pour sa santé à venir mais il avait les os épais : ses jambes ressemblaient à des poteaux télégraphiques et elles étaient parfaitement charpentées. Ce cheval était, sans l'ombre d'un doute, un animal de grande valeur.

Bien sûr, il grinçait des dents, il relevait brusquement la tête, agitait la queue dans tous les sens et se fichait bien de ce qu'on attendait de lui – une histoire vieille comme l'homme et le cheval. Ellen était bonne cavalière, robuste avec ça. Elle le guida en recourant au mors – ce qui ne posa aucune difficulté à ce cheval bien bâti – et elle le fit avancer au grand trot de parade. Pas de problème. Il esquissa cinq ou six pas, aussi régulier qu'un métronome. Puis, grâce à son immense encolure musclée, il la tira violemment en avant ; pas question de le retenir à la force du poignet ou des biceps. Pourtant elle lui avait fait mettre un mors assez cruel – un mors plus violent finirait par l'endurcir face à la douleur et à le rendre encore plus rétif. Le cheval ne se tenait bien que quand il était occupé à sauter. Alors, il avançait au grand galop et franchissait les obstacles.

« Qu'est-ce que tu penses faire de lui ? demanda Deirdre.

– Un cheval d'obstacles.

– Il est doué pour sauter, mais tu as du mal à le contrôler. Tu vas être tentée de le faire participer à des concours de catégorie A et tout le reste…

– Pourquoi pas ?

– Parce que les parcours deviennent sans cesse plus techniques. Un grand sauteur n'y trouve plus vraiment sa place. Il va falloir qu'il tourne à angle droit en franchissant un obstacle vertical terrifiant qui enjambe un bourbier, puis il devra se diriger vers un oxer suédois géant avant de tourner à nouveau pour s'attaquer à un obstacle triple. Il n'est pas assez souple pour s'adapter à ça.

– Mais…

– Et il ne le sera jamais. C'est une brute. Avec lui, c'est tout ou rien. Il faudra que tu fasses attention quand tu te trouveras dans son box, il n'est pas gentil ni soucieux de plaire. Ce qu'il aime faire, il aime le faire pour lui-même.

– Mais il est si jeune…

– Il a une longue carrière derrière lui, chérie, et il l'a foirée. Je vois ça d'ici. C'est un hongre maintenant, mais il est encore têtu. Il a sans doute fait régner la violence et la terreur du temps où c'était un étalon entier.

– Alors qu'est-ce qu'on peut en faire ?

– Un bon cheval de chasse à courre, voilà ce que j'en pense. Tu le postes au début du parcours et tu le laisses courir jusqu'à l'épuisement, quelques kilomètres plus loin, c'est tout. Moi, je le vois bien à Cheltenham, avec ces grandes jambes il dévorerait le vallon.

– Tu crois ?

– C'est un sport sur le déclin, ma chérie.

– Tous les sports hippiques sont sur le déclin, en attendant il n'y a jamais eu autant de cavaliers du dimanche partout dans le monde. Qui sera son entraîneur ?

– Jonathan Sheppard est bien. Il faudrait quelqu'un comme lui.

– Toi, dit Ellen.

– Moi ? J'ai jamais entraîné de cheval de chasse !

– Tu n'en as pas envie ?

– Non, bien sûr que non. J'en ai fini avec ça. »

Alors Ellen fit tourner le cheval autour d'elles, puis passer au galop et sauter toutes les barrières qui bordaient le manège ; il sortit du manège, franchit l'allée d'un bond, sauta dans l'enclos voisin, le traversa au galop ou plutôt se retrouva de l'autre côté comme par magie, bondit par-dessus la barrière qui se trouvait de l'autre côté, fit demi-tour, descendit la route au galop et disparut. Deirdre se tourna vers Tiffany et dit : « Doux Jésus ! Mais qu'est-ce qu'elle est en train de faire ?

– Elle essaie de t'en mettre plein la vue, je suppose. Elle ne l'avait encore jamais fait sauter comme ça.

– Ma foi, elle avait la tête sur les épaules, dans le temps. Voilà, elle l'a perdue !

– Je suis contente que tu sois venue, Deirdre.

– C'est vrai ? Je suis sûre que tu ne vis plus que pour les chevaux maintenant.

– Impossible de m'arrêter, je ne pense plus qu'à ça. Je regrette seulement que tu ne sois plus là pour m'aider. »

Cheval et cavalière réapparurent, non pas sur la route mais à l'autre extrémité des paddocks dont ils franchirent les barrières une à une, puis d'un bond ils furent de nouveau dans le manège et s'arrêtèrent devant Deirdre, au milieu de la piste. Plus loin, près de l'écurie, Audrey les acclamait : « Ouais ! Ouais ! Ouah ! Super, Ellen ! » Ellen haletait. Le cheval renâclait. « Je serai la cavalière et toi l'entraîneur, dit Ellen. Tiffany est la propriétaire. Qu'en dis-tu ? Tu ne peux pas dire que ce cheval n'est pas assez bien pour toi, qu'il n'est pas dans les moyens de Tiffany et que ça ne sera pas amusant.

– Tu as tout manigancé ?

– Non. Non, mais on voulait te montrer le cheval. Ce n'est qu'une fois assises là, à cet endroit même, que j'ai eu cette idée.

– Une bonne idée, ajouta Tiffany.

– Et moi ! lança Audrey. Je veux en être aussi !

– Tu feras la foule qui acclame ! lui cria Tiffany.

– Oui », acquiesça Deirdre, et en prononçant ces mots elle en fut convaincue : un bon sauteur, la chasse à courre, l'amitié et le reste : une bonne idée.

Une connaissance d'Angel Smith, Horacio Delagarza, emmena cinq des sept chevaux d'Angel à une vente aux enchères et les mit dans le corral avec les autres chevaux à vendre. Puis il revint chercher les deux derniers, ceux qui se trouvaient dans le parc. Ils offraient un spectacle désolant, le premier était à peine capable de marcher et l'autre n'avait que la peau sur les os. Quand il revint à la vente avec ces deux-là, il lui fallut un bon moment pour faire sortir le cheval boiteux du semi-remorque et le faire entrer dans le corral ; c'est alors qu'il vit qu'on l'observait et celui qui le regardait n'était autre que le conducteur de la bétaillère à deux étages garée au fond du parking. Le conducteur de la bétaillère en question n'était autre que l'équarrisseur. Il venait à la vente chaque semaine, toujours avec assez d'argent pour repartir avec une belle cargaison de chevaux tassés à l'étalage du haut et à celui du bas, sans aucun espace pour relever la tête. Horacio ne supportait pas ce spectacle, lui qui n'était pourtant pas une mauviette par ailleurs. Après avoir fait débarquer le cheval boiteux, il détacha la longe du maigrelet et abaissa la barre derrière lui. Sans tarder, le maigrelet sortit de la semi-remorque à reculons, dressa les oreilles et regarda autour de lui.

Chacun des cinq autres chevaux d'Angel Smith avait quelque chose en sa faveur mais ces deux-là, qui donc allait les acheter ? se demanda Horacio. Il soupira.

Le maigrelet était du genre amical. Il frotta sa tête contre la chemise d'Horacio puis, quand ce dernier se détourna, il le poussa dans le dos. Beaucoup de chevaux vous ignorent s'ils ne vous connaissent pas. Mais quand Horacio se retourna, le canasson le regarda droit dans les yeux. « Ouais, répondit Horacio, “au secours”, voilà c'que tu m'dis. Mais t'aurais dû appeler au secours avant. C'est trop tard maintenant. » Il fit entrer le cheval dans le corral et l'équarrisseur vint se poster près du boiteux. Les chevaux se pressaient tout autour. La poussière était insupportable, aussi Horacio alla-t-il se chercher une canette de soda ; puis il se trouva une place assise et s'essuya le visage avec son mouchoir. Il avait promis à la femme d'Angel d'attendre que les chevaux soient vendus pour lui ramener l'argent. Elle espérait plus ou moins que la somme s'élèverait à plusieurs milliers de dollars, au moins sept mille pour sept chevaux mais Horacio ne voyait pas comment cela serait possible. Deux ou trois mille dollars peut-être.

De sa place, il voyait tous les chevaux d'Angel. Le maigrelet n'était ni aussi assommé que le boiteux ni effrayé ou agité comme la plupart des autres chevaux. Il regardait autour de lui. Il n'en perdait pas une miette, à la recherche d'un bon maître, songea Horacio. Bonne chance, vieux !

Les acheteurs, même ceux qui n'achetaient pas pour l'abattoir, étaient endurcis et peu enclins à s'apitoyer, se dit Horacio. Ils cherchaient des animaux utiles capables de se mettre immédiatement au travail. Pas des animaux de compagnie ni des chevaux à remettre sur pied à long terme. Horacio détourna les yeux du corral. Le lot de chevaux qui s'y trouvaient n'était pas bon. L'équarrisseur allait sûrement remplir son camion !

Le commissaire-priseur sortit et se mit à passer les chevaux en revue comme un paquet de cartes. Les lots étaient formés au hasard. Il en venait de bons après de moins bons. On faisait entrer les chevaux, un tour au pas, un peu de trot puis ils devaient se dresser sur les postérieurs. Le commissaire-priseur réservait à chaque cheval un commentaire évident pour les spectateurs : un beau palomino, celui-ci trotte bien, trois petites balzanes chez celui-là, jolie tête. Rien que du bavardage sans intérêt. Chaque cheval trouvait un acheteur et la moitié du temps il s'agissait de l'équarrisseur dont la voix s'élevait pour en donner quelques centaines de dollars dans le silence qui se prolongeait dès qu'une enchère faisait long feu. Et bang ! le marteau du commissaire s'abattait et le jeune aide de l'équarrisseur pénétrait dans l'enclos pour conduire le cheval jusqu'à la bétaillère.

Quand on fit entrer l'alezan qui parvenait tout juste à avancer, il fut si évident qu'il irait à l'abattoir que le commissaire-priseur rompit le silence au bout d'un instant et regarda du côté de l'équarrisseur qui proposa : « Dix dollars » ; puis le commissaire demanda : « Quelqu'un en donne quinze ? » mais personne ne dit rien et le cheval fut adjugé pour dix dollars. Tandis qu'on l'emmenait, Horacio vit et entendit le maigrelet pousser un puissant hennissement, c'est ainsi qu'en vertu du principe de la roue qui grince, il fut le suivant à passer.

P'tit Bob alla jusqu'au centre de la piste circulaire et chercha du regard Doc's Big Juan dont la queue disparaissait au milieu de la foule. P'tit Bob trouvait que les choses se présentaient très mal et le départ de Doc's n'était pas le moindre de ses soucis, aussi hennit-il à nouveau. Quelque part, d'autres chevaux lui répondirent mais pas Doc's et P'tit Bob se mit à tirer sur la longe attachée à son licol puis à tourner en rond autour de celui qui le tenait. « Arrête ! » ordonna ce dernier et P'tit Bob obéit. Tout ne s'était pas toujours bien passé pour P'tit Bob mais c'était la première fois qu'on le traitait comme un pur produit agricole, ce qu'il percevait ainsi : des gens se trouvaient autour de lui, on le regardait mais cela n'avait rien à voir avec lui. S'il essayait de déchiffrer leur langage corporel et d'entrer en contact avec eux, tout se brouillait et il ne savait plus quoi faire, aussi baissa-t-il la tête sans plus leur prêter attention.

Quelqu'un proposa de l'acheter pour vingt dollars. Cinquante-quatre courses, vingt victoires, dix-sept deuxièmes et troisièmes positions et les gains d'une vie entière : cent soixante-douze mille dollars. Certains chevaux de haras avaient gagné moins. Le commissaire-priseur demanda si quelqu'un en donnait trente dollars et un long silence se fit. Finalement, l'équarrisseur se fit entendre : « Ma foi, y a pas beaucoup de viande sur cette carcasse mais je veux bien vous en débarrasser pour trente dollars. » Le commissaire regarda le premier enchérisseur qui secoua la tête. Horacio plongea la main dans la poche. Mais que diable ferait-il d'un cheval ? Il n'en avait aucun besoin. Le jeune aide de l'équarrisseur conduisit le cheval hors de la piste. Fidèle à lui-même, P'tit Bob fourra son chanfrein dans la poche arrière du garçon tandis qu'ils s'éloignaient.

Certains chevaux d'Angel rapportèrent un bon petit paquet et, quand ils furent tous vendus, Horacio avait trois mille sept cent soixante-six dollars à rapporter aux Smith. Il sortit de l'enclos aux enchères, se dirigea vers le parking, rabattit le hayon de sa semi-remorque, monta dans la cabine et mit le contact. Juste là, en face de lui, exactement en face de son pare-brise comme un immense remords, il vit la bétaillère maintenant pleine de chevaux. Le jeune garçon était en train d'en amener un autre. Il ouvrit le battant arrière et le poussa à l'intérieur sans ménagement. Puis il tourna les talons et passa devant Horacio qui baissa la vitre de sa fenêtre et l'interpella : « Hé !

– Ouais ?

– Et si je voulais racheter un de ces chevaux ?

– Mais vous pouviez le faire tout à l'heure.

– J'ai laissé passer l'occasion. Je voudrais le faire maintenant.

– Trop tard.

– Trop tard pour moi, peut-être. Trop tard pour le cheval. Mais pas trop tard pour toi.

– Ah ouais ?

– Ouais. »

L'attitude léthargique du garçon changea instantanément. « Bon, dit-il. Lequel vous voulez ? »

Juste un cheval brun, pensa Horacio en traversant le parking. Comment se souvenir de lui ou le distinguer des autres ? La maigreur, voilà ! Mais en fin de compte il n'eut pas besoin de faire le tri ni de reconnaître le cheval. P'tit Bob se tenait à la porte, les oreilles dressées, certain qu'il se trouvait là par erreur. Voyager dans un fourgon à bestiaux ne correspondait pas du tout à son standing, mais alors vraiment pas ! Quand le gamin ouvrit la porte, P'tit Bob descendit la rampe et donna juste un petit coup de chanfrein sur la poitrine d'Horacio.

70. … Ou malheureux

Buddy s'était aperçu qu'il suffisait de prendre sa décision, et elle était prise. Ainsi, Residual remporterait la course pour pouliches de la Coupe des éleveurs. Le meilleur, quand on sait que quelque chose vous est acquis d'avance, c'est que de cette certitude découle tout ce que vous avez besoin de savoir. Par exemple, quand après deux semaines d'entraînement le genou de la pouliche se mit à enfler légèrement, Buddy sut qu'il n'était pas obligé d'en parler aux Kingston qui étaient partis en vacances aux Bermudes pour quinze jours et souhaitaient qu'on les laisse tranquilles. Alors Curtis, qui examinait désormais tous les chevaux quotidiennement, lui administra des anti-inflammatoires qui résorbèrent l'enflure. Ensuite, ils revirent son entraînement à la baisse pendant quelques jours, une bonne chose car elle leur imposait un rythme soutenu et son problème au genou était peut-être le signe qu'elle n'était pas aussi consciente de son effort qu'elle l'aurait dû.

Ils la mirent à l'entraînement avec une autre jument âgée de quatre ans, du genre à ne jamais oublier qui est le patron. La jument gagnait une fois sur trois par pure volonté car elle n'était pas si rapide. Quand les deux chevaux s'entraînaient ensemble, ils s'aiguillonnaient l'un l'autre. La jument y gagnait en vitesse et la pouliche en ténacité sans jamais tomber d'accord sur laquelle était le patron. Buddy leur attribua des box très éloignés l'un de l'autre. Il n'avait pas envie qu'elles se mettent d'accord pour leur propre satisfaction pendant leur temps libre. Voilà peut-être la raison pour laquelle Deedee se plaignait à Buddy, elle trouvait la pouliche plus difficile à manier maintenant, un peu irritable, il y avait quelques virevoltes et des ruades de temps à autre. Mais Buddy savait ce qui lui revenait de droit et répondait à Deedee : « Tu es capable de gérer ça quand il le faut ?

– Je n'aime pas la mener à la dure parce qu'elle ne s'est encore jamais comportée ainsi…

– Elle s'endurcit. Ce n'est plus un bébé qu'il faut cajoler. Les pouliches deviennent des juments.

– Je sais, mais…

– Il faut que tu aies la force nécessaire, toi aussi, Deedee. »

On ne pouvait se montrer plus clair, songea Deedee. On peut se laisser écarter du grand événement ou payer le prix de son billet d'entrée sous le chapiteau. Par la suite, elle s'en tira tant bien que mal avec la pouliche comme on le fait avec un cheval qu'on n'aime pas beaucoup et qu'on ne cherche pas à comprendre. Une fois habituée à cela, Deedee s'aperçut qu'elle n'aimait pas la pouliche ou ne pensait plus autant à elle. Et puis elle avait Alana Marie, toujours Alana Marie.

Leon se trouvait justement là un matin, au moment où Deedee s'apprêtait à entrer en piste, quand la pouliche se cabra sans crier gare. La jument se trouvait derrière elle et face à l'arrêt inopiné qui lui fut imposé elle s'avisa elle aussi de se cabrer une ou deux fois avant de contourner Deedee et Residual pour entrer sur la piste. Residual lui emboîta le pas. Mais Leon vécut un instant terrible. Il se souvint brusquement des raisons pour lesquelles, avant de rencontrer Deedee, il n'était sorti qu'avec des serveuses, des étudiantes, des réceptionnistes et une institutrice. À cet instant précis, ce qui se présentait comme une dynastie en devenir ressembla à une tragédie potentielle. Deedee était si bonne cavalière, si souple, robuste et athlétique que Leon avait oublié que tout est possible sur un hippodrome. Il se mit alors à penser à Alana Marie, lui aussi, et regarda la pouliche commencer à travailler sur la piste en agitant la tête et en couchant les oreilles. À la fin de la séance d'entraînement il n'avait pas encore vraiment oublié tout cela mais il l'avait rangé dans un coin de son esprit pour y réfléchir plus tard. Il fallait simplement tenir jusqu'à la Coupe des éleveurs. C'était tout.

Le lendemain, Buddy arriva à cinq heures et Curtis Doheny était au rendez-vous, lui aussi, mais pas comme les autres jours, pas pour être là : il avait une idée derrière la tête. Buddy s'approcha de lui pour s'épargner le spectacle d'un Curtis déboulant vers lui dans le parking en soufflant bruyamment. « Il est temps de prendre une petite police d'assurance, commença Curtis. Dis, ton type m'a appelé hier soir. Merci. J'ai acheté des parts de Fuzzy Minister. Faut le faire courir maintenant. Sa dernière course a eu lieu il y a six semaines et j'ai vu que ses derniers exercices en temps limité étaient plutôt bons. Je me suis dit que le handicap Sorry Charlie le préparerait à l'Oak Tree Invitational.

– Je n'y ai pas beaucoup pensé mais…

– Concentre tes efforts sur cette pouliche, je m'occupe du reste, OK, Buddy ? C'est comme ça que ça marche, vieux. Je suggère une mesure prophylactique, on devrait faire des injections dans son genou. Toutes les semaines, un peu d'acide et de stéroïdes corticaux et son genou baignera dans un bon petit mélange très apaisant.

– Oui, je pense qu'elle est prête pour ça.

– Prête ou pas, nous voilà ! » s'exclama Curtis en riant. Il avait apporté tout le matériel et ils administrèrent le remède le matin même. Il n'y avait personne dans les parages. Un exemple de plus : quand un problème se pose, la solution se présente à vous, pensa Buddy. Il suffit de savoir ce qu'on veut. Sur ce les Kingston revinrent des Bermudes, se rendirent à l'hippodrome pour voir travailler la pouliche qui se montra exemplaire : saine, coopérative et affectueuse. « Vous savez, dit Jason Clark Kingston tandis qu'ils retournaient à l'écurie, avec les paris par Internet un endroit comme celui-ci pourrait être un bon investissement.

– Ça vient d'être acheté », répondit Buddy. Jason lui lança un regard déçu. « Vous voyez, monsieur Kingston, expliqua Buddy, comme vous aimez tant les courses hippiques, vous voudriez peut-être y introduire certains de vos amis qui travaillent dans l'informatique… » Devant eux, alors qu'ils entraient dans l'écurie, Curtis Doheny apparut, se dirigea droit sur Andrea Melanie et se présenta. Andrea Melanie tendit la main et Buddy vit Curtis se liquéfier littéralement : il saisit la main tendue, fit une courbette, rit bêtement et ainsi de suite. Mal à l'aise, Buddy quitta Jason Clark Kingston et se rendit dans une autre aile de l'écurie.

Un quart d'heure plus tard, après avoir raccompagné les Kingston à leur Lexus 470, Curtis vint le trouver, tout excité : « Tu sais, je ne pensais pas que j'aurais le cran de lui demander, mais j'y suis arrivé ! Je lui ai demandé si elle voulait bien que j'achète des parts de cette pouliche alors que je m'étais promis de ne pas acheter de pouliches quand j'ai commencé ce business ; mais celle-ci est si bonne coureuse et le retour sur investissements peut être très rapide si on la revend en janvier. Elle a dit non mais au moins j'ai demandé. Tout est là, tu vois : j'ai toujours peur de demander. Faut que je m'entraîne. Ce qui est génial, c'est que je n'ai pas pris son refus en mauvaise part.

– Qu'a-t-elle dit ?

– Elle a dit : “Mon mari est du genre aventurier solitaire et moi, je n'aime pas partager.” »

En entendant ces paroles, Buddy se racla la gorge, puis il dit : « J'aimerais que tu m'en parles d'abord quand tu as l'intention de faire des propositions à mes propriétaires.

– Ah oui ? répondit Curtis. Mais c'est bien le problème. J'ai passé toute ma vie à croire qu'il fallait demander la permission. J'en ai fini avec ça, avec les “excuse-moi de te demander, mais dis…” Ma décision est prise et je sais ce que je mérite.

– Et moi, qu'est-ce que je mérite ? »

Curtis fit un ample geste circulaire. Il éclata de rire. « Hé ! Mais tu as tout, Buddy. Tu as obtenu ce que tu mérites. J'essaie pas de te prendre quoi que ce soit. J'essaie de t'en donner encore plus ! C'est tout bénef, Buddy. Mais en même temps, faut bien que j'agisse dans mon propre intérêt, non ?

– Ouais », acquiesça Buddy. Il finissait toujours par tomber d'accord avec Curtis car ce dernier lui rappelait l'éternelle vérité : quand vous, vous savez ce qui vous revient de droit, vous l'avez déjà.

Les semaines passèrent assez vite. Quand un des chevaux de Farley Jones remporta le grand prix de l'Arc de triomphe, là-bas, en

France, cela fit grand bruit. Gagner le Grand Prix avait l'attrait de la nouveauté, on en parla beaucoup. Tous les entraîneurs de l'hippodrome avaient vu ce cheval s'entraîner et courir, et lors de la rencontre entre ceux qui avaient prédit un tel événement depuis le début et ceux qui avaient toujours pensé que c'était impossible, les mêmes propos semblaient se répéter sans cesse : « un coup de chance, c'était un bon cheval, mais quand même... », ce genre de conversations. Buddy était d'avis que toutes ces grandes courses d'Europe n'étaient plus du niveau des grandes courses américaines de première catégorie : encore dix ans, voire cinq, et il n'y aurait plus que la Coupe des éleveurs et la Coupe du monde de Dubaï. L'Europe, c'était très bien en son temps, mais les choses avaient changé. N'empêche, quand Farley revint de France, il n'y en eut que pour lui, deux propriétaires de Buddy lui confièrent leurs chevaux, six en tout, et les spéculations allèrent bon train : quand Farley ferait-il de nouveau courir le fameux cheval ? Il était tout à fait prêt pour la Coupe des éleveurs, pour la Classique et pour le Turf. Buddy pensait que c'était tout vu, gagné d'avance, pas besoin de réfléchir, mais Farley était insondable et ne soufflait mot à ce sujet, pas même à Curtis Doheny comme ce dernier le dit lui-même à Buddy quand il vint administrer son injection intra-articulaire à la pouliche.

« Non, c'est vraiment pas mon type, commenta Curtis. Assez froid, il ne se confie pas mais ses employés et ses propriétaires ont l'air de bien l'aimer. J'en ai appelé quelques-uns, juste un défi que je m'étais lancé, pour savoir s'ils voulaient un associé mais ils ne se sont pas montrés très amicaux alors je me suis dit : Curtis, t'as pas besoin de ça, tu mérites mieux. J'ai même appelé ce type, Maybrick, le propriétaire du cheval qui a gagné le Grand Prix mais il a été assez bourru avec moi. Merde, mon argent vaut bien celui d'un autre !

– N'élargis pas trop le champ de tes investissements.

– Mais ce poulain va rapporter gros très vite ! S'il gagne la Coupe des éleveurs après le Grand Prix, ils pourront vendre des parts pour un total de dix, quatorze millions, même s'il ne participe pas à la saison de ses quatre ans ; comme je l'ai dit à Maybrick, à ce stade, la saison des quatre ans représente un gros risque. Il faut tenir compte de l'intérêt économique, pas seulement du plaisir.

– Tu lui as parlé combien de temps ?

– Pas longtemps. Mais je l'ai fait bénéficier de mon expérience de l'hippodrome. Je pouvais rien faire de plus, tu vois ?

– Oui », répondit Buddy.

Tout ce qui leur restait encore à faire s'arrangea spontanément : l'organisation de l'hébergement à Gulfstream, l'organisation du transport, celle de voyage de Buddy lui-même. Sa femme aussi fit exactement ce qu'il fallait en demandant à ne pas venir car elle détestait la Floride. Il eut une fournée de chevaux gagnants chaque semaine. Comme le temps file quand on s'amuse ! songea-t-il. Andrea Melanie l'appela pour lui demander si elle devait organiser une grande fête. Buddy lui donna son accord. « Vendredi soir ou samedi soir ?

– Samedi soir, dit Buddy.

– Oh, Buddy ! s'exclama la propriétaire. Je vous adore. Vous êtes si parfait ! Bon, dites à Deedee et à Leon que je leur ai réservé une suite pour que le bébé ait sa chambre. Ils forment un couple si adorable et si gentil ! Je vais tout leur organiser, une baby-sitter pour le samedi soir, par exemple. Voilà exactement le genre de chose que j'adore faire.

– Et vous vous y entendez à merveille, ajouta Buddy.

– On a tous notre domaine d'excellence, répondit-elle, le vôtre est le pur génie de l'entraîneur. »

Le lendemain matin, la forme de la pouliche laissait un tout petit peu à désirer. Curtis n'y vit que du feu, tout comme Leon, mais Buddy, poursuivi par la malédiction de l'œil de lynx, le remarqua. Aussi lui donna-t-il lui-même un peu de Butene, un gramme dans sa ration alimentaire du soir et un gramme le lendemain matin, ce qui lui réussit. Son genou ressemblait à n'importe quel autre genou, ou presque.

La proximité de la Coupe des éleveurs commençait à le rendre un peu nerveux, à lui nouer l'estomac. Il se mit à crier plus souvent. Après le départ des deux propriétaires qui avaient choisi Jones, il s'aperçut qu'il devait consacrer du temps à tous ses propriétaires, même si Andrea Melanie l'appelait quatre fois par jour et Jason une ou deux fois. Parfois, quand on a un grand cheval dans son écurie et qu'on le trimbale ici et là, les propriétaires des autres chevaux sont un peu vexés et, au retour de la grande course, on se retrouve avec une écurie vide. Il lui fallait donc continuer à faire rouler toute la pelote à la fois sans oublier tel ou tel fil et en faisant tous les nœuds. Il passait beaucoup de temps au téléphone.

À dix jours de la course, Curtis fit une nouvelle apparition pour donner à la pouliche la première d'une série d'injections d'Épogène. Buddy était un peu nerveux à l'idée de la faire avancer à coups d'injections, mais bien sûr, il fallait ce qu'il fallait. Curtis n'avait pas froid aux yeux. « T'as pris mon billet d'avion pour la Floride, hein ? dit-il.

– Je ne sais pas trop, répondit Buddy.

– Comment ça, tu ne sais pas trop ?

– Je veux dire que je n'y avais pas pensé. Je ne crois pas... » Il regarda Curtis qui n'avait l'air ni heureux ni soucieux de plaire et continua : « Tu sais, je cours partout comme un fou.

– Et comment croyais-tu qu'elle allait recevoir ses injections, cette pouliche, si je n'ai pas de billet ? Tu as pris tous les billets sauf le mien ? Laisse-moi te dire une chose, Buddy, je veux être aux premières loges. Tu peux trouver un autre jockey, un cavalier d'exercice, tu n'as pas vraiment besoin d'un entraîneur adjoint, mais tu ne peux pas te passer de moi.

– Tu as raison, Curtis... C'était un simple oubli...

– Je suis blessé, Buddy, et tu sais quel est mon état d'esprit ces temps-ci. J'ai décidé que je mérite mieux.

– Qu'est-ce que je peux faire ? Je vais t'acheter un billet.

– Vous voyagez tous en première classe ? Lukas voyage toujours en première.

– Nous devions voyager en première, oui.

– Génial ! »

En fait, il était prévu que tout le monde prendrait le jet privé de Jason Clark Kingston jusqu'au Kentucky mais Buddy redoutait tant de mettre Curtis et les Kingston en contact étroit pendant deux ou trois heures qu'il acheta cinq billets en première classe et un siège pour le berceau d'Alana Marie. Cela coûtait près de dix mille dollars mais sa part des gains sur la Coupe des éleveurs avoisinait les trois cent mille dollars, alors qu'importe les billets ! songea-t-il. Bien sûr, quatre jours plus tard, assis à côté de Curtis qui se penchait sur lui pour regarder par le hublot et qui suait tout pantelant sur son siège, il vit le revers de la médaille.

En Floride, ils attendirent le cheval qui arriva le lendemain en assez bonne forme pour l'essentiel. Son genou était un rien enflé, elle était fatiguée et irritée. Elle essaya de mordre son lad puis de lui décocher un coup de pied mais il y avait des journalistes partout, aussi s'abstinrent-ils tous de faire le moindre commentaire et Buddy recommanda aux Kingston de ne pas venir voir la pouliche avant qu'elle soit reposée et ait recommencé à manger. Mais elle ne se remit pas à manger. Cela n'avait rien d'inhabituel. Les chevaux, comme les êtres humains, pouvaient adopter toutes sortes de comportements alimentaires. Le fait que la pouliche ne mange pas ne signifiait absolument rien, Buddy et Curtis étaient d'accord là-dessus.

Tout le monde organisait des fêtes et Buddy décida que le plus sage était de garder Curtis à son côté autant que possible. Il pourrait ainsi le présenter aux personnes de sa connaissance ou le laisser se présenter – telle semblait être l'alternative – de façon que Curtis ne se sente pas négligé. Le problème était que les exigences de ce dernier se firent de plus en plus grandes. Au début, il suffisait de le présenter, puis il voulut monopoliser la conversation et quand on commença à l'éviter (ce qui se comprenait, pensa Buddy), il voulut savoir pourquoi et ce que Buddy comptait y faire. « Je suis quelqu'un de sympa, répétait sans cesse Curtis. J'ai les meilleures intentions envers tous ces gens. Tu vois, quand je parle à un type et qu'il me quitte en plein milieu de la conversation, je trouve ça grossier. J'ai un truc dont ces gens ont besoin ! Je suis parfois un peu enthousiaste mais je ne suis pas méchant. On croirait que... Bon, je ne veux même pas y penser. Il faut penser positif, tout est là, tu vois. Faut savoir ce qu'on veut et aller le chercher. Où tu vas ?

– Aux chiottes.

– Bonne idée ! » Et donc Curtis suivait Buddy aux toilettes pour hommes sans cesser de parler même pendant qu'ils urinaient.

La simple idée de tout le temps qu'il allait passer avec Curtis était extrêmement déprimante et Buddy se réjouit à la pensée qu'en Californie du Sud, au moins, Curtis résidait à bonne distance de sa propre maison. Cependant, le temps filait à toute allure. Ils administrèrent sa seconde injection d'Épogène à la pouliche, ce qui signifiait qu'on était à quarante-huit heures de la course.

À partir de ce moment, Buddy sut qu'il ne faisait que revivre ce qu'il avait déjà vécu : il avait déjà vu chaque foulée de son galop la veille de la course, y compris sa petite dispute avec Deedee qui dut la frapper du plat de sa cravache pour la forcer à avancer, et ses mains à lui qui avaient ouvert la bouche de la jument pour lui enduire les gencives de Butene cet après-midi-là, juste par précaution, et le lad qui déclarait qu'une fois de plus elle n'avait pas fini sa ration, et lui-même qui lui répondait que sur tous les chevaux qui avaient voyagé de la sorte on pouvait toujours en chercher un qui ait fini sa ration, surtout parmi les pouliches! Et lui-même qui discourait interminablement sur les pouliches, mais qu'est-ce qui lui prenait ? Enfin, cela lui était déjà arrivé. Elles étaient très sensibles, difficiles et étranges, elles avaient toujours un problème. Déjà vu aussi, Curtis qui se tenait près de lui, avec cet éternel rictus avide de plaire sur le visage, toujours à essayer de croiser le regard de Buddy et de lui envoyer quelque signe lourd de sens.

Enfin tous les chevaux furent dans le starting-gate, immobiles, en rang serré. Quel soulagement que ce moment de pure tranquillité ! Dieu merci, c'était la première course de la journée. Le calme était tel que Buddy faillit sursauter quand la cloche retentit, que le starting-gate s'ouvrit et quand, Seigneur ! les chevaux dévalèrent la piste une fois de plus. Combien étaient-ils ? Peu importait. Encore une course de plus, Buddy en eut le vertige. Tant de courses avaient eu lieu qu'il était difficile d'en garder des souvenirs distincts. Les chevaux formaient un peloton serré, puis s'étalaient sur la piste avant de se resserrer à nouveau. Les cris fusaient de toutes parts et Buddy n'avait pas la moindre idée de ce qui se passait, tout ce qu'il savait c'est qu'il était en enfer et qu'il voulait s'échapper, mais un gros type était penché sur lui, le retenait par le bras, Buddy entendait ses propres cris qui n'avaient rien à voir avec la course mais il n'arrivait même pas à se faire entendre. Personne n'était là pour le sauver désormais, c'était terrifiant, comment avait-il pu devenir si petit ? Mais voilà qu'il dévalait les gradins avec les autres, puis courait sur la piste tandis que le gros type lui disait : « Je te l'avais dit, c'était dans la poche. Quelle fine équipe on fait ! » Comme ce fut gênant pour un gagnant tel que Buddy, il avait eu une telle absence qu'il ne savait même pas qu'il avait gagné ! On le conduisit au cercle des vainqueurs où ils se mirent tous en rang, c'était la Coupe des éleveurs, on les photographia puis les journalistes les entourèrent et Buddy ne cessa de sourire mais la seule chose qui occupait ses pensées était l'expression de la pouliche au moment où on l'avait ramenée. Elle était au-delà de l'épuisement, au-delà de la peur. Elle était fichue.

Encore sept courses ; la rencontre dura une éternité. Buddy s'enferma dans sa chambre à six heures et s'endormit. À un moment, le téléphone sonna et une voix féminine geignarde se fit entendre : « Oh, Buddy ! La fête que j'ai organisée est vraiment fabuleuse ! Tout le monde est là ! » À quoi Buddy répondit : « J'arrive tout de suite » sans avoir la moindre idée de la personne à qui il parlait. Il dormit du sommeil des morts jusqu'à quatre heures du matin quand le téléphone le réveilla encore une fois ; c'était le lad de Residual et le vétérinaire qu'il avait appelé. « Patron, dit le lad, la pouliche se tenait là, la tête baissée. Quand je l'ai fait entrer dans la baignoire, elle n'a même pas levé la tête, patron, et puis elle s'est allongée, alors j'ai appelé le véto. »

Le vétérinaire prit la parole : « Monsieur Crawford, dit-il, on a un sérieux problème. Vous devriez peut-être venir à l'écurie, mon diagnostic me dit que cette pouliche souffre d'une pleuropneumonie très avancée et je ne sais pas si je vais pouvoir la sauver. »

Qu'est-ce que le père de Buddy lui répétait toujours, autrefois ? Ah ! oui : Pour qui tu te prends ?

Épilogue

Le lendemain de la Coupe des éleveurs fut un matin d'entraînement ordinaire à Chicago. Et le temps était exécrable, en plus. William Vance ne se sentait pas très en forme. Il se dit qu'il était peut-être en train d'attraper froid. Il mit de l'eau à bouillir pour la tisane, cette tisane aux plantes que lui servait son amie. Il renifla pour voir, en essayant de décider si le picotement dans sa gorge avait empiré depuis cinq minutes, quand le téléphone sonna. Il décrocha : « Oui ? fit-il.

– Monsieur Vance ?

– Oui.

– Ici, Angel Smith, je vous appelle du Texas. J'ai eu une crise cardiaque il y a environ un mois mais ça va mieux maintenant, tant que je suis mon régime et que je fais un peu d'exercice, et ma femme ne me passe rien sur ce chapitre. Enfin bref, je voulais vous dire que le jour de ma crise cardiaque, je me sentais vraiment mal, je me suis assis sur ma chaise et je suis parti, vous voyez, je pense que je suis peut-être mort, en fait, on ne peut jamais dire, mais en tout cas les chevaux ont commencé à faire tout un raffut...

– Vous voudriez faire entraîner un de vos chevaux, monsieur Smith ?

– Nan ! J'ai passé l'âge. Bref, j'ai obtenu votre numéro à l'hippodrome après avoir appelé le Jockey Club ; un de mes amis m'a expliqué comment m'y prendre, j'avais regardé le tatouage sur la lèvre du cheval et vous étiez...

– Vous avez P'tit Bob ?

– Eh bien, je l'appelle Amigo, mais oui. J'ai le cheval. Il a failli partir à l'abattoir mais…

– Vous savez, dit William Vance, si j'attache la remorque à ma voiture sur-le-champ, je peux être chez vous demain, je pense. Dites-moi où vous habitez.

– Le cheval n'a pas bien belle apparence, monsieur Vance. J'ai pas les moyens de garder un pur-sang comme ça…

– Ça m'est égal. J'ai plein de nourriture. Dites-moi simplement où vous habitez. Voilà des mois que je cherche ce cheval. »

En Californie, très tôt, encore dans la nuit, Jesse s'éveilla d'un rêve : cela ne ressemblait pas à la retransmission de la course qu'ils avaient vue la veille à Hollywood Park, la course où Residual avait été cravachée, où elle avait trébuché et failli être coiffée au poteau par l'autre grande pouliche mais où elle était revenue pour décrocher la victoire, et tous les types qui avaient parié sur elle (c'est-à-dire tout le monde, même le père de Jesse) criaient et juraient. Il avait rêvé d'une autre course, Residual courait librement, les oreilles dressées, le chanfrein en avant et son jockey ne la cravachait pas une seule fois, il lui laissait la bride sur le cou et elle flottait comme le jour où il avait misé sur sa victoire alors qu'elle n'était qu'un bébé pouliche et que Pincay la montait pour sa toute première course. Dans son rêve, tout était calme, il se tenait là, la pouliche courait, Pincay tournait la tête et regardait Jesse, puis il souriait et la pouliche avait gagné ; mais bien qu'elle fût donnée favorite, c'était une victoire inespérée et tous ceux qui se trouvaient dans les tribunes gagnaient beaucoup d'argent, comme si on n'avait pas à se partager un pactole devenu inépuisable, et la course n'avait rien de mystérieux ou de dangereux. Au réveil, Jesse resta allongé tandis que sa chambre commençait à s'éclairer, il réfléchit à l'argent qu'il avait gagné, sept dollars pour une mise de cinq dollars, une petite réserve en cas de nécessité. Puis il soupira, se retourna et se rendormit.

Al parlait avec Farley Jones sur son téléphone mobile. Juste à côté de lui, encore sous les couvertures, Rosalind téléphonait du poste fixe. Eileen était assise au pied du lit. Al savait très bien qu'elle songeait à aboyer mais ne s'était pas encore décidée. C'était dimanche matin vers dix heures. De sa main libre, Rosalind lui chatouillait la paume, puis elle lui lança un clin d'œil mais elle parlait d'une voix très professionnelle. « Oui, d'accord, dit-elle. Je vais lui en parler. Une minute. » Al souleva les couvertures le temps de regarder Rosalind. Elle portait sa magnifique chemise de nuit en dentelle argentée, qui était remontée à la hauteur des cuisses. Al laissa retomber le couvre-lit. « L'acheteur est japonais, dit-elle. Il s'agirait de Matsuo Oku Stud. »

Al répéta l'information dans son téléphone mobile. Farley garda le silence un instant, puis il dit : « J'ai déjà vu cet endroit. C'est incroyable. »

Al transmit à Rosalind : « Il y est allé. »

Et Rosalind posa sa main sur le combiné. « Demande-lui s'ils s'occupent bien des chevaux. »

Al posa la question. Farley rit. « Cet endroit ne ressemble à rien d'autre, ni Coolmore ni Gainesway ni aucun autre endroit. Les étalons d'Oku font de l'exercice régulièrement et leurs paddocks sont éparpillés au milieu des prés des juments. Je n'ai vu aucun endroit qui se rapproche plus de leur milieu naturel. Les chevaux y vivent éternellement. »

Al acquiesça avec emphase. Rosalind lui chatouillait encore la paume de la main, ce qui lui faisait oublier qu'il s'agissait d'une véritable transaction. Simplement pour se le rappeler, il dit : « Ils m'en donnent sept millions. Qu'en pensez-vous ?

– Eh bien, Al, répondit Farley. Je sais que ça semble bizarre après ce que nous venons de vivre mais mon instinct me dit d'être réaliste. Son pedigree était atypique avant le Grand Prix et il l'est toujours, il n'a rien d'attirant pour les acheteurs sur le marché des pur-sang américains. Les éleveurs s'intéressent au père de la jument mère et Independence a beau avoir été un grand cheval de steeple-chase et le frère de Bold Ruler, il a couru en 1954. Il y a environ six types dans le monde qui se souviennent de lui. Vous pourriez le faire courir encore un an ou deux pour gagner plus d'argent grâce aux courses mais cela représente toujours un risque et pourrait nuire à sa valeur au lieu de l'accroître.

– Sans parler des accidents, fit remarquer Al.

– Ne parle pas d'accidents », dit Rosalind. Et la voix affectée à l'autre bout de la ligne intervint : « Accident ? Le cheval a-t-il eu un accident ?

– Certainement pas », répondit Rosalind. Sa main remonta le long de la face intérieure du bras d'Al. Il lui lança un regard. Il était prêt à mettre fin à la négociation.

« Je déteste l'idée de vous l'enlever si vite, dit-il. Votre copine a l'air de bien l'aimer, elle aussi.

– Ils ont dit que nous pourrions lui rendre visite aussi souvent que nous le voudrions. Ils ont une maison pour les invités, fit remarquer Rosalind.

– On dirait que nous avons trouvé notre nouveau lieu de villégiature, dit Al à Rosalind.

– En fait, j'aime beaucoup le Japon, confia Farley à Al. Je suis déjà allé assister à la coupe du Japon. »

Les doigts de Rosalind remontèrent jusqu'à la joue puis au front d'Al où ils dessinèrent un petit motif. Il sentit son cuir chevelu le picoter. « J'ai l'impression que c'est une affaire réglée, dit-il à Farley.

– Moi aussi », dit Rosalind. Elle décrivit encore une fois le petit motif sur la tête d'Al puis fit redescendre son index sur l'arête de son nez, sur son menton et sa poitrine velue. Elle lui souriait.

« C'est tout ? demanda Al. Hé ! Farley.

– Oui, Al ?

– Merci. »

Il appuya sur le bouton « fin ». Rosalind dit au revoir à son interlocuteur et reposa le combiné sur l'appareil. Eileen émit un aboiement, presque un ordre. Rien n'y fit. Ils ne lui prêtaient pas la moindre attention. Bon, c'était très bien ainsi ! Elle sauta au bas du lit et sortit de la chambre. Elle parcourut son domaine du regard. Enfin libre ! Elle trottina le long de l'interminable corridor si familier jusqu'à la cuisine, sauta sur le comptoir et trottina jusqu'à l'évier. Là, elle remarqua avec une profonde satisfaction que la poubelle n'était pas correctement fermée.

Dans *The Thoroughbred Times* :

COURSE POUR POULICHES DE LA COUPE DES ÉLEVEURS (CATÉGORIE 1) : LA CHAMPIONNE RESIDUAL HORS DE DANGER

Residual, la pouliche aérienne qui a remporté la course pour femelles de la Coupe des éleveurs il y a seulement deux semaines après une remontée tardive de la jument Beautiful Pleasure au galop très ample, a été déclarée hors de danger par les vétérinaires de la clinique Rood et Riddle, Lexington, où elle avait été transportée par avion après la course. Un porte-parole de la clinique a dit que la pouliche était restée dans un état critique pendant une dizaine de jours mais qu'elle va bien mieux et devrait s'acheminer vers une guérison complète. L'entraîneur Buddy Crawford, pour qui la Coupe des éleveurs marque l'apogée de toute une carrière, a déclaré : « Je n'ai pas cru un seul instant qu'elle ne s'en remettrait pas. Cette idée ne m'a même pas traversé l'esprit. C'est une battante. Bien sûr, c'est aussi une pouliche aimante. Mais c'est surtout et avant tout une battante. »

La propriétaire de la pouliche, Andrea Melanie Kingston, épouse du magnat de l'informatique Jason Clark Kingston, a dit à la presse que la pouliche prendrait sa retraite dans un des haras dont les Kingston viennent de faire l'acquisition, peut-être le haras l'Alhambra, près de Lexington ; elle a aussi annoncé qu'il était prévu de faire monter la pouliche par Skip Away au printemps prochain. Sur dix courses, Residual a gagné six grandes courses toutes catégories confondues dont la Course pour pouliches de la Coupe des éleveurs (catégorie 1), le handicap Bette Midler (catégorie 1) et elle a rapporté deux millions deux cent quatorze mille dollars.

Quant à leurs projets de propriétaires et d'éleveurs, Mrs. Kingston s'est contentée de dire : « Quoi que fasse mon mari, il ne lésine pas sur les moyens. Où qu'il soit, il s'attend à faire une entrée remarquée et il y réussit. Et nous adorons vraiment Buddy. »

« Certainement », dit Krista à son interlocuteur. Elle mit Maia sur son autre hanche et nota le numéro. « Je vous faxe un contrat aujourd'hui et nous attendons la jument pour la fin de la semaine. Merci, merci beaucoup. » Elle reposa le combiné sur le bureau, puis elle contempla les notes qu'elle venait de prendre : Storm Cat, issue d'une jument qui avait remporté de grandes courses et était elle-même issue de Pleasant Colony. Quant à Storm Cat, elle avait elle aussi gagné près de trois cent mille dollars et avait déjà produit un grand cheval de course sur quatre poulains. Maintenant, on l'envoyait à la monte chez Son Auguste Personne, père du légendaire Limitless, premier vainqueur américain du grand prix de l'Arc de triomphe. Ils payaient sept mille cinq cents dollars pour la monte. Et ils trouvaient que c'était une affaire ! Le type avait dit : « J'ai vu une des juments que vous avez fait naître l'an dernier. Elle a terminé la course comme une championne à un million de dollars. »

« Oh, ma petite chérie ! » dit-elle à Maia qui rit en réponse. Storm Cat ! Sept mille cinq cents dollars, trente-huit juments prévues pour le printemps, pour l'instant. Krista avait déjà commandé du foin pour une année entière, un mélange à base d'herbe, et elle avait entreposé cet immense trésor dans la grange à foin. Elle emmena Maia hors du bureau et se tint sous l'auvent de l'écurie des juments.

De l'autre côté de l'allée, Son Auguste Personne, déjà sale comme un cochon, se roulait allégrement dans la boue bien fraîche, se tortillant d'un côté et de l'autre, retombant sur le flanc droit, puis sur le gauche, les sabots en l'air. Il se releva, s'ébroua, renâcla puis bondit et lança une ruade. Ensuite il se mit à galoper dans le paddock sous le regard des juments.

Rien ne s'était produit : ni désastres ni destruction, aucun événement inattendu auquel on n'avait pu faire face. Elle sentit la main de Maia se poser sur son cou et elle regarda ce visage adoré. « Descendre ! » dit Maia. Krista se pencha et posa la petite fille sur ses pieds puis elle éclata de rire. « Merci ! dit-elle, Merci, merci, merci. »

Audrey posa son exemplaire de *The Thoroughbred Times* et se leva. Ellen lui avait demandé de nettoyer le bureau et c'était son intention mais elle avait trouvé le magazine et bien sûr elle n'avait eu d'autre choix que de le lire de bout en bout, toutes les courses, tous les articles vétérinaires, toutes les lettres de lecteurs, la rubrique « opinions » et les portraits de géniteurs et génitrices illustres. Oh, se dit-elle, quelle chance j'ai ! Elle délogea les corgis endormis sur le canapé, remit de l'ordre dans les coussins et les oreillers puis rassembla les tasses à café en papier et les jeta. Les corgis se tenaient près de la porte fermée en gémissant ; elle la leur ouvrit et les fit sortir. Elle était là, de l'autre côté de l'allée, qui la regardait : Chantilly, sa superbe jument grise venue de Californie. Une petite jument si mignonne et proprette, si vive et intelligente ! Audrey s'immobilisa sur le seuil du bureau, pétrifiée et remplie d'amour, la jument poussa un hennissement doux et profond empreint d'affection.

Impression réalisée sur CAMERON par

BUSSIÈRE CAMEDAN IMPRIMERIES

GROUPE CPI

à Saint-Amand-Montrond (Cher)
pour le compte des Éditions Payot & Rivages
en août 2001

N° d'impression : 013771/1.
Dépôt légal : août 2001.

Imprimé en France